KB121226

그래도
좋아해서

그래도 좋아해서

2019년 01월 24일 초판 1쇄 인쇄
2019년 01월 29일 초판 1쇄 발행

지은이 김지호
발행인 이종주

기획 편집 송영경 주종숙 주수지
경영 지원 배진경
마케팅 김정수

발행처 (주)로크미디어
출판등록 2003년 3월 24일
주소 서울시 마포구 성암로 330(상암동) DMC첨단산업센터 3층 18호
Tel (02)3273-5135 Fax (02)3273-5134
홈페이지 rokmedia.blog.me
E-mail romance@rokmedia.com

ⓒ 김지호, 2019

값 10,000원

ISBN 979-11-354-1346-9 03810

그래도
좋아해서

김지호 장편소설

ROCODO

차례

0. +5 혹은 −5

−터닝 포인트

10년이면 강산이 변하고 5년이면 사람 인생이 뒤집어진다.
이건 내 경험담이다.

❀✱❀

"그 사람이랑 사귀기로 했어."

결국 이렇게 됐구나.

미리 예감하고 있었는데도 생각보다 더 가슴이 시렸다. 그래도
웃었다. 진심으로 축하하는 것처럼 보이게끔, 있는 힘껏.

"정말요? 우와아, 잘됐다. 선배가 먼저 고백하신 거예요?"

"응. 내가."

"뭐라고 했어요?"

"그냥…… 좋아한다고."

부끄러운 건지 선배는 내 눈을 보지 못하고 시선을 아래로 슬쩍 떨어뜨렸다.

안 그럴 것처럼 생겨서 수줍음이 많은 사람이었다. 나는 선배의 그런 면도 좋아했다. 그러나 이제는 그러면 안 된다.

이렇게 내 짝사랑이 끝났다. 완벽하게.

허탈한 만큼 서러웠지만, 이 일에 관해서 난 누구의 탓도 할 수 없었다. 선배에게 좋아하는 사람이 있다는 사실은 이미 알고 있었으니까. 그것도 1년 전에, 본인의 입으로 직접 들어서.

그런데 나는 선배를 향한 마음을 접기는커녕, 오히려 선배의 사랑을 도와주겠다고 쓸데없는 오지랖을 부렸다. 다른 사람을 좋아하는 선배의 모습을 보다 보면 이 마음도 알아서 잦아들겠지. 그렇게 안일한 생각으로.

눈 가리고 아웅도 여기까지였다. 선배에게 정식으로 여자 친구가 생겼으니 이제는 혼자 좋아하는 것조차 하면 안 되는 일이 되었다.

왜 진작 마음을 정리하지 못했을까.

과거의 내가 원망스러운 만큼 앞으로의 내가 걱정됐다. 이제는 이 마음을 정리할 수 있을까? 잘 모르겠다. 하지만 해내야 한다.

나는 스스로를 다독이며 어떻게든 입꼬리를 끌어 올렸다.

"아, 아쉽다. 그럼 저희 동맹도 오늘로 끝이네요."

"왜? 넌 아직 고백 안 했잖아."

일견 순진하게 느껴지는 그 질문의 진의는 '너는 왜 좋아하는 사람에게 고백을 하지 않느냐'일 것이다. 나는 그 뜻을 알아차리지 못한 척했다.

"그렇긴 한데…… 이제 선배한테는 여자 친구가 생겼잖아요. 아무리 후배라도 저랑 단둘이 만나는 건 그분이 별로 안 좋아하실 걸요?"

"그 사람은 그런 거 신경 안 써."

제가 쓰여요, 선배.

그 말을 속으로 삼키며 겉으론 애써 웃었다.

"선배, 신경 쓰기 전에 신경 쓸 거리를 만들지 않는 거야말로 좋은 애인으로서의 덕목이에요."

"음…… 그러네. 근데 넌 그런 걸 어떻게 그렇게 잘 알아? 연애해 본 적 없다면서."

"와, 아픈 델 막 찌르네. 이제 선배는 여자 친구 생겼다 이거예요?"

부러 토라진 척 흘겨보자 선배가 그런 거 아니라고 당황한 얼굴로 고개를 흔들었다. 그 모습을 보고 있자니 갑자기 눈물이 나려고 했다.

아니, 갑자기가 아니었다. '나 여자 친구 생겼어.' 그 말을 들은 순간부터 나는 울고 싶었다. 하지만 울 수는 없었다. 그러면 선배한테 내 마음을 들키고 말 테니까.

"아무튼, 우리 동맹을 여기서 끝내는 건 아닌 것 같은데……. 나만 잘되면 뭐해. 너도 잘돼야지."

"그동안 밥 많이 사 주셨잖아요. 그거면 충분해요."

애초에 우리의 짝사랑 동맹은 둘 다 잘될 수 없는 모순을 기반으로 두고 있었다. 선배는 그걸 모르니까 순수하게 내 사랑을 응원해 주겠다고 할 수 있는 거겠지만…….

아, 안 되겠다. 이대로 계속 선배의 얼굴을 보고 있으면 더는 눈물을 참지 못할 것 같았다.

절대로 선배의 앞에서 울 수는 없다. 그러니 당장 이 자리를 피해야 하는데, 어떻게 해야 자연스럽게 일어날 수 있지?

굳어서 움직이지 않는 머리를 필사적으로 굴리던 그때, 내 절박함에 응답하는 것처럼 가방 속에서 핸드폰이 울리기 시작했다.

"선배, 잠시만요. 저 지금 전화가 와서."

"응, 편하게 받아."

보이스피싱이어도 감사하게 받을 생각이었는데 액정에 뜬 이름은 해리였다.

역시, 괜히 베스트 프렌드가 아니다.

앞으로 권해리 님이라 부르면서 떠받들고 살아야지. 속으로 맹세하며 얼른 통화 버튼을 눌렀다.

"응, 엄마."

ㅡ……여보세요?

"뭐? 지금 서울이라고? 진짜? 언제 올라왔는데?"

ㅡ여보세요? 윤소희? 너 지금 나랑 통화하는 거 맞아?

"그럼 나한테 말을 했어야지. 왜 이제 전화를 해."

ㅡ왜 자꾸 딴소리야? 너 혹시 지금 뭐 곤란한 상황이야? 경찰에 신고해 줘?

"심각한 건 아니라고? 그걸 지금 말이라고 해? ……아니, 됐어. 내가 지금 갈 테니까 거기 있어."

ㅡ그래, 심각한 건 아니라 이거지.

"응, 내가 나중에 다시 전화할게. 끊어."

해리가 눈치가 빠른 애라 다행이었다.

얼른 전화를 끊고 핸드폰을 가방 안에 넣은 나는 슬쩍 선배의 눈치를 살폈다. 혹시나 해리의 목소리가 들리진 않았을까 마음이 조마조마했는데, 다행히 선배는 걱정스러운 표정만 짓고 있었다.

"어머님 서울 오셨대?"

"네. 병원에 뭐 검사 받으러 오셨다는데……. 죄송한데 그쪽에 가 봐야 할 거 같아요."

"그럼, 당연히 가 봐야지. 가자."

그러면서 선배는 자리에서 일어나려 했다. 나는 화들짝 놀라 얼른 고개를 흔들었다.

"아니, 저 혼자 갈 수 있어요. 택시 타면 돼요. 괜찮아요."

"왜? 태워 줄게. 타고 가. 돈 아깝잖아."

"그게……."

병원 가는 게 아니니까 그렇죠……. 한숨이 저절로 나왔다. 나는 무슨 말로 선배를 말릴까 필사적으로 머리를 굴렸다.

"선배. 이건 제가 마지막으로 드리는 조언인데요."

"……응."

"여자 친구 생기셨으니까, 이제 가족, 친척 제외하고 외간 여자는 선배 차에 태우지 마세요. 그것도 단둘이는, 절대."

"절대?"

"네. 절대."

단호하게 고개를 끄덕이자 선배가 알았다고 답했다. 늘 그랬던 것처럼.

짝사랑 동맹을 맺은 뒤로, 선배는 내가 건네는 조언을 아주 사소한 것부터 조금 이상하게 들릴 만한 것까지 하나도 무시하지 않고 진지하게 들어 주었다.

하지만 이것도 오늘이 마지막이다.

그 생각을 했더니 진짜 눈물이 날 뻔했다. 지금까지 어떻게 참았는데 여기서 들킬 수는 없었다.

나는 얼른 가방을 챙겨 들고 자리에서 일어났다. 그리고 할 수 있는 한 최대한 예쁘게 웃었다.

"먼저 가서 죄송해요, 선배. 나중에 전화드릴게요."

"그래. 어머님 기다리시겠다. 얼른 가 봐."

"네."

선배에게 고개를 꾸벅 숙여 보이고 얼른 뒤를 돌았다. 그러기가 무섭게 거짓말처럼 눈물 한 방울이 뚝 떨어져 내 뺨을 가로질렀다.

행여나 그 눈물을 선배에게 들킬까 거의 뛰듯이 문으로 향했다. 어쩌면 날 보고 있을지도 모르는 선배에게, 내가 서두르는 모습이 엄마를 걱정해서 그러는 거라고 비치기를 바라면서.

그렇게 카페를 뛰쳐나와 도로가에서 택시를 잡은 후에야 마음을 놓을 수 있었다. 그러자 참았던 눈물이 한꺼번에 왈칵 쏟아졌다.

"흐윽……."

"……아가씨? 무슨 일 있어요?"

백미러 너머로 우는 모습을 봤는지, 아니면 끅끅대며 우는 소리에 놀랐는지 택시 기사님이 당황한 목소리로 물어 왔다.

나는 한순간에 엉망이 됐을 얼굴을 모르는 사람에게 보일 용기가 나지 않아 고개를 푹 숙인 채 대꾸했다.

"아무, 아무 일도, 없어요. 괜찮아요."

"어디 아픈 거 아니에요? 병원 안 가도 되겠어요?"

병원이란 단어를 들었더니 선배 앞에서 내뱉었던 변명이 떠올라 다시 눈물이 쏟아졌다. 나는 긴 머리카락으로 얼굴을 가린 채 고개를 마구 흔들었다.

그 모습이 퍽 기괴하게 보일 거란 생각이 나중에야 들었지만, 지금 내 생각만으로도 너무 벅차서 택시 기사님을 배려해 드릴 여유가 없었다.

"거, 기운 내요. 살다 보면 이런 일도 있고 저런 일도 있는 거지."

"네, 에……. 감사, 합니다. 큽."

마음씨 좋은 택시 기사님은 이후 아무 말도 건네지 않았다. 그 침묵의 배려를 감사히 여기며 뒷좌석에서 한참을 훌쩍훌쩍 울었다.

"아가씨, 다 왔어요."

"네, 감사, 합니다."

눈물 때문에 앞이 잘 보이지 않았다. 나는 두 손으로 눈을 박박 문질러 눈물을 닦아 내고 가방에서 지갑을 꺼냈다.

"아가씨, 거스름돈 받아 가야지."

"아니에요, 감사, 해서 그러니까, 저녁 맛있는 거 사 드세요."

아무리 다시 볼 사람 아니라지만 정신줄 놓고 펑펑 운 게 너무 민망하고 부끄러웠다. 그래서 젖은 얼굴을 손으로 가리며 택시에서 내리는데, 등 뒤에서 택시 기사님의 다급한 목소리가 들려왔다.

"어어, 아가씨, 아가씨!"

"거스름돈은 괜찮……."

아.

거스름돈 이야기가 아니었다.

얼굴을 가린 손을 내리고 뒤를 돌아보려던 순간, 나를 향해 달려오는 오토바이 운전수와 눈이 마주쳤다.

아마 택시와 보도블록 사이의 틈으로 지나가려던 모양이었나 본데, 내가 택시에서 내릴 거라고 예상하지 못했는지 그도 경악한 표정을 짓고 있었다.

그러나 피하기엔 너무 늦었다. 이미 오토바이는 내 코앞까지 다가온 상태였다.

나 설마 이렇게 죽나?

아니, 그래도 오토바이니까 죽지는 않겠지.

그게 정신을 잃기 전, 마지막으로 떠올린 생각이었다.

❋

눈꺼풀이 납처럼 무거웠다. 마치 가위에 눌린 것 같은 기분.

그 사실을 자각하자마자 눈을 뜨려고 했지만, 몸에 힘이 들어가지 않았다.

나는 새까만 어둠 속에 갇혀 한참을 끙끙대다가 겨우 눈꺼풀을 들어 올릴 수 있었다.

환하게 빛나는 형광등. 무늬 없는 천장. 머리맡에 세워진 링거대.

눈앞에 펼쳐진 광경을 멍하니 바라보던 나는 뒤늦게 손목을 찌른 바늘의 감촉을 느꼈다. 동시에 깨달았다. 병원이구나.

내가 눈을 뜬 곳은 1인실인 듯 작은 원룸 같은 병실이었다. 침대라곤 내가 누워 있는 것 하나뿐이고, 사람도 나 한 명뿐이었다.

그 외에 있는 건 자그마한 냉장고와 캐비닛, 벽에 걸린 TV와 아마 화장실로 추정되는 문 정도?

조그마한 병실을 전부 둘러본 나는 들었던 고개를 다시 베개에 누이고 눈을 감았다.

그냥 주변을 둘러본 것뿐인데 몸이 물 먹은 솜처럼 무거웠다. 어디가 아프다기보단 그냥 온몸이 피로했다.

그런데 내가 왜 여기 누워 있는 거지?

의식이 멍해서 사고가 제대로 되지 않았다. 나는 뻑뻑한 눈을 억지로 감았다 뜨다가 겨우 어떤 사실 하나를 떠올려 냈다.

오토바이 사고.

경악한 얼굴을 하고 있던 오토바이 운전자, 코앞까지 다가왔던 오토바이, 거기에 치여 붕 떠올랐던 내 몸.

둔탁한 통증을 동반했던 부유감을 떠올리자 몸이 부르르 떨렸다.

나는 두 손과 두 발 모두에 감각이 있는 걸 확인하고 작게 안도의 한숨을 쉬었다.

사고를 당하기 전엔 그래도 죽지는 않겠지, 하고 생각했지만 재수가 없었으면 진짜 죽었을지도 모른다. 그러니 이만하면 천만다행이었다…… 는 무슨!

좋아하는 남자한테 여자 친구가 생겨서 고백도 못 하고 실연당했는데, 그러고 나서 사고까지 당하다니 운이 없어도 어떻게 이렇게까지 없을 수가 있지?

"으, 머리야……."

치솟은 분노 때문인지 뒤통수가 얼얼하고 순간 눈앞이 아찔해져 눈을 감은 나는 이대로 다시 잠들고 싶은 충동에 휩싸였다.

15

하지만 잘 땐 자더라도 확인할 건 확인해야 했다. 나는 무거운 몸을 억지로 일으켜 앉아 환자복을 들췄다.

오토바이에 치였으니 어디 한 군데는 크게 다쳐야 정상이었다. 하다못해 멍이나 까진 상처라도 있어야 했다. 하지만 몸 어디에도 상처는 없었다. 진짜 하나도.

상처가 없다는 건 좋은 일이지만…….

아무리 생각해도 이상했다. 나는 바지를 무릎까지 걷었다가 옷 안으로 손을 넣어 몸 여기저기를 더듬어 가며 다시 확인했다.

하지만 소득은 없었다. 내 몸은 정말 멀쩡했다. 뼈가 부러지기는커녕 까진 상처조차 없었고, 허리나 발목이 삐거나 한 것도 없이 온몸의 근육이 전부 멀쩡했다.

지금 내가 느끼는 통증은 딱 한 군데뿐이었다. 바로 뒤통수.

"오토바이에 부딪혀서 뒤로 넘어졌나?"

아스팔트 도로에서 사고가 났는데 뒤통수가 깨지지도 않고 그냥 혹만 나고 끝난 건가.

내 머리가 이렇게까지 돌머리였다니. 이걸 좋아해야 하나 말아야 하나 고민하는데 닫혀 있던 문이 조심스럽게 열렸다.

의산가? 나는 아무 생각 없이 고개를 돌렸다. 그리고 문을 연 사람과 눈이 마주친 순간, 너무 놀라 입을 떡 벌리고 말았다.

"소희야!"

"서, 선배?"

선배가 다급하게 병실 안으로 들어오는 동안 나는 당황해서 입만 벙긋거렸다.

내가 사고 난 걸 어떻게 알고 선배가 여길 찾아왔지? 날 병원으로 데려온 사람이 선배한테 연락한 건가? 어째서? 마지막으로 통화했던 사람은 해리고 내 핸드폰 주소록엔 부모님 두 분이 멀쩡하게 계시는데!

혼란스러워 죽겠는데, 그 와중에 선배가 한걸음에 달려와 줬단 사실이 무척이나 기뻤다. 그러나 그 기쁨은 아주 잠시였다.

나는 이제 저 남자를 좋아하면 안 된다. 저 남자한텐 여자 친구가 있다.

하늘 위를 둥둥 떠다니다가 단숨에 추락해 버린 내 마음을 아는지 모르는지, 선배가 무척이나 걱정스러운 얼굴로 물어 왔다.

"몸은 어때? 괜찮아?"

"몸은…… 머리가 좀 아픈 거 빼고는…… 다른 데는 다 괜찮은데……."

울적한 마음에 횡설수설대서일까? 선배가 미간을 찌푸렸다.

"정말 아픈 데 없어? 좀 보자."

"네?"

허리까지 덮고 있던 이불을 선배가 확 걷어 냈다. 그것만 해도 놀랄 노 잔데, 선배의 손은 내 옷자락을 잡기까지 했다.

나는 너무 놀라서 그 손을 세게 쳐 냈다.

찰싹!

날카로운 마찰음이 병실 안에 울렸다. 직후 찾아온 침묵과 굳어 버린 선배의 얼굴로 분위기는 한없이 딱딱해졌다.

아니, 그러게 왜 남의 옷을 막…… 그렇게…… 그러려고 해서…….

채 완성되지 못한 말은 입 밖으로 나가지 못했다. 나는 마른침만 몇 번을 삼키다가 가까스로 입을 열었다.

"괘, 괘, 괜찮다니까요."

"······넌 맨날 괜찮다고 하잖아."

대꾸하는 목소리는 정말 선배 목소리가 맞나 싶을 정도로 가라앉아 있었다. 차마 선배의 눈을 볼 자신이 없어 나는 고개를 푹 숙인 채 손가락만 만지작거렸다.

"진짜 괜찮은데······."

"그렇게 숨기는 게 더 이상하다는 거 몰라?"

그렇게 말한 선배는 다시 한 번 내게 손을 뻗어 왔다.

"엄마야!"

기겁한 나를 아는지 모르는지 선배는 막무가내로 내 옷자락을 들추려 했다.

이 사람이 진짜 왜 이래! 튀어 나가려는 비명을 겨우 삼킨 나는 내 옷을 쥔 선배의 손목을 두 손으로 꽉 붙잡고 크게 외쳤다.

"여자 친구도 있는 사람이 왜 외간 여자 맨살을 보려고 해요?"

"······뭐?"

선배가 그게 무슨 말이냐는 얼굴로 나를 바라봤다. 나는 억울하고 기가 막혀서 눈을 부릅뜨고 선배를 노려봤다.

"제가 오토바이에 치여서 걱정이 되는 건 알겠는데, 그래도 이건 좀 아니잖아요."

"오토바이?"

"아무리 제가 편해도 저도 여자예요, 선배. 걱정돼서 하는 거라도 이거 진짜 나쁜 짓이에요."

"······선배?"

선배가 멍한 얼굴로 나를 바라봤다. 그사이 선배 손에서 옷자락을 빼낸 나는 뒤로 물러나 구겨진 옷자락을 다듬었다. 그리고 선배가 또 못된 짓을 할까 슬금슬금 이불을 찾아 덮는데.

"내가, 누구야?"

"누구냐니……."

선배의 떨리는 목소리를 듣는 순간 불현듯 어떤 위화감이 나를 덮쳤다.

그러고 보니 선배의 모습이 내가 아는 거랑 조금 달랐다. 어디가 다르냐고 물으면 콕 집어서 대답할 수는 없는데, 헤어스타일이나 입고 있는 옷이나 전체적인 분위기 같은 게…….

아, 머리야.

근데 나 진짜 왜 머리만 아프지? 오토바이에 치였는데?

유난히 얼얼한 뒤통수가 지금 이 상황이 꿈이 아니란 사실을 알려 주고 있었다. 그래서 더 뒤통수의 통증에 위화감을 느꼈다.

"대답해. 나 누구야?"

뭐지 이거. 무슨 상황이지.

선배는 왜 자기가 누구냐고 묻는 거지?

"선배는…… 선배잖아요. 천유진, 연극영화과, 저랑 같은 동아리……."

"……그리고?"

"그리고……."

뭐가 더 있지? 생각나는 게 없는데, 나를 내려다보는 선배의 눈빛이 마치 울 것처럼 흔들리고 있어서 억지로라도 답을 짜내야 했다.

"짝사랑 동지……?"

이제 선배는 아니게 됐지만.

그 사실을 떠올리니 가슴이 허했다. 괜히 죄 없는 입술을 잘근잘근 깨물다가 아무 말도 없는 선배에게 재차 물었다.

"근데 선배 여기 있어도 돼요? 전 진짜 괜찮으니까 가 봐요. 여자 친구랑 사귄 지도 얼마 안 됐는데 여기 와 있으면······."

"너야."

"네?"

"너라고, 내 여자 친구."

······이 선배가 지금 뭐라는 거지?

"에이, 무슨 그런 말도 안 되는 농담을 하세요."

내 입에선 하하 마른 웃음소리가 흘러나왔다. 그러나 선배는 눈 하나 깜짝 안 했다. 그게 조금 무서워서 부러 웃음기 섞인 목소리를 냈다.

"장난하지 마요, 선배."

"······."

"재미, 없는데······."

"······."

"······진짜예요?"

"하나 더 말해 줄까?"

선배는 장난기라곤 하나도 없는 목소리로, 웃음기라곤 하나도 없는 얼굴로 내 눈을 빤히 보며 말했다.

"우리, 두 달 뒤에 결혼해."

1. 글레이징

−핸드폰을 항상 베개 옆에 두고 잠들었던 이유

그의 꿈을 꾸다가 잠에서 깨면 그와 사귀기로 한 것도 꿈속의 일이었던 게 아닐까 헷갈리고는 했다.

참 다행스럽게도 내게는 그 사실을 확인할 수 있는 물증이 있었다.

[우리 정말 사귀기로 한 거 맞지?]

[네, 맞아요.]

그와 사귀기로 한 다음 날 주고받은 문자 메시지.

그동안은 항상 메신저로 대화를 나누었기에 그와 문자를 주고받은 건 그게 처음이자 마지막이었다. 나는 그걸 잠결에도 바로 볼 수 있게 다른 문자 메시지는 확인 즉시 지워 버렸다.

그의 꿈을 꾸다가 잠에서 깨도, 늦은 밤 아무렇지 않게 전화해 '나

21

당신 꿈을 꿨어요' 하고 말할 수 있게 됐을 때까지.

내 마음처럼 메시지함엔 오로지 그 하나뿐이었다.

❋✱❋

초등학교 땐 TV 만화를 좋아했고, 중학교 땐 아이돌을 좋아했으며, 고등학교 땐 순정 만화와 로맨스 소설을 좋아했다.

종이나 화면 속의 남자들은 늘 완벽했고, 그 탓에 내 이상은 하늘까지 높아져 현실의 남자들에겐 관심도 주지 않게 되었다.

주변 사람들은 그런 나를 한심해하거나 그러다 나중에 결혼은 어떻게 하려고 그러냐 걱정했지만, 그때쯤의 나는 그냥 평생 혼자 사는 것도 괜찮겠다고 생각하고 있었다.

남자는 종이나 화면 속의 존재들만으로 충분했으니까.

"너도 진짜 별종이다. 연애하고 싶다는 생각은 안 들어?"

"응, 안 들어."

"왜?"

"연애는 뭐 나 혼자 해? 하고 싶은 사람이 있어야 그럴 마음도 생기지."

"네 눈이 너무 높단 생각은 안 하고?"

"해. 그래서 양심 있게 연애하고 싶단 생각 자체를 안 하잖아."

잘생기고, 돈 많고, 성격 좋고, 지고지순하게 평생 한 여자만을 좋아하는 남자.

그런 사람이 현실에 존재하길 바라는 것부터가 양심 없는 일인데, 심지어 그 사람이 좋아하는 여자가 나이길 바라는 건 양심을 아예 회 쳐 먹는 수준이었다.

누가 뭐라고 하지 않아도 나부터가 그런 사실을 잘 알았다. 그래서 언제부턴가 내 이상형은 이런 남자다 하고 말하는 대신 연애에는 관심이 없다 말하고 다녔다.

그러나 세상은 넓고 남자는 많다는 어른들의 말씀이 맞았던 걸까.

종이나 화면 속이 아닌 현실에서 내 이상형에 거의 부합하는 사람을 만나게 된 건, 미팅이나 소개팅 같은 건 다 거절하고 오로지 문화생활만 즐기던 대학교 때의 일이었다.

"헉, 유진 선배다."

"뭐, 누구? 천유진?"

온갖 만화와 로맨스 소설을 섭렵하고 더 이상 볼 게 없어 시들해졌던 나는 대학교에 들어와서 영화에 푹 빠졌다. 신입생 때 뭣도 모르고 선배들의 권유에 휩쓸려 영화 감상 동아리에 적을 두게 된 게 바로 그 계기였다.

아마 다른 동아리에 들어갔으면 그냥 유령 회원이 되거나 몇 달 뒤 탈퇴하거나 둘 중 하나였을 거다.

하지만 마지못해 끌려간 동아리 방엔 벽 한 칸을 다 채운 수천 장의 DVD가 있었고, 그게 나를 홀렸다.

정확하게는 동아리 회원이 되면 아무 제한 없이 그 DVD를 볼 수 있다는 회장 선배의 유혹이.

거기에 홀라당 넘어간 나는 즉시 가입서를 작성하고 동아리 회원이 되었다. 그리고 동아리 신입 회원 환영회를 하기도 전에 동방에서 살기 시작했다.

DVD를 동방 밖으로 가져가려면 회장이나 부회장에게 허락을 받아야 했지만, 동방 내에서 보는 건 자유였다. 게다가 일주일에

23

한 번 정기 관람 날짜에만 사용하는 빔 프로젝터를 제외하고 동방 구석에 있는 네 대의 컴퓨터는 얼마든지 개인 사용이 가능했다.

그것도 선후배 상관없이 그날 먼저 와서 찜한 사람이 임자라, 조금만 부지런하면 보고 싶을 때 보고 싶은 영화를 얼마든지 볼 수 있었다. 그것도 공짜로.

만화와 로맨스 소설을 빌려 보느라 대여점에 용돈을 탈탈 털어 넣었던 나는 공짜라는 단어의 유혹에서 벗어날 수가 없었다.

그렇게 나는 동방 죽순이가 되었다.

그로부터 2년이 지나 3학년이 되었을 때, 어느새 동방 제일 안쪽 컴퓨터는 암묵적인 윤소희 전용석이 되어 있었다. 시험 기간은 물론 여름방학 겨울방학 빼놓지 않고 동방에 눌러앉은 덕분에 이룩해 낸 쾌거였다.

그리고 그 공적을 인정받아 동아리의 회장으로 추대되기까지 했다.

처음엔 귀찮아서 안 하려고 했는데, 회장이 되면 윤소희 전용석을 공식적으로 인정해 주겠단 말에 홀라당 넘어가고 말았다. 뿌리치기엔 너무 달콤한 유혹이었던 것이다.

그런데 막상 회장직에 오르고 보니 예상보다 할 일이 많았다.

그래서 조금 후회하긴 했지만, 가장 바쁜 신입 모집 시기를 넘기고 나니 하기를 잘했다고 생각을 바꾸게 되었다. 새벽 일찍 동방에 출근하지 않아도 언제든지 내가 쓸 수 있는 컴퓨터가 있다는 건 무척이나 행복한 일이었으니까.

나는 일부러 서너 시간씩 떨어뜨려 놓은 공강 시간마다 동방을 찾았다. 1, 2학년 때 영화를 그렇게 열심히 봤는데 3학년이 되어서도 아직 동방의 DVD를 반밖에 못 본 상태였다.

졸업하기 전까지 저 DVD를 전부 관람할 것.

그 목표를 이루기 위해 나는 동방에서 먹고 잤다. 아침에도, 저녁에도. 말 그대로 거의 살다시피 했다.

그 덕분이었다.

선배들이 심심할 때마다 술안주로 꺼내 놓았던 이름. 동아리뿐만이 아니라 캠퍼스 어느 곳에 가도 소문을 들을 수 있었던 남자. 하지만 내가 입부하기 전에 군 휴학을 해서 도대체 얼마나 잘났는지 확인할 수 없었던 천유진.

그가 복학 후 그 비싼 얼굴을 드러내는 첫 번째 자리에 있을 수 있었던 건.

"이번에 복학했다더니 진짜였나 보네."

"저 선배가 그 유명한 천유진 선배예요?"

동방 문 앞에 서서 자신을 반겨 주는 사람들에게 일일이 인사를 건네는 소문의 복학생을 보며 마침 곁에 있던 박 선배에게 물었다.

나보다 학번이 다섯 개나 높은 박 선배는 천유진에 대해 잘 아는 얼굴로 고개를 끄덕였다.

"얼굴 보면 알잖아. 저만한 얼굴이 우리 동아리에 또 있을 수 있겠어?"

저만한 얼굴이 마치 자신의 것인 것처럼 거들먹대는 박 선배의 얼굴이 참 볼만했다.

하긴, 잘생겨도 정도껏 잘생겨야 질투라는 것도 해 보지. 저렇게까지 잘생기면 그냥 저 사람이랑 같은 울타리 안에 있다는 사실만으로도 자랑스러울 것 같았다.

진짜 웬만한 연예인도 저 앞에선 명함을 못 내밀 것이다.

멀찌감치서 천유진의 얼굴을 바라보며 나는 작년에 졸업한 회장 언니를 떠올렸다.

'너희 우리 동아리 들어오잖아? 그러면 영화 말고 천유진 얼굴도 감상할 수 있어.'

그 언니가 왜 그런 말로 입부 권유를 했는지 알겠다. 확실히 웬만한 B급 영화보다 저 얼굴 가만히 보고 있는 게 더 재밌을 거다.

종이나 화면 속이 아니라 실제 내가 사는 시간 속에서도 저런 사람이 살아 움직이는구나.

그런 생각을 했기 때문인지 먼 곳에 서 있는 저 남자가 마치 다른 세계에 속한 사람처럼 느껴졌다.

학교 강의가 끝나면 나처럼 집으로 가는 게 아니라 원래 자신이 살던 세계로 돌아가 거기에 있다가 다시 이 세계로 넘어올 것 같다고 해야 하나.

음, 내가 만화를 너무 많이 봤나 보다.

"아, 겨우 찾았다. 안녕하세요, 이번 대 회장님 맞죠? 저는 천유진이라고 합니다. 군대 때문에 휴학했다가 올해 복학했어요."

"네에, 저는 윤소희라고 하고…… 말은 그냥 놓으세요. 저보다 선배님이시고."

"아, 제가 선배예요?"

"네."

확인차 물어보니 그는 나보다 학번이 세 개가 높았다. 둘 다 현역으로 한 번에 입학해서 나이 차도 세 살이었다.

"그렇구나. 그럼 말 편하게 할게. 앞으로 잘 부탁해."

응? 앞으로?

"동아리 활동 하시려고요?"

"왜? 안 돼?"

"아뇨, 안 될 건 없는데…… 다른 분들은 다 탈퇴하고 가셨거든요."

아니면 자기가 동아리에 들어왔었단 사실도 까먹고 그냥 유령이 되어 버리거나.

새 학기가 되면 그런 유령 회원들을 탈퇴시키고 명단을 재정비하는 것도 회장이 해야 할 일이라고 했다. 하지만 나는 안 했다. 귀찮아서.

동아리 유지가 아슬아슬할 만큼 회원 수가 적은 것도 아니겠다, 누가 휴학을 하고 누가 복학을 했는지도 모르는데 마흔이 넘는 사람들에게 일일이 전화를 돌리는 건 솔직히 너무 귀찮은 일이었다. 그래서 탈퇴하겠다고 찾아오는 사람들의 이름만 명단에서 지우고 말았다.

이렇게 이름 하나가 또 지워지는구나 했는데 아니었네.

괜히 싱숭생숭해지는 마음을 다잡으며 일부러 착 깐 목소리를 내뱉었다.

"앞으로 동아리 나오실 거면 딱 하나만 유념하시면 돼요."

"여기 DVD 대여하려면 너한테 허락받아야 하는 거? 그건 알고 있는데."

"그건 기본이고요."

그걸 아는 걸 보면 휴학 전에도 활동을 하긴 했던 모양이었다.

과연 복학 후에는 얼마나 성실하게 활동할까? 그런 의문을 숨긴 채 내가 앉아 있는 책상의 컴퓨터를, 정확하게는 컴퓨터 본체에 붙어 있는 이름표를 가리켰다.

"이 자리는 동아리 회장 즉, 제 전용석입니다. 암호 걸어 놓긴 했는데 혹시 켜져 있어도 쓰시면 안 돼요."

"회장 전용석? 나 휴학하기 전엔 그런 거 없었는데."

"새로 생긴 거예요. 제가 그 조건 아니면 회장 안 한다고 했거든요. 혹시 탐나시면 선배가 회장 하셔도 됩니다."

"그래? 그럼……."

"물론 올해는 안 되고요. 내년을 노리세요."

귀찮은 일 다 해치우고 이제 꿀 빠는 것만 남았는데 내가 미쳤다고 이 자리를 다른 사람에게 넘겨?

그런 생각으로 엄숙하게 선언하자 선배가 크게 웃음을 터뜨렸다.

덕분에 잠깐이나마 넋을 놓고 말았다. 미남이 웃으면 주변이 진짜로 밝아지는구나, 처음으로 실감했기 때문이었다.

"나 내년에 4학년인데?"

"4학년이 하지 말란 법 있나요. 취직 좀 미루면 되죠."

그 말의 어디가 웃겼는지 선배는 다시 소리 내어 웃기 시작했다.

나는 또 조용히 감상했다.

와, 진짜 잘생겼다. 무지하게 잘생겼다. 빛이 막 난다. 정전돼서 불 다 꺼져도 이 선배만 옆에 있으면 될 것 같았다.

"취직 미루는 건 안 될 것 같은데. 혹시 뇌물은 안 받아?"

"제가 또 한 사리사욕 하는 건 어떻게 아시고. 뭐 주실 건데요?"

"뭐가 좋은데?"

"비싸고 귀한 거요. 너도나도 다 준다고 하면 좀 곤란하거든
요."

말은 그렇게 했지만 딱히 선배에게 무언가를 받을 생각은 없었
다. 그만큼 내 전용석이 소중했으니까.

하지만 일주일 후, 선배가 내게 구해다 준 건 DVD였다. 그것
도 이제는 절판이 되어서 중고 매장이 아니면 어디에서도 구하기
힘든, 내가 좋아하는 영화의 DVD.

그걸로 끝이 아니었다. 선배가 내게 준 DVD에는 사인까지 되
어 있었다. 영화에 출연한 배우 중 한 사람, 내가 대한민국 배우
중 제일 좋아하는 이영린의 사인이!

"이거면 돼?"

"어서 오세요, 선배. 쓰기 편하시라고 제가 마침 암호도 풀어
놓은 참이었습니다."

겨우 이런 걸로 제 마음을 살 수 있을 거라고 생각했어요?

……라고 비웃기엔 진짜 너무 값진 뇌물이었다.

'이러면 안 되는데'라는 생각은 하지도 못했다. 정신을 차렸을
땐 이미 선배에게 전용석의 암호를 가르쳐 주고 난 뒤였다.

그렇게 내 전용석은 나와 선배 두 사람의 전용석이 되었다.

그러자 그 사실을 알게 된 몇몇 회원들이 내게 불만을 터뜨렸
다. 내가 천유진한테만 특별 대우를 했기 때문에? 아니, 내가 회
장의 권력을 써서 천유진의 환심을 샀기 때문에.

만약 전자의 이유로 항의가 들어왔다면 나도 할 말이 없었을 거
다. 하지만 후자의 이유로 그들이 내게 불만을 가졌다는 걸 알았
을 때엔 솔직히 어처구니가 없었다.

그래서 그들의 불만을 잠재우고, 나아가 뇌물로서 환심을 산

건 내가 아닌 천유진이란 사실을 증명하기 위해 선배가 구해 준 이영린 사인 DVD를 보여 주었다.

"이거 유진 선배가 컴퓨터 쓰게 해 주는 대가로 나한테 준 거야. 이런 거 주면 너희도 내 전용석 쓰게 해 준다."

"이런 걸 어디 가서 구해요?"

"못 구하면 그냥 PC방을 가면 되는 거고."

이영린 사인 DVD는 시중에서 절대 구할 수 없는 물건이었다. 덕분에 그 뒤로 내 전용석을 두고 나와 선배를 엮는 사람은 없었다.

대신이랄까. 이번엔 내가 아닌 선배를 찾아가 이영린 사인 DVD는 어디서 구했냐, 이영린이랑 아는 사이냐, 혹시 하나 더 구할 수는 없냐고 물어봐 선배를 곤란하게 만들었다.

하나도 아니고, 둘도 아니고, 무려 셋씩이나! 그것도 내가 본 것만 셋이지 뒤에서는 몇 명이 더 그랬을지 알 수 없는 노릇이었다.

이영린이 이렇게 인기가 많았다니. 내가 좋아하는 배우는 나밖에 좋아하지 않을 거라는 마이너 부심이 이뤄 낸 불찰이었다.

결국 나는 무거운 마음으로 선배에게 찾아가 사과했다.

"죄송해요, 선배. 저 때문에 많이 귀찮죠?"

"괜찮아. 오히려 나는 네 덕분에 편하게 컴퓨터 쓸 수 있으니까 좋지."

"그래도……."

"정 신경 쓰이면 내 부탁 하나만 들어줄래?"

선배가 한 부탁은 영화를 추천해 달라는 것이었다.

"과제를 해야 하는데, 주제가 같은 동양 영화와 서양 영화를 두고 시나리오, 연출, 캐릭터 같은 걸 비교 분석 해야 되거든. 그런데 어떤 영화를 골라야 쓸 게 많을지 모르겠어."

"그건 또 제가 전문이죠. 어떤 주제 원하세요? 말씀만 하세요."

동방에 차고 넘치는 게 영화 DVD고, 나는 그중의 절반을 봤다. 게다가 재밌게 본 영화는 감상까지 열심히 써 둔 덕분에 선배의 부탁은 아주 쉽게 들어줄 수 있었다.

그렇다 보니 마음의 빚을 덜은 기분이 조금도 들지 않아서 내친김에 선배가 레포트를 쓰는 걸 도와주었다.

그 과정에서 내가 알게 된 건 선배가 무척이나 다정하고 친절한 사람이라는 거였다.

"소희야, 그거 이리 줘. 내가 버릴게."

"덥지. 시원한 거 마실래? 내가 살게."

"계속 이렇게 도와줘서 고마워. 덕분에 도움 많이 됐어."

저렇게 잘생긴 사람이 어쩜 저렇게 성격까지 좋고, 말도 예쁘게 할 수 있을까.

심지어 선배는 돈도 많았다. 차도 있고 노트북도 있었다. 보통대학생은 노트북은 몰라도 차를 가지고 있기는 힘든데.

하지만 내가 놀란 건 차보다도 노트북이었다.

"선배 노트북도 있는데 왜 굳이 저한테 이영린 사인 DVD까지주고 전용석 빌린 거예요?"

"들고 다니면 주변에서 자꾸 빌려 달라고 그래서. 웬만하면 안들고 다녀."

"아, 그건 귀찮겠네요."

이해한다고 고개를 끄덕이다가 잠깐 고민했다.

내 사리사욕과 그동안 선배와 쌓아 온 친분. 예전에는 후자가 쥐똥만큼도 안 됐으니 망설임 없이 내 사리사욕을 챙길 수 있었지만, 이제는 후자도 좀 무거워져 비등비등 수평을 유지할 정도가 됐다.

문득 '윤소희가 천유진을 꼬시려고 그런다. 환심을 사려고 그런다.' 몇몇 회원들이 떠들어 대던 말이 떠올랐다.

왜 그게 떠올랐을까. 나는 고개를 흔들어 잡념을 떨쳐 내고 조심스럽게 입을 열었다.

"저, 선배."

"응?"

"그…… DVD 돌려 드릴까요?"

이 말을 굉장히 어렵게 꺼냈다는 걸 알아차린 걸까? 선배가 의아한 얼굴로 되물었다.

"왜? 이영린 팬이라며."

"팬이긴 한데……. 선배도 팬 아니에요?"

그렇지 않고서야 어떻게 사인 DVD를 가지고 있었겠어.

"솔직히 너무 귀한 거 받아서 찝찝하던 차였거든요. 밥 몇 번 얻어먹었으니까 그걸로 퉁친 셈치고 DVD 돌려 드릴게요."

"괜찮아. 우리 집에 그거 많거든."

"많다고요? 사인 DVD가요? 어떻게요?"

문득 선배가 다른 애들한텐 더 구하기 어렵다고 난감한 표정을 지어 보이던 모습이 떠올랐다.

그런데 내가 그때의 기억을 떠올렸다는 걸 어떻게 알았을까? 선배는 씩 웃으며 검지를 자신의 입술로 가져갔다.

"다른 애들한텐 비밀이야."

비밀. 그건 참 신기한 단어였다.

그 단어가 가진 기묘한 울림은 선배와 친해진 이후로도 좁히지 못했던 거리감을 단숨에 제로로 만들었다.

그래서 하면 안 될 짓을 해 버렸다. 그동안 내가 정을 주었던 종이나 화면 속의 남자들에겐 절대로 하지 않았던, 할 수 없었던 짓.

"소희야, 왔어?"

내 이름을 부르면서, 나를 향해 다감하게 웃어 주는 저 남자를 좋아하게 되어 버린 것이다.

웃으면 주변이 밝아질 정도로 잘생겼는데 얼굴값 안 하고, 세 살 어린 후배를 손가락 끝으로 부리기는커녕 무슨 일이든 자기가 먼저 하고 대신 해 줄 만큼 친절하고, 웃는 얼굴이나 말하는 목소리가 조곤조곤 참 다정하고, 아마도 돈까지 많은 남자.

한 사람만 좋아하는 지고지순일지 어떨지는 모르겠지만, 앞선 조건들은 눈이 정수리에 달린 내 높은 이상형을 만족하고도 남는 사람이었다.

그러나 나는 선배를 좋아한다는 사실을 깨닫기도 전에 그가 나와 다른 세계에 산다는 걸 먼저 깨달은 상태였다. 물리적인 의미가 아니라 조건적인 의미에서.

같은 대학교에, 같은 동아리에, 누가 친하냐고 물어보면 고개를 끄덕일 수 있을 정도로 친분을 쌓기까지 했지만, 이 마음을 선배에게 고백하는 일은 없을 것이다. 선배가 나를 여자로 보는 일도 없을 거고.

아마 죽었다 깨어나도 선배의 마음이 내 마음과 같아질 일은 없을 것이다.

하지만 나는 그 사실이 별로 절망스럽지 않았다.

33

평생을 나란 애가 이 세상에 존재하는지도 모르는 남자들만 좋아해 온 나였다. 나와 다른 세계에 있는 남자를 홀로 좋아하는 건 내게 무척이나 익숙한 일이었다.

그러니 괜찮았다. 설사 나의 마음이 나를 아프게 하는 날이 온다고 하더라도, 나는 괜찮을 수 있다고 자신할 수 있었다.

그때는 그렇게 믿었다.

✻

대학교 3학년. 태어나 처음으로 실존하는 남자를 좋아하게 된 나는, 한마디로 첫사랑에 빠져 버린 나는 뒤늦게 사춘기를 앓았다.

일찌감치 철이 드는 바람에 중고등학교도 아주 조용하게 다닌 게 바로 나였다. 그런데 나이 스물둘에 미풍에도 울렁이는 들꽃 같은 마음을 지니게 됐다.

가만히 앉아 있다가도 웃음이 나고, 또 가만히 누워 있다가도 눈물이 나고. 하루에도 수십 번씩 감정이 널을 뛰었다.

그 상황에서 내가 할 수 있는 거라곤 선배를 향한 마음을 티 내지 않는 것뿐이었다.

그래, 나는 엄청나게 노력했다. 선배가 곁에 있어도 시선을 주지 않았고, 꼭 대화를 나눠야 할 때가 아니면 말도 먼저 걸지 않았다.

도저히 집중이 안 되는 상황이면 일부러 이어폰을 귀에 꽂고 모니터만 죽어라 노려봤다. 누구도 내 마음을 눈치채지 못하게.

어차피 안 될 마음이라도, 나는 내 들꽃이 시간에 의해 자연히

지기를 바랐다. 다른 사람의 손에 무참히 꺾이는 게 아니라.

그게 천유진이어도 싫었다. 그래서 무슨 일이 있어도 고백하지 않기로 마음먹었다. 가만히 혼자 지켜보다가, 끝내 져 버리면 추억의 책장 속에 조용히 간직할 생각이었는데.

"그러니까, 내 딸이, 어떻게 됐다고요?"

"쉽게 말씀드리면 기억상실증에 걸리셨습니다. 환자분과 이야기를 나눠 보니 최근 5년 동안의 일을 전혀 기억 못 하고 계시네요."

"아이고, 아이고, 맙소사…….."

"장모님!"

의사에게서 내 증상을 들은 엄마가 한순간 쓰러질 듯 비틀거렸다.

그런 엄마를 얼른 부축하는 사람은 바로 선배였다. 자식이라곤 겨우 나 하나밖에 낳지 않은 우리 엄마를 장모님이라고 부르는 것도 선배였고.

이게 꿈이 아니라고? 어떻게 아닐 수가 있지?

의사가 차트를 들여다보며 뭐라고 뭐라고 설명을 하는데, 내 귀엔 하나도 들어오지가 않았다. 죽어 버린 청각 대신 번쩍 뜨인 시야 속으로 들어오는 건 마치 의지하듯 선배의 손을 꽉 쥔 엄마와 그런 엄마를 달래 주는 선배였다.

내 기억 속에서 두 사람은 3학년 동아리 엠티 때 딱 한 번 만난 게 다였다. 그런데 저렇게 사이가 좋아지다니, 그것도 호칭이 장모님에…….

"천 서방, 이게 다 무슨 소리야. 우리 애가 기억을 잃었다니?"

천 서방.

하하하, 천 서방.

그래, 선배 성이 천 씨니까 나랑 곧 결혼할 사이라고 하면 우리 엄마가 선배를 천 서방이라고 부르는 게 맞지. 암, 김 서방이나 이 서방이라고 부르지는 않을 테니까. 그러니까 천 서방, 천 서 방…….

우와, 닭살 돋아.

어깨를 감싸 쥐고 몸을 부르르 떠는 나를 본 모양이었다. 의사가 밖으로 나간 후, 크게 충격받은 엄마를 의자에 부축한 선배가 걱정스러운 표정으로 나를 바라봤다.

"추워? 에어컨 끌까?"

"아뇨…… 아니, 네. 끄는 게 좋겠어요."

생각해 보니 좀 춥기는 했다.

어깨를 몇 번 더 문지르자 선배가 얼른 리모컨을 찾아 에어컨을 껐다. 삐리릭 소리를 내며 에어컨이 꺼진 후, 기계 소리가 사라진 병실 안엔 정적이 감돌았다.

나를 포함해 병실에 있는 세 사람 중 그 어느 누구도 입을 열지 못했다.

엄마는 여전히 충격받은 얼굴이었고, 선배는 그런 엄마와 나 사이에서 무슨 말을 하면 좋을지 모르겠다는 표정을 짓고 있었다.

그리고 나로 말할 것 같으면, 솔직히 지금 이 병실에서 나보다 충격받고 나보다 할 말 없는 사람은 없을 것이다.

……역시 이거 꿈 아닐까?

아무리 생각해도 이건 진짜 말도 안 되는 일이었다. 어떻게 선배랑 나랑 결혼할 사이가 될 수가 있지?

5년 사이에 남북통일이 이뤄졌다고 해도 이렇게까지 놀라지는 않았을 거다. 아무래도 실감이 안 나서 뺨을 한 번 꼬집다가 볼 안쪽 살까지 깨무는데 엄마가 나를 불렀다.

"소희 너, 진짜 천 서방 몰라?"

"그게…… 천 서방은, 누군지 모르겠는데……."

힐끔힐끔 쳐다보자 선배가 대놓고 우울한 표정을 짓고 있었다.

나도 죄책감이 드는데 입만 열면 천 서방, 천 서방, 온몸으로 사위 사랑은 장모를 실천하고 있는 우리 엄마 심정은 어떨까.

역시나 속이 답답했는지 엄마는 주먹 쥔 손으로 가슴을 두드렸다.

"다른 사람도 아니고 어떻게 천 서방을 기억 못 할 수가 있어? 차라리 이 엄마를 까먹어도 천 서방은 까먹으면 안 되지!"

"아니, 무슨 말을 그렇게 해……."

"천 서방 아예 몰라? 둘이 같은 대학교 나왔잖아. 기억이 어디까지 나는데, 응?"

"그게……."

선배가 좋아하는 여자랑 사귀기로 했다고 나한테 말해 준 날…… 이라고 답하면 이 병실이 뒤집어지겠지. 그날을 달리 뭐라고 설명해야 좋을까?

"아, 오토바이."

"오토바이?"

"응. 택시에서 내리다가 오토바이에 치여서…… 그게 마지막이야. 나는 그래서 병원에 입원한 줄 알았는데."

"……오토바이에 치였다고?"

옆에서 듣고만 있던 선배의 얼굴이 경악으로 물들었다. 그건 엄마 역시 마찬가지였다.

아, 망했다.

아무래도 5년 전의 나는 오토바이 사고에 대해 입도 벙긋 안 한 모양이었다.

그 사실을 전혀 짐작도 못 한 채 입을 놀린 대가로, 나는 환자복을 입은 채 엄마에게 등을 두들겨 맞아야 했다.

"이 망할 것아! 숨길 게 따로 있지 어떻게 오토바이에 치인 걸 숨겨? 너 그거 후유증 있으면 어쩌려고!"

"엄마, 나 환자! 아파! 그만 좀 때려!"

"네가 지금 그런 말 할 자격이 있긴 해?"

5년이 흘렀어도 엄마 손은 여전히 매웠다. 진짜로 아프기도 했지만, 선배 보기 민망한 마음에 과하게 엄살을 떨었다.

다행히 엄마도 선배의 눈치를 봤는지 금방 손을 거뒀다.

"아이고, 재수 없게 계단에서 굴렀단 말을 믿은 내가 천하의 멍청이였지."

"……뭐 어떻게 됐기에 계단에서 굴렀다고 했는데? 나 많이 다쳤었어?"

죄인이 된 기분에 슬금슬금 눈치 보며 묻자, 엄마가 아닌 선배가 대답해 주었다.

"너 그때 팔 부러졌었어."

"팔이요?"

선배는 고개를 끄덕였다. 엄마가 그 옆에서 들으라는 듯 아주 크게 한숨을 내쉬며 설명을 덧붙였다.

"부러져도 하필이면 오른팔이 부러져서는. 너 그때 가평 내려 왔던 것도 기억 안 나지?"

"안 나지, 기억상실이라는데……."

38

작게 중얼거린 나는 눈을 아래로 내리깐 채 오른팔을 앞뒤로 뒤집어 살폈다.

하지만 오토바이에 치인 건 5년 전의 일이었다. 그때 입은 부상이 아직 남아 있을 리가 없었다.

"그랬구나. 사고 나고 가평 내려갔었구나……."

문득 든 생각이, 어쩌면 팔이 부러져서가 아니라 선배 때문에 내려갔을지도 모르겠단 생각이 들었다. 마음 접으려고.

그런데 그러면, 어쩌다 선배랑 이런 사이가 됐을까?

직후의 일이 못 견디게 궁금했다. 그래서 그다음엔 어떻게 됐냐고 물으려는데 엄마가 갑자기 자리에서 벌떡 일어났다.

"엄마?"

"잠깐만, 전화 왔다."

주머니에서 핸드폰을 꺼낸 엄마가 액정을 한 번 보고는 아빠라고 말해 주었다.

"네 아빠 펜션 손님들 때문에 서울 못 왔거든."

"아아…… 뭐. 알지."

얼른 받으라고 대충 손짓했더니 엄마가 전화 받고 오겠다며 자리에서 일어났다.

여기서 받아도 되는데 왜 나가지?

그 이유는 엄마가 나가고 병실 문이 닫힌 후에 알 수 있었다.

놀랍도록 무거운 침묵이 내게 알려 준 것이다. 엄마가 나간 건 선배와 내가 단둘이 대화를 나눌 수 있게 자리를 비켜 준 것이라는 걸.

"……."

"……음."

엄마한테 됐으니까 빨리 들어오라고 전화하고 싶다.

하지만 엄마는 아빠랑 통화 중이었고, 나한테는 핸드폰이 없었다.

그리고 보니 내 핸드폰은 어디에 있을까. 집에 있으려나? 그런데 지금 나는 어디에 살고 있지? 대학 다닐 때 살던 그 자취방에 살고 있나? 회사에 취직은 했나? 돈은 얼마나 모아 놨지?

그런데 어쩌다가 기억을 잃었을까. 머리만 아픈 걸 보면 교통사고가 났다거나 그런 건 아닌 것 같은데. 뭐 단단한 거에 얻어맞기라도 했나?

"소희야."

"네?"

딴생각에 빠져 있다가 그만 깜짝 놀라 어깨를 들썩였다.

민망한 마음에 슬쩍 옆을 바라보자 선배가 꽤나 지친 표정을 짓고 있는 게 눈에 들어왔다.

그럴 만도 했다. 선배 입장에선 그냥 여자 친구도 아니고, 두 달 뒤에 결혼할 애인이 기억을 전부 날려 버린 거니까.

게다가 방금 엄마한테 한 말을 함께 들었으니 아마 선배도 짐작하고 있을 거다. 내 마지막 기억이 어디에 머물러 있는지. 그때 선배가 나한테 어떤 사람이었는지.

"많이 놀랐지?"

"네, 뭐……."

많이 놀란 정도가 아니라 내가 아직도 꿈에서 깨지 않고 있다는 사실이 믿기지 않았다.

이게 진짜 현실이라면 다 같이 짜고 나를 놀리고 있는 게 아닐까?

엄마를 보지 못했더라면 그 가능성을 진지하게 고민해 봤을 것이다. 하지만 스물여섯에서 서른하나가 된 선배라면 몰라도, 쉰에서 쉰다섯이 된 우리 엄마는 5년의 세월을 머리카락 사이에 고스란히 품어 놓고 있었다.

우리 엄마가 겨우 나 하나 놀려 주겠다고 새치를 심었을 리는 없겠지.

차라리 그러면 좋을 텐데. 겨우 눈 한 번 감았다 뜬 것만으로 5년의 세월이 지났다는 사실이 도저히 믿기지 않았다. 마치 기나긴 꿈을 꾸는 기분이었다.

"자, 일단 좀 마셔."

선배가 냉장고에서 꺼내 건넨 건 캔 커피였다. 내가 제일 좋아하는 커피. 덕분에 조금이나마 웃을 수 있었다.

"감사합니다. 잘 마실게요."

"……그렇게 깍듯하게 인사 안 해도 돼."

"아."

결혼할 사이라고 했지 참.

나는 선배가 마시라고 준 캔 커피를 만지작거리며 괜히 눈만 이리저리 굴렸다. 건조한 입술을 혀로 핥다가, 마른침을 몇 번 삼키다가.

그렇게 부산스럽게 굴던 와중 입안이 말라서 캔을 따 입으로 가져갔다.

달콤쌉싸름한 액체가 목 안으로 넘어갔다. 선배가 다시 입을 연 건 내가 캔 커피를 반쯤 비웠을 때였다.

"궁금한 거 없어?"

"네?"

"네 입장에선 갑자기 5년이 지난 거잖아. 궁금한 게 많을 것 같은데."

안 그래도 수많은 의문이 머릿속에 둥둥 떠다니던 참이었다.

반사적으로 고개를 끄덕인 나는 제일 궁금한 것부터 먼저 물었다.

"저 왜 여기 있는 거예요?"

그것부터 물어볼 거라고 예상한 걸까? 선배는 자그마한 한숨과 함께 바로 답해 주었다.

"욕실 청소하다 넘어졌어."

"네?"

"욕실 청소하다가 넘어졌다고. 그런데 욕조 쪽으로 넘어지는 바람에 욕조 가장자리에 뒤통수를 정통으로 부딪친 거야."

"……"

"아마 그랬을 거라고 생각해. 내가 널 발견했을 때 넌 욕실 바닥에 쓰러져서 기절한 상태였거든. 주변엔 청소 도구가 널려 있었고."

"욕실 청소……"

그렇구나. 그래서 뒤통수만 아팠구나…….

역시 교통사고는 아니었다. 하긴, 오토바이에 치인 전적이 있는데 불과 5년 새에 또 교통사고를 당하는 건 말도 안 되는 일이지.

하지만 가만 생각해 보니 차라리 교통사고가 난 게 더 낫겠다 싶기도 했다.

욕실 청소를 하다 미끄러져서 욕조에 뒤통수를 부딪치는 바람에 기억상실증에 걸리다니. 시트콤도 아니고, 어떻게 이런 일이 현실에서 일어나냐고.

"음, 또 궁금한 게 있는데요."

"물어봐."

선배의 순순한 허락에 나는 침을 한 번 삼키고 입을 열었다.

"저는, 제가 기억하는 마지막 날은 그날이거든요. 선배가 짝사랑하는 사람이랑 사귀기로 했다고 저한테 말해 준 날."

혹시나 이 이야기를 하는 중에 엄마가 병실 안으로 들어올까 닫혀 있는 문을 몇 번이고 흘끔거렸다. 그러고도 안심이 안 돼서 목소리를 조금 더 작게 줄였다.

"그분은…… 어떻게 된 거예요?"

꽤 용기 내서 한 질문이었는데 선배는 아무 말도 하지 않았다.

허를 찔린 듯 아닌 듯, 화가 난 듯 당황한 듯.

눈을 내리깐 채 입술을 지그시 깨물고 있는 선배의 얼굴은 도저히 그 속을 짐작할 수가 없었다.

괜한 질문을 한 걸까. 하긴, 곧 결혼할 여자한테 듣기는 좀 난감한 질문이긴 하지.

"곤란하면 대답 안 해 주셔도 되는데……."

"그게 두 번째로 궁금해?"

"네?"

아니, 좋아하는 사람한테 실연당해서 펑펑 울다가 오토바이에 치였는데, 그러고 눈떠 보니 5년이 지났고 그 남자는 이제 나랑 결혼한다는데. 그럼 전에 사귄다고 했던 사람은 어떻게 됐는지 그게 궁금해야지, 내가 뭘 궁금해해야 하는 건데?

설마 대답해 주기 싫어서 이러는 건가? 대답하기 곤란한 어떤 사정이 선배랑 그 사람 사이에 있었던 건가? 근데 나랑 결혼한다고 한 거야, 선배는?

속상해서 입술이 앙다물어졌다. 이 와중에 또 기분 상했다는 티는 내고 싶지 않아서 어떻게든 표정 관리에 애쓰는데, 선배가 한숨을 쉬며 재차 물어 왔다.

"그 사람은 안 궁금한가 싶어서."

"그 사람?"

정확히 누굴 지칭하는 건지 몰라 고개를 기울이자, 선배가 내 눈을 빤히 들여다보며 입을 열었다.

"네가 지금 좋아하는 사람."

"……네?"

놀라 눈을 동그랗게 뜨는 나를 보며 선배가 쓰게 웃었다.

"기억이 5년 전이면 감정도 5년 전일 거 아냐."

"그……거야 뭐."

훅 치고 들어온 말에 그만 어안이 벙벙해졌다.

아니, 사귀는 사이라며. 두 달 뒤에 결혼한다며. 그런데 어떻게 내가 좋아하는 사람이 누군지 선배가 모를 수가 있지?

"제가 지금, 누구 좋아하는지 선배 몰라요?"

"몰라."

"……몰라요?"

왜?

"네가 말을 안 해 줬으니까."

왜 말 안 했지? 이유가 짐작이 안 돼 한참을 끙끙대다 조심스럽게 물었다.

"저한테 안 물어보셨어요?"

"안 가르쳐 주던데."

대꾸하는 목소리는 살짝 심통이 난 듯했다. 내가 선배를 알고

44

지내던 동안에는 들어 본 적 없는 목소리라 확신할 순 없었지만.

"지금 물어보면 가르쳐 줄래?"

"어…… 그게."

왜 말을 안 했는지는 모르겠지만, 그래도 이유가 있으니까 말을 안 한 게 아닐까?

5년의 기억이 없으니 짐작도 추측도 확신도 아무것도 할 수가 없었다.

이 상황에서 할 수 있는 거라곤 그저 나 자신을 믿는 것뿐이었다. 내가 그렇게 행동한 데에는 뭔가 그럴 만한 이유가 있었을 거라고.

"……."

"……."

"……그게, 선배."

"오빠."

"네?"

"우리 사귀면서 너 나 오빠라고 불렀어."

"오빠요?"

선배는 고개를 끄덕였다.

"난 그냥 이름으로 불러도 된다고 했는데 그건 싫다고, 네가 오빠라고 부르겠다고 했어."

선배는 나보다 세 살이 많았다. 이름을 부르랬다고 유진아, 하고 맞먹을 수는 없으니 부르려면 유진 씨라고 불러야 했는데 그건 너무 간지러웠다.

음, 확실히 오빠가 나았겠다.

그런데 선배를 오빠라고 부르는 상상을 해 보니 그것도 좀 간지

45

러워서 괜히 마시다 만 커피를 끝까지 들이켰다. 그런 내 행동을 선배는 어색함으로 받아들인 모양이었다.

"당장 그렇게 부를 필요는 없고…… 천천히 해. 지금은 많이 어색할 테니까."

"아…… 네."

"대신 방금 전의 질문은 대답 안 해 줄 거야."

"네?"

"궁금하면 먼저 말해 주든가. 지금 네가 좋아하는 사람 누군지."

그러면 나도 말해 주겠다고, 선배가 웃으면서 말하는데.

웃는 얼굴이 저렇게 웃는 얼굴 안 같을 수가 있구나. 그런 얼굴을 다른 사람도 아닌 선배가 할 수 있구나.

그렇게 놀라운 사실도 아닌데, 1년이 넘는 시간 동안 한 번도 본 적 없는 선배의 얼굴이 낯설어 입을 다물었다. 그러자 선배가 쓰게 웃으며 바로 내 옆으로 자리를 옮겼다.

"근데 소희야."

"네?"

"그건 확실하게 알아 둬. 넌 지금 내 애인이고, 내 약혼녀야."

선배는 왼손으로 내 손을 잡고, 오른손을 주머니에 넣어 반지를 꺼냈다. 그리고 그 반지를 내 왼손 약지에 끼워 주었다.

예쁘기는 하지만 생전 처음 보는 반지인데, 그게 내 손가락에 딱 맞게 끼워지는 순간 이유 모를 안정감을 느꼈다.

원래 내 것이었던 모양이다. 반지를 내려다보며 손을 쥠쥠 쥐었다 폈다 하다가 선배의 왼손 약지에 같은 디자인의 반지가 끼워져 있는 걸 확인하고 물었다.

"이건 왜 선배가 가지고 있는 거예요?"

"욕실에 있었어. 청소하느라 빼놓은 것 같더라."

그렇구나. 납득해서 고개를 끄덕이는데 선배의 나지막한 목소리가 이어서 들려왔다.

"나는, 지금 네가 다른 남자를 좋아한다고 해서 결혼을 미루거나 하지는 않을 거야."

뭐…… 안 그래도 되지 않을까?

눈동자만 데굴데굴 굴리는 사이 선배는 내 왼손을 쥐고 반지 위에 살짝 입을 맞췄다.

손등 위로 내려앉는 선배의 숨결이 너무 간지러워서 몸이 저절로 움찔거렸다. 그러자 선배의 손에 힘이 들어가는 게 느껴졌다.

"선…….."

"그럼 난 잠깐 짐 가지러 갔다 올게."

"짐이요?"

"너무 정신이 없어서 옷이랑 세면도구 같은 걸 하나도 못 챙겼거든. 아마 1시간 정도 걸릴 거 같은데 혹시 필요한 거 있어?"

"어…… 그럼 저 핸드폰이요."

"핸드폰?"

한 번 되물은 선배는 망설임 없이 주머니에서 핸드폰을 꺼내 내게 건네주었다.

하지만 그건 내 핸드폰이 아니었다. 확신할 수 있는 이유는 간단했다. 내 기억 속에 있는 물건이니까.

"이거 선배 거잖아요."

"네 거 고장 났어. 욕실 청소할 때 물에 젖어서."

"……욕실 청소를 핸드폰 가지고 했다고요?"

"그러게. 왜 그랬어?"

아무리 생각해도 그랬을 리가 없는데, 기억이 없으니 뭐라 대꾸도 못 하겠고.

미간에 힘만 주고 있는 내게 선배가 한마디 덧붙였다.

"비밀번호는 네 생일이야."

"그것 참…… 기억하기 쉽네요."

"그렇지?"

방긋 웃는 선배에 또 한 번 목이 말라 왔다. 나는 빈 캔만 만지작거리다가 문득 궁금해져서 물었다.

"근데 이거 저 주면 선배는 어떡해요?"

"괜찮아. 일할 때 쓰는 거 따로 있어. 아, 그 번호 저장해 줄게."

내게서 핸드폰을 다시 받아 간 선배가 번호 하나를 입력했다. 저장된 이름은 [소희 애인].

맞는 말이긴 한데 왜 민망하지. 괜히 손등만 긁적이는 사이 선배가 내 손에서 빈 캔을 빼내고 다시 핸드폰을 쥐여 줬다.

"금방 갔다 올게."

"네…… 다녀오세요."

선배가 밖으로 나가고 병실에는 적막이 내려앉았다. 한참 만에 다시 혼자가 된 나는 무거운 한숨만 내뱉었다.

"이게 진짜, 무슨 일이야."

하나부터 열까지 전부 정리가 되지 않았다. 나는 터질 것 같은 머리를 신경질적으로 헤집다가 선배가 주고 간 핸드폰을 뒤늦게 바라봤다.

"근데 선배도 참. 돈도 많은 사람이 왜 아직도 이걸 쓰고 있지?"

그때만 해도 신제품이었지만 5년이나 지난 지금은 골동품이나 다름없었다.

중간에 고장도 안 났나? 안 났어도 느려지거나 배터리 빨리 닳거나 해서 바꿨을 법도 한데.

어쨌거나 지금 중요한 건 그게 아니었다. 나는 낡은 티가 나는 핸드폰의 겉면을 엄지로 쓸다가 심호흡과 함께 버튼을 눌렀다.

잠금 화면은 내 사진이었고, 거기에 걸린 비밀번호는 진짜 내 생일이었다.

그 사실이 못내 부끄러워 괜히 주변을 둘러보다가 본격적으로 핸드폰을 살펴보기 시작했다.

선배의 성정을 고스란히 드러내는 듯 메인 화면은 깔끔하기 그지없었다. 아니, 깔끔하다 못해 썰렁했다. 게임이나 SNS는커녕 다른 앱도 깔려 있는 게 없었다. 볼 거라곤 갤러리뿐이었다.

예상대로라고 해야 할까, 아니면 뜻밖이라고 해야 할까. 핸드폰에 저장되어 있는 사진 중 반 이상이 내 독사진, 혹은 선배랑 나랑 둘이 찍은 사진이었다.

어느 사진을 봐도 나는 웃고 있었고, 그건 선배도 마찬가지였다. 손을 잡고, 팔짱을 끼고, 뺨을 맞댄 우리는 틀림없는 연인이었다.

나 선배랑 정말로 사귀었구나.

하지만 직접적인 증거를 봐도 현실감이 느껴지지 않았다.

나는 아직도 꿈속에 있는 듯했다. 그 정신적인 부유감은, 아마 나와는 다른 세계에 산다고 생각했던 사람이 너무도 갑작스럽게 내 세계에 끼어든 탓에 생긴 괴리감 때문이 아닐까.

굳이 비유하자면 온통 흑백으로 가득했던 내 세계에 총천연색인 선배가 불쑥 튀어나온 것과 다름없었다. 그러니 내가 어떻게 아무 위화감도 없이 선배를 받아들이겠어.

게다가 변해 버린 우리의 관계는 감히 상상도 못 했던 영역의 것이라서, 나는 이제 선배가 발 디딘 내 세계마저 낯설게 느껴졌다.

마치 내가, 내가 아니게 된 것만 같은 기분.

기억이 돌아오면 이 모든 혼란이 전부 해결될까?

그렇다면 빨리 기억이 돌아오면 좋겠다.

나는 엄마가 다시 들어올 때까지 선배의 핸드폰에 저장된 사진을 보며 낯선 내게 익숙해지려는 노력부터 했다.

✳

다음 날, 엄마로부터 내 소식을 전해 들은 큰 이모가 병문안을 왔다.

"아이고, 세상에. 멀쩡히 결혼 준비하던 새신부가 하루아침에 이게 무슨 꼴이야? 소희 너 괜찮니?"

"네. 뒤통수 좀 얼얼한 거 빼곤 다 괜찮아요."

"괜찮긴! 너 기억상실인가 뭔가 하는 그거 걸렸다며. 이모는 기억나?"

"그럼요. 기억나죠."

내게는 두 명의 이모가 있는데, 그중 엄마보다 언니인 이모를 큰 이모, 엄마보다 동생인 이모를 작은 이모라고 불렀다.

두 분 중 작은 이모와는 교류가 거의 없다시피 했지만, 큰 이모 랑은 안부 전화도 자주 드릴 정도로 친하게 지냈다. 내가 중학교 때 펜션을 한다고 가평으로 내려간 부모님 대신 고등학교 졸업 때까지 날 돌봐 준 게 바로 큰 이모이기 때문이었다.

햇수로 따지면 무려 5년. 그 긴 시간을 신세 지다 보니 눈칫밥을 좀 먹긴 했지만, 그래도 큰 이모는 동갑내기 친딸과 날 차별하지 않으려 무척이나 애써 주셨다.

그래서 나 역시 큰 이모에게 감사한 마음을 잊지 않으려 노력했다.

아무리 입원을 했다고는 해도 그렇게 큰 병에 걸린 것도 아닌데, 소식을 듣고 바로 와 주신 걸 보면 나는 지난 5년 동안에도 큰이모와 잘 지낸 모양이었다.

"어쩜, 나 드라마 말고 현실에서 기억상실증 걸리는 사람 처음 봤어. 그래, 기분은 좀 어떠니?"

"어떠냐고 해도…… 그냥 그래요."

솔직히 말하면 이상한 나라의 앨리스가 된 기분이었다. 다른 세상에 뚝 떨어진 것처럼 나를 둘러싼 모든 요소가 낯설었다.

하지만 그렇게 곧이곧대로 말하는 대신 그냥 웃고 말았다. 다행히 큰 이모는 금방 화제를 돌렸다.

"결혼은 어떻게 하기로 했어? 겨우 두 달밖에 안 남았잖아. 너 기억 돌아올 때까지 미루기로 했니, 아니면."

"기억이 정확히 언제 돌아올지 모르는 상황이라서요. 그냥 진행하기로 했어요."

선배에게 듣기로 우리는 웨딩 사진도 찍고 청첩장도 다 돌린 상황이라고 했다. 심지어 내가 청소하다 미끄러진 그 욕실은 우리 신혼집 욕실이었다고.

그 신혼집은 인테리어 공사가 끝난 건 물론 가구나 전자 제품까지 다 들여놔서 당장 들어가서 살아도 문제없다고 했다.

그런 사실을 하나하나 들을 때마다 못 견디게 간지러워서, 나는 이게 정말로 꿈이 아닌가 아직도 뺨을 한 번씩 꼬집고는 했다.

"소희 너는, 어째 드라마에나 나올 것 같은 남자랑 결혼한다 했더니 어쩜 병원도 이렇게 드라마틱한 일로 와?"

"그러게 말이에요……."

드라마에나 나올 것 같은 남자. 선배와 무척이나 잘 어울리는 수식어였다. 무의식중에 고개를 끄덕이다가 문득 궁금해져서 큰 이모에게 물었다.

"큰 이모도 선배랑 잘 아세요?"

"선배? 아, 네 남편 될 사람? 알지, 그럼. 네가 데려와서 소개해 줬잖아."

역시 큰 이모한테는 따로 인사를 드린 모양이었다. 그렇구나 하고 고개를 끄덕이자 그때의 상황을 궁금해한다고 여겼는지 큰 이모가 자세하게 설명을 해 주었다.

"어렸을 때는 혼자 살 거라고 큰소리 땅땅 치던 애가 갑자기 남자 친구 생겼대서 그것도 놀라웠는데, 몇 년 지나고 나니까 결혼을 한다잖아. 내가 얼마나 놀랐는지 아니?"

"많이 놀라셨어요?"

"놀라다 뿐이니? 나는 너 결혼한단 소리를 네 입으로 듣고도 못 믿었어. 그런데 네가 남편 될 사람이라고 소개해 주는 사람이, 세상에. 그런 남자 데려올 거면 결혼 안 한단 소릴 하지나 말든가. 세아가 네 남자 친구 처음 봤을 때 왜 너한테 배신자 소리 하며 삐쳤는지 알겠더라니까."

"하, 하하……."

52

윤소희 연애한다는 소식을 듣고 동갑내기 사촌이 어떤 반응을 보였을지는 안 봐도 뻔했다.

중학교 때 내가 아이돌을 좋아했던 건 다 세아 때문이었다.

당시 큰 이모 집에 막 굴러들어 갔던 나는 박힌 돌의 환심을 사고 싶었다. 그래서 어떻게 할까 고민하다가 세아가 좋아하는 아이돌을 좋아하는 척했다.

그러다 진심으로 그 아이돌의 팬이 된 건 다행이었지만, 불과 반년 후 그 아이돌의 해체라는 불행이 터졌다. 소속사 사장이 회사 공금으로 도박을 해서 죄 날려 버리고 구속되는 바람에 회사가 아예 망해 버린 것이었다.

그 사건으로 크게 충격을 받은 나는 그 이후로 다시는 아이돌에게 관심을 주지 않았다. 하지만 다른 취미를 찾아 대여점에 터를 잡은 나와 달리 세아는 다른 아이돌을 좋아하게 됐다.

그때는 세아랑 친해진 뒤라 또 한 번 아이돌을 좋아하는 척할 필요가 없었다.

그래서 순정 만화와 로맨스 소설만 열심히 빌려다 봤는데, 그렇게 우리의 취미는 종이와 화면으로 갈리게 됐지만 근본적인 부분은 같았다. 바로, 현실의 남자에겐 관심이 없다는 점.

'너 그러다 결혼 못 한다, 결혼 못 한다. 엄만 우리 나이 모르나? 아직 열일곱 살밖에 안 됐는데 왜 벌써 결혼으로 잔소리하지?'

'우리가 결혼 안 할 거라고 말해서 그런 거 아냐?'

'결혼 좀 안 하면 어때서. 어우, 벌써부터 저러면 10년 뒤엔 얼마나 잔소리를 하려나 몰라.'

'그러게.'

'그래도 너라도 있어서 다행이다. 이왕 이렇게 된 거 우리 나중에 어른 되면 같이 살까?'

'같이?'

'어. 그러면 엄마한테 할 말도 있잖아. 결혼 안 하고 소희랑 같이 살면 된다고.'

'그럴까?'

'어차피 현실엔 시시껄렁한 남자밖에 없는걸. 우리 죽을 때까지 결혼하지 말고 같이 살자.'

실제로 대학교 들어가서 같이 살자는 말도 나왔었다. 하지만 혼자보다는 둘이 낫다고 우리 엄마는 허락한 반면, 큰 이모는 세아가 나가 사는 걸 허락해 주지 않았다.

내가 기억하는 스물세 살 여름까지도 마찬가지였다.

그때 세아는 이번에야말로 독립을 하겠다고 큰 이모와 전쟁을 벌일 준비를 하고 있었는데. 과연 독립에 성공을 했으려나.

"세아는 요즘 뭐 하면서 지내요?"

"걔도 요즘 연애하느라 바빠."

"진짜요?"

깜짝 놀라 눈이 번쩍 뜨였다. 천하의 정세아가 연애를 다 한다니!

하지만 이윽고 다행이란 생각이 들었다. 배신자 소리 두 번 들을 일은 없겠구나 싶어서.

"세아 어떤 사람 만나는데요?"

"나도 잘 몰라. 연애 시작한 지 얼마 안 됐거든. 이것저것 꼬치꼬치 캐묻다 산통 깰까 봐 아무것도 안 물어봤어."

대학교에 들어가서도 세아는 아이돌만 열심히 좋아했다. 곧 죽어도 현실 남자엔 관심 없던 애가 연애를 시작했다니, 그걸 가능하게 만든 상대는 대체 어떤 사람일까.

궁금해 죽겠다는 표정을 짓고 있자, 마침 잘됐다고 큰 이모가 은근한 목소리로 부탁했다.

"너 기억 잃은 김에 이것저것 물어봐 봐."

"제가요?"

"나는 몰라도 네가 물으면 가르쳐 줄 거 아냐. 어쩌면 그 남자 보여 줄지도 모르고."

……그럴듯한데?

얼른 고개를 끄덕이자 큰 이모가 잔뜩 신이 나서 바로 세아에게 전화를 걸었다.

"어, 세아야. 너 오늘 퇴근하고 바로 소희 병원 올 거지? 그래, 그래. 알았어. 소희야, 세아 오늘 퇴근하고 바로 병원에 온대."

큰 이모가 전해 준 그대로, 세아는 저녁 7시가 되기 조금 전에 병원으로 왔다.

"윤소희! 너 기억 날아갔다며!"

문을 벌컥 열고 등장한 세아의 외침이 병실을 가득 채웠다. 선배의 핸드폰으로 게임을 하던 나는 놀라서 눈만 깜빡거렸다.

"어…… 날아가긴 했는데."

"너 지금 몇 살인데? 어디까지 기억해?"

"스물세 살, 대학교 4학년 여름방학 직전까지 기억나."

"진짜 그때 이후의 기억은 하나도 안 나는 거야?"

"안 나니까 기억상실증이지. 근데 너 되게 재밌어 보인다."

55

"어? 뭐가? 아닌데? 내 사촌이 욕실에서 넘어져서 기억상실증까지 걸렸는데 어떻게 재밌을 수가 있어."

"말이나 못 하면."

한숨이 저절로 나왔지만, 그래도 기껏 찾아와 준 애를 박대할 순 없어 하던 게임을 끄고 핸드폰을 내려놓았다.

그사이 문을 닫고 침대로 다가온 세아는 가방을 캐비닛에 넣어 놓고 침대 앞에 있는 의자에 앉았다.

"그래서, 지금 기분은 좀 어때?"

"지금 기분?"

"어, 지금 기분."

허공을 바라보며 잠깐 생각에 잠겼다가 몸을 옆으로 틀어 세아를 바라봤다.

내가 한 행동의 의도를 알아차렸는지 세아는 보고 싶은 만큼 보라는 듯 가슴을 펴고 날 응시했다.

어깨에 살짝 닿는 웨이브 단발. 짙게 화장한 얼굴. 딱 보자마자 직장인이라는 단어가 떠오르는 옷차림.

이제 보니 귀에는 큼지막한 귀걸이까지 했다. 아픈 건 죽어도 싫어서 절대 귀는 안 뚫겠다던 애가.

"……언니 같다."

"뭐?"

"너랑 똑같이 생긴 언니가 나타난 거 같아."

그 말에 세아는 깔깔대며 웃음을 터뜨렸다. 보통 웃음은 전염되기 마련인데, 세아가 한참을 웃는 동안에도 나는 웃지 못했다.

"너 그거 거울은 보고 하는 이야기야?"

"나는 별로 달라진 거 없던데."

"그거야 생얼이니까 그렇지. 화장해 봐, 네가 알던 얼굴은 없어지니까. 참고로 너 나한테서 화장하는 법 엄청 열심히 배워 갔다?"

"진짜? 내가?"

대학교 때의 나는 화장을 아예 안 하는 건 아니었지만, BB크림에 립스틱 정도만 바르고 다녔다. 그 외에 마스카라니 블러셔니 아이섀도니 이런 건 귀찮아서 취급 안 했다.

그런데 세아한테 화장하는 법까지 배웠다니.

짐작컨대 연애를 하게 되면서 선배한테 예쁘게 보이려고 화장도 열심히 하고 다닌 모양이었다.

진짜 5년이 지나긴 지났나 보다고, 나는 쓸데없는 데서 그 사실을 실감했다.

"암튼 세아 너 질문 다 했으면 이제 내 질문에 대답해 봐. 넌 어떻게 살았어? 너 이제 연애도 한다며?"

"그건 또 누구한테 들었어? 우리 엄마?"

"그럼 내가 큰 이모 아니면 누구한테서 그걸 들어."

"그래서, 엄마가 좀 캐 보래? 내가 어떤 남자랑 사귀는지?"

"아주 그냥 귀신이 따로 없네. 큰 이모한테는 입 꾹 다물 테니까, 이야기 좀 해 봐. 너 지금 다니는 회사는 무슨 회사야?"

"지금 만나는 사람은 팬질하다 만난 사람이고, 다니는 회사는 쇼핑몰 회사. 나 거기서 무슨 일 하고 있게?"

"쇼핑몰 회사면…… 설마?"

"딩동댕!"

세아는 무척이나 자랑스러운 얼굴로 내게 브이 자를 그려 보였다.

"나 디자이너로 일한다!"

"진짜? 어떻게?"

무척이나 놀랐지만 일단 잘됐다고 박수부터 쳤다. 그에 화답하 듯 세아는 어깨에 닿는 머리카락을 뒤로 넘기며 거들먹거리는 목소리를 냈다.

"어떻게는 어떻게야, 내 실력을 증명했지."

태어나 처음으로 좋아했던 아이돌은 중학생 정세아의 빛이자 소금이요, 희망이었다. 그런 존재를 하루아침에 잃어버린 세아는 살짝 방황 아닌 방황을 했고, 그 과정에서 큰 이모와 큰 이모부의 속을 새까맣게 태워 놓고 말았다.

그 결과, 두 분은 디자인을 전공하고 싶다는 고등학생 세아의 말을 진심이 아닌 새로운 방황의 일환으로 받아들였다.

미술 학원도 다녀 본 적 없고 그림이라곤 생전 관심도 없던 애가 갑자기 디자인을 전공하고 싶다고 하니 그 말이 진심으로 들리지 않는 것도 어쩌면 당연한 일이었다.

그래도 세아의 이야기를 진지하게 한 번은 들어 줘야 했는데, 두 분은 공부나 하라는 말로 대화를 끝냈다. 그래서 세아는 진짜로 엇나가 버렸다.

친절한 친척 어른과 친구처럼 친했던 동갑내기 사촌 사이에서 내가 눈칫밥을 먹은 건 바로 그 때문이었다.

세아가 처음으로 디자인 전공 이야기를 꺼냈던 고등학교 2학년 때부터 대학 문제가 해결된 3학년 때까지. 한 달에 몇 번은 가시방석 위에 앉고 살얼음 위를 걸어야 했다.

하지만 문제가 해결된 것도 제대로 해결된 게 아니었다. 결국 큰 이모와 큰 이모부는 세아의 진심을 알아주었지만, 디자인 전공을 해서는 먹고살기 힘들다고 진로를 반대한 것이다.

그래서 결국 세아는 경제학과에 입학했다. 그러고 나서 자기

적성에 안 맞는다고 때려치우니 마니 수십 번을 고민하다가 결국 대학교 2학년 때 자퇴를 했다.

그 탓에 또 전쟁이 벌어진 걸 옆에서 다 지켜봤는데, 결국 자기 힘으로 디자이너가 됐다니 박수가 안 나올 수가 없었다.

"진짜 대단하다. 디자이너는 어떻게 된 거야?"

"나 동대문에서 아르바이트하던 건 기억나지? 거기서 4년 좀 넘게 구르다가, 거기서 알게 된 사람이 자기 지인이 쇼핑몰에서 일하는데 디자이너 구한다고, 근데 거기 사장님이 다른 건 아무것도 안 보고 실력만 본다는 거야. 그래서 밑져야 본전이다 싶어서 포폴이랑 이력서 내고 면접 봤는데 진짜 내 디자인 보고 합격시켜 줬어."

"우와, 그럼 지금 네 디자인으로 옷 막 팔리고 그래?"

"그럼! 지금 네 옷장에도 몇 벌 있어. 내가 디자인한 거."

"진짜?"

기억이 없다는 게 너무 아쉬웠다. 결국 자기 힘으로 꿈을 이룬 세아가 기특하고 대견하고 존경스러웠다.

그게 내 얼굴로 드러났는지 세아는 의자에 등을 기댄 채 다리를 꼬고 앉아 어깨를 으쓱거렸다.

"이 언니 멋있지? 대단하지?"

"응, 멋있다. 너 진짜 천재가 봐."

"천재……까지는 아니고, 뭐. 능력이 좀 있는 거지."

흠흠 헛기침을 한 세아는 자기가 다니는 회사가 얼마나 좋은 곳인지 자랑을 늘어놓았다.

일이 아무리 많아도 야근 강요 안 하고, 매출 좋으면 보너스도 주는 데다 회식 자리에선 술 마시라고 눈치 안 주는데 메뉴는 직원들 뜻에 따라 한우도 사 준다고.

"와, 그 정도면 진짜 대기업도 안 부럽겠다."

"안 부럽지! 난 이 회사에 뼈를 묻을 거야. 결혼해서도 다닐 거야. 출산 휴가도 보장해 준다고 했거든."

"진짜 좋다. 거기 혹시 직원 한 명 더 안 뽑는대?"

"너 어떻게 옛날이랑 똑같은 소릴 하냐."

진담이었는데 세아는 세상에서 제일 재밌는 농담을 들은 것처럼 깔깔 웃어 댔다.

아마 옛날에도 진심 아니었을까? 그런 생각을 하다 보니 문득 궁금해졌다.

"나는 5년 동안 어떻게 지냈어?"

"응? 이모한테 못 들었어?"

"듣긴 했는데…… 좀 더 자세하게 알고 싶어서."

엄마와 선배에게 짤막하게 듣기로, 오토바이 사고로 팔이 부러진 나는 가평에서 마지막 방학을 보냈다고 했다. 그리고 그해 가을에 다시 서울로 올라와 4학년 2학기를 보내고, 졸업을 하고.

약 2개월 후엔 주로 외서를 취급하는 출판사에 번역가로 들어가 3년 좀 넘게 일을 하다가 그만두고 다시 가평에 내려갔다고 했다. 그리고 선배랑 결혼해서 다시 서울에 올라올 예정이었고.

어쩌다 선배랑 사귀게 됐는지, 학교 졸업하고 다닌 출판사는 어떤 곳이었는지, 그러다 왜 그만두고 다시 가평에 내려갔는지, 그리고 결혼하고 나서는 어떻게 살려고 했는지.

궁금한 게 너무 많았지만, 기억 돌아오면 어차피 다 알게 될 거 뭘 그렇게 꼬치꼬치 캐묻냐고 귀찮아하는 엄마 때문에 더 물어보지 못했다.

그리고 선배는.

'그 사람이 어떻게 지내는지 궁금해서 그래?'

……그렇게 무슨 질문을 하든 그쪽으로 연결 짓는 바람에 차마 더 묻지 못했다.

선배가 왜 그렇게까지 '그 사람'을 신경 쓰는지 이해가 안 갔는데, 오늘 하루 종일 뒹굴뒹굴하며 곰곰이 생각해 보니 그럴 수도 있겠다 싶었다. 나도 선배가 사귄다고 했던 여자랑 어떻게 됐는지 무지하게 궁금하니까.

"그래서, 자세하게 뭐가 알고 싶은데?"

"음…… 내 연애사?"

"연애사가 궁금하시다?"

팔짱을 낀 세아가 눈을 가늘게 뜨고 날 바라봤다.

내가 선배와 짝사랑 동맹이었다면 세아와는 비혼 동맹이었다. 그래서 살짝 뜨끔했지만, 세아도 이제 연애를 하고 있었다. 꿀릴 건 하나도 없었다.

"나 이제 두 달 뒤면 결혼하는데 아는 게 하나도 없단 말이야. 그 전에 기억 돌아오면 다행인데 안 돌아오면 좀 그러니까……. 내가 어쩌다 선배랑 사귀고 결혼까지 하게 됐는지 그게 제일 알고 싶어."

"하긴. 나도 너 결혼한단 말 듣고 엄청 놀랐으니까."

세아가 팔짱을 풀고 고개를 끄덕였다. 나는 그 모습을 보다가 작게 한숨을 내쉬었다.

"아마 나만큼 놀라진 않았을걸."

스물세 살 때의 나는 미래의 내가 결혼을 할 거라곤 생각도 안 하고 짐작도 안 하고 꿈도 안 꿨다. 그런데 두 달 뒤면 결혼을 한다니. 심지어 다른 사람도 아니고 선배랑.

"네가 알지는 모르겠는데…… 사실 선배는."

"스물세 살 윤소희가 좋아하는 사람이라고?"

"어? 알아?"

"알지, 그럼. 네가 말해 줬으니까."

나는 세아에게 선배를 좋아하고 있다는 말을 한 적이 없다. 뿐인가, 누군가를 좋아하고 있다는 사실도 말 안 했다.

어떻게 말하겠는가. 그때까지 세아랑 나는 비혼 동맹이자 비연애 동맹이었는데.

딱 한 사람. 같은 동아리 선배를 짝사랑한다고, 내 입으로 직접 털어놓은 상대는 딱 한 명뿐이었다. 중학교 때부터의 절친, 권해리.

"내가 그걸 언제 말했어?"

"제부 소개시켜 주고 얼마 안 지나서? 내가 너 연애한다고 삐친 척 좀 했더니 네가 구구절절 설명해 주더라."

"……뭘 어떻게 구구절절하게 설명했는데?"

"진짜 많이 좋아했다고. 그런데 애초에 너하고는 다른 세계에 있는 사람 같아서 잘될 거라고는 상상도 못 했다나 어쨌다나."

"……."

"처음에는 옛날에 아이돌 좋아하던 기분으로 좋아하기 시작했는데, 이렇게 연애까지 하게 될 줄은 몰랐다고 너도 되게 얼떨떨하다고 그랬어."

"어…… 지금 내 기분도 그래. 내가 어떻게 선배랑 결혼까지 하게 됐는지 전혀 짐작도 안 가."

심지어 내가 기억하는 시점엔 선배에게 다른 여자 친구가 있었다고 말을 할까 말까 고민하다가 그냥 입을 다물었다.

과거야 어쨌든 이제는 나랑 결혼할 사람인데, 그런 사람의 과거를 말하고 다니는 건 별로 좋은 일이 아닌 것 같아서.

"뭐가 그렇게 짐작이 안 가는데?"

"누가 먼저 고백했을지도 모르겠고, 선배가 어쩌다 날 좋아하게 된 건지도 모르겠고……. 선배 나이나 내 나이가 그렇게 많은 것도 아닌데 왜 벌써 결혼을 결정했는지도 모르겠고, 다 모르겠어. 지금 다 의문투성이야."

"결혼이야 뭐 서로 좋으니까 하려고 한 거겠지. 너도 넌데 제부가 널 엄청 좋아했거든. 근데 네가 연애를 정확히 어떻게 했는지는 잘 몰라. 네가 나한테 그 이야기는 안 했어."

"그래?"

"나 말고 해리한테 물어봐. 아마 걔는 알걸?"

고개가 저절로 끄덕여졌다. 확실히 내가 연애를 했다면, 그에 대해 제일 잘 알 만한 사람은 바로 권해리였다.

"아, 말 나온 김에 나 해리 전화번호 좀 알려 줘. 내 핸드폰 고장 났대."

"그래? 전화 안 받더니 고장 나서 그런 거였어?"

세아는 자신의 핸드폰을 꺼내 거기에 저장된 해리의 전화번호를 불러 주었다. 그걸 적으려고 캐비닛의 서랍을 뒤졌지만 종이도 없고 펜도 없어서 그냥 선배 핸드폰에 번호를 저장했다.

"근데 요즘 해리는 뭐 하고 지내?"

"어…… 지옥에 빠져 있지."

"지옥?"

깜짝 놀라 되묻자 세아가 어깨를 으쓱이며 대답했다.

"육아지옥. 걔 벌써 결혼해서 애도 있어."

"진짜? 결혼했어? 애도 낳았고?"

"심지어 셋이야. 세쌍둥이거든."

"세상에……."

내가 선배랑 결혼한다는 것만큼이나 놀라운 소식이었다. 내 친구가 벌써 애 엄마가 됐다니!

"애들 이제 두 살 됐나? 아무튼 애들 때문에 네 소식 들어도 병문안 오지는 못할 거야."

"응, 그렇겠다. 만나려면 내가 가야겠네."

욕조에 부딪힌 뒤통수는 그냥 혹 좀 난 것 빼곤 아무런 이상도 없었다.

이대로 며칠 있어 보고 별 문제 없으면 일단 퇴원해도 괜찮다고 했으니, 해리가 날 찾아오는 것보단 내가 해리를 찾아가는 게 더 빠를 것 같았다.

그 뒤로 세아와는 이런저런 이야기를 나누었다. 주로 지난 5년에 대해.

그중에서 '인터넷으로 오래 알고 지낸 아이돌 팬 친구가 사실은 남자였더라'로 시작되는 연애 스토리가 무척 흥미진진했는데, 그이야기가 무르익었을 때 선배가 왔다.

"아, 처형 와 있었네요."

"안녕하세요, 제부. 오랜만이에요."

선배와 세아는 서로 반갑게 인사를 주고받았다. 그런데 꽤나 사이가 좋아 보이는 두 사람의 모습에서 뭔가 위화감이 느껴졌다.

분명 아까 전에도 이런 느낌이 들었는데…… 아!

"근데 두 사람 호칭이 왜 그래요?"

"뭐가?"

"아, 처형이랑 제부?"

자긴 이제 가 보겠다고 자리에서 일어나던 세아가 씩 웃으며 나를 바라봤다.

"합의 다 끝났거든? 기억 잃었다고 억지 부려 봐야 소용없어."

"합의를 어떻게 했는데?"

"궁금하면 제부한테 물어봐. 나 간다!"

안녕, 하고 손을 흔든 세아가 자기도 애인 만나러 간다고 미련 없이 병실을 떠났다. 끝까지 듣지 못한 연애 스토리가 아쉬웠지만, 그보다 궁금증이 더 커서 내 옆에 와 앉는 선배에게 물었다.

"세아가 왜 처형이 된 거예요? 쟤 나랑 동갑인데."

"생일은 처형이 빠르다며."

"그래 봐야 두 달인데……."

볼멘소리로 투덜거리자 선배가 작게 웃었다. 그러고는 들고 있던 종이 가방을 자기 허벅지 위에 올려놓고 주섬주섬 무언가를 꺼내면서 나를 달래는 목소리를 냈다.

"할 수 없지 뭐. 내기에 졌으니까."

"무슨 내기였는데요? 선배가 했어요?"

"아니, 네가. 나 형부 소리 듣게 해 주겠다고 엄청 자신만만했었는데, 결국 졌어."

"내기를 뭘로 했는데요?"

"무슨 게임이었는데…… 잘 기억 안 난다."

"……제가 세아한테 게임으로 졌다고요?"

65

"응."

맙소사. 내가 세아보다 잘하는 게 그나마 게임이었는데!

내가 충격에 정신 못 차리는 사이 선배는 침대의 간이 테이블을 세우고 그 위에 종이 가방에서 꺼낸 상자를 내려놓았다.

"저녁은 먹었지? 케이크 먹자."

선배가 종이 가방에서 플라스틱 포크를 꺼내 내게 건넸다. 얼떨결에 그걸 받아 든 나는 그제야 간이 테이블 위의 케이크를 내려다봤다.

그게 내가 제일 좋아하는 초코 무스 케이크라는 사실보단, 안 그래도 단 게 먹고 싶었는데 그걸 선배가 어떻게 알았나 하는 사실이 더 신기했다.

"먹어 봐, 맛있을 거야. 너 그 집 케이크 엄청 좋아했거든."

"그래요?"

"응. 그 가게에서 이 케이크 처음 먹고 우리 한동안 그쪽에서만 데이트했어."

"진짜요? 제가 맨날 이거 먹자고 했어요?"

"아니. 내가."

선배는 종이 가방에서 플라스틱 포크를 하나 더 꺼내 비닐을 뜯고 손에 쥐었다.

"말로는 항상 이제 질렸다는데 막상 먹을 땐 엄청 좋아하는 게 눈에 보여서…… 안 갈 수가 없었어."

선배가 포크로 케이크를 잘라서 내 입에 대 주었다. 지금의 내 겐 너무도 친밀한 행동이라 잠깐 망설였지만, 선배가 손짓으로 재촉하는 바람에 할 수 없이 입을 열고 말았다.

"우와."

맛있다……!

초코 무스 케이크라는 건 아무래도 전체적으로 초코가 들어가다 보니 맛이 진할 수밖에 없는데, 이 케이크는 빵도 무스도 장식도 전부 초코인데 맛이 전혀 무겁지 않았다.

입안에 크게 넣었는데도 별로 부담스럽지 않고, 맛이 너무 느끼하지도 않고. 초코 무스가 이렇게 깔끔한 단맛을 낼 수 있다니.

이건 초코 무스 케이크계의 혁명이었다. 하늘에 맹세컨대 케이크 하나 먹고 이렇게 감동해 보기는 처음이었다!

"여전하네."

작게 웃은 선배가 다시 한 번 케이크를 잘라 내게 먹여 줬다. 두 번 먹어도 감탄사가 흘러나오는 놀라운 맛이었다.

"선배, 이거 어디서 팔아요?"

"비밀."

"왜요?"

아니, 어떻게 이런 걸 먹여 놓고 어디서 파는지 안 가르쳐 준다고 할 수가 있지?

배신감이 무럭무럭 차올랐다. 하지만 내 눈에 깃든 원한이 보이지 않는지, 선배는 다시 한 번 포크로 케이크를 잘라 내 입에 대 줄 뿐이었다.

"먹고 싶으면 언제든지 말해. 사 줄 테니까."

"제가 맨날 사 달라고 하면 어떡하려고요?"

"그러라고 안 가르쳐 주는 거야."

그 말에 놀라서 입을 살짝 벌렸는데 그 사이로 케이크가 들어왔다.

입안에 확 퍼지는 단맛에 무의식적으로 턱을 움직이는 동안 선배가 내 왼쪽 입꼬리를 엄지로 살짝 문질러 닦았다. 뭔가 하고 보니 선배의 손에 초코 크림이 묻어 있었다.

애도 아니고, 왜 묻히면서 먹었지.

민망한 마음에 선배가 닦아 준 입꼬리를 엄지로 세게 문질렀다. 그러다 선배가 자기 엄지에 묻은 크림을 혀로 핥는 걸 보고 깜짝 놀라 입을 벌렸다.

"서, 선배."

"매일 사 줄게."

"아, 아니. 농담이었어요. 맛있는 건 아껴 먹어야죠. 맨날 먹으면 금방 질려서 안 돼요."

도리질까지 치며 부정하자 선배가 의아한 얼굴로 나를 바라봤다.

"장사 잘되는 집이라도 언제 소리 소문 없이 망할지 모르니까 먹을 수 있을 때 질릴 만큼 먹어야 된다며."

누가 한 말인지 모르겠지만 참 맞는 말 했다. 명언이네, 명언.

감탄하며 하하 웃다가 나를 빤히 보는 선배의 시선에 입을 다물었다.

머쓱한 마음에 괜히 긴 머리카락만 만지작거리자, 선배가 아무 일도 없었다는 얼굴로 다시 포크를 들었다.

"내가 부담스러워서 거절하는 건 아니지?"

"네?"

"케이크는 먹고 싶은데, 이렇게 내 얼굴 보는 것도 부담스러워서……."

"아니요! 아닌데요! 선배한테 죄송해서 그러죠. 선배 바쁜 거 아는데 어떻게 맨날 심부름을 시켜요."

"그럼 나랑 있는 거 좋아?"

"네?"

생각도 못 한 질문에 놀라서 되묻자 선배의 얼굴이 시든 꽃처럼 어두운 빛으로 물들었다.

"안 좋구나……."

"아뇨, 좋죠! 좋아요! 어떻게 안 좋을 수가 있어요, 선배랑 있는 데!"

"정말? 진짜 나랑 있는 거 좋아?"

선배가 활짝 웃으며 물었다. 그 웃음이 어찌나 환하고, 예쁘고, 설레던지 선배는 쓰지도 않은 미인계에 홀라당 넘어가는 기분이었다. 귀신에 홀리는 게 이런 기분인가?

나는 천천히 고개를 끄덕였다. 그러자.

"다행이다."

그렇게 말하며 웃는 선배의 얼굴은 아까와 다른 느낌으로 눈을 뗄 수가 없어서.

만약에 5년 전에 좋아하던 사람이 선배가 아니었어도 지금 선배한테 반해 버리지 않았을까? 나는 그렇게 생각하고 말았다.

✳

엄마는 내가 병원에 입원한 날 서울에 올라왔다가 바로 다시 가평으로 내려갔다.

계속 서울에 있기엔 내가 너무 건강하기도 했고, 아빠 혼자 펜션을 관리하기엔 예약 손님이 너무 많았다. 하필이면 성수기라서.

'너는 꼭 바쁠 때만 골라서 아프더라.'

그 말은 좀 상처였지만, 오토바이 사고 때도 그렇고 내가 생각해도 틀린 말은 아니라 아무 말도 하지 못했다.

어쨌거나 엄마는 믿음직한 천 서방한테 나를 맡기고 마음 편히 가평으로 내려갔다.

기억을 잃었어도 나는 스물셋이었다. 애도 아니겠다, 병실에 얼마든지 혼자 있을 수 있었지만, 선배는 장모님이 걱정하신다는 핑계를 대며 보조 침대에 누워 잠들었다.

어제도, 그리고 오늘도.

"선배, 거기 안 불편해요?"

"불편해."

어…… 그렇게 즉답할 줄은 몰랐는데.

말문이 막힌 나는 어둠 속에서 침대 아래를 흘끗 내려 보다가 작게 중얼거렸다.

"그럼 그냥 집에 가서 쉬지…….."

"거기는 마음이 불편하니까."

이번에는 다른 의미로 말문이 막혔다. 그러다 혹시 내가 뭔가를 착각하는 걸 수도 있겠단 생각이 들어 하하 웃는 소리를 냈다.

"왜요? 집에 귀신이라도 나와요?"

"응."

아니, 여기서는 귀신이 나오는 게 아니라 네가 없어서라고 해야 되는 거 아닌가…….

혼자 붕 떴다가 혼자 추락한 거라 뭐라 타박할 수도 없었다. 그냥 혼자 착각할걸.

70

괜한 소리를 했다고 입술을 삐죽거리던 나는 선배가 있는 방향에 대고 작게 중얼거렸다.

"집에 귀신 나오면 굿이라도 해야 되는 거 아니에요?"

"이제 신혼집으로 이사 갈 건데 뭐."

"그럼 그냥 신혼집 가서 자면 되잖아요."

"나 혼자?"

"네?"

"신혼집 첫날밤을 신부도 없이 나 혼자 보내라고?"

"안 될 거 뭐……."

음, 좀 잔인한 소리긴 하다.

나는 선배랑 같은 침대를 쓰는 상상을 하다가 갑자기 너무 부끄러워져서 이불을 머리 위로 뒤집어썼다.

그냥 한 침대에서 잠만 자는 것만 떠올려도 부끄러워 죽겠는데, 부부가 한 침대에서 할 수 있는 다른 일을 떠올리다 보니……아이고, 내 얼굴 타겠다, 타겠어.

선배랑 나…… 했을까? 했겠지?

무려 5년을 사귀었고 결혼을 준비 중인데 아직 안 했으면 이상한 일이었다.

아닌가? 안 했을 수도 있으려나? 설마 5년을 사귀었는데 안 하진 않았겠지?

"소희야."

"네!"

그런 생각을 하던 중 선배가 갑자기 부르는 바람에 깜짝 놀라 소리를 지르고 말았다.

그 뒤로 내려앉은 정적이 어찌나 무겁던지. 내가 하던 생각을 들킨 것 같아 얼굴이 뜨거워졌다.

덩달아 이불 안 공기도 후끈후끈 달아올랐다. 더워서 땀이 막 났지만 이불을 내릴 생각은 하지 못했다.

어차피 병실은 어두워서 내 얼굴이 빨개지든 하얘지든 선배는 알 수 없을 텐데, 나는 굳이 이불로 얼굴을 가린 채 헛기침을 했다.

"크흠, 흠. 왜요?"

"퇴원하면 어디로 갈 거야?"

"퇴원하면요?"

엄마는 가평에 내려왔으면 했지만, 선배가 그걸 반대했다. 내가 다친 게 머리다 보니 언제 갑자기 병원에 가야 할 일이 생길지 모른다는 게 그 이유였다.

나도 그 말이 맞는 거 같아서 퇴원하면 세아네 집으로 갈까 했다.

안 그래도 아까 세아와 그 이야기를 한 참이었다. 알고 보니 내가 결혼 준비하러 서울에 올라와 있는 동안 세아네 집에서 머물렀다고.

'그러면 나 너희 집에서 거의 3개월 넘게 있었던 거 아냐? 넌 나랑 같이 사는 거 안 불편했어?'

'전혀. 난 오히려 네가 계속 내 집에서 살아 줬으면 했는데.'

'왜?'

'집안일 네가 다 해 줬거든.'

확실히 집안일을 좋아하는 나와 달리 세아는 청소, 빨래, 설거지, 요리 중 아무것도 좋아하지 않았다. 5년이 지나도 그 사실은 변하지 않은 모양이었다.

본인이 그렇다니 나는 편안한 마음으로 세아네 집에서 좀 더 신세를 질까 싶었다. 집주인에게 허락도 받았으니까.

"아마 세아네 집에 가지 않을까요? 원래도 거기 있었다고 했으니까."

"그럼 처형이 좀 부담스러워하지 않을까?"

"왜요? 세아는 괜찮다고 했는데."

"내가 매일 가는 것도 괜찮대?"

"네?"

"물어봐, 괜찮은지."

나는 그제야 이불 밖으로 머리를 내밀었다. 그리고 선배가 누워 있을 간이침대를 보려 했지만, 어두워서 잘 보이지 않았다.

선배는 지금 어떤 표정을 짓고 있을까? 나는 막연히 선배의 얼굴을 상상하며 입을 열었다.

"매일…… 오게요?"

"거기서 살겠단 소리는 아니야. 잠은 우리 집에서 잘 거야. 귀신 나오는 우리 집에서."

저걸 지금 농담이라고 하는 거 맞나.

그러고 보면 선배는 농담을 참 못했다. 어느 정도로 못했냐 하면, 본인 딴에는 분위기를 띄우려고 입을 열었다가 좋던 분위기 다 얼린 게 한두 번이 아닐 정도로.

저 말은 과연 농담일까 진담일까. 고민하다가 조심스럽게 입을 열었다.

"잠은 집에서 자면, 잘 시간 빼고는 세아네 집에 와 있게요?"

"역시 처형이 부담스럽겠지?"

선배도 참 당연한 걸 물어본다고, 나는 고개를 끄덕이며 생각 없이 대꾸했다.

"그럴 거면 차라리 제가 신혼집에 들어가는 게 낫죠. 벌써 석 달이나 폐 끼쳤다는데 미안하기도 하고."

"그럴래?"

"네?"

"어차피 결혼할 거면 같이 살 거니까 두 달 일찍 들어가도 문제 없잖아."

"어……."

틀린 말은 아니긴 한데…….

"같이 사는 건 좀 아니야? 나랑 같이 있는 건 좋은데 같이 사는 건 부담스러워?"

"그게, 부담스럽긴 한데 선배가 생각하는 그런 이유는 아니랄까……."

결혼한다는 실감은커녕 연애 중이란 실감도 안 나는데 동거라니. 진도를 몇 단계를 건너뛴 거야.

생각만 해도 심장이 막 떨렸다. 그러나 내 속내를 알 리 없는 선배는 어둠 속에서 낮아진 목소리로 내게 물었다.

"그 사람 때문에 그래? 네가 좋아하는 남자?"

"네? 아뇨, 그 사람은 신경 안 써도 돼요."

그러니까 그 사람이 선배라고요.

선배가 자꾸 신경 쓰는 게 마음에 걸려서라도 그 말을 해 주고 싶었다. 하지만 그렇게 말한다 한들, 선배가 그 말을 믿어 줄까?

군이 가정하자면 이건 선배의 첫사랑이 사실은 나라는 이야기나 다름없었다. 선배가 그렇게 말하면 나는 그걸 믿을 수 있을까? 당연히 못 믿을 거다.

기억을 잃기 전의 나도 그래서 선배한테 사실대로 말하지 못한 게 아닐까?

그렇게 생각하니 역시 말하는 게 꺼려졌다. 그 이야기는 나중에 기회 봐서 다시 하기로 마음먹은 나는 일단 선배의 불안부터 달래 주기로 결정을 내렸다.

"어차피 저는 이제 선배랑 결혼하잖아요. 제가 기억 잃은 거 때문에 불안하면, 기억 얼른 되찾을 수 있게 노력할 테니까……."

"나랑 정말 결혼해도 괜찮겠어?"

선배의 나지막한 목소리가 내 말을 끊었다.

나는 말을 잘렸다는 사실보다도 그 내용에 놀라서 입을 그대로 다물었다. 그런데 내 침묵을 선배는 다른 방향으로 오해한 모양이었다.

"솔직하게 말해도 돼. 이해하니까."

선배가 보조 침대에서 몸을 일으키는 게 느껴졌다. 어두워서 선배의 얼굴은 잘 보이지 않았지만, 선배가 나를 내려다보고 있다는 사실만큼은 분명하게 알 수 있었다.

그래서 나도 선배를 따라 상체를 일으켰다. 어둠 속에서 우리가 서로를 바라보고 있는지는 알 수 없었지만, 적어도 나는 선배를 바라보았다.

"어제는 내가 욕심을 부렸어. 너한테 선택권을 주는 게 맞는데, 그러면 네가 싫다고 할 거 같아서 그냥 밀어붙인 거야. 네가 지금 나를 거절하고 떠나면 그대로 끝일 것 같아서……. 다신 나한테 안 돌아올 것 같아서."

"선배……."

"그런데 있지. 그러면 안 된다는 걸 알면서도 너 하고 싶은 대로 하라고, 네 뜻을 존중해 주겠다고 말을 못 하겠어."

이불 위로 드러난 내 손 위로 희미한 온기가 닿아 왔다. 경계심 많은 아기 고양이처럼 살그머니 다가온 그 온기는 내 손가락 끝을 살짝 감싸 쥐고 만지작거렸다.

그 조심스러운 움직임에서 선배의 불안이 느껴졌다.

나는 선배가 5년이나 사귄 사람이자 이제 두 달 뒤면 결혼할 사람이었다. 그런데 이렇게 손조차 함부로 잡지 못하고 있는 선배는, 지금 무슨 생각을 하고 있을까?

"그래도…… 물어볼게. 네 진심은 어때?"

"제가 무르자고 하면 무를 거예요?"

불쑥 튀어 나간 질문에 선배가 날 빤히 바라보는 시선이 느껴졌다. 이윽고 선배가 작게 웃었다.

내가 그 의미를 헤아릴 새도 없이 선배의 입이 열렸다.

"네가 진심으로 그걸 원한다면."

선배는 나를 배려하고 있는데, 왜 가슴 한편이 따끔거리는 걸까.

이상하게 눈물이 나려 했다. 나는 이유 없이 차오르는 감정을 꾹꾹 눌러 삼키며 손을 움직였다.

손가락 끝에 손가락 끝이 스치듯 부딪쳤다. 그 순간을 놓치지 않고 선배의 손가락에 내 손가락을 얽었다. 움찔해서 뒤로 물러나려는 움직임을 강하게 붙들었다.

"저는 선배가 좋아요."

순간 선배가 숨을 멈추는 게 느껴졌다. 나도 함께 숨을 죽이며

76

이어서 말했다.

"제가 잃은 건 기억이지 감정이 아니잖아요. 기억이 없어도, 선배가 좋아요. 만약에 안 그랬으면 선배가 너 나랑 결혼해야 된다고 밀어붙이든 말든 전 이 병원 뛰쳐나가서라도 도망갔을 거예요."

"도망…….."

"안 간다니까요. 할 거예요, 결혼. 선배랑."

그리고 반쯤은 충동적으로 말을 내뱉었다.

"같이 가요, 신혼집. 어차피 결혼할 거니까."

"……진짜 괜찮겠어?"

"안 괜찮을 거 뭐 있어요. 당장 내일이라도 기억 돌아올지 누가 알아요?"

"응…… 그러네."

선배의 입에서 힘없는 웃음이 터졌다.

선배를 저렇게 웃게 만든 사람이 나라니. 죄책감이 마구 피어올랐다. 동시에 느껴지는 책임감에 부러 다부진 목소리로 말을 꺼냈다.

"저 기억 없다고 너무 걱정하지 마요. 저 진짜 선배 좋아한다니까요? 여기서 더 좋아할 수 있게 노력할게요."

"응. ……고마워."

여전히 좋아해 줘서.

선배의 나지막한 중얼거림이 내 손등 위로 떨어졌다. 부드러운 온기와 함께.

직후 내려앉는 따뜻한 숨결에 얼굴이 달아올랐지만, 선배의 손을 뿌리치거나 하지는 않았다. 사실은 못 한다에 가까웠다.

안타까울 정도로 가냘프게 떨리는 손길이, 내가 싫어할까 봐 머뭇거리면서도 쉽게 떨어지지 못하는 입술이, 내가 너무도 쉽게 눈치채 버린 그것들을 어떻게든 숨기고 이제 자라고 담담한 목소리를 내는 선배가.

정말로 나를 좋아하는구나, 가르쳐 주고 있어서.

이거 정말 현실이구나.

오로지 흑백으로만 존재했던 내 현실이, 물에 젖듯 다채로운 색감으로 번져 나가는 걸 느낄 수 있었다.

2. 맥박을 끌어안는다는 것

–헨델과 과자의 집

딸기 맛 요구르트, 아몬드 쿠키, 커스터드푸딩, 초코 무스 케이크, 바닐라 아이스크림.

그의 집 냉장고는 항상 내가 좋아하는 간식들로 가득 차 있었다. 그는 내가 그의 집에 갈 때마다 그것들을 잔뜩 꺼내 놓았다.

꼭 헨델이 된 기분이에요.

언젠가 한 번 그렇게 말했던 적이 있다. 그러자 그는 소리 내어 웃다가 손을 내밀었다.

손 줘 봐.

얌전히 손을 내밀자 그는 내 손이 아니라 손목을 감싸 쥐었다. 그의 손은 크고 또 손가락이 길어서 내 손목을 감싸고도 남았다.

절대 내 손목이 가늘어서가 아니었는데, 그는 나와 생각이 달랐는

79

지 내가 케이크 한 조각을 다 먹자 그렇게 말했다.

더 먹어야겠다.

살찌워서 잡아먹게요?

응.

농담인 거 아는데. 그가 내 손바닥을 살짝 깨무는 것도 장난이라는 걸 아는데.

속절없이 불타오르는 얼굴이 뜨거워 나는 고개 숙여 묵묵히 먹기만 했다.

그는 내가 배불러서 더는 못 먹겠다고 할 때까지 내 손목을 놔주지 않았다.

그때부터 그는 내가 무언가를 먹을 때마다 내 손목을 쥐기 시작했다.

그는 그렇게 오래도록 과자의 집 주인처럼 굴었지만, 나는 헨델이될 순 없는 모양이었다. 그가 확인하듯 내 손목을 잡는 게 싫지 않았던 걸 보면.

❋✤❋

[사이트에 연결할 수 없음.]

습관처럼 친 주소 아래로 뜬 페이지는 오늘도 변함없이 그 글자만 띄울 뿐이었다.

그래, 이제는 미련을 버려야겠지.

하지만 잠깐 딴생각을 하다 보면 어느새 내 손가락은 핸드폰을 쥐고 똑같은 주소를 입력하고 있었다. 그러나 하늘이 그 정성에 감복하여 이미 날아간 홈페이지를 복구해 주는 기적은 일어나지 않았다.

키노아이(KINO-EYE).

단어 자체의 뜻은 영화에 관한 어떤 개념이랬나? 잘 기억이 안 나는데, 어쨌든 내가 그 단어를 알고 있는 건 그게 바로 유명 인터넷 커뮤니티의 이름이었기 때문이다.

키노아이는 처음엔 영화에 대한 감상을 남기는 사이트로 시작했다.

그런데 어느 순간 드라마, 방송 쪽으로도 범위를 넓히더니 나중에는 소설, 만화, 음악 등 창작물이라면 뭐든 감상을 남길 수 있는 '종합 감상 사이트'로 확장되었다. 총 회원 수가 10만을 돌파할 정도로 어마어마한 규모의.

내가 키노아이를 알게 된 건 세아 덕분이었다. 그때 세아는 자기가 좋아하는 아이돌 영상을 볼 때 가는 사이트가 있다며 주소 하나를 알려 줬고, 나는 심심해서 그 사이트에 들어갔다가 영화 감상란에 정착했다.

그때가 딱 내가 영화에 푹 빠졌던 대학교 1학년 때였기 때문이었다.

나는 영화를 보고 마음에 들면 그 사이트에 감상을 남기기 시작했다. 그 외에 잡담란에 끄적거린 글까지 다 합하면, 약 3년 동안 쓴 글이 못해도 수백 개는 되지 않았을까.

그런데 그게 전부 다 날아간 것이다. 사이트 폭파와 함께.

"백업도 안 해 놨는데……."

아니다. 해 놨으려나? 사이트가 터지기 전에 터진다고 예고를 했으면 해 놨을 것 같은데, 소리 소문 없이 갑자기 셔터 내린 거면 못 했을 것 같았다.

그리고 사이트가 터진 이유를 보니 갑작스럽게 셔터 내렸을 확률이 무지하게 높았고.

"할 게 없어서 도박을 하냐."

그것도 서버비 충당하라고 달아 놓은 광고 수익으로.

하여튼 도박하는 인간들은 콱 그냥 손목을 잘라 버려야 한다.

할 거면 혼자 해서 혼자 망하든가. 이런 인간들이 꼭 자기 돈 다 잃고 눈 뒤집어져서 회사 공금 횡령하고, 사채 끌어 써서 죄 없는 가족 힘들게 한다. 어휴, 나쁜 놈들.

생각해 봐야 내 속만 쓰릴 뿐이었다. 부디 이 세상의 모든 도박꾼들이 하루아침에 망해 버리기를!

온 마음을 다해 저주를 걸고 핸드폰 전원을 꺼 버렸다.

그리고 침대에 드러누워 천장만 바라보기를 1분, 2분, 3분.

"……심심해."

결국 다시 핸드폰을 집어 들고 인터넷을 켰다. 그런데 딱히 할 게 없었다.

웹툰이나 볼까? 요즘엔 뭐가 제일 재밌지?

멍하니 실시간 검색어 랭크를 지켜보던 나는 문득 떠오른 생각에 포털 검색창에 선배 이름을 쳐 보았다.

천유진.

5년 전이었으면 이 이름을 쳐 봐야 동명이인들만 나왔을 거다. 하지만 이제는 달라졌다.

영화감독이 되고 싶어서 연극영화과에 입학했던 선배는 공모전에 당선된 걸 계기로 드라마 작가가 됐다고 했다. 그것도 스물일곱 살이라는 젊은 나이에. 그러니까 대학교 졸업한 바로 그해에.

-스타 작가 탄생? 천유진 작가, 세 번째 작품까지 연달아 대박 행진.

-천유진 작가, 다음 작품도 기대되는 드라마 작가 1위.

-평균 시청률 33%, 최고 시청률 39%. 천유진 작가가 말하는 성공의 비결.

-로코부터 스릴러까지. 천유진 작가의 작품이 특별한 이유.

선배의 이름으로 난 기사는 호평만 가득했다.

하긴, 이제까지 세 작품 썼는데 세 작품 모두 시청률 대박 나, 해외에 비싼 가격으로 수출돼. 종영된 지 몇 년이 지났는데도 아직까지 회자가 될 만큼 좋은 작품을 썼으니 당연히 좋은 소리만 나올 수밖에 없었다.

그런데 대한민국이 칭찬하는 이 남자가 내 남자라니. 진짜 실감 안 난다.

"어, 이건 오늘 나온 거네."

날짜를 보니 무려 1시간 전에 뜬 따끈따끈한 인터뷰였다. 오늘 뜬 걸 보면 인터뷰 자체를 최근에 한 거겠지?

호기심에 게시글 링크를 눌러 화면을 띄웠다.

선배의 세 번째 작품, 사인(Sign). 현재 실시간으로 방영 중인 드라마가 시청률 고공행진을 하고 있는 덕분에 나온 인터뷰 같았다. 절반 이상이 드라마에 관련된 내용이었으니까.

[Q. 현재 방영 중인 사인(Sign)까지 세 작품을 모두 대박 내셨는데, 혹시 그 비결을 알 수 있을까요?]

[A. 특별히 비결이라고 할 만한 건 없고, 저는 작품을 쓸 때 수십, 수백 번을 고쳐 씁니다. 캐릭터부터 시놉시스, 설정까지 전부 다요. 그렇게 해서 초고를 완성한 다음 다시 고쳐 씁니다. 마음에 들 때까지요.]

[Q. 그렇다는 건 현재 방영 중인 사인의 원고도 이미 완성되어 있다는 말씀

이신가요?]

　[A. 엄밀히 말하면 완성은 되어 있지 않습니다. 감독님께 보내 드리기 전까진 계속 고치거든요.]

　[Q. 지난 두 작품은 로코였는데 이번에 처음으로 스릴러 장르에 도전하셨잖아요. 어떤 계기라도 있으셨나요?]

　[A. 실은 처음부터 스릴러를 쓸 생각은 아니었습니다. 이번 작품은 사인이라는 단어에서 영감을 얻었고, 그로부터 시놉시스를 짜다 보니 스릴러가 나오게 되었습니다.]

　드라마에 대한 걸 제외하고 몇 안 되는 질문은 선배에 대한 개인적인 질문으로 이루어져 있었다. 그중 내 시선을 사로잡은 건 마지막 질답이었다.

　[Q. 차재혁 배우와 데뷔 전부터 친분이 있었다는 게 전해져 화제가 되었는데요. 차재혁 배우가 천유진 작가님의 작품을 통해 배우로 데뷔할 수 있었던 건 바로 그 친분 덕분이었나요?]

　[A. 우선 말씀드리자면, 차재혁 배우는 오로지 자기 실력만으로 오디션에서 배역을 따냈습니다. 이 부분에 대해서는 오해가 없으셨으면 합니다.

　제가 도와준 건 어디까지나 그 오디션에 참가할 수 있게 해 준 것뿐입니다. 그러나 그것만으로도 다른 배우 지망생분들이 박탈감을 느낄 수 있다는 점에 대해서는 충분히 이해하는 바, 이 자리를 빌려 확실하게 말씀드리자면 앞으로는 절대 배우 캐스팅에 대해 의견을 내거나 터치하지 않을 생각입니다.]

　거기까지 읽었을 때 갑자기 전화가 걸려 왔다. 하필이면 스크롤을 내리려 액정을 만지던 타이밍이라 실수로 통화 버튼을 누르고 말았다.

헉, 어쩌지?

−웬일로 전화를 바로 받네?

그때 들고 있던 핸드폰에서 익숙한 목소리가 들려왔다. 그게 누구 목소린지 알아차린 나는 그제야 액정에 뜬 이름을 확인했다.

차진환.

천만다행으로 아는 사람이었다.

작게 안도의 한숨을 내쉬는데 그새를 못 참고 진환 선배가 의아한 목소리로 물어 왔다.

−여보세요? 왜 말이 없어?

"안녕하세요, 진환 선배. 저예요, 소희."

−윤 회장? 야. 너는 네 핸드폰으로 오는 전화는 하나도 안 받더니 왜 유진이 전화를 받고 있어?

"어, 저한테 전화하셨어요?"

−전화한 것도 몰랐어?

"네. 저 핸드폰 고장 났거든요. 그래서 선배 거 제가 가지고 있었는데…… 아, 근데 선배 지금 여기 없는데. 왜 전화했어요? 급한 일이에요?"

−유진이 없어도 돼. 너한테 뭐 물어볼 거 있어서 전화한 거거든.

"저한테요? 어떤 거요?"

−근데 안 물어봐도 될 거 같아.

……이 선배가 지금 나랑 장난하나?

핸드폰을 노려보는 나를 알았는지, 진환 선배가 느긋한 목소리로 설명했다.

−기홍이가 나한테 너랑 연락되냐고 묻더라고. 그래서 전화해 봤는데 안

85

받아서. 너한테 무슨 일 생겼나 싶어서 유진이한테 전화한 거야.

"아, 그래요?"

그래서 안 물어봐도 될 거 같다고 한 거구나. 연락 안 되는 이유 알았으니까.

─이따 시간 나면 기홍이한테 전화나 한 통 해 줘. 너한테 볼일 있는 거같던데. 급해 보이더라.

"그래요?"

기홍 선배가 나한테 볼일이 뭐가 있지?

올해…… 아니, 올해가 아니구나. 내가 4학년이 되던 해에 졸업한 기홍 선배는 연줄을 타고 어디 기획사에 들어가 매니저가 됐다고 했다.

지금도 매니저 일을 하고 있으려나?

그런 생각을 하고 있는데 문 두드리는 소리가 들리고 선배가 병실 안으로 들어왔다.

진환 선배에게 걸려온 전화 때문일까? 아까 봤는데도 반가운 마음이 들어서 얼른 오라고 손짓을 했다.

"선배! 진환 선배한테 전화 왔어요."

"……누구?"

"진환 선배요. 차진환."

두 사람은 같은 과 동기이자 절친한 친구 사이였다. 진환 선배가 우리 동아리에 들어온 것도 선배의 권유 때문이었다.

그때 동아리 회장이었다는 이유로 진환 선배는 나를 쭉 윤 회장이라고 불렀다.

그래도 대학교 졸업하면 호칭을 바꿔 줄 줄 알았는데. 나는 여전히 윤 회장이구나.

그 사실이 우스워 혼자 하하 웃느라, 뒤늦게 발견했다. 선배의 얼굴이 잔뜩 굳어 있는 걸.

"어…… 선배?"

그 변화에 놀라 굳어 있는 사이 선배가 내게 다가왔다.

"핸드폰 줘 봐."

거기다 대고 누가 싫다는 말을 할 수 있을까? 게다가 이 핸드폰은 애초에 선배의 것이었다.

나는 잠자코 선배의 손 위에 핸드폰을 내려놓았다.

"잠깐 통화 좀 하고 올게."

그냥 여기서 해도 되는데…….

그러나 그 말을 꺼내기도 전에 선배는 병실 밖으로 나가 버렸다. 내가 들을 수 있었던 건 선배가 문을 닫으면서 한 한마디뿐이었다.

"왜 전화했는데."

순간 잘못 들은 거 아닐까 싶을 정도로 싸늘한 목소리였다. 나한테 한 말이 아닌데 덩달아 나까지 기가 죽을 정도로 차가운 목소리.

선배가 왜 진환 선배한테 저런 목소리를 내는 거지? 혹시 둘이 싸웠나?

선배는 천성적으로 사람이 순해서 갈등이 생기는 걸 별로 좋아하지 않았다. 그래서 웬만큼 화가 난 게 아니면 본인이 참고 넘어갔다.

그럼에도 불구하고 저렇게 언짢은 심기를 드러낼 정도면 정말 심각한 상황이라는 걸 뜻했다.

진환 선배는 대체 무슨 짓을 한 걸까? 내가 할 수 있는 건 두 사람 사이의 일이 부디 잘 해결되길 바라는 것뿐이었다.

"아, 선배. 통화 잘 끝냈어요?"

"응."

하지만 다시 돌아온 선배의 얼굴은 그리 밝지 않았다. 진환 선배와의 일이 잘 안 풀린 걸까?

나는 잠깐 주저하다가 입을 열었다.

"진환 선배랑 싸운 거예요?"

"그런 거 아냐."

"그런 거 아닌데 표정이 왜 그래요?"

"……내 표정이 어떤데?"

"몰라서 물어요?"

그렇다고 답하는 듯 선배는 나를 물끄러미 내려다보기만 했다.

지금 선배는 무슨 생각을 하고 있을까?

거리가 이렇게 가까운데도 연한 다갈색의 눈동자는 결코 틈을 내주지 않았다. 결국 그 속을 들여다보기를 포기한 나는 검지로 선배의 미간을 꾹 눌렀다.

"여기 엄청 찌푸리고 있잖아요."

용감하게 행동하긴 했지만 사실 속으로는 엄청 떨고 있었다.

내가! 선배 얼굴에! 손을 댔다!

저 잘생긴 얼굴 만져 보고 싶은 마음이 굴뚝같긴 했다. 하지만 짝사랑을 하는 동안엔 당연히, 꿈도 못 꿀 일이었다.

어떻게 만져 보겠는가. 그 순간 선배한테 이상한 애로 낙인찍히는 거 확정인데.

그냥 소박하게, 언젠가 가능하면 손이라도 한번 잡아 보는 게 소원이었는데 손도 아닌 얼굴에 내 손이 닿았다.

아, 이젠 죽어도 여한이 없다.

그런 생각을 하면서 나도 모르게 헤실헤실 웃은 모양이었다. 어느새 선배는 묘한 표정으로 나를 보고 있었다.

그 시선에 번쩍 정신이 들어 손가락을 회수하자 선배가 내 손을 덥석 붙잡았다. 양손을 다.

"서, 선배?"

경악한 나머지 입을 떡 벌리든 말든, 선배는 내 두 손을 자기 뺨으로 가져갔다. 때문에 선배의 손 아래에서 내가 선배의 뺨을 두 손으로 감싼 형태가 되었다.

"뭐, 뭐 하는 거예요?"

"예전에 네가 그랬잖아. 내 얼굴 꼭 한번 만져 보고 싶었다고."

"네?"

윤소희 미쳤다, 미쳤어!

선배 앞에서 부끄러운 줄도 모르고 도대체 무슨 소리를 한 거야!

"아, 지금 너는 안 그런가?"

"아, 아니……."

지금뿐만 아니라 아주 옛날부터 그랬습니다……. 그 말을 차마 할 수가 없어서 손을 빼려는데 선배가 놔주지 않았다.

힘을 주면 못 뿌리칠 것도 없었지만, 나는 괜히 힘이 달리는 척 미적대며 손바닥으로 선배의 뺨을 문질렀다.

"선배, 놔주세요."

놔주지 마세요…….

"진짜 놔?"

"네."

아니요…….

"근데 눈이 왜 이렇게 예뻐?"

"네?"

"엄청 반짝반짝하는데? 지금 내 얼굴 만져서 좋아하는 거 같은데?"

"아닌데요?"

엄마야, 티 났나 봐.

"나 좋아한다며. 그런데 왜 아니야?"

"그거야…….

부끄러우니까.

차라리 선배 손에 내 얼굴이 잡혔으면 이것보다 덜 부끄러웠을 거다. 이 순간에도 손바닥 안에 가득 들어차는 부드러운 뺨과 온기가 내 얼굴을 화끈화끈 뜨겁게 달궜다.

"아, 큰일 났네."

"네? 왜요?"

"우리 소희가 너무 예뻐."

선배 입꼬리가 양옆으로 올라가는 게 손바닥으로 느껴졌다. 피부로 느낀 그 미소가 너무 간지러운 나머지 나도 모르게 손을 확 빼고 말았다.

"서, 선배…… 퇴원 수속은 다 끝났어요?"

당황해 아무 말이나 꺼낸 것치곤 화제를 잘 돌렸다.

그래서 안심하고 있는데, 내 속이 시끄럽든 말든 고개를 끄덕이는 선배의 얼굴은 평온하기만 해서 괜히 얄미워졌다. 살짝 새침한 목소리가 나간 건 그래서였다.

"그럼 우리 이제 집에 갈 수 있는 거죠? 저 집에 들어가기 전에 맛있는 것도 먹고 싶은데."

"뭐 먹고 싶은데? 찜닭? 해물찜? 초밥? 아님 떡볶이 먹으러 갈까? 너 초등학교 때 자주 갔던 집."

내가 좋아하는 음식만 줄줄이 말하는 선배에 놀라는 것도 잠시, 생각도 못 했던 말에 눈을 크게 떴다.

"그 집이 아직 있어요?"

"응. 근데 사장님이 바뀌었어. 원래 사장님 따님분으로. 그래도 맛은 그전이랑 똑같대."

"그렇구나."

초등학교 때 진짜 자주 갔었는데 중학교 때 세아네 집으로 이사 가면서 한 번도 못 갔다. 거기 떡볶이도 떡볶이지만 만두가 진짜 맛있었는데.

한 입 크게 베어 물면 입안에 쫙 퍼지던 육즙이 아직도 생생했다. 짭짜름한 간장에 찍어서 새콤한 단무지를 곁들이면 환상의 짝꿍이 따로 없었는데.

아, 생각하니까 먹고 싶다.

"선배, 우리 떡볶이랑 만두 먹으러 가요."

"그래."

내 뺨에 붙은 머리카락을 떼어 주고 눈을 접어 웃는 선배의 얼굴에 순간 넋을 놓고 말았다.

이렇게 예쁘게 웃는 남자가 세상에 선배 말고 또 있을까?

겨우 웃는 얼굴 하나 보고 뺨이 확 달아오른 게 부끄러워서 말을 되는대로 막 끼냈다.

"서, 선배도 분식 되게 좋아하나 봐요."

"응?"

"떡볶이랑 만두 먹으러 가자니까 엄청 좋아했잖아요. 눈도 막 반짝반짝하고."

뒷말은 나름 아까의 복수를 하려고 덧붙인 거였다. 하지만 그건 바로 자승자박이 되고 말았다.

"그건 네가 예뻐서 그런 건데."

"네?"

"너 네가 좋아하는 거 이야기할 때마다 얼마나 예쁜 얼굴 하는지 모르지?"

가까이로 다가온 선배의 눈에 내 모습이 비쳤다.

끝이 살짝 휘어진 둥그스름한 눈의 모양새나, 이 사람 절대 나쁜 사람 아니라고 선입견을 만들어 버리는 순한 눈동자가 너무 예뻐서. 그 속에 담긴 내 모습을 나도 예쁘다 생각하고 말았다.

"특히 맛있는 거 먹을 때가 제일 예뻐. 너 먹는 거 보고 있으면 나까지 행복해져."

"……이거 막 돌려서 흉보는 거 아니죠? 저 많이 먹는다고."

"설마. 진심으로 하는 소리야."

선배의 손이 내 손목을 감쌌다. 마치 맥을 찾듯 가만가만 움직이는 엄지가 내 시선을 끌었다.

요 며칠 동안 새롭게 알게 된 사실 하나.

선배는 스킨십을 좋아했다. 그게 농밀한 애정을 전하는 연인간의 스킨십이었다면 적응하기 어려웠겠지만, 선배의 손은 늘 조심스럽게 다가와 따뜻한 체온만을 나눠 주었다.

주로 닿는 곳은 손목이었다. 손도 아니고 손목. 처음엔 왜 손이 아니라 손목일까 생각했던 나도 이젠 손목을 잡히는 게 자연스러워졌다.

그러고 보니 맥박이라는 건 심장박동을 따라가던가? 그렇다고 가정했을 때 어쩌면 이 스킨십은 포옹과 닮았을지도 모르겠다. 가슴과 가슴이 빈틈없이 맞닿아, 상대의 심장박동을 느낄 수 있는 포옹과.

"무슨 생각해?"

"네? 아뇨, 그냥……. 살 빼야겠다는 생각."

"갑자기 왜?"

"갑자기는 아니죠. 선배가 요 며칠간 계속 간식 사다 줬잖아요."

초코 무스 케이크. 꿀 송편. 아몬드 쿠키. 딸기 맛 요구르트. 바닐라 아이스크림.

손가락을 하나하나 접어 가며 세다 보니 진짜 심각하다 싶었다.

작게 한숨을 내쉬자 눈을 깜빡이던 선배가 조용히 물어 왔다.

"살 빼고 싶어?"

"세상에 살 빼기 싫은 사람이 어디 있어요."

배를 내려다보다가 잡힌 손목까지 신경 쓰여 선배의 손에서 손목을 빼냈다.

미간을 좁힌 채 뭔가를 생각하던 선배는 금방 입을 열었다.

"도와줄까?"

"어떻게요?"

"그냥…… 같이 운동을 한다거나 식이조절 도와준다거나, 그렇게 뭐든."

다이어트를 해 본 적이 없어서 잘 모르겠지만, 그런 거 잘 아는 사람이 있으니 한번 물어보겠다고 선배가 말했다.

그 말이 조금 의외라서 아무 말 없이 선배를 바라봤다. 그 시선을 느꼈는지, 선배가 곧 "왜?" 하고 나한테 물어 왔다.

"조금 의외라서요."

"뭐가?"

"전 선배가 살 안 빼도 예쁘다고 해 줄 줄 알았거든요."

하늘에 맹세코 나는 내 외모에 이렇게 자신감이 넘치는 사람이 아니었다.

다만 내가 뭘 해도 선배는 예쁘다고 해 주니까.

다른 사람이면 모를까, 선배라면 그렇게 말해 주지 않을까 생각했던 것뿐이었다.

아니나 다를까 다른 사람이었으면 비웃거나 어색하게 고개를 끄덕였을 내 말에 선배는 진지하게 고개를 끄덕였다.

"당연히 예쁘지. 그런데 너는 살을 빼고 싶은 거라고 했잖아."

거기까지 말한 선배는 잠깐 입을 다물었다가 눈을 반짝이며 내게 물었다.

"혹시 살 빼고 싶은 게 나한테 예쁘게 보이고 싶어서야?"

순간 얼굴이 확 달아올랐다. 속마음을 들킨 게 부끄러워 입술을 깨문 채 고개를 숙였다. 그러자 정수리 위로 선배의 웃음기 섞인 목소리가 떨어졌다.

"어떡하지."

"……뭐가요?"

"지금 그 얼굴이 제일 예쁜데 그렇다고 말하면 네가 더 숨을 것 같아서…… 미안해. 내가 잘못했으니까 얼굴 보여 주면 안 돼?"

나는 '안 돼요.'라고 대답도 못 했다. 선배랑 눈을 마주할 자신이 없어서.

그 대신 고개를 푹 숙인 채 화끈거리는 뺨만 만지작거리다가 도저히 이해가 안 돼서 약간 쏘아붙이듯 물었다.

"선배는 제가 어디가 그렇게 좋아요?"

"응?"

"솔직히, 객관적으로 따졌을 때 저 예쁜 얼굴은 아니잖아요. 그런데……."

"너 예뻐."

"네?"

"눈도 예쁘고 코도 예쁘고 입술도 예쁘고 다 예뻐."

입이 떡 벌어졌다. 얼음처럼 굳어 버린 나를 아는지 모르는지 선배는 담담한 목소리로 말을 이어 나갔다.

"아까도 말했잖아. 넌 네가 좋아하는 거 보고, 듣고, 먹고, 할 때 정말 엄청 예쁘게 웃어."

"아니……."

그런 말 그렇게 대놓고 하면…….

"영화나 책 같은 거 볼 때 집중하는 얼굴도 예쁘고, 음식 같은 거 만들어서 나한테 먹어 보라고 하는 얼굴도 예쁘고, 내가 예쁘다고 하면 얼굴 빨개져서 내 눈 못 쳐다보는 것도 예쁘고, 다 예뻐."

"아, 알았으니까 이제 그만해요."

"진짜 알았어? 아직 많아."

"충분해요. 이제 다시는 안 물어볼게요."

두 손을 들어 올리며 항복이라고 말하자 선배가 나를 물끄러미 바라보다가 조그마한 목소리로 물었다.

"정말 충분해?"

"충분하다 못해 넘쳐요……."

"언제든, 안 충분해지면 말해. 지금 못한 말 다 해 줄 테니까."

글쎄, 과연 저걸 내 입으로 다시 묻는 날이 오기는 할까. 천지가 개벽한다 해도 그럴 일은 없을 거다.

나는 달리 할 말이 없어서 아직도 식지 않은 뺨만 만지작거렸다.

그렇게 내가 고개를 제대로 들지 못하자, 작게 한숨을 내쉰 선배가 작은 목소리로 내게 물어 왔다.

"예전에도 궁금했던 건데…… 네가 좋아하는 사람은 너한테 예쁘단 말도 안 해 줬어?"

"네?"

"왜 그렇게 예쁘단 말에 적응을 못 해?"

"들어 본 적이 없어서……?"

그 말에 선배의 얼굴이 굳어졌다. 지금 이 오해를 풀지 않으면 선배가 선배를 엄청나게 욕할 것 같다는 생각이 들어 얼른 말을 고쳤다.

"이, 있어요. 많아요."

당장 조금 전만 해도 질릴 만큼 들었다. 그러나 이미 해 버린 말 때문에 선배는 내가 내 첫사랑을 감싼다고 오해한 모양이었다.

수습한답시고 꺼낸 말에 분위기가 더 굳어 버려서, 나는 어쩔 줄을 모르고 눈만 굴렸다.

"진짠데……."

여기서 말을 더 보태자니 선배 앞에서 다른 남자 감싸는 것 같고. 가만히 있자니 내가 좋아하는 남자가 되게 못된 남자 되는 것 같고.

이런 상황을 두고 빼도 박도 못 한다고 하는 걸까.

"너 그 남자 대체 왜 좋아한 거야?"

"네?"

한숨과 함께 팔짱을 낀 선배가 굉장히 언짢아 보이는 얼굴로 재차 물어 왔다.

"네가 그 사람을 얼마나 좋아했는지는 알겠어. 근데 대체 어떤 점이 좋아서 그렇게 좋아한 거야? 별로 좋은 사람도 아닌 것 같은데."

"아닌데, 좋은 사람인……."

아이고! 험악해진 선배의 시선을 피해 천장으로 눈을 돌렸다.

그러나 달리 피할 방법이 없는 귀로는 선배의 목소리가 계속해서 들려왔다.

"너한테 여자로서의 관심은 눈곱만큼도 없으면서, 만나자고 하면 계속 만나 줘서 희망고문은 하고. 덕분에 난 다른 여자까지 사귀었는데?"

"여자 친구요?"

아. 맞다. 생겼었지. 잠깐 잊고 있었다. 그런데 진짜 그 여자 친구는 어떻게 됐을까.

그런 생각을 하며 멍하니 천장만 보고 있는데 갑자기 옆이 조용해졌다. 의아한 마음에 옆을 바라보자 선배가 입술을 깨물고 있는 게 눈에 들어왔다.

"선배?"

"……미안."

"네?"

"안 해도 될 말을 했네. 미안해."

"아니……."

선배가 너무 씁쓸한 표정을 짓고 있어서 순간 아무 말도 못 했다. 그러다 얼른 정신을 차리고 고개를 흔들었다.

"아니에요, 저 괜찮아요. 선배가 마음 쓸 필요 없어요."

"……."

"지, 진짜 괜찮은데."

이 분위기 어쩌면 좋지? 끙끙 앓다가 슬쩍 선배의 옆으로 다가갔다. 그리고 커다란 손을 꼭 붙잡고 말했다.

"말했잖아요. 저 지금은 선배가 좋다고."

"어느 정도로 좋은데?"

"네?"

"결혼해도 괜찮을 정도로 날 좋아하려면 나를 선배가 아니라 남자로 좋아해야 돼."

"그거야…… 그렇죠."

근데 선배는 1년, 아니, 6년 전부터 이미 나한테 남자였는데.

"소희야, 신중하게 대답해야 돼. 나를 남자로 좋아한다는 건……."

내 쪽으로 상체를 튼 선배가 서서히 거리를 좁혀 왔다. 자연히 선배를 보고 있던 내 얼굴 위로 그림자가 드리워졌다.

당황한 나머지 미칠 듯한 속도로 눈을 깜빡이자 선배가 그 자리에 멈췄다. 그래도 선배의 눈동자에 내가 비쳐 보일 만큼 가까운 거리였다.

선배의 눈 속에서 나는 무척이나 당황한 표정을 짓고 있었다. 그런 내게 선배가 낮은 목소리로 속삭였다.

"이 상황에서 네가 눈을 감아야 한다는 뜻이야."

……남자다! 선배가 남자다!

지금이라도 눈을 감아야 하나? 감으라는 뜻이겠지? 그러면 우리는 키스를 하는 거겠지?

마른침이 목구멍 안으로 넘어갔다. 속눈썹이 파르르 떨리는 게 느껴졌다.

겨우 마음의 준비를 하고 눈을 감으려는데, 내가 너무 늦었는지 선배의 몸은 이미 뒤로 물러나고 있었다.

"서, 선배."

지금 이 기회를 놓치면 안 된다. 순간 머릿속을 스쳐 지나간 생각에 얼른 선배의 팔을 덥석 쥐었다.

우와, 생각보다 탄탄해.

처음 안 사실에 깜짝 놀라 손에서 힘을 풀었더니 선배가 의아한 눈으로 나를 바라봤다. 어색하게 웃음으로 화답한 나는 허공에 뜬 손을 허벅지 위로 다소곳하게 거둬들였다.

아, 계속 잡고 있을걸.

무척 아쉬웠지만, 그렇다고 다시 잡자니 그것도 좀 이상해서 허벅지 위의 두 손만 선배 모르게 쬠쬠거렸다.

내가 속으로 이런 생각을 하고 있는 걸 알면 선배는 과연 무슨 반응을 보일까. 다른 건 몰라도 내가 선배를 남자로 안 본다는 생각 같은 건 절대 못 할 거다.

"음, 그러니까……."

내 이런 생각을 선배가 알아줬으면 하는 마음 반, 몰랐으면 하는 마음 반으로 용기 내어 입을 열었다.

"한번, 해 보면 알 거 같은데……."

긴장돼 죽을 것 같다. 차마 선배를 볼 수가 없어 눈을 내리깐 채 나는 겨우겨우 떨리는 목소리를 이었다.

"선배가 먼저 눈 감고 있어 주면 안 돼요?"

"그래."

그 짧막한 대답과 함께 선배는 바로 눈을 감았다. 망설임도 다른 질문도 없었다. 그러기는커녕 나 편하라고 아예 고개까지 살짝 숙여 주었다.

나는 그 행동력에 어안이 벙벙해서 눈만 깜빡이다가 뒤늦게 감탄했다.

선배는 눈을 감고 있어도 잘생겼구나.

더불어 뭘 해도 괜찮다는 무방비함이 가슴을 떨리게 만들었다. 만약 선배가 아직도 내 손목을 쥐고 있었으면 세찬 심장박동을 들켰을 거다.

나는 날뛰는 심장을 어떻게든 진정시키려 애쓰며 선배한테 조심스럽게 다가갔다.

"누, 눈 뜨면 안 돼요."

선배는 대답 대신 고개를 끄덕였다. 그중에서 입술만이 내 눈에 들어왔다.

다른 사람 몰래 못된 짓을 저지르는 기분이었다. 자꾸만 바싹바싹 타는 입술을 혀로 핥다가 그 행동이 부끄러워 얼른 입술을 깨물었다.

선배가 눈을 감고 있어 다행이라 생각하며, 나는 겨우 용기 내어 손바닥으로 선배의 어깨를 감싸 쥐었다.

얇은 옷자락 아래로 단단한 뼈와 근육의 감촉이 느껴졌다. 어깨를 만지는 것 정도는 그렇게 은밀한 스킨십도 아닌데, 남자 몸을 이렇게 잡아 보는 건 처음이라 무지하게 긴장됐다.

아, 모르겠다.

자꾸 망설이면 천년만년이 지나도 계속 이러고 있을 것 같아 눈 딱 감고 선배 입술에 내 입술을 갖다 붙였다. 있는 힘껏. 덕분에 이가 부딪쳤는지 딱 소리가 났다.

이건 입맞춤이라기보단 입술 박치기에 가까웠다. 내심 부드러운 감촉을 기대했던 나는 부드러움이고 뭐고 얼얼한 통증에 놀라서 고개를 뒤로 물렸다.

그러자 선배가 바로 눈을 떴다.

코앞에서 시선이 마주친 순간 나는 깜짝 놀라 입을 열었다.

"누, 눈 뜨지 말라니까요."

"아. 아직 안 끝났어?"

아니, 끝났는데.

하지만 선배는 그새 다시 눈을 감아 버렸다. 심지어 무언가를 기대하는 얼굴로.

아까의 입술 박치기는 그새 기억에서 지워 버린 모양이었다. 나 같으면 이번엔 진짜 박치기를 할지도 모른단 생각에 눈 못 감을 것 같은데.

그냥 눈 뜨라고 할까…… 아니, 아니다. 나도 자존심이 있지, 내 첫 키스의 추억을 입술 박치기로 남겨 둘 수는 없었다.

이번에야말로 첫 키스답게. 로맨틱하게.

아까와 같은 실수를 하지 않도록 이번에는 눈을 뜨고 선배에게 다가갔다. 그리고 선배의 입술이 어디에 있는지 확인한 다음 눈을 감고 선배의 뺨을 두 손으로 감쌌다. 그리고.

아, 이번엔 진짜로 부드럽다.

갑자기 막, 가슴 한편이 민들레 씨 솜털에 닿은 것처럼 간질간질해졌다.

선배의 뺨을 감싼 손에서부터 맞닿은 입술까지 온몸에 힘이 잔뜩 들어갔다.

이제는 어떡하면 되지? 떨어지면 되나?

그때 선배의 숨이 내 뺨 위로 내려앉았다.

이 상태에서 숨을 쉬어도 되는지 잠깐 고민하다가 참고 있던 숨을 코끝으로 밀어냈다. 그러자 손바닥 안에서 선배의 뺨이 살짝 떨리는 게 느껴졌다.

선배도 간지러운 모양이었다. 갑자기 웃음을 참을 수가 없어져서 뒤로 물러나 키득키득 웃었다.

그러자 선배가 눈을 떴다.

떨리는 속눈썹 아래로 드러난 다갈색 눈동자와 마주친 순간, 잊고 있던 부끄러움이 파도처럼 밀려들었다. 그래서 나도 모르게 선배의 눈을 피하고 말았다.

"음, 이제 끝났⋯⋯."

끝까지 말하지 못한 건, 내 뺨을 감싼 커다란 손에 의해 고개가 옆으로 돌아가더니 입술이 막혀 버렸기 때문이었다.

깊고 부드러운 맞물림은 내 어설픈 입술 박치기랑은 비교도 안 됐다. 아까의 첫키스와도 마찬가지였다.

너무 놀라서 눈만 깜빡이던 도중 선배랑 눈이 마주쳤다.

와, 선배 눈 예쁘다. 새삼 감탄하다가, 지금 이럴 때가 아닌데. 당황해서 질끈 눈을 감았다.

그때 부드럽게 맞물려 있던 입술이 살짝 떨어지고 아랫입술에 작은 통증이 느껴졌다.

나는 또 놀라서 반사적으로 선배의 팔뚝을 움켜쥐었다. 그러자 선배가 내 뒤통수를 감싸 쥐고 다시 한 번 입술을 겹쳐 왔다.

너무 떨려서 숨도 제대로 못 쉬었다. 한 번, 두 번, 세 번. 입술이 떨어졌다 다시 붙어 올 때마다 이걸 키스 한 번으로 쳐야 하나, 세 번으로 쳐야 하나 그런 쓸데없는 고민을 했다.

내 머릿속이 깨끗해진 건 입술 사이로 선배의 혀가 밀려들어 왔을 때였다.

"이제 눈 떠도 돼."

선배의 입술이 떨어지고, 열기 섞인 나지막한 목소리가 내 귓가에 닿았을 때쯤에야 정신이 들었다.

하지만 아직도 머릿속이 멍했다. 입술은 떨어졌지만 선배의 얼굴은 여전히 가까운 곳에 있었다.

뒤늦게 숨을 몰아쉬던 나는 내 손이 선배의 어깨 위에 있는 걸 보고 화들짝 놀라 손을 무릎 위로 가져왔다.

몇 번 깨물린 아랫입술엔 아직도 아릿한 감각이 남아 있었다. 그 위를 만져 보고 싶은 충동이 들었지만 꾹 참았다.

와, 첫키스 했어. 그것도 선배랑.

그 생각을 하다 보니 문득 궁금해졌다. 나는 선배에게서 조금 떨어져 마음의 안정 거리를 확보한 후 질문을 꺼냈다.

"선배랑 저랑…… 진짜 첫 키스는 어디서 했어요?"

"가평 계곡에서 했어."

선배는 바로 답해 주었다. 생각지도 못했던 답에 놀란 나는 확인차 다시 물었다.

"가평 계곡? 어느 계곡이요? 혹시 저희 펜션 뒤쪽에 있는 그 계곡이요?"

"참고로 내가 너한테 고백한 곳도 거기야."

선배가 내 머리카락을 귀 뒤로 넘겨 주며 말했다.

어느새 또 가까워진 거리가 부끄러워 고개를 푹 숙였다. 지금 내 기분을 알기라도 하는 것처럼 선배는 내 머리만 다정하게 매만져 주었다.

"네가 내 고백을 받아 준 건 펜션 뒤쪽 마당에 있는 벤치 그네였고, 내가 너한테 프러포즈한 곳도 거기야."

"진짜요?"

손재주가 좋은 아빠는 앞마당의 테이블이나 벤치 같은 걸 전부 직접 만들었는데, 뒷마당에 놓은 벤치 그네도 아빠의 솜씨였다.

엄마가 가꿔 놓은 화단 중심에 놓인 그 벤치 그네는 우리 펜션 최고의 포토존이었다.

많은 손님들이 가평에 왔다 간다는 인증샷으로 그 벤치 그네에서 사진을 찍었지만, 사실 그 벤치 그네는 원래 내 개인 소유였다. 아빠가 내 스무 살 생일에 만들어 준 생일 선물.

지금도 매년 내 생일마다 아빠가 새로 페인트칠 해 주는 그 벤치 그네는 내게 의미가 남다른 물건이었다.

사귀자는 고백도, 프러포즈도 거기서 했구나.

문득 가평에 가서 그 벤치 그네가 아직도 잘 있나 내 눈으로 확인하고 싶다는 생각이 들었다.

달칵.

"어머, 아직 퇴원 안 하셨어요?"

우리가 이미 나간 줄 알았는지 노크도 없이 들어온 간호사가 놀란 표정을 지었다. 그러고 보면 퇴원 수속까지 해 놓고 너무 눌어붙어 있었다.

우와, 잠깐만. 저분 조금만 일찍 들어오셨으면……

얼굴이 순식간에 불타올랐다. 혹시나 그 얼굴을 들킬까 얼른 침대에서 일어나 캐비닛을 향해 몸을 돌렸다.

"이제 가려고요. 가, 가방이 어디 있더라……."

"가방은 차에 있잖아."

"아……. 아까 옮겨 놨죠, 참."

하하, 멋쩍게 웃은 후 얼른 가자고 선배를 재촉했다. 아닌 게 아니라, 한시라도 빨리 집에 가고 싶었다.

✽

선배와 내가 살 신혼집은 신축 아파트였다. 정말 딱 둘이 살 거면 좀 더 작은 집을 사도 됐겠지만, 나중에 아이를 낳을 것까지 고려해 넓은 집을 골랐다고 했다.

안방으로 쓸 커다란 침실이 하나, 서재랑 손님방으로 쓸 작은 방이 두 개.

널찍한 주방과 거실이 따로 분리되어 있는 데다 따로 드레스룸까지 있는 이 집은 내가 생각한 것보다 훨씬 넓고 좋았다.

"욕실은 안방에 하나 있고 현관 쪽에 또 하나 있어."

"제가 쓰러진 데는요?"

"현관 쪽."

그때의 기억이 떠올랐는지 선배는 쓴웃음을 지었지만, 기억이 없는 나는 호기심이 피어올라서 일단 욕실부터 구경했다.

그런데 사용감이 전혀 없고, 샴푸나 비누 등의 소모품만 새로 가져다 둔 욕실엔 내 시선을 강제로 잡아끄는 게 있었다. 바로 색색의 꽃이 그려진 미끄럼방지 타일이었다.

"좀 더 깔끔한 걸로 사고 싶었는데 저런 거밖에 없더라고."

내 시선을 알아차린 선배가 변명하듯 설명했다.

고개를 끄덕인 나는 욕실 문 앞에서부터 욕조 앞까지 빈틈없이 깔린 미끄럼방지 타일을 보다가 무의식중에 뒤통수 위로 손을 올렸다.

"뭐…… 또 미끄러지는 것보단 나으니까요."

"그치? 침실 쪽 욕실에도 깔아 놨어."

걱정하는 건 그거 하나뿐이었는지 선배는 바로 들뜬 얼굴로 변해서 내 손목을 잡고 집 구경을 시켜 주었다.

함께 쓸 큰방엔 커다란 침대가 놓여 있었고, 거실의 한쪽 벽엔 커다란 벽걸이 TV가 걸려 있었는데 그 양옆엔 키가 큰 DVD 진열장이 있었다.

두 개의 진열장은 크기가 제법 큰데도 벌써 꽉 차 있었는데, 자세히 살펴보니 꽂혀 있는 DVD 하나하나가 전부 내가 좋아하는 것들이었다.

"헉, 대박…… 이거 다 어디서 구했어요? 우와, 이거 프리미엄 붙어서 중고가만 20만 원이 넘는 건데!"

"내가 갖고 있던 것도 있고, 같이 중고 매장 돌아다니다가 발굴한 것도 있고."

"그렇구나."

중고 매장 하니 옛날 생각이 났다. 아주 옛날은 아니고 1년 전, 아니, 날짜로 따지면 6년 전이니 이 정도면 옛날인가.

어쨌든 내가 영화 감상 동아리의 회장직을 역임하고 있었을 때, 동방에 새로운 DVD를 보충하기 위해 한 달에 한 번씩 중고 가게를 돌아다녔다.

장소가 가까우면 혼자 가기도 하고 좀 멀다 싶으면 다른 사람들이랑 같이 가기도 했는데, 한 번은 차를 갖고 있던 선배가 먼저 같이 가 주겠다고 해서 인천까지 갔던 적이 있었다.

"아, 이거. 이거 그때 인천에서 산 거예요?"

"기억하고 있네?"

"당연히 기억하죠. 이거 아직 가지고 있었구나."

DVD 산다고 인천까지 갔던 건, 솔직하게 말하면 선배 때문이었다. 선배랑 데이트하는 기분을 내고 싶어서.

하지만 막상 도착한 가게 곳곳엔 다른 곳에선 한 번도 보지 못했던 중고 DVD가 숨어 있었다. 덕분에 나는 선배고 뭐고 보물찾기 삼매경에 빠졌다.

그렇게 찾아낸 DVD가 다섯 개였던가, 여섯 개였던가. 개중에 지금 손에 들고 있는 이건 동방에 갖다 놓기 아까워서 내가 가질 생각으로 사비를 털었다.

그런데 나한테 귀한 건 남한테도 귀한 건지, 생각했던 것보다 가격이 비쌌다. 그래도 포기할 수가 없어서 옆에 있던 선배한테 부탁해 돈을 빌렸다.

마음씨도 좋고 돈도 많던 선배는 흔쾌히 10만 원이란 큰돈을 빌려주었다. 그리고 빌려주는 대가로 조건 하나를 붙였다.

'이게 그렇게 재밌어?'

'네. 엄청 재밌어요! 빌려 드릴까요?'

'응, 빌려줘. 궁금하다.'

그다음엔 선배가 DVD를 돌려주면서 이것도 재밌다고 다른 걸 빌려주고, 그걸 돌려주면서 나도 다른 DVD를 추천해 주고.

우리는 그러면서 친해졌다.

선배가 과제를 다 끝내면 더 이상 개인적으로는 볼 일이 없을 거라 생각했던 예상과 달리.

그로 인해 짝사랑 동맹을 맺을 만큼 사이가 좋아졌으니, 이 DVD가 큐피트 역할을 했다고 해도 과언이 아니었다.

"저 이거 선배 말고 다른 사람한테는 아무한테도 안 빌려줬어요."

"진짜?"

"네. 아, 5년 동안엔 잘 모르겠지만……. 근데 아마 안 빌려줬을 거예요. 제가 제일 아끼는 거라서."

이것도 이영린이 출연한 작품인데, 당시 고등학생이었던 나로 하여금 태어나 처음으로 DVD를 갖고 싶다고 생각하게 만든 작품이었다.

그러나 그때도 이미 이 DVD는 중고 시장에서밖에 살 수 없는 귀한 몸이었다. 당연히 프리미엄 역시 형성되어 있었고.

안 그래도 대여점에 다닌다고 용돈을 탈탈 털던 시점이었다. 프리미엄가로 무려 10만 원에 달하는 DVD를 눈물과 함께 떠나보내며 나중에 어른이 되면 사야지 하고 다짐 또 다짐했다.

그렇게 무려 4년을 기다려 맞이한 DVD였다.

돈을 빌려준 사람이 아니었다면 선배한테도 안 빌려줬을 거다. 아니다. 그래도 선배한테는 빌려줬으려나.

"네가 좋아하는 사람이 빌려 달라고 해도 안 빌려줬을 거야?"

"그 사람한테는……."

아무 생각 없이 대답하려다가 입을 딱 다물고 선배를 바라봤다.

선배는 아무렇지 않은 표정으로 날 내려다보고 있었는데, 그 얼굴은 어떻게 봐도 아무 뜻 없는 얼굴로 보이지 않아서 내 눈은 저절로 가늘어졌다.

"선배, 그 사람한테 너무 집착하는 거 아니에요?"

"어떻게 집착을 안 해. 그 사람이 네 첫사랑인데."

선배의 목소리가 너무 담담해서 하마터면 그렇구나, 하고 넘어갈 뻔했다. 그 위기를 간신히 넘기고 선배를 흘겨봤다.

"선배도 첫사랑 있잖아요."

"나는……."

"선배가 자꾸 그러면 저도 말끝마다 선배 첫사랑 물고 늘어질 거예요. 제가 더 할 말 많은 거 알죠? 선배는 그 사람이랑 사귀기까지 했잖아요."

사실 나는 내 첫사랑이랑 연애도 하고 결혼까지 앞두고 있지만, 그 사람이 바로 내 눈앞에 있는 상대니까 이건 논외로 쳐야 했다.

그 사실을 모르는 선배는 복잡한 얼굴로 날 바라보다가 한숨을 내쉬었다.

그렇겠지, 할 말이 없겠지. 그런데 이겨 놓고도 왜 기분이 찝찝한 걸까.

혹시나 얼굴에 그 감정이 드러날까 몸을 돌려 진열장에 DVD를 돌려놓았다.

"미안해."

"네? 아뇨, 사과는 안 해도 되는데……."

선배를 돌아보다가 눈이 마주친 순간 나는 몸을 우뚝 멈추고 말았다. 물끄러미 날 바라보는 선배의 눈엔 죄책감이 가득했다.

그걸 알아차린 순간 뭐라 형용할 수 없는 감정에 잠식되고 말았다.

나는 내 발목을 죄는 그림자 같은 감정을 떨쳐 내려 일부러 과장된 목소리를 냈다.

"그게 그렇게 미안하면 이제부터 첫사랑 이야긴 하지 마요. 5년이나 지난 이야기잖아요."

"응…… 알았어."

희미하게 웃어 보인 선배가 서재를 보여 주겠다며 내 등을 손바닥으로 부드럽게 밀었다.

나는 내 책도 있냐고 물으며 선배를 따라 걸었다. 내가 병원에 있는 동안 가평에 있던 책까지 전부 갖다 놓았다는 말에, 겉으로는 내가 5년 동안 얼마나 책을 모았을지 기대된다고 활짝 웃었지만.

선배는 왜 나한테 사과한 걸까.

내가 좋아하는 사람에 대해 너무 붙잡고 늘어져서? 아니면 나 아닌 다른 사람을 좋아하고 그 사람이랑 사귀기까지 했던 게 미안해서?

왠지 다른 이유가 있을 거라는 생각이 들었지만, 달리 떠오르는 게 없어서 이 찜찜한 기분을 일단 덮어 둘 수밖에 없었다.

집 구경을 끝내는 데 걸린 시간은 약 30분이었다.

짐을 다 들여놓기는 했지만, 방 곳곳엔 아직 정리가 안 된 박스가 많았다. 특히 서재에.

당장 정리하고 싶었지만 그러기엔 너무 피곤했다.

거실 소파에 드러누운 나는 DVD 진열장을 눈으로 훑어보다가 선배에게 지난 5년 동안 내가 제일 재밌게 봤던 영화가 뭐냐고 물어봤다.

"영화 보게?"

"이왕 기억상실증 걸린 거, 장점 하나라도 챙겨야죠."

기억을 잃기 전의 내가 재미를 보장하는 것만큼 확실한 추천이 또 어디 있을까. 특히나 반전이 있는 영화 같은 경우엔 처음 한 번밖에 그 전율을 느낄 수가 없다.

아마 기억을 되찾고 나면 기억을 잃었을 때 제일 잘한 행동이 바로 이게 되지 않을까?

"네가 좋아했던 건…… 이거랑 이거. 특히 이건 몇 번이고 돌려 봤어."

선배가 골라 준 영화는 확실히 겉면에 적힌 소개글만 봐도 재밌었다. 나는 벌써부터 신이 나서 얼른 DVD 플레이어에 DVD를 넣고 거실 소파에 누웠다.

그러다 깜빡 잠이 든 건, 영화가 재미없어서는 아니었다. 너무 피곤해서 그랬던 게 아닐까.

눈을 떴을 땐 주변이 어둑어둑해져 있었다. 잠이 덜 깬 나는 화면이 까매진 TV를 바라보다가 다시 눈을 감았다.

그러다 또 잠이 든 건지, 아니면 겨우 몇 초 뒤의 일이었는지.

"……미안해, 소희야."

그 조그마한 목소리에 눈을 떴을 때 나는 거실 소파가 아닌 큰 방 침대에 누워 있었다.

그 사실을 인식하고 소리가 들려온 곳으로 눈을 돌리기까지 몇 초의 시간이 걸렸다.

하지만 너무 늦은 걸까? 그곳엔 이미 아무도 없었다. 대신 멀찍

이 떨어진 곳에서 문을 닫는 소리만 들려왔을 뿐.

주변은 어두웠고, 또 조용했다.

잠깐 물러났던 잠기운이 베일처럼 나를 덮쳤다. 무력하게 눈을 감은 나는 생각만 남아 어둠을 떠돌았다.

도대체 5년 동안 무슨 일이 있었던 걸까. 왜 선배는 그런 목소리로 나한테 사과를 하는 걸까.

지금의 나로선 조금도 짐작할 수 없는 의문이었다.

아마 선배에게 물어도 대답해 주지 않을 것이다. 자고 일어났을 땐 기억이 전부 돌아와 있으면 좋겠다는 생각을 마지막으로, 나는 의식 속으로 깊이 가라앉았다.

3. 지난 흔적

신혼집에 들어간 지 얼마 안 됐을 때.

외출했다 돌아온 그가 도어벨을 눌렀다. 나는 쪼르르 달려가 현관문을 열어 주었다.

왔어요?

응.

그는 손에 빵 봉지를 들고 있었다. 내 것인 게 분명했다. 달라고 손을 내밀었는데 그가 내 손 위에 얹어 준 건 빵이 아니라 그의 손이었다.

이게 아닌데. 하지만 빵을 달라고 하면 안 줄 것 같아서 괜히 그의 손만 조몰락거렸다.

언제쯤 달라고 하면 될까? 힐끔힐끔 눈치만 보는데 그가 돌연 웃음을 터뜨렸다.

나는 화가 났다. 그가 알면서도 장난을 쳤기 때문이 아니라, 그가 웃느라 빵 봉지를 떨어뜨려 제일 좋아하는 케이크가 뭉개졌기 때문이었다.

선배의 세 번째 드라마, 사인(sign).

현장에 늘 피로 쓴 이름을 남기는 연쇄살인마와 그를 쫓는 형사, 그리고 피해자들의 가족.

총 여섯 명의 얽히고설킨 인간관계를 그려 낸 그 드라마는 회차마다 반복되는 반전으로 뒤통수가 남아나질 않는다는 시청자들의 호평 속에 방영되고 있었다.

나도 병원에 있는 동안 재방송을 봤다가 밤을 새워 정주행을 하고 뒤통수가 납작해졌다. 지금도 뒷내용이 무지하게 궁금해 죽겠는데, 바로 옆에 작가가 있어서 더 죽을 맛이었다.

"뒤에 어떻게 되는지 가르쳐 줄까?"

"스포일러하면 선배랑 결혼 안 할 거예요."

"……말 안 할게."

선배는 두 번 다시 뒷내용을 가르쳐 주겠단 말은 하지 않았다. 뿐만 아니라 내가 실수로라도 보지 못하도록 서재에 숨어서 작업했다.

나도 선배가 작업할 땐 서재 근처엔 얼씬도 하지 않았다. 때문에 우리는 같은 집에 살면서도 하루 종일 떨어져 있다시피 했다.

"소희야, 나 오늘도 나갔다 와야 될 것 같아. 감독님 만나기로 했거든."

"그럼 올 때 케이크 사다 주세요."

어제 선배가 떨어뜨려 못 먹게 된 케이크를 떠올리며 말하자 선배가 고개를 끄덕였다.

"그래. 다른 건 뭐 필요한 거 없어?"

"생각나면 연락할게요."

핸드폰을 흔들며 말하자 선배는 한 번 더 고개를 끄덕였다.

"몇 시에 와요?"

"저녁 먹기 전엔 올 거야. 더 늦으면 전화할게."

선배를 배웅하러 문 앞까지 나가 오늘도 열심히 하고 오라고 파이팅을 외쳐 주었다. 선배는 잠깐 웃다가 고개를 숙여 내 입술에 가볍게 입을 맞추고 외출했다.

선배와 같이 살게 된 지 나흘째.

이제 이 정도 스킨십에는 익숙해졌다. 가슴이 간질간질하고 뺨이 달아오르는 건 여전했지만, 그래도 선배 얼굴을 쳐다볼 수 있게 됐다는 게 어딘가.

나는 달아오른 뺨과 입술을 만지작거리다가 다시 거실로 돌아와 소파에 드러누웠다. 그리고 핸드폰을 찾아 손에 쥐었다.

기억을 잃기 전의 내가 쓰던 핸드폰은 정말로 고장이 나서 켜지지 않았다. 물에 젖은 핸드폰은 데이터도 살릴 수 없었고, 나는 주소록이고 뭐고 아무것도 건지지 못한 채 새 핸드폰 하나만 구입해서 집으로 돌아와야 했다.

그리고 그 과정에서 전화번호까지 바꿨다. 선배의 조언 때문이었다.

'번호까지요? 왜요?'

'나 때문에 너한테까지 청탁 전화가 들어와서 네가 많이 귀찮아했거든.'

그 말에 떠올린 건 병원에서 봤던 선배의 인터뷰였다. 이제는 캐스팅과 관련해 어떤 발언도 하지 않겠다고 했던 그 인터뷰.

인터넷에 공개될 인터뷰에 대놓고 그렇게 말한 건, 아마 그런 사람들에게 보내는 메시지가 아니었을까?

기억나는 게 없어서 잘은 모르겠지만 내가 귀찮았을 정도면 선배는 귀찮은 걸 넘어 많이 힘들었을 것 같단 생각이 들었다. 그래서 나는 순순히 번호를 바꾸겠다고 했다.

주소록이 날아간 상황에서 나까지 번호를 바꾸는 게 마음에 걸리긴 했지만, 요즘 세상이 어떤 세상인가. 널리 보급된 메신저앱 덕분에 전화번호를 바꿔도 아이디만 기억하고 있으면 전에 쓰던 걸 그대로 쓸 수 있었다.

나는 그거 하나만 믿고 전화번호를 바꿨다. 그랬는데.

"……차라리 다 날아가는 게 나았으려나."

부모님, 선배, 큰 이모, 세아, 그리고 해리.

당연히 있어야 될 사람들과 누군지 잘 모르겠는 사람들을 제외하고 메신저 목록에 뜬 사람은 그리 많지 않았다.

중고등학교 때 친구들과 대학 동기들. 그리고 대학교 때 같은 동아리였던 사람들 몇 명.

이래 봬도 동아리 회장까지 역임한 몸이었다. 적어도 5년 전엔 이미 졸업한 선배들의 것까지 전화번호가 수십 개는 저장되어 있었다. 그런데 그 사람들의 태반이 없었다.

5년 사이에 난 그 사람들과 연락을 하지 않게 된 걸까?

하긴, 강산도 변한다는 10년의 절반이었다. 학교 다닐 땐 친했지만 졸업 후엔 연락을 하지 않게 된 동창들처럼, 동아리 지인들 역시 그렇게 된 것이리라.

하지만 지금의 내겐 불과 얼마 전까지만 해도 친했던 사람들이 한순간에 멀어진 것과 다름없었다.

씁쓸한 마음으로 목록을 살펴보는데 진환 선배의 이름이 눈에 들어왔다. 동시에 병원에서 했던 통화가 떠올랐다.

'기홍이가 나한테 너랑 연락되냐고 묻더라고.'

'이따 시간 나면 기홍이한테 전화나 한 통 해 줘. 너한테 볼일 있는 거 같던데. 급해 보이더라.'

진환 선배가 그렇게 말한 걸 보면 기홍 선배랑도 계속 연락을 했던 모양인데, 왜 이 목록엔 기홍 선배 이름이 없지?

순간 어떤 생각이 머릿속을 스쳐 지나갔다.

에이, 설마…….

확인하기가 조금 꺼려졌다. 하지만 망설임도 잠시, 나는 버튼 몇 개를 눌러 차단 목록을 불러냈다. 그 결과.

"……이게 뭐야?"

기홍 선배의 이름이 그 속에 있었다. 아니, 그뿐만이 아니었다. 내가 아는 수많은 이름이 그 아래에 함께 나열되어 있었다.

하나, 둘, 셋…… 총 아홉 명.

서서히 멀어져 연락을 안 하게 된 사람들이라 차단한 걸까.

속 편히 그렇게 생각하기엔 아홉 명 모두가 대학교 동아리 사람들이라는 게 마음에 걸렸다.

불현듯 그런 의문이 떠올랐다.

선배는 이걸 알고 있나?

[촬영장에 도착했어. 지금 뭐 해?]

그때 선배의 메시지가 화면 중앙에 미리보기로 떴다가 금세 사라졌다. 계속해서 차단 목록만 내려다보던 나는 충동적으로 답장을 작성했다.

[선배 생각하고 있었어요.]

[진짜? 나도 네 생각 하고 있었는데. 얼른 집에 가고 싶다. 보고 싶어.]

선배.

혹시 저 동아리 사람들이랑 무슨 일 있었어요? 며칠 전에 사과는 왜 한 거예요?

그렇게 묻고 싶었는데 도저히 용기가 안 났다. 결국 자판 위를 하염없이 맴돌던 내 손가락은 다른 글자를 만들어 냈다.

[일할 땐 일하는 남자가 멋있어요, 선배.]

[일하러 가야겠다. 이따 다시 연락할게.]

짧게 터진 웃음은 금방 사라졌다. 묻고 싶은 말이 많았는데, 나는 그중 어느 말도 하지 못한 채 핸드폰을 내려놓았다.

심란했다.

그런데 정확히 어떤 이유 때문에 심란한지 집어낼 수가 없어서 더 심란했다.

내가 기억하지 못하는 순간에 멀어져 버린 지인들 때문에? 그 사실을 선배가 아는지 모르는지 신경 쓰여서?

아, 그래.

마냥 달콤하기만 하던 꿈에서 깨어나 현실의 쓰디쓴 면을 맛봐

버린 거다.

이대로 있다 보면 언젠가는 기억이 돌아오겠지. 그렇게 태평한 생각을 하고 있을 때가 아닌데. 이러다 기억이 아예 돌아오지 않으면 어떡하려고.

두 달 뒤에 결혼할 사람이 내가 좋아하는 사람이니까 괜찮다? 그래, 그건 괜찮았다.

하지만 내 인생은 선배가 전부가 아니었다. 그 외 다른 사람들과의 관계는 어떻게 되었는지, 내가 하던 일은 어떻게 되었는지, 결혼 후 나는 어떻게 살 생각이었는지.

지난 5년을 정면으로 마주해야 했다. 그러다 기억을 되찾으면 좋은 거고, 찾지 못한다면…… 그렇기에 더더욱 필요한 과정인 거고.

"좋아."

결정을 내렸으면 움직이자.

내 과거를 알아볼 가장 빠른 방법은 주변 사람들한테 직접 물어보는 것이리라.

하지만 가장 가까운 주변 사람인 선배는 내게 말해 주는 것이 없었다.

그렇다는 건 기억을 잃은 내가 꼭 알아야 할 것이 없다거나, 아니면 알려 주고 싶지 않아서 입을 다물고 있다거나 둘 중 하나였다.

어느 쪽이든 선배한테는 물어봐도 소용이 없다는 걸 뜻했다.

그렇다면 누구한테 물어보는 게 좋을까.

길게 고민할 것도 없었다. 이 상황에서 내가 의지할 수 있는 사람은 한 명뿐이었다.

내 인생 전반에 대해 모를 수가 없는 사람. 부모님에게도 털어 놓지 못한 비밀을 전부 털어놓았던, 가장 힘든 순간에 언제나 든든한 동아줄이 되어 주었던 절친, 권해리.

–고객님이 전화를 받을 수가 없어…….

하지만 지금 이 순간 동아줄은 내려오지 않았다.

정성이 부족했던 걸까. 전화를 두 번 더 걸어 봤지만 들려오는 건 친숙한 기계음뿐이었다.

결국 아무 소득 없이 확인하면 전화 달라는 메시지만 한 통 보냈다.

그사이에 이것저것 뒤져 보기나 해야지.

평소에 다이어리 같은 걸 썼으면 엄청 도움이 됐을 텐데, 나는 왜 영화감상문을 수십 수백 편을 쓰면서 일기 쓸 생각은 안 했을까? 후회해도 이미 늦은 일이었다.

그나마 연애하다가 받은 선물이나 편지가 있다면 거기에 기대를 걸어 볼 만했다. 그런 건 소중하게 간직했을 테고, 받은 순간 감동 같은 걸 느꼈을 테니까.

그런 걸 살펴보다 보면 무언가가 떠오르지 않을까.

딱 하나만 떠오르면 그게 물꼬가 되어 다른 기억들까지 순차적으로 파바박 떠오를 거다.

나는 그 가능성만 믿고 서재로 향했다.

선배가 쓰려고 만들었나 싶었던 서재는 알고 보니 둘이 같이 쓰려고 만든 거라고 했다. 그래서 커다란 책장도 정확하게 반으로 나누어서 왼쪽은 선배, 오른쪽은 내 공간이었다.

바로 어제 박스를 열어 정리한 책장은 벌써 반이나 차 있었다.

내가 5년 동안 모아 놓은 소장본들을 보고 있자니 마음이 흐뭇

해서, 나는 잠시 목적을 잊고 내 컬렉션을 감상했다.

"맞다, 강바다 작가님 신간 읽어야 되는데."

그래도 지금은 좋아하는 작가님 신작을 읽는 것보단 기억을 되찾는 쪽이 더 중요했다.

가까스로 유혹을 떨쳐 낸 나는 서재의 한가운데에 서로 마주 보고 놓인 두 개의 책상 중 내 책상 앞에 앉았다.

두 책상은 모양도 크기도 색도 같아서 멀리서 보면 그냥 하나의 커다란 책상처럼 보였다. 상대가 없을 땐 책상을 넓게 쓸 수 있도록 이렇게 배치했나 했더니, 그냥 같이 있을 때 둘 다 책상에 앉으면 서로 얼굴 볼 수 있게 하고 싶었던 거라고 선배가 말해 줬다.

'이게 내 꿈 중에 하나였어.'

'책상 붙이는 게요?'

'응. 책을 읽다가 고개를 들면, 내가 사랑하는 사람이 내 앞에 앉아 있는 거야. 그 모습을 가만히 보다가 그 사람이 고개를 들면 눈이 딱 마주치는 거지.'

그 말을 할 때의 선배는 정말로 행복한 표정을 짓고 있었다.

'웃음이 저절로 나올 거야.'

나는 그렇게 말하며 웃던 선배가 내 맞은편에 앉아 있는 모습을 상상해 봤다. 책을 읽다가 고개를 들었는데 그곳에 선배가 있고, 내 시선을 느낀 그가 고개를 들어 천천히 나를 바라보는 모습.

그리고 나와 눈이 마주친 순간 선배가 웃어 주면.

"······난 여기 못 앉을 것 같은데."

나는 어깨를 바르르 떨다가 아예 책상 위로 엎어져 발을 동동 굴렀다.

애초에 가정부터가 글러 먹었다. 선배가 보고 있는데 어떻게 책을 읽어. 어떻게 집중을 해.

보나마나 천장의 굴비처럼 한 페이지 넘기다 흘끔거리고, 또 한 페이지 넘기다 흘끔거리게 될 거다. 안 봐도 뻔했다.

당분간은 책을 읽으려면 집에 나 혼자 있을 때 거실 소파에서 읽어야겠다.

선배의 시선에 익숙해지기 전까진 주인과 친해지지 못할 불쌍한 책상을 손으로 쓰다듬다가, 뒤늦게 본래의 목적을 떠올리고 서랍을 열었다.

그러나 소득은 없었다. 네 개의 서랍에 들어 있는 건 자잘한 생활용품뿐이었다.

고등학교 때부터 쓴 손때 탄 전자사전. 친구에게 선물 받은 동전 지갑. 쓴 흔적이 남아 있는 노트와 메모지. 색색의 펜과 형광펜. 그리고 비녀.

마침 머리카락이 거슬리던 차였다. 나는 비녀를 꺼내 긴 머리카락을 틀어 올리고 자리에서 일어났다.

다음엔 어디를 뒤져 볼까.

"분명히 있을 텐데······."

하지만 어디를 뒤져도 내가 찾는 물건은 나오지 않았다.

설마 버렸나? 아니면 애초부터 존재하지 않았나? 말도 안 돼. 무려 5년을 사귀었는데 선물 하나 못 받았으려고.

아니면 혹시 가평에 있나?

신혼집에 들어오기 위해 가평에 있던 짐을 옮기긴 했지만, 그때 나는 병원에 있어서 선배 혼자 가평에 다녀왔다.

그때 선배가 가져온 건 옷이나 화장품 등의 생활용품과 책과 DVD 등 내 취미 생활과 관련된 물건뿐이니……. 그래, 가평에 있겠구나. 거기까지는 선배도 챙길 생각을 못 했을 테니까.

그럼 가평을 한번 갔다 와야 하나.

당장 가기엔 솔직히 좀 멀고 귀찮았다. 어떻게 하지?

팔짱을 낀 채 끙끙대던 찰나, 문득 선배의 책상에 내 시선이 닿았다.

"잠깐만……."

선배가 나한테 준 건 없어도 내가 선배한테 준 건 여기 있지 않을까?

유레카!

들뜬 마음에 손뼉까지 친 나는 얼른 선배의 책상으로 달려갔다.

남의 물건에 손을 댄다는 죄책감은 아주 잠시였다.

우리는 곧 결혼할 사이고, 부부는 남이 아니다. 그러니까 내가 선배의 책상에 손대는 데에는 아무런 문제가 없다. 게다가 내가 찾으려는 건 애초에 내가 줬던 거니까…….

그래, 아무 문제 없다. 노 프라블럼.

애초에 내가 보면 안 될 물건을 신혼집에, 그것도 나랑 같이 쓰는 서재의 책상 서랍에 뒀을 리가 없다.

나는 선배의 성실함을 믿으며 서랍을 열었다.

그리고 세 번째 서랍에서 발견했다. 손바닥 두 개를 합쳐 놓은 것보다 조금 더 큰 종이 상자를.

"이건가 보다."

겉이 낡아 보이는 것까지 아주 완벽했다.

과연 이 안에 뭐가 들어 있을까? 납작한 걸 보니 왠지 편지 같은 게 들어 있을 것 같은데.

그러면 좋겠다는 생각으로 상자를 서랍에서 꺼냈다. 그러나 뚜껑을 연 순간 내 얼굴은 딱딱하게 굳어 버리고 말았다.

"……이게 뭐야?"

안에 들어 있는 건 장갑이었다. 사용감은 없지만, 상자처럼 세월의 흐름이 살짝 느껴지는 짙은 와인색의 벨벳 장갑.

누가 봐도 남성용은 아니었다. 손목 부근에 리본이 달려 있으니까.

여성용이라면, 당연히 내 거여야 하는데.

하지만 이게 내 것일 리는 없었다. 3학년 겨울방학. 크리스마스 선물로 이성에게 무슨 선물을 하면 좋을까 이야기하던 중 분명히 말했으니까.

'방한 용품 같은 건 어때?'

'그것도 괜찮죠. 모자나, 목도리나…… 아니면 장갑이나.'

'그러고 보니까 소희 넌 장갑 안 껴? 날이 이렇게 추운데 장갑 끼는 걸 한 번도 못 봤네.'

'네. 저 장갑은 안 껴요. 손이 답답해서.'

선배가 그 말을 기억하고 있다면 절대 나한테 장갑을 사 주진 않았을 거다.

그럼 만약 기억을 못 했다면? 그래서 선배가 장갑을 선물로 줬으면 나는 그 선물을 거부했을까?

……그랬을 리가 없다.

선배가 준 거니까 무조건 받았을 거다. 안 쓰더라도 소중히 간직했을 거다. 어쨌든 선배가 준 선물이니까.

그렇지 않았다는 건, 답은 간단했다.

이건 내 물건이 아니다.

그럼 누구 거지? 대체 누구 물건이기에 이렇게 오래 간직한 티가 나는 거지?

오래 고민할 필요 없이 답이 바로 나왔다. 그럴 수 있는 사람이 딱 한 명 있었으니까.

선배 첫사랑.

"……설마."

6년 전 크리스마스에 내 조언을 듣고, 좋아하는 사람에게 줄 선물로 이 장갑을 산 걸까. 그랬는데 주지 못한 걸까? 아니면 줬는데 돌려받은 걸까.

그때 선배가 뭐라고 했지? 분명히 크리스마스 지나고 만났었는데…….

'저번엔 고마웠어. 이건 그 보답.'

'무슨 보답이요?'

'무슨 선물 사면 좋을지 조언해 줬잖아.'

그때 선배가 뭐라고 했더라. 잘 기억이 안 났다.

다만 한 가지는 확실하게 기억났다. 그때 선배는 고맙다고 나에게 목도리를 선물로 줬다.

아이보리색 캐시미어 목도리.

만약 내 조언이 도움이 안 됐다면 선배가 나한테 보답을 했을까?

그래, 이건 선배가 자기 첫사랑 주려고 산 거다.

그렇게 확신을 얻고 생각의 줄기를 더 뻗어 가려는 찰나, 요란한 벨소리가 내 상념을 두들겨 깨뜨렸다.

"엄마야!"

생각에 집중한 나머지 너무 놀라 비명까지 내질렀다.

뒤늦게 저 낯선 소리가 내 핸드폰 벨소리라는 걸 깨닫고 상자 뚜껑부터 닫았다. 그리고 내가 열어 봤다는 사실을 선배가 눈치채지 못하게끔 상자를 원래 자리에 돌려놓고 핸드폰을 집어 들었다.

[권해리]

최악의 상황에 맞닥뜨렸을 때마다 날 도와주고 위로해 준 내 친구. 그 이름 석 자를 보는 순간 눈물이 핑 돌았다.

이대로 전화를 받으면 그대로 울음부터 터뜨릴 것 같았다.

나는 심호흡으로 스스로를 달랜 후 천천히 통화 버튼을 눌렀다.

"어, 해리야."

-왜 전화했어?

실제로는 어떨지 몰라도 기분상으로는 엄청나게 오랜만이었다. 그래서 반가운 마음이 먼저 들었는데 해리는 아닌 모양이었다.

인사도 없이 다짜고짜 본론부터 묻는 건조한 목소리가 어찌나 박정하게 들리던지, 겨우 달래 놓았던 눈물이 다시금 차올랐다.

그 사실을 들키면 정말로 울 것 같아서 겨우겨우 목소리를 가다듬었다.

"그게…… 나 얼마 전에 사고가 나서, 기억을 잃었거든…….."

─그래. 사정은 세아한테 들었는데…… 아람아, 그거 지지! 입에 넣지 마!

"어?"

─나도 지금 내 앞가림…… 가람아! 바람이 때리지 말랬지!

"……."

─우리 바람이 아팠어요? 형이 때려서 아팠지? 그래, 그래.

다정하게 어르는 목소리에 눈물이 쏙 들어갔다. 친구의 목소리에 위로를 받아서가 아니라, 어안이 벙벙해서.

─아, 잠깐만. 먼저 전화해 놓고 미안한데, 일단 끊어 봐. 애 기저귀 갈아줘야 될 거 같아.

"어, 어…… 알았어."

─어휴, 큰 거랑 작은 거랑 같이 보면 얼마나 좋아.

해리의 불평을 듣지 못한 척 조용히 종료 버튼을 눌렀다. 직후 찾아든 침묵과 함께 내 기분을 어지럽혔던 심각함은 순식간에 사라졌다.

곱씹어 보니 해리 목소리가 건조하게 느껴진 것도 피곤해서 그런 것 같았다.

그래, 그러고 보니 세아가 말했었다. 권해리 지금 세쌍둥이 육아 지옥에 갇혔다고.

나는 내가 이 세상에 제일가는 비련의 여주인공이 된 줄 알았는데, 정작 내 친구는 그보다 더한 현실이랑 싸우고 있었다.

그런 것도 모르고 서운해할 뻔했다. 이건 누가 봐도 내가 해리를 도와주면 도와줬지, 해리가 날 위로할 상황은 아닌데 말이다.

잠시 후.

[우리 집으로 와.]

용건만 간단히 담은 메시지엔 어딘지 알 수 없는 주소 하나가 찍혀 있었다. 해리도 결혼하고 이사를 간 모양이었다.

금방 가겠다고 메시지를 보낸 후, 혹시 뭐 필요한 건 없냐고 또 메시지를 보냈다. 그러자.

[얼른 와서 애 하나만 안고 있어 줘.]

나는 바로 옷을 챙겨 입고 나가 택시를 잡았다.

※

해리가 이사한 집은 우리 신혼집에서 차로 30분 거리에 있었다.

―누구세요?

"나! 소희!"

문이 열리는 것과 동시에 아이 하나가 내 품으로 떠넘겨졌다.

엉겁결에 받아 안고, 그동안 잘 지냈냐고 물으려는데 차마 입이 열리지 않았다.

다크서클이 볼까지 내려온 해리 얼굴이 이미 답해 주고 있었던 것이다.

"야, 너…… 괜찮아?"

"죽을 것 같아."

아닌 게 아니라, 화장은커녕 길었던 머리카락도 숏컷으로 싹둑 자른 해리는 애 하나를 등에 업고 애 하나를 품에 안은 채 창백한 낯빛을 띠고 있었다.

심지어 옷은 무릎까지 내려오는 원피스 하나만 입고 있었는데 가슴과 배 부분에 이유식으로 추정되는 얼룩이 덕지덕지 묻어 있었다. 아마도 갈아입을 엄두를 내지 못한 듯했다.

"모모!"

"아야!"

안쓰러움에 잠깐 한눈을 파는 사이 품에 안겨 있던 아이가 내 머리카락을 야무지게 틀어쥐었다. 고작해야 두 살짜리인데 잡아 당기는 힘이 생각보다 억세서 무심코 비명을 지르고 말았다.

"아야, 아파! 애기야!"

"이모, 모!"

"아람아, 착하지. 이모 아야 하니까 놔줘야지?"

해리의 중재로 간신히 풀려난 나는 눈물을 머금고 일단 머리카락부터 틀어 올렸다.

내가 그러는 걸 보고 해리는 짧게 웃음을 흘렸다.

"너 진짜 기억 날아가긴 했나 보다."

"어?"

"너 아람이한테 머리 몇 번 쥐어뜯기더니 그다음부턴 우리 집에 올 때마다 항상 머리 틀어 올리고 왔거든."

"야, 그걸 진작 말해 줬어야지."

"나도 정신이 없었어. 미안."

해리가 머리카락을 자른 것도 다 아람이 때문인 듯했다. 그 사실에 안쓰러운 마음이 드는 것도 잠시, 나는 머리를 다시 묶었다. 헤드뱅잉을 해도 풀리지 않을 만큼 단단하게.

그러고 나서 가방을 내려놓고 다시 아람이를 안아 들었다.

"이모, 이모."

"아이구, 귀여워. 이모 좋아요?"

"죠아."

"으윽, 내 심장⋯⋯."

심장을 부여잡고 있는 사이 아람이가 그 조그마한 손으로 내 목덜미를 덥석 끌어안았다.

거기에 머리카락이 있었으면 잡아 뜯었겠지. 그래도 얼마든지 용서할 수 있다는 생각이 들었다. 귀여우니까!

"이모, 이모!"

아람이를 끌어안고 아르르 까꿍을 해 주고 있는데 건너편에서 나를 부르는 목소리가 들려왔다.

그쪽으로 고개를 돌리자 해리의 등에 업힌 아이가 두 손을 버둥거리며 내게 오려 애쓰고 있었다. 분홍색 옷을 입은 아람이와 달리 연두색 옷을 입고 있는 아이는 딱 봐도 남자아이였다.

"바람이도 이모 좋아하는 것 좀 봐."

"걔 이름은 바람이야? 그럼 네가 안고 있는 애는?"

"얘는 가람이."

기운 좋은 바람이와 아람이와 달리 가람이는 해리의 품에 안겨서 꾸벅꾸벅 졸고 있었다.

해리는 하나라도 얼른 재워야 한다며 바람이까지 나한테 맡기고 가람이를 재우기 위해 애썼다.

다행히 가람이는 제 엄지를 물고 금세 잠들었다. 행여나 잠든 애가 깰까, 조심조심 가람이를 눕혀 놓고 나온 해리는 이마의 땀을 닦으며 내게서 바람이를 데리고 갔다.

비행기도 태워 주고, 이유식도 먹여 주고, 장난감 들고 재롱도 피워 주고. 해리와 내가 갖은 노력을 한 덕분에 아람이와 바람이도 꾸벅꾸벅 졸다 잠들었다.

세쌍둥이를 나란히 침대에 눕혀 놓은 우리는 아이들이 잠든 침실의 문을 닫고 나서야 한숨 돌릴 수 있었다.

"와…… 진짜 힘들다."

"이게 내 일상이야."

"존경한다, 세쌍둥이 엄마."

잠깐 씻고 오겠다는 해리를 욕실로 보낸 후 나는 거실 소파에 앉아 요구르트를 먹었다.

이거 애기들 거 아닌가 잠깐 망설이긴 했지만, 먹다 보니 맛있어서 자그마한 죄책감 같은 건 그냥 무시하기로 했다. 나중에 새로 사 주면 되니까 뭐.

"그거 맛있지?"

"응. 나 하나 더 먹어도 돼?"

"가기 전에 하나 사 줄 거면."

"그러지 뭐."

고개를 끄덕인 나는 냉장고에서 얼른 요구르트를 두 개 꺼내 왔다. 하나는 내가 들고 남은 하나를 건네주자 해리는 아무 소리 않고 요구르트를 받아 들었다.

"아…… 진짜 딱 하루만 이렇게 여유롭게 살고 싶다."

"애는 너 혼자 보는 거야?"

"가끔 우리 엄마나 어머님이 와서 봐 주시긴 하는데 보통은 나혼자 봐. 마음 같아선 사람 쓰고 싶은데 내가 일 그만두고 오빠 혼자 돈 버는 처지라 그럴 여유가 안 되네."

말 나온 김에 해리는 자기가 5년 동안 어떻게 살았는지 간략하게 설명해 주었다.

대학교 졸업 후 바로 경리직으로 취직한 해리는 같은 회사 사람이랑 사내 연애를 시작했다고 했다. 무려 2년 동안 아무에게도 들키지 않고 조용히 연애했는데, 도중에 임신하는 바람에 결국 회사를 그만두고 결혼했다고.

"그때 임신된 게 세쌍둥이였던 거야?"

"기가 막히지? 난 내가 쌍둥이도 아니고 무려 세쌍둥이를 낳을 줄은 몰랐어."

"나도……. 너도 참 대단하다."

"옛날로 돌아갈 수 있으면 무슨 일이 있어도 콘돔 안 해도 괜찮다고 말하는 내 남편 발로 차 버릴 거야."

"콘돔 안 했어?"

경악해서 되묻자 해리가 이를 가는 목소리로 말했다.

"생리 끝난 직후니까 질외사정하면 괜찮다는 말을 믿은 멍청이였거든, 내가."

"멍청아……."

"이미 너한테 욕먹을 만큼 먹었거든? 죗값은 충분히 받고 있으니까 1절만 해. 나 힘들다."

힘들다는 말이 너무 진심으로 들려서 입 밖으로 튀어 나가려는 수많은 말들을 그냥 속으로 삼켜 버렸다. 대신 소파 위로 늘어지는 해리의 어깨를 손으로 도닥여 주었다.

"이제 네 이야기나 좀 해 봐. 너는 어쩌다 기억이 날아갔는데?"

"욕실 청소하다가 미끄러져서 욕조에 머리를 부딪쳤대."

"그것참…… 너답다."

"욕이야?"

"그럼 이 마당에 칭찬을 해 주겠니?"

할 말이 없어서 괜히 빈 요구르트 통만 숟가락으로 박박 긁었다.

"지금 어디까지 기억하는데?"

"대학교 4학년…… 너 혹시 알아? 나 오토바이 사고 난 거."

"너 팔 부러졌던 거?"

역시. 엄마랑 선배한텐 말 안 했어도 해리한텐 말했구나.

"나 딱 그때까지밖에 기억 못 해."

내가 기억하는 건 오토바이에 부딪치기 직전까지고, 팔이 부러진 것도 엄마에게 들어서 알았다고 말하자 해리가 팔짱을 끼고 천장을 바라봤다.

"그때면…… 그때 아냐? 너 실연당했다고 펑펑 울었던 때."

"내가 그랬어?"

"그래, 그랬어. 너 사고 났단 소식 듣고 병원에 가니까 너는 펑펑 울고 있지, 팔에는 깁스를 했지. 너무 아파서 그런가 했더니 선배한테 여자 친구 생겼다면서 엉엉 울었잖아."

"내가 그랬구나."

충분히 있을 법한 일이었지만, 기억이 없는 상황에서 너 그랬었단 이야기를 듣고 있자니 흑역사도 이런 흑역사가 따로 없었다.

"그래서? 그 다음에 나 어떻게 됐어?"

"오른팔 부러져서 혼자 지내기 불편하다고 가평 내려갔어. 내려간 김에 선배 잊을 때까지 서울 안 올라올 거라고 휴학하겠다고 내려갔는데……. 결과적으로 휴학은 안 했고, 너 가평 내려간 지 일주일인가 보름 됐을 때 나한테 전화해서 그랬어. 선배가 너네 펜션에 손님으로 왔다고."

"선배가 우리 펜션에 손님으로 왔어? 왜?"

"네 애인 무슨 공모전 당선돼서 드라마 작가 데뷔했잖아. 그때 그 공모전에 낼 원고 쓰러 온 거라고 했었어. 그래서 그거 다 쓸 때까지 두 달인가, 여름방학 끝날 때까지 있었을걸?"

"그렇게 오래?"

"그렇게 오래 있었으니까 역사를 쌓았지. 갑자기 전화 와서 선배가 우리 펜션 왔다더니 또 갑자기 전화 와서 고백 받았다고 하고, 그러다 또 갑자기 사귀기로 했다고 그러고. 말 나온 김에 말인데, 진짜 나도 뭐가 뭔지 하나도 모르겠더라. 어떻게 전화 받을 때마다 진도가 훅훅 나가 있냐?"

"여름방학에 다 한 거야? 고백 받고 사귀기로 하고 그걸 다?"

"어. 그해 여름에 다 했어."

"……어떻게 그럴 수가 있지?"

혼자 중얼거린 말에 해리가 어깨를 으쓱이며 대꾸했다.

"못 할 건 또 뭐 있어. 어차피 너 선배 좋아하고 있었잖아. 네가 좋아하는 사람이 너 좋다는데 미적댈 거 있어?"

"아니……."

이 말을 할까 말까 망설이다가, 이 상태로는 도저히 의문을 해결할 수가 없어서 결국 입을 떼고 말았다.

"아까 네가 말한 거 생각 안 나? 나 실연당해서 펑펑 울었다고 한 거."

"아."

"그때 실연당한 게 그냥 거절당한 게 아니고 선배한테 사귀는 사람이 생겨서 고백도 못 하고 쫑난 거란 말이야. 다른 여자를 좋아해서 그 여자랑 사귀기까지 했던 사람이, 어떻게 그렇게 빨리 그 사람이랑 헤어지고 나를 좋아하게 돼?"

"글쎄……. 거기까진 잘 모르겠다. 난 그 이야기는 들은 게 없거든."

"그래……?"

아쉬운 마음에 한숨이 저절로 새어 나왔다.

어쨌거나 해리 덕분에 내가 어떻게 선배와 사귀게 되었는지는 알게 됐다.

하지만 속은 전혀 시원하지 않았다. 다른 사람의 입을 통해 들을 수 없는 속사정이 너무 많아 홀로 삼켜야 하는 의문 역시 많기 때문이었다.

우선 첫 번째. 물 좋고 공기 좋아 집중할 수 있는 장소는 다른 곳도 많다. 그런데 왜 선배는 굳이 우리 펜션으로 왔을까?

친한 후배네 집 매출을 올려 주고 싶었던 거라면, 그럴 수 있다 치자.

그렇다면 오래 짝사랑하다가 겨우 사귀게 된 여자 친구는 어떻게 된 걸까.

그 사람을 내버려 두고 어떻게 혼자 가평에 내려올 수 있었는지. 인생의 전환점이 될지 모르는 중요한 기회라 어쩔 수 없었다면, 애초에 왜 고백을 한 건지.

그중에서도 제일 답을 알 수 없는 것.

"어쩌다 날 좋아하게 된 거지……?"

"응? 뭐라고?"

"아니야, 아무것도."

순간 선배의 서랍에서 발견했던 벨벳 장갑이 떠올랐다.

지금은 헤어진 사람의 물건을 아직도 간직하고 있는 이유. 그와 관련된 감정이 여전히 깊거나, 최소한 싫어하지는 않기 때문에.

그렇다는 건 먼저 헤어지자고 말한 사람이 선배는 아니라는 걸 뜻했다.

아, 그래.

차였구나.

그래서 미련이 남은 거구나.

"아, 너 그럼 그것도 기억 안 나겠네? 너 사고 나기 며칠 전에 나한테 술 먹고 전화한 적 있었는데."

"내가? 뭐라고 했는데?"

"몰라. 네 발음이 너무 구려서 하나도 못 알아들었어."

"……."

"그다음 날 다시 전화해 보니까 넌 기억 못 하더라. 너 엄청 취했었나 봐."

"하, 하하……."

할 말이 없으니 나오는 건 웃음뿐이었다. 그런데 해리는 네가 지금 웃음이 나오냐고 혀를 차며 날 타박했다.

"술 먹어서 기억 날리고, 욕조에 머리 박아서 기억 날리고. 머릿속에 남아 있는 게 있긴 해?"

"정곡이 아픕니다. 살살 찔러 주세요……."

명치께를 쥐고 엄살을 떨자 해리가 고개를 절레절레 흔들며 그러게 기억 간수 좀 잘하라고 한 소리 했다.

살다살다 기억 간수 잘하라는 말은 또 처음 듣는데, 그 말에 반박할 수 있는 상황이 아니라 얌전히 고개만 끄덕였다.

"아, 그리고……."

"으아아앙!"

해리가 무언가 말을 하려고 한 순간 닫혀 있는 문을 뚫고 우렁찬 울음소리가 들려왔다.

처음엔 하나뿐이었는데, 한 명이 우니 너도나도 울기 시작해서 세 명이 삼중창을 하기 시작했다.

해리는 물론 나도 화들짝 놀라서 얼른 아이들 방으로 달려갔다.

"으아아앙!"

"그래, 그래. 엄마 여기 있어, 뚝."

"얘네 지금 왜 우는 거야?"

"기저귀 때문에 그럴 거야. 냄새 나네."

"윽, 그러게. 냄새 난다."

아람이 기저귀를 갈아 주고, 동생이 운다고 같이 울던 오빠들도 달래 주고. 다시 재우면 평화가 찾아올 거라 생각했지만 그건 아이들을 너무 과소평가한 거였다.

한번 자다 깨어난 아이들은 쉽게 잠들지 않았다. 게다가 하나면 또 몰라, 셋이나 되다 보니 하나 재웠다 싶으면 아직 둘이 남았고, 남은 둘을 겨우 재우면 잠들었던 하나가 다시 깨어나는 뫼비우스의 띠가 끊임없이 이어졌다.

다른 건 다 필요 없으니 얼른 와서 애 하나만 안고 있어 달라던 해리의 심정이 이해가 가던 순간이었다.

"그럼 난 이만 가 볼게."

"벌써 가려고?"

어떻게 날 이 지옥에 혼자 두고 갈 수가 있냐고 해리가 눈빛으로 내 발목을 붙들었다. 그 마음이 충분히 이해가 가서, 진짜로 발목이 잡히기 전에 얼른 이곳을 떠나야겠다는 생각으로 애써 해리의 시선을 외면했다.

"선배 밥 차려 줘야 돼서……."

"아직 결혼도 안 했는데 네가 왜 밥을 차려 줘? 네 애인은 손이 없대, 아니면 발이 없대?"

"내가 해 준다고 한 거야. 선배 안 그래도 고생하는데 뭐라도 해 주고 싶어서."

"그냥 사 먹으라고 해. 너네 애인은 돈도 많고 혼자서 밥 먹을 줄도 알잖아."

"아냐. 우리 선배 나 없으면 밥 못 먹어."

"윤소희!"

"나중에 또 올게. 안녕!"

나는 뒤도 안 돌아보고 거의 도망치듯 해리의 집을 빠져나왔다.

진짜 웬만하면 도와줄 텐데, 애 셋을 돌보는 건 웬만한 체력과 정신력으로는 불가능한 일이었다.

나중에 애는 꼭 하나만 낳아야지.

부디 삼신 할매님, 쌍둥이는 절대 안 됩니다.

아직 이런 기도를 하기는 일렀지만, 유비무환이라고 미리 준비해서 나쁠 건 없었다. 세상일은 모르는 거니까.

"선배는 일 다 끝났으려나?"

선배를 떠올리자 애써 잊고 있던 기억이 함께 떠올라 마음이 무거워졌다.

그냥 생각하지 말자. 고개를 세게 한 번 흔든 나는 가방에서 핸드폰을 꺼냈다.

선배에게 연락이 온 게 있지 않을까 했는데, 아니나 다를까 부재중 전화 한 통과 함께 두 통의 메시지가 들어와 있었다.

[나 집에 왔는데, 어디야?]

[아무 때나 괜찮으니까 전화해 줘.]

전화와 메시지 모두 1시간 전에 도착해 있었다. 벨소리로 해 놨으면 알았을 텐데, 진동으로 해 놓은 탓에 애들 보느라 바빠서 핸드폰이 울리는 것도 몰랐다.

그나저나 선배는 벌써 집에 왔구나. 되게 빨리 끝났네.

횡단보도 앞에 선 나는 선배에게 전화를 걸고 핸드폰을 귀로 가져갔다. 그런데.

"꺄악!"

신호가 바뀌어 길을 건너려는데 오토바이 한 대가 바로 앞을 스치고 지나갔다. 그에 깜짝 놀란 나는 뒤로 물러나려다가 발을 헛디뎌 넘어지고 말았다.

"세상에, 괜찮아요?"

길을 건너던 사람들 중 파마머리의 아주머니 한 분이 내게 다가와 손을 내밀어 주었다. 정말 고마웠는데, 몸에 힘이 풀려 그 손을 바로 잡지 못했다.

그 사실을 알았는지 아주머니가 내 어깨를 잡고 손수 나를 일으켜 부축까지 해 주었다.

"괜찮아요? 119 불러 줘요?"

"아뇨……. 괜찮아요. 감사합니다."

"어디 다친 거 같으면 꼭 병원 가 봐요. 하여튼 요즘 오토바이 운전수들은 저래서 문제라니까. 신호를 지키는 꼴을 못 봐."

아주머니와는 횡단보도를 건너서 헤어졌다. 거듭 감사하다는 인사를 드리고 혼자 남은 나는 근처에 있는 벤치에 주저앉았다. 그러다 손에 꼭 쥐고 있던 핸드폰이 통화 중이란 사실을 뒤늦게 깨닫고 핸드폰을 귀로 가져갔다.

"여보세요……."

―어떻게 된 거야? 무슨 일이야?

"잠깐 넘어져서…… 괜찮아요."

―지금 어디야? 내가 데리러 갈게.

선배에게 내가 지금 있는 장소를 알려 주고 전화를 끊었다. 어디 다친 건 아니라 혼자서도 충분히 돌아갈 수 있었지만, 괜찮다고 거절하지 않은 건 생각을 정리하고 싶어서였다.

잃어버린 기억의 경계가 되었던 오토바이 사고.

그때와 비슷한 경험을 했기 때문일까. 완전히는 아니지만, 잃어버렸던 기억이 조금 돌아왔다.

오토바이 사고가 일어나고 가평에 내려간 직후의 기억이.

4. 그해 여름

　–여름의 풍경

　그건 그냥 산책이지 데이트가 아니었다. 그래도 그에게 예뻐 보이고 싶어서 일부러 새 신발로 갈아 신었다.

　아무리 야트막하대도, 그걸 신고 산을 오를 생각을 했다니 멍청했지. 결국 발뒤꿈치가 까지고 말았다.

　들키면 돌아가자고 할까 봐 아픈 티를 내지 않고 억지로 걸었다. 끝내 그에게 상처 난 발을 들키고 말았다.

　왜 말 안 했어?

　당황한 얼굴을 한 그에게 무슨 말을 할 수 있었을까. 몰랐다고 말하자 어떻게 이걸 모를 수가 있냐고 그가 황당해했다.

　업혀.

　괜찮은데…….

혼난다.

나는 혼나기 싫어서 얼른 그의 등에 업혔다.

눈을 감으면 아직도 그날의 기억이 선명하게 떠오른다. 땀방울이 어떤 모양으로 그의 뒷목을 타고 흘렀는지, 불어오는 바람에 그의 머리카락이 어떻게 흔들렸는지, 팔에 닿은 그의 목이 얼마나 뜨거웠는지.

여름. 그래, 그날의 그는 여름 그 자체였다.

✼✼✼

오른팔에 깁스를 하게 되었을 때 든 생각은 '잘됐다'였다. 이걸 핑계로 휴학을 한다고 하면 다들 납득할 테니까.

"누가 보면 실연 혼자 다 하는 줄 알겠네. 무슨 실연 때문에 휴학을 해?"

"실연당해서 휴학하는 거 아니라니까? 난 팔이 부러져서 어쩔 수 없이 휴학하는 거야. 어쩔 수 없이."

"두 달이면 팔 붙고도 남거든? 부은 눈이나 좀 어떻게 하고 말하지?"

다행히 사고를 당한 건 대부분의 강의가 종강을 한 시점이었다. 하지만 딱 한 강의는 아직 시험을 치지 않은 상태여서, 오른팔에 깁스를 한 채 왼손으로 펜을 쥐고 마지막 시험을 끝냈다.

"날씨 한번 끝내주게 좋네."

4학년 1학기를 마치고 집으로 돌아가는 길. 간지러운 팔 대신 깁스를 벅벅 긁으며 터덜터덜 걸었다.

머릿속을 가득 메운 잡념 때문인지 이제 여름방학 시작인데 발

걸음은 무겁기만 했다.

"에휴……."

선배는 휴학 같은 건 안 하고 내년 2월에 무사히 졸업하겠지. 1년 후 다시 돌아오면 이곳에서 선배를 볼 일은 없을 것이다.

그 생각을 하니 갑자기 서러워졌다.

고개를 숙인 채 푹푹 한숨을 쉬며 걷던 나는 마른하늘에 날벼락처럼 예고도 없이 어깨를 잡아채는 손길에 그만 깜짝 놀라 비명을 지를 뻔했다.

"윤 회장! 길에 돈 떨어진 거 있어? 왜 그렇게 고개를 푹 숙이고 걸어?"

"아, 깜짝이야…… 진환 선배."

여기서 마주칠 거라곤 상상도 못 했던 얼굴에 놀라 나는 잠깐 동안 눈만 깜빡였다.

"팔은 왜 그래? 깁스했네?"

"사고가 좀 있었거든요."

"무슨 사고?"

여기서 오토바이에 치였단 말을 하면 그대로 선배의 귀에 들어갈 게 틀림없었다. 그리고 사고가 난 시기까지 알게 되면, 선배는 내가 데려다줬으면 그런 일은 없었을 거라고 자기 탓을 할 게 분명했다.

그래서 대충 둘러댔다. 어차피 중요한 이야기도 아니니까.

"덜렁대다가 계단에서 굴렀어요."

"어떻게 굴렀기에 팔이 부러져?"

"그러게 말이에요. 아무래도 올해 삼잰가 봐요. 덕분에 시험도 말아먹고."

한숨을 폭 내쉬자 진환 선배가 기운 내라고 위로를 해 줬다. 나는 고맙다고 살짝 웃고 다시 걷기 시작했다.

그럼 이만, 하고 적당히 헤어지고 싶었는데 진환 선배는 당연하다는 듯 내 옆에 따라붙었다.

"시험은 이제 다 끝났어? 여름방학 시작?"

"네. 선배는요?"

"난 아직 하나 남았어. 그래서 이따 도서관에서 유진이랑 같이 공부하기로 했는데."

"그래요?"

주인 마음도 모르고 야속한 귀는 선배의 이름에 쫑긋 반응했다. 혹시나 그게 티가 날까 얼굴근육에 힘을 줬다.

"힘내세요. 제가 선배들 몫까지 먼저 여름방학을 즐기겠습니다."

"윤 회장 의리 좀 보게. 너무 야박한 거 아냐?"

"그렇다고 시험도 다 끝난 마당에 선배들이랑 같이 공부할 순 없는 노릇이잖아요?"

"왜, 하면 되지."

"아야야! 갑자기 팔이!"

깁스한 팔을 붙들고 아픈 척 엄살을 부리자 진환 선배가 놀란 얼굴을 했다.

하지만 곧 연기라는 걸 알아차렸는지 어처구니없는 표정을 지었다.

"넌 무슨 연기를 그렇게 실감 나게 하냐."

"적당히 하려고 해도 막 튀어 나가네요. 제가 얼굴만 좀 됐으면 진작 충무로에 갔을 텐데."

"왜? 배우가 연기만 잘하면 되지."

"진심으로 하는 말은 아니죠?"

달콤한 꿈에 젖기엔 내 주제를 너무 잘 알았다. 그럴 나이도 아니었고.

"선배는 이제 도서관으로 가실 거죠? 파이팅, 힘내세요."

"이야…… 영혼 없는 응원 잘 들었습니다."

"제 영혼은 벌써 집에 도착했거든요. 아마 지금쯤 치킨 시켜 놓고 영화 볼 준비하고 있을걸요?"

약 좀 오르라고 일부러 밝은 목소리로 말했는데 진환 선배는 눈하나 깜짝 안 했다. 뿐인가, 나를 쳐다도 안 봤다.

약 좀 올렸다고 이렇게 사람을 무시하다니.

항의하고 싶은 마음이 무럭무럭 샘솟는데, 갑자기 주머니에 손을 넣은 진환 선배가 그 안에서 핸드폰을 꺼냈다. 그리고 귀로 가져가서.

"어, 유진아."

아이고.

"지금? 나 도서관 거의 다 왔어. 아니, 윤 회장이랑 같이 있는데 왜?"

슬금슬금 다른 곳으로 시선을 돌리기도 전에 진환 선배가 나를 바라봤다.

눈이 딱 마주친 순간, 무슨 표정을 지어야 할지 몰라 그냥 웃어 버렸다.

"어…… 잠깐만. 윤 회장, 유진이가 너 바꿔 달라는데?"

그럴 줄 알았다. 이래서 진작 도망가고 싶었는데 댈 만한 핑계가 없어서 그러지를 못했다.

마찬가지로 이 전화를 거부할 핑계 역시 없어서 진환 선배의 핸드폰을 받아 들 수밖에 없었다.

"여보세요."

－혹시 핸드폰 고장 났어?

전화를 받자마자 묻는 말이 그건 걸 보니 내가 메시지며 전화를 전부 무시하는 게 신경 쓰였던 모양이다.

나는 선배에게 여자 친구가 생겼으니까 이제 나랑은 따로 연락을 안 하는 게 맞지 않겠느냐, 하고 말하려다가 옆에 서 있는 진환 선배가 신경 쓰여서 대충 그렇다고 답했다.

"계단에서 구르는 바람에 팔이 부러졌거든요. 핸드폰도 그때 망가졌어요."

－……뭐가 부러졌다고?

"팔이요. 오른팔."

"유진이 아직 몰랐어?"

"뭐 좋은 일이라고 동네방네 소문내고 다녀요."

기어코 선배와 통화를 하게 만든 진환 선배가 원망스러워 괜히 툴툴대는 목소리를 냈다.

그러자 진환 선배가 이것만큼 재밌는 게 어딨냐는 말을 하더니, 갑자기 가방을 뒤져 필통을 꺼냈다.

"잠깐만, 뭐 해요, 선배?"

"넌 유진이랑 계속 통화해. 난 내 할 일 할 테니까."

"낙서하려고 그러죠! 하지 마요!"

"윤 회장, 이런 건 원래 낙서를 해 줘야 빨리 낫는 거야."

진짜로 사인펜을 들고 낙서를 하려는 진환 선배를 말리기 위해 통화는 뒷전이 되었다.

하지만 깁스가 새까매지는 한이 있더라도 그러지 말았어야 했다.

그 난리 통에 전화가 끊어지는 바람에, 선배가 진환 선배와 내가 있는 곳으로 직접 찾아와 버린 것이다.

"소희야!"

"아, 안녕하세요…….."

"이거 언제 그런 건데? 혹시 나랑 만났던 날에 그런 거야?"

선배는 촉도 좋지.

나는 겉으로 놀란 티를 내지 않으려 최대한 자연스럽게 입꼬리를 끌어 올렸다.

"아니에요. 그다음 날에 그런 거예요. 편의점 가려고 계단 내려가다가."

"이거 나으려면 어느 정도 걸린대?"

"한 2개월 정도……? 그래도 이제 여름방학이니까요. 타이밍은 잘 잡았죠, 뭐."

"잘 잡긴 뭘 잘 잡아."

선배는 작게 한숨을 내뱉고 깁스한 부분을 조심스레 붙잡았다.

"조심 좀 하지 그랬어."

"음…… 다음부턴 그럴게요."

사람 목소리가 정도 이상으로 다정하면 어떤 형체가 되어 상대를 간지럽히기라도 하는 모양이었다.

나는 살짝 간지러운 목덜미를 긁적거리다가 슬며시 선배의 손에서 오른팔을 빼냈다.

"두 분 도서관에서 공부하기로 했다면서요. 얼른 가세요. 전 이만 집에 갈 거라서."

"넌 시험 다 끝났어?"

"네. 이제 여름방학입니다. 만끽하려고요."

드라마도 보고 영화도 보고 못해도 일주일은 컴퓨터 앞에만 앉아 있을 거라고, 부러 신이 난 목소리로 재잘대자 묵묵히 듣고만 있던 선배가 걱정스러운 목소리로 내게 물었다.

"팔 그래서 괜찮겠어?"

"아, 집에 내려가 있으려고요."

"집? 가평에?"

"네."

"그렇구나……. 그래, 그게 낫겠다."

"겸사겸사 부모님 일도 도와 드리고 용돈도 받으려고요."

그렇게 몇 마디 더 나누다가 선배들과 헤어져 집으로 돌아가는 길.

나는 대체 무슨 생각으로 여름방학 계획을 미주알고주알 털어놓았을까 인상을 쓰고 고민했다.

이래서 선배랑 만나는 건 물론이고 전화도 안 하려고 했던 거다. 딴에는 잘 붙들고 있다 생각한 정신줄을 나도 모르게 놔 버려서, 안 해도 될 말을 줄줄 해 버리니까.

그나마 2학기엔 휴학할 거란 말은 안 해서 다행이었다. 만약 그 말까지 해 버렸으면 둘러댈 이유를 찾다가 머리가 터지지 않았을까.

"이제 연락처 차단하면…… 진짜 끝이겠지?"

선배와의 인연을 이런 식으로 마무리 지어도 되는 걸까.

하지만 아무리 생각해도 이 방법이 제일 나았다. 눈에서 멀어지면 마음에서 멀어진다는 말이 괜히 있는 게 아니니까.

마음을 멀리 떨어뜨려 놓으려면 먼저 눈에서 떨어뜨리는 게 순서일 것이다. 그 이후에 다시 연이 닿으면 그때는 정말로 좋은 선후배 사이가 될 수 있겠지.

하지만 그럴 바엔 그냥 이대로 멀어지는 쪽이 좋지 않을까.

아무리 고민해도 답이 나오지 않았다. 어차피 지금 당장은 해결할 수 없는 일이었다.

시간이 해결해 주겠지.

나는 울렁이는 가슴을 손으로 두드리며 집으로 돌아갔다. 그리고 바로 다음 날, 짐을 싸서 가평으로 내려갔다.

도대체 몸 관리를 어떻게 했기에 팔을 부러뜨렸냐, 그렇게 정신 단단히 차리라고 하지 않았냐. 부모님의 잔소리에 귀가 다 따갑고 얻어맞은 등이 화끈거렸지만, 그래도 가족이 달리 가족은 아닌지 마음만은 편안해졌다.

여기서라면 실연의 상처를 달랠 수 있겠지.

그때까지만 해도 전혀 알지 못했다. 물 좋고 공기 좋은 곳에서 지친 심신을 달래기를 일주일. 서울에서 가평으로 내려온 지 겨우 일주일이 되던 바로 그날.

"……선배?"

"아, 소희야. 잘 지냈어?"

펜션을 방문한 한 달의 장기 손님, 우리 엄마가 무척이나 반가워했던 그 손님의 정체가 바로 선배일 거라고는 말이다.

"해리야! 큰일 났어!"

-아침부터 웬 난리야……. 뭔데, 이번엔 다리라도 부러졌어?

"선배가 우리 펜션에 손님으로 왔어!"

-무슨 선배? 너 질질 짜게 만든 그 사람?

"……부정하고 싶은데 일단은 사실이라 할 말이 없네."

잔뜩 흥분한 게 언제였냐는 듯 단숨에 제정신으로 돌아왔다.

창밖의 풍경을 내다보며 작게 한숨을 짓자, 잠기운을 몰아낸 해리가 아까보다 맑은 목소리로 물어 왔다.

-그 사람이 너네 펜션은 어떻게 알고 왔대? 네가 말했어?

"작년에 우리 동아리 엠티를 여기서 했거든. 기억하고 있었나 봐."

-그래……? 대단하네. 한 번 와 놓고 기억한단 말이야?

"그때 서울에서 장 본 것 때문에 선배는 차로 운전해서 왔거든."

-기억력 좋은가 보네. 한 번 운전했다고 그걸 기억하고.

"그치. 우리 선배가 머리가 좀 좋아. 가만 보면 신이 밸런스를 잘못 맞춘 것 같다니까. 못하는 게 하나도 없어. 아, 연애 빼고."

하지만 이제는 그 연애도 잘하겠지.

문득 든 생각에 어깨가 저절로 축 늘어졌다. 그러자 핸드폰 너머에서 해리가 쯧 혀를 찼다.

-선배 자랑하고 싶어서 전화한 거면 난 이만 끊으련다.

"그게 아니고……. 나 어떡하지?"

-뭘 어떡해?

"선배가 한 달 동안 여기서 지내잖아! 이젠 어디 도망갈 데도 없어서 꼼짝없이 마주쳐야 되는데, 나 자신 없어."

-무슨 자신?

"티 안 낼 자신."

내가 좋아하는 사람한테 좋아하는 사람이 있는 것과 내가 좋아하는 사람한테 사귀는 사람이 있는 것.

얼핏 보면 비슷한 것 같지만, 임자가 있는 것과 없는 것의 차이는 아주 컸다. 적어도 내 죄의식은 그랬다.

"나 이제 선배 볼 때마다 저 사람한텐 여자 친구가 있다, 그러니까 더 좋아하면 안 된다…… 그 생각 들 거 같은데. 이젠 표정 관리도 못 하면 어떡해?"

그게 싫어서 일부러 연락도 끊고 가평으로 온 건데 설마 선배가 가평으로 올 거라곤 진짜 꿈에도 상상 못 했다. 이게 나한테 무척이나 난감한 상황이란 걸 이해했는지, 해리도 심각한 목소리를 냈다.

─근데 그 선배는 왜 너네 펜션에 온 거래? 그것도 한 달이나.

"올 여름에 무슨 공모전 있대. 그거 원고 한다고 조용한 데 찾다가 우리 펜션이 생각나서 찾아왔다나 봐."

물 좋고 공기 좋은 곳이 얼마나 많은데. 선배는 돈도 많으면서 제주도 같은 데나 가지 왜 여기로 왔을까.

─그 선배 너 좋아하는 거 아냐?

"얘가 지금 무슨 소릴 하고 있어. 선배 여자 친구 있다니까?"

─근데 왜 가평까지 널 보러 가?

"말했잖아. 날 보러 온 게 아니라 물 좋고 공기 좋은 데 찾아온 거라니까."

─내가 보기엔 그게 그거 같은데…….

"야아, 진지하게 고민해 줘. 나 다시 서울 갈까? 어떡하지?"

─너 팔 붙었어? 팔 부러진 핑계로 가평 내려간 애가 서울을 무슨 핑계로 올라가려고?

"그건…… 그러게. 댈 핑계가 없네."

─할 수 없지 뭐. 최대한 피해 다녀.

"같은 집에 사는데 어떻게?"

─같은 집이라도 그게 보통 집이야? 객실 많고 앞마당 뒷마당 넓잖아. 정 뭐하면 산이나 계곡에 틀어박혀 있든지.

"그래. 차라리 자연인이 돼야겠다."

그 후로 나는 조식을 차리고 손님들이 퇴실한 객실 청소를 돕고 난 후 산이며 계곡으로 피신 다녔다.

하지만 가벼운 아르바이트로 용돈벌이 하는 주제에 하루 종일 다른 데로 쏘다닐 수는 없어서, 나는 종종 펜션 식당이나 로비에서 선배와 마주치고는 했다.

하지만 다행히 이곳은 학교가 아니라 펜션이었다.

내가 아르바이트 아닌 아르바이트를 하고 있는 내 집이자 직장. 덕분에 선배를 마주칠 때마다 괜히 바쁜 척을 하며 인사만 하고 헤어질 수 있었다.

그런데 한집이라면 한집에서 지내다 보니 선배와 내가 마주치는 횟수는 하루에 서너 번 정도는 되었고, 그때마다 바쁜 척을 해버린 결과.

내가 댄 핑계들은 선배의 친절한 성격에 부딪혀 부메랑으로 돌아오고 말았다.

"어, 선배. 안녕하세요."

"응, 안녕. 아직 6시밖에 안 됐는데 벌써 일어났어?"

선배가 펜션에 온 지 일주일째가 되던 날의 아침이었다.

새벽 운동을 나가려는지 선배는 운동복 차림으로 계단에서 내려오고 있었는데, 나는 식당으로 가기 위해 로비를 지나가다가 그런 선배와 딱 마주치고 말았다.

"아, 모르셨구나. 저희 펜션 조식으로 나오는 핫케이크 제가 굽거든요. 그래서 맨날 이 시간에 일어나요."

"정말? 그거 네가 굽는 거였어? 팔 불편하잖아."

"핫케이크 정도야 왼손으로도 충분히 굽죠. 반죽 붓고 잠깐 기다렸다가 뒤집기만 하면 되니까요."

"내가 도와줄까?"

지금껏 겪어 온 선배의 성격을 두고 감히 장담하는데, 저건 그냥 하는 소리가 아니라 진심으로 하는 말이었다.

나는 깜짝 놀라 얼른 고개를 흔들었다.

"아니, 괜찮아요. 손님한테 어떻게 일을 시켜요."

"손님 이전에 친한 선배잖아."

"이 펜션에서 지내시는 동안에는 무조건 손님이십니다."

내 공손한 목소리에 선배는 눈도 깜빡이지 않고 나를 가만히 바라봤다. 그러다 어마어마하게 무서운 말을 꺼냈다.

"그럼 방 빼서 가까운 펜션에 짐 옮기고 오면 다시 친한 선배 시켜 줄 거야?"

"아니요!"

선배가 진짜로 그래 버리면 나는 손님을 모셔 오지는 못할망정 쫓아낸 죄로 엄마한테 맞아 죽을지도 몰랐다.

"제가 잘못했습니다. 한번 선배는 영원한 선배죠."

비장한 목소리를 내자 선배가 짧게 웃음을 터뜨렸다.

"그럼 선배가 후배 좀 도와줘도 되지?"

"그렇긴 한데, 그래도……."

"반죽 붓고 잠깐 기다렸다가 뒤집기만 하면 되는 거잖아. 별로 어려운 것도 아닌데 뭐."

"실제로 해 보면 굉장히 어려울걸요?"

"한번 해 보지 뭐."

결국 더 거절할 말을 찾지 못하고 선배와 함께 식당으로 향했다.

나는 내심 선배가 요리를 너무너무 못해서 할 수 없이 내쫓을 수밖에 없었다……라는 시나리오를 기대했는데, 신이 밸런스 조절을 실패한 천유진은 요리도 잘했다.

기가 막히게 잘하는 건 아니었지만, 한 번도 구워 본 적 없는 핫케이크를 태우지 않을 정도면 기본적인 센스는 갖췄다고 말할 수 있었다.

그래서 나는 선배를 내쫓지 못했고, 선배는 그다음 날부터 당연하다는 듯 6시에 일어나 로비에서 날 기다렸다.

"진짜 안 도와줘도 되는데……."

"내가 하고 싶어서 그래. 여기서는 글 쓰고 산책하는 것밖엔 할 게 없으니까."

내가 자기 피해서 가평으로 내려왔다는 사실도 모르고 굳이 가평까지 따라와서 잘해 주는 선배가 미웠다. 미운데, 그만큼 더 좋아져서 서러웠다.

어떻게 저렇게 사람 마음도 모르고 사람 마음을 흔들어 놓을 수 있는 건지.

이제 아침에는 할 수 없었다. 대신 그 외의 시간엔 선배와 마주치지 않도록 최대한 조심했다.

가능하면 내 방에 틀어박혀 있었고, 1층으로 내려가거나 할 때는 주변에 사람 기척이 느껴지는지 확인까지 하고 움직였다. 그러다 좀이 쑤시면 펜션 근처에 있는 작은 계곡으로 피신을 갔다.

그런데 꼬리가 길면 밟힌다고 해야 하나, 며칠 좀 무사히 피해 다녔다고 너무 안심을 해 버린 걸까.

"소희야."

"아, 선배."

점심을 먹고 계곡에 가려고 펜션을 나서던 길. 또 한 번 로비에서 계단을 내려오는 선배와 딱 마주쳤다.

나는 선배를 향해 웃으며 속으로는 부모님을 원망했다. 이왕 펜션 짓는 거 한 10층짜리로 짓지. 그러면 선배랑 이렇게까지 자주 마주칠 일은 없었을 텐데.

"어디 가?"

"그냥 잠깐, 산책이요."

"그래? 혹시 계곡에 가는 거야?"

"어…… 네. 계곡에 갈 거긴 한데, 그렇게 좋은 데는 아니고요."

나는 잠깐 눈을 굴렸다.

"여기서 차 타고 한 20분 정도 가면 진짜 크고 멋진 계곡 있어요. 선배 혹시 계곡에 가고 싶으신 거면 거기 추천드릴게요."

"차로 운전하는 거 말고 좀 걷고 싶어서. 여기 뒤쪽에 있는 계곡이 조용하고 좋다면서?"

"네. 저희 부모님한테 들으셨어요?"

"응. 아무한테나 가르쳐 주는 거 아니라며? 비밀이라면서 가르쳐 주셨어."

비밀이라는 단어가 주는 어감이 마음에 들었는지 선배가 뿌듯한 얼굴로 자랑하듯 말했다.

나는 그 앞에서 재밌는 농담을 들은 것처럼 하하 웃었지만, 속으로는 피눈물을 흘리고 있었다.

내 피난처!

"근데 진짜 작은데…… 기대하시면 안 돼요."

펜션 뒤쪽으로 난 길을 따라 야트막한 산을 오르면 볼 수 있는 그 계곡은 그렇게 크지 않아서 따로 이름도 없었고, 지도에 표시되지도 않았다.

그 덕분에 아는 사람도 없고 찾아가는 사람도 없어서 무척이나 조용하고 깨끗했다.

부모님은 주변에 어디 산책할 데 없냐고 묻는 손님들에게만 계곡의 존재를 알려 줬는데, 조용하고 깨끗한 게 전부라 물놀이를 하거나 일부러 보러 갈 만한 곳은 못 되기 때문이었다.

그래서 가평에 내려온 뒤로 내가 혼자 독점하고 있었는데. 이제는 그 계곡도 마음 놓고 못 가게 생겼다.

앞으로는 그냥 방에만 틀어박혀 있어야 하나?

"무슨 생각을 그렇게 심각하게 해?"

"네? 어…… 가면서 아이스크림 하나 먹을까 싶어서요."

"그럴까? 나 아이스크림 사다 놓은 거 있어. 하나 줄게."

"감사합니다. 잘 먹을게요."

그렇게 나는 선배와 아이스크림 하나를 손에 들고 뒷산을 오르게 됐다.

길이 좁은 탓에 나란히 걸을 수가 없어서 내가 앞에 서고 선배가 내 뒤를 따랐다.

반대였으면 참 좋았을 텐데. 뒤가 몹시 신경 쓰였지만 그렇다고 뒤를 돌아볼 수는 없어서 걸음을 최대한 빨리 했다.

"여기 길이 아버지가 대충 정리한 거라 그렇게 고르지는 않거든요. 돌 같은 거 막 박혀 있고 그러니까, 안 넘어지게 조심하세요."

"응, 너도 조심해."

"저야 뭐 수십 번 왔다 갔다 했는걸요."

계곡은 금세 모습을 드러냈다.

나는 졸졸 흐르는 계곡 물을 바라보며 슬쩍 선배의 눈치를 살폈다.

"음, 많이 작죠?"

최근에 비가 좀 왔으면 물살이라도 셌을 텐데, 비가 안 온 지 꽤 돼서 안 그래도 얕은 수위가 평소보다 더 얕았다. 아무리 봐도 이건 계곡이 아니라 그냥 시냇물이었다.

"그래도 분위기는 좋다. 정말 조용하고 깨끗하네."

선배는 과연 진심으로 그런 말을 한 걸까, 아니면 후배나 펜션 사장님 민망할까 봐 선의의 거짓말을 한 걸까.

제발 전자이길 바라며 물가에 있는 벤치로 선배를 안내했다.

"이 벤치 저희 아버지가 직접 만드신 거예요."

"정말?"

"네. 앞마당에 테이블 있는 거랑 뒷마당에 벤치 그네 있는 거랑…… 바깥에 있는 물건 중에 나무로 만들어진 건 거의 다 저희 아버지가 만든 거예요. 망치질이랑 톱질 좋아하시거든요."

"와, 솜씨 좋으신가 봐."

"그 좋은 솜씨 딸한테도 물려줬으면 참 좋았을 텐데 아버지 혼자 독식하고 계세요."

농담 반 진담 반이 섞인 이야기를 내뱉은 후, 나는 벤치에 앉아 신발을 벗고 물속에 발을 담갔다.

"이거 일부러 발 담글 수 있게 이 위치에 둔 거예요. 선배도 잠깐 발 담그세요. 여기 나무가 많아서 그런지 물은 진짜 시원하거든요."

"그래?"

선배는 호기심이 가득한 얼굴로 내 옆에 앉아 물속에 발을 담갔다.

"와, 시원하다."

"그쵸? 가끔 손님 없을 땐 가족들이 다 같이 여기 와서 수박 잘라 먹고 그랬어요."

"부럽다……. 나도 아예 가평으로 이사 올까?"

농담인 거 아는데 순간 등 뒤로 땀이 흘렀다.

"대신 겨울엔 할 거 없어요. 아, 눈사람 정돈 만들 수 있으려나?"

"나 눈사람 한 번도 안 만들어 봤는데."

"진짜요?"

"응. 나 어렸을 땐 미국에 있었다고 했잖아. 내가 살았던 지역이 눈 안 오기로 유명한 지역이었거든."

선배는 두 손으로 벤치를 짚은 채 마치 아이처럼 참방참방 발장구를 쳤다.

그 탓에 내 다리로도 물이 튀었지만, 반바지를 입은 덕분에 옷이 젖는 것도 아니라 나는 아무 말도 하지 않았다. 아마 젖었어도 아무 말 안 했겠지만.

"그럼 선배는 한국 와서 처음으로 눈 본 거예요?"

"응. 근데 눈사람을 만들 만큼 많이 오진 않아서……. 그럴 만

158

큰 눈이 왔을 땐 내가 나이가 많아졌더라고."

"에이, 눈사람 만드는 데 나이가 무슨 상관이에요. 지금이라도 만들면 되지."

"그런가?"

"나중에 겨울 되면 한 번 더 오세요. 여기 눈 많이 오거든요."

"눈사람 같이 만들어 줄 거야?"

"그럼요. 한 달 장기 손님한테 그 정도 서비스도 못 해 드리려고요."

이놈의 입. 이 방정맞은 입.

지키지도 못할 말을 잘도 내뱉는구나.

하지만 이 분위기에 차마 거절은 할 수 없었다. 나는 겨울의 일은 겨울로 미루기로 했다. 지금은 당장의 상황에 대처하는 것만으로도 너무 벅찼으니까.

"한 달 장기 손님 아니면 서비스 안 해 주는 거야?"

"네?"

"그냥은 안 놀아 주는 건가 싶어서."

침이 저절로 넘어갔다. 순간 다른 곳을 쳐다볼 뻔했는데, 나를 빤히 바라보는 선배의 시선이 날 놓아주지 않아서 그렇게 하지를 못했다.

차라리 다행이라 생각하며 조심스레 입을 열었다.

"진환 선배나 뭐, 다른 사람들이랑 다 같이 오면 얼마든지 놀아 드리죠."

그 말에 선배는 미간을 찌푸렸다. 일자로 다물린 입술이 무언가 마음에 들지 않는다고 가르쳐 주는 듯했다.

"다른 사람 없으면?"

"음…… 그건 좀 그렇지 않을까요? 솔직히 제가 선배 여자 친구면 후배 여자애네 펜션에서 선배 혼자 한 달이나 묵는 것도 조금……."

"헤어졌어."

"네?"

"헤어졌다고."

생각도 못 한 말에 너무 놀라 말문이 막혀 버렸다. 입이 벌어졌다는 사실도 뒤늦게 알았다.

나는 입을 한 번 다물었다가 말을 꺼내기 위해 다시 열었다. 목소리가 살짝 떨려서 나갔다.

"왜……요? 얼마 안 됐잖아요."

선배는 말이 없었다.

너무 민감한 질문을 했나? 나는 아차 싶어 조금 전에 한 말을 얼버무리려 했다.

"죄송해요. 제가 너무 실례되는……."

"고등학교 때, 같은 반 여자애가 나한테 좋아한다고 고백을 했었어."

"네?"

"편지 같은 거 말고 그렇게 직접적으로 고백을 받은 건 처음이었는데……. 그때 내 친구들이 다 여자 친구가 있었어서, 여자 친구를 사귀는 게 어떤 건지 궁금했거든. 그래서 걔한테 사귀자고 했어."

선배가 담담한 목소리로 하는 이야기를 나는 그냥 멍하니 듣고만 있었다.

만약 조금만 더 정신이 있었다면 그때 여자 친구를 사귄 적이 있는데 왜 연애 경험이 없다고 했냐고 물었을 거다.

하지만 다행히, 내가 눈치도 없이 그런 질문을 꺼내기 전에 선배의 말이 이어졌다.

"그런데 걔가 무슨 욕이라도 들은 것처럼 놀라더니, 며칠 후에 그러는 거야. 사귀자고 한 건 없던 일로 해 달라고."

"왜요? 고백은 그쪽이 먼저 한 거 아니었어요?"

"그냥 고백만 하고 싶었대. 내가 받아 줄 거라곤 생각도 안 했대."

선배는 고개를 숙인 채 자그마한 목소리로 중얼거리듯 말했다.

"내가 자길 좋아하는 게 아니니까, 그래서 받아들일 수 없다고 했으면 미안하다고 사과했을 거야. 그런데…… 자기는 나랑 사귈 만한 사람이 아니라고 하더라고."

선배가 물속에서 발을 앞뒤로 흔들 때마다 물보라가 생겼다.

나는 넓게 퍼지다 내 발목에 부딪혀 사그라지는 물보라에서 눈을 떼지 못했다. 왠지 선배의 얼굴을 볼 수가 없었다.

"천유진 여자 친구가 되는 게 부담스럽대. 나한테는 자기보다 훨씬 더 잘 어울리는 애가 있을 거래. 그런 애가 어떤 애냐고 물으니까, 적어도 자기는 아니라는 거야."

"……"

"나는…… 그게 이해가 안 되더라고. 다른 애들은 다 누가 누굴 좋아해서 사귀는데, 왜 나만 나한테 어울리는 애를 찾아서 사귀어야 해?"

순간 물을 차는 힘이 거세졌다. 선배의 발에 차인 물보라가 내 종아리까지 닿았다.

내가 깜짝 놀라 몸을 움츠리자 선배가 놀라 미안하다고 사과했다. 나는 괜찮다고 고개를 흔들었다.

한동안 물이 졸졸 흐르는 소리만 들려왔다.

나는 선배가 하는 것처럼 발을 앞뒤로 흔들어 물을 튕기다가 무심코 입을 열었다.

"근데 저는…… 그 여자분이 무슨 마음으로 그런 말 했는지 알 거 같아요."

"……알 거 같다고?"

"선배 주변에는, 약간 뭐랄까, 다가가기 힘든 분위기가 있거든요. 그래서 저도 선배 처음 봤을 때 막 다른 세계에 사는 사람 같다고……."

"소희야."

"네?"

선배의 부름에 반사적으로 고개를 돌렸다. 눈이 마주친 선배는 무척이나 슬픈 얼굴로 웃고 있었다.

"너까지 그런 말을 하면 어떡해."

순간 가슴이 서늘해졌다. 동시에 깨달았다.

아, 실수했다.

조금 전에 한 말뿐만이 아니었다.

선배를 처음 봤을 때부터 좋아한다는 사실을 깨닫고 난 후에도 수없이 많이 하고 떠올렸던 생각. 나랑은 애초에 다른 세계 사람이라고, 그래서 미리 체념하고, 고백할 용기를 내지 못한 게 아니라 내지 않았던 것.

나는 선배를 좋아하는 마음이 날 상처 입혔다고, 상처 입힐 거라고 생각했다.

그러나 반대였다. 내가 나와 선배 사이에 먼저 그어 놓은 선.

은연중에 높낮이를 정해 두고 위를 보지 않았던 내 시선이야말로 선배를 상처 입힌 것이다.

나는 그 사실이 너무 부끄럽고, 민망하고, 또 너무 미안해서.

선배에게 사과의 말조차 꺼낼 수가 없었다.

5. 좋아하게 된 이유

–나도 모르는 내 얼굴

나 눈치 별로 없는 편이야.

에이, 거짓말.

진짜로.

오히려 그는 내가 왜 자신의 말을 믿지 못하는지 의아한 눈치였다. 나는 그 얼굴에 덩달아 얼떨떨해졌다.

그러면 내가 뭘 좋아하고 뭘 싫어하는지 내가 말해 주기 전에 안건 뭐예요?

그거야 네 얼굴 보고 알았지.

얼굴만 보고 알 정도면 눈치 빠른 거 맞지 않아요?

아니야. 다른 사람들 얼굴 보고는 몰라. 네 얼굴 볼 때만 알아.

어떻게요?

아마 집중력 차이가 아닐까?

나는 네가 짓는 모든 표정을 전부 기억해. 그 말을 하고 난 직후, 그는 무척이나 고운 눈으로 날 보며 웃었다. 지금 네 얼굴이 어떤 얼굴인지 다 안다는 것처럼.

✽✽✽

자다가 갑자기 눈이 뜨였다.

방은 아직 어두워서 벽에 걸린 시계의 바늘이 어느 숫자에 걸려 있는지 보이지 않았다. 나는 베개 옆을 더듬어 핸드폰을 찾다가 포기하고 다시 눈을 감았다.

하지만 눈꺼풀은 무거운데도 잠은 다시 오지 않았다. 잠자리가 바뀌어서 그런 걸까? 그래도 요 며칠간은 잘 잤는데.

몇 번 더 뒤척이던 나는 결국 몸을 일으켜 침대에서 내려왔다.

부엌으로 가서 물을 마신 후, 나는 벌써 일주일을 지냈는데도 아직 낯설기만 한 집을 잠깐 둘러보았다.

그러다 내 시선이 멈춘 곳은 거실이었다. 정확하게는 거실 중앙에 있는 소파.

기억이 돌아오지 않은 상태에서 한 침대를 쓰는 건 불편할 거라고, 괜찮다는데도 굳이 내게 침대를 양보한 선배는 매일 그곳에서 잠들었다.

소파가 아무리 넓고 크다고 해도 누워 자려고 만든 게 아닌 이상 허리나 등이 불편할 터였다. 그러나 선배는 단 한 번의 불평도 없이 소파에서 생활했다.

나는 그게 너무 미안했는데, 그렇다고 침대를 같이 쓰자는 말은 도저히 나오지 않아서 결국 선배의 배려를 받아들일 수밖에 없었다.

그렇게 선배가 나를 좋아한다는 사실을 새삼 자각할 때마다 나는 한 번씩 그런 의문에 잠겨 들었다.

선배는 왜 날 좋아하게 된 걸까. 내가 어디가 좋아서 결혼까지 생각한 걸까. 나는 선배 같은 사람이 좋아할 만한 사람이 아닌데.

그런 생각을 하다 보면 마치 남의 자리에 앉아 있는 것과 같은 어색함을 느끼곤 했다.

그게 싫어서라도 일부러 그런 생각을 하지 않으려 했던 나는, 이젠 그 사실 자체에 자괴감을 느끼게 됐다.

'너까지 그런 말을 하면 어떡해.'

지난 5년 동안 나는 좀 달라졌을까? 선배가 주는 배려와 사랑을 당연히 내 것이라 받아들였을까?

그랬으면 좋겠다. 나를 위해서라도, 그리고 선배를 위해서라도.

그런 생각을 하고 있자니 갑자기 선배가 보고 싶어졌다.

나는 조심스럽게 발을 옮겨 거실로 나갔다.

희미한 빛이 내려앉은 거실의 소파에서 선배는 깊게 잠들어 있었다. 불을 켜고 싶었지만, 그러면 선배가 잠에서 깰 것 같아 그냥 어둠 속에서 조용히 소파로 다가갔다.

창 밖에서 새어 들어오는 희미한 빛은 선배의 얼굴 윤곽만 희끄무레하게 비춰 주고 있었다.

나는 그 앞에 쪼그리고 앉아 가만히 선배의 얼굴을 바라보았다.

선배와 함께 집으로 돌아와서 씻고, 저녁을 먹고, 잠들기 전까지 아무 말도 못 했지만.

사실은 묻고 싶었다.

선배 첫사랑이 선배에게 부담감을 느꼈나요?

만약 그런 거라면 그보다 마음 아픈 일이 또 있을까 싶었다. 부담스러워서 사귀지 못하겠다도 아니고, 부담스러워서 헤어지자니.

그 말을 들은 선배는 어떤 심정이었을까?

"소희야……?"

엄마야, 깜짝이야.

하마터면 소리를 지를 뻔했다. 나는 놀란 가슴을 다독이며 아직 소파에 누워 있는 선배를 바라봤다.

"선배?"

"몇 시야……?"

폭 잠긴 목소리. 나는 그처럼 작은 목소리를 냈다.

"아직 새벽이에요. 더 자도 돼요."

희미한 빛 속에서 선배가 느리게 눈을 깜빡였다. 잘 자던 선배가 나 때문에 깬 것 같아 미안한 마음에 더 자라고 속삭였다. 그러나 선배는 아예 눈을 뜨고 나를 바라봤다.

"왜 깼어? 혹시 어디 아파?"

"안 아파요. 그냥 목말라서 깼어요."

"어디 아프면 바로 말해야 돼."

그 말에 대답 대신 고개만 한 번 끄덕였다. 그리고 무릎을 끌어안은 채 가만히 눈을 감았다.

"선배, 계속 말해 주면 안 돼요?"

"무슨 말?"

"그냥, 아무거나……."

나는 목소리를 작게 줄이며 귀를 쫑긋 세웠다.

"선배 지금 목소리 평소보다 좀 낮은 게……."

"……낮은 게?"

망설임은 잠깐이었다. 나는 어둠 속에서 용기 내어 입을 열었다.

"섹시해요."

"……."

잠깐 말이 없던 선배가 웃음을 터뜨렸다. 그런데 그 소리마저도 평소보다 낮아서 섹시하게 느껴졌다.

나는 괜히 부끄러워져서 고개를 숙인 채 발가락만 꼼지락거렸다.

"내일부터 낮잠 한 열두 번 자야겠다."

"에이, 사람이 어떻게 낮잠을 열두 번이나 자요."

"못 잘 건 뭐야. 나 이제 탈고도 했는데."

"진짜 잘 건 아니죠? 선배 자면 저 심심한데."

"놀아 줄 거야? 그러면 낮잠 안 자고."

웃으며 말하던 선배가 손으로 입을 가리더니 하품을 했다. 이어서 멋쩍은 표정을 짓는 걸 보니 내 앞에서 하품을 한 게 조금 민망한 모양이었다.

"이제 방해 안 할게요. 자요."

"아니야, 잠 다 깼어."

선배는 도리질을 쳤지만, 이어서 한 번 더 하품을 해 버린 탓에 눈꼬리에 눈물이 맺히고 말았다.

나는 그걸 보며 웃다가 언젠가의 기억을 떠올렸다.

꼭 지금 같은 어둠 속에서 발개진 눈을 했던 선배. 그날은 3학년 여름, 매주 돌아오는 동아리 정기 영화 관람일이었다.

나는 다른 영화는 몰라도 슬픈 영화만큼은 밖에서 잘 보지 않았다. 눈물샘이 약해서 툭 하면 눈물이 터지는 게 부끄러워서였다.

정확하게는, 그로 인해 놀림받았던 기억이 트라우마로 남아서.

그래서 동아리 정기 영화 관람일에도 슬픈 영화는 거의 보지 않았다. 그런데 그날은 누군가가 슬픈 영화를 추천해서 어쩔 수 없이 보게 됐다.

당연히 눈물이 터졌다. 주변 사람들이 볼까 봐 얼른 눈물을 훔치는데 코까지 막혀서 숨쉬기도 힘들었다.

나는 입으로 숨을 쉬면서 손으로 겨우겨우 눈물을 닦았다. 그때 옆에서 누가 손수건을 줬다. 그게 누구 건지도 모르고 일단 받아서 얼굴을 닦았다.

그러다 어둠 속에서 기홍 선배와 눈이 마주쳤다. 아직 영화가 끝나지도 않았는데, 그는 내 얼굴을 보고 낄낄대며 웃었다.

'윤소희 완전 개구리 다 됐네. 저게 뭐가 그렇게 슬프다고 울어?'

짜증이 확 났다. 남이 울든 말든 신경 쓰지 말고 영화나 보라고 한 소리 하고 싶었는데, 목소리가 떨릴 것 같아서 입을 열지 못했다.

그때 옆에서 누군가가 내 대신 입을 열었다.

'기홍이 넌 안 슬퍼?'

'뭐야, 천유진 너도 울어?'

옆을 돌아보자 눈시울이 붉어진 선배가 기홍 선배를 바라보고 있었다.

나는 고개를 숙여 손에 쥐고 있던 손수건을 내려다봤다. 그제 야 알 수 있었다. 그 손수건이 선배의 것이라는 걸.

'기홍이 너 진짜 감수성 없다. 어떻게 저걸 보고 안 울어?'

코를 훌쩍이는 선배의 옆에서 나는 여전히 입을 꾹 다물고 있었 다. 안 그러면 속엣말이 밖으로 튀어 나갈 것 같아서였다.

딱 일주일 전, 내 전용석에 앉아서 똑같은 영화를 지루한 얼굴 로 보던 거 내가 봤는데.

아마 선배는 몰랐을 거다. 선배의 손수건에 스며든 내 눈물처 럼, 선배의 거짓 눈물이 내 가슴속에 스며들었다는 걸.

그날부터 나는 선배를 좋아하게 되었다.

"소희야?"

"네?"

"무슨 생각을 하길래 그렇게 넋을 놓고 있어?"

"그냥……."

아무것도 아니라고 대답하려다가, 마음을 바꿔 말을 고쳤다.

"사실요, 저 기억 조금 돌아왔어요."

그 말에 선배의 눈이 조금 커졌다.

"얼마나 돌아왔는데?"

171

"오토바이 사고 나고 한 달 정도? 그렇게 많이는 안 돌아왔어요."

"그렇구나……."

선배는 굳은 얼굴로 고개를 끄덕이다가 나와 눈이 마주친 순간 미소를 지었다.

"다음에 또 기억 돌아오면 바로 말해 줘. 언제까지 돌아왔는지, 정확히 무슨 기억이 떠올랐는지…… 전부."

애써 웃는 선배의 얼굴이 어딘지 모르게 외로워 보여서 묵묵히 고개만 끄덕였다.

하긴, 나도 나지만 선배도 많이 답답하겠지.

역시 하루라도 빨리 기억을 찾을 수 있도록 노력해야겠다.

"근데 한 달이면…… 내가 고백했을 때 기억도 돌아왔어?"

"아니요. 그건 아직 기억 안 나요."

"그래……?"

사실 그건 나도 좀 궁금했다. 과연 선배는 어떤 상황에서, 어떤 말로 나한테 고백했을까?

보고 자란 게 순정 만화에 로맨스 소설이다 보니 머릿속으로 그려지는 건 전부 로맨틱한 광경뿐이었다.

과연 선배도 그랬을까. 픽션과 현실이 같을 순 없겠지만, 사실 선배의 존재 자체가 현실보단 픽션에 가까웠다. 이렇게 완벽한 사람이…….

아. 또 이러고 있네.

"저 이만 자러 갈게요."

"벌써? 나랑 더 안 놀아 줄 거야?"

"일어나서 놀아 줄게요. 선배도 자요. 늦었잖아요."

늘 어른스럽게만 느껴졌던 선배가 애처럼 어리광 피우듯 말하는 건 굉장히 신선한 일이었다.

연인으로서의 선배에겐 이런 모습도 있구나.

신기한 마음에 맞춰 주듯 달래는 목소리를 내다가 우리는 1시간 뒤에나 다시 잠들었다.

눈을 떴을 때 날은 밝아져 있었고, 시간은 어느새 11시였다. 거실로 나가 선배를 찾았지만 집 어디에서도 인기척은 느껴지지 않았다.

낮에 어디 간다는 말은 없었는데.

하품을 하며 핸드폰을 찾던 나는 거실 소파 테이블 위에서 쪽지 한 장을 발견할 수 있었다.

[잠깐 일 생겨서 나갔다 올게. 점심 먹기 전인 올 거 같으니까 혹시 먹고 싶은 거 있으면 전화해.]

글을 다 읽는 것과 동시에 도어벨 소리가 영롱하게 울려 퍼졌다. 조금만 더 늦게 일어났으면 해가 중천에 뜨도록 자는 게으른 여자가 될 뻔했다.

행여나 선배가 그런 오해를 하지 않도록 얼른 현관으로 달려가 문을 열었다.

"선……."

"어머, 소희야. 누군지 묻지도 않고 문을 열면 어떡해."

"……누구세요?"

나는 멍하니 낯선 방문자를 바라봤다.

벨을 누른 건 선배가 아니라 우아하게 생긴 중년의 여자였다. 내 이름을 아는 걸 보니 날 아는 것 같은데……. 어라? 내가 이 사람 어디서 봤지?

어?

"헉, 배, 배우 이영린 씨 아니세요?"

"……뭐?"

"우와아, 저 엄청 팬이에요! 제가 한국 영화 중에 제일 좋아하는 영화가…….."

"내가 주연으로 나온 붉은 풍경?"

"네! 그거 중고 DVD도…….."

"10만 원 주고 샀고?"

"네!"

격렬하게 고개를 끄덕이던 나는 문득 떠오른 의문에 얼떨떨한 얼굴로 이영린을 바라봤다.

"그걸 어떻게 다 아세요?"

"어떻게 알긴. 우리 처음 만났을 때 네가 한 이야기니까."

"우리가…… 예전에 만난 적이 있어요?"

말을 뱉고 나니 꼭 전형적인 작업 멘트 같았다. 그나마 상대가 남자가 아니라 다행이라고 생각하고 있는데, 그런 내 생각을 읽은 것처럼 이영린이 무척이나 우아한 얼굴로 웃어 보였다.

"소희 너 지금 나 꼬시는 거니?"

"여, 역시 그렇게 들리죠……?"

"우리 소희가 꼬시는 거면 넘어가 줄 의향이 있는데. 어때, 우리 오랜만에 쇼핑 안 갈래?"

"오랜만……이면 예전에 쇼핑 갔던 적도 있어요? 제가요? 배우님하고?"

기억을 잃기 전의 나는 대체 어떤 사람이었던 거지? 길 가다 마주친 적이 있다고 해도 놀라울 판국에 같이 쇼핑을 다녔어? 대한민국 최고의 배우 이영린이랑?

너무 놀라서 말문이 그대로 막혀 버렸다. 그러자 나를 바라보는 이영린의 얼굴이 묘한 빛으로 물들었다.

"근데 너 아까부터 반응이 왜 그러니? 이거 무슨 이벤트야?"

"아, 사실은요."

사고로 기억을 잃었다는 말을 하려던 찰나였다. 이영린의 뒤쪽으로 보이는 엘리베이터에서 띵, 소리가 나더니 문이 열리고 선배가 그 안에서 나왔다.

"선배!"

선배와 내 눈이 먼저 마주쳤고, 그다음에 이영린이 뒤를 돌아봤다.

선배는 그제야 이영린에게 시선을 주었다. 그리고 얼굴을 딱딱하게 굳히며 하는 말이.

"어머니."

"유진이 넌 어디 갔다 오는 길이니?"

잠깐만. 뭐?

"……어머니?"

내가 지금 무슨 말을 들은 거지?

"어머니요? 선배 어머니? 배우님이?"

너무 놀란 나머지 입이 떡 벌어졌다. 그런 나를 보며 이영린, 아니, 어머님이 눈살을 찌푸렸다.

"유진아. 소희가 왜 이러니? 이 반응 이제 다 끝난 거 아니었어?"

아차 싶어 입을 합 다물었다.

내가 너무 주접을 떨었다. 그것도 시어머니 될 분 앞에서!

선배가 날 부끄러워하면 어쩌지? 조심스럽게 선배의 눈치를 살

피는데 다행인지 불행인지 선배는 날 보고 있지 않았다. 대신 어머님만 바라보고 있었다. 여전히 굳은 얼굴로.

"한국 들어오시면 연락 달라고 말씀드렸던 것 같은데요. 왜 말도 없이 오신 거예요?"

"그래, 네가 할 말 있대서 온 거잖아. 왜 화를 내?"

"제가 언제요."

아니, 누가 봐도 선배 지금 화난 것 같은데…….

나도 알아차린 사실을 선배를 직접 낳은 친모가 모를 리 없었다.

어머님은 미간을 찌푸린 채 팔짱을 끼고 선배를 바라봤다.

"유진이 너…….."

"소희 지금 사고로 기억을 잃었어요. 지금 소희는 어머니가 제 어머니라는 거 이제 알았을 거예요."

"뭐?"

어머님이 놀란 표정을 짓는 사이 선배는 내게 미안하다는 뜻이 담긴 눈짓을 보냈다.

나는 그 중요한 사실을 왜 말해 주지 않았나 하는 원망보단, 그냥 날 없는 사람 취급해 줬으면 좋겠단 생각에 그저 웃기만 했다.

"그게 진짜니? 기억을 잃었어? 소희 너, 나 몰라?"

"알죠, 알긴 아는데…….."

내가 아는 건 배우 이영린뿐이었다. 선배의 어머님은 모른다.

내가 속으로 삼킨 말을 알아차렸는지 어머님은 기가 막힌 얼굴로 웃음을 터뜨렸다. 그러다 화난 얼굴로 선배를 휙 돌아봤다.

"너는 이 중요한 사실을 왜 나한테 말을 안 해?"

"말씀드리려고 연락 달라고 한 거잖아요. 그런데 전화 한 통 없이 바로 오신 건 어머니고요. 말 나온 김에 말인데, 다시는 연락도 없이 남의 집에 불쑥 찾아오지 마세요. 불편하니까."

"남의 집? 너 지금 그게 내 앞에서 할 말이니?"

"그럼 뒤에서 해 드릴까요?"

아, 도망가고 싶다.

고래 사이에 낀 새우도 이보다는 덜 불편할 거다.

나는 차마 두 사람 사이에 끼어들지 못하고 쥐 죽은 듯 그저 눈치만 봤다.

다행히 그런 나를 알아차린 모양이었다. 선배는 손에 들고 있던 비닐봉지를 내게 건네며 아직 열려 있는 현관문 안쪽으로 작게 턱짓을 했다.

"나 어머니랑 잠깐 대화 좀 하고 올게. 들어가서 먼저 먹고 있어."

"어…… 집에서 말씀 나누시지……."

"금방 올게."

나를 보며 작게 웃은 선배는, 어머님을 보면서는 마치 가면을 쓴 것처럼 표정을 굳혔다.

"잠깐 이야기 좀 해요."

"그래, 마침 잘됐다. 나도 너한테 할 말 많으니까 이야기 좀 해."

말릴 새도 없이 선배와 어머님은 엘리베이터를 탔다.

정말 모자지간 맞나 싶을 정도로 딱딱한 분위기가 몹시 걱정되었지만, 차마 저 사이에 끼어들 엄두가 나지 않았다. 그래서 조용히 엘리베이터 문이 닫히는 걸 바라보다가 집 안으로 들어왔다.

선배가 주고 간 비닐봉지 안엔 찜닭이 들어 있었다. 하얀 김이

폴폴 올라오는 커다란 플라스틱 용기 안엔 내가 좋아하는 떡 사리와 당면 사리가 가득 들어 있었는데, 맛깔스러운 간장색에 군침이 저절로 나왔지만 진짜로 먼저 먹지는 못했다.

어떻게 먹을 수 있을까. 모자가 지금 싸우러 갔는데.

대신 두 사람이 들어오면 바로 점심을 먹을 수 있게 식탁 위에 상을 차려 놓았다.

그런데 찜닭까지 있는데도 냉장고에서 꺼낸 반찬만으론 상이 왠지 비어 보였다.

급한 대로 고등어를 굽고 김치와 참치를 볶고 달걀말이를 만들었다. 거기에 김까지 잘라 놓으니 그런 대로 접시가 많아 보였다.

그런데 어머님이 그냥 돌아가시면 어떡하지?

문득 떠오른 생각에 입에서 끙 소리가 절로 나왔다. 이럴 줄 알았으면 아까 제대로 인사를 드리는 거였는데.

이미 상견례까지 끝났다지만, 지금의 나는 어머님을 뵙는 게 오늘이 처음이었다. 그런데 정식으로 인사를 드리지 못한 게 자꾸 마음에 걸렸다.

나는 밥솥 옆에 엎어 놓은 세 개의 밥공기를 보다가 결심했다. 아무래도 안 되겠다. 나가서 찾아봐야…….

띠띠띠띠.

아, 왔나 보다.

도어락을 누르는 소리에 나는 한 가지 사실을 깨달았다. 아까도 선배가 돌아온 거였다면 벨을 누르는 게 아니라 비밀번호를 누르고 들어왔을 것이다. 선배는 내가 깨어난 줄 몰랐을 테니까.

그런데 왜 나는 당연히 벨을 누른 게 선배라고 생각했을까.

'나는 벨 눌러 본 적이 거의 없어.'

'왜요?'

'고등학교 때부터 혼자 살았거든. 그리고 부모님이랑 같이 살았을 때도 집에 거의 혼자 있었어. 두 분 다 워낙 바쁜 분들이라.'

'그렇구나……. 그럼 우리 결혼해서 같이 살면, 벨 실컷 누를 수 있게 해 줄게요.'

'진짜?'

'네. 저 사실 누구 기다리는 거 좋아하거든요.'

'왜?'

'기다린다는 건 올 사람이 있다는 뜻이잖아요.'

"소희야, 많이 기다렸어?"

"네? 아뇨, 별로……."

멍하니 생각에 잠겨 있던 나는 어느새 내 앞에 와 있는 선배에 깜짝 놀라 고개를 흔들었다.

"대화는 잘 나누셨어요?"

"아마도."

참 애매한 답이 아닐 수 없었다. 잘 나눈 거면 잘 나눈 거고 못 나눈 거면 못 나눈 거지 아마도는 대체 뭘 뜻하는 걸까.

그 생각을 하며 슬쩍 선배의 뒤를 넘겨봤다. 다행히 어머님이 거기 계셨다.

그런데 아래를 보고 있는 표정도 그렇고, 살짝 처진 어깨도 그렇고…… 꼭 잔뜩 혼난 듯한 느낌인데. 내 착각이겠지?

"소희야."

"네?"

"내가······."

"어머니."

선배의 나지막한 부름에 어머님은 입을 합 다물었다.

그리고 나와 선배의 눈치를 보다가 작게 한숨을 내뱉는데, 대체 둘 사이에 무슨 대화가 오고 갔기에 어머님의 태도가 180도 뒤집혔는지 무척이나 궁금해졌다.

이따 따로 물어보면 대답해 줄까? 하지만 그럴 거면 애초에 내가 없는 곳으로 가지도 않았을 것 같았다.

일단 호기심은 뒤로 미뤄 두고, 나는 당장 중요한 일부터 처리하기로 마음먹었다.

"어머님 점심 드셨어요?"

"응? 아니."

"그럼 일단 식사부터 해요. 어머님 찜닭 좋아하세요? 아까 선배가 찜닭 사 왔거든요."

"응, 좋아해."

고개를 끄덕인 어머님은 흘끔 선배의 눈치를 살폈다. 무슨 대화를 나눴는지는 아직도 잘 모르겠지만, 두 사람 사이의 분위기를 보니 아마 어머님이 무언가를 잘못한 것 같았다.

하지만 그 일을 길게 끌 생각은 없는지 선배는 담담하게 고개를 끄덕거렸다.

"네, 식사부터 하죠."

"그래, 밥부터 먹자. 안 그래도 아까부터 배고팠거든."

이 집에 사는 사람은 선배랑 나 둘뿐이지만, 식탁은 사람 여섯 명이 앉아도 충분할 만큼 넓었다. 중앙에 커다란 찜닭 그릇이 있는데도 식탁이 비어 보인 건 사실 그 때문이었다.

"이건 방금 만든 거야?"

내 옆에 앉은 선배가 눈짓으로 달걀말이와 고등어구이, 김치참치볶음이 있는 쪽을 가리켰다.

나는 살짝 고개만 끄덕였다.

"많이 드세요, 어머님. 선배도요."

"응, 잘 먹을게."

드디어 시작된 점심 식사에 살짝 감격스럽기까지 했지만, 그 감정은 오래가지 못했다. 식탁 위로 겹겹이 내려앉는 묵직한 침묵 때문이었다.

그 침묵 속에서 간간이 들려오는 소리는 젓가락이 그릇에 부딪치는 소리뿐이었다.

나는 그 소리마저 크게 못 내고 아주 조심스럽게 밥알을 뜨고 반찬을 집었다.

혹시 선배네 가정의 식탁 매너는 밥 먹을 때 절대로 말을 하지 않는 것일까? 그래서 어머님도 선배도 말을 한 마디도 하지 않는 걸까?

아닌데. 선배랑 둘이 밥 먹을 땐 대화 잘만 했는데. 혹시 선배가 나한테 맞춰 준 건가?

어느 쪽이든 이대로 계속 밥만 먹을 순 없었다. 그랬다간 분명히 이 침묵에 짓눌려 체하고 말 거다.

나는 묵묵히 식사에만 열중한 두 사람의 눈치를 보다가 어머님을 보며 입을 열었다.

"어머님, 음식이 입에는 맞으세요?"

"응? 응, 맛있어. 소희 너 요리 잘하는구나."

"제가 자취를 일찍부터 했거든요. 웬만한 건 다 할 줄 알아요."

"아니야. 자취 오래 했다고 요리 잘하면 쟤도 잘하게? 그냥 네가 솜씨가 좋은 거야."

"그렇죠. 혼자 오래 살았다고 요리 잘하면 어머니가 여기서 요리 제일 잘해야 되는데."

선배는 흘끔 어머님을 바라보다가 고개를 절레절레 흔들었다. 그리고 아무 말 없이 달걀말이를 집어 드는 선배에 어머님이 기가 막힌 웃음을 터뜨렸다.

"얘가 진짜. 너 소희 앞에서 엄마 면은 못 세워 줄망정 그런 식으로 이야기할래?"

"어머니 면은 어머니가 세우세요. 저는 제 면 세우기 바빠서."

어머님의 격양된 목소리를 담담하게 받아친 선배는 내 밥그릇 위로 닭다리를 올려 주었다. 두 사람 사이에서 눈치 보느라 못 건드리고 있던 닭다리.

"많이 먹어, 소희야."

"그래, 많이 먹어, 소희야. 이것도 맛있다."

이어서 내 밥그릇 위로 올라오는 건 아까 내가 만든 달걀말이였다.

음, 닭고기랑 달걀의 조합이라. 굉장히 양심 찔리는 조합이네.

어찌 됐든 차라리 잘됐다 싶었다. 나는 두 사람 모두에게 감사하다고 인사하며 젓가락을 집어 들었다.

두 사람은 다시 침묵했다. 여전히 불편한 침묵이었지만, 대화를 아까처럼 할 거면 차라리 그게 나아서 나는 묵묵히 밥만 먹었다.

그런데 너무 꾸역꾸역 먹은 탓일까. 속이 답답해지기 시작해서 결국 젓가락을 내려놓고 말았다.

그래도 먼저 일어날 수는 없어서 계속 자리에 앉아 있기는 했는데, 내가 가만히 있는 걸 본 두 사람이 동시에 나를 바라봤다.

"벌써 다 먹었어?"

"혹시 다이어트하는 거 아니지? 소희 넌 지금도 예쁘니까 다이어트 같은 건 하지 마."

"어머니가 왜 이래라저래라 하세요. 소희가 하고 싶은 대로 하겠죠."

"너는 무슨 말을 그렇게 무책임하게 하니? 소희 기억 잃은 것도, 뭐? 욕실에서 청소를 하다가 넘어져? 소희 청소하는 동안 넌 뭐 했어?"

"어머니처럼 놀고 있진 않았는데요."

"그걸 지금 말이라고 하니? 시어머니인 나랑 남편인 네가 같니? 같아?"

"다르죠. 그러니까 저희 두 사람 일에 참견 마시고, 바쁘실 텐데 그만 가세요."

이제는 어머님도 젓가락을 내려놓았다.

나는 두 사람 사이에서 어쩔 줄을 모르고 눈치만 살폈다.

"넌 진짜, 오랜만에 보는 엄마를 그렇게 쫓아내야겠어?"

"어차피 오랜만인 거 몇 달이나 몇 년이나 큰 차이 있나요. 얼굴 잊어먹을 때쯤 오시면 반겨 드릴게요."

체한다. 이건 무조건 체한다.

나는 끼어들 엄두도 내지 못하고 하릴없이 물만 마셨다. 누가 됐든 나를 이 가시방석에서 꺼내 주면 한 10년은 은인으로 모실 자신이 있는데, 불행하게도 날 구해 주는 사람은 없었다.

더욱 안타까운 건 가시방석 같던 식사가 끝난 후 바늘방석 같은

티타임을 보내게 됐다는 것이었다.

우리는 거실로 자리를 옮겨서, 이번에도 나와 선배가 나란히 앉고 대각선 옆으로 어머님이 앉았다.

"얘, 소희야. 이것 좀 먹어 보렴. 이번에 프랑스 갔다가 사 온 거야."

"네, 감사합니다……."

어머님이 권하는 대로 상자 안에 든 초콜릿을 하나 집어 입에 넣었다.

내가 스트레스를 받긴 받은 모양인지, 단 게 입에 들어가자 기분이 확 좋아졌다. 그래서 연달아 두 개를 더 입에 넣었더니 어머님이 흐뭇한 얼굴로 나를 바라봤다.

"맛있니?"

"네. 맛있어요."

"많이 먹으렴. 집에 이거 몇 개 더 있거든. 더 갖다줄까?"

"괜찮은데요."

"왜 네가 사양을 하니? 난 소희한테 물었어."

또 시작이다.

그래도 한번 겪었다고 노하우가 생긴 모양이었다. 두 사람이 뭐라고 다투든 세월아, 네월아, 나는 커피를 마시고 초콜릿만 입에 넣었다.

"말 나온 김에 묻자. 너희 결혼은 어떻게 할 거니?"

"네?"

"소희 너랑 사귀기로 한 것도 기억 못 한다며. 그 상태로 결혼을 할 수가 있겠어?"

"왜 못 해요. 기억이 영영 안 돌아올 것도 아닌데."

"그걸 어떻게 장담해? 막말로, 안 돌아오면 어떡할 거야? 소희 입장에선 생판 남이랑 결혼해서 한집에서 같이 사는 건데 왜 너는 네 생각만 해?"

"생판 남은 아니거든요?"

"학교 선배나 생판 남이나. 차라리 생판 남이 낫지."

흥, 하고 콧방귀를 뀐 어머님은 두 손으로 잔을 들고 커피를 홀짝였다.

차마 이 대화까지 흘려듣지 못한 나는 슬쩍 선배의 눈치를 살폈다.

와, 화났다.

학교에선 늘 친절하고 다정한 모습만 보여 주던 선배였다. 웬만해서는 화를 내기는커녕 짜증도 잘 내지 않았다. 그런 선배를 이렇게 쉽게 화나게 만들다니. 과연 낳아 준 엄마는 다른 걸까.

아무튼, 선배가 화를 내면 어디까지 무서워질 수 있는지 아는 이상 가만히 있을 수는 없었다.

기분이 단단히 상한 선배가 독설을 쏟아 내기 전에 나는 얼른 입을 열었다.

"어머님, 전 괜찮아요."

"괜찮긴 뭐가 괜찮아? 이 녀석 눈치 볼 필요 없어. 어차피 기억이야 금방 돌아올 테니까 그냥 결혼하자고 밀어붙였지?"

"아니에요. 제가 하자고 했어요."

"흥, 천 씨 가문 남자들이야 안 봐도 뻔하지. 네가 먼저 그렇게 하겠다고 한 게 아니라, 얘가 그렇게 말하게끔 유도한 걸 거 아냐."

"아뇨, 그런 거 아닌데……."

열심히 항변했지만 어머님은 이미 결론을 내린 듯 팔짱을 낀 채 콧방귀만 뀌었다. 그러고는 못마땅한 얼굴로 선배를 바라보는데, 나는 이 순간에야말로 이 집에서 뛰쳐나가고 싶었다.

"네 아빠나 너나 어쩜 그렇게 똑같은지. 왜 네 감정이 중요한 만큼 상대방 감정도 중요하단 생각을 못 해?"

"확실히 저한테 그런 면이 있긴 하지만."

선배는 무척이나 예쁘게 웃었다. 마치 가시 품은 장미처럼.

"그건 어머니를 닮아서 그런 거예요."

"뭐? 얘 좀 봐. 어디서…….""

"어머님! 저는 진짜, 진짜, 진짜 괜찮아요!"

이대로 놔뒀다간 정말로 싸움이 날 것 같았다. 나는 약간 될 대로 되라 하는 기분으로 목소리를 높였다.

"사실은 제가 선배를 좋아하고 있었거든요! 그래서 두 달 뒤에 결혼한다는 말에 땡잡았다고 생각했어요!"

"……어머?"

"만약에 선배랑 결혼하는 게 싫었으면 결혼이 당장 내일이라고 해도 미뤘을 거고, 신혼집이고 뭐고 여기서 안 살고 저희 집으로 내려갔을 거예요. 사실 아직도 좀 얼떨떨한 감은 없잖아 있는데, 그러니까…… 음."

뺨이 참 뜨겁다.

나는 두 사람의 시선을 피해 눈을 이리저리 굴렸다.

내가 지금 무슨 말을 한 거지? 정신이 돌아오는 것과 동시에 얼굴이 확 달아올랐다.

나는 뜨끈뜨끈하게 열이 오르는 얼굴을 감추기 위해 고개를 숙이며 중얼거렸다.

"그러니까…… 싸우지 마세요, 두 분."

말을 뱉고 나니 이것도 좀 무슨 드라마 대사 같았다. 하지만 나는 지금 다른 일로 부끄럽고 쪽팔려서 겨우 그런 일엔 신경 쓸 여유가 없었다.

아, 집에 가고 싶다. 갑자기 엄마 아빠가 무척이나 보고 싶어졌다. 며칠 전 전화로 아빠가 가평 내려오라고 했을 때 왜 거절했을까? 이제 와 뒤늦게 후회하는데.

"임신을 한 번 더 해 볼까? 우리 소희처럼 귀여운 딸 낳는 게 내 평생소원이었는데."

"임신을 열 번을 더 하셔도 어머닌 저 같은 놈이나 낳으실 걸요."

"넌 어떻게 된 애가, 엄마한테 그렇게 무서운 저주를 하고 싶니?"

"어머니 유전자가 어디 가겠어요?"

티격태격하는 건 여전했지만, 그래도 아까보다는 분위기가 부드러웠다.

그래, 이 정도면 살 만하다.

나는 더 이상 끼어들기를 포기하고 조용히 커피만 홀짝였다.

이럴 줄 알았으면 커피를 그냥 한 주전자를 끓여 놓는 건데.

"그래, 차라리 손주를 보는 게 빠르겠다."

컥.

"너희 자녀 계획은 어떻게 되니? 애는 언제, 몇 명쯤 낳을 거야? 낳기만 해, 봐주는 건 내가 봐줄게."

"그럼 소희 같은 애도 저 같은 놈 될 텐데요."

"얘는, 무슨 그런 끔찍한 소릴 하니?"

"저는…… 선배 같은 아들 좋은데요."

내가 말만 하면 자꾸 이쪽으로 두 사람 시선이 쏟아지는데, 이쪽을 아예 안 보는 건 바라지도 않으니 제발 한 번에 한 명만 봐 주면 좋겠다.

"소희야. 내가 옛날부터 궁금했던 건데, 얘 어디가 그렇게 좋니?"

"네?"

"생긴 거야 날 닮아서 봐 줄 만은 한데…… 성격이 저렇게 꼬였잖아. 같이 있으면 안 피곤해?"

어머님까지 셋이 같이 있으면 진짜 피곤하긴 하죠.

혼자 하는 생각이야 어쨌든 겉으로는 예쁘게 웃어 보였다.

"안 피곤해요. 선배가 정말 잘 챙겨 주거든요. 제가 복받은 거죠."

"흐음…… 근데 그 호칭은 언제까지 쓸 거야?"

"네?"

"결혼할 거라며? 기억이야 어쩔 수 없다지만 호칭은 지금도 바꿀 수 있는 거잖아."

그 말에 선배가 조용히 나를 바라봤다.

모자지간에 오늘 처음으로 의견이 합치된 순간이 바로 지금이라니. 등 뒤로 식은땀이 흘렀다.

"그건…… 그렇긴 한데……."

"상견례 했을 땐 뭐라고 불렀더라? 오빠라고 했나?"

"네. 그렇게 불렀어요."

"오빠 정도는 지금도 거부감 없지 않아?"

아니요. 거부감 있습니다.

나는 외동딸이고, 범위를 사촌까지 넓혀도 내가 거의 맏이인 탓에 내 위로는 사촌 언니 한 명만 있을 뿐이었다.

게다가 어렸을 때 친하게 지낸 이웃집 오빠 뭐 그런 것도 없어서 내 입으로 오빠란 단어를 내뱉어 본 기억은, 그래. 중학교 때 아이돌을 좋아했을 때뿐이었다.

그때 이후로 나는 오빠란 단어를 쓰지 않았다. 대학교에 입학해서도 나보다 나이가 많거나 학번이 높은 남자는 전부 선배였다.

오빠라니. '유진 씨'보다는 나을지 몰라도, 나한테는 저항감이 굉장히 높은 단어였다.

"한번 불러 봐. 아니면 이제 결혼할 거니까 여보가 낫나?"

"아니요. 오빠가 좋을 것 같습니다."

순간 나도 모르게 대답하고 말았다. 내가 말해 놓고 내가 놀라서 반사적으로 옆에 앉은 선배를 바라봤는데, 그 덕에 기대감 가득한 눈과 마주치고 말았다.

우와, 부담스럽다. 진짜 부담스럽다. 누가 나한테 지금 전화 좀 안 해 주나! 차라리 세쌍둥이 보러 가고 싶다!

"오……."

"……."

"……."

다른 데 좀 봐 주지.

주먹 쥔 손안에 땀이 찼다. 나는 바지 위로 손바닥을 문지르다가 시선을 슬며시 땅으로 떨어뜨리며 중얼거렸다.

"……오빠."

"응, 소희야."

달팽이 기어가는 소리보다 더 작은 목소리를 선배는 잘도 들은 모양이었다. 나는 선배와 눈을 마주할 자신이 없어서 자리에서 벌떡 일어났다.

"모, 목이 말라서, 저 물 좀 마시고 올게요!"

그리고 도망치듯 자리를 피하는데 뒤에서 커다란 웃음소리가 들려왔다. 덕분에 내 얼굴은 더 뜨거워지고 말았다.

"아, 진짜 귀엽다. 유진아, 너희 진짜 애 빨리 낳지 않을래?"

"저 같은 애 낳을까 무서워서요. 10년 뒤에 다시 오세요."

이어서 들려오는 말은 못 들은 척했다.

나는 얼른 부엌에 들어가서 냉수를 연달아 두 잔을 마셨는데, 그러고도 얼굴의 열이 식지 않아 한동안 냉장고 앞에 쪼그려 앉아 있어야 했다.

❀

어머님이 이제 그만 가 봐야겠다고 자리에서 일어난 건 저녁때가 다 되어서였다. 그때쯤엔 드디어 가신다고 기뻐할 여력도 없었다.

"소희야, 잠깐만."

"네?"

어머님이 선배의 눈치를 살짝 보더니 내게 작게 손짓했다. 그러자 선배가 작게 인상을 썼다.

"무슨 말씀 하시려고요?"

"이상한 소리 안 해. 넌 네 엄마를 그렇게 못 믿니?"

"네."

망설임 없이 고개를 끄덕이는 선배에 어머님의 미간이 엉망진

창으로 구겨졌다. 하지만 어머님이 뭐라고 말을 꺼내기도 전에 선배가 먼저 입을 열었다.

"이상한 소리 하지 마세요."

그러고는 집 안으로 들어갔다. 이러니저러니 해도 저렇게 자리를 비켜 주는 걸 보면 두 사람 사이가 그렇게 나쁘지는 않은 모양이었다. ……확신할 수는 없지만.

"소희야. 내가 하고 싶은 이야기가 있는데…… 아무래도 지금 하기는 좀 그렇고."

현관에 서서 선배가 들어간 거실 쪽을 흘끔 바라본 어머님이 작게 한숨을 내뱉었다.

"나중에 기억 돌아오면 나한테 따로 연락 좀 해 줘. 할 말 있으니까, 알았지?"

"지금 하시면 안 되는 이야기예요?"

"응. 그때 해야 돼."

어머님은 내게 미안하다는 듯 미소를 지었다.

나는 그 미안함이 어떤 부분에 대한 미안함일까 생각하다가, 애초에 내가 어머님 표정을 잘못 읽었을 수도 있겠다 싶어 더 생각하기를 포기했다. 나중에 기억 돌아오면 그때 다시 여쭤 보면 되겠지.

"그리고 이건 유진이한테는 비밀인데……."

"네?"

혹시 이쪽이 본론이었나? 나는 조금 긴장해서 침을 꼴깍 삼켰다.

"젊었을 때는 내가 철이 없기도 했고…… 그때는 암만 배 아파 낳은 자식이라도 나보다는 안 중요해서 내가 엄마 노릇을 제대로

191

못 했거든."

생각보다 훨씬 진지한 이야기였다.

나는 뭐라 대꾸할 말을 찾지 못해 그냥 고개만 끄덕거렸다.

"나 때문에 친구도 많이 못 사귀고 그래서, 어렸을 때부터 외로움 많이 탄 애야. 애가 가끔 삐딱하게 굴어도 그거 다 내 탓이니까, 내 얼굴 봐서라도 우리 유진이 좀 잘 부탁해."

"아, 네."

"무슨 일 있으면 나한테 연락하고. 네가 시간 내 달라고 하면 외국에 있다가도 한국에 들어올 테니까. 알았지?"

어머님은 농담인지 진담인지 모를 말을 남긴 후 내게 한쪽 눈을 찡긋해 보였다. 그 윙크에 긴장이 풀려 나도 모르게 웃고 말았다.

어머님은 핸드폰이 고장 나서 주소록이 다 날아갔다는 말에 전화번호를 직접 입력해 주시기까지 했다.

와, 내 핸드폰에 이영린 전화번호 있어.

내가 핸드폰을 내려다보며 살짝 감격에 젖어 있는 사이, 어머님은 그럼 다음에 보자, 하며 엘리베이터에 올랐다. 나는 조심히 가시라고 고개를 꾸벅 숙여 인사했다.

"어머니 가셨어?"

"선배."

"또 그렇게 부르네. 이제 오빠라고 불러 주는 거 아니었어?"

어머님이 가시기만 기다리고 있었는지, 다시 현관으로 나온 선배가 팔짱을 낀 채 나를 바라봤다.

살짝 토라진 척하는 그 얼굴엔 장난기가 스며들어 있었지만, 조금 전에 들은 말 때문에 마냥 웃어넘길 수가 없었다. 그걸 눈치 챈 모양이었다.

"어머니가 무슨 말 했어?"

"아, 그냥…… 잘 살라고요."

"그런 말씀 하실 분이 아닌데."

선배는 찜찜한 표정으로 잠깐 엘리베이터를 바라봤다. 하지만 더 캐물을 생각은 없는 듯, 내 손을 잡고 이제 그만 들어가자고 했다.

나는 순순히 고개를 끄덕였다.

"선……배, 저 궁금한 게 있는데요."

"뭔데?"

버릇처럼 내뱉은 호칭이 신경 쓰여 슬쩍 눈치를 봤는데 선배는 아무 말도 하지 않았다. 하지만 그래서 더더욱, 나는 이제 선배를 선배라고 부를 때마다 눈치를 보게 될 것 같았다.

과연 기억을 잃기 전의 나는 어떻게 오빠라는 호칭에 익숙해졌을까?

다른 건 몰라도 그 비법만큼은 얼른 떠오르면 좋겠다 생각하며 선배와 거실 소파에 나란히 앉았다.

"어머님이랑은, 평소에도 원래 그래요?"

"사이 나쁘냐고?"

차마 입에 담지 못한 직접적인 단어가 선배의 입에서 나왔다. 나는 어색하게 웃으며 고개를 끄덕였다.

"특별히 좋지도 나쁘지도 않아. 대화가 좀 살벌했던 건 우리 집 사람들 특징이야. 살가운 성격들이 아니라서."

"네? 선배는 살가운 편 아니에요?"

"그렇게 보이려고 노력했지."

한쪽 입꼬리를 살짝 끌어 올린 선배가 소파 등받이 위에 팔을 걸치고 상체를 틀어 나를 바라봤다. 나는 나를 빤히 바라보는 선배의 시선에 눈만 깜빡거렸다.

"어머니가 그랬잖아, 속이 꼬였다고. 적어도 그 말은 맞아. 나사실은 성격 이상해."

"……선배가요?"

"몰랐지? 내가 내숭을 좀 잘 떨거든."

어쩐지 자조적인 뉘앙스였다. 나는 뭐라고 해야 할지 몰라 눈만 굴렸다. 그러자 선배가 시선을 내리깔며 작게 한숨을 내뱉었다.

"한국 들어온 게 열 살 때였는데, 그때부터 어머니 때문에 전학을 좀 자주 다녔어. 그땐 한국어도 서툴렀는데 주변 환경이 자꾸 바뀌니까 너무 스트레스인 거야. 결국 어떻게든 초등학교만 졸업하고 중학교는 검정고시 쳤어."

"그럼 고등학교는요?"

"고등학교는 들어갔어. 나도 친구 사귀어 보고 싶었거든. 그런데……."

"그런데?"

"어렵더라고."

선배의 입가에 씁쓸한 미소가 걸렸다. 나는 선배의 과거를 짐작할 수가 없어 아무것도 묻지 못했다.

"그때 내가 제일 싫어했던 말이 뭔지 알아?"

"뭔데요?"

"와, 저기 이영린 아들 지나간다."

"……."

"1학년 때 담임이 우리 어머니 팬이었거든. 그래서 입학 첫날부

194

터 내가 이영린 아들이라는 소문이 쫙 퍼지고, 나도 벌써 아역으로 데뷔를 했다, 연예인이다……. 아니라고 했더니 곧 데뷔를 할 거다, 벌써 촬영 들어갔다……. 사실도 아닌 소문이 자꾸 퍼져서 나중엔 대꾸도 안 했더니 엄마가 연예인이지 네가 연예인이냐, 엄마 백 믿고 나중에 연예인 데뷔할 거라 벌써부터 건방지게 군다, 뭐 별의별 말 다 나오더라고."

"세상에……."

들으면 들을수록 기가 막혔는데, 선배의 목소리는 그저 덤덤하기만 해서 내가 다 분이 났다.

"그걸 그냥 놔뒀어요?"

"가만 안 뒀지. 불륜녀 아들인 주제에 혼자 고고한 척 구는 거 우습단 소리까지 들었거든."

"네?"

불륜녀라니? 아, '이영린 스캔들' 말하는 거구나.

결혼과 함께 은퇴했던 이영린이 10여 년 만에 다시 연예계에 복귀하면서 따라붙었던 아주 더러운 추문.

벌써 20년 가까이 된 이야기였다. 그러나 어머님이 너무 유명한 배우인 탓에 그 스캔들은 잊을 만하면 튀어나와 이영린이란 이름에 얼룩을 튀겼다.

내가 마지막으로 그 스캔들을 접한 건 6년 전이었다. 내 기억을 기준으로 하면 불과 작년의 이야기.

동아리 회원들과 함께 어머님이 주연이었던 영화를 보고 나와 카페에서 감상을 늘어놓던 도중의 일이었다.

'그러고 보니까 그거 진짤까?'

'뭐요?'

'이영린 스캔들.'

'이영린 스캔들? 그게 뭐예요?'

'너희 몰라? 아, 좀 오래된 이야기긴 하네. 그게 뭐였냐면, 이영린이 원래 결혼한다고 은퇴했다가 한 10년 지나서 드라마로 다시 복귀했잖아. 그때 상대역 했던 남자 배우랑 열애설이 터졌는데 그때 이영린이 이혼을 했니 마니, 별거 중이니 어쩌니 하던 참이었거든.'

'헐, 이혼 안 했으면 그거 불륜 아니에요?'

'그러니까 난리가 난 거지.'

'그래서 그거 결과가 어떻게 됐어? 불륜 맞았나?'

'이영린 소속사에서 열애설 사실 아니라고 부정했어요.'

'그럼 당연히 부정하지, 설마 맞다고 하겠어?'

'아니니까 아니라고 했겠죠. 왜 상대가 아니라는데 맞을 거라고 단정 지어요? 맞았으면 좋겠어요? 이영린처럼 어마어마한 대배우도 사실은 별거 아니라고 씹고 싶어서?'

'야, 넌 무슨 말을 그렇게…….'

'그거 사진 떴던 것도 촬영 중에 찍힌 거고 다른 증거는 하나도 없이 사귄다더라 누가 봤다더라, 말만 떠돌다가 흐지부지됐잖아요. 이영린이 화려하게 재기한 게 마음에 안 들었던 누군가가 퍼뜨린 추문일지 어떻게 알아요?'

'하지만 진짜였을 수도…….'

'진짜라고 해도! 그게 왜 이영린 스캔들이에요? 같이 열애설 난 남배우 이름은 어디 갔는데? 그 남배우도 여전히 활동 중인데 왜 그 남배우한텐 아무도 뭐라 안 하고 이영린만 못 잡아먹어서 안달이에

요? 이영린이 동네북이야?'

'저…… 소희야, 진정해.'

'지금 진정하게 생겼어요?'

당시 봤던 영화는 어머님 원톱이었고, 캐릭터가 무척이나 좋았는데 연기까지 완벽했다.

오랜만에 본 내 배우 영화가 더할 나위 없는 수작이라 기분이 무척 좋았는데, 거기다 대고 똥을 뿌린 사람들 때문에 흥분을 안 할 수가 있어야지.

지금 생각하면 흑역사도 그런 흑역사가 따로 없지만, 그날의 일이 별로 후회되지는 않았다. 그날 미친개처럼 뒤엎은 덕분에 동아리 내에서 '이영린 스캔들'은 금기어가 되었으니까.

그로부터 며칠 후 선배가 동아리에 나오기 시작했던 걸 생각하면 이영린 스캔들이 금기어가 된 건 정말 잘된 일이었다.

"그때 못 참고 뒤집어엎었다가 어머니 학교 오시고, 그것 때문에 또 난리 나고, 나중에 또 뒤로는 엄마가 그 모양이니 아들도 똑같단 말까지 듣게 되고."

"아니, 뭐 그런."

똥물에 튀겨 죽일 놈이 있나!

그놈이 눈앞에 있다면 옛날의 흑역사를 다시 재현할 자신이 있는데, 그렇게 잔뜩 흥분한 나와 달리 선배의 목소리는 여전히 담담하게 이어졌다.

"그다음부턴 그냥 누가 뭐라든 웃고 다녔어. 내가 좀 순하게 생겼잖아. 힘없이 웃고 다니니까 동정론이 생기더라고. 그 덕분에 소문도 잦아들어서 처음으로 친구도 사귀었어. 그땐 좀 기뻤는데……."

기뻤는데? 설마 또 무슨 일이 생겼나?

나는 마른 입술을 혀로 핥으며 선배의 말을 기다렸다.

"뭐만 하면 그렇게 묻더라고. 너도 이런 거 해?"

"아……."

"그 말에 오기가 생겨서 걔네가 하는 건 다 하려고 했어. 그때 여자 친구 사귀고 싶었던 것도 그래서야. 그런데 그런 식으로 거절당하고 나니까…… 좀 환멸이 나더라고."

"선배……."

"결국 그때 걔네들이랑은 멀어졌어. 지금도 연락 안 해. 그런데 하나도 안 아쉬운 거 보면 역시 그때 걔네랑은 친구가 아니었던 모양이야."

"……."

"그래도 뭐, 대학교 들어가선 진짜 친구 사귀었으니까. 동아리 활동도 재밌게 했고."

천진하게 웃는 선배에 내 가슴은 꽉 조여들었다.

속이 상했다. 선배를 향한 안타까운 마음도 컸지만, 그런 일이 있었을 거라곤 조금도 짐작하지 못한 나 자신을 향한 원망이 더 컸다.

내 머릿속 선배는 너무나 완벽한 사람이었다. 그늘이라곤 한 점도 없이, 마치 동화 속의 왕자님처럼 늘 밝고 따사로운 햇빛에 둘러싸여 살았을 거라고 막연히 그렇게만 생각했다.

나는 바로 어제 되찾은 기억 속에서 나를 보며 슬프게 웃던 선배를 떠올렸다. 그리고 그처럼 함께 슬퍼졌다.

나는 정말로 선배를 내 현실 속 사람이라고 여기지 않았구나.

문득 선배와 처음으로 짝사랑에 관해 이야기를 나눴을 때의 일이 떠올랐다.

'선배도 짝사랑 같은 거 해 본 적 있어요?'

'어쩐지 질문하는 뉘앙스가 없다는 답을 전제로 놓고 묻는 것 같은데.'

'네. 선배는 짝사랑해 본 적 없을 것 같아요.'

'왜 없어. 나도 사람인데.'

'진짜요? 선배도 짝사랑해 본 적 있어요? 언제요?'

'……지금.'

'우와아!'

'왜 그렇게 놀라?'

'그냥, 선배 같은 사람도 짝사랑을 하는구나 싶어서요.'

'나 같은 사람이 어떤 사람인데?'

'엄청 멋진 사람?'

'내가 정말 네 말처럼 엄청 멋진 사람이라고 해도, 세상 모든 사람들이 다 나를 좋아하는 건 아니잖아.'

'그거……는 그렇죠.'

'게다가 나는 네 생각처럼 그렇게 멋진 사람도 아니야.'

'에이, 선배가 멋진 사람이 아니면 세상에 어느 누가 멋진 사람이에요.'

'글쎄……. 너만 해도 결국 좋아하는 건 내가 아닌 다른 사람이잖아.'

'어…… 음. 그렇죠.'

'나도 그냥 평범한 남자야. 좋아하는 여자랑 연애도 해 보고 싶

고, 그 사람한테서 사랑도 받고 싶은 평범한 남자.'

왜 그 말을 흘려들었을까.

단서는 많았다. 선배 스스로도 계속 말해 주었다. 그러나 나는 선배를 선배 그 자체로 보지 않고 내 이상 속에 가두어 동경했다. 그건 내게로 쏟아지는 순수한 애정과 비교하면 너무도 볼품없는 감정이었다.

함께 있으면 설렌다. 입을 맞추면 가슴이 뛴다. 그럼에도 나는 의심할 수밖에 없었다.

나는 선배를 남자로 보고 있나? 이 감정이 애욕을 동반한 사랑이 맞나? 이제는 내 감정에 대한 확신조차 없어졌다. 이 문제가 과연 기억을 되찾으면 해결되는 일인지도 모르겠고.

나 정말 선배와 이대로 결혼해도 되는 걸까?

하지만 이런 의문조차 선배에겐 상처가 되겠지.

기억은 내 마음대로 되는 게 아니고, 기억이 돌아온다 한들 해결된단 보장이 없으니. 이제 내가 할 수 있는 건 내가 머릿속에 마음대로 만들어 전시해 둔 선배가 아닌 현실의 선배를 사랑하려고 노력하는 것뿐이었다.

"선…… 오빠."

"어?"

"우리 혼인신고 할까요?"

"……갑자기 왜?"

"그냥, 오빠가 무르자고 하기 전에 도장 찍어야겠다 싶어서요."

나는 지금 모르는 게 너무 많지만.

한 가지 확신할 수 있는 건, 어쨌든 나는 이 사람이 욕심난다는 거였다.

감정의 색이 조금 다르면 어때. 계속 함께 있고 싶은데.

처음부터 내 사람이 아니었다면 또 모를까, 이제는 내 사람이었다. 내가 좋아 나에게로 온 사람을 등 떠밀어 보낼 만큼 나는 착하지도 멍청하지도 않았다.

"그러다 나중에 네가 무르자고 하는 건 아니고?"

"제가 왜 물러요. 누구 좋으라고."

나는 조심스레 용기 내어 오빠의 허리를 끌어안았다. 그리고 팔에 힘을 꽉 주자 단단한 몸이 선명하게 느껴졌다.

이 사람은 내 세계에 실존하는 사람이다. 허상 속의 이상형이 아니라. 나는 그 사실을 스스로에게 몇 번이고 주입시켰다.

"내가 네가 생각하던 그런 사람이 아니라도…… 그래도 내가 좋아?"

"오빠가 어떤 사람이든, 제가 모르던 모습까지 전부 포함해서 오빠를 좋아하고 싶어요. 지금 제 마음은 그래요."

오히려 오빠야말로, 내가 오빠가 생각하던 그런 여자가 아니라 나한테 실망하면 어떡하지.

하지만 그런 것까지 고민할 여유는 없었다.

나는 이제 오빠 생각만 할 거다. 오빠의 있는 그대로의 모습을 찾고, 그 모습을 좋아하려고 노력할거다.

그리하여, 그 마음으로 인해 상처받게 된다면 그거야말로 내가 바라는 바였다.

그렇게 각오를 다지고 나니 나의 현실을 받아들일 자신이 생겼다.

"혼인신고 하면…… 나는 이혼 안 해 줄 건데."

"제가 하고 싶은 말이에요."

나는 가만히 눈을 감은 채 오빠를 끌어안은 팔에 힘을 주었다. 이 온기와 감촉을 오래도록 기억할 수 있도록.

만약에 기억이 돌아와 지금 한 각오를 잊더라도, 오빠가 나를 사랑해서, 내게 사랑받기 위해 내 옆에 있다는 사실을 잊지 않기 위하여.

6. 연애,
서로에 대해 알아 가는 과정

–작은 우산

그날 이후 나는 우산을 들고 다니지 않았다.

그도 그걸 알았다.

그래서 비가 오는 날이면 내게 전화를 걸어 어디야? 집이야? 하고
물었다.

그러면 나는 집에 있다가도 밖에 나갔다. 우산 없이.

그는 항상 작은 우산을 들고 나를 찾아왔다.

집까지 날 바래다주고, 돌아서서 멀어지는 그의 어깨는 항상 젖어
있었다.

그러나 나는 그의 젖은 어깨를 보지 못한 척했다.

나도 작은 우산이 좋았으니까.

❋✻❋

―그래서, 혼인신고 했어?

"아직 안 했어."

―왜?

"오빠가 결혼식하고 하자고 하더라고. 급할 거 뭐 있냐면서."

지금 하나 나중에 하나 마찬가지 아닌가. 그렇게 반박했지만, 오빠는 내가 한 말을 그대로 돌려줬다. 지금 하나 나중에 하나 마찬가지니까 나중에 하자고.

내가 혼인신고 하자고 했을 땐 좋다고 했으면서. 왜 갑자기 말을 바꾼 걸까.

곱씹다 보니 조금 의심스러워졌다.

"……설마 이제 와서 마음 바뀐 건 아니겠지?"

진짜 나 혼자라도 혼인신고 하러 갔다 와야 되는 거 아냐?

―어이구, 마음 바뀌었으면 너 병원에 누워 있는 동안 진작 도망갔겠지.

"하긴……."

우리 오빠가 날 얼마나 좋아하는데. 마음이 바뀌었을 리가 없지.

―그래서. 결혼에 대한 의지를 새삼 불태웠다, 그 이야기하려고 전화한 거야?

"아니. 뭐 하나 물어보려고."

―어떤 거?

"있잖아, 너 박기홍이라고 혹시 알아?"

―박기홍……? 아니, 처음 들어. 어떤 사람인데? 우리 동창이야?

"아니. 나 대학교 동아리 선배."

―뭐야, 너네 학교 사람을 내가 어떻게 알아?

"혹시 내가 예전에 너한테 말한 적이 있을까 싶어서. 모르면 말고."

―나 너한테 소개 받은 사람 제부밖에 없어. 근데 그 사람이 누군데? 네가 나한테 소개할 만한 사람이야?

"소개가 아니라……."

나는 잠깐 고민하다가 그동안의 일을 털어놓았다.

그 사람이 나한테 볼일이 있다는데, 주변 사람한테 연락이 되냐고 묻기까지 한 걸 보면 정말 급한 일인 모양이다.

하지만 기억을 잃기 전의 나는 메신저에서 그 사람을 차단했다.

거기까지 설명하자 세아가 퉁명한 목소리로 딱 잘라 말했다.

―차단당할 짓을 했으니까 차단했겠지. 그냥 무시해.

"그래도……."

―같은 동아리 사람이라며? 너한테 연락을 하고 싶음 제일 먼저 제부한테 연락했을 거 아냐. 그런데 제부가 너한테 아무 말 안 하는 거 보면 답 딱 나오지 뭐. 제부한테는 말을 못 꺼낼 구린 사정이 있거나, 아니면 제부가 중간에 쳐 냈거나. 제부한텐 물어봤어?

"아니."

―왜?

"그게……. 차단해 놓은 사람이 한둘이 아니거든."

―뭐?

"거의 열 명 가까이 차단해 놨던데, 이건 무슨 일이 있어도 크게 있었다는 거잖아. 그게 나 혼자 그런 건지 오빠까지 엮여 있는지 잘 모르겠어서……."

-너 혼자 그런 거라도 말해야지. 안 그랬다가 나중에 다 같이 보자 소리 나오면 뭐라고 하려고?

"그렇다고 나 때문에 오빠 인맥을 다 끊어 놓을 순 없잖아."

내가 차단한 사람 중 연극영화과만 세 명이었다. 그중 연예기획사에 매니저로 들어간 기홍 선배처럼 연예계에 발을 붙인 사람이 더 있을지도 몰랐다.

만약 그렇다면 겉으로라도 친분을 유지하고 있어야 했다.

나중에 오빠한테 어떤 식으로 영향을 끼치게 될지 알 수 없으니까.

-별걱정을 다한다. 제부 일은 제부가 알아서 잘하겠지!

"그래도. 나도 내조 잘하고 싶단 말이야."

-아이고, 열녀 나셨네. 제부는 참 좋겠다.

"야아, 왜 비꼬고 그래?"

-속이 터져서 그런다. 속이 터져서.

속이 답답해도 내가 답답해야지 왜 자기가 오버를 해?

어리둥절해하는 나를 아는지 모르는지 세아는 더 할 말 없음 끊는다며 바로 통화를 종료했다. 아직 할 말 많은데.

"헉, 시간이 언제 이렇게 됐지?"

시계를 보니 어느새 6시가 코앞이었다. 세아가 전화를 끊은 것도 퇴근 시간이 다 돼서 그런 모양이었다.

그러고 보니 집에 밥이 있던가?

문득 든 생각에 바로 부엌으로 가서 밥솥을 확인했다. 다행히 밥은 좀 남아 있었는데, 냉장고를 열어 보니 반찬이 마땅치 않았다.

찌개 끓여 놓은 것도 없고, 뭐라도 하긴 해야겠는데…….

와, 나 주부 다 됐나 봐.

스물세 살의 정신연령으로 하기엔 이른 감이 있는 생각이지만, 딱히 싫지는 않았다.

오히려 막 설레서, 내가 진짜 주부 체질이긴 한가 보다 하는 생각이 들었다.

[오빠 저녁으로 뭐 먹고 싶은 거 없어요? 참고로 아무거나라고 대답하면 맨밥에 김치만 줄 거예요.]

만약 지금 운전 중이면 답장이 나중에나 오지 않을까 싶었는데, 답장은 생각보다 일찍 도착했다.

[맨밥에 김치도 괜찮은데.]

[제가 싫어요.]

그래, 이런 문제를 주관식으로 대답하라고 한 내가 잘못이지.

[1번 김치찌개. 2번 된장찌개. 3번 카레. 4번 수제비. 5번 순두부찌개. 6번 갈비찜. 7번 국수. 8번 삼겹살.]

생각나는 대로 줄줄이 쓰다 보니 보기가 여덟 개나 됐다. 좀 줄일까 고민하다가 그냥 다 보냈다. 보기가 적은 것보단 많은 쪽이 오빠도 고르기 쉽겠거니 싶어서.

[국수가 좋을 것 같아.]

흠, 국수라. 그건 내가 좋아하는 건데.

설마 그래서 고른 건 아니겠지? 그러고 보면 오빠는 무슨 음식을 좋아할까? 뭐 좋아하냐고 물으면 그냥 다 좋아한다고 답하니 특별한 기호를 알 수 있어야 말이지.

"나중에 물어봐야겠다."

일단 오늘 저녁은 국수를 하고 내일은 오빠가 좋아하는 걸로 만들자.

"근데 집에 국수가 있던가?"

사 놓은 기억이 없는데.

아니나 다를까 소면은커녕 육수 낼 재료도 없었다. 고명으로 올릴 것도 계란밖에 없었고.

얼른 가서 사 와야지. 지갑이랑 핸드폰, 장바구니를 챙겨 문 밖으로 나갔다.

그런데 창밖으로 보이는 하늘이 우중충했다. 먹구름이 잔뜩 낀 게 아무래도 비가 올 것 같아 나는 다시 집 안으로 들어갔다.

"으음, 우산이……."

어디 있는지 못 찾겠다. 아니면 혹시 집에 없나? 그동안 비가 안 와서 쓸 일이 없었으니 어쩌면 챙길 생각을 못 했을지도 모르겠다.

"마트 가서 하나 사지 뭐."

우산 뭐 얼마 안 하니까. 나는 다시 집밖으로 나가 엘리베이터에 탔다.

내 예상대로 마트에서 장을 다 보고 나왔을 땐 비가 시원하게 쏟아지고 있었다.

"아, 맞다. 우산."

육수용으로 멸치를 작은 걸 살까 큰 걸 살까 고민하다가 우산을 까맣게 잊고 말았다.

나는 쏟아지는 빗줄기를 바라보며 잠시 고민했다. 우산 사러 다시 들어가긴 귀찮은데 그냥 맞고 갈까. 집에 들어가서 바로 샤워하면 괜찮을 것 같은데…….

—지이잉.

멍하니 하늘을 보고 있는데 주머니 속에서 핸드폰이 진동했다.

메시진가 싶었는데 전화였다. 전화를 건 사람은 오빠였고.

"여보세요?"

―어디야? 집이야?

"저 지금 마트요. 아파트 근처에 있는."

―우산 있어?

"아니요. 안 그래도 없어서 그냥 맞고 갈까 하던 참이었어요."

―비를 왜 맞아. 조금만 기다려. 내가 데리러 갈게.

와, 오빠가 데리러 온대.

나는 기뻐서 얼른 네, 하고 대답했다.

그런데 우산이 없는 건 어떻게 알고 전화했을까? 아, 맞다. 집에 우산이 하나도 없었지.

생각해 보니 우산을 하나 사긴 해야 하는 거 아닌가 싶었다. 오늘이야 오빠가 데리러 온다지만 나중에 나 혼자 외출할 때 비가 오면 우산이 필요하니까.

오빠한테서 도착했다고 전화가 온 건 내가 다시 마트 안으로 들어가 우산을 샀을 때였다.

이젠 우산이 있으니까 주차장까지 갈 수 있었는데, 내가 그렇게 말하기도 전에 오빠는 이미 마트 안으로 들어와 있었다.

"우산 샀어?"

"네. 어차피 나중에 필요할 거 같아서…… 근데 오빠 생각보다 일찍 끝났네요?"

진작 저녁 준비 할걸. 하루 종일 집에 있었으면서 바로 저녁 못 차려 주는 게 조금 미안했다.

"촬영이 생각보다 일찍 끝나서. 근데 나 없어도 됐겠더라. 이젠 안 가려고."

"그래도 돼요? 감독님이 대본 수정 요구했다면서요."

오빠는 내 손에서 장바구니를 가져가다가 눈살을 찌푸렸다.

"가 보니까 감독님이 아니라 주연 배우가 대사 수정 요구했더라고. 하도 당당하게 이건 수정해야 된다고 주장하더니 들어 보니까 헛소리야. 앞으론 감독님 선에서 자르라고 하고 왔어. 이제 종영까지 얼마 안 남았으니까 똑같은 일로 바쁜 사람 오라 가라 하는 일 없을 거야."

"어휴, 그 배우도 참……. 고생했어요, 오빠."

최근의 기억은 아직 돌아오지 않았지만, 오빠가 대본 작업을 얼마나 고생해서 하는지는 나도 알고 있었다.

대사 하나만 가지고도 수십 번을 수정하고 또 수정하는 게 우리 오빤데.

결국 그 대사로 정했다는 건 오빠 생각에 그게 최선이었다는 이야기였겠지. 그런데 그게 마음에 안 든다고 작가를 오라 가라 해?

나는 속으로 주연배우를 욕하며 오빠를 따라 마트 정문으로 나갔다.

오빠한테 전화를 받았을 때까지만 해도 좀 내린다 수준이었던 비는 어느새 장대비가 되어 있었다.

"와, 비 엄청 쏟아진다."

"그러게. 갑자기 많이 오네."

"비 조금만 더 일찍 왔으면 저 장 보러도 못 나왔겠어요."

빗줄기가 어찌나 세찬지 그새 바닥에 웅덩이가 고여 있었다. 내가 투명한 유리문 너머로 빗줄기를 구경하는 동안 오빠가 내 옆에 와서 우산을 폈다.

"이리 와, 소희야."

"아, 저⋯⋯."

오빠 우산 작은 것 같은데⋯⋯.

하지만 내가 그 말을 꺼내기도 전에 오빠가 내 어깨를 감싸 자기 쪽으로 끌어당겼다.

깜짝 놀라 작게 비명을 지르는 순간 내 뒤로 어떤 아저씨가 지나갔다. 지나가는 사람이 있어서 당긴 모양이었다.

"소희야, 우산 좀 들래?"

"아, 네."

내가 우산을 들자 오빠는 왼손으로 내 어깨를 감싼 채 오른손으로 바닥에 내려놓았던 장바구니를 집어 들었다.

오빠는 장바구니 제일 위에 있는 우산엔 관심도 안 주고 그 안을 들여다봤다.

"뭐 샀어? 국수랑⋯⋯ 노란 거 저건 뭐야? 아, 지갑이구나."

오빠가 감싸 쥔 어깨로 온 신경이 쏠렸다. 우산이 작은 탓에 오빠한테 거의 끌어안기다시피 해서 걷고 있는데 가슴이 콩닥거려 죽을 것 같았다. 느껴지는 거라곤 다리 위로 떨어지는 차가운 빗방울뿐이었다.

"과자는 안 샀어?"

"음, 음, 다이어트하려고요. 간식 줄일 거예요."

"그래?"

찰박찰박 물웅덩이 밟히는 소리가 요란해서 오빠 목소리가 잘 들리지 않았다. 방금 뭐라고 했냐고 물어보려 입술을 떼는 순간.

헉.

"더 먹어도 될 거 같은데."

어깨를 감쌌던 오빠의 손이 아래로 내려와 내 손목을 덥석 쥐었다.

나는 너무 놀란 나머지 하마터면 우산을 떨어뜨릴 뻔했다.

내가 꽁꽁 얼어붙은 걸 아는지 모르는지 오빠는 담담한 목소리를 냈다.

"그럼 나도 간식 줄일게. 다이어트 도와주기로 했으니까."

차마 입이 떨어지지 않아서 고개만 끄덕였다. 오빠랑은 키스도 했는데, 겨우 손목 하나 잡힌 거 가지고 심장이 왜 이렇게 유난을 떠는지.

"소희야, 옷 젖는다."

"네? 아, 네."

뺨의 열기를 가라앉히는 데 집중하느라 우산이 기울어진 것도 몰랐다.

오빠의 오른쪽 어깨가 젖은 걸 확인하고 그쪽으로 우산을 기울이는데, 오빠의 왼손이 내 눈앞으로 올라와 우산대를 거머쥐었다.

"나 말고, 너."

우산이 다시 반대쪽으로 기울어졌다. 오빠가 우산대를 잡고 당긴 탓이었다.

나는 깜짝 놀라 내 머리 위의 우산과 오빠의 어깨를 보다가 얼른 고개를 흔들었다.

"오빠 옷이 더 많이 젖었잖아요."

"아니야. 내 손이 더 많이 젖었어."

고개를 돌리니 어느새 내 어깨로 돌아간 오빠의 손등이 젖어 있는 게 보였다. 하지만 오빠 어깨가 더 젖은 것 같은데.

"여기서 좀 더 붙으면 불편해?"

"어…… 아니요."

그 말에 내 어깨를 쥔 오빠의 손에 힘이 들어갔다. 나는 그 사실을 의식하지 않으려 우산 손잡이를 쥔 손에 힘을 주었다. 그리고 슬쩍 오빠 쪽으로 좀 더 붙었다.

"안 불편해요."

이건 사심이 있어서가 아니다. 오빠 어깨가 젖을까 봐 이러는 거다. 아니, 근데 뭐. 사심 좀 있으면 어때. 이 남자는 내 남잔데.

그래, 자기도 비 맞으면서 내가 비 맞는 걸 더 신경 써 주는 남자잖아. 나는 들뜨는 기분에 괜히 헛기침을 하다가 오빠를 올려다봤다.

"오빠, 배 안 고파요?"

"응? 왜? 배고파?"

"아니, 제가 배고프다는 게 아니라. 오빠 안 고파요?"

"음……."

그렇게 어려운 걸 물은 것도 아닌데 오빠는 답을 망설였다. 그러다 오른쪽 아래를 흘끔거리고는 입을 열었다.

"아직은, 별로."

"그럼 우리 조금만 걷다가 들어가요. 시원해서 기분 좋다."

"그럴까?"

나는 오빠가 비를 맞을까 봐 오빠한테 좀 더 가까이 붙었고, 오빠는 내 어깨가 젖을까 봐 나를 끌어안은 손에 힘을 주었다.

새 우산 안 펴길 잘했다.

나는 비를 별로 좋아하지 않았는데, 이제는 조금 좋아질 것 같았다.

"아."

"응?"

"아니에요, 아무것도."

생각났다. 예전에, 그러니까 우리가 아직 짝사랑 동맹이었을 때 내가 비를 싫어하는 이유를 오빠한테 말했었던 걸.

'저 초등학교 때는 부모님이 맞벌이를 하셨거든요. 그래서 우산 없을 때 누가 데리러 와 주는 사람이 없었어요.'

'그럼 우산 없을 때 어떻게 했어?'

'친구한테 중간까지만 씌워 달라고 하거나, 그냥 맞거나, 아님 우산을 하나 사거나…… . 근데 셋 다 별로여서요. 나중에는 아예 그럴 일 없게 어딜 가든 우산 들고 다녔어요.'

'가방 무거웠겠다.'

'갑자기 비 맞는 것보단 나으니까요. 대신 저 남자 친구 생기면 우산 안 들고 다닐 거예요. 비 오면 남자 친구한테 전화해서 데리러 오라고 떼쓸 거예요.'

"뭐가 그렇게 좋아?"

"네?"

"아까부터 웃고 있어서."

"그냥, 날씨가 좋아서요."

내가 농담처럼 던진 말에 오빠는 작게 웃음을 터뜨렸다. 그러다 고개를 끄덕이며 그러게, 날씨 좋다 하고 맞장구를 쳐 주었다.

빗줄기가 시야를 가리고, 발아래론 물웅덩이가 밟히고.

나는 입가로 미소가 번져 나가는 걸 막지 못했다. 말마따나 무척이나 좋은 날씨였다.

✳

그날 밤, 꿈을 꿨다.

나는 어딘지 알 수 없는 곳에 서서 누군가를 기다리고 있었다. 그 사람에게는 말하지 않고.

그가 놀라는 모습을 상상하며 나는 혼자 웃었다. 가슴이 기분 좋게 콩닥거렸다.

잠시 후, 건물 밖으로 한 남자가 나타났다. 내가 기다리던 남자였다.

나는 그 앞으로 나가려다가 조금 더 숨어 있기로 했다. 보고 싶었기 때문이다. 내가 없는 곳에서의 그의 모습.

함께 걸을 때 문득 고개를 돌리면 항상 눈이 마주치는 사람이었다. 그래서 나는 그가 평소에도 옆을 보며 걸을 줄 알았다.

하지만 그렇지 않았다. 혼자 있을 때의 그는 앞만 봤다. 그래서 내가 뒤에 있다는 걸 알아차리지 못했다.

나는 그가 언제쯤 내 존재를 알아차려 줄까, 궁금한 마음에 계속해서 뒤따라 걸었다. 하지만 그는 주차장에 도착해 차에 오를 때까지도 내 존재를 눈치채지 못했다.

그게 조금 섭섭했지만, 한편으로는 그를 더 놀라게 할 수 있겠단 생각에 즐거워졌다.

나는 그 모습을 보기 위해 주머니에서 핸드폰을 꺼내 들었다. 그런데 전화를 걸려던 그때, 그가 앉아 있는 운전석의 창문이 내려가며 그의 얼굴이 나타났다. 나는 깜짝 놀라 옆에 있는 차 뒤로 몸을 숨겼다.

내 존재를 알아차린 건 아닌지, 그는 창밖으로 손을 내밀고만 있었다. 나는 그가 뭐하는 걸까 의아해하다가 그가 하는 것처럼 손바닥을 위로 들었다.

한 방울, 두 방울. 비가 떨어졌다.

손바닥을 들어 확인하기 전엔 오는 것도 몰랐을 정도로 약한 빗줄기였다. 가방에 있는 우산을 꺼내기는커녕 손으로 머리를 가릴 필요도 느끼지 못할 만큼.

이대로 있으면 비가 곧 그치지 않을까?

멍하니 하늘을 바라보는데 손에 쥔 핸드폰이 부르르 떨렸다. 하마터면 깜짝 놀라 소리를 지를 뻔했다.

겨우겨우 입술에 힘을 줘 소리 내는 걸 참고 핸드폰의 액정을 확인했다. 그였다.

슬쩍 고개를 들어 그를 바라봤다. 그는 여전히 창밖으로 손을 내민 채 하늘을 바라보고 있었다. 나는 그를 지켜보며 조심히 핸드폰을 귀로 가져갔다.

"여보세요?"

―어디야? 집이야?

순간 뭐라고 답해야 할지 몰라 잠깐 망설였다. 그러다 그가 이 침묵을 이상하게 생각할까 얼른 입을 열었다.

"밖이에요."

―지금 비 오는데 우산 있어?

"아니요."

나는 그렇게 말해 놓고 내 거짓말에 내가 놀라 어깨를 흠칫 떨었다. 그때 그가 문을 열고 차에서 내렸다.

혹시 내가 여기에 있는 걸 알았나?

나는 긴장해서 다시 숨었다. 하지만 그가 이곳으로 다가오는 인기척이 느껴지지 않아 다시 고개를 들어 그를 찾았다.

그는 어느새 저만치 멀어져 있었다. 나는 조심조심 다시 그의 뒤를 밟았다.

―여보세요? 소희야?

"아, 네. 잠깐 안 들렸어요. 뭐라고 했어요?"

―데리러 간다고. 지금 어디야?

뒤에요……라고 말할 수는 없었다. 내가 답을 망설이는 사이 그는 어느 건물 안으로 들어가 버렸다. 나는 더 쫓아가지 못하고 멈춰 섰다.

―여보세요? 소희야, 또 안 들려?

"아니요. 들려요. 선배는 지금 어디예요?"

―나 학교. 방금 수업 마치고 나왔어. 넌 어디야?

"저는…… 저도 학교요."

틀린 말은 아니었다. 이 넓은 캠퍼스가 다 학교니까.

지금이라도 다른 곳으로 이동해야 할까?

내가 망설이는 사이 핸드폰 너머로 누군가의 목소리가 들려왔다. 뭔가 부스럭거리는 소리도 들렸는데 무슨 소린지 정확히 알기 힘들었다. 그 사이로 다시 그의 목소리가 들려왔다.

―학교 어디에 있어?

"아, 그게…… 도서관이요. 도서관에 있어요."

―데리러 갈 테니까 거기 있어. 나 우산 있거든.

"우산 있다고요?"

그때 그가 다시 건물에서 나왔다. 손에는 정말로 우산을 들고 있었다. 아까까지만 해도 분명 빈손이었는데.

―응. 항상 가지고 다녀.

그는 핸드폰을 어깨와 턱 사이에 끼운 채 우산 집에서 우산을 꺼냈다. 그리고 주름 하나 없는 우산 집을 손으로 구기기 시작했다.

나는 등을 돌렸다. 그렇게 은밀한 장면을 엿본 것도 아닌데 더 보면 안 될 것 같은 기분이 들었다.

"그러면…… 저 데리러 와 주세요."

─응, 조금만 기다려.

"네, 기다릴게요."

전화를 끊는 것과 동시에 나는 달렸다. 머리 모양이 흐트러지든 말든, 작은 빗방울에 옷이 젖든 말든.

나는 숨이 차는 것도 모르고 내달렸다. 그보다 먼저 도서관에 도착하기 위해서.

✹

"오빠, 이것 좀 써 주세요."

"이게 뭔데?"

의아한 얼굴로 종이를 받아 든 오빠는 프린트된 내용 일부를 읽어 보고는 고개를 갸웃거렸다.

"백문백답?"

"저 초등학교 땐가 중학교 때 유행했던 건데. 혹시 해 본 적 있어요?"

"아니. 처음 봐."

총 다섯 장의 종이를 전부 들춰 보고 질문이 정말 백 개라는 사실을 확인한 오빠는 마치 신문물을 접한 사람처럼 신기해했다.

218

"이런 게 초등학교 때 유행했어? 그 나이에 이거 다 쓰려면 그것도 일일 텐데."

"그때는 친구가 하고 있으면 뭐든 다 재밌어 보이는 나이라서요. 아무튼, 오빠 이제 할 일 없잖아요. 써 주세요."

"할 일 없는 건 맞긴 한데…… 그렇게 말하니까 나 되게 백수 같다."

"에이, 백수는 저죠."

"네가 왜 백수야. 너 번역 일 되게 잘했어. 너 회사 왜 그만뒀는지 알아?"

"왜 그만뒀는데요?"

안 그래도 궁금하던 차였다. 내가 냉큼 묻자 오빠가 내 뺨에 붙은 머리카락을 떼어 주며 조곤조곤한 목소리로 설명해 주었다.

"프리랜서로 전향해도 될 만큼 일을 잘했거든. 우리 결혼 준비할 때도 계속 연락 왔어. 근데 신혼여행 다녀올 때까지는 일 안 한다고 다 거절한 거야."

"……그랬어요?"

"너 되게 능력 있는 여자야. 그리고 번역 일 안 해도 결혼하면 주부 한다고 했어. 그럼 백수 아니지."

내 머리카락을 귀 뒤로 넘겨 준 오빠가 내 뺨을 쥐고 고개를 숙였다. 물 흐르듯 키스로 이어지는 동작이 어찌나 자연스럽던지, 내가 뺨을 붉혔을 때 오빠는 이미 내 손을 잡아끌고 서재로 향하고 있었다.

"근데 이거 하나 더 있어?"

"프린트하면 돼요. 왜요?"

"나 쓸 동안 너도 쓰라고."

"저도요?"

내가 이 구시대의 유물을 인터넷에서 발굴해 낸 건 내가 오빠에 대해 아는 게 너무 없어서였다.

뭘 좋아하냐, 뭘 싫어하냐, 취미가 뭐냐 특기가 뭐냐. 일일이 묻기엔 궁금한 게 너무 많았으니까.

"오빠는 저 이런 거 대충 알지 않아요?"

"아냐. 모르는 것도 많아. 써 줘."

결국 프린트를 한 부 더 해서 우리는 책상 앞에 머리를 맞대고 앉아 백문백답을 작성하기 시작했다.

이 백문백답은 인터넷에 떠도는 걸 여러 개 찾아서 그중에 질문 백 개를 골라낸 편집본이었다.

그 기준은 어디까지나 오빠였다. 정확하게는 오빠의 답이 궁금한 질문들. 그래서인지 막상 내가 답하기엔 애매한 질문이 꽤 많았다.

[Q5. 어렸을 때의 꿈과 그 이유는?]

특히 이런 거.

나는 내 어렸을 때 꿈이 뭐였는지 생각해 보다가 이걸 사실대로 써야 하는지 아니면 적당히 꾸며 내서 써야 하는지 고민에 빠졌다. 그러다 문득 떠오른 생각에 고개를 들어 앞을 바라봤다.

"오빠. 거짓말하기 없기예요."

"응? 응, 알았어."

오빠는 고개도 안 들고 건성으로 고개를 끄덕였다. 펜을 쥔 손이 움직이는 속도를 보니 엄청나게 열심히 답을 쓰고 있는 모양이었다.

귀찮아하면 어떡하나 걱정했는데 저렇게 재미있어해 줘서 다행이라고 해야 할지, 뭐라고 해야 할지.

한숨이 저절로 나왔다. 오빠가 저렇게 열심히 써 주는데 여기다가 거짓말을 하는 건 좀 아니겠지? 결국 나는 솔직하게 쓰기로 마음먹었다.

[Q5. 어렸을 때의 꿈과 그 이유는?

A. 만화방 주인. 돈 안 내고 만화책 많이 볼 수 있을 것 같아서.]

진실과 거짓을 갈등하게 만드는 질문은 그 뒤로도 많이 있었다.

나는 거짓말은 안 하기로 해 놓고도 [살면서 가장 부끄러웠던 순간]이나 [살면서 가장 후회되는 순간] 같은 질문이 나올 때마다 번민에 빠지고 말았다.

그때마다 나는 고개를 들어 오빠를 바라봤다. 마치 중요한 시험이라도 보는 것처럼 진지하고 성실하게 답변을 작성 중인 오빠를.

덕분에 나는 총 백 개의 질문을 전부 거짓 없이 대답할 수 있었다.

[백문백답을 해 본 소감은?]이란 질문을 마지막으로 펜을 내려놓은 나는 두 팔을 높이 들어 기지개를 켜고 시계를 확인했다. 시간은 어느새 2시간쯤 지나 있었다.

2시간이나 걸린 걸까, 아니면 2시간밖에 안 걸린 걸까. 멍하니 그런 생각을 하고 있는데 오빠가 펜을 내려놓고 자리에서 일어났다.

"다 썼어요?"

"종이가 모자라서."

"네?"

오빠가 빈 종이를 찾는 동안 나는 책상 위로 상체를 내밀어 책상 위에 놓인 종이를 확인했다. 그리고 경악했다.

오빠의 백문백답은 흰 공간이 보이지 않을 만큼 작고 까만 글씨가 빼곡하게 들어차 있었던 것이다.

"오, 오빠……."

이거 이렇게 자세하게 쓸 필요 없다고 말하려는데, 빈 종이를 찾은 오빠가 아주 해맑은 얼굴로 다시 책상 앞에 앉았다.

"소희 넌 다 썼어? 조금만 기다려. 금방 쓸게."

"아니……."

오빠 아직 40번대 쓰고 있잖아요. 지금 쓰는 것처럼 쓰면 2시간은 더 있어야 될 거 같은데.

하지만 오빠의 표정이 너무 밝아서 차마 그 말을 하지 못했다. 대신 나는 이미 다 쓴, 아니, 다 썼다고 생각한 백문백답을 처음부터 다시 보기 시작했다. 그리고 짧게 쓴 답에 설명을 추가로 적어 넣었다.

그러고도 시간이 남았다.

두 손으로 턱을 괸 나는 넋 놓고 오빠를 바라보다 시선을 살짝 떨어뜨렸다. 그러자 오빠가 작성 중인 백문백답의 윗부분이 보였다.

글자가 뒤집어져 있어 읽기 어려웠지만, 어차피 남는 게 시간이라 한 글자 한 글자 천천히 읽었다.

[Q61. 제일 좋아하는 날씨는?

A. 비 오는 날.]

거기까지만 읽고 시선을 돌렸다. 비 오는 날. 그 단어를 곱씹으며 나는 그저께 밤에 꾼 꿈을 떠올렸다.

그건 그냥 꿈이었을까, 아니면 잃어버린 내 기억의 일부였을까.

나는 후자라고 생각했다. 오빠한테 들은 말이 있어서.

'우산은 차에 두는 게 버릇이 돼서. 집에도 둘 생각을 못 했네.'

내가 마트에 있었을 때 오빠는 전화로 '어디야? 집이야?' 하고 물었었다. 그 말은 오빠가 집에 도착해서 내가 밖에 나간 걸 확인하고 전화한 게 아니라는 걸 뜻했다.

오빠는 왜 차에 우산을 두는 게 버릇이 됐을까. 아주 오래전에 내가 농담하듯 했던 말을 기억해서, 비가 올 때마다 나를 데리러 왔기 때문일까?

거기까지 생각했더니 지난 5년이 몹시 궁금해졌다.

백문백답을 떠올린 건 그 때문이었다. 기억이 돌아올 때까지 기다릴 수가 없어서. 오빠에 대한 건 물론, 오빠와 나 사이에 쌓인 추억들을 하나라도 더 알고 싶어서.

"다 썼다."

"정말요?"

"이거 재밌다. 혹시 더 없어?"

"없어요. 안타깝게도."

있어도 없는 거다. 나는 제발 오빠가 인터넷에서 백문백답을 검색해 보지 않길 바라며 다 쓴 백문백답을 교환했다.

"오빠…… 무슨 논문 썼어요?"

"쓰다 보니까 길어져서. 글씨를 좀 크게 쓸 걸 그랬나? 읽기 불편해?"

"저 노안 있었으면 아마 못 읽었을 거예요."

우리는 소파에 나란히 앉아 서로의 답변을 비교해 가며 백문백답을 읽었다. 무슨 문항들마다 오빠 답은 기본이 세 줄이었다. 내 간략한 답들이 비교돼서 처음엔 좀 민망했는데, 뒤로 넘어갈수록 해탈해서 아무렇지 않게 됐다.

"헉, 오빠 복숭아 알레르기 있었어요?"

"응. 너는 뭐 알레르기 있는 거 없지?"

"네. 저는 편식하는 거 빼곤 다 잘 먹어요."

"미나리랑 고수?"

"어떻게 알아요? 아, 오빠는 알겠구나."

그거 말고도 안 먹는 거 많은데 그건 언급하지 않는 걸 보면 아마 내가 아직 말을 안 한 모양이었다. 아니면 내숭 떤다고 그냥 먹었거나.

"오빠는 편식하는 거 없어요?"

"나? 나…… 버섯 싫어해."

"버섯이요? 어떤 버섯이요?"

"전부 다. 물컹물컹해서 싫어."

정말 싫어하는지 오빠는 말하는 도중에 미간까지 찡그렸다.

딱히 뭘 가리는 건 본 적이 없는 것 같은데 버섯을 싫어하는구나. 나는 무슨 요리를 하든 버섯은 넣지 말아야겠다고 생각했다.

"버섯 말고 다른 건요?"

"그거 외엔 딱히……. 아, 동태전이나 민어전처럼 생선으로 부친 전은 별로 안 좋아해. 어렸을 때 먹다가 목에 가시 걸린 적이 있어서."

"그렇구나……."

그럼 생선 자체를 별로 안 좋아하겠구나. 체크, 체크.

"고기 중엔 무슨 고기 좋아해요? 돼지고기? 소고기? 닭고기? 오리고기?"

"다 좋아. 음, 근데 백숙이나 수육 같은 것보단 굽거나 볶는 걸 더 좋아해."

"그럼 튀기는 건요?"

"당연히 좋아하지."

"그러면요……."

어느새 백문백답은 뒷전이 되고 나는 오빠의 음식 취향만 열심히 물어보았다. 덕분에 한 가지 알게 된 건, 오빠랑 나랑 음식 취향이 비슷하다는 거였다.

고기 종류 좋아하고, 낙지나 새우 같은 해산물도 좋아하고, 양식보단 한식, 느끼한 것보단 매운 것.

하긴, 생각해 보면 사귀기 전에 가끔 만나 밥을 먹을 때에도 메뉴 선정이 어려웠던 적은 한 번도 없었다. 그때는 오빠가 날 배려해 주는 거라고 생각했는데, 우리는 음식 궁합이 참 잘 맞는 모양이었다.

"그러면 오늘 저녁에 낙지볶음 해 먹을까요?"

"할 줄 알아?"

"저 지금 무시하는 거예요?"

부러 샐쭉한 목소리로 말했더니 오빠가 당황해서 고개를 흔들었다.

"아니, 지금은 기억이 없으니까."

"저 자취했잖아요. 5년 전에도 웬만한 건 혼자서도 잘 해 먹었어요."

말 나온 김에 장 보고 오자고, 우리는 자리에서 일어나 마트로 향했다.

처음엔 저녁으로 해 먹을 것만 살 생각이었는데 돌다 보니 이것저것 눈에 띄었다. 그렇게 우리는 식품관인 지하 1층부터 전자제품 코너인 3층까지 빠짐없이 돌게 되었다.

"와, 그릇 예쁘다. 오빠 이거 어때요?"

"응, 예쁘다. 하나 살까?"

"두 개 사요. 오빠 거, 내 거."

그릇 하나가 눈에 들어오니 나중엔 컵도 예쁘고 포크도 예쁘고 하다못해 소주잔도 예뻤다. 이러다간 마트를 통째로 집에 들고 갈 것 같았다.

"오빠, 이제 가요."

"저것만 더 보고 가자."

그런데 신난 건 나 혼자만이 아니었다. 오빠도 구경하는 데 재미를 붙였는지 딱 하나만 더 보고 가자고 카트를 반대쪽으로 끌었다. 나는 못 이기는 척 오빠가 가자는 대로 따라가서 커피 잔에 맥주 잔까지 골랐다.

그 결과, 2시간 만에 마트에서 나왔을 때 우리는 커다란 박스를 각자 하나씩 품에 안고 있었다.

분명히 저녁으로 해 먹을 요리 재료 사러 온 건데 어쩌다 이렇게 됐을까? 이거 다 정리하고 나면 저녁을 할 기운이 없을 것 같았다.

그 생각이 겉으로 티가 난 모양이었다.

"우리 그냥 나온 김에 저녁 먹고 들어갈까?"

"그럴까요?"

잠깐의 의견 교환 끝에 우리는 저녁으로 부대찌개를 먹고 집으로 돌아왔다.

내 핸드폰으로 전화가 걸려 온 건, 사 온 걸 전부 정리하고 지쳐서 거실 바닥에 드러누웠을 때였다.

"누구야?"

"세아요. 응, 세아야."

-야, 내가 지금 뭐 구했는지 알아?

다짜고짜 소리치는 목소리는 무척이나 격양되어 있었다. 얘가 갑자기 왜 이러지? 의아한 마음에 일단 물었다.

"뭘 구했길래 이렇게 호들갑이야?"

-서명우 솔로 콘서트 티켓!

"그게 누구…… 헐, 서명우? 사인?"

예명 사인. 본명 서명우. 나와 세아가 친해질 수 있게 만들어 준 아이돌 그룹, '포 헤븐'의 메인 보컬.

'포 헤븐'은 멤버 전원이 수려한 외모에 뛰어난 노래 실력으로 큰 인기를 얻었지만, 소속사 사장의 도박 문제로 해체를 하고 만 비운의 아이돌이었다.

게다가 사장이 구속된 상황에서도 회사 자체는 껍데기나마 남아 계약 문제가 더럽게 꼬이기까지 했다. 그 바람에 다른 회사로 옮기지도 못하고 계약 무효 소송을 하니 마니 하다가 사람들의 머릿속에서 잊히고 말았다. 적어도 내가 기억하는 동안에는.

"사인 오빠 솔로 데뷔했어? 언제?"

-아, 너 기억 없지 참. 데뷔했어! 그것도 오디션 프로그램에서 우승해서!

"대박! 사인 오빠 이제 콘서트도 하는 거야?"

-어. 이번이 첫 번째 콘서트야. 그리고 10분 만에 전석 매진된 바로 그

콘서트 티켓을 내가 운 좋게 양도받았다는 거 아니냐! 그것도 두 장이나!

"두 장?"

—어. 같이 갈 거지?

"내가 가도 돼? 너 남자 친구는?"

—갸랑 가면 재미없어. 걘 포 헤븐이나 명우 오빠 별로 안 좋아한단 말이야. 이런 건 팬끼리 가야 제맛이지.

하긴, 그건 그렇다.

—아무튼, 갈 거지?

"응! 갈래!"

나는 잔뜩 신이 나서 핸드폰에 대고 꺅꺅 소리를 질렀다.

포 헤븐 이후로는 아이돌을 좋아한 적이 없어서 콘서트에는 가본 적이 없었다. 내가 태어나 처음으로 가는 콘서트가 사인 오빠 콘서트라니! 가슴이 다 벌렁벌렁했다.

"참, 근데 날짜가 언제야?"

—이번 주 일요일. 괜찮지?

"진짜? 빠르네. 응, 괜찮아."

—넌 다른 건 다 필요 없고, 명우 오빠 노래나 다시 다 외워 와. 아마 잘 찾아보면 CD도 있을걸? 그때 우리 팬 사인회 간다고 같이 열 장이나 샀거든.

"헉, 그래서? 당첨됐어?"

—아니, 둘 다 꽝. 너나 나나 이번 콘서트가 명우 오빠 실물 첫 영접이야. 그러니까 예쁘게 하고 나와. 알았지?

"알았어. 완전 예쁘게 하고 갈게."

나는 전화를 끊고 나서도 흥분을 쉽게 가라앉히지 못했다. 세상에, 사인 오빠가 솔로 데뷔를 했었다니! 그것도 오디션 프로그램에서 우승을 해서!

과거에야 인기가 있었다지만 그건 정말로 과거의 이야기였다. 내가 중학교 때니까 벌써 10년도 전의 이야기인 것이다.

오디션 프로그램이면 노래로 난다 긴다 하는 사람들이 엄청나게 모였을 텐데, 그 틈에서 우승을 했다는 사실이 너무 뿌듯하고 벅차서 가슴이 설렜다.

그래서 알아차리는 게 늦어졌다. 오빠가 팔짱을 낀 채 꽁한 표정을 짓고 있다는 걸.

"어…… 오빠?"

"이번 주 일요일에 데이트 약속 잡았나 봐? 그것도 남자랑."

웃는 얼굴이 그렇게 화사할 수가 없었다. 나는 본능적으로 어깨를 떨다가 얼른 고개를 흔들었다.

"아니, 세아예요, 세아. 다른 남자랑 데이트가 아니라……."

"나한테는 오빠 소리 그렇게 어렵게 했으면서, 사인 오빠? 그 사람한텐 참 잘도 나오네."

"어, 음."

오빠랑 눈을 마주할 수가 없었다. 마치 죄인이 된 듯한 기분에 나는 손을 만지작거리며 눈만 데굴데굴 굴렸다.

"그, 사인 오빠라는 사람은 제가 중학교 때 좋아했던 아이돌인데……."

"중학교 때 좋아했던이 아니라 지금도 좋아하는 것 같은데?"

"어, 그게……."

첫정이랄까, 아무래도 처음 좋아한 아이돌이다 보니 지금도 이름을 들으면 귀가 쫑긋 섰다. 게다가 끝이 안 좋아도 너무 안 좋아서 짠한 마음도 있었고.

하지만 이런 걸 구구절절 설명해 봐야 역효과가 날 게 틀림없었다.

나는 어떻게 둘러대야 오빠가 기분을 풀까 맹렬하게 머리를 굴렸다.

"에이, 그래도 제일 좋아하는 건 오빠죠. 오빠랑 그 사람이랑 어떻게 비교가 돼요. 그 사람은 그냥 가수고, 저라는 사람이 있는 줄도 모르는데."

"그런데 왜 좋아해?"

"그거야 그냥 노래를 잘하니까, 노래를 좋아하는 건데……."

내 목소리는 점점 힘을 잃고 작아졌다. 나는 흘끔흘끔 오빠의 눈치를 보다가 조심스럽게 물었다.

"화났어요?"

"화난 건 아니고, 그냥 삐친 거 정도로 해 둘까?"

"네?"

그게 무슨 뜻이지? 이해가 안 돼서 눈만 깜빡이는 나를 오빠가 묘한 얼굴로 바라봤다.

"너 나랑 약속했었어. 내 앞에선 절대 그 가수 오빠라고 안 부르기로."

"그……랬었어요?"

오빠는 고개를 끄덕이고는 담담한 목소리로 말을 덧붙였다.

"그때는 네가 날 오빠라고 부르기도 전이었거든."

과거의 나야. 왜 그랬니.

"미, 미리 말해 주지 그랬어요."

"조금 전까진 까먹고 있었거든. 그래도 이번엔 내가 먼저였으니까 봐줄게."

정말 봐주는 거 맞을까? 나는 괜히 긁어 부스럼이 될까 조용히 입을 다물었다. 그러자 내가 눈치 보는 게 신경 쓰였는지 오빠가 먼저 물었다.

"이번 주 일요일이 콘서트라고?"

"……가도 돼요?"

"가도 돼. 뭘 그렇게 내 눈치를 봐."

"오빠가 눈치 보게 했잖아요."

갑자기 서러워져서 나도 모르게 톡 쏘아붙였다. 그렇게 말하고 아차 싶어서 또 오빠 눈치를 보는데, 오빠가 미안하다고 웃으며 사과했다.

"옛날 생각나서 그랬어. 진심으로 화나거나 기분 상한 거 아니니까 너무 신경 쓰지 마."

"옛날 생각 어떤 거요?"

"내가 그땐 진짜로 화냈었거든."

오빠는 감회에 젖은 얼굴로 옛날이야기를 하기 시작했다.

"네가 갑자기 핸드폰을 달라기에 왜 그러냐고 물었더니, 문자투푠가 뭔가, 그거 해서 사인 오빠 데뷔시켜 줘야 된다는 거야. 그때 사인이 누구냐고 욱하고, 나도 아직 선밴데 왜 그 사람은 오빠냐고 우리 처음으로 싸웠어."

"……죄송합니다."

내가 진지하게 사과하자 오빠가 웃으며 손을 내저었다.

"사과를 왜 해, 다 옛날 일인데. 그리고 그때는 내 잘못이 더 컸어. 가수 좋아할 수도 있는 건데 그놈의 오빠 소리 못 들었다고 진심으로 욱했으니까."

"그거야 뭐, 욱할 만하죠. 내 애인이 나한테는 안 해 주는 거 다른 사람한텐 해 주는 상황이었으니까."

기억이 전혀 없기 때문일까. 나는 상황을 좀 더 객관적으로 바라볼 수 있었는데, 그 결과 만약 반대의 상황이었으면 나도 조금 섭섭했을 것 같다는 결론이 나왔다.

"다음부턴 오빠 앞에서 사인 오…… 그 호칭 안 쓸게요."

"그래, 약속."

내심 오빠가 괜찮다고 해 주지 않을까 생각했는데, 오빠는 잘됐다는 듯 얼른 새끼손가락을 내밀었다. 나는 얼떨떨한 마음으로 오빠의 손가락에 내 새끼손가락을 걸었다.

잘 아는 사람도 아니고 그냥 가순데. 오빠도 질투 같은 거 하는구나. 하긴, 오빠도 평범한 남자니까.

"콘서트 몇 시에 시작인데?"

"아, 그거 안 물어봤다. 근데 아마 오후나 저녁쯤 하지 않을까요?"

바로 핸드폰을 들어서 세아에게 메시지로 답을 받았다. 저녁 6시에 시작해서 8시에 끝나는 2시간 공연.

"그럼 끝날 때 맞춰서 데리러 갈게."

"피곤하지 않겠어요? 늦은 시간인데."

"나야 집에 있을 건데 뭐. 그리고 콘서트 보고 나오면 네가 더 피곤할걸?"

결과만 말하자면, 오빠 말이 맞았다.

✳

"나…… 살아 있길 잘했어."

"나도."

하늘에 맹세컨대 오늘의 2시간은 내 생애 다시없을 최고의 순간이었다.

지난 5년 동안 사인 오빠, 아니, 서명우란 본명으로 다시 데뷔한 명우 오빠는 더욱더 노래를 잘하는 가수가 되어 있었다.

명우 오빠가 노래하는 동안 나는 듣기만 했는데, 게다가 노래가 거의 다 발라드라 앉아서 응원봉만 흔들었는데 어떻게 이렇게 진이 빠질 수가 있는지.

하지만 피로감과 탈력감을 제치고 내 몸을 가득 채운 건 아직도 사라지지 않은 설렘이었다.

아, 진짜 너무 좋다.

"명우 오빠 그동안 노래하고 싶은 거 어떻게 참았을까."

"그 간절한 마음이 무대마다 폭발했던 거지. 너 오빠 오디션 프로그램 나온 거 봤어?"

"봤지, 당연히."

오디션 프로그램에 나왔다는 사실을 알게 된 그날 바로 1화부터 마지막 화까지 이틀 만에 정주행했다.

"3라운드에서 떨어졌을 땐 가슴이 철렁 내려앉더라. 우승했다는 거 알고 보는데도 그랬어."

"실시간으로 달렸을 땐 어땠겠냐? 우리 그때 방송하는 날마다 핸드폰 불났었어."

그것도 이제는 다 추억이라며 세아가 눈물을 닦는 시늉을 했다. 떠오르는 기억은 하나도 없었지만, 나는 말없이 고개만 끄덕여 맞장구를 쳐 주었다.

"아, 진짜 딱 2시간 전으로 돌아가고 싶다."

"나도. 오빠 다음 콘서트는 언제지?"

"그땐 무조건 티켓팅 성공할 거야."

알고 보니 이번 콘서트의 티켓팅이 시작됐을 때 세아랑 나는 의기투합해서 PC방까지 갔다고 했다. 결과는 눈물 나는 실패였지만.

"아, 오빠한테 전화 온다."

나는 울리기 시작한 핸드폰을 쥐고 세아에게 물었다.

"너도 남자 친구랑 만나기로 했다고 했지?"

"응. 걔도 지금 주차장에 있어."

"진짜?"

이거 얼굴 볼 수 있는 기회 아닌가?

엄청나게 갈등됐지만, 나는 아직 손안에서 울리고 있는 핸드폰을 보고 마음을 고쳐먹었다.

오빠는 나를 여기 데려다주기까지 했다. 본인 말로는 내가 콘서트 관람하는 동안 자기도 책 읽으면 된다고 했지만, 아무리 그래도 차 안에서 보내기에 2시간은 너무 긴 시간이었다. 여기서 더 기다리게 하는 건 좀 많이 미안했다.

"나중에 소개 좀 해 줘. 어떤 사람일지 궁금하다."

"그래, 시간 날 때 같이 한번 보자."

세아와 헤어진 후, 나는 핸드폰을 귀로 가져갔다.

"네, 오빠."

―공연 끝났어?

"끝났으니까 전화 받고 있죠!"

대꾸하는 내 목소리는 나도 놀랄 정도로 밝았다. 오빠도 그걸 느꼈는지 짧게 웃은 후 내게 물었다.

234

―좋았어?

"엄청이요. 와, 저 오늘 잠 못 잘 거 같아요."

아무 생각 없이 내뱉은 다음에야 아차 싶었다. 일전의 '사인 오빠' 사건을 떠올리며 뜨끔해진 나는 오빠가 뭐라고 말하기 전에 얼른 입을 열었다.

"오빠 지금 어디 있어요? 주차장?"

―응, 동문 쪽으로 와.

나는 동문이 어느 쪽에 있나 헤매다가 문 앞에 세워진 안내도를 보고 방향을 찾을 수 있었다.

그런데 이쪽은 아까 세아가 먼저 갔던 길인데.

아니나 다를까, 나는 오빠 차보다 빽빽하게 세워진 차들 틈 속에 서 있는 세아를 먼저 발견할 수 있었다.

"어, 세아다."

―그러고 보니까 처형은 집에 어떻게 간대?

"남자 친구랑 만나기로 했대요. 아, 저기 보인다."

세아의 앞엔 키가 훌쩍 큰 남자가 서 있었다. 아쉽게도 거리가 먼 데다 주변이 어두워서 얼굴은 잘 보이지 않았다. 대충 확인할 수 있는 건 그가 안경을 썼다는 것과 머리를 밝은 갈색으로 염색했다는 것뿐이었다.

지금 저쪽으로 가면 인사 정도는 할 수 있을 것 같은데. 그냥 다음 기회를 노릴까, 아니면 가볍게…….

"어?"

―왜?

"아뇨. 지금 세아네 분위기가…….."

잘은 모르겠지만, 어쩐지 심각한 분위기였다. 그래도 둘 사이의 문제는 아닌지 두 사람은 곧 같은 차에 올랐다.

타이밍을 놓친 게 아쉽긴 했지만, 어차피 인사 나눌 분위기는 아닌 것 같아 그냥 다음을 기약하기로 했다.

"소희야."

"아, 오빠."

내가 잠깐 한눈을 판 사이 오빠가 어느새 나를 찾아 눈앞까지 와 있었다. 나는 핸드폰을 가방에 넣으며 오빠에게 다가갔다.

"처형은?"

"갔어요. 저기 저 차."

주차장 밖으로 나가는 차를 검지로 가리키자 그쪽을 한번 본 오빠가 고개를 끄덕였다.

"처형이랑은 나중에 인사해야겠네. 우리도 가자."

"네."

콘서트만 보고 들어가는 게 아쉬워서 나는 오빠한테 드라이브를 제안했다. 오빠는 흔쾌히 고개를 끄덕였다.

"배는 안 고파?"

"음, 허전하긴 한데 고픈 것까지는 아니고……? 오빠는요?"

"나도 고프진 않아."

"그럼 우리 간식 같은 거 사서 차에서 먹을까요? 도넛 어때요?"

"좋지."

오늘 하루 기사 노릇 해 준 보답으로 간식은 내가 사기로 했다.

도넛을 고르고 버릇처럼 아메리카노를 주문하려던 나는, 문득 오빠가 써 준 백문백답이 생각나 주문할 커피를 바꿨다.

"아이스 아메리카노 한 잔이랑 따뜻한 카페 라떼 한 잔이요."

오빠는 커피를 마실 때 주로 우유가 들어간 라떼 종류로 따뜻한 걸 마신다고 했다. 아메리카노를 마시지 않는 건 아니지만, 그건 주로 작업할 때 카페인 주입용으로 마신다고.

"오빠, 여기 도넛이랑 커피요."

"고마워."

먼저 커피부터 받아 든 오빠는 온도를 확인하는지 손바닥으로 컵을 두드리듯 만져 보다가 컵에 꽂힌 빨대를 살짝 빨곤 나를 바라봤다.

"라떼?"

"네. 오빠 그거 좋아한다면서요."

"응, 고마워."

웃으며 고개를 끄덕인 오빠는 컵을 홀더에 고정시켜 놓고 일단 차를 출발시켰다. 나는 종이봉투 안에서 도넛을 꺼내 반으로 나누고 나눠 한 입 크기로 만든 다음 오빠의 입에 넣어 주었다.

"맛있어요?"

"응, 맛있다."

도넛 두 개를 해치우고 나자 차가 한강에 도착했다. 처음엔 그냥 대교를 지날 생각이었는데, 생각을 바꿔 우리는 고수부지 쪽으로 들어와 차를 주차시켜 놓고 각자 손에 커피를 쥐고 내렸다.

"우와, 사람 엄청 많네요."

"일요일이라 그런가?"

그러고 보면 서울에서 평생을 살다시피 했는데 한강에 와 보는 건 처음이었다. 지난 5년 동안엔 어땠을지 모르겠지만.

"와, 바람 시원하다."

"잠깐만."

나란히 걷다가 나를 멈춰 세운 오빠가 내 얼굴로 손을 뻗었다.

반사적으로 눈을 감자, 뺨에 붙은 머리카락이 떨어지는 게 느껴졌다.

"됐다."

그 말에 눈을 뜬 나는 웃고 있는 오빠를 볼 수 있었다.

어딘지 모르게 뿌듯한 표정을 짓고 있던 오빠가 내게 손을 내밀었다. 나는 얼른 그 손을 잡았다.

아.

"오빠는 손잡고 걷는 게 제일 좋다고 했죠?"

"어떻게 알아?"

"어떻게 알긴요. 오빠가 백문백답에 썼잖아요."

"……아아, 맞다."

오빠는 멋쩍게 웃고는 변명하듯 말했다.

"너무 많이 써서 내가 뭐 썼는지 잘 기억이 안 난다."

"오빠는 그럴 만해요."

물론 종이 일곱 장을 빼곡하게 채운 그 분량을 전부 기억하고 있었어도 그러려니 했을 거다. 하지만 역시, 사람이라면 이 정도의 인간미는 있는 게 좋지.

나는 오빠와 맞잡은 손을 앞뒤로 흔들며 가끔가다 한 번씩 입에 빨대를 물었다. 얼음이 많이 녹은 탓에 커피 맛은 조금 밍밍해져 있었다.

"오빠."

"응?"

"이제 드라마 종영했으니까 당분간 바쁠 일 없는 거죠?"

"응. 적어도 올해까지는 쉴 거야. 우리 결혼도 해야 되고, 신혼여행도 갔다 와야 되고, 다녀와서 신혼 생활도 즐겨야 되고."

오빠의 기대감 가득한 목소리에 나도 덩달아 가슴이 부풀었다.

하지만 솔직하게 말하면 그렇게 긍정적인 생각만 드는 건 아니었다.

약간은 걱정도 됐다. 이제 거의 한 달 남은 결혼이 내 결혼이란 생각이 들지 않아서.

찍어 놓은 웨딩 사진을 보고 예약해 둔 식장까지 가 봤는데도 그랬다. 아마 실제로 웨딩드레스를 입고 식장에 들어가도 꿈만 같은 기분이 들지 않을까.

그래도 이제 오빠랑 연애 중이란 사실은 어느 정도 현실감이 드는데, 결혼은 왜 안 그럴까.

내가 기억하는 동안에는 누군가와 결혼할 거라고 생각한 적이 없어서일까?

"그러면…… 서울에 꼭 있어야 되는 거 아니면, 우리 잠깐 가평에 가 있으면 안 돼요?"

"가평에?"

"네."

혹시나 오빠가 내 말을 오해해서 듣지 않도록 최대한 조심스럽게 말을 골랐다.

"오빠가 저한테 고백한 것도, 사귀기로 한 것도, 프러포즈한 것도 전부 가평이었다면서요. 거기 같이 가 있으면 기억이 좀 더 빨리 돌아오지 않을까요?"

"기억 안 돌아온 거 신경 쓰여?"

"네. 오빠는 안 그래요?"

"나도…… 쓰이지, 당연히."

걷다 보니 빈 벤치가 있어서 우리는 거기에 잠깐 앉았다. 하지만 벤치에 앉아서도 오빠는 내 손을 놓아주지 않았다.

나도 딱히 불편한 건 없어서 그냥 오빠에게 손을 내준 채 입을 열었다.

"오빠, 만약에요. 만약에 제 기억이 안 돌아오면……."

그 말을 입 밖으로 내뱉었기 때문일까. 정말 그러면 어쩌지 하는 생각이 안개처럼 내 어깨를 감쌌다.

그러나 그 생각이 불안으로 이어지기 전에 오빠가 내 손을 힘주어 잡았다.

"결혼하기로 한 거 후회돼?"

왜 말이 그쪽으로 튀지? 나는 깜짝 놀라 오빠를 바라봤다.

"아뇨, 그런 뜻이 아니라……."

"지금은 내가 좋다며. 그래도 막상 결혼한다고 생각하니까 불안해?"

"불안한 게 아니라 답답해서 그래요. 떠오를 듯 말 듯 한데 안 떠올라서."

오빠가 적어 준 백문백답엔 반 이상이 5년간 우리가 함께 보낸 시간에 대해 적혀 있었다. 내가 원했던 대로.

종이가 글자로 빽빽했던 건 다 그 때문이었다. 나는 요 며칠간 오빠가 써 준 백문백답을 읽고 또 읽었다. 그러면 기억이 떠오를까 봐.

하지만 소득은 없었다.

며칠 전에 들렀던 병원에서 의사는 기억이 하나도 안 돌아왔으면 모를까 조금이라도 돌아왔으니 아마 다른 기억들도 조만간 떠오를 거라고 해 줬다.

하지만 그 말은 내게 조금도 위로가 되지 못했다. 때문에 너무 걱정하지 말자 스스로를 달래다가도 가끔가다 한 번씩 불안할 수밖에 없었다.

"……아니, 사실은 불안하기도 해요. 왜 그런지 알아요?"

"왜 그러는데?"

"오빠가 좋아하는 저는 지금의 제가 아니잖아요."

"뭐?"

"제가 이런 말은 안 하려고 했는데…… 솔직히 오빠가 왜 저를 좋아하게 됐는지 모르겠거든요. 제 마지막 기억 속에서 오빠는 다른 사람을 좋아하고 있었으니까……."

순간 오빠의 서랍 속에서 발견했던 벨벳 장갑이 떠올랐다. 그에 대해서도 묻고 싶었지만, 답을 들을 자신이 없어서 차마 물을 수가 없었다.

대신 다른 말을 꺼냈다.

"그때 오빠가 저를 좋아하게 된 이유가 있을 거 아니에요. 그런데 제가 기억이 없어져서, 더 이상 그때의 윤소희가 아니게 돼서, 날 좋아할 이유가 없어져서, 그래서 오빠가 저를 더 이상 안 좋아하게 되면……."

"소희야."

오빠의 손에 아플 정도로 힘이 들어갔다. 나는 그 사실을 내색하는 대신 고개 숙여 바닥만 바라봤다. 지금은 오빠의 얼굴을 볼 자신이 없었다.

"기억이 없다고 왜 다른 사람이 돼. 그럴 리가 없잖아."

"하지만……."

나는 우물거리던 입술을 간신히 뗐다.

"오빠는 그런 생각 해 본 적 없어요? 내가 알던 윤소희 아닌 것 같다고."

"전혀. 평생의 기억을 다 잃은 것도 아니고 겨우 5년 잊어버린 것뿐이잖아. 너는 너야. 달라진 건 하나도 없어. 오히려 난 우리 처음 연애하던 때로 돌아간 기분이었는 걸."

오빠는 작은 목소리로 계속해서 말을 이어 나갔다.

"늦은 밤에 먼저 전화해 주고, 내가 수업 듣는 강의실로 찾아와서 나 기다려 주고, 도시락 싸 와서 같이 점심 먹고. 딱 그때로 돌아가서 연애하는 기분이라 나는 너무 좋았어."

나는 아무 말도 하지 못했다. 결국은 그것도 모르는 이야기였으니까.

하지만 그런 말을 할 수는 없어서 그냥 듣고만 있었다. 특별하지 않아서 백문백답에 적히진 않았지만, 지금도 선명히 기억난다는 우리의 일상 이야기를.

"같이 수업 들으면서 몰래 손잡는 게 제일 스릴 있었어. 우리둘 다 오른손잡이라 오른쪽에 앉은 사람이 필기 담당이었는데, 거의 네가 했어. 나는 집중을 잘 못했거든."

"저는 집중 잘했어요?"

"응. 그때야 내가 더 많이 좋아하고 있었으니까."

아닌데.

그것만큼은 정말로 억울했다. 하지만 나는 오빠 앞에서 내 마음을 숨기는 게 익숙하다는 말을 할 수가 없어서, 오빠가 하는 말을 그저 듣기만 했다.

오빠는 우리가 함께한 대부분의 시간을 기억하고 있었다.

단순히 기억력의 문제가 아니었다. 성의가 없으면, 그럴 만한 의미가 없으면 자연스레 잊을 수밖에 없는 것들을 오빠는 당연하다는 듯 간직하고 있었다.

기억을 잃기 전의 나도 오빠와의 일상을 전부 간직하고 있었을까.

나는 그 애가 갑자기 너무나도 부러워졌다. 지금의 나는 알지 못하는 오빠에 대해 아주 많은 것들을 알고 있을 윤소희가. 오빠의 사랑을 받는 게 당연했을 그 애가. 벨벳 장갑의 주인보다 훨씬 더.

내 기억은 언제쯤 돌아올까?

우울한 마음으로 빨대를 빠는데 컵 안에서 공기 울리는 소리만 들렸다. 어느새 다 마신 모양이었다.

별로 맛은 없었지만 그래도 아쉬워서 빈 컵을 의미 없이 흔드는데, 날 부르는 오빠의 목소리가 들려왔다.

"넌 어때?"

"네?"

"나랑 같이 있는 거…… 좋아? 행복해?"

"그럼요. 좋아요. 행복해요."

"그럼 다행이다."

오빠의 입가에 작은 미소가 떠올랐다. 그런데 그 미소가 오빠의 입에서 나온 다행이란 단어와는 조금 멀게 느껴졌다.

내 착각이겠지?

그렇게 별생각 없이 넘기려는데.

"사실은…… 너한테 고백할 게 하나 있어."

"네?"

오빠 표정을 보니 이제 와 새삼 좋아해, 사랑해 그 고백을 하려는 건 아닌 것 같았다. 덩달아 긴장한 내 앞에서 오빠가 어렵게 입을 열었다.

"너 기억 잃기 전에…… 우리가 좀 크게 다퉜어."

"다퉜다고요? 왜요?"

살다 보면 다툴 수도 있는 거 아닌가? 대체 어떻게 다퉜기에 오빠 입에서 고백씩이나 되는 단어가 나온 거지?

내가 어리둥절해하자 오빠가 나지막한 목소리로 이어서 말했다.

"내가 너한테 잘못한 게 있었거든."

"뭘 잘못했는데요?"

"그게…….."

그 순간 핸드폰 벨소리가 낭랑하게 울려 퍼졌다. 오빠의 핸드폰에서 나는 소리였다.

"잠깐만."

오빠는 하필 이 타이밍에 전화가 오냐고 혀를 찼지만, 살짝 풀린 얼굴 한구석에선 잠깐의 유예에 대한 안도가 묻어났다.

덕분에 알 수 있었다. 오빠 말마따나 과거 우리의 다툼은 정말 컸을 거라고.

"받아요. 전 괜찮으니까."

그런데도 오빠한테 전화를 받으라고 말할 수 있었던 건, 유예는 어디까지나 유예이기 때문이었다. 먼저 말 꺼내 놓고 오빠가 도망가진 않을 테니까.

"미안. 금방 끝낼게."

오빠는 내게 양해를 구하고 통화 버튼을 눌렀다.

"네, 어머니. ……네? 누구라고요?"

어머님이었구나. 그런데 오빠가 대꾸하는 내용이 조금 이상했다. 어머님이 뭐라고 했기에 저렇게 반응하는 걸까.

속으로 이런저런 상상을 하는데 이번엔 가방 속에 넣어 둔 내 핸드폰이 진동하기 시작했다.

나는 심각한 표정을 짓고 있는 오빠를 보다가 조심스레 핸드폰을 꺼냈다.

전화를 건 사람은 세아였다. 상황이 상황이다 보니 웬만하면 무시했겠지만, 남자 친구랑 함께 있었던 세아의 분위기가 조금 심각했던 게 떠올라 자리에서 일어났다.

그리고 나를 돌아보는 오빠에게 세아의 이름이 뜬 핸드폰을 보여 준 후 벤치에서 조금 떨어진 곳으로 가 전화를 받았다.

"응, 세아야."

―소희야. 너 혹시 기사 봤어?

"기사? 무슨 기사?"

―아직 못 봤구나. 너무 놀라지 말고 들어.

오늘따라 내 주변 사람들이 왜 이렇게 나를 긴장시키는지 모르겠다. 그게 싫어서 왜 그렇게 심각하게 구냐고 괜히 장난스러운 목소리를 냈다. 그런데.

―배우 이영린 씨, 교통사고 났대.

"뭐?"

―네 시어머니 될 분 말이야.

그 순간 내가 무슨 생각을 했냐 하면, 배우 이영린이 내 시어머니 될 사람이란 사실을 세아는 알고 있구나 하는 거였다.

하긴, 상견례까지 한 마당에 세아가 그걸 모르는 게 이상했다. 나는 그 생각을 마지막으로 현실도피에서 벗어났다.

"교통사고가…… 어떻게 났는데?"

—좀 크게 났나 봐. 자세한 건 잘 모르겠는데, 지금 혼수상태래.

세아는 자신이 그걸 어떻게 알았는지도 알려 주었다. 지금 사귀는 남자 친구가 바로 연예부 기자라고, 아까 그렇게 심각했던 건 상사한테 소식을 듣고 바로 특종 따 오라는 요구를 받았기 때문이라고 했다.

—내 남자 친구는 네가 그분이랑 그런 관계라는 거 몰라. 말 안 했어.

"어…… 고마워."

—고맙긴. 근데 너 병원에 갈 거면 조심해. 지금 병원에 기자 쫙 깔렸다더라.

"응. 알았어."

나는 전화를 끊고 잠깐 심호흡을 했다. 그리고 오빠를 바라봤다.

"오빠."

"소희야, 내가 지금……."

"알아요. 저도 들었어요."

나는 오빠에게 다가가 손을 꽉 잡았다. 예상대로 오빠의 손은 떨리고 있었다.

문득 오빠를 부탁한다고 내 손을 꼭 잡아 주었던 어머님이 떠올랐다.

아니야, 괜찮을 거야.

순간 확 복받쳐 오른 감정을 참아 내기 위해 나는 입술을 깨물었다.

"괜찮을 거예요, 오빠. 우리 일단 병원부터 가요."

"……그래."

어머닌 괜찮을 거야.

그렇게 말하며 울 것 같은 얼굴로 웃는 오빠를 보는 순간.

불현듯 어떤 장면이 떠올랐다.

아마도 내 잃어버린 기억으로 추정되는.

7. 질투

—동상이몽

너는 질투를 별로 안 하는 것 같아.

나는 그게 무슨 뜻으로 하는 말인지 몰라 그를 빤히 바라보기만 했다. 그러자 그는 붉어진 귓불을 숨기듯 만지작거렸다.

나는 네가 다른 남자랑 이야기만 해도 질투 나는데 너는 안 그런 것 같아서.

그는 참 눈치가 없는 사람이었다. 그래서 그가 다른 여자랑 같이 서 있기만 해도 내가 질투한다는 사실을 눈치채지 못했다.

내가 질투했으면 좋겠어요?

응…… 아니, 아니다. 하지 마. 별로 좋은 감정도 아니니까.

그렇게 말해도 다른 남자랑 이야기 안 하겠단 말은 못 해 줘요. 들켰어?

그는 알까 모르겠다. 질투 같은 감정보단, 그렇게 웃는 모습이야말로 내 마음을 소란스럽게 만든다는 걸.

❋✽❋

오빠와 나는 바로 어머님이 계시는 병원으로 향했다.

"오빠, 기자들이 오빠 얼굴 알아요?"

"잘 모르겠는데……. 근데 알 수도 있어. 드라마 제작 발표회에 참석한 적도 있고 인터뷰도 몇 번 한 적 있어서."

그럼 백 퍼센트 안다. 이 얼굴을 한번 봤으면 기억을 못 할 리가 없다.

"그럼 뒷문으로 가요. 지금 정문에 기자들 쫙 깔렸대요."

뒷문에도 기자가 없는 건 아니었다. 하지만 보자마자 인상이 찌푸려질 만큼 기자가 바글바글했던 정문과 달리 뒷문에 있는 기자는 상대적으로 그 수가 적었다.

다행히 그들 중 누군가가 오빠를 알아보기 전에 어머님의 매니저가 나와 우리를 안내해 주었다.

"어머니는요?"

"지금 수술 중이십니다."

침통한 얼굴의 매니저는 엘리베이터를 타고 올라가는 동안 어머님이 당한 사고에 대해 간략하게 설명해 주었다.

잘 가고 있던 어머님의 차를 들이받은 건 버스였다. 운전사가 졸음운전을 한 걸로 추정되는데 자세한 건 조사가 끝나야 알 것 같다고.

"버스……랑 사고가 난 거면."

"그나마 차를 운전한 로드 매니저는 조금 전에 의식을 찾았는데……."

매니저는 차마 말을 잇지 못했다.

그가 입을 다문 채 우리를 안내한 곳은 수술실 앞이었다. 수술 중이라고 불이 들어와 있는 수술실.

"그래서…… 지금 상태가 정확하게 어떠신데요?"

"저도 자세하게는 모릅니다. 수술이 끝나야 알 것 같아요."

매니저는 지친 얼굴로 의자에 푹 주저앉았다. 나는 그의 얼굴에서 짙은 절망을 엿봤다. 그는 분명 어머님이 어떤 상태인지 알고 있다. 그런데 그 말을 삼켰다는 건.

"영린아!"

그때 커다란 외침과 함께 복도를 달리는 소란스러운 소리가 들렸다.

뒤를 돌아보자 이곳으로 맹렬하게 달려오는 한 남자가 보였다. 옷차림이고 머리 모양이고 다 흐트러져서 엉망인 몰골을 하고 있는 그는 어머님과 비슷한 연배의 중년으로 보였다.

"영린이, 우리 영린이는!"

"지, 지금 수술 중이십니다."

남자는 다짜고짜 매니저의 멱살을 잡고 짤짤 흔들었다. 건장한 체구의 매니저는 멱살이 잡혀 흔들리면서도 남자를 떼어 놓기는커녕 쩔쩔매기만 했다.

"일단 진정하십시오, 김 이사님. 병원입니다. 너무 소란을 피우시면……."

"내가 지금 소란 안 피우게 생겼어! 우리 영린이가 다 죽어 간다는데!"

"수술실 앞에서 참 좋은 말씀 하시네요. 재수 없게."

낮게 쫙 깔린 목소리는 오빠의 것이었다. 그러나 그 사실을 눈치채지 못한 듯 김 이사라 불린 아저씨는 이글이글 타오르는 눈으로 오빠를 돌아봤다.

"네가 뭔데……! 유진이구나."

태세 전환 한번 기가 막혔다. 상대가 누구든 당장에 멱살을 잡을 기세였으면서, 오빠의 얼굴을 확인한 아저씨는 순식간에 얌전해졌다.

저 두 사람은 대체 무슨 관계까? 궁금했지만, 지금은 그런 걸 물어볼 때가 아닌 것 같아 가만히 입을 다물었다.

"그동안 잘 지냈어? 아, 이번에 결혼한다며? 축하해. 옆에 계신 아가씨가 혹시……?"

"네. 결혼할 사람이에요."

"아이고, 반가워요. 청첩장은 받았는데 인사는 따로 못 했네. 나는 김중건이라고, 유진이 삼촌 되는 사람입니다."

아저씨가 자기 지갑에서 명함을 꺼내 내게 내밀었다. 반사적으로 명함을 받아 든 나는 깜짝 놀라 그를 바라봤다.

"오빠 삼촌 되신다고요?"

"진짜 삼촌은 아니야."

오빠가 짤막하게 그를 소개해 줬다. 지금은 이사까지 승진했지만, 수십 년 전 이 업계에 처음으로 발을 들이민 초짜 매니저일 때 그가 처음으로 발굴해 데뷔시킨 연예인이 바로 어머님이었다고.

"사람 섭섭하게. 내가 너랑 봐 온 시절이 얼만데, 이 정도면 진짜 삼촌 되고도 남을 때 안 됐어?"

"시끄럽게 떠들지 마세요. 여기 병원이잖아요."

"그래……."

아무리 친하다고 해도 오빠는 조금 너무하다 싶을 정도로 냉정하게 굴었는데, 아저씨는 그게 당연하다는 것처럼 어깨를 축 늘어뜨렸다.

그는 터덜터덜 매니저의 옆으로 가 앉으며 크게 한숨을 내쉬었다. 그러면서도 오빠한테 흘끔흘끔 시선을 보냈는데, 나도 알아차린 그 시선을 오빠는 모르는 척 무시로 일관했다.

결국 아저씨의 시선은 내게로 넘어왔다. 하지만 오빠도 무시하는 저 아저씨랑 내가 무슨 대화를 나누겠냐 싶어 모르는 척 수술실의 문만 바라봤다.

"……수술 들어간 지 얼마나 됐습니까?"

조용한 복도를 울린 건 오빠의 목소리였다. 그게 자신을 향한 질문이란 걸 알아들은 매니저가 손목시계를 확인하곤 얕은 한숨과 함께 답했다.

"이제 2시간 넘어갑니다."

"……."

총 2시간이라도 충분히 긴 시간인데, 어머님의 수술은 아직 진행 중이었다. 대체 어디를 어떻게 다치셨기에 수술이 2시간이나 진행되고 있는 거지?

갑자기 무서워져서 오빠의 손을 꽉 잡았다.

전화를 막 받았을 때만 해도 벌벌 떨리고 있던 오빠의 손은 지금은 괜찮았다. 하지만 정말 괜찮아서 그런 게 아니라는 것쯤은 쉽게 알 수 있었다.

"괜찮아. 괜찮을 거야."

오빠가 그렇게 말하며 내 어깨를 감쌌다. 나는 왜 오빠한테 먼저 그 말을 하지 못했나 후회하다가 대신 오빠의 허리를 꽉 끌어안았다.

시간이 얼마나 지났을까.

영원히 꺼지지 않을 것만 같던 불이 꺼지고 수술실의 문이 열렸다. 그 안에서 아마도 어머님으로 추정되는, 산소호흡기를 쓴 환자가 침대에 실린 채 밖으로 나와 어딘가로 이동됐다.

그 모습을 보고 오빠와 나, 그리고 매니저와 아저씨까지 벌떡 일어났지만, 의사가 부르는 소리에 아무도 그 뒤를 따르지 못했다.

"이영린 씨 보호자님."

"네!"

"네."

아저씨와 오빠가 동시에 답했다. 아저씨는 금방이라도 울 것 같은 얼굴로 두 손을 가만 놔두지 못했고, 그에 비하면 오빠는 차분한 얼굴로 서 있었다.

그런 두 사람 중 오빠가 대화 상대로 적격이다 여긴 모양이었다. 의사는 오빠에게 다가와 입을 열었다.

"수술은 잘 끝났습니다. 다만……."

"다만, 다만 뭐요? 우리 영린이 어떻게 되는 겁니까?"

의사가 말을 끝맺기도 전에 아저씨가 조급한 목소리로 외쳐 물었다. 그냥 놔두면 숫제 멱살이라도 잡을 기세였다.

그걸 나만 느낀 건 아닌지 의사가 재빠르게 뒤로 물러나며 본론을 꺼냈다.

"오늘 밤이 고비입니다."

"……뭐라고요?"

"깨어나시면 괜찮습니다. 하지만 깨어나시지 못하면."

의사는 면목 없다는 얼굴로 한마디만 남긴 후 재빠르게 자리를 떠났다.

"최악의 상황을 염두에 두시는 게 좋을 것 같습니다."

❋

어머님은 중환자실에 계셔서 면회조차 불가능했다.

우리는 복도에서 소식을 기다리는 것밖엔 할 수 있는 게 없었는데, 그 와중에 기어이 중환자실까지 쫓아 들어온 기자들 때문에 한바탕 소동이 일어났다. 그 기자들 중에 오빠의 얼굴을 아는 사람이 있었던 것이다.

결국 드라마 작가 천유진이 배우 이영린의 아들이라는 사실이 실시간으로 기사화되고 말았다.

그러자 오빠의 핸드폰에 불이 나기 시작했다. 하지만 오빠는 누구의 전화도 받지 않고 끝내 핸드폰을 꺼 버렸다.

이영린과 천유진의 관계가 이슈이긴 한 건지, 매니저와 아저씨도 한참 동안 핸드폰을 붙들고 있다가 결국 자리에서 일어났다.

"우린 가서 기사 수습 좀 해야겠다. 너는 어떻게 할래? 너 영린이 아들 맞다고 공식 입장 발표해?"

"아니라고 발뺌하기도 우스운 상황이잖아요. 맞다고 해 주세요."

"그래. 기자들이 이상한 헛소리하는 건 내가 막아 줄 테니까, 영린이 일어나면 꼭 전화해 줘. 알았지?"

"네. 부탁드립니다."

255

아저씨는 차마 발길이 떨어지지 않는다는 얼굴로 뒤를 몇 번이나 돌아보다가 겨우 자리를 떠났다.

그사이에 나는 기사로 소식을 접한 부모님의 전화도 받고, 해리의 전화도 받고, 큰 이모와 세아의 전화도 받았다.

거기까지는 상관이 없었는데, 모르는 번호들로 자꾸 전화가 오기 시작해서 핸드폰의 전원을 꺼 버렸다. 바뀐 내 번호는 대체 어떻게 알고 전화한 건지 솔직히 조금 무섭기까지 했다.

"오빠, 커피 좀 마셔요."

"응, 고마워."

어느새 새벽 3시였다. 그사이 우리가 마신 커피가 두 잔. 한강에서 마신 것과 지금 마시는 것까지 합치면 도합 네 잔이었다.

시험 기간에도 커피를 이렇게 연달아 마신 적은 없었다. 과도하게 공급된 카페인에 심장이 벌렁거리다 못해 터질 것 같았다.

그래도 나는 오빠의 어깨에 머리를 기댄 채 빨대를 쪽쪽 빨았다. 안 그러면 도저히 이 긴긴밤을 지새울 자신이 없었다.

"소희야, 안 피곤해?"

"괜찮아요. 견딜 만해요."

기계적으로 내뱉은 후 떠올린 건 병원에서 눈을 떴던 날 오빠가 했던 말이었다. 나는 맨날 괜찮다고 하니까 믿을 수 없다고 했지.

그때 기억을 떠올리며 작게 웃는데 오빠가 내 머리 위로 자기 머리를 기대는 게 느껴졌다. 나는 행여나 오빠가 불편할까 웃던 걸 뚝 멈췄다.

"내가…… 웬만하면 너 들어가라고 했을 텐데."

"오빠가 들어가라고 해도 안 들어갈 거예요."

"응. 혼자 있을 자신이 없어."

오빠의 나지막한 목소리가 내 귓가에 내려앉았다.

"같이 있어 줘, 소희야."

"네. 그럴게요."

오빠에게서 이렇게 약한 소리를 듣는 건 처음이었다.

하긴, 생각해 보면 그럴 일이 없기는 했다. 내 기억으로 오빠에게 일어났던 일 중 최고로 힘들었던 일은……. 음, 짝사랑 말곤 없었던 것 같은데.

하지만 사람이 늘 행복하면서 살 수는 없는 일이었다. 분명 내가 알지 못하는 동안에도 다른 힘든 일이 있었겠지.

그땐 누가 오빠의 버팀목 역할을 해 줬을지 모르겠지만, 적어도 지금은 내가 그 역할을 할 수 있어서 다행이었다.

아, 그런데 잠이 진짜 미칠 듯이 쏟아지기는 한다.

명우 오빠 콘서트 한다고 너무 설레서 어제 잠을 못 이룬 탓이 컸다. 아니, 이제는 어제가 아니라 그저껜가.

버릇처럼 시간을 확인하다가 아직 컵 안에 남아 있는 커피를 또 쪽쪽 빨았다. 그리고 빈 컵을 오른쪽에 있는 의자에 내려놓는데, 오빠의 목소리가 아주 작게 들려왔다.

"저번에 어머니 집에 오셨다가 가시기 전에……. 너한테 뭐라고 했었어?"

"그때요?"

"혹시 기분 나쁜 소리 하셨으면……."

"아니에요. 그런 말씀 안 하셨어요."

나는 그 당시에도 오빠가 나한테 걱정스럽게 물었던 걸 기억해 냈다. 그때에는 아무 생각 없이 지나갔는데 오빠가 그때 일을 한 번 더 끄집어내자 기분이 조금 이상해졌다.

혹시 어머님 처음 뵈었을 때 날 별로 안 좋아하셨나? 아니면 막 결혼을 반대하셨나?

그런데 날 그렇게 싫어하시는 것 같지는 않았는데.

나는 찜찜한 마음을 뒤로한 채 일단 오빠의 손을 꼭 잡아 주었다.

"어머님이 오빠 어렸을 때 엄마 노릇 잘 못했다고, 그게 마음에 걸린다고, 오빠 잘 부탁한다고 그 말씀하셨어요."

"그래……. 그럼 됐어."

오빠의 입에서 작은 한숨 소리가 흘렀다. 낮게 가라앉는 그 숨처럼 나는 내 기분 역시 낮게 가라앉는 걸 느꼈다. 그래서 일부러 씩씩한 목소리를 냈다.

"오빠, 조금 잘래요?"

"응?"

"계속 깨어 있으면 피곤하잖아요. 조금만 자요. 그리고 오빠 일어나면 제가 잘게요."

나는 오빠에게 기댔던 머리를 들고 등을 꼿꼿하게 폈다. 그리고 여기 기대라고 내 어깨를 탁탁 두드렸다.

그런데 오빠가 눈만 깜빡일 뿐 움직이지를 않아서, 그냥 오빠 머리를 잡아당겨 내 어깨에 강제로 기대게 했다.

"둘 다 계속 버티다가 동시에 잠들면 어머님 일어나셨을 때 소식 못 들을 수도 있잖아요. 우리 번갈아 가면서 조금씩 눈 붙여요."

"그럼 네가 먼저 자. 난 괜찮아."

"괜찮다는 말 못 믿겠는 건 저도 마찬가지거든요? 됐으니까 자요. 오빠 지금 자세도 잡았잖아요."

뭣하면 자장가라도 불러 줄까 물으니 오빠가 작게 웃음을 터뜨렸다. 병원에 온 이후 처음 보는 오빠의 웃음에 마음이 저절로 뿌듯해졌다.

"그럼 조금만 잘게."

"네. 제 꿈 꾸세요."

"난 맨날 네 꿈 꿔."

농담도 저렇게 진지하게 하니까 되게 진담 같다. 나는 키득키득 웃다가 내 어깨에 머리를 기댄 오빠를 의식하고 등을 더 꼿꼿하게 폈다.

이제 문제는 오빠가 자다 깰 때까지 내가 안 자고 버틸 수 있느냐, 인데.

솔직히 자신은 없다. 그래도 어떻게든 버텨 봐야지.

그런데 그렇게 생각을 하자마자 잠이 몰려오는 건 어쩌면 좋을까.

요란하게 뛰어 대던 심장도 이제는 지쳤는지 잠잠했다.

나는 볼 안쪽을 깨물면서 어떻게든 잠을 쫓아내려 애썼다. 그래도 아까까지는 오빠랑 대화를 나누면서 잠을 쫓아낼 수 있었는데 이제는 나 혼자 깨어 있으려니까…….

"안 되겠다."

"네?"

"잠이 안 와."

벌써 잠든 줄 알았던 오빠한테서 말이 들려와 깜짝 놀랐는데, 이어지는 말의 내용은 더 놀라웠다.

나는 잠 와 죽을 것 같은데.

그 생각이 얼굴에 드러난 걸까. 고개를 들고 손으로 얼굴을 몇 번 쓸던 오빠가 나를 돌아보고는 자기 어깨를 손으로 두드렸다.

"먼저 자."

웃고는 있지만 그 얼굴엔 지친 감정이 선명했다. 나는 속에서 울컥하는 감정을 간신히 추스르며 고개를 흔들었다.

"저도 잠 안 와요."

"엄청 피곤해 보이는데?"

"피곤한데 잠 안 와요."

"그럼 잠깐만 기대고라도 있어."

이번엔 오빠가 내 머리를 자기 어깨에 기대게 했다.

나는 엉거주춤한 자세로 머리를 대고 있다가 못 이기는 척 몸을 움직여 자세를 잡았다. 키 차이 때문인지 오빠 어깨에 머리를 기대고 있는 게 무척이나 편했다.

그 말은 반대로 생각하면, 오빠가 내 어깨에 기대는 건 무척이나 불편하다는 말과 다를 게 없었다. 어쩌면 오빠가 잠이 안 온다고 한 건 허리가 아파서일지도 모르겠다.

나는 왜 어렸을 때 학교 급식으로 받았던 우유를 친구한테 다 줘 버렸을까. 그거라도 먹었으면 키가 2cm 정도는 더 컸을지도 모르는데.

아, 근데 진짜 잠 온다.

이대로 눈 감으면 거짓말 안 하고 3초 만에 잠들 수 있을 것 같았다. 그래서 아예 눈을 안 감으려고 노력하고 있는데, 머리 위에서 오빠의 나지막한 목소리가 들려왔다.

"만약에, 이대로 어머니 안 깨어나시면······."

"오빠."

"전에 집에 오셨던 그날이 마지막이 되는 건데."

"그럴 리가 없잖아요."

잠이 확 깼다. 나는 고개를 들어 오빠를 바라봤다. 그리고 오빠의 팔을 힘주어 잡았다.

"그렇게 나쁜 생각 하지 마요. 어머님 괜찮으실 거예요."

"그런데 자꾸 하게 돼."

눈을 아래로 내리깐 오빠의 얼굴은 음울한 그림자에 잠식되어 있었다. 이윽고 나를 돌아보는 눈 역시 너무나 서글픈 빛을 띠고 있어, 나는 아무 말도 하지 못했다.

"말을 왜 그렇게 못되게 했을까."

"오빠……."

"잘 가시라고 인사도 안 드렸어."

"그거는, 어머님이 저한테 하실 말씀 있다고 하셔서 그런 거잖아요. 오빠가 잘못한 게 아니에요."

나는 진심으로 그렇게 생각했지만, 만약 반대로 지금 병실에 누워 있는 게 날 낳아 준 우리 엄마였다면 나라도 오빠처럼 생각했을 거다.

그 마음을 이해하고 나니 무슨 말을 해야 오빠를 위로할 수 있을지 알 수가 없어졌다.

할 수 있는 거라곤 그저 오빠의 손을 꽉 잡아 주는 것뿐이었다. 나는 괜찮을 거라고, 아무 의미 없는 그 말만 몇 번이고 반복했다.

"의사가 수술 잘 끝났다고 했잖아요. 긍정적인 생각만 해요, 우리."

"……응, 그래."

고마워.

그 나지막한 목소리에 그만 주책없이 눈물을 흘릴 뻔했다. 하지만 바로 전에 긍정적인 생각을 하자고 해 놓고 내가 먼저 울 수는 없었다.

나는 괜히 슬슬 잠이 온다는 핑계를 대며 오빠의 어깨에 머리를 기댔다. 꼭 잡은 손은 놓지 않은 채로.

"오빠, 저 1시간만 있다가 깨워 주세요."

"더 자도 돼."

"1시간이면 충분해요. 그다음에 교대해요, 우리."

그렇게 말한 것까지는 기억이 나는데, 그 뒤로는 암전이었다. 아마 버티다 버티다 결국 한계에 이르러 그대로 잠든 모양이었다.

눈을 떴을 땐 이미 창밖이 밝아져 있었다. 나는 오빠한테 왜 1시간 있다 안 깨웠냐고 따지지 못했는데, 오빠 역시 내 머리에 기대 잠들어 있었기 때문이다.

머리 위의 무게감으로 그 사실을 알아차린 나는 오빠가 깨지 않도록 몸은 그대로 둔 채 오른손만 움직여 주머니에서 핸드폰을 꺼냈다. 시간은 벌써 10시였다.

어머님은 아직까지 안 깨어나신 건가? 만약 환자가 깨어나지 못하면 최악의 상황을 염두에 두라고 했던 의사의 말이 떠올라 마음이 불안해졌다.

그래도 만약 그 최악의 상황이 현실로 일어났다면 오빠나 나를 진작 깨웠겠지?

나는 머리는 그대로 둔 채 눈동자만 이리저리 굴려 상황을 파악하려 애썼다. 그러다 차트를 품에 안은 채 복도를 지나던 간호사와 눈이 딱 마주쳤다.

"아, 이영린 환자 보호자님."

"네?"

나를 보고 웃으며 다가오는 간호사는 어제 어머님의 수술실에 들어갔던 간호사 중 한 명이었다. 수술실에서 나온 뒤에도 중환자실을 몇 번 들락거려서 얼굴을 기억하고 있었다.

나를 이영린 환자 보호자라고 부르는 걸 보면 그녀 역시 나를 기억하고 있는 모양이었다.

"환자분 깨어나셨어요."

"아, 네…… 네?"

"몇 시간 전에 깨어나셔서 중요한 검사 다 마치고 지금 일반 병실에서 쉬고 계세요."

"저, 정말 깨어나셨어요? 어머님은 어떠세요? 괜찮으세요?"

"자세한 검사 결과는 아직 안 나왔는데, 의식 찾으셨으니까 고비는 넘기셨다고 보면 돼요. 다만 갈비뼈가 부러지셔서 거동하기……."

"오, 오빠! 오빠!"

나는 정신없이 오빠의 어깨를 흔들었다. 그러자 오빠가 화들짝 놀라 몸을 들썩이며 눈을 떴다.

"왜 그래? 무슨 일이야?"

오빠는 나와 간호사를 둘러보다가 곧 안색이 창백해져서 물었다.

"어머닌……."

"깨어나셨대요!"

"뭐?"

아, 제일 중요한 걸 안 물어봤다. 나는 고개를 돌려 간호사를 바라봤다.

"지금 면회 가능한가요?"

"네. 안 그래도 그거 말씀드리려고, 깨워 드리려고 온 거예요."

어머님은 아침 일찍 눈을 떴지만, 그때 우리가 너무 깊게 잠들어 있어서 깨우지 않았다고 했다. 어차피 그때 일어나 봤자 면회는 불가능해서 검사가 다 끝날 때까지 자게 내버려 뒀다고.

"그리고 지금 기자들이 아직도 병원 앞에 몰려 있는데, 그 사람들은 어떻게 할까요?"

"아, 저, 그 문제는. 이분이랑 상의해 주세요."

나는 어젯밤에 받았던 아저씨의 명함을 간호사에게 넘겨줬다. 일을 떠넘기는 느낌이라 살짝 찔리긴 했지만, 애초에 그런 거 처리하라고 소속사가 있는 거니까. 괜찮겠지?

"겸사겸사 이영린 씨 깨어났다는 말씀도 좀 전해 주세요. 그럼 잘 부탁드립니다. 오빠, 가요."

간호사에게 허리를 꾸벅 숙여 인사하고 오빠의 손목을 잡았다.

잠기운 때문인지, 아니면 놀랐기 때문인지 정신을 못 차리고 있던 오빠는 엘리베이터 앞에 도착해서야 겨우 입을 열었다.

"어머니…… 진짜 괜찮으신 거야?"

"네. 방금 간호사가 그랬잖아요. 괜찮다고."

하지만 불안한 마음이 가시지 않는지 오빠는 엘리베이터를 탔다가 내리는 동안 아무 말도 하지 않았다.

오빠가 입을 연 건 어머님이 계신 병실에 도착했을 때였다.

"어머니, 안 괜찮으시면 어떡해?"

"만약 안 괜찮으시면 그때 가서 걱정하면 되잖아요."

나는 머뭇거리는 오빠 대신 병실 문을 두드리고, 문 안쪽에서 대답이 들리자마자 바로 문을 열었다. 그리고 오빠의 등을 밀어 병실 안으로 들여보낸 후 그 뒤를 따라 들어갔다.

"너희 왔니?"

침대에 누워 있던 어머님은 우리를 보고 상체를 일으키려 하셨다. 하지만 몸에 힘이 들어가지 않는지 어깨만 들어 올린 게 전부였다.

그 모습을 본 오빠가 얼른 다가가서 어머님을 부축했다.

"누워 계세요. 일어나지 마시고."

"응…… 고마워."

어머님은 결국 일어나기를 포기하고 침대에 다시 누웠다. 간호사의 말마따나 거동이 무척이나 불편해 보였지만, 그래도 이렇게 말씀도 하시고, 움직이기도 하시는 걸 보니 불안했던 마음이 한결 가셨다.

"어머님, 몸은 좀 어떠세요?"

"어휴…… 죽을 거 같아. 나 살면서 이렇게 크게 다친 적 처음이야."

마치 엄살인 척 너스레를 떨고 계셨지만 겉모습만 봐선 절대 엄살이 아니었다.

평소 매체를 통해 화려하게 꾸민 모습만 접했기 때문일까? 화장을 하지 않은 얼굴이 무척이나 창백해 보였다. 링겔 바늘이 꽂힌 손목도 너무 얇아서 연약해 보였고.

"그래도 내가 명줄이 길기는 한 모양이야. 꼼짝없이 죽는 줄 알았는데 용케 살았네."

"무슨 말씀을 그렇게 하세요."

"농담이 아니라 진짜로. 차가 이렇게 뒤집혀서 시야가 돌아가는데……."

어머님은 침대에 누운 채 링겔이 꽂히지 않은 손을 움직여 가며 본인이 당한 사고에 대해 설명하기 시작했다. 그 모습을 보니 정신적인 충격은 없으신 것 같아 다행이라 생각하고 있는데, 오빠가 갑자기 몸을 돌렸다.

"잠깐 나갔다 올게요."

"유진아?"

어머님이 불렀지만 오빠는 붙잡을 새도 없이 병실 밖으로 나가 버렸다.

얼떨떨한 표정을 짓고 있던 우리 둘은 곧 서로를 바라봤다. 어머님이 우울한 목소리로 내게 물었다.

"나 또 뭐 말실수한 거지……?"

또? 그 단어가 신경 쓰였지만 일단 고개부터 흔들었다.

"아니에요. 어머님 괜찮으신 거 보고 긴장 풀려서 그런 걸 거예요. 새벽 내내 잠도 못 자고 걱정했거든요."

"그래? 유진이가 나 걱정했어?"

"당연하죠. 혹시 못 들으셨어요? 어젯밤이 고비라고, 못 깨어나면 최악의 상황 염두에 두라고 의사가 그랬단 말이에요."

"그랬구나……. 나 진짜 죽다 살았네."

작게 한숨을 쉰 어머님이 로드 매니저는 어떻게 됐냐고 물었다. 괜찮다는 내 대답에 다행이라고 중얼거린 어머님은 계속해서 닫힌 문을 흘끔거렸다. 그러다 내게 말했다.

"소희야. 가서 유진이 상태 좀 봐 주지 않을래?"

"어머님은 괜찮으세요?"

"난 괜찮아. 가서 유진이 좀 달래 줘."

까딱 잘못했음 정말 죽었을지도 모르는 사고를 겪고도 아들을 먼저 걱정하다니. 부모님이란 다 그런 걸까?

나도 조금 울컥해서 대답 대신 고개를 끄덕였다.

복도는 비어 있었다. 그럼 휴게실에 있으려나 했는데 오빠는 그곳에도 없었다.

복도도 아니고 휴게실도 아니면 대체 어디로 갔을까?

짐작이 안 가서 전화를 걸었는데 핸드폰이 꺼져 있다는 기계음만 들려왔다. 그러고 보니 어제 꺼 놨지.

핸드폰을 다시 주머니에 넣은 나는 1층에 가 볼 생각으로 엘리베이터 앞에 섰다. 그런데 내가 버튼을 누르기도 전에 엘리베이터가 열렸다. 그 안에서 나온 건 어머님의 매니저였다.

"아."

"안녕하세요, 소희 씨."

매니저가 먼저 고개를 꾸벅 숙여 인사했다. 잘 모르는 사람한테서 이렇게 깍듯한 인사를 받는 게 어색해 나는 조금 늦게 반응했다.

"안녕하세요. 어머님 깨어나신 거 들으셨어요?"

"네. 병원 오던 중에 간호사한테 연락받았습니다. 소식 주셔서 감사합니다."

"아뇨, 뭐……."

사실 기자들 얘기 아니었으면 명함 전해 줄 생각도 못 했을 거다. 괜히 민망해져 어색하게 웃은 나는 옆으로 비켜서며 병실 쪽을 가리켰다.

"들어가 보세요. 어머님 지금 혼자 계세요."

"네, 그럼."

나는 복도 안쪽으로 들어가려는 매니저의 뒷모습을 바라보다가 혹시 싶어 물었다.

"저, 오빠 못 보셨어요? 천유진 씨요."

"유진 씨라면 이사님이랑 같이 계십니다. 잠깐 대화 나눈다고 하셔서 저만 먼저 올라왔고요."

"그래요?"

별 기대 안 하고 있었는데 물어보길 잘했다.

나는 두 사람이 어디 있는지 물으려다가 생각을 바꿨다. 괜히 찾아갔다가 대화 방해하면 그것도 실례니까.

대신 음료수나 사 올까 싶어 1층의 매점으로 향했다. 주스랑, 커피랑, 생수 하나랑……. 사람들의 기호를 알 수가 없어서 우유에 차에 비타민 음료에 온갖 페트병을 전부 골라 계산했더니 커다란 비닐봉지가 묵직해졌다.

너무 많이 샀나? 그래도 음료수는 두고두고 마실 수 있으니까.

"으, 피곤해……."

엘리베이터에서 내리는데 자꾸 하품이 나왔다. 잠을 아예 못 잔 건 아니지만 역시 새우잠으로 피로를 푸는 건 무리였던 모양이다.

어머님도 괜찮으시다니까 집에 가서 좀 자고 올까. 문병객도 많이 올 것 같고.

벌컥.

"엄마야!"

"아, 죄송합니다."

병실 앞에 도착한 순간, 문이 벌컥 열려 하마터면 이마를 부딪칠 뻔했다. 반사적으로 뒤로 물러나자 문을 열고 나온 매니저가 놀란 얼굴로 내게 사과했다.

"괜찮아요. 안 부딪혔어요."

"아, 이리 주십시오. 제가 들겠습니다."

그것도 괜찮다고 하려다가 어차피 다 와서 그냥 드렸다.

"하나 드실래요?"

"전 괜찮습니다."

"많이 사 왔는데……."

봉지 안을 살피던 매니저가 그럼 감사히 마시겠다며 이온 음료 하나를 꺼냈다. 그런데 그때, 열린 문 너머에서 어머님의 목소리가 들려왔다.

"정말? 오랜만에 얼굴 보고 싶었는데."

무의식중에 그쪽으로 고개를 돌리자 어머님의 침대 옆에 아저씨와 함께 오빠가 서 있는 게 보였다.

"그게, 혜민이는 직접 오고 싶다고 했는데 내가 유진이 있으니까 오지 말라고 했거든."

……혜민이? 유진이 있으니까 오지 마?

"제가 여기 있는 거랑 걔가 안 오는 거랑 무슨 상관인데요?"

"무슨 상관이긴, 걔가 옛날에 너 좋아한다고 쫓아다닌 거 기억 안 나?"

"언제 적 이야기를 하시는 거예요?"

"물론 옛날이야기긴 하지만 혜민이는 아직도…… 어?"

아저씨와 눈이 마주쳤다. 나는 반사적으로 미소 지었다.

"하시던 말씀 계속하세요."

"어머, 소희야?"

"아니, 그러니까…… 소희 씨 언제 왔어요?"

"아까요. 하시던 말씀 계속하세요. 혜민이는 아직도 뭐요?"

"얘, 소희야. 이상한 오해 하는 거 아니지? 이거 진짜 옛날이야기야. 그리고 유진이는 혜민이한테 관심도 없었어."

"그래, 열 살 때 이야기야."

당황한 얼굴의 어머님과 오빠가 나를 보며 설명했지만, 나는 침대 옆 탁상 위의 커다란 과일 바구니에서 시선을 떼지 못했다.

어디까지나 내 추측에 불과하지만 저 과일 바구니를 보낸 게 혜민이라는 사람 같았다. 곧 결혼하는 오빠가 이 자리에 있어서 직접 오진 못했지만, 저런 걸 보낼 정도로 어머님과 친분이 깊고 어렸을 땐 오빠를 좋아해서 따라다녔다……. 그리고 아직도…….

"소희 씨, 소희 씨? 내 얘기 좀 들어 봐요. 혜민이는 아직도 유진이를 좋아한다가 아니고 혜민이는 아직도 그때만 생각하면 자다가도 이불을 발로 찬다거든?"

"네에, 그렇군요. 이제는 안 좋아하는군요."

그것참 다행인데, 왜 이렇게 속이 타지.

매니저의 손에 들린 비닐봉지에서 아무거나 집히는 대로 음료수 하나를 꺼내 드는데 문득 떠오르는 얼굴이 있었다.

"혜민이…… 배우 성혜민?"

부정하는 사람이 아무도 없었다. 역시 이야기 속의 '혜민이'는 배우 성혜민이 맞는 모양이었다.

배우 성혜민.

어머님은 결혼 후 10년 만에 드라마로 복귀해 미혼모를 연기했는데, 그 딸 역할을 맡았던 아역 배우가 바로 성혜민이었다. 당시 나이가 아마 여덟 살이었나, 아홉 살이었나.

그 작품으로 데뷔한 성혜민은 이후로도 많은 작품을 찍으며 차근차근 연기력을 쌓아 배우로서의 커리어를 탄탄히 다졌다. 그런데 아역 배우로서의 이미지가 너무 강했던 탓에 성인이 된 후엔 그 이미지를 탈피하느라 무척 고생을 했다.

그러다 주인공을 죽어라 괴롭히는 악역을 맡고 이미지 탈피에 성공해서 연말에 상도 받고 그랬는데……

음, 지금 나이는 오빠랑 비슷하겠구나.

반응을 보아하니 어머님뿐만 아니라 오빠랑도 아는 사이 같고. 아니, 좋아한다고 쫓아다녔을 정도면 단순히 아는 사이는 아니려나.

"소희 씨, 내 말 듣고 있어요? 듣고 있죠? 듣고 있다고 해 줘요, 이거 진짜 오해하고 말고 할 그런 거 아닌데."

"네에, 알아요."

"그죠? 알죠? 나 때문에 유진이랑 막 싸우고, 그런 거 아니죠? 응?"

"그럼요. 안 그래요."

"아니, 저기…… 내 말 하나도 안 듣고 있구나?"

"듣고 있어요. 말씀하세요."

손에 쥐고 있던 캔을 따서 쭉 들이켰다. 그러고 나서야 알았다. 내가 지금 마신 게 커피란 걸.

어제 마신 커피가 몇 잔인데 또 커피라니. 이러다 카페인 쇼크 오겠다.

아니나 다를까 심장이 막 두근두근하며 세차게 박동하기 시작했다. 그 느낌이 싫어서 인상을 찌푸리는데 주변이 조용해졌다.

왜 다 나만 보고 있지?

"소희야. 너 진짜 오해한 거 아니지?"

그렇게 묻는 건 오빠였다.

피곤해서 그런가? 아니면 카페인 부작용 때문인가. 오빠가 무

271

슨 표정을 짓고 있는지 인식이 잘 안 됐다.

그게 답답해서 조금 큰 목소리를 냈다.

"아까부터 자꾸 오해했냐 안 했냐 물으시는데, 제가 무슨 오해를 하는데요? 그럴 만한 무언가가 두 사람 사이에 있어요?"

"아니……."

"오해 안 해요. 전 진짜 괜찮으니까, 성혜민 씨 오라고 하세요. 두 분 굉장히 친하신 것 같은데."

"아냐. 하나도 안 친해. 얼굴 못 본 지 벌써 몇 년 됐어."

"아, 몇 년 전에는 봤구나. 그것도 안 본 게 아니고 못 본 거구나?"

나도 모르게 잔뜩 비꼬고 말았다. 그러다 아차 싶어 얼른 입을 다무는데, 속이 너무 상했다. 내가 왜 이러지?

"소희야, 화났어?"

"화요? 아뇨? 제가 왜요?"

"그럼……."

그때 들려온 오빠 목소리가 내 가슴 어딘가를 찔렀다.

"혹시 질투하는 거야, 지금?"

"질투?"

질투라니, 지금 대체 무슨 소릴 하는 거지?

……그런가? 나 지금 질투한 건가? 성혜민한테?

순간 얼굴이 확 달아올랐다. 나를 향한 시선들 속에서 나는 발가벗은 것 같은 부끄러움을 느꼈다. 내가 지금 여기서 무슨 못난 꼴을 보인 거지?

"저…… 집에 가 볼게요. 너무 피곤해서."

"소희야!"

272

오빠가 나를 붙잡는 걸 뿌리치고 병실에서 뛰쳐나왔다. 눈물이 터질 것 같았는데, 여기서 울면 더 수치스러울 것 같아 겨우겨우 눈에 힘을 주고 엘리베이터에 올랐다.

그러나 엘리베이터에 설치된 거울을 본 순간, 입술을 세게 깨문 채 울상을 하고 있는 나와 눈이 마주친 순간 결국 눈물을 터뜨리고 말았다.

뭐가 그렇게 서러운지도 모르고 나는 펑펑 울었다. 더 이상 눈물이 나오지 않을 때까지.

화장실에 틀어박혀 울고 싶은 만큼 울었더니 속이 조금 시원해졌다. 하지만 그 대가로 나는 개구리눈을 얻어야 했다.

이 얼굴로는 다시 병실로 돌아갈 수도 없었고, 집으로 갈 수도 없었다. 오빠와 마주칠 수도 있으니까.

아주 잠깐이라도 아무도 없는 곳에서 내 감정을 정리하고 싶었다. 그런데 아무리 생각해도 딱히 갈 만한 곳이 없었다.

몸이 좀 멀쩡하면 몰라, 안 그래도 피곤한데 울기까지 해서 체력이 바닥이었다. 어딜 가든 엉덩이를 붙이면 그대로 잠들 것 같았다. 그렇다고 모텔에 가자니 거기는 좀 찜찜하고, 찜질방도 좀 그렇고.

결국 고민 끝에 나는 세아에게 전화를 걸었다. 오빠한테서 걸려 오는 전화와 메시지는 전부 무시하고.

-어, 소희야. 사돈어른은 좀 어때?

"괜찮으셔. 근데 있잖아, 나 잠깐 너희 집에 가 있어도 돼?"

─우리 집? 왜? 혹시 너희 신혼집까지 기자들 몰려들었어?

"그건 아닌데…… 그럴 수도 있나? 오빠가 연예인도 아닌데?"

─제부도 그만하면 연예인이지 뭐. 너 모르지? 지금 인터넷에 실시간 검색어 제부랑 네 사돈어른이 다 차지했어.

"진짜?"

─어. 제부는 지금 과거에 인터뷰했던 것까지 다시 다 재조명되고 있더라. 사실 사돈어른 아니더라도 유명한 사람이잖아. 드라마 작업한 거 다 대박 나서.

그런 사람이 내 남편 될 사람이란 말이지.

겨우 찾은 현실감이 다시 저 멀리로 날아가 사라졌다.

나는 어머님과 오빠, 그리고 배우 성혜민을 떠올리다 작게 한숨을 내뱉었다. 아까도 진심이긴 했지만, 지금이야말로 아무도 없는 곳으로 사라져 버리고 싶었다.

"그래서, 나 너희 집 가도 돼?"

─상관은 없는데…… 지금 집 엄청 지저분한데 괜찮겠어?

"괜찮아. 돼지우리든 뭐든 나는 지금 혼자 있을 수 있는 곳이 필요해."

─얘 좀 봐. 돼지우리까진 아니거든?

샐쭉한 목소리를 낸 세아가 주소랑 비밀번호는 메시지로 알려주겠다면서 전화를 끊었다.

나는 택시를 잡아 탄 다음 세아가 보내 준 메시지의 주소로 가 달라고 부탁했다.

회사에 취직하고 1년 정도 지나서 독립했다는 세아의 자취집은 자그마한 빌라였다. 기억을 잃은 후에는 처음 오는 곳이지만, 왠지 모르게 익숙한 느낌이 났다.

"비밀번호가……."

0823*. 어쩐지 날짜 같은 느낌이 드는데. 혹시 남자 친구 생일인가?

맞네, 맞다. 아닐 수가 없다. 자기는 절대 연애 안 할 거라고 큰소리치더니 천하의 정세아도 별수 없는 모양이었다.

나는 혼자 키득거리며 문을 열고 집 안으로 들어갔다. 그런데.

"와……. 뭐? 돼지우리는 아니야?"

양심이 있으면 그 소리는 하면 안 됐다.

나는 현관 앞에 대충 쌓여 있는 재활용 쓰레기와 거실과 침실에 이리저리 널브러진 옷가지, 그리고 싱크대에 잔뜩 쌓여 있는 설거지거리를 보고 할 말을 잃었다.

그래. 돼지우리는 아니다. 돼지우리가 이거보단 깨끗하겠네.

내가 그런 생각을 하는 걸 알았는지 핸드폰이 짧게 한번 울렸다.

예상대로 메시지의 주인은 세아였다. 내가 이쯤이면 집에 도착했을 거라고 생각한 모양이었다.

[청소해 주면 퇴근할 때 치킨 사 감.]

이게 지금 치킨 한 마리로 될 일이냐? 나는 눈에 불을 켜고 액정을 두드렸다.

[족발도 사 와. 막국수 추가해서.]

[콜.]

그래도 양심은 있는지 세아는 나와 협상을 하려 들지 않았다. 하긴, 만약 그랬으면 당장 이 집을 나가 차라리 세쌍둥이 보러 해리네 집에 갔을 거다.

와, 근데 더럽긴 진짜 더럽다.

세아의 옷장에서 편한 옷을 꺼내 갈아입은 나는 뭐부터 치워야 하나 주변을 둘러보다가 일단 부피가 큰 재활용 쓰레기부터 내다 버리기로 결심했다.

출근할 때 하나씩만 들고 나가도 이렇게 쌓이지는 않았을 텐데, 이게 뭐가 그렇게 예쁘다고 집에 쌓아 둔 걸까.

쓰레기를 버린 다음 창문을 열어 집을 환기시킨 후 청소기를 돌리고 걸레를 빨아 바닥을 닦았다.

옷은 전부 모아 세탁기에 넣어 돌리고, 엉망진창인 냉장고도 싹 다 정리하고, 가구나 전자제품마다 하얗게 쌓여 있는 먼지도 닦아 내고…….

물 때 낀 욕실도 락스를 뿌려 가며 청소했더니 머릿속의 잡념까지 깨끗하게 지워졌다.

그래, 이 맛에 집안일 하는 거지.

옥상 출입이 가능하다고 해서 빨래 건조대를 들고 옥상에 올라갔다. 강렬한 햇살이 내리쬐는 곳에 빨래를 탁탁 털어 널었더니 가슴이 뿌듯해졌다.

이왕 날씨 좋은 거 이불도 빨아 널고, 바닥도 다시 한 번 닦고, 새로 나온 쓰레기도 전부 모아 내다 버리고.

집을 완전히 뒤집어엎는 데 걸린 시간은 총 4시간이었다. 청소하는 데 정신이 팔려서 시간이 이렇게 지나는 것도 몰랐고, 배가 고픈지도 몰랐다.

그러고 보니 밤을 꼴딱 샜는데 아침도 못 먹고 점심도 건너뛰었다.

그 사실을 자각하자마자 급격하게 몰려오는 허기에 배를 움켜

쥐고 냉장고를 뒤졌다.

하지만 내다 버릴 거 다 내다 버린 냉장고에 먹을 만한 거라곤 술이랑 물이 전부였다.

이거 큰 이모한테 이르면 얘 바로 집에 끌려 들어갈 텐데.

약점 하나 잡았다. 나는 이 약점을 어디에 써야 잘 썼다고 소문이 날까 고민하다가, 배가 고파서 머리 쓰기를 포기했다.

"와, 배에서 소리 난다⋯⋯."

꾸르륵거리는 배를 움켜쥔 채 거실에 드러누워 있다가 핸드폰을 집어 들었다. 뭐라도 시켜 먹을 생각이었다.

그런데 내가 청소를 하는 사이 핸드폰에는 수많은 메시지와 부재중 전화가 쌓여 있었다. 발신인은 전부 오빠였다.

[지금 어디야?]

[소희야, 내가 잘못했어. 전화 좀 받아.]

[혹시 가평이야? 내가 그쪽으로 갈까?]

또 뭘 잘못했다고 사과를 하고 있을까.

하긴, 사람이 그렇게 많았는데 그 자리에서 너 질투하냐고 물어본 건 좀 심했다. 아무리 내가 진짜로 질투를 하고 있었어도 말이지.

그에 살짝 앙심이 생기기도 했고, 아직 부끄러움을 지우지 못해서 당분간은 오빠 얼굴을 보고 싶지 않았다.

나는 그게 온당한 감정이 아니라는 걸 알면서도 오빠의 메시지를 전부 무시했다. 그리고 세아네 냉장고에 붙어 있는 전단지 중 하나를 골라 짜장면과 탕수육 세트를 주문하고 핸드폰을 꺼 버렸다.

"배달 왔습니다!"

277

주문한 짜장면은 거의 10분 만에 도착했다.

나는 배부르게 먹고 냉장고에서 맥주 하나를 꺼내 마신 다음 세아의 침대에 누웠다. 할일 다 했겠다, 세아가 올 때까진 잠이나 잘 생각이었다.

그런데 잠도 제대로 못 잔 데다 집안일까지 열심히 했는데 도통 잠이 오지 않았다. 몸은 피곤하고 눈은 뻑뻑한데 잠이 오지 않는 이 상황을 어쩌면 좋을까.

침대에 누워 이리 뒤척, 저리 뒤척 하던 나는 결국 꺼 놓은 핸드폰을 켰다.

메시지며 부재중 전화는 핸드폰이 꺼져 있는 동안에도 여러 개 들어와 있었다.

하지만 나는 그걸 못 본 척하고 인터넷 창을 켰다.

세아랑 통화를 했을 때보다 시간이 지나서일까. 실시간 검색어는 다른 연예인의 이름이 차지하고 있었다.

하지만 7위나 10위 정도에는 여전히 어머님 이름이나 오빠의 이름이 있었다.

나는 잠깐 망설이다가 어머님의 이름을 눌러 봤다.

이영린 사고 소식을 앞다투어 전했던 기사는 이제 이영린이 무사히 깨어났지만, 전치 3개월의 부상을 입었다는 내용으로 도배되어 있었다.

어찌 됐든 결과가 나왔기 때문일까. 이제 기사들은 이영린 주연으로 곧 크랭크인 예정이었던 영화가 어떻게 될지 그 귀추를 주목하고 있었다.

뭐, 이 일이야 어머님이나 이사 아저씨가 알아서 하겠지.

나는 이어서 오빠의 이름도 검색해 보려다가, 마음을 바꿔 성혜민의 이름을 쳤다. 하지만 끝내 검색 버튼을 누르지 못한 채 핸드폰을 끄고 말았다.

'혹시 질투하는 거야, 지금?'

질투. 질투. 질투……

무작정 그 단어를 곱씹던 중 언젠가의 기억이 떠올랐다. 어머님의 사고 소식을 전화로 전해 들었을 때 되찾았던 기억.

'좋아해, 소희야.'

그건 어두운 밤, 가평의 계곡에서 오빠가 나한테 좋아한다고 고백했을 때의 기억이었다.

❀

그날은 유성우가 쏟아진다고 엄마가 무척이나 호들갑을 떨었던 날이었다. 그 바람에 나도 혹해서 유성우를 봐 볼까 싶었다.

하지만 내 방 창문이 너무 작아서 유성우를 보기엔 적합하지 않았다. 그래서 어디로 갈까 고민하다가 계곡에 가기로 했다. 거기는 벤치도 있고 하늘도 뻥 뚫렸으니까.

그리고 마치 운명의 장난처럼, 또 1층 로비에서 선배와 마주쳤다.

"이 시간에 어디 가?"

"오늘 유성우 쏟아진다고 해서요. 그거 보러 계곡에 가요."

"혼자? 위험하잖아."

"위험할 게 뭐가 있어요. 도망친 범죄자가 산에 숨어 사는 것도 아닌데."

"그래도. 어둡잖아."

물론 어둡기는 하지만 그렇다고 길을 잃거나 발을 헛디딜 만한 곳은 아니었다. 뒷산은 그렇게 높지도 않고 나는 그 계곡을 한두 번 다닌 게 아니니까.

하지만 선배는 내가 영 못 미더운 모양이었다.

"그럼 나랑 같이 가자."

"어…… 선배 어디 가려던 거 아니었어요?"

"나도 유성우 보러 나가려던 참이었어."

"진짜요?"

"응. 어머님이 꼭 봐야 된다고 하셔서."

펜션 장기 손님으로서 호감도 80점을 먹고 들어온 선배는 방도 참 깨끗하게 쓰고 까탈스러운 모습을 보이지 않아 어느새 100점 만점을 찍고 엄마와 친해졌다.

어느 정도로 친해졌냐면, 가끔가다 한 번씩 우리 식구 식탁에 초대될 정도로?

오늘 낮엔 같이 카운터 앞에 앉아 드라마를 보더니 어느새 유성우에 대한 이야기도 나눈 모양이었다.

어쩌면 우리 엄마가 선배랑 더 친한 거 아니야? 순간 느껴진 위기의식에 그럼 같이 가자고 고개를 끄덕였다.

남녀 둘이 나가기엔 너무 늦고 으슥한 장소 아닌가 하는 생각이 뒤늦게 들었지만, 그 사실에선 별다른 위기의식이 느껴지지 않았다. 다른 사람도 아니고 선배니까.

"뭐 챙겨 갈 거 없나?"

"손전등 하나만 챙겨 가면 될 거예요. 거기까지 가는 길이 좀 어둡거든요."

제대로 정리도 안 되어 있는 길인데 가로등 같은 게 설치되어 있을 리 만무했다.

내 설명에 고개를 끄덕인 선배는 손전등은 가지고 있는 게 없다며 대신 핸드폰을 꺼냈다.

"핸드폰 플래시면 되려나?"

"저 큰 거 있어요."

선배는 밤길이 위험하니까 자기가 앞장서겠다며 내게서 손전등을 받아 갔다. 나는 순순히 선배에게 손전등을 넘겨주고 그의 발자국을 밟으며 걸었다.

야트막한 산길은 어둡고 또 조용했다. 그 때문에 사부작사부작 풀 밟히는 소리가 생각보다 크게 들렸다. 그게 묘하게 낭만적이라 생각하며 말없이 걷기만 했다.

"다 왔다. 소희야, 발 조심해. 강에 빠질라."

"네."

선배가 내미는 손을 아무 생각 없이 잡았다가 뒤늦게 흠칫했다. 그리고 그 사실에 또 놀라서 선배의 눈치를 살폈는데, 다행히 선배는 내가 놀란 이유를 다른 것으로 착각했다.

"물 많이 차갑지?"

나는 얼른 고개를 끄덕였다.

"그러게요. 밤이라 더 차가워졌나 봐요."

발을 물에 담그고 벤치에 앉은 다음 선배의 손을 놓았다. 그리고 아직 온기가 남은 손을 반대쪽 손으로 감싸며 두근거리는 가슴

281

을 애써 진정시켰다.

하…… 죽겠다, 정말.

"유성우 몇 시에 시작하지?"

"어……. 한 10분 있으면 시작한다는데 그렇게 시간이 딱 맞진 않지 않을까요?"

"그런가? 그럼 계속 하늘 보고 있어야겠네."

우리는 나란히 벤치에 등을 기댄 채 고개를 뒤로 젖혀 하늘을 바라봤다. 그런데 그 자세가 너무 힘들어서 누가 먼저랄 것 없이 고개를 숙였다.

"우리 번갈아서 보고 있을까?"

"그럴까요?"

선배가 뒷목을 주무르다 한 제안에 나 역시 뒷목을 주무르며 대답했다. 선배가 다시 고개를 젖혀 하늘을 보는 동안 나는 고개를 숙여 새까만 물을 내려다봤다.

낮에는 투명하게 바닥까지 비쳐 보였던 물이, 지금은 빛이 하나도 없어서 온통 새까맣게 보였다. 그 괴리감에 기분이 이상해져서 괜히 발을 앞뒤로 움직여 물을 튀겼다.

"선배, 목 아프면 말해 주세요."

"그럴게."

그리고 우리는 한동안 아무 말 없이 앉아 있기만 했다.

옛날 같았으면 그 침묵이 조금은 불편하게 느껴졌을 텐데 지금은 아무렇지 않았다. 선배가 가평에 내려와 있던 한 달 동안 더 친해져서 그런가?

어쩌면 내 마음가짐이 조금은 달라졌기 때문일지도 몰랐다. 선배를 더 이상 다른 세계 사람이 아니라 생각하기로 다짐한 내 마음가짐.

뭐, 선배가 여자 친구랑 헤어졌다는 사실은 말할 것도 없고.

"여기는 별이 많아서 참 좋아."

생각에 잠겨 있던 나는 문득 옆에서 들려온 목소리에 물장구치던 걸 그만두고 옆을 돌아봤다. 그러자 고개를 뒤로 한껏 젖힌 탓에 중앙이 툭 튀어나온 선배의 목선이 고스란히 눈에 들어왔다.

그렇게 은밀한 부위도 아니고, 그냥 목인데. 남성의 특징이 뚜렷하게 드러난 목울대를 보고 있자니 왠지 모르게 부끄러워져서 얼른 시선을 하늘로 돌렸다.

"여기가 서울보단 공기가 깨끗하니까요."

어물어물 핑계처럼 내뱉은 말이 이상하지는 않았던 모양이다. 슬쩍 곁눈질해서 살펴본 선배의 눈이 여전히 하늘을 향해 있는 걸 보면.

"사실 난 이렇게 물 좋고 공기 좋은 데에다 커다란 집 짓고 유유자적하게 사는 게 꿈이야."

"음…… 물 좋고 공기 좋은 데라고 유유자적하게 살 수 있는 건 아닐걸요?"

"경험담이야?"

"경험담은 아니고, 목격담이라고 해 둘까요? 저 여기서 그렇게 오래 안 살았거든요."

"그래?"

의아한 목소리가 들리고, 뺨에 시선이 닿는 게 느껴졌다.

나는 눈을 돌리지 않으려 애쓰며 말을 이었다.

"저희 가족 원래는 다 같이 서울 살았어요. 그러다 저 중학교 때 아빠가 다니던 회사에서 해고를 당하셨거든요. 그런데 딱 그

타이밍에 아빠 친구가 펜션 하다가 서울 올라오기로 했다고, 싸게 해 줄 테니까 펜션 해 볼 생각 없냐고 제안하셨어요."

"그래서 펜션 하시게 된 거야?"

"네. 원래 부모님 꿈도 그거였거든요. 저 다 키우고 나서 물 좋고 공기 좋은 데에 커다란 집 짓고 사는 거."

더불어 부모님이 원했던 건 커다란 개 한 마리 키우고 손바닥만 한 작은 텃밭을 가꾸는 거였다.

하지만 원래 사람 인생이란 어디로 튈지 모르는 탱탱볼 같은 거였다. 물 좋고 공기 좋은 곳에 커다란 집을 세우긴 하셨지만, 펜션 일이라는 게 워낙 할 게 많아서 두 분은 개나 텃밭 같은 건 꿈도 꾸지 못했다.

"그래도 작년에는 좀 짬이 나서 텃밭 한번 가꿔 볼까 하셨는데, 다른 펜션 텃밭에 고라니가 내려와서 다 뜯어 먹었대서, 그거 듣고 포기하셨대요. 저희 어머니 개랑 고양이 말고 다른 동물은 다 싫어하시거든요."

"그렇구나……."

그런데 무슨 이야기를 하다가 이 이야기를 하게 됐지?

나는 멍하니 하늘을 보다가 이야기의 근원을 떠올리고 다시 원래 화제로 돌아갔다.

"아무튼 그때 부모님이 펜션을 시작하셨는데 이 근처엔 학교가 없거든요. 게다가 두 분 다 공부는 서울에서 하는 게 낫다고 생각하셔서 저는 큰 이모 댁에서 신세 지게 됐어요. 고등학교 졸업할 때까지."

"중학교 때부터 고등학교 졸업할 때까지?"

"네. 대학교 입학해서 혼자 나와 살기 전까지요."

다행히 큰 이모랑 큰 이모부는 좋은 분이셨고, 세아도 좋은 애였다. 하지만, 그 덕분에 그 집에 있는 동안 무척이나 편하고 즐거웠다고 말할 수 있을 만큼 세상살이라는 건 쉬운 게 아니었다.

그렇다고 누군가에게 하소연할 수도 없는 게, 혼자 먹은 눈칫밥에 가끔은 체해서 아팠다라고 할 수는 없는 거니까. 먹여 주고 돌봐 준 은혜가 얼만데 큰 이모를 나쁜 사람 만들 수는 없었다. 나는 머리 검은 짐승이 되고 싶지 않았다.

"외롭지는 않았어?"

"외로울 일은 없었어요. 큰 이모 집에 동갑내기 사촌이 있었거든요. 죽이 잘 맞아서 친구처럼 잘 지냈어요."

"그래도 가끔은 부모님이 보고 싶었을 거 아냐."

"글쎄요……."

찰박찰박 물 튀기는 소리가 들렸다. 내가 내는 게 아니었다. 선배가 내는 소리였다.

나는 뒷목이 아파져서 고개를 숙였다. 밤하늘처럼 새까맣게 물든 물 위로 반짝반짝 별빛이 비치는 게 보였다.

아, 목 아프게 하늘 볼 필요 없이 그냥 강을 보고 있으면 되겠다.

나는 계속 고개를 숙인 채 입을 열었다.

"가끔 밤에 잠이 안 올 때가 있었는데……. 저는 그때 제가 느낀 감정이 뭔지 이름을 붙이기가 싫었어요."

"왜?"

"이름을 붙이면 잠식당할까 봐요."

흔히들 길들여진다고 하지.

처음 마주친 길고양이에게 이름을 지어 주는 사람은 없다.

사람들은 아무 동물에게나 이름을 붙이지 않는다. 충분히 책임질 수 있고, 사랑할 수 있을 때에야 비로소 이름을 붙인다. 그 동물을 키우면서 뒤따라올 일들을 모두 책임질 각오를 하고 나서야.

감정도 마찬가지였다. 내가 느끼는 감정에 이름을 붙이면 나는 그 감정을 쉽게 잘라 낼 수 없을 것 같았다.

그리움이면 매일매일 그립고, 외로움이면 매일매일 외로울 것 같아서. 나는 조금은 서글프고, 울적하고, 나를 울고 싶게 만드는 그 감정에 이름을 붙이지 않았다.

잠이 오지 않는 밤. 새까만 어둠을 바라보며 나는 생각했다. 인정하는 것만으로 웃음이 나오는 그런 기쁜 감정이 아니면 절대 받아들이지 않을 거라고. 앞으로도 계속, 나를 슬프게 만들 감정엔 이름을 붙이지 않을 거라고.

"사실은 그래서, 처음에는 제가 지금 좋아하는 사람을 좋아한다고 인정 안 하려고 했어요. 인정해 봐야 나만 슬프니까."

"……그런데?"

"그런데…… 마냥 슬프기만 하지는 않더라고요."

나는 내 목소리에 배어 나오는 수줍은 감정을 들키지 않기 위해 발로 물을 걷어찼다. 더불어 철벅거리는 요란한 소리보다 작은 목소리를 냈다.

"외롭고, 허전하고, 또 가끔은 슬퍼도……. 그래도 좋을 때는 또 엄청 좋더라고요."

행복하고, 설레고, 또 가끔은 가슴이 두근거리고.

"지금은 좀 아프지만, 그렇다고 좋은 것까지 버리기는 아깝더라고요. 그래서 인정하기로 했어요. 그러면 나중에 추억할 게 더 많이 생길 테니까."

지금 이 순간도 언젠가는 좋은 기억으로 추억할 수 있을 거다.

물론 당장은 힘들겠지. 하지만 진하게만 느껴지는 이 감정도 언젠가는 물이 빠져 옅어질 거다.

그러다가 완전히 투명해지면, 내 감정에 가려져 왜곡되었던 일들 역시 깨끗하게 돌이켜 볼 수 있게 될 거고.

"네가 좋아하는 사람이 다른 사람을 좋아해도…… 그래서 결국 네 사랑이 짝사랑으로 끝나도 그 기억을 추억할 수 있어?"

"그럼요. 안 돼도 그렇게 할 거예요."

"왜?"

"나중에라도 그 사람한테 말해 주고 싶거든요."

선배가 여자 친구랑 정확히 어떻게 헤어졌는지는 모르겠지만, 고등학교 때 이야기를 꺼낸 걸 보면 아마 그때와 비슷하게 헤어졌을 거다.

그 말을 할 때의 선배는 무척이나 슬퍼 보였다. 그래서 나는, 지금 당장은 무리지만, 선배를 좋아했다는 말을 웃으면서 할 수 있을 때에 꼭 선배에게 말하겠다고 결심했다.

"나는 당신을 좋아했고, 그래서 행복했다고요."

당신을 좋아하는 게 부담이 아니라 행복이었던 사람도 있었다고.

그 말을 들으면 선배가 웃어 줄까? 내 옆에서 그런 감정을 숨기고 있었냐고 곤란해하면 어떡하지.

하지만 적어도 선배는 너 같은 게 날 좋아하냐고 사람 무안 줄 사람이 아니었다.

만약 선배가 곤란해한다면 그건 내 마음에 보답을 해 줄 수 없기 때문일 것이다. 그런 사람이라서 나는 선배를 좋아하는 거니까.

아, 갑자기 되게 부끄럽다.

뒤늦게 선배 앞에서 무슨 소리를 한 걸까 민망해졌다.

어디 쥐구멍 없나. 있으면 좀 숨게. 그래도 다행인 건 내가 좋아하는 사람이 선배라는 걸 선배는 모른다는 거…….

"어! 선배! 별! 별 떨어져요!"

무심코 고개를 든 나는 밤하늘 가운데에 새하얀 선이 순식간에 그어졌다 사라지는 걸 보고 깜짝 놀라 소리를 질렀다.

"봤어요? 봤어요, 선배?"

유성이라는 게 저렇게 순식간에 떨어지는 거였구나.

생전 처음 보는 광경에 잔뜩 호들갑을 떨며 선배를 돌아봤다. 그런데.

"그 사람 그만 좋아하면 안 돼?"

"네?"

"나를 좋아하지도 않는 사람을 좋아하면서 어떻게 행복할 수가 있어."

나는 못 그래.

무언가에 꽉 틀어막힌 듯한 그 목소리에 나는 놀라 눈만 깜빡거렸다.

"선배?"

"좋아해, 소희야."

"……네?"

"근데 나는, 아파. 힘들어. 네가 날 안 좋아해서. 행복할 자신 같은 것도 없어. 그러니까."

선배의 시선이 나를 향했다. 나는 그 시선에 붙들려 숨조차 쉬지 못했다.

"그 사람 말고 나 좋아해 줘."

새까만 밤하늘엔 빛나는 별이 눈물처럼 쏟아져 내리고 있었다. 자연이 그려 내는 장관 아래에서, 나는 선배의 뺨을 가로지르는 한 줄기 눈물에서 눈을 떼지 못했다.

선배는 예전에 내게 보였던 것보다 더 슬퍼 보이는 얼굴을 하고 있었다.

그래서 나는 선배에게 아무 말도 꺼낼 수 없었다. 선배 농담 정말 못한다는 말도, 장난치지 말라는 말도.

나는 이미 당신을 좋아하고 있다는 말도.

"소희야, 소희야."

"으응……."

몸을 흔드는 손길에 잠에서 깼다. 뻑뻑해 잘 떠지지 않는 눈을 주먹 쥔 손으로 비비다가, 머리맡에 서 있는 사람이 세아라는 걸 확인하고 나는 잠깐 생각에 잠겼다.

세아가 왜 여기 있지?

아, 여기 세아네 집이지.

시계를 보니 어느새 7시 반이었다. 내가 침대에 누웠던 게 3시가 좀 넘어서였으니까, 한 4시간쯤 잤나?

어설프게 자다 깬 탓에 머리가 좀 띵했다.

나는 손바닥으로 이마를 문지르다가 자리에서 벌떡 일어났다.

"빨래!"

"어?"

"옥상에 빨래 널어놨어. 걷어야 돼."

"아, 내가 걷어 올게. 넌 이거 먹고 있어."

세아가 싱글벙글 웃으며 가리킨 건 거실에 신문지를 펴 놓고 깔아 놓은 음식들이었다. 약속한 대로 치킨에 족발에 막국수에 내가 말하지 않은 피자까지.

겨우 둘이 먹을 건데 참 많이도 사 왔다. 나는 저걸 정세아 양심의 크기라 생각하기로 했다.

"어유, 빨래 많이도 했다. 이불은 또 언제 빨았어?"

욕실에 들어가서 잠깐 씻고 나왔을 때 세아는 옷에 이불까지 걷어 온 상태였다.

나는 머리에 수건을 감은 채 세아가 빨래 개는 걸 도와주었다.

"너 집 이렇게 해 놓고 살면 꿈자리 안 사나워?"

"내가 기가 좀 세잖냐. 천년 묵은 도깨비 같은 게 나오지 않는 이상은 무리지."

"천년 묵은 도깨비도 너 잡아먹으러 왔다가 집 보고 놀라서 도망가겠다."

"내가 그러라고 이렇게 해 놓고 살잖아."

"어이구, 입만 살아서는."

다 갠 빨래를 정리하고 우리는 본격적으로 식사를 시작했다.

젓가락도 들기 귀찮아서 둘 다 비닐장갑을 끼고 치킨을 집어 들었다. 그래도 막국수를 손으로 집어먹을 수는 없어서 젓가락을 뜯기는 했지만.

"그래서, 너 여긴 왜 온 거야? 제부랑 싸웠어?"

"그런 거 아니야."

"그런 거 아닌데 왜 제부는 나한테 전화를 했을까?"

"뭐?"

"너 어디 있는지 아냐고 나한테 묻던데…….”

세아는 손에 끼고 있던 비닐장갑을 벗고 주머니에서 핸드폰을 꺼냈다. 그리고 핸드폰 액정을 톡톡 두드려 오빠의 메시지를 보여 줬다.

[혹시 우리 소희 처형네 집에 갔어요?]

"싸워서 여기 온 거 아니면 우리 집에 있다고 말해 줘도 되지?”

"안 돼! 하지 마.”

"싸운 거 맞구먼 뭘.”

그럴 줄 알고 제부한테는 나도 모른다고 답장을 했다며 세아는 핸드폰을 뒤쪽으로 치웠다.

나는 안도의 한숨을 내쉬다가, 세아의 눈빛을 보고 더 이상은 발뺌할 수 없다는 사실을 깨달았다.

"싸운 건 아니야. 내가 그냥, 일방적으로 도망친 거지.”

"싸운 건 아닌데 도망을 쳤어? 왜?”

"그게…….”

차마 입이 떨어지지 않았다.

하지만 단순히 심리적인 이유만으로 입을 열지 못하는 건 아니었다. 솔직히 뭐라고 답해야 할지 나도 알 수가 없었다. 내 속인데도 나도 모를 만큼 너무 복잡했다.

"말 못 하는 거 보니까 네가 잘못한 모양이네.”

"그런 거 아니거든?”

"아닌데 왜 말을 못 해?”

"그건, 그러니까…….”

갑자기 입맛이 뚝 떨어져서 들고 있던 치킨을 내려놓았다. 그러자 세아가 아차 한 얼굴로 내 눈치를 살폈다.

"쏘리. 실언이었어. 이제 아무 말 안 할 테니까, 마저 먹어."

"아냐, 네 말 맞아. 내가 잘못한 거야."

하지만 할 말이 아예 없는 건 아니었다. 나는 세아한테 진지하게 생각해 달라 말하고 내가 병원에서 듣고 겪은 일을 설명했다.

"그러니까, 성혜민이 제부를 좋아했다……?"

"그렇게 심각한 건 아니야. 열 살 때 이야기래."

"뭐야, 완전 꼬꼬마 때 이야기잖아. 그게 왜 질투가 나?"

"나도 그게 궁금했거든. 왜 질투가 났을까."

속에 쌓인 감정을 눈물로 한바탕 쏟아 내고, 아주 오래 고민한 후에야 깨달았다.

나는 아주 옛날 일이라도 두 사람이 서로 좋아했을지도 모르는, 어쩌면 오빠의 첫사랑이 성혜민이었을지도 모르는 그런 상황에 질투가 난 게 아니었다.

"좋아한다고 쫓아다녔다잖아."

"그래, 열 살 때."

"나이의 문제가 아니라……."

나는 오빠를 좋아하면서도 고백할 엄두를 못 냈다. 그러지 말아야지 생각하고 다짐한 후에도 마찬가지였다. 고백할 용기를 내기는커녕 오빠에게 먼저 좋아한다는 말을 듣고도 내 마음을 솔직히 고백하지 못했다.

그 이후에 어떻게 됐는지는 모른다. 기억이 돌아오지 않았으니까.

하지만 한 가지 사실만은 분명했다. 오빠에게 좋아한다는 말을 듣고도 나는 내가 좋아하는 사람이 오빠라고 말하지 않았다.

내 첫사랑이 누구인지 오빠는 여전히 모른다.

하지만 성혜민은 달랐다. 비록 지금은 자다가 이불을 걷어찰지언정, 누군가를 좋아하는 그 순간엔 솔직했다.

그때 당당했기에 지금도 솔직하게 부끄러워할 수 있는 거였다. 제일 중요한 걸 숨기고 있는 나와는 다르게.

그런 성혜민이 부러웠고, 동시에 내가 참 초라한 사람이란 사실을 깨달았다. 그 여실한 격차에 질투를 한 거였다.

"……몰라, 아무튼 이 이야기 어디 가서 말하지는 마. 괜히 스캔들 날라."

나는 오빠의 이름이 실시간 검색어에 떴던 걸 떠올리며 한숨을 내뱉었다.

안 그래도 잘난 사람이라 어디 바깥에 내보내기도 아까운데, 이제는 인터넷에 검색하면 얼굴이 바로 뜨니 어쩌면 전국민에게 인기를 얻을지도 모른다.

드라마 작가를 해도 이렇게 화제가 되는데 배우나 아이돌 같은 걸 했으면 어떻게 됐을까?

나는 과거에 왜 그 얼굴로 배우를 안 하나, 했던 걸 취소하기로 했다. 오빠는 배우 같은 거 하면 안 된다. 날 위해서.

"당연히 그런 걸 어디다 말하고 다니지는 않을 거지만……. 근데 그래도 성혜민이랑 제부랑 스캔들 날 일은 없을걸?"

"왜? 오빠가 이제 나랑 결혼해서?"

"그것도 그런데, 성혜민도 지금 공개 열애 중이거든."

"……어?"

"작년인가 재작년인가 인정했어. 남자 아이돌 중에 원더랜드 알지?"

"어어, 그 이상한 나라의 앨리스 모티브로 만든 그룹이었 나…….."

포 헤븐 이후로 아이돌 쪽에는 관심을 두지 않아서 이제는 누가 데뷔를 했고 누가 인기가 있는지도 잘 모르지만, 그래도 엄청난 인기를 누리고 있는 몇몇 대형 아이돌은 알고 있었다.

그중에서도 특히 인기 있는 보이그룹이 바로 원더랜드였다. 우리나라에서도 인기가 많은데 일본에서 뭐 오리콘 차트에 들고 홍백가합전인가 거기 무대에도 오를 만큼 대박이 나서 더 화제가 됐다.

그 인기에 힘입어 거기 멤버 중 하나가 배우로 데뷔하면서…… 어, 잠깐. 그 드라마 성혜민이랑 같이 출연하지 않았나?

"혹시 성혜민이랑 연애하는 게 걔야? 이름이 뭐냐, 그, 드라마 같이 한?"

"어, 걔. 체셔."

"설마 드라마 찍었을 때부터 썸 타고 그런 거야?"

"나야 모르지. 덕분에 그쪽 팬덤도 그쪽 팬덤인데 우리 쪽도 말이 아니었어. 그때 기사 터지기 전에 남자 아이돌 스캔들 큰 거 하나 터진다고 먼저 소문나서 그게 누구냐, 설마 우리 오빠냐 난리도 아니었거든."

그때 기억이 떠올랐는지 길게 한숨을 내쉬던 세아가 기어코 냉장고에서 맥주를 꺼내 왔다. 너도 마실래? 하고 묻기에 반사적으로 고개를 끄덕였다.

"그렇구나……. 성혜민 연애하는구나."

연예인, 특히 꼬리표가 오래 남는 여자의 입장에서 공개 열애를 한다는 선택지가 쉽지는 않았을 텐데.

여전히 자기 감정에 솔직하고 당당하구나.

그 사람이 참 부럽고 대단하게 느껴져서, 문득 그런 생각이 들었다.

어쩌면 오빠도 나 같은 사람보단 성혜민 같은 사람을 만나는 게 더 좋지 않았을까.

얼굴도 예쁘고, 능력도 좋고, 자기 감정에 당당해서 좋으면 좋다 싫으면 싫다 솔직하게 말할 수 있는 그런 멋진 사람이 오빠와 만났다면 천유진이 왜 그런 여자랑 사귀냐는 말도 듣지 않았을 텐데…… 어?

'둘이 사귄다고? 에이, 거짓말.'

'어……. 되게 안 어울리는 한 쌍이네.'

'윤소희 걔 집에 돈이 많나?'

'유진 선배 눈 되게 낮네. 하긴, 제 눈에 안경이란 말도 있으니까.'

'윤소희랑 사귈 정도면 나도 고백 한번 해 볼 걸 그랬나?'

"갑자기 무슨 생각을 그렇게 해?"

"아니, 아무것도……."

세아의 부름에 고개를 흔든 나는 캔 안에 남은 맥주를 들이켜며 귓가에 맴도는 목소리들을 떨쳐 내려 애썼다.

하지만 그냥 환청이라고 치부하기엔 그 목소리들은 너무 선명했다. 마치 예전에 들은 적이 있는 것처럼.

뭐, 들었을 수도 있겠다.

인정한다, 인정해. 하지만 좀 억울한 면이 없잖아 있었다.

내가 바짓가랑이 붙잡고 매달렸나? 먼저 좋아한다고 고백한 사람은 오빠였다. 지금 좋아하는 사람 말고 자기를 좋아해 달라고 나한테 애원……까지는 아니지만 아무튼 되게 애절하게 말했다.

사실은 오빠가 나를 좋아한 것보다 내가 훨씬 더 먼저 좋아하고 있었지만, 아무튼.

"세아야."

"어?"

"객관적으로 봤을 때, 나 좀 못생긴 편에 속하나?"

내가 생각해도 좀 생뚱맞은 질문이긴 했다. 그런데 세아는 내가 다 민망할 정도로 깜짝 놀란 표정을 지었다.

"너 혹시 기억 돌아왔어?"

"어?"

놀라 눈을 크게 뜨는 나를 보고 세아가 아차 하는 표정을 지었다.

"아니, 아니다. 기억 돌아왔으면 예전에 했던 말을 또 하진 않겠구나."

"……내가 예전에도 이런 말을 했었어?"

"어. 완전히 똑같은 말은 아닌데."

괜한 말을 했네, 하고 중얼거린 세아가 들고 있던 캔을 바닥에 내려놓고 머리를 긁적거렸다. 그리고 무슨 말을 하려고 입을 열었다가, 한번 다물곤 다시 열었다.

원래 하려고 했던 말은 그냥 삼킨 듯했다.

"혹시 남들이 이상한 소리 하거든 그냥 무시해. 어쩔 거야? 제부는 네가 좋다는데. 막말로 네가 싫다는 사람 협박해서 연애했어? 아니잖아. 좋아한다는 고백도 네가 먼저 받고 프러포즈도 네가 받았는데. 그게 그렇게 이상하면 제부한테 가서 따지라고 해."

"……."

"하여튼 웃기는 인간들이라니까. 제부 앞에선 한마디도 못 하는 인간들이 꼭 네 앞에서만. 아니, 앞도 아니고 뒤에서 아닌 척들으라고. 진짜 웃겨."

말하는 투를 보니 나한테서 전해 들은 게 아니라 직접 보고 들은 것 같았다.

나는 전혀 기억나지 않는 그 일을 머릿속으로 상상하다가 무릎을 끌어안고 얼굴을 묻었다.

"오빠가 지금보다 조금만 못생겼으면 좋았을 텐데……."

"그럼 네가 좋아할 일도 없었겠지. 너 눈 높잖아."

"그렇게까지 높지는 않거든? 솔직히 오빠는 좀 과해. 내 이상형이상이야."

"어이구, 어떤 점이 그렇게 이상형 이상인데?"

"많지. 내가 생각한 것보다 잘생겼고, 내가 생각한 것보다 다정하고, 그리고……."

이유도 없이 갑자기 눈물이 나려고 했다. 나는 시야 아래로 번져 드는 물기를 제거하려 끌어안은 무릎 속에서 빠르게 눈을 깜빡였다.

"내가 생각하는 것보다 나를 좋아해."

"염장 지를래?"

"네가 물어봤잖아. 그리고 뭐, 너도 애인 있으면서."

괜히 투덜거린 나는 눈이 건조해진 걸 확인한 후 고개를 들었다. 그리고 냉장고에서 맥주 한 캔을 더 꺼냈다.

냉장고 청소하면서 세아 얘는 무슨 맥주를 이렇게 많이 사다 놨냐고 혼자서 욕했는데, 그건 무덤까지 안고 가야겠다. 반 이상을 내가 마시고 있네.

"소희야."

"어? 너도 한 캔 더 마실래?"

"아니, 제부한테 전화 오는데."

세아가 손에 쥔 핸드폰을 내 쪽으로 높이 들어 보였다.

나는 맥주를 들고 거실로 돌아오다가 도중에 우뚝 멈춰 굳어 버렸다. '제부'라는 이름 아래에 찍힌 열한 자리의 번호는 내게 무척이나 익숙한 것이었다.

"그냥 안 받는다?"

"아니……."

순간 머릿속으로 아주 많은 생각이 지나갔다. 그 번민이 얼굴로 드러났는지 세아가 얼른 결정하라고 나를 닦달했다.

나는 반짝반짝 빛나는 세아의 핸드폰을 보며 입술을 잘근거렸다. 그러다 이내 마음을 굳혔다.

"일단 전화 받아서…… 나는 비밀로 하라고 했는데 네가 몰래 말해 주는 거라고 오빠한테 나 여기 있다고 말 좀 해 줘."

"뭐? 아니, 뭐하러 그렇게 둘러대?"

세아가 어처구니없는 얼굴로 나를 바라봤다. 나는 세아와 눈을 마주할 수가 없어서 시선을 아래로 떨어뜨렸다.

"부끄럽단 말이야."

"뭐가?"

"그렇게 뛰쳐나오고 오빠 연락 다 무시했는데, 어떻게 하루도 안 지나서 연락을 해."

"얼씨구. 그럼 내일 하면 되지."

"내일 돼도 내가 먼저는 못 할 거 같아. 그러니까 네가 걱정돼서 말해 주는 거라고 그렇게 말 좀 해 줘."

"아이고, 진짜……."

세아는 하고 싶은 말이 무척이나 많은 얼굴로 나를 바라봤다. 하지만 아무 말도 하지는 않았는데, 아마 욕을 하고 싶었던 게 아닐까?

나는 다시 세아의 시선을 피하며 하릴없이 헛기침만 했다.

"알았어. 전화 받고 올게."

"그럼 난 여기 좀 치워 놓고 있을게. 너 더 안 먹을 거지?"

"어. 누구누구 덕분에 입맛이 뚝 떨어졌습니다."

나는 세아를 외면하며 거실에 너저분하게 널려 있는 음식들을 대충 치우기 시작했다.

애초에 술판 같은 거 벌였던 적 없는 것처럼 정리를 싹 하고, 양치를 한 다음에 세아 침대에 누워서 자던 척을 할까?

그런데 오빠가 오면 무슨 말을 하지. 아무 일도 없었던 것처럼 굴까, 아니면 그래 나 질투했다 하고 당당하게 나갈까.

이것도 저것도 영 마음에 안 들어서 계속 머리를 굴리는데 현관문이 열리는 소리가 들렸다. 통화가 벌써 끝났나?

나는 치킨과 족발을 냉장고에 넣고 거실로 나갔다.

"세아야, 전화……."

그런데 왜 오빠가 현관에 서 있는 거지.

내 눈이 잘못됐나?

나는 입을 떡 벌린 채 서 있다가 뒤늦게 놀라서 뒤로 한 발짝 물러났다.

"오, 오빠가 어떻게……."

이렇게 빨리 왔지?

나는 오빠의 뒤에 있는 세아를 바라봤다. 나만큼이나 당황한 표정을 짓고 있던 세아는 내 시선을 받자마자 화들짝 놀라서 얼른 고개를 흔들었다.

"내가 말한 거 아니야. 아니, 말하긴 했는데 벌써 요 앞에 와 계신 줄은 나도 몰랐어."

"처형은 아무 말 안 했어. 내가 혼자 온 거야. 너 여기 있을 것 같아서."

그렇게 말하는 오빠는 무척이나 피곤한 얼굴을 하고 있었다.

하긴, 몇 시간이라도 잔 나와 달리 오빠는 쉬지도 못 했을 거다. 어머님 검사 결과도 들어야 했을 거고, 인터넷에 뜬 기사들 정리도 해야 했을 거고, 그 와중에 나도 찾아야 했을 거고…….

생각해 보니 내가 정말 너무 어리게 굴었다 싶었다. 안 그래도 힘든데 힘이 되어 주지는 못할망정 왜 못나게 굴어 오빠를 더 힘들게 했을까.

"뭐하러 여기까지 왔어요. 집에 가서 쉬지."

"화 많이 났어? 미안해."

진짜 오빠가 쉬었으면 좋겠어서 한 말인데 오빠는 내 말이 다르게 들린 모양이었다.

나는 오빠가 미안하다고 말하는 게 듣기 싫어서, 나도 모르게 조금 격양된 목소리로 말하고 말았다.

"사과하지 마요. 오빠가 뭘 잘못했다고 저한테 사과를 해요?"

아, 망했다 진짜.

오빠 뒤에 서 있는 세아가 너 왜 그러냐는 표정을 짓지 않았어도, 나는 그 말을 내뱉은 순간 깨달았다. 이건 누가 들어도 싸우자고 도전장 던지는 말이라는 걸.

나는 진짜 왜 이렇게 못났을까. 얼굴이 안 예쁘면 마음이라도 예뻐야 되는데. 너무 우울했다.

"아니야. 내가 미안해. 내가 말을 너무……."

"사과하지 말라니까요! 제가 뭐라고 오빠가 그렇게까지 해요."

목소리는 작아지고 고개는 아래로 숙여졌다.

나는 나 자신이 너무 초라하게 느껴졌다. 얼굴이 안 예뻐서가 아니라, 번듯한 직업이 없어서가 아니라, 돈이 없어서가 아니라. 그냥 나라는 존재 자체가.

"네가 뭐냐니, 너 내 애인이야. 곧 있으면 결혼할 사람이고. 그런 사람이 나한테 화가 났는데 그럼 내가 사과 말고 뭘 해야 돼."

"오빠한테 화난 거 아니에요. 나한테 화난 거지."

정말로, 이건 오빠 잘못이 아니라 내 잘못이었다. 배배 꼬이고 삐뚤어진 내 자격지심 문제.

어쩌면 나는 내가 의식하지 못한 사이에 계속 그런 생각을 하고 있었는지도 모르겠다.

저 사람이 대체 왜 나를 좋아하는 걸까. 마치 다른 사람들이 나 몰래 수군거리는 것처럼.

"음……. 서서 이러지 마시고 좀 앉아요. 커피라도 한 잔 드릴까요? 아니면 녹차?"

분위기를 환기시킬 요량인지 세아가 밝은 목소리로 오빠에게 물었다.

나는 오빠가 대답하기 전에 먼저 입을 열었다.

"아니야, 우리 이만 갈게."

"어?"

"너도 피곤할 거 아냐. 오늘 갑자기 찾아와서 미안했어."

"아니…… 난 괜찮은데. 더 있어도 돼."

"아니야. 나중에 내가 다시 연락할게. 가요, 오빠."

다행히 오빠는 순순히 고개를 끄덕였다.

"오늘은 미안했어요, 처형."

"아뇨, 저한테 미안할 것까지야……."

나는 세아의 걱정스러운 시선을 뒤로한 채 계단을 내려갔다. 오빠는 아무 말 없이 내 뒤를 따라왔다. 등 뒤에서 느껴지는 오빠의 기척에 나는 마음이 더 심란해졌다.

"이제 어디로 갈 거야?"

"집에 가야죠."

"우리 집?"

"그럼 가평에 갈까요?"

"아냐, 우리 집 가자."

오빠가 나를 가로질러 내 앞으로 간 건 차의 조수석 문을 열어 줬을 때였다.

나는 말없이 조수석에 오르면서도, 이렇게 당연하다는 듯 베풀어 주는 오빠의 배려에 가슴이 답답해졌다.

"……어머님 검사 결과는 나왔어요?"

"응. 좋게 나왔어. 당분간 병원에 입원해서 치료만 잘 받으면 괜찮을 거라더라."

"그렇구나……."

다행이다. 나는 무릎 위에서 손장난 치던 걸 그만두고 창밖으로 고개를 돌렸다.

바깥을 내다보면 속이 좀 트일까 했는데 빽빽하게 들어찬 건물들 때문에 오히려 더 답답해졌다.

나는 속에 쌓인 무언가를 토해 내듯 충동적으로 입을 열었다.

"오빠."

"응?"

오빠가 그만 좋아하라고 말했던 사람, 오빠였어요.

"뭐라고? 안 들렸어."

그렇게 말한 오빠는 차를 아예 갓길에 멈춰 세웠다. 그리고 내게 물었다.

"다시 말해 줘. 방금 뭐라고 했어?"

연한 다갈색 눈동자는 오로지 나로만 가득 차 있었다.

늘 그랬다. 그래서 나는 가까운 거리에서 오빠와 눈을 마주할 때마다 새삼 나를 향한 오빠의 마음을 느꼈다. 저 눈처럼 오롯이 나로 가득 차 있는 마음을.

오빠가 날 좋아하는 일은 절대 일어나지 않을 거라고 생각했으면서, 그럼에도 불구하고 오빠의 마음을 부정할 수 없었던 것 역시 전부 저 눈 때문이었다.

나를 정말 좋아하지 않는다면 저런 눈으로 날 볼 수 없을 테니까.

차곡차곡 담다가 결국 넘치고 만 애정이 뚝뚝 흐르는 저 눈을 볼 때마다, 나는 궁금해서 견딜 수가 없었다.

"오빠는 제가 왜 좋아요?"

"뭐?"

순간 머릿속으로 어떤 장면들이 주마등처럼 스쳐 지나갔다. 하지만 눈 깜빡할 사이에 지나간 그 장면들은 내 뇌리에 조금도 새겨지지 못했다.

도대체 뭐였지?

나는 이마를 감싸 쥔 채 내 잃어버린 기억으로 추정되는 그 장면들을 어떻게든 되살리려 애썼다. 그러던 중 내 의지와 상관없이 말이 불쑥 튀어 나갔다.

"그렇게 물어서, 오빠가 뭐랬더라? 아아, 맞다. 내가 누군가를 좋아하는 모습이 되게 예뻐 보였다고 했죠. 그 눈으로 오빨 봐 줬으면 했다고."

머리가 계속 지끈거렸다. 옆에서 오빠가 괜찮냐고 묻는 목소리가 들려왔다. 나는 괜찮다고 손을 내저었다. 귀에서 이명이 들렸다.

"오빠, 그런데요. 만약에요."

내가 이걸 언젠가 오빠한테 직접 물어본 걸까, 아니면 속에만 담아 둔 이야길까.

어느 쪽인지 확신이 서지 않았다. 내가 혼란스러워하는 동안 내 입은 마치 누군가에게 조종당하는 것처럼 혼자 움직였다. 정말로 누군가에게 조종당했을 리는 없으니, 아마도 묻고 싶은 게 내 진심이었겠지.

"내가 그때처럼 오빠를 좋아하는 게 아니면."

순간 목이 메었다. 나는 목소리를 가다듬는 대신 고개를 돌려 오빠를 바라봤다. 놀라고 걱정스러운 눈으로 날 바라보고 있는 오빠와 눈이 마주친 순간, 내 귓가로 희미한 목소리가 스쳐 지나갔다.

'너는 그냥, 날 그만큼 안 좋아하는 거야.'

감정을 한계까지 억누른 그 목소리의 주인이 내 눈앞에 있는 남자의 것이란 걸 깨달았기 때문에.

차마 말을 꺼낼 수가 없었다.

그러면 더 이상 나를 좋아하지 않을 거냐는, 그 말을.

8. 떠오르다

–깍지 링겔

나 잔다고 가면 안 돼.

아파서 비몽사몽한 와중에도 그는 내 손을 잡고 놓지 않았다. 행여나 내가 뿌리치기라도 할까 잔뜩 힘을 준 그의 손을 나도 힘주어 잡았다.

병원 안 가도 되겠어요?

안 가도 돼. 난 너만 있으면 돼.

그는 마치 애처럼 응석을 부렸다. 상황도 잊고 나는 그게 조금 기뻤다. 늘 내게 해 줄 것만 찾던 그에게 드디어 해 줄 수 있는 게 생겨서.

그는 자다 깨다 하는 도중 틈틈이 내 이름을 불렀다. 그때마다 나는 손에 힘을 주었다.

그러느라 잠은 한숨도 못 잤지만, 아픈 그에게 약이 될 수 있다는 사실이 그저 행복하기만 했다.

❋✳❋

그 사람이랑 연락은 계속하고 있어?
안 한 지 좀 됐어요.
왜?
그게…… 그 사람 여자 친구 생겼다고 해서요.

혹시 내가 부담스럽지는 않아?
부담, 은 안 되는데 좀 어색하긴 해요.
많이 어색해졌어? 우리 되게 친했는데?
근데 이제 선배가 저를 좋…… 좋…… 그렇다면서요.
응, 좋아해.

선배 진짜 한 달 더 연장했어요?
응. 아직 원고 덜 썼거든.
아, 원고 덜 쓰셨구나…….
그리고 서울엔 네가 없으니까. ……그냥 해 본 소리야. 진짜 원고 때문에 연장했어.

소희야. 네 취향은 어떤 남자야?
취향이요?
남자를 볼 때 이런 점을 본다, 같은 거.

어…… 솔직하게요?

솔직하게. 그래야 내가 참고를 하지.

잘생기고 돈 많고 성격 좋고 다른 여자한테 눈 안 돌리는 순정적인 남자요.

잘생기고 돈 많고 성격 좋고…… 맨 끝에 건 알겠는데, 다른 건 기준이 어떻게 돼? ……소희야? 왜 그래?

어, 아니요. 제 말 이렇게 진지하게 들어 준 사람은 선배가 처음이라서요.

내가 처음이라고? 왜?

제 말 들으면 다들 농담인 줄 알더라고요. 아니면 현실에 그런 사람이 어딨냐거나, 있어도 널 좋아할 일은 없다고 비웃거나.

누가 비웃었는데?

왜요? 선배가 가서 말해 주게요? 내가 윤소희 좋아한다고?

응. 근데 내가 그 기준을 다 충족해?

그거야…….

제가 진짜로, 현실감이 안 느껴져서 여쭤 보는 건데요. 선배는 제가 왜 좋아요?

왜 좋아하냐니?

그게, 그렇잖아요. 선배는 딱 두 달 전까지만 해도 다른 사람을 좋아하고 있었고……. 근데 어떻게 나를 좋아하게 됐을까, 그 짧은 사이에 나를 좋아하게 될 거면 진작 나를 좋아하게 되지 않았을까…… 뭐 그런 생각이 들어서요.

……그러면 안 돼?

안 되는 건 아니죠. 아닌데…… 그냥 궁금해서요. 저 처음이었거든요. 남자한테 좋아한다고 고백 받은 거.

이유 말해 주면 내 고백 진지하게 생각해 줄 거야?

저 되게 진지하게 생각하고 있는데. 아닌 거 같아요?

응. 여전히 나를 남자가 아니라 선배로 보는 거 같아서.

그거야…….

알아. 나 남자로 안 보이는 거. 그래도, 적어도 널 좋아하는 남자 정도로는 봐 주면 안 될까?

있잖아요……. 저도 선배가 좋은 거 같아요.

뭐?

우리 사귈래요? 그러니까, 선배 마음이 아직 안 변했으면.

안 변했어, 하나도! ……내가, 앞으로 정말 잘할게. 네가 날 좋아하는 것 같은 게 아니라, 좋아한다고 말할 수 있게.

좋아해요, 선배.

✻

집으로 돌아가면 오빠와 심도 깊은 대화를 나눌 생각이었다.

그런 식으로 뛰쳐나온 건 내가 잘못했으니까 사과하고, 어른들 보는 앞에서 질투했냐고 물어본 건 오빠가 잘못했으니까 사과를 받고.

그러고 나서 내가 좋아하는 사람이 사실은 오빠였다는 것도 고백할 생각이었다.

그러나 나는 집에 도착했을 때 대화의 대 자도 꺼낼 수 없었다.

전조도 없이 산발적으로 돌아온 기억들 때문인지 머리에 갑자기 열이 올랐기 때문이었다.

"소희야. 다 왔어. ……소희야?"

"오빠, 나……."

"……열이 왜 이렇게 높아?"

서늘한 유리창에 이마를 기댄 내가 힘없는 목소리를 내자, 오빠가 내 이마에 손을 올렸다가 경악한 목소리를 냈다.

그 와중에 나는 오빠의 손이 서늘한 게 좋아서 그 커다란 손을 두 손으로 붙잡고 거의 매달리다시피 했다.

그런 내 행동에 당황한 걸까. 눈을 감아서 아무것도 안 보이는데도 오빠가 어쩔 줄 몰라 하는 게 느껴졌다.

"소희야, 괜찮아? 안 되겠다. 병원 가자."

오빠는 바로 차의 시동을 다시 걸었다. 하지만 나는 머리가 어지러운 와중에도 고개를 세차게 흔들어 오빠를 말렸다.

"멀미할 것, 같……."

"그럼 어떡해, 이렇게 아픈데. 조금만 참아 봐, 응?"

오빠가 달래는 목소리를 냈지만 나는 다시 한 번 고개를 흔들었다. 그러자 욕지기가 확 치솟았다. 이러다 진짜 차 안에 실례를 할 것 같아서 나는 더듬더듬 손잡이를 잡아 차 문을 열었다.

"소희야!"

"집에, 갈래……. 나 부축 좀 해 줘요."

"집 말고 병원 가자. 응?"

"싫어……. 집에 갈래."

결국 오빠는 내 완강한 거부를 이기지 못했다. 덕분에 나는 오빠의 품에 안겨 집으로 들어올 수 있었다.

그런데 긴장이 풀린 걸까. 침대에 눕자마자 아까 느꼈던 어지러움은 귀엽게 느껴질 정도로 천장이 빙글빙글 돌기 시작했다. 나는 오빠가 가져온 해열제를 몇 번을 뱉어 낸 다음에야 겨우 삼켰다.

와, 이러다 죽겠다.

진심으로 그런 생각이 들었다. 열이 이렇게까지 오른 건 난생처음이었다. 이마가 뜨끈뜨끈한 게 피부로 느껴질 정도였다.

"잠깐만 일어나 봐. 열 재자."

재기 싫었는데 오빠는 끝끝내 체온계를 내 귀에 가져다 댔다. 잠시 후, 체온계에 뜬 숫자를 확인한 오빠가 당장 119를 부르겠다고 핸드폰을 꺼냈다.

나는 그걸 간신히 말렸다.

"병원 가기 싫어……. 손잡아 줘요, 오빠."

"내 손 잡아 봤자 뭐가 나아진다고. 그냥 병원 가자, 응?"

"자기도 나한테 잡아 달라고 했으면서……."

열 때문에 자꾸 눈물이 맺혔다. 나중에는 두 뺨이 흥건하게 젖을 정도로 눈물이 흘러 앞이 잘 보이지 않았다.

그 와중에 오빠 얼굴이 보이지 않는 게 속상해서 계속 눈을 깜빡거렸다. 그러자 눈꼬리를 타고 흘러내린 눈물이 베개를 적셨다.

오빠는 그때마다 따뜻한 물에 적신 수건으로 내 얼굴을 닦아 주었다.

"기억 돌아온 거야? 그래서 그래?"

"다는 아니고…… 잘 모르겠어요. 이게 언제지?"

이 장면이 튀어나왔다가 저 장면이 튀어나왔다가 기억이 자꾸 뒤집어졌다.

처음에는 이게 언제 적 기억인지도 떠올랐는데, 나중에 가서는 기억이 막 뒤죽박죽 섞여서 장소가 가평이었다가 서울이었다가 계절이 여름이었다가 겨울이었다가 아주 난리도 아니었다.

종래에는 내가 지금 눈을 뜨고 있는지, 아니면 꿈을 꾸고 있는지 헷갈릴 지경이었다.

그때마다 나는 손에 힘을 주었다. 그러면 오빠가 내 손을 힘껏 잡아 주었는데, 그렇게 반응이 돌아오면 이게 현실이구나, 깨달을 수 있었다.

시간이 얼마나 지났을까.

나는 끙끙 앓다가 오빠가 끓여 준 죽을 먹고, 약을 먹고, 다시 끙끙 앓았다. 처음 세 번까지는 횟수를 기억했는데 나중에는 내가 죽을 먹는지 약을 먹는지도 몰랐다.

자다가, 깼다가. 또 자다가, 깼다가.

생각이라는 걸 할 수 있을 만큼 몸이 괜찮아졌을 때 내가 가장 먼저 느낀 건 몸이 꽤 가벼워졌다는 거였다. 하긴, 침대에 누워서 흘린 식은땀이 못해도 한 바가지는 될 거다.

어둠 속에서 눈을 깜빡이던 나는 지금이 늦은 밤이라는 것, 그리고 그 시간에도 오빠가 여전히 침대 맡에 앉아 내 손을 잡아 주고 있다는 걸 뒤늦게 깨달았다.

그와 동시에 손에 힘이 들어간 걸까. 벽에 기댄 채 선잠을 자고 있던 오빠가 화들짝 놀라 고개를 치켜들었다. 그리고 주변을 둘러보다가 침대에 누워 있는 내게로 시선을 내렸다.

"깼어? 물 줄까? 아니면 죽 먹을래?"

"아니, 괜찮아요."

"더 자. 아직 밤이야."

그렇게 말하는 오빠의 목소리야말로 잠에 잔뜩 취해 있었다. 나는 어두워서 잘 보이지 않는 오빠의 얼굴을 보려고 노력하다가, 침대 속에서 몸을 꾸물꾸물 움직여 옆으로 이동했다.

"오빠도 같이 자요."

"환자랑 같은 침대를 쓰라고?"

"저 이제 대충 다 나았어요. 열도 거의 내린 것 같은데."

오빠는 내 말을 못 믿겠다는 듯 자리에서 일어나 불을 켜고 체온계를 내 귀에 갖다 댔다. 37.6도. 생각보다 높은 숫자였는데, 오빠 반응을 보니 그래도 이게 떨어진 거구나 싶었다.

음, 오빠가 괜히 119를 부른다고 한 게 아니었구나.

"해열제 하나 더 먹자."

"이제 괜찮은데……."

그렇게 말해도 오빠는 완강했다.

나는 나를 걱정해서 고집부리는 오빠를 굳이 이기고 싶지 않아 못 이기는 척 약을 받아먹었다. 그리고 오빠가 하라는 대로 얌전히 침대에 누웠다. 오빠는 내가 편하게 잘 수 있게 불도 다시 꺼주었다.

"나 말 잘 들었으니까, 오빠도 이제 내 말 들어 줘요."

"무슨 말?"

"불편하게 거기서 그러지 말고 같이 자요, 우리."

고집스럽게 옆을 두드리자 오빠가 나를 빤히 바라보는 게 느껴졌다.

어두워서 오빠가 어떤 표정으로, 어떤 눈으로 날 보고 있는지 알 수 없었다. 그래서 조금 긴장이 됐다.

"기억 어디까지 돌아왔어?"

그때 오빠의 목소리가 나지막이 들려왔다.

주변이 조용해서일까. 분명 소리가 작았음에도 불구하고 오빠의 목소리가 방 안에 울린 듯한 착각이 들었다.

"아직도 좀 섞여서, 혼란스럽긴 한데……."

왜일까. 확신할 수는 없지만 눈이 마주쳤다는 생각이 들었다.

나는 이불 속에서 손가락을 꼼지락거리며 눈을 내리깔았다.

"같이 잤던 기억 정도는 돌아왔어요."

"……그래."

오빠의 반응은 그게 다였다. 뭔가 더 묻지도 않고, 말하지도 않고.

대신 오빠는 몸을 일으켜 침대 위로 올라왔다. 내가 몇 번이고 권했던 자리에 누워 내가 덮고 있는 이불도 같이 덮었다.

잠시 후 몸을 끌어안는 온기가 느껴졌다. 거의 며칠을 고열로 앓아서 이제 뜨거운 거나 따뜻한 건 둘 다 질색이었는데, 오빠의 품은 싫지 않아서 나는 가만히 눈을 감았다.

가슴 앞에 곱게 모은 두 손이 오빠의 가슴에 살짝 닿았다. 두근거리는 심장박동이 내 건지, 아니면 오빠 건지.

규칙적인 그 박동은 마치 등을 도닥이는 손길처럼 느껴져서 마음이 편안해졌다. 덕분에 나는 그동안 앓느라 제대로 꺼내 보지 못했던 기억들을 하나둘 곱씹어 볼 수 있었다.

"으……."

"왜 그래? 또 아파?"

"아뇨. 뭔가 더 떠오를 것 같은데 안 떠올라서……."

손에 잡힐 듯 잡히지 않는 그 애매한 감각이 내 뇌리에 달라붙어 떨어지지 않았다. 나는 그 감각을 어떻게든 잡아내려 애썼다.

내가 그러는 걸 어떻게 알았는지, 오빠가 내 이마에 붙어 있는 머리카락을 한 가닥 한 가닥 떼어 주며 낮게 속삭였다.

"그냥 떠올리지 마."

"네?"

"이렇게 아프잖아. 나는…… 너 아픈 거 더 못 보겠어."

꺼질 듯 가냘픈 목소리. 나는 반사적으로 오빠의 옷자락을 쥐었다.

"그래도 어떻게 그래요. 그 기억들이 다 오빠랑 쌓은 추억인데."

"앞으로 새로 쌓으면 되지."

분명 나를 위해 해 주는 말인데 왠지 모를 섭섭함이 느껴졌다. 그래서 나도 모르게 부루퉁한 목소리를 내고 말았다.

"그래도, 지나간 건 이제 안 돌아오는데."

"내가 기억하잖아. 물어봐, 내가 말해 줄게."

"그럼 프러포즈 때 이야기해 주세요."

그렇게 냉큼 물을 줄은 몰랐는지 오빠는 잠시 말이 없었다.

"프러포즈?"

"응, 프러포즈. 나한테 결혼하자고 할 때 뭐라고 했어요?"

너무 눈을 반짝이면서 물었나? 어둠 속에서 나를 빤히 보는 시선이 느껴진다 싶더니, 오빠가 픽 웃고는 나를 꽉 끌어안았다.

"비밀이야."

"왜요?"

"그때 내가 프러포즈를 너무 못했거든. 처음이라서."

"에이, 보통 다 처음 하는 거잖아요."

"그래도. 연습까지 했는데 준비했던 말 반도 못 꺼냈어."

"그럼 그때 준비했던 말 지금 다 해 줘요. 프러포즈 다시 하는 것처럼."

"다 적어 줬잖아."

"네?"

"백문백답에."

"어⋯⋯."

맞다, 그러고 보니 그런 문항이 있었다.

심지어 백문백답을 찾다가 우연히 발견한 커플 백문백답에서 내가 일부러 골라낸 문제였다. 두 달 뒤에 결혼하는데 프러포즈 받은 기억까지 홀라당 날려 버린 게 너무 아까워서.

오빠가 거기에 뭐라고 썼더라. 분명 읽은 기억은 있는데, 오빠 가 질문마다 너무 성의 있게 답을 써 줘서 이거 읽고 저거 읽고 하 다가 그만 까먹고 말았다.

내일 일어나면 백문백답부터 다시 읽어야지. 조금이긴 해도 기 억이 돌아오긴 했으니까, 어느 정도는 공감하면서 읽을 수 있을 거다.

"근데 오빠 진짜 대단하다. 그걸 어떻게 아직까지 기억하고 있 어요?"

"써 놓고 달달 외웠거든. 정작 그날 밤엔 다 까먹었지만."

지금까지 기억하는 걸 보면 정말 열심히 외웠다는 건데, 그 당 시에 생각이 안 날 정도였으면 얼마나 긴장을 했던 걸까.

나한테 오빠는 뭐든지 잘하는 완벽한 사람이었다. 그런 사람이 긴장해서 말을 버벅거리는 모습이 잘 떠오르지 않아서, 나는 억지 로 상상을 하다가 그냥 웃고 말았다.

"왜 웃어?"

"그냥요. 오빠 귀여워서."

슬슬 잠이 오기 시작했다. 나는 작게 하품을 하다가 오빠 품 안에서 눈을 감았다.

다정하게 안아 주는 온기가 전보다 익숙하게 느껴져서일까. 그렇게 잤음에도 불구하고 나는 쉽게 잠들 수 있었다.

※

다음 날 아침. 나는 드디어 침대에서 내려왔다. 체온이 정상으로 돌아온 몸은 무척이나 가벼웠지만, 대신 온몸의 관절들이 삐걱삐걱 비명을 질러 댔다.

그래서 평소엔 잘 안 하던 스트레칭을 쭉쭉 하다가 아예 운동복으로 갈아입고 주변 산책에 나섰다.

날 간호하느라 많이 피곤했는지 좀처럼 눈을 뜨지 못하는 오빠는 좀 더 자게 내버려 두고.

"아, 날씨 좋다."

며칠 만에 쬐는 햇살은 무척이나 따사로웠다. 하늘도 맑고 바람도 선선했다. 무엇보다도 몇 십 분 넘게 걸어도 몸이 멀쩡하다는 게 제일 좋았다.

누군가 장점이 뭐냐고 물으면 건강이라고 대답하는 게 바로 나였다.

오토바이 사고로 팔이 부러졌을 때도 겨우 이틀 만에 퇴원했고, 욕조에 머리를 박고 기억을 잃었어도 고작 며칠 만에 퇴원했다. 그리고 그 두 번을 제외하면 나는 병원에 입원했던 적이 한 번도 없었다.

같은 방을 썼던 세아가 철마다 유행처럼 번진 독감이나 눈병을 앓을 때도 나는 그 병원균을 전부 튕겨 냈다. 남들 다 있다는 생리통도 없지, 알레르기도 없지. 몸이 재산이라면 나는 부모님한테 억만금을 물려받은 거나 다름없었다.

그러다 생전 처음으로 며칠을 앓아누웠으니, 내가 좀이 안 쑤실 수가 있겠냐고.

나는 신이 나서 아파트 주변 공원을 쉬지 않고 세 바퀴를 돌았다. 그러고 나니 조금 피곤해져서 잠깐 벤치에 앉아 쉬다가, 해가 높이 떠오른 걸 보고 시간을 확인하려 핸드폰을 꺼내는데…….

놓고 왔지 참.

지금 입고 있는 운동복에 주머니라고는 오른쪽 엉덩이의 뒷주머니 하나뿐이라 불편해서 그냥 나왔다. 어차피 전화 올 데도 없고, 산책만 하고 금방 들어갈 거니 없어도 되겠다 싶어서.

"아, 돈도 없네."

평소 핸드폰 케이스에 카드와 지폐를 넣고 다니는 게 습관이 돼서 지갑은 거의 안 들고 다녔다. 그러니 핸드폰이 없으면 돈도 없는 거였다.

왜 그 생각을 진작 못 했을까.

집에 들어갈 때 커피랑 샌드위치나 사 들고 갈까 했는데 망해버렸다.

안타깝지만 할 수 없지 뭐. 어차피 지금쯤이면 오빠도 일어났을 테니 그냥 집에 들어갔다가 오빠랑 다시 나오는 게 낫겠다.

나는 태평하게 점심으로 뭘 먹을까 고민하며 집으로 돌아갔다. 그 길에 길고양이를 만나 잠깐 우쭈쭈를 하다가, 길가에 핀 꽃이 예뻐서 사진을 찍으려다가 또 핸드폰을 두고 왔다는 사실에 아쉬움을 느끼다가.

그리고 아파트 주차장을 가로지르는데 정문을 뛰쳐나오는 오빠를 발견했다. 반가운 마음에 손을 흔들 새도 없이, 오빠는 다급하게 뛰어가 멀어졌다.

혹시 어머님한테 무슨 일 생긴 걸까?

문득 든 생각에 덜컥 겁이 나서, 나는 오빠가 뛰어간 방향으로 덩달아 내달렸다.

"오빠!"

내 부름을 들었는지 차 앞에 멈춰 서서 키를 꺼내던 오빠가 나를 돌아봤다. 계단을 뛰어 내려오기라도 한 건지 오빠는 빨갛게 상기된 얼굴로 가슴을 들썩이고 있었다.

나도 전력질주를 하느라 거칠어진 호흡으로 두 무릎을 손으로 짚은 채 오빠 앞에 섰다.

"어디, 어디 가요? 혹시 병원에서, 무슨 연락 왔어요?"

"너 어디 갔다 왔어?"

"네? 저 몸이 좀 찌뿌둥해서, 산책 다녀왔는데……."

"어딜 가면 간다고 이야기를 하고 가야지!"

엄마야, 깜짝이야.

오빠가 갑자기 언성을 높이는 바람에 나는 흠칫 놀라고 말았다.

"어, 아니, 오빠 자고 있어서……."

"그럼 메모라도 남겼어야 될 거 아냐……."

손으로 얼굴을 덮은 오빠가 크게 한숨을 내쉬며 자리에 주저앉았다. 눈을 가리는 모습이 마치 우는 것처럼 보여서, 나는 깜짝 놀라 오빠와 눈높이를 맞추기 위해 무릎을 접어 앉았다.

우냐……고 물으면 화내려나?

나는 슬쩍 오빠의 눈치를 보다가 우는 게 아니라는 걸 확인하고 안도의 한숨을 내쉬었다. 그리고 머뭇머뭇 사과의 말을 꺼냈다.

"미안해요. 진짜 잠깐만 산책하고 올 생각이었는데……."

재차 사과해도 오빠는 말이 없었다. 대신 두 손으로 연신 얼굴을 쓸어 올리기만 했다.

"눈 떴는데 네가 없어서, 내가 얼마나 놀랐는지 알아?"

"아니, 근데 뭐……. 그게 그렇게 놀랄 일이에요? 제가 어디 도망갈 것도 아닌데."

……아닌가? 우리 아직 화해 안 했나? ……안 했구나.

고열로 앓다가 낫기까지의 며칠은 아프느라 정신이 없어서, 그리고 어젯밤에는 사이좋게 잠드는 바람에 깜빡 잊어버렸다. 나는 이미 세아네 집으로 한번 도망을 쳤고, 그 전에 있었던 일에 대해 우리는 아직 서로에게 사과하지 않았다는 사실을.

하지만 아무리 그래도 그렇지. 어떻게 내가 당연히 도망갔을 거라고 생각했지? 이건 조금 상처다.

"누가 보면 내가 맨날 도망만 다니는 줄 알겠네. 내가 믿음을 못 준 거예요, 아니면 내가 도망갈 짓 했다고 인정하는 거예요?"

살짝 심술을 담아 묻자 오빠가 드디어 얼굴에서 손을 떼고 나를 바라봤다. 그 시선엔 살짝 물기가 어려 있었는데, 좀 젖었다고 어찌나 처연해 보이는지 나는 순간 할 말을 잃고 말았다.

"미안해. 네가 없으니까 머릿속이 하얘져서 아무 생각도 안 들었어. 그냥 너 찾으러 가야겠단 생각밖에는……."

그런 말을 잔뜩 기죽은 얼굴로 하는데 거기다 대고 싫은 말을 할 수 있을 리가 없었다. 결국 나는 무릎을 끌어안은 채 고개를 기

321

울여 오빠의 얼굴을 들여다봤다.

"오빠 나 되게 좋아하나 보다. 그죠?"

"응. 좋아해. 많이."

웃으라고 한 말인데 거기다 대고 진지한 고백을 돌려주다니. 역시 농담이랑은 참 거리가 먼 사람이다 싶은데, 싫지는 않았다.

내가 그렇게 좋다는데 어쩌겠어. 내가 데리고 살아야지.

그런 생각으로 실실 웃고 있는데 오빠는 여전히 진지했다.

"소희야. 다음에는…… 나한테 아무리 화가 났어도 말없이 사라지지 마. 네가 싫다고 하면 안 쫓아갈 테니까, 어디 갈 땐 간다고 해 줘."

아, 오빠가 또 나한테 미남계를 쓴다.

이 사람은 자기 얼굴을 어쩜 이렇게 잘 쓸까. 알고 하는 거겠지? 모르고 하는 거면 안 되는데.

내 앞에서만 작정하고 이러는 거여야 할 텐데. 나 말고 다른 여자가 이 얼굴을 볼까 봐 걱정이다, 정말.

"싫은데."

"……싫어?"

"난 내가 싫다고 해도 오빠가 쫓아와 주는 게 좋아요."

그 말에 오빠는 눈을 깜빡, 깜빡 하다가 아까보다 더 불쌍한 표정으로 내게 말했다.

"내가 쫓아가는 게 정말 싫을 때도 있을 거 아냐."

"그럼 그땐 진짜로 진심으로 쫓아오지 말라고 말하고 갈게요."

내가 그러는 걸 상상하기라도 한 건지 오빠의 표정이 어두워졌다.

이 사람은 내가 그렇게 좋을까. 나는 괜히 울렁이는 가슴을 차분히 가라앉히며 입을 열었다.

"나 어디 갈 데도 없는 거 알잖아요. 그러니까 내가 아무 말 없이 어디 가면 바로 나 쫓아와요. 만약에 안 오면 오빠가 나 이제 안 좋아하는 줄 알고 확 그냥……."

"확 그냥?"

나는 일부러 새침한 목소리를 냈다.

"다른 남자한테 가 버릴 거예요."

"그러지 마."

음, 역시 우리는 농담 코드가 전혀 안 맞는 모양이다.

오빠는 내가 눈이 얼마나 높은지 알면서도 그 말에 겁이 나나? 자기 같은 남자가 세상에 있으면 또 얼마나 있다고.

나는 울 것 같은 얼굴을 하고 있는 오빠를 바라보다가 새끼손가락을 내밀었다.

"약속해요. 나 도망가도 쫓아와 주겠다고."

"약속할게."

오빠가 내 새끼손가락에 손가락을 걸었다. 나는 일부러 장난치듯 손을 위아래로 흔들었다.

"그리고…… 그때 병원에서 혼자 막 비꼬다가 도망가고, 연락 무시했던 거 미안해요. 사실 오빠가 한 말 맞아요. 질투 나서 그랬어요."

"아니야. 내가 미안해. 그럴 분위기 아니었는데 네가 질투해 주는 게 기뻐서…… 그래서 그 말이 멋대로 튀어 나갔어. 다시는 그런 말 안 할게."

미안하다고 사과하고, 미안하다고 사과를 받았더니 마음이 무척이나 편안해졌다. 입가에 저절로 미소가 맺혔다.

"그럼 우리 이제 화해한 거죠? 이제 나 없어져도 도망간 거라고 오해 안 하기. 약속."

"약속."

나는 오빠의 손가락을 몇 번 더 흔들다가 슬슬 다리가 저려 와서 손을 놓고 자리에서 일어났다.

그리고 주먹 쥔 손으로 다리를 통통 두드리며 오빠를 바라봤다.

"오빠 지갑 가지고 나왔죠? 우리 샌드위치 먹고 들어가요."

"그럴까? ……아, 잠깐만."

자리에서 일어나려던 오빠가 갑자기 비틀거리더니 차를 손으로 짚은 채 무릎을 구부린 자세로 인상을 찡그렸다. 오빠가 왜 그러는지 알 것 같아서 웃음이 나왔다.

"다리 저려요?"

"응……. 잠깐만, 찌르지 마!"

"이런 건 원래 이렇게 찔러 줘야 빨리 나아요."

"하지 마, 소희야! 아!"

나는 오빠의 다리를 검지로 몇 번 찌르다가 잡히기 전에 얼른 도망쳤다. 그리고 아직 다리 저린 게 풀리지 않아 나를 쫓아오지 못하는 오빠를 돌아보며 있는 힘껏 소리쳤다.

"늦게 오는 사람이 이따 저녁에 밥하고 설거지까지 다 하는 거예요!"

"치사하게 그럴 거야?"

"원래 승부의 세계는 냉정한 법이에요!"

나는 뒤도 돌아보지 않고 신나게 달렸다. 그러다 결국 오빠에게 잡히고 말았지만, 아침 샌드위치를 사는 건 물론 점심, 저녁까지 오빠가 다 해서 손 하나 까딱 안 하고 편안한 하루를 보낼 수 있었다.

❋

"응, 엄마."

―몸은 좀 어때? 괜찮아?

"어?"

내가 아팠던 걸 엄마가 어떻게 알았지? 혹시 오빠가 말해 줬나?

―기억 아직 안 돌아왔어? 병원은 가 봤고?

아, 기억 이야기였구나. 하마터면 또 자폭할 뻔했다.

아무 말 안 해서 다행이다 생각하며 평이한 어조로 대꾸했다.

"괜찮아. 나 기억 돌아오고 있어."

―돌아오고 있다고? 다 돌아온 건 아니고?

"응. 한 1년 정도만? 그래도 조금씩 돌아오는 거 보면 언젠가는 다 돌아오겠지. 결혼 진행하는 데는 문제없으니까 너무 걱정 마."

―어떻게 걱정을 안 하니? 어휴, 생전 잔병치레라곤 안 하던 애가 갑자기 기억상실이라니. 엄마는 아직도 꿈 같다, 얘.

그 말을 듣다 보니 내가 오빠랑 사귀게 된 사실을 엄마가 처음 알게 됐을 때의 일이 떠올랐다.

오빠랑 사귀기로 한 지 겨우 사흘째 되던 날이었나, 나흘째 되던 날이었나. 정확한 날짜는 기억이 안 나는데 하여튼 사귀기로 하고 정말 며칠 안 돼서 엄마한테 들켰다.

솔직히 말하면 그때 나는 오빠랑 사귀기로 한 걸 부모님한테 말하고 싶지 않았다.

그도 그럴 게, 나는 평생 혼자 살 거라고 중학교 때부터 말하고 다녔으니까.

그랬던 내가 연애를 하게 되다니. 그것도 펜션의 유일무이한 장기 손님이랑.

게다가 연애 상대가 오빠였다. 다른 사람도 아니고, 천유진. '그' 천유진.

"……엄마."

─응?

"나 오빠랑 사귀는 거 처음 알았을 때 기분이 어땠어?"

딴에는 심각하게 물은 질문이었다. 그러나 질문을 받은 엄마는 전혀 그렇게 생각하지 않은 모양이었다.

─어떻기는, 땡잡았다 했지.

"땡?"

─그렇잖아. 평생 연애도 결혼도 안 한다던 애가 그렇게 근사한 남자랑 사귄다는데. 우리 천 서방 정도면 그냥 땡도 아니고 삼팔광땡이지, 삼팔광땡.

"삼팔광땡……."

─내가 너랑 천 서방 손잡고 걷는 거 보고 그럼 그렇지 했잖아. 어쩐지, 주변에 아무것도 없는데 왜 한 달 장기 숙박에 한 달을 더 연장하나 했지. 목적이 따로 있었던 걸 모르고.

"아니, 그……. 오빠가 우리 펜션 있었던 건 원고 쓰려고 그런 건데……. 엄마도 알잖아. 오빠가 우리 펜션에서 글 써서 공모전 당선된 거."

─꿩 먹고 알 먹고 도랑 치고 가재 잡고 한 거지. 근데 너는 또 뭘 이제

와서 핑계를 대고 그래? 새삼스럽게.

"그냥……."

새삼스럽게 부끄러워져서 그렇지 뭐.

생각해 보면 사귀기 전부터 한 지붕 아래에서 살았던 거나 다름없었다.

가평에 있는 내 방이 부모님이 쓰는 꼭대기 방의 다락방 아니었으면 어쩔 뻔했어. 만약 내 방이 부모님 방이랑 따로 떨어져 있었으면 나는 괜히 도둑이 제 발 저리듯 부모님 앞에서 계속 눈치만 살폈을 거다.

─그나저나 너 결혼하기 전에 가평 한번 안 올래?

"가평에? 왜?"

─이유가 필요하니? 다른 데도 아니고 집에 오는 건데. 말 나온 김에 말인데, 결혼 준비한다고 서울 올라갔다가 아예 신혼집까지 들어가서 엄마가 얼마나 섭섭했는지 알아? 결혼하기 전에 가평 다시 오기로 해 놓고.

"아니, 그게……."

─암만 병원 가야 한대도 그렇지. 짐까지 다 가져가 버리고.

엄마의 목소리엔 서운하단 감정이 물씬 배어 있어서 나는 조금 당황하고 말았다.

"나 다시 가평 가기로 했었어?"

─그래. 이제 결혼하면 가평 뭐 얼마나 올 거야. 자식이라곤 너 하나뿐인데. 넌 엄마, 아빠랑 헤어지는 거 안 아쉬워?

"아니 뭐, 자주 가면 되지. 내가 해외로 가는 것도 아니고 서울에서 가평 얼마나 걸린다고……."

─그래도. 그냥 독립하는 거랑 결혼해서 떠나는 거랑 다르잖아.

독립은 혼자 사는 거고 결혼은 둘이 사는 거니 굳이 따지자면 다르긴 한데……. 그 차이점을 느끼는 사람은 나 아닌가? 떨어져 살긴 중학교 때부터 떨어져 살았는데 엄마 입장에선 뭐가 다른 거지?

ㅡ아무튼, 올 거야 말 거야? 올 거지? 응? 엄마가 너 좋아하는 거 해 놓을게.

"알았어. 오빠한테 물어보고 같이 내려가든가 할게."

ㅡ같이 오면 좋기야 한데, 혹시 천 서방 바쁘다고 하면 너 혼자라도 와.

"알았어. 내가 나중에 다시 전화할게."

전화를 끊고 달력을 한번 살펴봤다.

결혼식까지 남은 기간은 약 3주. 다음 주쯤에 내려가서 한 2주 정도 머무르다가 다시 서울에 올라와서 본격적으로 결혼식 준비를 하면 될 것 같았다.

그러면 가평 내려가기 전에 우선 처리해야 할 일이 뭐가 있나……. 아, 어머님 병문안 가야 되는데.

내가 고열로 앓아누운 동안 오빠는 내 옆에만 붙어 있었다. 즉, 어머님이 계신 병원에 안 갔다.

내가 아프다는 말을 듣고 어머님이 먼저 올 필요 없다고 하셨다는데, 나는 그 말을 듣고 감사하기보다 속이 너무 찔렸다.

죽다 살아난 어머님에 비하면 내 열병은 귀여운 수준이었다. 그런데 낳아 준 자신을 두고 애인 옆에만 찰싹 붙어 있는 아들을 보며 어머님은 무슨 생각을 하셨을까.

"……얼른 갔다 오자."

이제는 두 사람이 정말로 사이가 안 좋은 게 아니라 겉으로만 그런 것 같아 보일 뿐이라는 걸 알지만, 혹시 모르는 일이었다.

적어도 나 때문에 두 사람 사이에 불화가 생기는 건 보고 싶지 않았다. 이왕 이렇게 된 거 그동안 못 갔던 병문안 한 번에 다 몰아 갈 생각으로, 오늘 하루 종일 병원에 있을 수 있도록 짐을 챙겼다.

❋

[나도 이따 일 끝나면 병원으로 갈게.]

[네. 병원에서 봐요.]

그렇게 답장을 보내자 활짝 웃는 얼굴 모양의 이모티콘이 도착했다.

나도 따라서 웃는 이모티콘을 보내자 오빠가 하트가 뿅뿅 튀어오르는 이모티콘을 보냈다. 답으로 또 보내려다가 그러면 끝도 없을 것 같아서 그냥 핸드폰을 가방 속에 넣었다.

그러자 잠시 후 가방 속에서 핸드폰이 진동했다. 뭔가 하고 봤더니 오빠가 새로 보낸 메시지가 도착해 있었다.

[왜 답이 없어? 나 사랑 안 해?]

웃음이 나왔다. 나는 말없이 하트 이모티콘을 찾아서 보내 주었다. 그에 만족했는지 오빠가 또 한 번 활짝 웃는 이모티콘을 보내왔다.

이번엔 답장을 보내지 않았다. 오빠도 더 메시지를 보내지는 않았다.

나는 다시 핸드폰을 가방 속에 넣고 창밖으로 시선을 돌렸다.

스쳐 지나가는 풍경 위로 오빠의 얼굴이 떠올랐다가, 하트가 떠올랐다가, 웃는 얼굴이 떠올랐다가. 흐려지는 초점 속에서 나는 과거의 기억 속으로 가라앉았다.

최근 들어 자주 이랬다. 특히 주변이 조용해졌을 때.

1년여의 기억을 되찾고, 책이나 영화를 본 것처럼 간접적으로만 느껴졌던 당시의 감정이 스며들듯 내게 동화되면서 생긴 일이었다.

그때의 기억과 감정을 곱씹다 보면 나도 모르게 멍해져서 주변에 다른 사람들, 특히 오빠가 있을 땐 되찾은 기억에 대해 생각하지 않으려 애썼다.

하지만 아이러니하게도 스물셋 윤소희가 스물넷이 되는 것 역시 오빠 때문이었다. 돌아온 1년의 기억은 거의 오빠와 관련되어 있었으니까.

혼자서 오빠를 좋아하던 때도 그러긴 했지만, 오빠와 막 사귀기 시작했을 때의 난 정말로 생각이 많았다. 하필이면 부정적인 쪽으로.

그때의 나는 오빠를 믿지 못했다. 오빠가 나를 좋아한다고 말해도, 오래갈 감정이 아니라고 생각했다.

언제가 될진 모르겠지만 결국 감정이 식어 나를 떠날 거라고 생각했다.

지금은 안다. 오빠가 나를 정말 좋아한다는 걸.

하지만 그때는 몰랐다. 그래서 오빠를 좋아하면서도, 믿으려고 노력하면서도 한구석의 티끌을 닦아 내지 못했다.

그래서 오빠는 내가 좋아하던 사람이 자기였을 거라고 짐작도 못 했을 거다.

'선배는 저를 어쩌다 좋아하게 된 거예요?'

'글쎄…… . 어쩌다 좋아하게 됐는지는 모르겠는데, 어쩌다 좋아

330

하는 걸 알았는지는 알아.'

'어떻게 알았는데요?'

'질투가 났거든. 네가 좋아하는 사람한테.'

'……질투요?'

'아마 넌 모를 거야. 네가 좋아하는 사람에 대해 말할 때마다 얼마나 예쁜 표정을 짓는지. 그 얼굴로 나를 봐 줬으면 했어. 그래서 알게 된 거야.'

오빠가 예쁘다고 해 준 그 얼굴.

아마 오빠 앞에서 보여 주지 못했을 테니까.

"도착했습니다."

"아, 감사합니다."

생각에 잠겨 있느라 택시가 목적지에 도착한 것도 몰랐다. 나는 택시비를 지불하고 얼른 택시에서 내렸다.

"음, 병실이 어디랬지……."

처음 어머님이 입원한 병실은 평범한 1인실이었지만, 기자들이 인터뷰를 따내려고 하도 숨어드는 통에 결국 VIP 병실로 바꿨다고 했다.

VIP 병실에 가 보는 건 처음이었다. 나는 가슴이 쓸데없이 두근거리는 걸 느끼며 엘리베이터에 탔다. 그리고 어머님 병실이 있는 12층에서 내렸는데…….

잠깐만, 여기 병원 맞아?

일단 분위기 자체가 1층이랑 달랐다. 복도에는 무슨 카펫이 깔려 있고, 천장에 붙어 있는 조명도 일반 형광등과는 색감이 달랐다. 좀 더 따뜻하고 밝은 느낌.

거기까지만 했으면 그냥 감탄만 했을 거다. 하지만 나는 엘리베이터 문이 열리자마자 움찔하고 말았는데, 엘리베이터 도착음 때문인지 나를 향해 쏠린 경호원들의 시선 때문이었다.

그래, 경호원.

과연 VIP실이 괜히 VIP실이 아닌 모양이었다. 긴 복도에 띄엄띄엄 떨어져 있는 문을 지키고 선 사람들은 전부 검은 양복을 입고 인상을 딱딱하게 굳히고 있었다.

어디서 이렇게 비슷한 사람들을 골라 왔지? 하나같이 얼굴로 '여기 함부로 들어가려다 걸리면 혼 좀 날 거다.' 경고하고 있었다.

나는 지은 죄도 없는데 괜히 찔끔해서 어깨를 옹송그렸다.

"어떻게 오셨습니까?"

경호원 몇 명을 지나쳐 어머님이 있는 병실 문 앞에 서자 두 명의 경호원 중 호리호리한 체격을 가진 남자가 내게 물어 왔다. 나를 위아래로 훑어보는 시선에, 나쁜 뜻으로 그러는 게 아니라는 걸 아는데도 위축되고 말았다.

"윤소희라고, 배우 이영린 씨 며느리 될 사람이에요."

뭔가 신분증이라도 제시해야 하나?

그냥 병문안하러 온 건데 내 정체를 밝혀야 하는 이 상황이 조금 우습기도 하고 어색하기도 해서 경호원들의 눈치만 살폈다. 그러자 내게 질문을 건넸던 남자가 고개를 끄덕였다.

"잠시만 기다려 주십시오."

그러고는 주머니에서 무전기를 꺼내 어머님과 대화를 나누기 시작했다.

신기한 마음 반, 뭘 이렇게까지 하나 하는 마음 반으로 나는 입을 살짝 벌린 채 그저 바라보기만 했다.

"들어가셔도 됩니다."

"아, 네. 감사합니다."

말없이 서 있던 남자가 대신 문까지 열어 주었다. 나는 그게 참 황송하고 황공해서 고개를 꾸벅꾸벅 숙여 인사한 다음 병실 안으로 발을 디뎠다.

그러자 내 눈앞에 나타난 건 병실이 아니라 호텔의 스위트룸이었다. 과장 하나 안 보태고 진짜 그랬다.

나는 당연히 어머님이 누워 계신 침대가 바로 앞에 있을 줄 알았는데, 아니었다. 문 앞에 있는 건 거실이었다.

그리고 거실과 침실 사이의 활짝 열린 미닫이문 너머에 어머님이 누워 있는 침대가 있었고.

와, 이게 어떻게 병원에 있는 병실일 수가 있지?

되게 촌티 나는 행동인 건 아는데 주변을 둘러보는 걸 멈출 수가 없었다.

"소희야! 얼른 와, 왜 거기 서 있어."

"아, 네."

내가 뒤늦게 침실로 들어가자 어머님이 무척이나 환한 얼굴로 나를 반겨 주셨다.

"왜 이제 왔어? 내가 너 온다고 해서 얼마나 기다렸는데. 아니, 오느라 힘들었지? 이리 와서 앉아."

침대 옆에는 길쭉한 소파와 1인용 의자가 따로 있었다. 하지만 어머님이 손으로 열심히 두드리는 건 침대 매트리스였다.

나는 그 사이에서 잠깐 고민하다가 어머님이 누워 계신 침대에 그냥 엉덩이를 붙이고 앉았다.

"잘 지내셨어요? 몸은 좀 어떠세요?"

"숨 쉬는 거랑 일어났다 누울 때 불편한 거 빼곤 다 괜찮아."

……그 정도면 그냥 안 괜찮은 거 아닌가?

그래도 며칠 전보다 안색은 좋아 보이셨다. 우리 결혼식 날짜에 맞춰서 외출도 할 수 있을 거라더니 정말 회복 속도가 빠른 모양이었다.

그를 증명하기라도 하듯, 수술 후 막 깨어났을 때는 혼자 몸을 일으키는 것도 힘들어하시더니 이제는 혼자서도 잘 일어나셨다.

"소희 너도 아팠다면서. 몸은 좀 괜찮니?"

"네. 이젠 건강해졌어요. 그동안 못 와서 죄송해요."

"죄송하긴 뭐가 죄송해. 괜찮아, 나도 그동안 많이 바빴거든. 근데 그건 뭐야?"

"아, 초콜릿이랑 과자 좀 사 왔어요. 어머님 여기에서 파는 거 좋아하신다면서요."

"우리 사이에 뭐하러 이런 걸 사 와. 그냥 빈손으로 와도 되는데."

하지만 말과는 달리 들뜬 표정을 지은 어머님은 종이 가방에서 바로 초콜릿을 꺼내 입에 하나 넣으셨다.

"이거 맛있다. 너도 좀 먹어."

"네. 잘 먹겠습니다."

초콜릿 한 상자가 사라지는 건 금방이었다.

그다음엔 어머님이 과일 좀 먹자고 하셔서 주방 냉장고를 열었는데, 그 안을 가득 채운 과일과 각종 음식들로 나는 혀를 내두르고 말았다.

"이게 다 뭐예요?"

"문병 온 사람들이 하나씩 놓고 갔어. 난 잘 안 먹으니까, 온 김

334

에 네가 좀 많이 먹고 가. 응?"

아무리 많이 먹어도 이거 다 먹으려면 사흘 밤낮도 모자랄 것 같은데.

도대체 몇 명의 사람이 이 병원에 방문했을까? 나는 다른 사람이 아니라 이 병실을 지키고 있는 경호원분들이 조금 안쓰러워졌다.

"혹시 다이어트하는 거 아니지?"

"다이어트는 안 하는데요……. 근데 저 이거 다 먹으면 돼지 돼요."

"돼지 되면 어때. 나는 이 일 아니었음 진작 먹고 싶은 거 다 먹고 돼지 됐을 거야."

결국 어머님이 촬영하기로 했던 영화는 고사하기로 했다고 했다.

다른 건 몰라도 해외 로케 잡아 놓은 건 미룰 수도 취소할 수도 없어서 어머님이 퇴원하실 때까지 기다려 줄 수 없다고 했다나.

"그럼 어머님도 좀 드세요. 당분간은 요양하면서 쉬실 거라면서요."

"나도 그러고 싶은데, 난 살 한번 찌면 잘 안 빠지거든. 하루 먹어서 살찐 거 빼려면 운동을 한 달은 해야 돼."

어머님은 아까 초콜릿 먹은 걸로 오늘 먹을 건 다 먹었다고 하셨다.

한 입도 안 되는 그 작은 초콜릿 네다섯 개 먹은 게 다라니. 나라면 진작 배우 때려치웠을 거다.

"그러니까 나 대신 소희 네가 좀 먹어 주면 안 될까? 대리 만족이라도 하게."

내가 꺼내 온 과일이며 간식거리를 바라보는 어머님의 눈은 마치 치과에 다녀온 아이가 생크림 케이크를 바라보는 것 같았다.

그 눈빛이 너무 안타까워서, 나는 결연하게 고개를 끄덕였다.

"제가 먹는 모습이 예쁜 건 또 어떻게 아시고. 그럼 확실하게 해 드릴게요. 대리 만족."

안 그래도 요 며칠 고열로 앓느라 살이 2kg이나 빠져 버렸다. 그러니까 살 좀 쪄도 괜찮다.

나는 아예 팔을 걷어붙이고 일단 사과부터 집어 들었다.

과일에, 롤케이크에 쿠키까지. 나는 이것저것 집어 먹으며 어머님이랑 신나게 수다를 떨었다.

어머님과 처음 만났던 때의 일은 아직 기억에 없지만, 그래도 두 번 봤다고 어머님이 편해졌는지 이 이야기 저 이야기가 아주 막 튀어 나갔다.

"사실 오빠 처음 봤을 땐 제가 오빠랑 결혼까지 하게 될 줄은 몰랐어요. 아마 어머님 사인 DVD 아니었으면 연애는커녕 친해지지도 못했을걸요?"

"어머, 그럼 내가 큐피드 해 준 거네?"

"그렇죠!"

"아니, 유진이 걔는 그 중요한 사실을 왜 나한테 말 안 했데? 내 덕을 봤으면 봤다고 어머니 감사합니다 큰절이라도 해야 할 거 아냐."

"나중에 오빠 오면 같이 해 드릴게요."

"근데 이왕이면 큰절은 손주한테 받고 싶은데. 나 세뱃돈 엄청 많이 줄 수 있어!"

"저는요? 저는 안 주실 거예요?"

"당연히 줘야지!"

어머님이 크게 웃음을 터뜨리다가 갈비뼈를 잡고 심호흡을 하셨다. 나는 깜짝 놀라 어머님을 부축했다.

"괜찮으세요? 의사 부를까요?"

"아니, 그 정도는 아니고……. 근데 궁금한 게 있는데, DVD는 네가 달라고 한 거야?"

"아니요. 그냥 뇌물 달라고 했더니 줬어요."

"그래? 그럼 네가 나 좋아하는 건 어떻게 알고 그걸 갖다줬대? 내 팬이라는 말은 한 거야?"

"아니요. 그런 말은 안 했는데……."

그러게. 오빠는 내가 배우 이영린 좋아하는 거 어떻게 알고 그걸 준 거지?

"음…… 어머님은 대한민국 최고의 배우잖아요. 어머님 사인 DVD 받고 싫어할 사람이 어디 있겠어요."

"그런가? 하긴, 내가 인기가 좀 많았어야지. 나 좋다고 따라다니던 사람 엄청 많았다? 내가 그때 결혼만 안 했으면 아마 전설 하나 남겼을 거야."

"어머님은 지금도 전설이신데요?"

"소희야……."

어머님의 눈이 감동으로 물들던 그때.

─이영린 씨. 경호팀입니다.

"엄마야, 깜짝이야."

갑자기 치직 소리와 함께 들려온 기계음에 나는 깜짝 놀라 어깨를 들썩였다. 그런 나를 보며 호호 웃던 어머님은 "또 누가 왔나?" 고개를 갸웃거리며 침대 옆 장식장 위에 있는 무전기를 집어 들었다.

나는 신기한 마음으로 무전기를 바라봤다. TV가 아닌 실생활에서 이걸 보는 건 처음이었다. 아니, 보긴 했다. 아까 경호원 손안에서.

"VIP실에 입원하면 원래 경호원들이 앞에 지키고 그러는 거예요? 병실마다 다 서 있던데."

"글쎄? 다른 데는 모르겠는데 일단 내 병실엔 김 이사가 기자들 막으려고 세워 뒀어."

김 이사라는 건 그 아저씨를 말하는 거겠지?

이사면 되게 높은 직위인데도 격의가 없구나. 하긴, 어머님이 처음 데뷔했을 때 매니저라고 하셨으니까. 격의가 없을 만했다.

"네. 무슨 일이세요?"

ㅡ배우 차재혁 님께서 병문안을 오셨습니다. 문을 열어 드려도 될까요?

"어머, 진환이가 왔어요? 들여보내도 괜찮아요."

"네?"

"응?"

"진환 선배요? 배우 차재혁이?"

차재혁이면 오빠가 오디션 보게 해 줬다는 그 배우 아닌가? 그게 진환 선배였다고?

……예명이었구나! 그리고 보니 같은 차 씨였어!

왜 같은 사람일 거라고 생각을 못 했지? 경악한 나를 본 어머님이 의아한 표정으로 내게 물어 왔다.

"진환이가 네 선배야? 아아, 맞다. 소희 너 유진이랑 같은 대학 나왔다고 했지?"

"네……. 그리고 같은 동아리였어요."

나는 얼떨떨한 얼굴로 고개를 끄덕이다가 문이 열리는 소리를 듣고 그쪽으로 고개를 돌렸다.

문을 열고 들어오는 사람은 정말로 진환 선배였다. 대학교 때와는 상당히 달라진 모습의.

내 취향은 오빠처럼 선이 좀 옅고 피부가 하얗고 곱상한 축에 속하는 미남이었다.

그래서 진환 선배를 볼 땐 잘생겼다는 생각을 하면서도 설렌 적은 한 번도 없었는데, 지금은 나도 모르게 우와, 하고 감탄할 정도로 멋있어져 있었다.

"어머님, 몸은 좀…… 윤 회장?"

손에 커다란 과일 바구니를 들고 병실 안으로 들어오던 진환 선배가 날 발견하고 자리에 우뚝 멈춰 섰다.

내가 여기에 있을 거라곤 생각을 못 한 모양이었다. 저렇게까지 놀라는 걸 보면.

"오랜만이네요, 진환 선배. 아니, 오랜만이 아닌가?"

마지막으로 언제 만났는지는 모르겠지만 중간에 통화는 한 번 했으니까.

혼자 고개를 끄덕이는 나를 보며 진환 선배가 작은 목소리를 냈다.

"오랜만……이라면 오랜만이지. 거의 석 달 만인가?"

"그렇구나. 그동안 잘 지냈어요?"

"나야 잘 지냈지. 근데 그건 네가 나한테 물을 게 아니라 내가 어머님한테 여쭤 봐야 할 거 같은데. 어머님, 몸은 좀 괜찮으세요?"

"나야 괜찮지. 팔팔한 거 안 보이니?"

"무척 잘 보입니다."

진환 선배가 능청스레 답하는 말에 어머님은 호호 웃다가 호기심 가득한 얼굴로 입을 열었다.

"근데 윤 회장이라니? 우리 소희가 왜 회장이야?"

"저 유진이랑 같은 동아리였다고 했잖아요. 그때 소희가 회장이었어요."

"어머, 정말? 소희 너 회장까지 했니?"

나를 휙 돌아보는 어머님의 눈이 별처럼 반짝이고 있었다. 사람 눈이 저렇게 빛날 수 있다니. 살짝 부담스러운 마음에 얼른 손사래를 쳤다.

"그렇게 대단한 건 아니에요. 그냥 할 사람이 없어서 제가 한 거거든요."

"그게 왜 대단한 게 아니야!"

진짜 대단한 거 아닌데.

당시 내가 있던 동아리는 어떻게 모여도 그렇게 모였는지 귀찮은 일은 질색하는 사람들밖에 없었다. 오죽하면 컴퓨터 하나를 회장 전용으로 내주는 데 전원 찬성했을까.

"그 동아리에서 드라마 작가 천유진도 나오고 인기 배우 차재혁도 나온 거 아냐. 얼마나 대단한 동아리니, 그게?"

"인기 배우……."

그래, 잠깐 잊고 있었다. 차재혁이 차진환이라고 했지.

나는 새삼스러운 눈으로 진환 선배를 쳐다봤다. 그러자 진환 선배가 뚱한 얼굴로 팔짱을 꼈다.

"하여튼 내가 좋은 소리 듣는 꼴을 못 보지. 그래, 인기 배우 아니고 그냥 배우다. 내가 너한테서 인기 배우 소리 들으려면 대체 얼마나 유명해져야 되냐?"

"아니……. 그런 의미가 아니라요. 선배 언제 배우 됐어요?"

"이제 너한테 난 배우도 아니냐? 나 연기 그렇게 못하디?"

헛웃음을 터뜨린 진환 선배는 길쭉한 소파에 과일 바구니를 내려놓고 그 옆에 앉았다.

가까이에서 보니 바구니 크기가 정말 어마어마했다.

모르긴 몰라도 내가 아까 열심히 먹어 치운 양의 한 4배는 되지 않을까? 이렇게 내 노력은 수포로 돌아가고 말았구나.

나는 속으로 하하 웃다가 현실 도피는 이 정도 해야겠다 싶어 다시 진환 선배를 바라봤다. 하지만 진환 선배는 이미 어머님과 대화를 나누고 있어서 내가 끼어들 새가 없었다.

"그러고 보니까 유진이는요? 전 당연히 여기 있을 줄 알았는데."

"유진이? 미팅 갔어."

"무슨 미팅이요? 걔 당분간은 쉰다고 한 거 같은데."

"나도 그렇게 들었는데, 몰라. 나도 자세한 건 못 들었어. 근데 미팅 끝나면 온다고 했으니까 얼굴 볼 거면 여기서 좀 기다려."

"그래도 될까요?"

"안 될 거 뭐 있니? 그래, 온 김에 너도 냉장고 안에 있는 거 처리 좀 하고 가. 너 촬영 다 끝났지?"

"아직 재촬영 남은 거 있어요."

와, 되게 배우처럼 말한다. 진짜 배운가 봐.

나는 새삼스러운 눈으로 진환 선배를 바라봤다.

그 시선이 내 생각보다 강렬했던 걸까. 뺨과 목덜미를 긁적거리던 진환 선배가 나를 휙 돌아봤다.

"할 말 있으면 해. 왜 그렇게 쳐다봐?"

"신기해서요."

"뭐가?"

"선배 배우 됐구나."

하긴, 진환 선배는 대학교 때부터 여기저기 부지런히 오디션을 보러 다녔다.

진환 선배가 우리 동아리에 들어온 것도 다 그 때문이었다. 영화 보고 캐릭터 분석해서 연기 공부하려고.

그때도 나는 얼굴 되겠다, 발음 좋겠다, 연기도 잘하겠다, 진환 선배가 진작 데뷔하지 못한 게 이상하다고 생각했다. 하지만 그럴 만한 이유가 있었다.

선배는 실력 이상으로 운이 없었던 것이다. 정말 지지리도.

찾아온 기회마다 족족 지뢰에 함정이라 캐스팅이 됐다가도 취소되고, 유령 회사에 사기당하고, 촬영 전날 작품이 엎어지고, 돈 많은 집 아들한테 자리 뺏기고.

기운 내라고, 그거 다 기억했다가 나중에 데뷔하고 작품 찍은 다음 홍보하러 예능 나가서 에피소드로 써먹으라고 위로해 준 게 엊그제 같은데.

결국 데뷔해서 배우가 됐구나.

참 장하다. 참 장해.

"너…… 날 왜 그렇게 봐?"

"그냥요. 선배가 참 대견해서요."

"얘가 갑자기 왜 이래. 어머님, 윤 회장 뭐 잘못 먹었어요?"

떨떠름한 표정을 짓는 진환 선배에 되레 어머님이 이상한 표정을 지었다.

"너야말로 왜 그래? 혹시 유진이한테 못 들었니? 소희 사고 난 거."

"사고요? 무슨 사고?"

정말 못 들은 모양이었다. 그때 병원에서 통화했을 때 오빠가 말 안 해 줬나?

그럼 대체 무슨 이야기를 하려고 병실에서 나갔을까 생각하다가 일단 대답했다.

"욕실 청소하다 미끄러져서요. 저 기억상실증 걸렸어요."

"……뭐?"

"5년 기억 날아갔다가 지금은 1년 정도 돌아와서, 대충 스물네 살 여름 정도까지만 기억해요."

내가 기억하는 건 사귄 지 1년 조금 안 됐을 때 오빠 집에서 단둘이 술을 마셨던 날까지였다.

당시 나는 막 취직해서 적응하느라 바빴고, 오빠도 당선된 원고를 작업하느라 무척 바빴다. 그래서 우리는 한 달에 두세 번 얼굴을 볼까 말까 했다.

안 그래도 불안함을 지우지 못했던 나는 이러다 헤어지는 거 아닐까 하는 생각을 하고 있었고, 오빠랑 오랜만에 만나 술을 마시다 그런 속내를 털어놓게 되었다. 덕분에 알게 되었다. 오빠도 나만큼이나 불안해하고 있었다는 걸.

불안함과 불안함. 안 좋은 감정의 공명은 본래라면 파국으로 치달았겠지만, 천만다행으로 우리는 그 공명을 공감으로 이끌어낼 수 있었다. 둘 다 궁극적으로는 관계의 지속, 혹은 발전을 원했으니까.

그래서 우리는. 음. 그날 처음으로 같이 잤다.

둘 다 숨김이긴 했지만 오빠도 나도 후회하지 않았다. 한 이불 속에서 맨몸으로 눈을 뜬 오빠는 내가 일어날 때까지 날 끌어안은 채 기다려 주었다.

깨어나 눈이 마주쳤을 때의 부끄러움은 아직도 선명할 정도로 커다랬지만, 그래도 오빠 품속에서 눈을 뜰 수 있어서 행복했다.

그날 우리는 해가 중천에 뜨도록 이불 속에서 나오지 않았다. 나는 들끓는 눈동자 속에 갇혀 새빨간 정염으로 불안을 태웠다.

그렇게 나는 나를 욕망하는 오빠의 품속에서 안정을 찾았다.

남녀의 육체관계를 사랑을 나눈다고 표현하는 건 아마 그 때문이 아닐까. 사랑한다는 백 마디 말로 전하지 못하는 것을 전할 수 있으니까.

내가 기억하는 건 그날까지라 그 뒤의 일은 알 수 없지만, 그래도 감히 장담할 수 있었다.

바로 그날이 있었기에 내가 지금까지 오빠와 연애해 결혼까지 할 수 있었으리라고.

……아니, 그런데 어쩌다 생각이 이리로 튀었지?

그 순간 진환 선배와 눈이 마주쳤다. 나는 얼굴이 확 달아올라서 자리에서 벌떡 일어났다.

"저, 잠깐 화장실 좀 다녀올게요!"

"그래, 화장실 저쪽에 있어."

어머님이 검지로 가리킨 건 주방 맞은편에 있는 문이었다.

저게 화장실이었구나. 그래, 일반 병실에도 있는 화장실이 여기에 없을 리가 없지.

하지만 도망치듯 들어온 화장실은 역시 내 예상을 벗어나 있었다.

단순히 샤워 부스가 붙어 있는 거면 이렇게 놀랍지는 않았을 거다. 하지만 화장실, 아니, 욕실의 한쪽 벽에 설치되어 있는 건 욕조였다. 그것도 마사지 기능이 있는 커다란 욕조.

여기 하루 입원비 대체 얼말까? 궁금한데 알고 싶지 않았다.

과연 이영린은 이영린이구나.

새삼 감탄한 나는 세면대 앞에 서서 붉어진 뺨을 손으로 두드렸다.

열을 식히기까지는 한참이나 걸렸다.

머릿속에 떠도는 상념을 겨우겨우 내쫓은 후, 나는 찬물로 연거푸 세수를 했다. 그러고 나서 화장을 고친 다음 욕실에서 나왔다.

그런데 내가 욕실에서 시간을 너무 오래 보낸 걸까? 진환 선배가 어디 가고 없었다.

그새 갔나? 가면 간다고 인사라도 하고 가지.

서운한 마음을 숨긴 채 어머님에게로 다가갔다. 그런데 인기척을 느끼고 나를 돌아보는 어머님의 얼굴에 걱정이 스며들어 있었다.

"어머님?"

"소희야, 잘됐다. 너 진환이랑 유진이 좀 따라가 봐."

"네? 오빠 왔어요?"

"응. 근데 진환이 보더니 갑자기 얼굴이 굳어서, 얘기 좀 하자고 둘이 나갔거든."

순간 내가 떠올린 건 내가 아직 병원에 있을 때 진환 선배와 통화를 하러 병실 밖으로 나갔던 오빠였다.

그때도 오빠는 꽤나 심각한 얼굴을 하고 있었다. 그래서 무슨 이야기를 했냐고 묻지 못했는데. 설마 두 사람 크게 싸우기라도 한 걸까?

"분위기 많이 안 좋았어요?"

"조금. 둘이 싸우면 어떡해? 설마 막 주먹다짐까지 하고 그러진 않겠지?"

"에이, 설마요."

나는 오빠가 누구 때리고 그러는 거 한 번도 못 봤다. ……아직까지는.

에이, 설마.

"둘이 어디로 나갔는데요?"

"아마 휴게실로 갔을 거야. 밖에 나가면 복도 끝에 휴게실 하나 있거든."

"한번 가 볼게요."

"응. 부탁해, 소희야."

중간에 내가 알지 못하는 어떤 이유로 싸웠다고 해도 두 사람이 주먹다짐을 하고 그러는 일은 없을 거다.

애초에 두 사람 다 그렇게 폭력적인 성향은 아닐뿐더러, 특히 진환 선배는 이제 공인이었다. 까딱 잘못했다가 이상한 기사라도 나면 커리어 망하는 건 순식간이었다.

그러니까 두 사람이 싸울까 봐 걱정되는 건 아니었다. 아니었는데…… 가슴이 이상하게 불안했다. 마치 어떤 전조를 느끼는 것처럼.

왜 이런 기분이 드는 걸까 생각하며 병실을 나섰다.

다행히 경호원들은 병실에서 나온 나를 신경 쓰지 않았다. 덕분에 나는 한결 편한 걸음으로 복도를 지나 휴게실로 향할 수 있었다.

VIP실이 있는 층이라 그런지 휴게실은 엄청나게 크고 좋아 보였다. 정수기도 있고, 자판기도 있고, 커피 머신도 있고…….

오빠와 진환 선배는 비어 있는 테이블 다 놔두고 굳이 창문 앞에 서 있었다. 손에 뭘 들고 있지도 않았다.

그럴 분위기가 아니라는 건 짐작하고 있었지만, 역시 커피 한 잔 하면서 담소를 나누려고 휴게실까지 온 건 아닌 모양이었다.

"……."

"……."

오빠와 진환 선배의 입은 번갈아 가면서 한 번씩 움직이고 있는데 목소리가 전혀 들리지 않았다. VIP실 있는 층이라고 방음을 정말 신경 써서 한 모양이었다.

하지만 목소리가 들리지 않아도 분위기가 딱딱하다는 것만큼은 알 수 있었다.

내가 끼어들면 안 될 것 같은데. 그걸 느끼면서도 나는 유리문의 손잡이를 밀어 열었다.

알고 싶었기 때문이다. 진환 선배는 안 그래 보이는데, 오빠 혼자 진환 선배에게 화가 난 이유. 그리고 내가 입원한 병실에서 전화를 받았으면서 내 소식을 진환 선배에게 전해 주지 않은 이유.

"솔직히 말하면 너 오디션 자리 알아봐 준 거 후회될 정도야."

"동아리 애들이 그렇게 귀찮게 굴었어?"

"귀찮은 정도가 아니니까 문제지. 아무튼, 앞으로 누구한테든 내 이름으로 헛된 희망 주지 마. 이제 내 드라마로 남 좋은 일 시켜 주는 일 없을 테니까."

"대체 걔네가 뭘 어떻게 했기에 그렇게 다 연 끊을 정도로 화가 난 거야?"

미간을 찌푸린 진환 선배를 오빠가 빤히 바라봤다. 평소엔 거의 보지 못한 무감정한 눈빛이었다.

"박기홍이 너한테 소희랑 연결해 달라고 부탁하면서, 왜 소희가 자기 연락 안 받는지는 설명 안 해?"

"설마…… 소희랑 뭐 있었어?"

"그래."

"무슨 일이 있었는데?"

"박기홍한테 물어봐. 과연 사실대로 말해 줄지는 모르겠지만."

그냥 성 하나를 붙여 부르는 것뿐인데 사람 이름이 저렇게 차갑게 느껴질 수도 있구나. 괜히 내 어깨가 선득해져서, 나는 두 사람 이야기에 내 이름이 여러 번 언급되고 있다는 사실엔 집중을 하지 못했다.

"혹시 전에 소희한테 연락하지 말라고 했던 것도 그래서 그랬던 거야?"

"그건 다른 거."

"또 일이 있었어? 소희 걔 운수가 왜 그렇게 사나워? 기억까지 잃어버렸다며."

"들었어?"

"어. 그러고 보니까 그건 왜 말 안 했냐?"

"너한텐 말하기 싫어서."

"왜?"

"그냥, 그땐 그랬어."

"……너 무슨 일 있었어?"

진환 선배가 그렇게 물은 것도 어쩌면 당연한 일이었다. 멀찍

이 떨어진 내 눈에도 오빠 얼굴이 안 좋아 보였으니까.

"무슨 일…… 있었지."

"뭔데? 내가 뭐 도와줄 거라도…….''

"소희랑 싸웠거든."

"뭐?"

나랑 싸웠다고? 우리 화해한 거 아니었나?

"엄청 크게 싸워서…… 나랑 결혼하기로 한 거 다시 생각해 보겠다고 말할 정도였어."

"그게 무슨……. 윤 회장? 넌 또 언제 왔어?"

뒤늦게 진환 선배가 내 존재를 알아차린 듯 놀란 목소리를 냈지만, 나는 그쪽으로 시선을 주지 못했다. 어느새 날 주시하는 오빠로부터 눈을 뗄 수가 없었기 때문이다.

찬물을 뒤집어쓴 것처럼 온몸이 굳어 버린 나에게, 오빠가 천천히 다가왔다. 나는 꼼짝도 못 한 채 숨만 겨우 쉬었다.

결혼을 다시 생각해 보기로 했다고.

오빠도 아니고 내가.

순간 머리가 터질 것처럼 아파 왔다. 어마어마한 통증에 양쪽 귀에서 삐— 이명이 울렸다.

한순간 새까맣게 물든 시야가 어지러워서 눈을 질끈 감았다 뜨자 이명이 순식간에 잦아들었다. 그와 동시에 누군가 속삭이는 듯한 목소리가 내 귓가에 내려앉았다.

'너는 그냥, 날 그만큼 안 좋아하는 거야.'

"네가 기억을 잃었던 날…… 우리 만나기로 했어. 만나서 네 선

349

택을 듣기로 했어. 결혼을 그대로 진행할지, 아니면 아예 없던 걸로 하고…… 헤어질지."

'우리 혼인신고는 천천히 하는 게 좋을 것 같아. 결혼하고 해도 안 늦으니까.'

"미안해. 이 이야기를 진작 해 줬어야 했는데…… 겁이 났어. 너한테서 헤어지자는 말을 들을 각오까지 했는데, 그렇다고 생각했는데, 막상 날 좋아하지 않았던 때로 돌아간 널 보니까 눈앞이 새하얘져서……. 이 이야길 전부 해 버리면 네가 망설임 없이 네 첫사랑한테 가 버릴 것 같았어. 그래서, 아무것도 모르는 너랑 그냥 결혼해 버리자고 생각했어."

'내가 네가 생각하던 그런 사람 아니라도…… 그래도 내가 좋아?'

"미안해. 속여서. 말 안 해서. ……너한테 상처 줘서. 정말 잘해 주겠다고 해 놓고 후회하게 만들어서……."

오빠의 눈에 맺힌 눈물이 끝내 뺨을 타고 떨어져 내렸다. 턱 끝에 아롱아롱 맺혔다가 뚝뚝 떨어지는 눈물은 꼭 빗방울 같았다.

나는 언젠가의 유성우를 떠올리며 그 눈물을 내 눈에 담았다.

"미안해, 미안해, 소희야……."

사람이 어쩜 이렇게 애달프고 구슬프게 울 수 있을까.

하지만 나는 그 눈물을 닦아 줄 수도, 오빠를 끌어안고 괜찮다고 달래 줄 수도 없었다.

떠올랐기 때문이었다.

내가 왜 오빠랑 싸웠는지. 내가 왜 오빠와의 관계를 후회했는
지. 어떤 상처를 받았는지. 왜 오빠와의 결혼을 다시 생각하겠다
고 말했는지.

전부, 떠올랐기 때문이었다.

9. 균열

—상상 이별

나는 가끔가다 한 번씩 그와 헤어지는 상상을 했다.

그가 싫어서가 아니었다. 오히려 너무 좋아서 그랬다.

준비 없이 물에 뛰어들면 심장마비 위험이 높아지는 것처럼, 갑작스레 이별을 맞닥뜨리면 내 심장이 멈출 것 같아서.

그래서 나는 몸에 물을 끼얹듯 내 가슴을 이별로 적셨다.

언제, 어떻게 헤어져도 덜 슬플 수 있도록.

나는 잊을 만하면 몰래 준비 운동을 했다.

✾✽✾

"그러니까…… 내가 하고 싶은 말이 뭐냐 하면."

늦은 밤에 날씨가 좋다, 어두워서 잘 보이지도 않는데 꽃이 참 예쁘다, 이미 수십 번을 봐 놓고 새삼 하늘의 별이 참 밝다.

평소엔 사람 민망할 정도로 눈을 빤히 보던 사람이 오늘은 내 눈을 제대로 못 쳐다보고 있었다. 그것도 잔뜩 긴장한 얼굴로.

그러니 짐작할 수밖에 없었다. 오빠는 지금 하기 어려운 말을 하려 한다고.

설마 헤어지자는 말을 하려는 건가? 문득 떠오른 생각에 가슴 한쪽이 시큰거렸다.

안 그래도 조금 이상하다고 생각하던 참이었다. 다른 사람들과 함께 있어도 항상 내게만 집중했던 사람이 요 근래 들어선 단둘이 있을 때도 자꾸 넋을 놓고는 했다. 불러도 못 듣고, 했던 말 또 하고.

나는 그게 드라마 작업 때문이라고 생각했다. 그래서 굳이 무슨 일 있냐고 묻지 않았다.

이럴 줄 알았으면 한 번은 물어볼걸. 혹시 마음이 식은 거냐고.

그러고 보면 오빠와 막 사귀기 시작했을 땐 오빠가 사귀자고 했던 말을 취소하지는 않을까, 마음이 금세 식어 버리는 건 아닐까 하루에도 몇 번씩 불안해하고 그랬다. 하지만 오빠가 나한테 너무 잘해 줘서, 내가 보기에도 나를 너무 좋아해 줘서 그런 일은 없을 거라고 생각했는데.

하긴, 세상에 영원한 게 어디 있겠는가. 남녀가 만나 연애를 하다가 헤어지는 건 아주 자연스러운 일이었다.

사귀기로 했다가 겨우 며칠 만에 깨지는 커플도 있는데 이 정도면 오래 사귀었지. 차라리 마음이 편해졌다.

"나랑 결혼해 줘, 소희야."

그래, 이젠 결혼할 때도…… 뭐?

"바, 방금 뭐라고 했어요?"

"나랑 결혼해 줘."

오빠가 주머니에 손을 넣어 작은 상자를 꺼냈다. 살짝 떨리는 손이 상자의 뚜껑을 열어 안에 있는 걸 보여 줬다.

투명한 보석이 박힌 반지.

머리 위 가로등의 불빛을 받아 무척이나 예쁘게 빛나는 그 반지를 들고 오빠가 날 바라봤다.

"끼워 줘도 돼?"

"……."

"소희야? ……싫어?"

"아니, 싫은 게 아니라, 너무 갑작스러워서…….""

뭘 하자고? 결혼? 오빠랑 내가?

한 번도 상상해 본 적 없다. 그러기엔 오빠나 내 나이가 아직 그렇게 많지도 않았고, 타이밍도 애매했다. 이제 곧 오빠의 세 번째 드라마가 촬영에 들어가기 때문이었다.

첫 번째 작품에 이어 두 번째 작품까지 너무 잘되는 바람에 오빠는 차기작 집필을 힘들어했다. 그 부담감을 오래도록 떨쳐 내지 못해 이거 쓰다가 말고, 저거 쓰다가 말고, 그거 쓰다가 말고.

수많은 원고를 뒤엎으며 오빠가 얼마나 힘들어했는지는 옆에서 지켜본 내가 누구보다 잘 알았다.

주변 사람들한테는 슬슬 프리랜서로 전향하고 싶어서라고 말했지만, 잘 다니던 회사를 그만두고 가평으로 내려온 데에는 그런 이유도 있었다. 오빠를 응원해 주고 싶어서.

4학년 여름방학 때 여기서 쓴 원고로 경쟁률이 1천5백 대 1이라던 공모전에서 당선도 하지 않았던가. 그때 그 기운을 다시 받으면 좋고, 아니더라도 나는 오빠한테 기분 전환을 시켜 주고 싶었다.

그래서 나는 회사를 그만두고 가평에 내려간다고 말했다. 그러면 오빠도 나를 따라올 거라는 걸 알아서.

안 따라오면 끌고라도 와야지, 했는데 오빠는 안 그래도 옛날 생각이 나더라며 즉시 가평으로 날 따라왔다.

다행히 가평까지 내려온 보람이 있었는지 오빠는 두 달 만에 초고를 완성했다. 그러자 그 뒤는 일사천리였다. 제작사와 계약해 바로 편성이 확정되더니 유명 배우가 캐스팅되고 대기업이 후원으로 붙은 것이다.

그 사실은 바로 기사로 보도되었고, 오빠의 지난 작품을 잊지 않은 사람들은 기사마다 이번 작품도 기대한다는 댓글을 달아 주었다.

하지만 모든 댓글이 오빠를 응원하는 건 아니었다. 내가 대신 고소해 주고 싶은 악플이 기사마다 한두 개도 아니고 수십 개씩 따라붙었다.

차라리 안 봤으면 했는데 오빠는 매일 아침 기사에 달린 댓글을 정독하고 노트북 앞에 앉았다. 그러면 여러 가지 의미에서 더 잘 써야겠다 마음먹게 된다고.

그렇게까지 해서 작업한 원고였다. 나는 이번 작품이 저번 작품보다 훨씬 더 잘되기를 바랐다. 내가 쓰는 작품도 아닌데 나는 가평에 와서 오빠 드라마밖에는 생각을 안 했다.

당연히 오빠도 그런 줄 알았다. 아침저녁으로 나랑 산책하고 밥 먹는 시간을 빼면 맨날 노트북 앞에 앉아 있었으니까.

그런데 다른 생각을 할 여유가 있었구나. 그 '다른 생각'이 나와의 결혼이라는 게 다행이라고 해야 할지 뭐라고 해야 할지.

"많이 놀랐어?"

"많이는 아니고 조금……. 아니다. 많이 놀랐어요. 오빠 분위기가 하도 심각해서 헤어지자는 말이라도 하려는 줄 알았단 말이에요."

"내가? 너한테?"

오빠는 당황스럽다기보단 황당한 표정을 짓고 있었다. 그 차이가 뜻하는 바는 무척이나 명료해서, 나는 슬쩍 오빠의 눈을 피했다.

"미안해."

"네?"

그런데 직후 들려온 목소리에 나는 다시 오빠를 바라볼 수밖에 없었다. 내가 들은 말이 환청이 아니라는 걸 증명하기라도 하는 듯 오빠는 무척이나 시무룩한 표정을 짓고 있었다.

나는 그 변화를 도저히 이해할 수 없었다.

"오빠가 왜 사과를 해요?"

"내가 너한테 뭔가 섭섭하게 한 게 있으니까 그런 생각을 했을 거 아니야."

"아니, 그런 거 아닌데……."

"그런 거 아닌데 내가 너한테 헤어지자는 말을 할 거라고 생각했어?"

왜? 하고 묻는 오빠의 눈이 그렇게 따가울 수가 없었다. 나는 슬금슬금 오빠의 눈을 피하다 작게 한숨을 내쉬고 말았다.

"그냥…… 오빠 요즘에 조금 이상했단 말이에요."

"내가?"

"자꾸 딴생각하고, 넋 놓고 있고. 불러도 못 듣고."

"내가 그랬다고?"

본인이 한 행동에 자각이 없었던 모양이다. 나는 고개를 끄덕이다가 갑자기 서러워져서 다리를 앞뒤로 흔들었다.

"난 오빠가 드라마 작업 땜에 생각할 게 많아서 그런가 보다 했죠. 그런데 진지하게 할 말이 있다니까, 예전에 그랬던 거 생각나서 불안했단 말이에요."

나란히 앉아 있는 그네가 조금씩 흔들리기 시작했다. 기다란 그네가 내 쪽만 흔들리자 오빠도 같이 다리를 흔들어 주었다.

"예고라도 좀 해 주든가. 그런 뉘앙스를 풍긴 적이 한 번도 없는데 오빠가 청혼을 할지 헤어지자고 할지 내가 어떻게 알아요. 오빠가 나빠."

"그래, 내가 나빴어. 미안해."

이렇게 자꾸 오냐오냐해 주면 버릇 나빠지는데.

오빠는 옛날도 그렇고 지금도 그렇고 '나쁘다' 하면 '그래, 내가 나쁘다' 해서 좋다가도 민망하고 그랬다. 싸우기 싫어서 일단 내가 잘못했다 하고 넘어가는 게 아니라 진심으로 자기가 나쁘다고 말해서 더욱더.

"이런 건 미리 귀띔을 해 줘야 나도 마음의 준비를 할 거 아니에요. 갑자기 이렇게 막 청혼하고 그러면 어떡해."

"미안해. 마음이 급해서 그랬어."

"자꾸 그렇게 사과하지 마요. 나 화난 거 아니고 그냥 투정 부리는 거니까."

하여튼 사람이 너무 순해도 문제였다.

무슨 일이 있어도 항상 먼저 사과하는 오빠 때문에 우리는 4년 넘게 사귀면서 크게 다퉈 본 일이 거의 없었다. 지금 생각나는 건 '사인 오빠' 사건 정도?

오빠는 내가 다른 남자랑 얽히거나 혹은 자기 마음을 못 믿어 주면 그때만 삐치거나 화를 냈다.

그래서 나는 오빠가 화를 낼 때면 무조건 미안하다고 사과부터 했다. 오빠가 화를 낼 정도면 그때는 내가 잘못한 게 맞아서.

"화 안 난 거면…… 뭐 하나 물어봐도 돼?"

"뭘요?"

"대답 지금 듣는 건 무리일까?"

오빠의 엄지와 검지 사이에서 반지가 왔다 갔다 초조하게 반원을 그렸다.

참, 나 청혼 받았지. 잠깐 잊고 있었네.

"꼭 지금 해 달라는 건 아니야. 아닌데…… 혹시 생각할 시간 많이 필요해? 나 대답 듣기 전까진 잠 못 잘 거 같은데."

"그럼 잘된 거 아니에요? 오빠 요즘 작업하느라 눈코 뜰 새 없다면서요. 잠 안 자고 대본 쓰면 되겠다."

"그건…… 그러게. 그러면 되겠다."

오빠의 입가에 미소가 걸렸다. 참 애썼구나 싶은 미소라 나도 같이 웃고 말았다.

"잘됐다. 오빠 요즘 커피 너무 많이 마시는 것 같아서 걱정했는데 이제 그 걱정은 안 해도 되겠네요?"

"음, 근데 커피를 많이 마시는 것보다 잠을 못 자는 게 몸에는 더 해가 되지 않을까?"

"건강을 신경 쓰고는 있었어요?"

미처 몰랐다는 뉘앙스로 되묻자 오빠가 슬쩍 내 시선을 피했다. 그래, 양심이 있으면 저래야 된다.

그나마 가평에 와서는 내가 한 지붕 아래에 있으니까 따로 말안 해도 산책 가자고 나오고, 밥 먹으러 나오고 하는데 오빠 혼자집에 있을 땐 그냥 책상 앞에 못 박혀 살았다.

오빠가 솔직하게 말 안 해 줬으면 난 오빠가 그렇게 폐인처럼집에 틀어박혀 사는 것도 몰랐을 거다. 아무리 직업이 직업이라지만, 이것도 다 먹고살려고 하는 건데 건강도 좀 신경 써 가면서 일해야 되는 거 아니냐고.

"혹시 내가 내 몸을 제대로 안 챙겨서 결혼 상대로는 별로야?나 앞으로는 규칙적으로 운동도 하고 밥도 잘 챙겨 먹고 일찍 자고 일찍 일어날게."

이게 지금 청혼한 상대한테 나랑 결혼해 달라고 할 말인지.

나는 조금 어이가 없어서 황당한 얼굴로 오빠를 바라봤다.

"오빠는 드라마 작가면서 무슨 청혼을 그렇게 해요? 하늘의 별도 따 주겠다, 손에 물 한 방울 안 묻히고 살게 해 주겠다, 그런 진부한 거 말고라도 뭐 좋은 거 많잖아요."

"그게…… 사실 외워 오긴 했는데."

"했는데?"

내 눈빛에 실린 의심을 알아차린 걸까. 오빠가 살짝 붉어진 얼굴로 더듬더듬 말했다.

"기억이 하나도 안 나."

"오빠처럼 머리 좋은 사람이?"

"나 머리 별로 안 좋아. 멍청이야. 프러포즈 대사도 까먹고."

아이고, 너무 놀렸다. 깨달았을 땐 이미 늦은 뒤였다.

나는 슬쩍 오빠의 눈치를 보다가 아무렇지 않은 목소리로 물었다.

"진짜 기억 하나도 안 나요? 한 문장 정도는 기억날 거 아니에요."

"기억나는 한 문장이 그거뿐이었어."

오빠는 이젠 고개까지 숙인 채 말을 이었다.

"나랑 결혼해 줘."

오빠는 마치 토라진 아이처럼 발로 바닥을 툭툭 찼다.

나이 서른 먹은 남자가 이렇게 귀여워도 되나? 저렇게 생긴 얼굴로 귀엽기까지 하다니 세상 참 혼자 산다. 아니다, 이제는 나랑 같이 사나?

"그래도 결혼해 달란 말을 까먹은 것보단 낫잖아요."

"그 말마저도 하려다 못한 적 많아. 오늘 아니면 정말 못 할 거 같아서, 그래서 멋없는 거 아는데도 말한 거야."

발로 바닥을 차는 힘이 아까보다 세졌다.

"미안. 못 들은 걸로 해 줘."

"못 들은 걸로 하면, 대답도 생각 안 해도 돼요?"

"그거는."

오빠의 입이 딱 다물어졌다. 아무 말 없이 입술만 벙긋거리는 걸 보니 할 말이 없는 모양이었다. 나는 여기까지 해야겠다 싶어 살짝 헛기침을 한 후 입을 열었다.

"오빠. 그런데 저 반지 호수는 어떻게 알고 사 왔어요?"

"너 잘 때 살짝 종이로……."

"12호 산 거 맞아요?"

"어? 11호 아니야?"

"아닌데. 저 12호인데."

"……진짜?"

오빠는 당황한 얼굴로 손에 쥔 반지를 내려다봤다. 나도 덩달아 심각한 척 표정을 꾸며 내고 오빠에게 손을 내밀었다.

"잠깐 끼워 줘 봐요."

"응?"

"크기 안 맞으면 교환하거나 환불해야죠."

얼른 끼워 달라고 손을 흔들자 오빠는 잠깐 머뭇거리다 내 왼손 약지에 반지를 끼워 주었다.

반짝반짝 예쁘게 빛나는 반지는 내 손에 딱 맞았다. 내가 손을 높이 들어 반지를 바라보자 오빠도 그 사실을 알아차렸는지 놀란 목소리를 냈다.

"딱 맞네?"

"사실 저 11호 맞아요."

"뭐?"

"교환하거나 환불할 필요는 없겠다. 그죠."

나는 오빠가 잘 볼 수 있게 손을 움직였다. 잠깐 눈을 깜빡이던 오빠는 내 말이 뜻하는 바를 알아차렸는지 눈을 엄청 크게 떴다.

"환불…… 안 해도 돼?"

"딱 맞잖아요. 환불을 왜 해요."

나는 오빠의 허벅지 위에서 굴러다니는 상자를 집어 들었다. 그리고 그 안에서 반지를 꺼내 오빠에게 내밀었다.

"오빠도 껴 봐요. 크기 안 맞을 수도 있으니까."

"난 거기서……."

무언가 말을 하려다 입을 다문 오빠가 내게 손을 내밀었다.

이제는 이런 말 하기도 참 새삼스러운데, 얼굴도 잘생긴 오빠는 손도 참 잘생겼다. 어렸을 때 피아노를 배웠다더니 그래서 그런가 손가락도 참 길쭉길쭉하고, 손톱 모양도 예쁘고.

나는 괜히 오빠의 손에 깍지 껴 장난을 치다가 왼손 약지에 반지를 끼워 넣었다. 당연히 반지는 오빠 손에 딱 맞았다.

"반지 되게 예쁜 거 잘 샀다. 오빠 손에 딱이네요."

"네 손에 더 딱이야."

"아닌데. 오빠 손에 있는 게 더 예쁜데."

나는 키득키득 웃으며 오빠의 어깨에 머리를 기댔다. 앉아 있는 그네가 작게 흔들리는 게 기분이 좋았다.

나는 발을 구르며 오빠의 손가락에 끼워진 반지를 만지작거렸다. 금속 특유의 서늘하고 단단한 감촉이 의외로 중독성 있었다.

"오빠 프러포즈 되게 멋없었는데, 그래도 반지가 예쁘니까 받아 줄게요."

"……나 그냥 다시 할까?"

"다시 하면 그때는 잘할 자신 있어요?"

"그래도 오늘보단 낫지 않을까?"

"안 나을 거 같은데."

놀리듯 던진 말에 오빠는 그대로 입을 다물었다. 어깨에 기대고 있어서 오빠의 얼굴은 보이지 않았지만, 그냥 기운만으로도 오빠가 상심하고 있다는 게 느껴졌다.

이젠 진짜로 그만 놀려야지. 나는 아무 일도 없었던 것처럼 말을 돌렸다.

"근데 나 어디가 그렇게 좋아서 결혼까지 생각했어요?"

"그 질문 오랜만이네."

오빠가 짧게 웃으며 말했다. 하지만 지금 이건 기분이 좋아서 웃는 게 아니었다. 그 속에 내밀하게 감춰진 씁쓸함을 눈치챈 나는 얼른 입을 열어 항변했다.

"오빠가 나한테 프러포즈한 게 이해가 안 된다 이런 뜻으로 물어본 게 아니라, 진짜 궁금해서 물어본 거예요. 오빠도 하루아침에 결혼해야겠다 생각하고 나한테 청혼한 건 아닐 거 아니에요."

"하루아침에 생각한 건 아닌데, 그렇게 오래 하지도 않았어. 한한 달 됐나?"

오빠가 내 머리 위로 자기 머리를 톡 얹었다. 나는 그 무게감에 괜히 부끄러워져서 시선을 아래로 떨어뜨렸다.

"너 회사 다닐 땐 우리 거의 주말에만 만났잖아. 그런데 가평 내려오고 나서는 매일 이렇게 같이 산책하고, 밥 먹고, 보고 싶을 땐 볼 수 있는 게 너무 좋은 거야. 그래서 결혼하고 싶다고 생각했어. 앞으로도 매일 같이 있고 싶어서."

말을 이렇게 잘하는 사람이 아까는 왜 결혼하자는 말 한 마디밖에 못했을까. 달달 외웠지만 지금은 하나도 기억 안 난다는 프러포즈가 대체 무슨 내용일지 궁금해졌다.

"그리고……."

"그리고?"

뭔가를 더 말할 것처럼 첫머리를 떼어 놓고 오빠는 말이 없었다.

내가 의아해서 되묻자 오빠는 별거 아니라고 고개를 흔들었다. 하지만 내 끈질긴 재촉에 못 이겨 결국 입을 열었다.

"지금은 좀, 아쉬워서."

"뭐가요?"

오빠는 눈을 데굴데굴 굴리다가 작게 속삭여 말했다.

"같이 못 자는 거."

생각도 못 한 발언에 깜짝 놀라 입을 떡 벌렸다가, 이건 아니겠지 싶어 고개를 흔들었다.

어휴, 나도 참. 큰일 날 뻔했다. 지금 이 이야길 입 밖으로 꺼냈으면 오빠가 나를 뭐라고 생각했……

"참고로 이거 야한 이야기야."

순간 얼굴에 열이 확 올랐다.

나는 당황해서 어쩔 줄 몰라 눈을 이리저리 굴리다 오빠한테 따지듯 묻고 말았다.

"우, 우리 안 한 거 아니잖아요. 그제도 했으면서……"

"부모님 계신 집에서 눈치 보면서 하는 거랑 단둘이 있는 집에서 느긋하게 하는 거랑은 다르잖아."

"그건…… 그렇긴 한데."

그렇게 적나라한 이야기를 한 것도 아닌데 뭐가 이렇게 부끄러운지 모르겠다.

나는 화끈거리는 뺨을 만지작거리다가 툭 내뱉었다.

"엉큼해."

"맞아. 나 되게 엉큼한 남자야. 사실 지금도 좀 하고 싶어."

"……진짜로?"

깜짝 놀라 되묻자 오빠가 웃으며 내 뺨에 입을 맞췄다.

"농담이야."

이어서 들려오는 웃음소리가 정말 농담이었다는 걸 말해 주고 있었다. 그런데 대체 어디서부터 어디까지가 농담이라는 건지 알 수가 없어서, 나는 입술을 모은 채 오빠를 흘겨보다가 입을 열었다.

"진짜 줄 알고 설렜잖아요."

"어?"

"나는 솔직히 좀 하고 싶었는데. 오빠는 농담이라니까 뭐."

"뭐?"

내가 자리에서 일어나 엉덩이를 툭툭 털자 오빠도 나를 따라 다급히 일어났다. 당황한 오빠를 뒤에 두고 모르는 척 몇 걸음 걸어가자 오빠가 얼른 내 뒤를 쫓아왔다.

"그럼 잠깐 내 방에 들렀다 갈래?"

"이미 늦었거든요?"

"왜? 그런 게 어딨어."

정말로 억울하다는 목소리로 오빠가 따져 묻기 무섭게.

"딸!"

"응, 아빠!"

"안 들어오고 뭐 해? ……아, 둘이 있었어?"

"같이 그네에서 바람 좀 쐈어. 이제 들어갈 거야."

"그래, 알았다. 아빤 먼저 들어가 있을게."

아빠는 굳이 오빠와 눈을 마주친 다음 헛기침을 하며 펜션 안으로 들어갔다.

아마 오빠도 눈치챘겠지만, 아빠는 내가 어디 있는지 몰라서 날 찾으러 온 게 아니었다. 오빠랑 같이 있는 거 알고 온 거지.

"봤죠? 저래서 늦었다는 거예요."

"……우리 언제 결혼해?"

나는 그만 웃음을 터뜨리고 말았다. 나도 모르게 터진 웃음이라 소리가 생각보다 컸는데, 그래서 그런지 오빠는 민망한 얼굴로

366

눈만 데굴데굴 굴리고 있었다.

그 얼굴이 또 웬만큼 귀여워야 말이지.

나는 까치발을 들고 오빠의 귀에다 작게 속삭였다.

"결혼은 하려면 좀 오래 걸리니까, 대신 내일 새벽에 일찍 일어나서 오빠 방에 갈게요."

오빠의 대답은 듣지도 않고 후다닥 뛰어 펜션으로 도망쳤다.

질러 놓고 민망해서 오빠 얼굴은 어떻게 보나 싶었는데, 그런 나를 알기라도 했는지 오빠의 메시지가 방으로 돌아온 나를 반겨 주었다.

[나 다음 주 월요일까지 대본 수정한 거 보내 줘야 돼서 오늘은 밤새울 생각이야. 그냥 그렇다고.]

아, 진짜 귀엽다.

바로 아래에 부모님이 계시지만 않았어도 나는 바로 오빠 방으로 갔을 거다.

새벽에 갔는데 문 안 열어 주기만 해 봐.

나는 딱 2시간 후에 알람이 울리도록 맞춰 놓고 침대에 누웠다.

이러다 깊게 잠들어서 알람 못 들으면 어쩌나 하는 걱정이 들긴 했는데 오래가지는 않았다. 왼손 약지에 끼워진 반지 때문에 가슴이 너무 설레서.

와, 내가 결혼을 하는구나. 그것도 천유진이랑.

4년 전의 나한테 그 사실을 말해 주면 지금 몰래카메라 찍냐고 하겠지?

나는 키득키득 웃다가 왼손을 높이 들어 내 손가락에서 빛나고 있는 반지를 바라봤다.

평소에 반지를 잘 끼지 않아서 손가락을 조이는 압박감이 조금

낯설고 또 어색했지만, 시간이 지나면 언젠가는 익숙해지는 날이
올 것이다.

그때가 되면 오빠랑 나는 이미 결혼해서 알콩달콩 살고 있겠
지?

나는 그런 생각을 하며 잠들지 않고 시간을 보냈다.

그 긴 2시간 동안 내가 한 상상은 즐겁고 행복한 것들뿐이었다.
결혼을 결심할 만큼 오빠가 나를 사랑한다는 사실에 들떠서.

그래서 나는 조금도 짐작하지 못했다.

싹을 다 뽑아냈다고 생각했던 응어리가 다시 움틀 기회만 노리
고 내 마음 속에 숨어 있었다는 걸.

❀

"나 생긴 거 그렇게 별론가?"

"술 마시다 갑자기 웬 봉창이야? 벌써 취했어?"

딴에는 진지하게 한 소린데 세아는 내 마음도 모르고 사람을 주
정뱅이 취급했다. 그게 너무 서러워서 왈칵 눈물이 났다.

그런데 이대로 울면 진짜로 주정뱅이가 될 것 같아서 억지로 참
았다. 하지만 눈물이 삼킨다고 삼켜질 리 없었고, 결국 세아한테
들키고 말았다.

"야…… 너 울어?"

"안 울어."

"너 지금 눈 젖었거든?"

"안 운다는데 왜 자꾸…….."

원래 사람 심리라는 게 주변에서 너 우냐고 물으면 들어가려던

눈물도 왈칵 쏟아지는 법이었다.

　나는 구석진 자리에 몸을 구겨 넣으며 티슈로 눈 주변을 닦았다. 눈물과 함께 꾹 눌러 참은 서러움도 같이 터지려는지 콧물도 훌쩍훌쩍 나기 시작했다.

　"너 무슨 일 있었어? 왜 그래?"

　"네가, 자꾸 우냐고 물어보니까……."

　"나 때문에 우는 거야? 야, 미안해. 내가 잘못했으니까 그만 울어."

　"그만 울라는 소리도 하지 마아……."

　내가 계속 훌쩍거리자 세아가 어쩔 줄 몰라 하다가 내 입에 치킨을 넣어 주었다. 내가 돼지도 아닌데 먹을 거 준다고 눈물을 그치겠냐? ……라고 핀잔을 주기엔 치킨이 너무 맛있었다.

　세아가 큰맘 먹고 양보한 통통한 닭다리까지 해치우자 서러운 기분도 가라앉았다.

　나는 젖은 뺨을 티슈로 닦고 코까지 팽 푼 다음 맥주를 입으로 가져갔다.

　"이제 다 울었어?"

　"그런 거 같아. 근데 너 누가 울거든 우냐고 묻지 마. 그러면 들어가려던 눈물도 다시 나온단 말이야."

　"하긴, 그 기분 나도 알긴 해."

　"알면서 왜 굳이 물어?"

　"누가 봐도 우는 거 뻔한데 웃냐고 물을 순 없잖아."

　"그냥 입을 다문다는 선택지는 없는 거야?"

　"사람 울고 있는데 그 앞에서 입 다물고 아무 말도 하지 말라고?"

확실히 그것도 그림이 좀 이상하긴 하다.

그렇다면 일행이 울고 있을 때 그 사람한테 해 줄 수 있는 최선의 위로는 무엇일까? 역시 그냥 울게 내버려 두는 것밖엔 없나?

세상은 너무 어려운 것투성이였다. 사는 게 이렇게 복잡하니까 사람들이 스트레스로 일찍 죽지.

"그래서, 갑자기 왜 울었는데? 결혼한다더니 뭐 메리지 블루라도 왔어?"

"이게 메리지 블룬가……? 메리지 블루라는 게 정확히 뭐 어떤 건데?"

"그걸 왜 나한테 물어? 결혼한 사람한테 가서 물어봐."

"내 주변에 결혼한 사람이 누가 있지…….."

떠올리다 보니 울컥울컥했다. 눈에서 눈물이? 아니, 속에서 화가.

"사람들은 왜 그렇게 다른 사람 일에 관심이 많지?"

"사는 게 재미없어서. 혹은 잘 사는 사람 통해 대리 만족하고 싶어서. 아니면 나보다 못 사는 사람 보면서 우월감 느끼고 싶어서."

쟤는 어쩜 저렇게 세상만사에 통달했는지 모르겠다. 신기하다는 눈으로 쳐다보자 세아가 맥주를 마시다 어깨를 으쓱거렸다. 마치 사람 사는 거 다 똑같지 뭐 특별할 게 있겠냐는 것처럼.

나는 그 얼굴을 보면서 허허 웃다가 맥주를 들이켰다.

"그래서 그런가?"

"뭐가?"

"나보다 못난 애가 나보다 못되는 거 보고 우월감 느껴야 되는데, 주제에 좋은 남자 만나 팔자 펴는 것 같아서 심기가 불편했나 봐."

"……누가 너 결혼하는 거 가지고 뭐라고 해?"

되새기다 보니 울적해졌다. 나는 맥주를 입으로 가져가며 힘없이 고개를 끄덕였다.

"나 양심 없단 소리까지 들었다?"

"뭐?"

"오빠가 프리랜서잖아. 그러니까 오빠가 쉴 때는 아내가 안정적으로 돈을 벌어 와야 되지 않겠냐, 그런데 당장 애 낳을 것도 아니면서 전업주부를 하겠다는 건 너무 이기적인 거 아니야."

"참 나, 웬 오지랖? 부부가 상의해서 결정한 일을 두고 왜 지가 이기적이다 뭐라야?"

"그치, 그렇게 말하는 게 이상한 거지?"

"당연하지. 시어른 될 분이 그렇게 말했어도 결혼 다시 생각해야 될 판인데, 대체 누가 그딴 소릴 한 건데?"

"대학교 선배. 나랑 오빠 공통 지인."

고작 한 학번 높은 게 뭐 대수라고, 그 선배는 자기가 결혼도 2년 먼저 한 인생 선배로서 조언을 해 준답시고 나한테 그런 말을 했다.

"처음엔 뭐라고 했는지 알아? 사고 쳐서 결혼하냐더라. 그렇지 않고서야 왜 오빠가 나랑 결혼을 하냐는 뉘앙스로."

"그 인간 뭐야? 너한테 자격지심 있다니?"

"몰라. 자격지심인지 열등감인지. 생각 같아서는 확 그냥 청첩장도 안 주고 싶어."

"주지 마. 그 좋은 날 뭐하러 보기 싫은 인간을 초대해?"

"내 지인이면 그러겠는데 오빠도 아는 사람이잖아. 내가 안 주면 오빠가 주겠지."

"너 그런 소리 들은 거 남편 될 사람은 몰라?"

"몰라. 오빠가 자리 비운 사이에 그랬거든."

사실 그래서 더 짜증 났다. 오빠가 자리로 돌아오자 안 그런 척 다른 화제로 전환했다는 건 오빠가 들으면 기분 나빠할 말이라는 걸 알았다는 거다.

그런데 오빠 눈치는 보고, 내 눈치는 안 보고. 오빠 기분이 나빠지는 건 신경 쓰이지만 내 기분 나빠지는 건 상관없다? 나는 만만하다는 거야 뭐야.

"뭐야, 확 꼰질러 버려."

"그걸 어떻게 꼰질러. 유치하게."

"먼저 유치하게 나온 건 저쪽이잖아. 다른 사람 귀에 들어가면 안 될 말이면 애초에 내뱉질 말았어야지. 이럴 땐 여우짓이 최고야. 눈물 콧물 찍으면서 내가 생각이 짧았다, 오빠 일 안 할 땐 내가 돈 벌어 올 테니까 오빠가 살림해라, 그래 버려. 그럼 갑자기 왜 그러냐고 물어볼 거 아냐."

"너 진짜 최고다."

그 장면을 상상하는 것만으로도 웃음이 나왔다.

내가 소리 내어 웃자 세아가 웃기는 왜 웃냐며 진지하게 생각하라고 나한테 핀잔을 줬다.

"선빵을 놓쳤으면 후빵은 두 대를 날려야지. 때린다고 그냥 맞아 주잖아? 그때부터 호구 되는 거야. 상대는 이제 스트레스 쌓일 때마다 만만한 널 팰 거라고. 오락실 샌드백은 돈이라도 받고 맞지. 너 그냥 공짜로 맞아 줄 거야?"

"됐어. 이제부터 얼굴 안 보면 그만이지."

"대한민국이 얼마나 좁은데. 그리고 인생이라는 게, 만나고 싶은 사람은 한 번도 안 만나지다가 철천지원수는 하루에도 두세 번씩 만나지고 그러는 게 인생이야."

"왜 이렇게 구체적이야? 실제 경험담이라도 돼?"

"경험담이라면 경험담이지. 야, 내가 이 좁은 서울 땅에서 몇 년을 살았는데 우리 오빠들이랑 얼굴 한번 못 마주치는 게 말이 되냐? 남들은 막 우연히 들른 카페에 누가 촬영을 와 있질 않나, 집에 가만히 있다가도 현관 벨 눌러서 나가 보면 문 좀 열어 달라고 하질 않나. 아니, 그건 그렇다 쳐. 인간적으로 CD를 30장을 샀으면 당첨이 돼야 하는 거 아냐? 나도 당첨 못 된 걸 어떻게 1장 산 사람이 될 수가 있어?"

어느새 화제는 세아가 좋아하는 아이돌 가수의 이야기로 넘어가 있었다.

한때 아이돌 팬이었던 전적이 있어 그 마음 모를 것도 아니라, 나는 이번에도 사인회 추첨에 떨어졌다는 세아를 열심히 위로해 주었다. 다행히 세아는 속상한 마음을 맥주 한 잔으로 털어 냈다.

"그러면 너 결혼하면 다시 서울 올라오는 거야?"

"응. 서울에서 살기로 했어."

"오, 잘됐다. 그럼 얼굴 보기 편하겠네. 신혼집은 구했고?"

"구하고 있어. 아마 오빠 사는 동네에 구할 거 같아. 나도 익숙하고."

"흐흥, 남편 될 사람 사는 동넨데 왜 네가 익숙할까?"

표정을 보아하니 날 놀려 먹고 싶은 모양인데, 겨우 그 정도 질문에 당황하기엔 나도 나이를 꽤 먹었다.

나는 세아의 질문엔 대꾸도 안 하고 치킨만 입에 넣었다.

"근데 너 언제까지 오빠 남편 될 사람이라고 부를 거야? 슬슬 호칭 정리해야지."

"그러게, 하긴 해야 되는데…… 내가 뭐라고 불러야 되지?"

"뭐라고 부르긴 뭐라고 불러. 당연히 형부라고 불러야지."

"애가 어디서 사기를 쳐. 야, 내 생일이 더 빠르잖아."

"꼴랑 두 달 가지고. 아무튼 결혼은 내가 먼저 하잖아."

"얼씨구. 언제부터 호칭을 선착순으로 정했냐?"

"지금부터."

"됐고, 호칭 문제는 나중에 네 남편 될 사람 불러 놓고 그때 정하자. 뒷말 안 나오게."

"오빠 아마 네가 뭐라고 부르든 신경 안 쓸걸."

그래도 뭐랄까, 이왕이면 오빠가 형부 소리 들었으면 좋겠달까. 이유는 모르겠는데 그냥 그랬다.

"그래서 상견례는 언제 해? 아직 안 했다며."

"다음 주 주말에. 오빠 어머님이 지금 해외에 계신데 다음 주에 귀국하신다더라고."

"어머님? 그럼 아버지 쪽은?"

"이혼하셨대. 무슨 사정인지는 모르겠지만 그쪽이랑은 아예 연을 끊은 것 같더라."

"그래? 그 집도 뭔가 사정이 복잡한 모양이네."

세아의 말에 나는 그냥 고개만 끄덕이며 치킨을 입에 넣었다. 그러다 오빠와 상견례 이야기를 했을 때 나눈 대화가 떠올라 움직이던 턱을 멈췄다.

'아마 우리 어머니 보면 네가 좀 놀랄 거야.'

374

'왜요?'

'지금 말하면 아마 너 그때까지 잠도 못 잘걸? 그날 아침에……
아니다, 상견례 전에 우리끼리 한번 뵙는 게 좋겠다. 괜찮지?'

'저야 괜찮긴 한데……. 대체 어떤 분이길래 그래요?'

'걱정 마. 범죄자는 아니니까.'

범죄자는 아닌데 내가 놀랄 만한 사람이 대체 누가 있을까. 궁
금해 죽겠는데 오빠는 내가 당장 뵈러 가자고 할까 봐 걱정된다고
말 안 해 주겠다고 했다.

왜 그렇게까지 철통 보안을 지키는 걸까. 어머님이 뭐 이영린
이라도 되나?

❀

……진짜 이영린이다.

앞에서 봐도 뒤에서 봐도 옆에서 봐도 이영린이다!

"어, 어, 어……!"

나도 모르게 이영린, 아니, 어머님을 손가락질하려다 가까스로
손에 힘을 줘 주먹을 불끈 쥐었다.

세상에, 세상에, 세상에!

"소희야, 일단 숨부터 쉬어. 들이쉬고, 내쉬고, 들이쉬고, 내쉬
고……. 그래. 그렇지."

오빠가 그렇게 말하기 전까진 내가 숨을 안 쉬고 있다는 사실도
눈치채지 못했다.

오빠가 하라는 대로 숨을 들이쉬고 내뱉자 그때까지 잠잠하던

심장이 쿵쾅거리며 격렬하게 뛰기 시작했다. 덩달아 내 얼굴도 달아올랐다.

세상에, 이영린을 이렇게 가까운 곳에서 볼 수 있다니…… 아니, 아니. 지금 놀라야 될 건 그게 아니었다.

그러니까, 나랑 결혼할 남자를 낳아 주신 분이 이영린인 거다. 내가 이영린 며느리가 된다! 세상에!

"음…… 유진아. 이 아가씨, 그러니까 너랑 결혼할…….."

"유, 유, 윤소희입니다! 소희라고 불러 주세요!"

"그래, 소희야. 아, 말 편하게 해도 되지?"

"네! 꼭 그렇게 해 주세요!"

"그래. 음…… 그런데 얼굴이 왜 그렇게 빨개? 어디 아픈 거 아니야?"

"아니요, 제가, 너무 긴장해서…….."

얼굴 빨갛단 소리를 듣고 나니 더 빨개지는 기분이었다. 나는 어쩔 줄을 몰라 발만 동동거리다 오빠를 바라봤다.

"왜, 왜 진작 말 안 해 줬어요?"

"진작 말해 줬으면 차분하게 있을 수 있었어?"

"그건…….."

아니다. 아마 오빠 말마따나 어머님이 이영린이란 말을 듣는 순간부터 잠도 못 자고 밥도 제대로 못 먹고 그 앞에서 무슨 이야기를 해야 하나 쉬지 않고 고민하다가 완전 폐인이 되어서 이 자리에 나왔을 거다.

"너무 긴장하지 마. 어머니도 그냥 사람이니까."

"그럼 내가 사람이지, 괴물이니?"

내 긴장을 풀어 주려는 오빠의 말이 별로 듣기 좋은 어감은 아니었는지, 어머님은 샐쭉한 얼굴로 오빠를 흘겨봤다.

그 시선에 어쩔 줄 몰라 한 건 나였다. 정작 오빠는 별로 아무렇지 않은 얼굴로 일단 앉자 말하며 의자를 빼내 주었다.

"어머니가 이해 좀 해 주세요. 소희가 어머니 팬이거든요."

"내 면 세워 주려고 하는 말이 아니고?"

"아니에요! 진짜 팬이에요! 저 어머님 사인 DVD도 가지고 있어요!"

"어머, 정말? 나 사인 많이 안 했는데 어떻…… 아, 혹시 옛날에 누구 줬다고 한 게 소희 준 거였니?"

오빠는 내 옆자리에 앉으며 건성으로 고개를 끄덕였다.

"이왕이면 좋아하는 사람이 가지고 있는 게 좋잖아요."

"어머, 웬일이래. 어디 가서 내가 엄마라는 거 말도 잘 안 하고 다니면서."

"말은 안 했어요. 그래서 소희가 이렇게 놀란 거잖아요."

덤덤하게 대꾸한 오빠가 내게 메뉴판을 건네줬다. 뭐 먹을지 고르라는데, 내가 지금 이 상황에서 입에 뭘 넣을 수 있을 리가 없었다.

메뉴판은 보지도 못하고 앞에 앉아 있는 어머님만 흘끔흘끔 바라보자 오빠가 그럴 줄 알았다는 듯 메뉴판을 받아 어머님께 건넸다.

"어머닌 뭐 드실 거예요?"

"참 나. 엄마보다 애인이 먼저니?"

"어머닌 아들보다 일이잖아요."

덤덤한 목소리와는 달리 오빠의 말엔 가시가 살짝 박혀 있었다. 순간 나는 오빠와 어머님의 눈치를 번갈아 살폈는데, 차마 부정할 수는 없었는지 어머님은 한숨만 내뱉었다.

"그래서, 지금 그거 복수하는 거니?"

"복수라뇨. 1년에 한 번 얼굴 볼까 말까 한 사람보단 평생 함께 할 사람이 더 소중한 게 당연한 거 아니에요?"

"너 지금 그게 낳아 준 엄마한테 할 소리니?"

"그래서 연은 안 끊고 있잖아요."

"얘!"

"안 고르시면 제가 알아서 주문할게요."

오빠는 태평한 얼굴로 메뉴판을 넘겨보다가 벨을 눌러 종업원을 불렀다. 종업원이 룸 안으로 들어와 주문을 받고 나가는 동안 나랑 어머님은 아무 말도 못 했다.

나는 눈치가 보여서. 그리고 어머님은, 표정으로 감히 예측하건대 오빠 말에 기가 막히고 코가 막혀서.

"내가 살다 살다…… 너는 네 아내 될 사람 앞에서 엄마 체면 살려 줄 생각은 못 하니? 어떻게 좀, 화목한 가정을 연출할 생각은 없어?"

"네."

"네에?"

"사이좋은 것처럼 연출하면 소희가 어머니랑만 놀 것 같아서요."

오빠는 이어서 나를 보며 말했다.

"봤지? 나 어머니랑 사이 별로 안 좋아. 그러니까 애써 비위 맞추고 그럴 필요 없어. 어차피 촬영 없을 땐 거의 해외에 나가 계셔서 명절에도 뵐 일 없거든."

이거 농담인가? 오빠는 농담이라고 한 말인데 내가 너무 심각하게 받아들이고 있는 건가?

하지만 그렇다기엔 어머님이 너무 심각하게 한숨을 내쉬고 계셨다.

그러고 보니 오빠는 고등학교 때부터 혼자 나와서 살았다고 했다. 그게 혹시 부모님이랑 사이가 안 좋아서 그랬던 거였나?

"얘, 소희야."

"네, 네?"

"너 쟤랑 꼭 살아야겠니?"

그 순간 오빠의 눈썹이 꿈틀거리는 걸 보고 말았다. 하지만 보지 못한 척, 나는 조용히 눈을 움직여 어머님 얼굴만 바라봤다.

"내 배로 낳았으니 내 아들 맞고, 이래저래 날 많이 닮은 걸 보면 병원에서 바뀐 것 같지도 않은데……. 어쩜 저렇게 애교도 없고 귀여움도 없을까."

오빠 알고 보면 되게 귀여워요.

그렇게 말하고 싶었지만, 아무래도 자리가 자리고 상대가 상대인 만큼 그냥 입을 꾹 다물고 있는 게 나을 것 같았다.

하지만 계속 그러고 있으려니 분위기가 너무 무거웠다.

기분이 나쁜 듯 미간을 찌푸리고 있는 오빠와 한숨만 푹푹 내쉬는 어머님 사이에서 도저히 숨을 쉴 수가 없어서, 나는 어떻게든 말을 짜냈다.

"그러면 어머님은, 계속 해외에 계셨던 거예요?"

"응. 캐나다에 별장 하나 있거든. 일 없을 땐 거기에 있어. 소희 너도 언제 한번 놀러 올래?"

"정말요? 가도 돼요?"

"그래, 너희 신혼여행 거기로 가는 건 어때?"

헉, 이영린 별장으로 신혼여행?

"전 좋……."

"그걸 지금 말이라고. 결혼하자마자 이혼당할 일 있어요? 신혼여행을 시어머니 집으로 가게?"

어, 난 좋은데…….

"소희는 괜찮은 것 같은데?"

"그럼 시어머니가 그러자고 하는데 좋다고 하지 싫다고 해요?"

"네가 싫은 거겠지. 왜 애꿎은 소희 핑계를 대? 소희야. 쟤 눈치는 보지 말고, 가고 싶으면 언제든지 말해. 비행기 요금이나 이런 건 내가 다 대 줄 테니까."

"네. 감사합니다."

나는 하하 웃다가 찬물만 벌컥벌컥 들이켰다.

외모만 놓고 보면 어디선가 봄바람이 불어오는 듯한 착각이 들 정도로 훈훈한 모자인데, 입만 열었다 하면 차가운 북풍이 몰아쳤다.

사이가 나쁜 건 아닌데 가족이라서 말을 좀 험하게 하는 걸까, 아니면 진짜로 사이가 나쁜 걸까.

나는 잠깐 고민하다가 자리에서 일어났다.

"저 화장실 좀 다녀올게요."

"응, 다녀와."

지금 이 기분으로 밥 먹으면 체할 것 같았다. 바람 좀 쐬고 와야지. 그런다고 이 긴장이 풀릴지는 모르겠지만.

그래도 어머님이 나를 마음에 들어 하지 않는 건 아니라 다행이었다.

오빠가 워낙 잘났다 보니까, 너 같은 애한테 내 아들 못 준다!

하시면 어쩌나 대답할 말도 열심히 준비해 왔는데.

아. 화장실 가는 김에 화장도 좀 고쳐야지.

아까 얼굴이 뜨거워졌을 때 만지작거렸던 뺨이 조금 신경 쓰였다. 별로 예쁜 얼굴도 아닌데 화장이라도 잘 해야지.

나는 얄밉기 그지없는 대학 선배의 얼굴을 머릿속에서 지워 내고 룸으로 돌아갔다. 그리고 문고리를 잡고 살짝 돌리는데.

"의외라서 그래, 의외라서."

"뭐가 그렇게 의왼데요."

"너는 좀 수수한 쪽이 취향이었구나 싶어서. 그래서 혜민이도 싫다고 한 거니?"

"혜민이 이름이 왜 여기서 나와요?"

"왜 나오긴? 걔가 너 좋아한다고 쫓아다닌 거 기억 안 나? 내가 그때 예쁜 며느리 생기는 줄 알고 얼마나 기대했었는데."

"이제 생기잖아요. 예쁜 며느리."

"솔직히 외모만 봐서는 그렇게 예쁜 건 아닌 것 같은데. 넌 쟤 어디가 그렇게 좋아? 마음?"

나는 그대로 등을 돌렸다. 차마 오빠가 할 말을 들을 자신이 없기 때문이었다.

그러나 그게 실수였다는 걸 나는 화장실에 도착한 후에야 깨닫게 되었다.

죽이 되든 밥이 되든 오빠의 답을 들었어야 했다. 이제 나는 평생, 오빠가 뭐라고 대답했을지 신경 쓰며 살게 됐으니까.

그래, 뭐. 내가 안 예쁜 건 사실이니까.

마음에 안 든다는 것도 아니고. 욕을 들은 것도 아니고. 그냥 있는 그대로의 사실을 들었을 뿐이다. 그러니 기죽을 것 없다.

나는 거울 속의 나를 보며 그렇게 몇 번을 타이른 후에야 다시
룸으로 돌아갈 수 있었다.

"와, 음식 벌써 나왔네요?"

"방금 나왔어. 배고프지? 얼른 와."

"네."

내가 의자에 앉자 오빠가 한 입 크기로 썰어 놓은 스테이크 접
시를 내 쪽으로 밀어 주었다. 그걸 보고 어머님이 참 좋을 때다,
라고 말씀하셔서, 나는 부끄러운 척 그냥 웃기만 했다.

다행히 내가 웃는 모습이 어색하진 않았는지 오빠나 어머님 둘
다 그에 대해서는 아무 말도 하지 않았다.

"근데 나 궁금한 거 있는데, 소희 너 언제부터 나 좋아했니?"

"되게 오래됐어요. 아마 고등학교 때였나? 영화 〈붉은 풍경〉 보
고 팬 됐거든요."

"어머. 나 거기서 되게 무섭게 나왔는데 그거 보고 팬이 됐어?"

"어머님 1인 2역 연기 진짜 인상적이었거든요. 저 누구 연기하
는 거 보고 소름 끼쳤던 건 그때가 처음이었어요."

"귀신 분장 보고 소름 끼쳤던 건 아니고?"

"에이, 저 귀신 별로 안 무서워해요."

배우들이 연기할 때 이런 느낌일까?

겉으로는 어머님을 보며 환하게 웃고 있는데 속의 의식은 무척
이나 고요하게 느껴졌다. 마치 겉의 나와 속의 나가 별개로 분리
된 것처럼.

"아무튼 내 며느리 될 아가씨가 내 팬이라니 기분은 좋네."

"저도 좋아요. 제가 엄청 좋아했던 분이 제 시어머니 되셔서."

지금은 이렇게 웃을 수 있어서 다행이지만, 만약 그러지 못하

는 날이 오면 어떻게 하지?

나는 과연 언제까지 아무렇지 않은 척할 수 있을까?

"소희야, 그래도 어머니보단 내가 더 좋지?"

"당연하죠. 그걸 말이라고."

"다행이다. 나 우리 어머니 상대로 질투해야 되나 잠깐 긴장했어."

"상대가 어머니 아니고 젊은 남자여도 질투할 필요 없어요. 난 오빠가 제일 좋으니까."

"응, 나도 네가 제일 좋아."

그래, 다른 사람들이 뭐라고 하면 어때. 결혼해서 같이 살 사람은 오빤데. 오빠만 나 좋아하면 됐지.

이제 다른 사람들이 뭐라고 하는 건 신경 안 쓸 거다.

무조건 오빠 말만 들어야지.

세상에서 내가 제일 좋다는, 오빠 말만.

❋

"저기, 실례합니다."

"네?"

"혹시 애인 있으세요?"

굉장히 예쁜 여자가 뺨을 붉힌 채 긴 머리카락을 귀 뒤로 넘겼다. 반짝이는 큐빅이 붙은 네일과 화려하게 생긴 귀걸이가 무척 잘 어울렸다.

외모에 신경을 쓰려면 저렇게까지 신경을 쓸 수도 있구나. 상황도 잊고 조금 감탄해 버렸다.

잘생긴 남자와 예쁜 여자. 조금 떨어진 곳에서 보고 있자니 무척이나 잘 어울리는 한 쌍이었다.

오빠와 내가 함께 있는 모습을 보고 그렇게 생각하는 사람은 몇이나 될까? 과연 한 명이라도 그렇게 생각해 주는 사람이 있을까?

나는 친한 사람들의 얼굴을 떠올리다가 그냥 웃고 말았다.

"네. 저랑 동행한 사람이 제 애인이에요."

"아……. 그, 그렇구나. 죄송합니다. 못 봤어요."

못 보기는.

익숙해진 건지 뭔지 오빠는 남의 시선에 둔했다. 그래서 여러 사람이 한꺼번에 자기를 쳐다봐도 그 시선을 정면으로 받지 않는 이상은 눈치를 못 챘다.

하지만 나는 다른 사람의 시선에 무척이나 예민했다. 원래는 안 그랬는데 요 몇 년 동안 극히 예민해진 것이다.

덕분에 카페에 들어온 순간부터 오빠를 흘끔거리는 저 여자의 시선을 바로 눈치챌 수 있었다. 주변의 친구들에게 뭐라 뭐라 속닥거리고는 나를 흘끔거리다 의미를 알 수 없는 격려를 받는 것까지 전부.

나는 얼굴이 빨개진 여자가 후다닥 자신의 테이블로 돌아가는 걸 보고 나서야 자리로 돌아갔다.

내가 조금 전의 장면을 봤다는 사실을 모르는 오빠는 웃는 얼굴로 나를 반겨 주었다.

"소희야, 케이크 시켰어?"

"……."

"소희야?"

"안 시켰어요."

"왜? 먹고 싶다며."

"갑자기 안 먹고 싶어져서요."

시선이 느껴졌다. 방금 그 여자가 돌아간 테이블에서 쏟아지는 시선이었다.

아무것도 모르는 척 날 바라보는 여자들을 마주 바라보자, 그 중 누군가가 옆에 앉은 여자의 귀에 대고 뭐라 속삭이기 시작했다. 이제 시선은 다른 곳을 향하고 있지만, 무슨 말을 속닥거리고 있을지는 안 들어도 뻔한 이야기였다.

아, 토할 것 같다.

그래도 예전에는 저런 말을 들어도 그냥 무시할 수 있었는데 요즘은 그게 잘 안 됐다.

왤까. 예전엔 지나고 나면 다시는 안 볼 사람들한테 그런 말 듣는 게 다였는데, 요즘엔 주변 사람들한테까지 그런 말을 들어서? 이제 오빠랑 결혼하고 나면 나는 죽을 때까지 다른 사람들한테 저런 말을 들어야 하니까?

나는…… 그걸 언제까지 견딜 수 있지?

"소희야? 무슨 생각을 그렇게 해?"

"아무것도……. 오빠 우리 밖에 나가면 안 돼요? 저 좀 걷고 싶은데."

"밖에? ……그래, 그러자."

불과 1시간 전에 카페를 찾은 건 내가 어디 앉아 있고 싶다고 했기 때문이었다.

내 변덕을 오빠가 이상하게 생각하지 않을까 신경 쓰였는데, 의외로 오빠는 아무 말도 안 했다. 그래서 나도 아무 말 하지 않고 그냥 걷기만 했다. 이런저런 생각에 잠긴 채로.

"혹시 무슨 일 있어?"

"네?"

"아까부터 좀 기분 나빠 보여서……."

언제 여기까지 왔지?

번뜩 정신이 들어 오른쪽에 펼쳐진 강을 내려다보는데 오빠의 조심스러운 목소리가 들려왔다.

"혹시 봤어?"

"뭐를요?"

"아까 그 카페에서……. 못 봤으면 말고."

황급히 말을 돌리는 얼굴에선 누가 봐도 뭔가 숨기는 게 있다는 티가 났다. 상대가 정말 아무것도 못 본 사람이었다면 괜히 찔렀다가 의심을 사는 꼴이었다.

나는 내가 그 장면을 목격한 게 다행인지 불행인지 모르겠다 생각하며 입을 열었다.

"못 봤어요."

"아, 그래?"

봤구나, 하고 작게 중얼거리는 목소리는 듣지 못한 척했다. 나는 그냥 넓게 펼쳐진 강을 바라보며 걷기만 했다.

손을 잡고 있는 탓에 내가 어디로 가든 오빠는 내 옆에서 함께 였다. 그 때문에 오빠가 나를 흘끗흘끗 바라보는 시선도 무척이나 잘 느껴졌다.

나는 그 시선까지 그냥 모르는 척하려다가, 오빠가 어쩔 줄 몰라 하는 기색이 시야 너머로도 느껴져서 그냥 입을 열었다.

"전 앞으로 그런 장면 봐도 계속 못 본 척할 거예요."

"뭐?"

"오빠는 누가 봐도 잘생겼고, 근사하고, 멋진 남자니까 결혼해서도 그런 일이 계속 반복될 거 아니에요. 그런데 그때마다 일일이 질투하고 토라질 수는 없으니까……. 딱히 오빠 잘못도 아니고."

"소희야."

"오빠한텐 일상인 일에 내가 일일이 반응하면 오빠도 지칠 거 아니에요. 그죠."

"아냐, 안 그래. 나는 네가 이렇게 아무렇지 않아 하는 게 더 신경 쓰여. 만약 너한테 그런 일이 있었으면 나는 계속 그 남자가 신경 쓰였을 거 같은데……."

"일어나지도 않은 일에 뭐하러 신경 써요. 걱정 안 해도 돼요, 저 좋다는 남자 오빠밖에 없으니까."

"그건 모르는 일이잖아."

"그걸 왜 몰라요, 제 일인데. 말했잖아요. 저 좋아한다는 말 오빠한테서 처음 들었다고."

"하지만……."

"진짜 걱정 안 해도 되거든요? 만약에 저 좋아한다는 남자 나타난다고 해도, 오빠 좋다고 대시하는 여자들에 비하면 새 발의 피예요."

솔직히 오빠가 양심이 있으면 나한테 그거 가지고 뭐라고 하면 안 된다. 실제로 오빠 말고 나 좋다고 쫓아다닌 남자가 있으면 몰라. 까마득한 유치원 때도 좋아한다는 말은 못 들어 봤다.

"그러다 만약에 정말로 너 좋아한다는 남자가 나타나기라도 하면?"

"그러면 반지 보여 줘야죠. 나 이제 유부녀라고."

보란 듯 손을 펴서 왼손 약지에 끼고 있는 반지를 보여 주자 오빠가 작게 웃었다. 이제 좀 기분이 풀린 모양이었다.

"근데 오빠, 지금 몇 시예요?"

"지금? 5시……. 슬슬 가야겠다. 안 그러면 늦겠네."

잠깐만 걷는다는 게 너무 멀리까지 와서 오빠 차까지 돌아가려면 시간이 좀 걸릴 것 같았다. 거기서부터 약속 장소까지 다시 가려면…… 진짜 아슬아슬하네. 나는 오빠와 함께 서둘러 왔던 길을 되돌아가며 괜히 입술을 삐죽거렸다.

"근데 진환 선배는 데뷔하더니 너무 비싼 척하는 거 아니에요? 자기 만나려면 여기로 와라, 저기로 와라. 아주 그냥 대배우 나셨다니까."

"인기 많아진 건 사실이니까."

"그 인기 누구 덕에 많아진 건데."

내가 너무 투덜거린 걸까? 날 바라보는 오빠의 시선이 갑자기 묘해졌다.

"예전부터 생각했는데…… 너 진환이랑은 별로 거리감이 없더라."

"제가요?"

거리감이 없다라……. 친하단 뜻이겠지?

확실히 틀린 말은 아니었다. 생긴 게 조금 사납게 생겨서 진환 선배를 처음 만났을 땐 낯을 좀 가렸었는데, 몇 번 마주치다 보니 의외로 잘 맞아서 투닥투닥 농담을 주고받다 어느새 친해졌다.

그럴 수 있었던 건 아마 오빠랑은 달리 이성적인 감정이 전혀 없었기 때문이 아닐까? 게다가 똑같이 친하다고 해도 다정한 말을 주고받으면 간지러운 사이랑 까칠한 말을 하면 분위기가 어색해지는 사이가 따로 있기 마련이었다.

진환 선배가 전자라면 오빠랑은 후자라, 오빠한테는 진환 선배한테 하는 것처럼 말을 툭툭 내뱉은 적이 한 번도 없었다.

"그 선배가 편해서 그런가?"

"……나는 안 편해?"

"진환 선배한테는 이성적인 감정이 없잖아요. 오빠는, 내가 좋아하는 사람인데 어떻게 편해요."

굳이 표현하자면 감지도 않은 머리를 질끈 묶고 구겨진 옷을 입은 모습을 태연히 보일 수 있느냐 없느냐의 차이?

그렇게 설명하자 오빠가 뭐라 설명하기 힘든 표정으로 나를 내려다봤다.

"너 진환이랑 처음 봐서 친해졌을 땐 나 안 좋아하고 있었잖아."

"아."

"근데 그때는 왜 진환이랑 나랑 달랐어?"

"그거는…….."

할 말이 없어 입만 벙긋거리자 오빠가 토라진 목소리를 냈다.

"이제 와서 하는 말이긴 한데, 나 그때 좀 섭섭했어. 너랑 먼저 만난 건 난데 친한 건 진환이랑 더 친한 거 같아서."

"에이, 애도 아니고 뭐 그런 걸로 섭섭해요. 그냥 진환 선배하고는 개그 코드가 맞아서 그랬던 거예요."

"나랑은 안 맞아?"

"오빠랑은 좀……. 제가요. 다른 건 다 맞춰 주겠는데 오빠 개그 코드만큼은 못 맞추겠어요."

그래도 오빠는 보고 있으면 웃음이 저절로 나오는 얼굴이니 그걸로 충분하지 않을까.

혼자 생각하다 혼자 납득해 고개를 끄덕이는 나를 보고 무슨 생각을 했는지, 오빠는 짧게 한숨을 내뱉었다.

"그래. 재미없는 내 탓이지 뭐."

"아니, 그걸 그렇게 비약할 거까지는……."

"비약이 아니라 사실이잖아."

오빠 입술이 삐죽 튀어나왔다. 그 모습이 귀여워서 계속 쳐다봤더니 오빠는 얼굴이 빨개져서 내 시선을 피했다.

그래, 삐치는 척도 하는 사람이나 하는 거였다. 그걸 지적하며 놀리고 장난치다가 진환 선배와의 약속에 늦고 말았다. 딱 5분.

"시간 좀 지키고 삽시다. 바쁜 사람 불러다 놓고 시간 낭비 시킬 거야? 어?"

그런데 그 5분 가지고 그렇게 생색을 낼 수가 없었다.

"미안. 오다가 차가 좀 막혀서."

"그럼 그럴 거 생각해서 5분 일찍 나왔어야지. 너희 5분이라고 별거 아니라고 생각하면 안 된다? 5분이 두 번이면 10분이고 열 번이면 1시간이야. 그게 얼마나 큰 시간인데."

"열 번 아니고 열두 번인데요."

"내가 지금 계산 못해서 열 번이라고 한 줄 알아? 근사치 몰라, 근사치?"

"5분이 그렇게 중요하다고 말한 사람이 10분이나 착각하니까 전 또 계산 못 해서 그런 줄 알았죠."

내가 생각해도 좀 얄밉게 말했다 싶긴 했는데, 아니나 다를까 진환 선배가 부리부리한 눈으로 날 노려보기 시작했다.

나는 얼른 오빠 뒤로 숨었다. 그러자 오빠가 나를 감싸며 진환 선배를 달래는 목소리를 냈다.

"미안해. 다음엔 안 늦을 테니까 한 번만 넘어가 줘."

"뭐…… 됐어, 별로 화난 거 아니야."

진환 선배는 어깨를 으쓱거리며 컵을 입으로 가져갔다. 나와 오빠도 자리에 앉았다.

"일단 음식부터 시키자. 배고프다."

"그래. 뭐 먹을래?"

메뉴를 결정하고 벨을 누르자 룸으로 들어온 종업원이 진환 선배를 알아보고 놀란 표정을 지었다. 팬이었는지 뺨을 붉힌 채 말까지 더듬어서 진환 선배가 사인도 해 주고 사진까지 찍어 줬다.

안 그럴 것처럼 생겨서 팬서비스 하나는 끝내주는 사람이었다.

"봤냐? 내 인기가 이 정도야."

그렇게 거들먹거리지만 않았으면 참 좋았을 텐데. 어쨌든 5분 늦은 죄로 니예니예 굽실거리며 진환 선배의 비위를 맞춰 줬다.

"와아, 선배 진짜 대단하시네요. 밖에 나가면 사람들 몰려서 막 움직이지도 못하고 그러는 거 아니에요?"

"어떻게 알았냐? 너흰 차 막혀서 늦었다고 했지? 난 사람 때문에 늦을 뻔했어. 근데도 제시간 딱 맞춰서 왔는데……."

"오빠. 여기 디저트 중에 브라우니 있다. 우리 이따가 이거 먹을까요?"

"이따 배불러서 디저트는 어떻게 먹으려고 내 말 막 씹냐?"

"괜찮아요. 저 아직 철도 씹어 먹을 나이거든요."

"허이고, 네 나이를 내가 아는데?"

"선배는 30대, 저는 아직 20대."

391

진환 선배와 나 사이에 선을 하나 그으면서 활짝 웃어 보였다.

"넘지 못할 선 있는 거 아시죠?"

"아이고, 좋겠다. 부럽다. 아직 20대라서."

"마음껏 부러워하세요."

웃고 떠드는데 기분이 굉장히 찜찜했다. 왜 이런 기분이 들까? 곰곰이 생각해 보니 옆에 앉아 있는 오빠가 말이 없었다.

이건 셋이 같이 만날 때면 가끔 있는 일이었다. 말마따나 개그 코드가 안 맞아서인지, 진환 선배랑 내가 대화를 하고 있으면 오빠는 그 사이에 끼어들지 않고 조용히 우리가 하는 말을 듣고 있기만 했다.

진환 선배랑 내가 이렇게 노는 게 재미가 없는 건지, 아니면 마음에 안 드는 건지.

어쨌거나 이대로 오빠만 두고 계속 진환 선배와 떠들 수도 없는 노릇이라, 나는 괜히 호들갑을 떨며 오빠 어깨를 두드렸다.

"맞다. 오빠, 청첩장이요."

"아아, 그러게. 나 청첩장 받으려고 만난 거였지? 난 또 윤 회장한테 구박받으려고 만났나 했네."

진환 선배는 받은 청첩장을 뒤적거리다가 나는 언제쯤 결혼을 할까 한숨을 푹푹 내쉬었다.

하지만 진환 선배의 평소 언동이나 성정을 생각하면 저건 그냥 해 보는 말일 확률이 높았다. 남들 다 미팅하고 소개팅하고 다니던 대학교 때도 주구장창 오디션에 연기 연습만 한 게 선배니까.

"참. 성혜민이 결혼 축하한다고 전해 달라더라."

"혜민이가?"

혜민이? 언제 한번 들었던 이름인데. 나는 인상을 쓰지 않으려 노력하며 고개를 돌렸다.

"그게 누군데요?"

"아, 그게……."

"배우 있잖아. 몰라?"

"배우…… 배우 성혜민이요?"

아역 배우일 때부터 연기력을 인정받아 지금도 웬만한 드라마, 영화의 주연으로 커리어를 쌓고 있는 그녀는 유명한 배우 중 한 명이었다. 온갖 영화와 드라마를 섭렵하고 다니는 내가 절대 모를 수 없는.

"그 사람이 왜 우리 결혼을 축하해 줘요?"

"둘이 옛날에 친했다던데? 아니야?"

진환 선배의 시선이 오빠를 향했다. 오빠는 나를 보며 일단 고개부터 흔들었다.

"그렇게 친한 건 아니었어."

말하는 게 어쩐지 변명하는 투였다. 뭐 켕기는 거라도 있나. 눈을 가늘게 뜨고 바라보자 오빠는 정말로 찔리는 게 있는 사람처럼 당황한 얼굴로 손을 내저었다.

"아니, 진짜로. 어머니 따라서 촬영장 갔다가 얼굴 몇 번 본 게 다야."

"뭘 그렇게 필사적으로 변명을 해요. 누가 보면 진짜 뭐 있는 줄 알겠네."

아, 혜민이라는 이름을 어디서 들었나 했더니.

예전에 어머님 입으로 들었던 이름이다. 오빠를 좋아해서 졸졸 쫓아다녔다던. 그래서 나중에 예쁜 며느리 생기는 줄 알고 좋아했다던.

필사적으로 변명할 만하네.

나는 최근에 드라마에서 본 성혜민의 모습을 떠올리다가 나도 모르게 웃고 말았다.

그렇지. 그렇게 예쁜 사람이 결혼하자고 쫓아다녔는데 정작 결혼한다고 데려온 여자가 나 같은 여자니 어머님이 놀랄 만도 하시지.

"오빠 취향 진짜 이상하다."

"뭐?"

"성혜민처럼 예쁜 여자가 좋아한다고 쫓아다니는데 그걸 왜 거절했어요? 나 같으면 좋다고 사귀었겠다."

"뭐? 성혜민이 좋아한다고 쫓아다녔다고? 널?"

"아니, 오해하지 마. 열 살 때 일이니까. ……근데 그걸 소희 네가 어떻게 알아?"

열 살 때 일이었다고? 적어도 고등학생 정도는 됐을 때 일인 줄 알았는데.

다행이라는 생각이 들긴 했지만 그렇다고 찝찝함이 전부 사라진 건 아니었다. 나는 그런 티를 내지 않으려 애쓰며 입을 열었다.

"그때 들었거든요. 오빠랑 어머님이랑 대화하는 거."

"……그걸 들었다고?"

오빠 얼굴이 하얗게 질렸다. 나는 그렇게 놀랄 거 없다고, 괜찮다고 말해 주었다.

"어머님이 딱히 틀린 말씀 하신 것도 아니잖아요. 솔직히 겉으로 보기엔 그쪽이 오빠랑 훨씬 더 잘 어울리는 것도 사실이고."

"……넌 너희 어머님이랑 무슨 대화를 했기에 얘가 이런 말을 해?"

비꼬는 거 없이 담담한 목소리에 오히려 더 심각하다고 느낀 모양이었다. 표정을 굳힌 진환 선배가 오빠한테 뭐라고 해서, 나는 아무 잘못 없는 오빠가 누명이라도 쓸까 얼른 입을 열었다.

"별 얘기 아니었어요. 그냥 뭐, 저 얼굴 안 예쁘다는 얘기. 근데 그건 사실이니까."

꼴에 또 자존심은 있어서 그런 이야기를 쿨한 척하려는데, 솔직히 너무 힘들었다. 마음의 준비를 조금만 덜했어도 삐죽 눈물이 흘렀을 거다.

"야, 천유진. 너 너무 심한 거 아니야?"

"아니에요. 그 얘긴 어머님이 하셨어요. 오빠는 제 편 들어 줬어요."

"편들어 주긴? 평소에 들은 말이 있으니까 그런 거 아니야? 어떻게 아들한테 자기 며느리 될 사람 안 예쁘다고 흉을 봐?"

"그건……."

그런가?

순간 머릿속이 멍해졌다.

"그런 말 한 적 없어. 우리 어머니는 원래 좀 말을 경솔하게 하시는 분이고…… 아니, 미안. 내가 대신 사과할게. 어머니 말씀은 신경 쓰지 마. 네가 왜 안 예뻐."

"자꾸 그렇게 예쁘다고 안 해 줘도 돼요. 저 안 예쁜 거 제가 제일 잘 아니까."

"소희야."

"저 잠깐 화장실 좀 다녀올게요."

계속 여기 앉아 있으면 내가 무슨 말을 할지 나도 모르겠다.

나는 두 남자의 시선을 외면하며 룸을 나와 화장실로 향했다.

"와…… 표정 봐."

왜 그렇게 못난 표정을 짓고 있어.

나는 거울 속의 나를 보며 웃다가 이내 울상을 지었다. 웃고 싶은데 얼굴 근육에 힘이 안 들어갔다. 완전히 제멋대로였다.

차라리 한번 울까? 울고 들어가면 좀 나을까?

그런 생각을 하다가 짧게 한숨만 내뱉었다. 됐다. 울고 나면 그 뒷감당은 또 어떻게 하려고.

나는 거울 대신 세면대만 하염없이 내려다봤다. 손을 적시는 물줄기가 파도처럼 요동치는 감정을 가까스로 가라앉혔다.

나는 거울을 보며 계속해서 입꼬리를 끌어올리는 연습을 하다가 룸으로 돌아갔다.

그런데 어쩐지 룸의 분위기가…….

"둘이 왜 아무 말도 안 하고 있어요? 저 없는 사이에 싸우기라도 했어요?"

분위기가 너무 어색해서 좀 풀어 보려고 한 농담이었다. 그런데 오빠는 내 말에 아무런 대꾸도 하지 않았고, 진환 선배만 소리 없이 웃으면서 어깨를 으쓱거렸다.

"얘랑 내가 싸울 일이 뭐가 있어서?"

"음, 돈 빌리고 안 갚았다거나?"

아니면 여자 문제가 있지만, 진환 선배랑 오빠가 여자 문제로 싸울 일은 없었다. 오빠한테는 내가 있고 진환 선배한테 나는 죽잘 맞는 후배일 뿐이니까.

"나도 돈 많거든? 안 그랬으면 오디션을 어떻게 보고 다녔겠냐? 당장 먹고 입을 거 없어서 아르바이트나 하고 다녔겠지."

"아하, 그러시구나. 돈 많아서 좋겠네요."

영혼 없이 대꾸하는데 진환 선배가 갑자기 짓궂은 얼굴로 나를 보며 물었다.

"그러고 보니까 너 이상형이 돈 많고 잘생긴 남자라며?"

"플러스 성격 좋고 다른 여자한테 한눈 안 파는 남자요."

저 말은 또 어디서 들었는데.

만약 다른 사람들처럼 '네 주제에 눈도 높다'는 식으로 이야기 하면 고개를 돌려 내 옆을 보라고 받아칠 준비를 하고 있는데, 진환 선배의 입에서 나온 건 영 생뚱맞은 질문이었다.

"그럼 유진이랑 나랑 비교했을 때 누가 더 네 취향에 가까워?"

"네?"

"돈 많고 잘생긴 건 비슷하다 치고, 성격은 뭐, 내 성격이 좋다 고는 말 못하겠는데 같이 있으면 재밌긴 내 쪽이 더 재밌잖아. 안 그래?"

이 선배는 지금 이런 걸 왜 묻고 있는 거지?

오빠라고 대답해 봐야 당연한 거고, 내가 눈치 없이 장난으로 라도 자기 이름 대답해 주면 그거 참 하하호호 웃으면서 넘어갈 일이겠다.

대체 나 없는 사이에 둘이 무슨 일이 있었길래 오빠 기분 망쳐 보겠다고 이러는 걸까.

별로 그 사이에 끼어들고 싶지도 않고, 끼어든다고 해도 내가 편들 사람은 진환 선배가 아니라 고민 없이 입을 열었다.

"당연히 오빠죠. 선배가 취향이었으면 애초에 선배를 좋아했게 요?"

"그럼 그 첫사랑이랑 유진이랑 비교하면?"

"네?"

"너 대학교 때 좋아하는 사람 있었다며. 유진이 말고 다른 사람."

진환 선배가 히죽히죽 웃으며 나를 바라봤다.

덕분에 알 수 있었다. 이 선배는 지금 그게 정말 궁금해서 묻는 게 아니라 나나 오빠를 골탕 먹일 생각으로 묻고 있다는 걸.

"다 지난 이야기를 왜 해요? 선배 아까 청첩장 받은 거 기억 안 나요?"

"궁금해서 그러지. 돈 많고 잘생기고 성격도 좋은 사람이 세상에 그렇게 많나 싶어서. 솔직히 말해 봐. 네가 좋아했다는 사람……."

"적당히 해. 너무 끈질기다, 너."

아무리 오빠라도 이건 기분이 나빴는지 차가운 목소리로 진환 선배의 말을 잘랐다. 나는 혹시나 분위기가 어색해질까 얼른 고개를 끄덕이며 장난스러운 목소리를 냈다.

"맞아요. 너무 집요한 남자 인기 없는 거 알죠?"

"나 인기 많거든? 아까 못 봤어?"

"그건 배우 차재혁 인기잖아요."

"그래서, 남자 차진환은 매력이 없다?"

그걸 나한테 물으면 내가 참 잘도 있다고 해 주겠다. 나는 혀를 차고 싶은 걸 겨우 참았다.

"그건 제가 판단할 게 아니죠. 선배가 좋아하는 사람한테 판단해 달라고 해야지. 선배 저 좋아해요?"

마지막 말은 도발하듯 던졌다. 그러자 진환 선배의 얼굴이 대번에 일그러졌다.

"야, 나 눈 높거든? 난 무조건 얼굴 봐. 나 예쁜 여자 좋아해."

"그래, 진환이가 널 좋아할 리가 없잖아."

맞아. 진환 선배가 왜, 날……

좋아하겠어.

예쁘지도 않은데.

"아니, 유진이 넌 무슨 말을. 소희야, 오해하지 마. 네가 안 예뻐서 안 좋다는 게 아니고."

"무슨 소리야? 나도 그런 뜻으로 얘기한 거 아니야."

"아니긴 뭐가 아니에요."

울컥 튀어 나간 그 목소리는 눈물 대신이었다.

나는 감정이 터지려는 걸 참기 위해 입술을 깨물었다. 다른 사람은 몰라도 오빠는 그렇게 말하면 안 됐다. 오빠만큼은. 우리 엄마, 아빠가 그런다고 해도 오빠만큼은.

"소희야?"

오빠가 놀란 목소리로 나를 불렀다. 그러나 나는 차마 오빠를 볼 자신이 없어 그냥 앞만 보고 있었다.

진환 선배가 어쩔 줄 몰라 하는 얼굴로 나를 보고 있었다.

나는 그 시선이 너무 싫었다. 만약 바깥에서 목소리가 들려오지 않았다면 그냥 이 자리를 박차고 나가 버렸을 것이다.

"실례하겠습니다."

문이 열리고 종업원이 들어왔다. 아까와는 다른 사람이었다.

이 룸에 차재혁이 있다는 소리를 들은 건지 그녀는 테이블 위에 음식을 내려놓으면서도 계속 진환 선배만 흘끔거리고 있었다. 그러다 오빠를 보고도 감탄사를 터뜨렸는데, 나를 보고는 살짝 흠칫했다.

너처럼 못생긴 게 왜 이 사이에 끼어 있냐는 거겠지.

이제는 화도 눈물도 안 났다. 나오는 건 그냥 웃음뿐이었다.

종업원이 진환 선배에게 팬이다, 사인 한 장만 해 달라, 실제로 보니 TV로 보던 것보다 훨씬 잘생겼다, 칭찬을 늘어놓는 걸 들으며 나는 창밖으로 시선을 돌렸다. 머릿속에 떠오르는 건 그냥 사라지고 싶다, 하는 생각뿐이었다.

✳

창밖으로 지나가는 풍경이 오늘따라 무척 예뻤다. 그래서 계속 그쪽에 시선을 두고 있는데 반대쪽에서 나를 흘끔거리는 오빠의 시선이 느껴졌다.

뭐 할 말이라도 있나?

하지만 지금은 오빠랑 아무 말도 하고 싶지 않았다. 그래서 모르는 척 계속 창밖만 내다봤는데, 그런다고 피해지는 일이 아니었던 모양이다.

"소희야."

신호등의 빨간불 앞에서 차가 멈춰 선 순간 오빠의 목소리가 들려왔다. 하지만 못 들은 척했다.

그러자 허벅지 위에 올려놓은 손 위로 온기가 느껴졌다. 나는 바로 손을 치워 버렸다.

오빠가 움찔하는 게 느껴졌다. 하지만 난 그쪽으로 시선을 주지 않았다.

"아까……."

"녹색불이에요."

신호가 짧아서 다행이었다. 앞유리 너머를 보며 말하자 오빠가 한숨을 내쉬었다.

허공에 머물러 있던 오빠의 손이 핸들로 돌아갔다. 차는 다시 출발했고, 오빠와 나 사이엔 다시 침묵이 흐르기 시작했다.

그러나 그 침묵은 오래가지 못했다.

"왜 그렇게 화를 내?"

"제가 언제요?"

"아까 식당에서부터 계속 화내고 있잖아."

"화 안 났어요. 그냥 피곤해서 그래요."

진심이었다. 나한테 무슨 자격이 있어서 화를 낸단 말인가? 오빠가 틀린 말을 한 것도 아닌데.

오빠와 대화하고 싶지 않은 건 정말로 피곤해서였다. 나는 지금 기운이 하나도 없었다. 오빠 말을 듣는 것도 그 말에 대꾸하는 것도, 그 과정에서 감정을 소모하는 것도 너무너무 하기 싫었다.

오빠가 데려다주겠다고 하는 걸 거절하지 않은 것도 그래서였다. 1분이라도 더 빨리 집에 돌아가고 싶어서.

아니었으면 나는 이미 식당에서부터 소리 지르고, 화내고, 오빠랑 싸운 다음에 택시 타고 집으로 갔을 것이다. 아니면 아예 가평으로 내려가거나.

아, 갑자기 엄마아빠 보고 싶다.

세상에서 내가 제일 예쁘다고 내 편 들어 주는 우리 부모님 얼굴이 보고 싶었다.

그 생각을 하니 갑자기 눈가가 시큰거렸다. 나는 그걸 오빠한테 들키고 싶지 않아 창밖으로 고개를 돌렸다.

그런데 잠시 후, 빠르게 스쳐 지나가던 바깥 풍경의 속도가 점차 느려지기 시작했다. 종래에 아주 멈춰 버린 건 차가 갓길에 섰기 때문이었다.

얼른 집에 가고 싶었던 나는 할 수 없이 오빠를 향해 고개를 돌렸다.

"왜요?"

"왜 화났는지 말해 줘. 나 눈치 없는 거 알잖아. 네가 숨기는 건 몰라."

마주친 시선 속에서 다른 뜻은 엿보이지 않았다. 나는 한숨이 새어 나오려는 걸 가까스로 참았다.

"화 안 났다니까요."

"거짓말."

아, 진짜 피곤하다. 나는 눈을 감았다 뜨며 손으로 이마를 문질렀다.

"말했잖아요. 피곤하다고."

오빠는 왜 내가 진짜 피곤해서 이런다고 생각해 주지 않는 걸까. 내가 그런 생각을 하는 동안 오빠는 핸들을 꽉 쥔 채 앞만 바라보고 있었다. 아니, 노려보고 있었다.

그 시선이 조금 무섭게 느껴져서 나는 카시트에 기대고 있던 몸을 살짝 일으켰다.

그때 오빠의 입에서 가라앉은 목소리가 흘러나왔다.

"진환이가 너 안 좋아한다는 게 그렇게 기분 상할 일이야?"

"네?"

진환 선배 이름이 여기서 왜 나와?

영문을 알 수 없어 눈만 깜빡이는 동안 오빠가 말을 이어 나갔다.

"그때부터 아무 말도 없었잖아. 진환이가 너한테 관심 없다는

402

게 그렇게 화낼 만큼 속상한 일이야?

"뭐······."

기가 막히고 코가 막히고 어이가 없었다. 나는 터지려는 헛웃음을 간신히 삼키고 입을 열었다.

"오빠는 내가 이러는 게 진짜 그래서라고 생각해요? 진심으로?"

"아니야?"

"아니에요. 대체 왜 생각이 그쪽으로 튀었는데요?"

"그거야 네가······."

오빠는 무슨 말을 하려다 말고 입을 다물었다. 그리고 한참 뒤에 꺼내는 말이.

"어쨌든, 이제 와선 다 상관없잖아. 내가 널 좋아하고 네가 날 좋아하면 다 되는 거 아니야?"

아까부터 오빠가 무슨 말을 하는지 하나도 이해가 안 되는데, 이게 지금 오빠가 잘못된 건지 내가 잘못된 건지 모르겠다.

나는 그래도 오빠가 한 말의 의도를 이해해 보려 했다. 그러다 왜 나만 이런 노력을 해야 하나 하는 생각에 머리가 확 뜨거워졌다.

"그걸로 다 된 거라서 다른 남자 앞에서 내 약혼녀 생긴 거 그냥 그렇다는 이야기를 한 거예요? 좋아하면 그런 이야기 해도 된다고 누가 그러는데요!"

"내가 언제 그런 말을 했어?"

말을 하다 보니 화가 나서 격양된 감정을 감추지 못했다.

그런데 그런 나를 마주하는 오빠는 그저 황당한 얼굴을 하고 있을 뿐이었다. 그래서 나는 이번에야말로 화가 났다.

"진환 선배가 예쁜 여자 좋아한다니까 나 좋아할 일은 없다면서요. 그 말이 그 말이잖아요. 나는 안 예쁘다는 말."

"그걸 왜 그런 뜻으로 비약해. 네가 왜 안 예뻐?"

"부정할 거 없어요. 저도 제가 안 예쁜 거 아니까."

"너야말로 그런 소리 하지 마. 난 네가 안 예쁘다고 생각한 적 한 번도 없어."

"왜요? 진환 선배도 그렇고 오빠 어머니도 그렇고, 아니, 세상 사람 전부가 전 안 예쁘다고 하는데 오빠는 왜 제가 예뻐요?"

"뭐?"

그래, 당연한 일이었다. 백 명의 눈에 그렇게 보이면 한 명의 눈에도 그렇게 보이는 게 당연한 건데.

나는 뭘 기대했을까. 그래도 오빠 눈에는 내가 예쁘니까 됐다고? 그 감상이 대체 언제까지 갈 줄 알고.

"세상 사람 전부가……라니. 그게 무슨 말이야. 누구한테 무슨 소리를 들었어?"

"오빠가 아깝대요. 대체 뭐가 아쉬워서 나 같은 여자 만나는지 이해가 안 된대요. 윤소희가 돈이 많나, 아니면 약점이라도 잡았나. 모르죠? 사람들이 오빠 엄청 비웃고 다녔어요. 천유진 눈 엄청 낮다고."

"누가…… 누가 너한테 그딴 소릴 했는데."

"전부 다요. 지금 오빠가 머릿속에 떠올릴 수 있는 사람 전부다."

네가 뭐가 꿀리냐고 나를 위로해 준 건 오로지 세아와 해리뿐이었다. 오빠를 몰랐던 다른 친구들도, 청첩장을 주는 자리에서 오빠를 소개하자 뭘 어떻게 했기에 저런 남자가 너랑 결혼하냐고 신기해했다.

한번 썩어 들기 시작한 속은 악의 없이 그저 감탄에 불과한 말들까지 전부 양분 삼았다. 내 속은 점점 그렇게 새까매졌다.

한 달에 몇 번, 잊을 만하면 계속.

나는 쓸모라곤 하나도 없는 사람이 된 듯한 기분을 느껴야 했다.

매력이라곤 하나도 없는 못난이. 운 좋게 잘난 남자 눈에 띄어서 팔자 펴는 행운아.

이제는 그냥 그 말이 다 맞는 것 같았다. 그 말을 부정할 수 있는 말이 떠오르지도 않고, 그럴 의욕도 나지 않았다.

"그래요. 내가 못난 건 객관적으로 사실이니까 남들이 그렇게 말하는 건 어쩔 수 없다고 쳐요. 그래도 난 오빠까지 그렇게 생각하는 줄은 몰랐는데."

"그렇게 생각한 적 없어! 나 네 애인이야. 너 사랑하는 남자라고. 그런데 내가 어떻게 그런 생각을 해?"

"그렇구나. 그래요, 그렇다고 쳐요. 그런데 오빠만 그렇게 생각하면 뭐해요. 다른 사람들은 한 명도 그렇게 생각 안 하는데."

"다른 사람들이……. 그 사람들이 하는 말에 신경 쓸 필요 없잖아. 난 네가 나한테 과분하다고 생각한 적은 있어도 부족하다고 생각한 적은 한 번도 없어."

"오빠는 내가 가끔씩만 과분하게 느껴지나 봐요."

난 오빠랑 같이 있는 매분 매초가 그런데.

조용히 중얼거리며 눈가를 매만졌다. 언제 젖었는지 모를 눈가가 소금기로 따끔거렸다.

"왜, 왜 그렇게 생각하는데……."

"그렇게 생각 안 하려고 해도 주위 사람들이 그렇게 생각하라고 강요하거든요. 어쩔 땐 오빠랑 사귀기로 한 게 후회될 정도로."

"……후회?"

떨리는 목소리를 듣고 나서야 정신이 들었다. 그 말까지 하려던 건 아니었는데.

나는 얼른 고개를 흔들었다.

"실언이었어요. 못 들은 걸로 해요."

"가끔씩…… 과분하게 느껴졌냐고. 맞아. 그랬어. 왜 줄 알아? 네가 나를 안 좋아했으니까. 내가 매달렸으니까. 나 안 좋아하는 사람 쫓아다녀서 결국 나 보게 만든 게 나였으니까."

"오빠."

"네가 나를 좋아해서 사귀자고 한 게 맞을까. 네가 좋아했던 그 사람을 잊은 게 맞을까. 만약 그 사람이 널 좋아한다고 하면 날 버리고 그 사람한테 가 버리는 건 아닐까. 무서웠어. 그런데 그렇다고 말도 못 했어. 네가 나한테 질릴까 봐. 어떻게 알았냐고 그럴까 봐."

"……."

"너랑 사귀면서, 좋으면서도 불안했어. 그래도 괜찮았어. 너는 내 여자 친구고, 너도 날 좋아한다고 말해 줬으니까. 그래서 너한테 잘해 줘야겠다고 다짐했어. 날 선택한 걸 후회하지 않게."

핸들을 쥐고 있는 오빠의 손등 위로 굵은 힘줄이 도드라졌다.

나는 아무 말도 못 했다. 오빠의 뺨을 타고 흘러내리는 눈물 때문에. 깜빡이지도 못하는 눈 위로 하염없이 샘솟는 그 눈물 때문에.

"나랑 있으면서, 매분 매초가 힘들었다고…… 나랑 함께한 5년이, 너한테는 그냥 지워 버리고 싶은 시간이야? 날 좋아한다고 말한 건 다 거짓말이었어?"

"그럴 리가 없잖아요."

"그런데 어떻게 그런 말을 해. 네가 날 정말 좋아하면 그런 말 못 해. 너는 그냥……."

오빠의 젖은 시선이 나를 향했다.

"날 그만큼 안 좋아하는 거야."

나는 그 말에 반박할 수 있는 말을 아주 많이 떠올릴 수 있었다. 그러나 그중 하나를 고르지도, 다른 말을 떠올리지도 않았다. 대신 생각을 해 봤다.

내가 지금 이렇게 힘든 건 오빠를 덜 좋아하기 때문인가?

그래, 그럴 수도 있겠다.

그래서 고민을 해 보기로 했다.

내가 오빠를 얼마나 좋아하는지. 오빠를 위해서 무엇을 얼마나 어디까지 버틸 수 있는지.

그 답을 찾으면 자연스럽게 결론도 나올 터였다.

오빠와 내 관계에 대한 결론이.

나는 한동안 집에서 두문불출했다. 다행히 세아는 출근하느라 바빠서 내가 하루 종일 집에만 있는지, 아니면 밖에 나갔다 와서 피곤해하는지 알지 못했다.

다만 세아가 쉬는 주말까지 집에만 있을 수는 없어서 세아가 집에 있을 땐 바쁜 척 밖으로 나와 카페나 도서관 같은 곳에서 멍을 때렸다.

그러나 결론은 나지 않았다. 처음에는 생각이라는 걸 하려고도 해 봤는데 나중에는 그냥 생각도 안 했다. 마치 무기력증에라도 걸린 것 같았다.

그 와중에도 결혼 준비는 차근차근 진행되었다. 인테리어 공사 업체에선 공사가 완료됐다는 연락이 왔고, 제작 의뢰를 넣었던 책상, 책장, 진열장 같은 가구들도 완성됐다는 연락이 왔다.

아마 오빠도 같은 연락을 받았겠지. 하지만 나는 오빠한테 따로 연락하지 않았다.

나름의 핑계는 있었다. 오빠는 지금 한창 방영 중인 드라마의 대본을 쓰느라 바쁘니까.

오빠는 한 번에 써 내리면 그걸로 끝인 타입이 아니라 일단 쓴 다음에 수십 번 고쳐 쓰는 타입이었다. 이 정도면 됐다 싶어도 오빠는 쓴 원고를 몇 번이고 다시 읽었다.

그래서 발등에 불 떨어질 때까지 책상 앞에 앉아 있었고, 그러느라 항상 시간에 쫓겼다.

오빠가 나한테 연락하지 않는 것도 바로 그 때문일 것이다. 나는 그렇게 생각했지만, 실은 그게 아니었다는 걸 갑작스레 쏟아지기 시작한 메시지들 때문에 알게 되었다.

[너 유진이한테 대체 뭐라고 한 거야?]

이건 동아리 선배.

[소희야, 말 함부로 한 거 미안해. 내가 잘못했으니까 유진이한테는 말 좀 잘해 주라. 어? 나 유진이한테 찍히면 큰일 나는 상황인 거 알잖아.]

역시 동아리 선배.

[너 우리가 하는 말 다 들었으면 그때 뭐라고 하지, 왜 뒤에서 유진 오빠한테 말 전해서 사람 곤란하게 만들어? 사람 그렇게 안 봤는데 너 되게 음침하다.]

동아리 활동 같은 거 괜히 했나. 왜 이렇게 다들 날 피곤하게 만들지.

[언니, 저 아무 말도 안 한 거 알죠? 유진 오빠한테 말 좀 해 주세요. 네?]

[죄송해요, 소희 언니. 민정 언니가 하는 말에 맞장구친 거 그 언니 무서워서 그랬던 거예요. 진심 아니었어요.]

그 이후로도 몇 개나 도착한 메시지는 다 비슷한 내용을 담고 있었다. 진심이라곤 콩알만큼도 없는 사과. 바라는 건 오로지 내 자비.

나는 그게 이해가 안 됐다. 이제 와서 왜 나한테 이러는 거지?

[소희야, 우리 만나자. 내가 이상한 말 했던 거 다 사과할게. 그러니까 우리 지원이 카메오 출연하기로 한 거 그대로 할 수 있게 좀 해 줘. 응? 이거 엎어지면 나 실장님한테 죽어!]

아아, 그러고 보니까.

진환 선배가 배우로 데뷔한 건 오빠가 오디션 자리를 주선해 줬기 때문이라는 걸 동아리 사람들은 거의 다 알았다.

오빠가 해 준 건 딱 거기까지였고, 진환 선배는 오로지 실력으로 배역을 따냈지만 다른 사람들은 살짝 오해를 하고 있었다. 오빠가 아예 배역까지 따 줬다고.

그래서 오빠는 드라마 작가로 데뷔한 다음 배역 하나만 달라는 연락을 여기저기서 참 많이도 받았다. 오빠가 나온 과가 연극영화

과라 선배, 동기, 후배 전부 합쳐서 배우지망생만 수십 명이 넘었기 때문이다.

덕분에 나도 같은 동아리였던 사람들한테 비슷한 연락을 많이 받았는데, 그건 내가 어떻게 해 줄 수 있는 영역이 아니라 죄다 무시해 버렸다.

아, 그러고 보면 그 이후였던 것 같기도 하다. 천유진이 왜 재랑 사귀는지 모르겠다고 실컷 욕 얻어먹었던 게.

그래도 내가 진짜 못나기만 해서 그런 건 아니었던 모양이다. 어찌 됐든 오빠랑 사귀어서 욕먹게 된 건 맞지만.

[제발 유진이 좀 말려 줘. 내가 잘못했어. 응?]

[왜 답이 없어? 너 치사하게 유진 오빠 내세워서 이럴 거야? 할 말 있으면 당당하게 내 앞에 와서 해!]

[언니, 잘못했어요.]

[소희야, 미안해. 네가 듣고 있을 줄 몰랐어.]

[그냥 농담이야, 농담. 알지?]

계속해서 쏟아지는 메시지를 바라보다가 나는 익숙한 이름들을 메신저 목록에서 전부 차단시켰다. 그리고 핸드폰에 저장된 주소록에서도 전부 차단, 차단, 차단.

거의 열 명에 가까운 사람들의 이름을 지우고 나서야 내 핸드폰은 잠잠해졌다.

진작 이럴걸.

나는 왜 미련하게 나한테 못된 말 한 사람들의 연락처를 저장해 두고, 정기 모임이란 이름으로 주기적으로 만나고, 심지어는 청첩장까지 전해 줬을까.

멍청이 윤소희. 미련 곰탱이 윤소희.

나는 쓰게 웃으며 핸드폰을 만지작거렸다. 그러다 마음을 굳히고 액정에 다이얼을 띄워 단축 번호를 길게 눌렀다.

"오빠, 시간 있어요?"

＊

예전에 왔을 땐 그냥 휑하기만 했는데, 지금은 여러 가구를 들여놓은 덕에 전보단 좀 사람 사는 분위기가 났다. 생활감이 없어서 모델하우스 같은 느낌이 강하긴 했지만.

나는 TV 옆 진열장에 내가 아끼는 DVD와 오빠가 모아 놓은 DVD, 그리고 함께 중고가게를 돌아다니며 발굴해 낸 DVD를 꽂아 놓는 상상을 하다가 고개를 돌렸다. 문이 열리는 소리 때문이었다.

"소희야."

"오빠, 왔어요?"

날짜로 따지면 거의 2주 만에 보는 건가, 3주 만에 보는 건가. 체감상으로는 거의 한 달 만에 보는 듯한 오빠는 전과 크게 달라진 점이 없었다.

비교 날짜가 한 달 전이 아니라 우리가 처음 사귀기로 했던 5년 전이라고 해도 마찬가지였다. 오빠는 그때처럼 참 잘생겼고, 사람을 설레게 만든다.

"그동안 잘 지냈어요?"

"잘…… 지냈지. 넌?"

"저도 잘 지냈어요."

거짓말이 아니라 진짜였다.

오빠랑 마지막으로 만났던 날로부터 일주일 정도는 아무런 의욕도 없이 살았지만, 최근에는 영화도 보러 다니고 옷도 사러 다니고 혼자서 잘 놀았다. 오늘도 낮에는 잠깐 한강에 가서 선선한 강바람을 쐬고 오는 길이었다.

"오빠는 요즘 드라마 때문에 많이 바쁘죠. 미안해요, 안 그래도 시간 없을 텐데 보자고 해서."

"왜 그런 걸로 사과를 해. 네가 부르는데 당연히 와야지."

오빠는 나도 우리 신혼집 보고 싶었다면서 고개를 두리번거리기 시작했다.

침실에 놓인 커다란 침대와 거실에 있는 진열장을 보면서 좋다고 감탄하는 오빠의 태도는 어딘지 모르게 어색했다. 하지만 나는 그 사실을 지적하지 않고 오빠의 뒤만 따라다녔다.

그렇게 계속 좋다, 예쁘다, 주문 제작하길 잘했다, 감상을 늘어놓던 오빠가 입을 다문 건 서재에 들어가서였다.

그곳엔 똑같이 생긴 책상이 마주 보고 있었다.

똑같은 책상 두 개를 나란히 놓고 싶다고 말한 건 오빠였다. 오빠는 책을 보다 고개를 들었을 때 맞은편에 내가 있으면 좋겠다고 말했다. 내 머릿속에서도 그 장면은 무척이나 낭만적이어서, 나는 망설임 없이 그러자고 고개를 끄덕였다.

그때는 참 행복했다. 오빠와의 미래를 그리는 게.

"……소희야."

"네?"

"너한테 사과하고 싶은 게 있는데…….."

오빠는 책상 모서리에 몸을 기댄 채 나를 바라봤다. 그 눈빛은 어느 때보다 무겁게 가라앉아 있었다. 덕분에 오빠가 무슨 이야기를 하고 싶어 하는지 대충이나마 짐작할 수 있었다.

"그때 너랑 싸우고, 그다음 날엔 너한테 너무 서운했어. 그런데 가만히 생각하니까 그런 생각이 드는 거야. 네가 오죽했으면 그런 말을 했을까. 도대체 주위 사람들한테 무슨 말을 들은 걸까."

"그래서 주변 사람들한테 묻고 다녔어요?"

"어떻게 알았어?"

오빠가 놀란 눈으로 날 응시했다. 나는 작게 미소 지었다.

"메시지가 엄청나게 왔거든요. 저한테 이상한 소리 했던 사람들한테서."

"뭐라고 왔는데?"

"미안하다고요. 진심으로 그런 말 한 거 아니니까 신경 쓰지 말라고."

"그래? 다행이다."

오빠는 웃으면서 그렇게 말했다. 그 얼굴을 보며 나는 잠깐 후회를 했다. 나한테 메시지 보낸 그 사람들, 차단하지 말걸. 그랬으면 메시지가 아직 남아 있었을 텐데. 그 사람들이 나한테 미안하다면서 무슨 말을 했는지 보여 줄 수 있었을 텐데.

"그 사람들한테 그랬어요? 저한테 사과하라고?"

내 질문에 오빠는 고개를 끄덕였다. 그러면서 무언가 말을 하려고 했는데, 나는 기다리지 않고 먼저 입을 열었다.

"왜 그랬어요?"

"뭐?"

"오빠가 그렇게 말하면 그 사람들이 저한테 진심으로 미안해할 거라고 생각했어요?"

"그게 무슨……. 사과 받았다며."

"오빠는 정말로 제가 그 사람들한테서 미안하단 소리만 들었을 거라고 생각하는 거예요?"

"……그게 무슨 소리야?"

어떻게 그렇게 아무것도 모르는 얼굴을 할 수가 있어. 아무리 내가 필사적으로 숨겼어도 그렇지, 어떻게 내 상처를 하나도 몰라.

울면서 소리치고 싶은 마음을 가까스로 억눌렀다. 이 순간에도 나는 추해 보이기 싫었다. 그래서 더 비참해졌다.

내 첫사랑, 내가 처음으로 좋아한 남자.

모르죠? 나는 지금도 그만큼 당신이 좋아요. 당신이 내 상처만 모르는 게 아니라 얼마나 다행인지 몰라.

"다들 오빠 눈치를 보더라고요. 오빠한테 잘 말해 달래요. 그 사람들은 그게 목적이었어요. 내가 받았을 상처를 걱정하는 사람은 아무도 없었어요. 아무도, 얼마나 아팠냐고, 지금도 아프냐고. 아무도 묻지 않았어요. 아무도."

심지어 내 눈앞에 있는 당신마저도.

"그게 무슨 뜻인지 알아요? 그 사람들은 앞으로도 계속 오빠 눈치를 보면서 내 눈치는 안 보고, 오빠가 모르는 사이에 계속 나한테 악의를 쏟아 낼 거예요. 내가 아프든 말든. 상처 입든 말든."

오빠랑 사귀기 때문에 일어나는 일인데, 오빠가 막아 주지는 못한다. 하지만 이게 오빠 탓은 아니다. 그래서 오빠를 원망할 수도 없었다.

나는 그게 제일 서러웠다.

"어쩌면요……. 옛날에, 부담스러워서 오빠 여자 친구 못 하겠다고 했던 그 여자분이 정말 현명했던 걸지도 몰라요. 그 사람은 이걸 다 예상했던 거예요. 오빠를 좋아하기 때문에 받아야 하는 상처를."

"소희야……."

"제가 오빠를 그만큼 안 좋아하는 거라고 했죠?"

생각을 해 봤다. 정말 많이 해 봤다. 결국 아무 생각도 하지 않게 될 정도로 많은 생각을 했다.

그러나 나오는 결론은 같았다. 그 결론이 싫어서 계속 생각을 했는데도, 계속, 계속.

"오빠 말이 맞는 거 같아요. 저 오빠 좋아해요. 좋아하는데…… 언제까지고 계속 오빠를 좋아할 수 있을지는 잘 모르겠어요."

"아니야, 소희야. 내가 잘못했어. 내가 다 잘못했어. 앞으로 잘할게. 앞으로 너 속상하게 하는 일 없을 테니까……."

오빠는 벌벌 떨면서 울고 있었다. 어느새 맺힌 눈물이 오빠의 뺨을 타고 흐르는 모습에서부터 나는 눈을 아래로 내리깔았다.

말해 주고 싶었는데.

오빠를 좋아해서, 나는 행복했다고.

우리는 왜 이렇게 된 걸까. 나는 도저히 모르겠다고 생각하며 지금 이 순간을 위해 수도 없이 연습하고 또 연습한 말을 입 밖으로 내뱉었다.

"우리 결혼, 다시 생각해요."

10. 맞잡은 손의 온기

-겨울의 풍경

추운 겨울.

그는 항상 주머니가 큰 코트를 입었다. 그래서 우리는 아무리 차가운 바람이 불어도 손을 잡을 수 있었다.

집으로 돌아갈 때면 항상 안겨 주던 붕어빵, 군밤, 군고구마 한 봉지.

그가 없으면 내 손은 빨갛게 얼어붙었다.

나는 겨울엔 더 자주 그의 집을 찾아갔다. 그가 문을 열어 주면 나는 그의 옷 속으로 손을 넣어 품에 안겼다. 따스한 등에 대고 차가운 손을 문지르면 그는 몸을 움찔거리면서도 나를 꼭 안아 주었다.

밖에 많이 춥지.

네.

나는 속으로 속삭였다.

그래서 당신이 더 따뜻해요. 당신이 있어 겨울은 내게 봄이에요.

❉ ✸ ❉

"아이고, 내 딸……!"

"소희야!"

두 팔 벌려 내게 달려오던 아빠는 엄마의 기세에 밀려 닭 쫓던 개…… 아니, 이건 비유가 조금 이상한가. 어쨌든 펜션 입구에 들어선 나를 가장 먼저 끌어안고 부둥부둥 해 주는 건 엄마의 몫이 되었다.

나는 들고 있던 가방을 바닥에 내려놓고 엄마의 등을 끌어안았다.

"그동안 잘 지냈어?"

"그럼 잘 지냈지! 너는 좀 어때? 몸은 괜찮아?"

"소희야! 아빠도 잘 지냈다, 아빠도!"

"나 멀쩡해. 이제 기억도 다 돌아왔어."

"진짜?"

"어, 진짜."

아빠는 몰라도 엄마는 두 달 전에 봤는데 그때 본 거랑 지금 보는 거랑 느낌이 달랐다.

나는 내가 한 살 두 살 나이를 먹으면서 달라진 게 별로 없다고 생각했는데, 확실히 5년이라는 세월이 가볍진 않은 모양이었다. 시선이랄까, 느낌이랄까. 무언가 달라진 걸 보면.

"근데 혼자 온 거야? 천 서방은?"

"응, 혼자 왔어."

병원에서 기억을 되찾은 후, 나는 혼자 집으로 돌아갔다.

내가 소파에 앉아 밤새도록 기억을 정리하는 동안 오빠는 돌아오지 않았다. 오빠가 집에 들어온 건 아침 해가 밝았을 때였다.

나는 오빠 얼굴을 보자마자 말했다. 가평에 내려가겠다고.

'그래.'

오빠 대답은 그게 다였다. 나는 같이 가겠냐고 묻지 않았고, 오빠도 같이 가겠다고 말하지 않았다.

나는 혼자 집을 나와 기차역으로 갔다. 그리고 열차에 탄 다음에야 오빠에게 메시지를 보냈다. 기억이 전부 돌아왔다고.

그에 대한 답장은 내가 열차에서 내린 다음에야 도착했다.

[일 다 끝나면 나도 가평으로 갈게.]

나는 그 일이 언제 끝나냐고 묻지 않았고, 오빠도 언제라고 말하지 않았다.

사실은 일 같은 거 없는 게 아닐까?

나는 그런 생각을 하며 적잖이 실망한 듯한 엄마에게 애써 웃어보였다.

"오빠는 바빠서."

"드라마 다 끝나지 않았어? 바쁠 게 뭐가 있어서?"

미련이 남는지 내 뒤를 흘끔거리는 엄마의 얼굴에선 아쉬움이 흘러넘치고 있었다.

천 서방 바쁘면 나 혼자라도 오라더니 오빠가 진짜로 안 와서 섭섭한 모양이었다. 하긴, 엄마가 오빠를 좀 좋아해야지.

"볼일 다 끝나면 올 거야. 아마 이번 주 내로 올걸?"

"같이 왔음 좋았을 텐데. 일단 들어가, 밥 먹자. 배고프지?"

엄마가 내 등을 떠미는 것과 동시에 아빠가 내 가방을 집어 들면서 들뜬 목소리를 냈다.

"아빠가 너 좋아하는 거 많이 해 놨어."

"뭐 해 놨는데?"

"잡채랑 갈비랑 해물찜이랑……."

"그걸 진짜 아빠가 다 했어?"

"말도 마. 재료 자기가 사고 손질도 자기가 했으니까 자기가 만든 거란다."

"그럼 내가 다 한 거지! 여보는 냄비에 넣고 끓이기밖에 더했어? 소희야, 아빠 그것만 한 거 아니다? 간도 보고 소금도 쳤어."

"으이그, 정말."

어떻게든 자기가 한 걸 하나라도 더 생색내는 아빠와 그런 아빠의 등을 손바닥으로 찰싹 치는 엄마 사이에서 난 그저 웃기만 했다.

이제야 조금 실감이 났다. 집에 돌아왔다는 실감.

❀

아빠가 다 만든 점심 식사를 맛있게 먹고 난 후, 나는 펜션 일을 돕기 위해 청소기와 걸레를 들고 나섰다.

엄마랑 아빠는 굳이 안 거들어도 된다고 했지만, 어차피 여기선 따로 할 일도 없었다. 머리가 복잡해서 아무 생각 없이 손을 놀리고 싶기도 했고.

"오늘 몇 팀 숙박해?"

"세 팀."

"세 팀? 별로 안 많네?"

"비수기에 평일이잖아. 그것도 많은 거지."

"그런가⋯⋯."

하긴, 옛날에는 평일엔 손님이 거의 없다시피 했다. 주말에도 비수기에는 방이 다 차지 않았고.

그러다 언제쯤 이 펜션이 복작복작해졌냐 하면, 오빠가 처음으로 집필했던 드라마를 이 펜션에서 촬영하게 되면서부터였다.

그렇게 오래 촬영한 건 아니었다. 한 2주 정도? 방송은 3, 4회쯤 나갔다.

그런데 얼마 안 되는 분량을 감독님이 정말 예쁘게 촬영해 준 덕분에 우리 펜션은 단숨에 화제가 됐다.

빈방 있냐는 문의 전화가 하루에도 수십 통씩 걸려 왔고, 오빠가 공모전에 당선된 원고를 여기서 집필했다는 인터뷰가 뜬 다음엔 장기 숙박 문의도 심심찮게 들어왔다.

그것도 이제는 몇 년 전 일이라 그때만큼 숙박객이 많지는 않지만, 인터넷에 가평 펜션 추천해 달란 글이 올라오면 우리 펜션 이름이 빠지지 않게 됐다.

덕분에 평일이면 파리 날리던 펜션에 손님이 끊이지 않게 됐고, 흑자와 적자가 플러스마이너스 제로를 왔다 갔다 하던 장부에 연일 흑자가 기록됐다.

그렇게 펜션 부흥의 일등공신이 된 오빠는 부모님의 예쁨을 한 몸에 받게 됐다. 특히 엄마의.

혼자 산다는 말에 반찬을 택배로 보내 주는 걸로도 모자라 심심하면 안부 전화에 생일엔 선물까지 챙겨 주고 숙박비 안 받을 테니까 가끔 와서 자고 가라고 초대하기까지.

시간의 흐름과 함께 점차 쌓여 가던 총애는 오빠와 내가 결혼하기로 하면서 정점을 찍고 말았다.

어떻게?

오빠가 우리 펜션에 와서 두 달간 머물렀던 방. 이후로도 항상 찾았던 2층 제일 왼쪽 방.

그 방을 예약 목록에서 빼 버리고 완전히 사위 방으로 내어 준 것이었다. 딸한테도 다락방 하나 주고 말았으면서.

"이건 또 언제 만들었데……."

객실 청소를 다 끝내고 갈 곳이 없어 방황하다 발 가는 대로 와 버린 2층 제일 왼쪽 방. 문 앞에 대롱대롱 매달려 나를 반겨 주는 건 조그마한 팻말이었다.

아빠는 목재로 가구를 만드는 것도 좋아했지만, 그리고 남은 나무 조각을 다듬어 작은 소품을 만드는 것도 좋아했다.

천서방방.

인두로 삐뚤삐뚤하게 글씨를 쓴 이 팻말 역시 아빠의 작품이었다.

혹시나 누가 만지다가 손에 가시라도 박힐까, 앞뒷면은 물론이고 테두리까지 반들반들하게 손질된 이 팻말은 펜션 모든 객실의 문에 하나씩 다 달려 있었다.

"천서방방이라니까 되게 귀엽네."

글씨를 너무 크게 쓴 탓에 띄어쓰기를 할 공간이 없었나 보다. 나는 '천서방방' 글씨를 손끝으로 훑다가 주머니에서 열쇠를 꺼내 문을 열었다.

펜션이라는 게 흔히 그렇듯 객실 내부의 인테리어는 거의 동일하기 마련이었다. 물론 객실마다 차별을 둔 개성적인 인테리어로 손님들의 흥미를 끄는 곳도 있지만, 우리 부모님은 깔끔한 걸 미덕으로 삼는 분들이었다.

그래서 펜션의 모든 객실엔 필요한 가구만 동선을 계산해 배치되었고, 그건 이 방도 다르지 않았다. 천서방방이 되기 전까지는.

원래도 우리 부모님이 주는 건 사양 안 했던 오빠는 결혼 선물로 이 방을 주겠다는 말을 아주 기쁘게 받아들였다. 크고 작은 물건들을 하나씩 들여 이 방을 자기 색으로 채우기까지 걸린 시간은 겨우 한 달.

덕분에 오빠가 없는데도 불구하고 방 어딘가에서 오빠의 냄새가 나는 듯했다. 아마도 착각이겠지만.

나는 책상 앞에 앉아 아직 새것 티가 나는 CD 플레이어를 만지작거렸다. 옆에는 오빠가 갖다 놓은 것과 내가 선물한 CD가 가지런히 쌓여 있었는데, 그 위에 먼지가 하나도 없었다.

그 사실을 깨닫고 새삼 둘러보니 CD 플레이어와 책상도 깨끗했다.

방 주인이 오랫동안 부재중이었으니 이 방을 청소한 건 아마 엄마이리라. 역시 엄마는 내가 오빠랑 같이 오길 바란 모양이었다.

"사위 없을 땐 무슨 재미로 살았나 몰라."

입술이 괜히 삐죽삐죽 튀어나왔다. 나는 늘어놓은 CD 케이스를 정리해 쌓아 놓고 자리에서 일어났다. 슬슬 내 방으로 돌아갈 생각이었는데, 테라스 너머에서 웃음소리가 들려와 나도 모르게 그쪽으로 향하고 말았다.

"아, 뭐야. 완전 이상하게 나왔어."

"다시 찍자. 이번엔 내가 찍을게."

조그마한 테라스 너머로 벤치 그네의 끄트머리가 보였다. 소리를 듣자 하니 펜션의 손님이 그네에 앉아 사진을 찍는 모양이었다.

나는 잠깐 기다리다가 손님들의 목소리가 멀어지는 걸 확인하고 테라스로 나갔다. 난간을 붙잡고 아래를 내려다보자 홀로 남은 벤치 그네가 보였다.

늘 여기 서 있는 쪽은 오빠였는데.

오빠가 항상 이 방을 고집한 건 이 테라스에서 벤치 그네가 잘 보이기 때문이었다. 나는 이 방이 천서방방이 된 다음에야 그 사실을 알았다.

생각해 보면 왜 진작 몰랐을까 싶었다. 우리가 사귀기로 한 후부터 내가 벤치 그네에 앉아 있으면 얼마 지나지 않아 오빠가 테라스에 나왔다.

나는 올려다보고, 오빠는 내려다보고.

밥은 먹었어? 아이스크림 하나 줄까? 나 케이크 사 놓은 거 있는데.

오빠는 항상 무언가를 주겠다는 핑계를 대면서 아래로 내려왔다. 그러면 나는 아무리 배가 불러도 오빠가 주는 간식을 맛있게 받아먹었다.

그렇게 함께 보내는 시간이 좋아서. 나는 오빠가 보고 싶으면 벤치 그네에 앉아 하염없이 2층 테라스를 바라봤다. 오빠는 한 번도 날 오래 기다리게 하지 않았다.

참 신기한 일이었지. 내가 창문에 돌을 던진 것도 아닌데. 책상 앞에선 테라스 아래가 보이지 않는데. 오빠는 내가 여기 있는 걸 어떻게 알았을까.

문득 언젠가의 기억이 떠올랐다. 바로 저 벤치 그네에서 오빠의 마음을 받아 주었던 날.

아니, 정확하게 말하면 그때 나는 오빠의 마음을 받아 준 게 아니었다. 만약 그랬다면 나는 오빠한테 좋아한다고 말했을 것이다. 좋아하는 것 같다고 말하는 게 아니라.

'저도 선배가 좋은 거 같아요.'

'뭐?'

'우리 사귈래요? 그러니까, 선배 마음이 아직 안 변했으면.'

'안 변했어, 하나도! ……내가, 앞으로 정말 잘할게. 네가 날 좋아하는 것 같은 게 아니라, 좋아한다고 말할 수 있게.'

나는 비겁한 데다 이기적이기까지 한 겁쟁이였다. 그래서 언제나 한 발 뒤로 물러나 있었다. 나 같은 사람을 좋아할 리 없다고, 지금은 좋아한다고 해도 금방 식어 버릴 거라고.

그때가 돼서 상처받기 싫다는 생각으로 내 마음을 감췄다. 그러면 덜 아플 줄 알고 온 마음을 다하지 않았다.

나는 그래도 내 마음이 더 크다고 생각했다. 좋아하기 시작한 것도 내가 먼저고, 좋아할 이유가 많은 것도 나니까.

그렇게 나는 오빠의 마음을 보다 가볍게 여겼다. 생각해 보면 다른 사람들이 뭐라고 속닥이는 것도 당연한 일이었다.

'유진 오빠는 대체 왜 윤소희를 좋아하는 거야?'

이미 나부터가 그렇게 생각하고 있었으니까.

❊

―진짜? 기억 다 돌아왔어?

"응."

―다행이다. 그래도 결혼식 전에는 돌아왔네.

"그러게."

―근데 어째 목소리가 별로다? 왜 그렇게 힘이 없어?

"자다 깨서 그래."

딱히 거짓말을 하는 것도 아닌데 나는 괜히 찔려서 핸드폰에 대고 억지 하품을 했다. 일부러 소리까지 낸 하품은 내가 생각해도 너무 어설펐지만, 다행히 해리는 그 사실을 알아차리지 못했다.

―자다 깼다고? 시간이 몇 신데 벌써 자?

"몇 시냐니. 9시잖아."

―9시면 한창이지!

"……애들은 어쩌고 9시가 한창이야?"

―자. 그러니까 한창이지.

음, 반박할 수가 없네.

―나가서 맥주 한잔 하고 싶은데 애들 때문에 나갈 수가 없다. 이 언니 너무 불쌍하지 않니?

"남편 아직 퇴근 안 했어? 남편한테 보라고 하면 되잖아."

―퇴근하고 와서 애들보다 먼저 뻗었다. 도움이 안 돼, 도움이.

"참…… 고생이 많다."

―그런 의미에서 너 조카들 안 보고 싶어? 우리 애들은 이모 보고 싶다고

난린데.

애들이 이모 보고 싶은 게 아니라 권해리한테 애 봐줄 사람이 필요한 거겠지. 네 속 다 안다고 핀잔을 주는 대신 아쉬움이 듬뿍 담긴 목소리를 냈다.

"나도 우리 아람이 가람이 바람이 보고 싶지. 근데 내가 지금 가평이라서 보러 갈 수가 없네."

—가평이 무슨 비행기 타고 가야 되는 데도 아니고 기차 타면 금방이잖아. 내가 맛있는 거 사 줄게. 와서 자고 가라. 응?

"남편은 어쩌고 자고 가래?"

—너 온다 그러면 쫓아낼 거야. 집에 있어 봐야 도움도 안 되는 거. 보고 있어 봤자 속만 터지지.

쏟아 내는 말을 듣고 있자니 그동안 쌓인 게 많은 모양이었다. 애 보느라 본의 아니게 감금 아닌 감금 생활을 하면서 해리를 제일 힘들게 하는 건 외로움 같았다.

하긴, 누가 집에 오지 않는 이상 애 셋을 데리고 외출할 순 없는 노릇이니까. 그렇다고 애들을 집에 두고 외출하는 건 더더욱 안 될 말이고.

"나 서울 가면 한번 놀러 갈게. 그때 치맥이든 뭐든 하자."

—나 이거 녹음했다? 증거 남았다?

"너 친구 너무 못 믿는 거 아니야?"

나는 해리를 따라 웃다가 침대에 몸을 편하게 늘어뜨렸다. 자다 깬 탓에 지끈거리던 머리도 이제는 괜찮아졌다.

살짝 가라앉았던 기분도 좋아져서 해리랑 계속 수다를 떨고 싶었는데, 아쉽게도 해리가 이만 끊어야겠다고 말해 왔다.

—애들 깨기 전에 밥이나 먹어야겠다. 배고파 죽겠네.

"저녁 아직 안 먹었어?"

─아까 애들 저녁 먹이면서 시리얼 대충 말아먹은 게 다야. 오랜만에 라면이나 끓여 먹어야지.

"무슨 라면이야. 제대로 된 걸로 먹어."

─만들어 주는 사람이 있어야 먹지. 너 오거든 해물탕이나 좀 해 줘. 거기에 소주 한 잔. 크. 어때?

"그래, 알았어."

─역시 너밖에 없다니까. 참, 나 궁금한 거 있는데.

"어떤 거?"

─왜, 너 기억 잃었을 때 내가 말해 준 거 있잖아. 너 술 마시다 나한테 전화 건 적 있다고.

"아, 그거."

─그때 무슨 말 하려고 했던 거야? 혹시 무슨 일 있었던 건 아니지?

그때 당시엔 별 생각 없었는데, 나한테 그 이야길 해 주고 다시 생각해 보니 찝찝했다면서 해리는 근심 어린 목소리를 냈다.

나는 그게 고맙기도 하고 미안하기도 해서 애써 웃는 목소리를 냈다.

"일은 무슨. 그런 거 없어."

─진짜?

"진짜. 그냥 결혼 준비하는 거 힘들어서 그런 거야."

─하긴…… 신경 쓸 거 많긴 하지. 나도 누가 나한테 결혼 두 번 하라고 하면 준비하기 귀찮아서라도 못 한다고 할 거야.

"나도. 이 짓 진짜 두 번은 못 해."

우리는 낄낄대며 웃다가 10분 정도 더 떠들고 전화를 끊었다.

조금 전까지만 해도 신나게 웃으면서 떠들었는데, 전화 하나

끊었다고 고요해진 방의 분위기가 못 견디게 낯설었다.

나는 창밖으로 새까만 밤하늘을 내다보다가 주섬주섬 자리에서 일어났다.

위에 겉옷을 하나 걸치고 아래로 내려가자 방에는 엄마 혼자 있었다. TV를 보면서 나물을 다듬던 엄마가 인기척을 느꼈는지 내게로 고개를 돌렸다.

"깼어?"

"응. 해리한테 전화 와서. 아빠는?"

"손님들 불판 봐주러. 너도 뭣 좀 먹을래?"

"아냐. 아까 저녁 먹었잖아. 나 바람 좀 쐬고 올게."

"그래, 너무 멀리 가지 말고."

나는 알겠다고 대답하고 펜션 밖으로 나왔다. 시간도 늦었겠다 그냥 가볍게 정원 한 바퀴만 돌 생각이었는데, 바비큐장에서 손님들의 웃음소리가 들려와서 반대쪽으로 몸을 돌렸다.

결국 계곡으로 향하게 된 건 내 의지가 아니었지만, 걷다 보니 나쁘지 않다는 생각이 들어서 계속 걸었다. 오랜만에 계곡에서 별을 보고 싶었다.

길은 좀 어두웠지만 늘 걷던 길이라 헤매지 않을 수 있었다. 풀숲의 풀벌레 우는 소리, 큰길의 자동차 엔진 소리가 멀어지고 졸졸졸 물 흐르는 소리가 가까워지기 시작했다. 얼마 지나지 않아 나는 계곡에 도착할 수 있었다.

여름에 비하면 수위가 낮지만, 플래시 불빛을 반사해 반짝반짝 빛날 정도로는 물이 흐르고 있었다.

나는 핸드폰을 벤치에 두고 물가에 쪼그려 앉아 계곡물에 손을 담갔다. 확실히 날이 추워져서인지 수온도 낮았다.

나는 손의 물기를 바지에 대충 문질러 닦은 다음 벤치에 앉았다.

원래 물가에 있던 벤치는 물에서 멀리 떨어진 곳에 놓여 있었다. 작년 겨울에 오빠가 옮겨 놓은 그대로.

그때는 물이 얼어서 벤치를 옮기지 않아도 상관없었지만, 벤치에서 일어날 때 빙판을 밟고 미끄러지면 큰일 난다고 오빠는 굳이 힘을 썼다.

그 덕을 지금의 내가 보고 있었다. 아무래도 지금은 물에 발 담그고 놀 날씨가 아니니까.

나는 벤치에 앉아 물장구를 치듯 자갈 위로 발을 굴렀다. 달가닥달가닥 자갈 부딪히는 소리가 은근히 중독성 있어서 계속해서 발을 움직였다.

그러다 금방 질려서 벤치에 등을 기대고 고개를 뒤로 젖혔다. 새까만 밤하늘 속에서 은빛 별무리가 반짝반짝 예쁘게 빛났다.

옛날 생각난다.

예전에 이 공간이 내게 그저 조용하고 공기 좋은 곳이었다면, 지금의 내게는 추억의 장소가 되었다. 오빠한테 고백 받은 곳이니까.

그 이후로도 우리는 여기서 많은 시간을 함께 보냈다.

특별히 무언가를 한 건 아니었다. 할 것도 없고 볼 거라곤 흐르는 물과 별뿐인 이곳에서 우리는 그저 이야기만 나누었다. 참 많은 이야기를.

나는 그 시간이 좋았다. 이곳에선 누구도 우리를 방해하지 않았고, 다른 곳에 신경 쓸 일도 없었다.

그렇게 우리는 오롯이 단둘로만 남을 수 있었다. 인기 많은 잘

난 남자와 평범한 여자가 아니라 그냥 천유진과 윤소희로.

언제부턴가는 마냥 그렇지도 않게 됐지만.

'오빠 지금까지 고백 얼마나 많이 받아 봤어요?'

'고백? 글쎄…… 별로 없는데.'

'에이, 거짓말.'

'진짜로. 나 그렇게 인기 안 많아.'

'인기가 안 많다고요? 내가 아는 사람만 헤아려도 열 손가락이 넘는데?'

'너무 과장한 거 아니야? 어떻게 열 손가락이 넘어.'

'진짠데. 누구라고 이름은 말 못 하지만, 하나, 둘, 셋…….'

'어쨌든 그 숫자가 내가 고백 받은 숫자는 아니잖아.'

'비슷한 거 아니에요? 어쨌든 오빠를 좋아하는 사람이잖아요.'

'다르지. 혼자 좋아하는 거랑, 그 마음을 좋아하는 사람한테 전하는 거랑은 달라.'

'어떻게요?'

'혼자 좋아하는 건 상대가 내 마음을 아는 게 견딜 수 없는 거고, 고백하는 건 상대가 내 마음을 모르는 걸 견딜 수 없는 거고.'

'그게 그래서 무슨 차이가 있는데요?'

'전자는 상대를 좋아하는 내 마음이 소중한 거고 후자는 그 사람 자체가 간절한 거.'

'……'

'근데 꼭 다 그렇다는 건 아니고……. 고등학교 때 나한테 고백했다던 여자애 있잖아. 걔는 내가 자기 마음을 알아 줬으면 하긴 했지만, 나보다는 자기 마음이 더 소중하지 않았을까 싶더라. 그래서 변

화를 원하지 않았던 거라고 결론을 내렸더니 마음이 편해졌어.'

　오빠의 말은 마치 바늘처럼 내 마음을 콕 찍어 작은 구멍을 만들었다. 그 사이로 가끔 스며든 빗방울은 내 정신을 차갑게 깨워 놓았다.

　때문에 나는 오빠와 함께 웃다가도 광장에 내려앉는 침묵처럼 내 마음을 돌아보고는 했다.

　아냐. 나는 내 마음보다 오빠가 더 소중해.

　그러나 보이지 않게 구멍을 가리려던 내 손짓은 구멍을 더 커지게 만들었다. 그 사이로 바람이 새 공허를 느낄 때마다 나는 부끄러움을 뒤집어썼다.

　오빠보다 내 마음을 더 소중하게 느꼈던 부끄러움. 그 사실을 솔직히 밝힐 수 없어 꽁꽁 숨기는 데에 대한 부끄러움.

　그때마다 다시 한 번, 나는 내가 더 소중하구나 하는 깨달음에 대한 부끄러움.

　나는 끝끝내 인정하지 않으려 했지만, 이제는 인정할 수밖에 없었다.

　나는 내가 소중했다.

　오빠보다 더.

'그럼 오빠는 어때요?'

'나? 나는…… 처음엔 내 마음이 더 소중했어.'

'그런데 도중에 마음이 변했어요?'

'응.'

'왜요?'

'그거야 당연히…….'

'당연히?'

'……좋아하니까.'

발소리가 들렸다. 처음엔 희미해서 착각이라 생각했던 발소리는 거리가 가까워지면서 점점 커졌다. 거리도 거리지만, 멀리서는 흙길이라 밟을 게 없는 것에 비해 이 근처에는 자갈이 깔린 탓도 컸다.

빛도 없이 다가오던 방문자의 발길이 어느 순간 뚝 멈추었다. 곧 옆얼굴을 찌르는 시선이 느껴졌다.

별로 무섭지는 않았다. 나한테는 너무 익숙한 시선이라서.

"왔어요?"

"……."

"와서 앉아요. 거기 서 있지 말고."

옆자리를 손으로 탁탁 두드리자 멎었던 발소리가 다시 가까워졌다.

벤치 옆에 서서 보이던 망설임은 아주 잠시였다. 오빠는 내가 권한 자리에 앉았다. 시선은 내가 아닌 정면을 향한 채였다.

"이 시간에 왜 여기에 와 있어."

"그냥요. 답답해서."

"멧돼지라도 나오면 어쩌려고."

"그럼 얼른 도망가야죠. 그거 알아요? 멧돼지는 직진밖에 못해서 지그재그로 달리면 도망갈 수 있대요."

"방향 꺾기 전에 잡히면?"

"그럼 운명인가 보다 하고 멧돼지 밥 돼야죠 뭐."

농담처럼 주고받던 말이 뚝 끊기고 침묵이 내려앉았다. 그 사이로 졸졸졸 물 흐르는 소리가 스며들어 마음의 안정을 주었다.

나는 발밑으로 자갈을 툭툭 굴리다가 조용히 물었다.

"일찍 왔네요? 난 오빠가 며칠 더 있다가 올 줄 알았는데."

"그럴 생각이었는데."

오빠는 목을 쥔 채 헛기침을 했다.

짐작컨대 목이 잠긴 듯했다. 물이라도 있으면 주고 싶었는데. 안타깝게도 들고 나온 건 핸드폰 하나뿐이었다.

"네가 전에 그랬잖아. 내가 얼른 안 쫓아가면 다른 남자한테 가 버릴 거라고."

"그 말을 믿었어요?"

"아니. 핑계지."

오빠가 내게로 고개를 돌렸다. 나는 그 시선을 느끼고 오빠의 얼굴을 올려다봤다.

어두웠지만, 그래도 볼 수 있었다. 오빠는 날 보며 웃고 있었다.

"보고 싶어서 왔어."

순간 고개를 휙 돌리고 말았다. 갑자기 눈물이 날 것 같아서였다.

나는 그 이유를 알지도 못한 채 밤하늘을 바라보며 눈을 빠르게 여러 번 깜빡였다.

장소 때문인지, 아니면 분위기 때문인지. 갑자기 감정이 주체가 안 됐다. 행여 그 사실을 들킬까 애써 밝은 목소리를 꾸며 냈다.

"전에 했던 말은 농담이니까 신경 쓰지 마요. 말했잖아요. 저

기다리는 거 좋아한다고."

"내가 싫어. 너 기다리게 하는 거."

"나는…… 괜찮다니까요."

아, 진짜 울 것 같다.

나는 울기 싫어서, 말을 돌리기 위해 간신히 다른 화제를 떠올렸다.

"저요, 기억 돌아오고 나서 오빠한테 물어보고 싶은 거 있었는데."

"어떤 거?"

"제 핸드폰이요. 이거 말고 전에 쓰던 거."

그 핸드폰은 물에 젖어 쓰지 못하게 됐다. 오빠는 그게 내가 핸드폰을 들고 욕실 청소를 했기 때문이라고 했는데, 아니었다. 나는 내 핸드폰을 가방 속에 넣어 뒀었다.

신혼집에 약속 시간보다 일찍 도착했던 나는 멍하니 소파에 앉아 있다가 청소기를 돌렸다. 마음을 가라앉히려고 그랬던 거였는데, 하다 보니 먼지가 눈에 띄어서 걸레질까지 했다.

그 후 걸레를 빨다가 내친 김에 솔을 쥐고 욕실 청소까지 시작했다. 그리고 미끄러져 기절할 때까지, 나는 핸드폰을 한 번도 꺼내지 않았다.

집에 물난리가 난 것도 아닌데 왜 가방에 있던 내 핸드폰이 물에 젖어 망가졌을까. 그렇게 만들 수 있는 사람은 딱 한 명뿐이었다.

"오빠가 망가뜨린 거죠?"

"응. 미안해."

오빠는 모른다 잡아떼지도 않고 선선히 고개를 끄덕였다. 그 얼굴이 너무 당당해서 조금 부아가 치밀었다.

"왜 그랬어요?"

"네가 네 첫사랑한테 연락할까 봐."

"뭐라고요?"

"네 첫사랑이 누군지 몰라서 그 사람 연락처가 네 핸드폰에 있는지 없는지 알 수가 없었거든. 만약 누군지 알았으면 그 사람 연락처만 지웠을 텐데…… 몰랐으니까, 할 수 없잖아."

나는 내 눈이랑 귀를 동시에 의심했다. 하지만 내가 잘못 본 것도 잘못 들은 것도 아니었다. 오빠는 아주 뻔뻔하게 뭐 잘못된 거 있느냐는 표정으로 나를 보고 있었다.

"그러게 진작 가르쳐 주지 왜 안 가르쳐 줬어."

"……내 탓이에요?"

"반반 정도로 해 둘까?"

내 잘못이 반씩이나 된단다. 기가 막혀 헛웃음을 터뜨리자 오빠가 손을 뻗어 내 머리카락을 귀 뒤로 넘겨 주며 속삭이듯 물었다.

"또 물어보고 싶은 거 없어?"

그 순간 마주친 눈빛에 붙들려 나는 잠깐 넋을 놓고 말았다.

끝을 헤아릴 수 없는 아주아주 깊은 눈빛.

무려 5년을 사귀었는데도 이 사람이 이렇게까지 낯설게 느껴질 수 있구나. 나는 무의식중에 마른침을 삼키고 나서야 정신을 차릴 수 있었다.

"오빠야말로 나한테 할 말 없어요?"

"많지. 너무 많아서 무슨 말부터 해야 할지 모르겠어."

오빠는 벤치에 등을 기대고는 먼 하늘을 바라봤다.

겨우 오빠의 시선에서 풀려난 나는 얼른 고개를 원위치로 돌렸다. 그리고 빨라진 심장박동을 진정시키는데 오빠의 손이 내 쪽으로 다가왔다.

버릇처럼 내 손목을 쥐려던 손은 허공에서 잠시 멈추더니 손목이 아닌 손을 쥐었다.

나는 내 손가락 사이사이로 얽어 오는 오빠의 손가락을 피하지 않았다. 그러자 오빠는 손에 힘을 주어 깍지를 꼈다.

"내가 널 처음 본 건 동아리 빙이 아니었어."

"네?"

처음 듣는 이야기였다. 놀라서 고개를 돌리자 오빠가 여전히 먼 하늘에 시선을 두고 있는 게 보였다.

오빠는 그 상태로 계속해서 말을 이어 나갔다.

"카페에서 친구를 기다리고 있었나? 혼자 앉아 있는데 옆에서 어머니 이야기가 들리는 거야. 또 누가 어머니 욕하나 보다 신경 끄려고 했는데…… 그날은 달랐어. 어머니를 적극적으로 옹호해 주는 사람이 있었거든."

"……그게 저였어요?"

"응."

깍지 낀 손에 힘이 잔뜩 들어갔다. 내 손이 아니라 오빠 손에.

"사실 나 그때 동아리 탈퇴하러 간 거였어. 근데 거기서 널 다시 본 거야."

"그래서 계속 나오겠다고 한 거예요? 저 때문에?"

"응."

만약 조금이라도 엇나갔다면 우리의 인연은 닿지 못한 채 스러졌겠구나. 그 생각에 가슴이 아릿하게 조여들었다.

"처음엔 그냥…… 이영린 좋아하냐고 물어보고 싶었어. 그래서 어머니 사인 DVD 준 거야."

어쩐지. 내가 이영린 좋아하는 거 어떻게 알고 그 사인 DVD를 줬나 했더니.

"그런데 네가 내가 생각했던 것보다 훨씬 좋아해 줘서 기뻤어. 이러나저러나 나한테 가족은 어머니 한 명뿐인데…… 좋은 소리보단 나쁜 소리를 더 많이 듣는 분이니까."

"그래서 저한테 잘해 준 거예요?"

"응."

그랬구나. 오빠가 다른 애들보단 나한테 더 다정하다고 느꼈던 건 내 착각이 아니었구나.

"너랑 있으면 마음이 편했고, 그래서 같이 있고 싶었고, 그래서 너를 찾게 됐어. 그러다가…… 네가 나한테 물었잖아. 짝사랑해 본 적 있냐고."

나는 당시의 일을 떠올리며 가만히 고개만 끄덕였다. 그걸 보기라도 한 것처럼 오빠가 이어서 말했다.

"사실 그때 나 좋아하는 사람 없었어."

"……없었어요?"

"응. 네가 나한테 짝사랑해 본 적 있냐고 묻는 게 '너는 누구 좋아해 본 적 없지?' 하고 묻는 거 같아서 욱해서 있다고 한 거야."

그랬구나. 내가 또 실수했네.

"……아니, 아니다. 사실은 그래서 욱한 거 아니야. 네가 나 말고 다른 남자 좋아한다는 사실에 욱했어. 나는 뭐 너 좋아할 줄 아냐고……. 넌 내 마음 알지도 못하는데 혼자 아닌 척하려고 그런 거야. 나 혼자 너 좋아하는 거 자존심 상해서. 그런데…… 결국은 인정할 수밖에 없더라. 네가 너무 미워서."

내가 미운데 어떻게 내가 좋아요.

속으로 한 질문을 듣기라도 한 것처럼 오빠의 말이 이어졌다.

"내가 말한 적 있지? 다른 사람 좋아하는 네 모습이 너무 예뻐 보였다고. 사실은 예쁘기만 한 거 아니었어. 미웠어. 네가 그 눈으로 보는 사람이 왜 내가 아닌지. 왜 네 마음이 내 게 아닌지. 네가 밉고 네가 미운 내가 미웠어."

"......."

"짝사랑 동맹이니 뭐니 하는 것도 사실은 싫었어. 너랑 같이 있는 건 좋은데 네 마음은 다른 곳에 가 있는 게 진짜 너무 싫었어. 그런데 그렇다고 널 안 보면 보고 싶으니까. 적어도 같이 있으면 보고 싶은 마음은 달랠 수 있으니까."

오빠의 말은 거기서 멈췄다.

간신히 고개를 들어 옆을 바라보자 오빠는 눈을 감은 채 지친 숨을 내쉬고 있었다. 나는 오빠의 눈 밑으로 드리워진 검은 그늘의 이유를 감히 짐작하지 않았다.

대신 고개를 돌려 먼 하늘을 바라봤다. 수많은 별이 반짝이는 검은 하늘. 그곳에 시선을 두자 오빠가 저 곳만을 바라보며 말한 이유를 조금은 알 것 같았다.

나는 먼 곳에 흘려보내는 기분으로 묵혀 놓은 옛일을 꺼내 놓았다.

"좋아하는 사람이랑 사귀기로 했다고 한 건 뭐였어요?"

나 그 말 듣고 되게 아팠는데.

"떠보고 싶어서 그랬어."

"......다른 남자 좋아하는 저를요?"

"응. 네가 정말 일말의 동요도 안 보이면…… 나한테 가능성이 1퍼센트도 없는 거 확인하고 마음 접으려고 했어. 학교도 휴학하고 아예 해외에 나가 있을 생각이었어."

"해외…… 안 갔잖아요."

혹시 그때 내가 흘린 눈물을 본 걸까? 그래서 가평까지 따라와서 나한테 고백한 걸까?

"가려고 했어. 다른 남자 짝사랑하는 여자 혼자 좋아하는 내가 너무 머저리 같아서, 비행기 표 끊어 놓고 짐까지 쌌어. 그런데 마지막으로 딱 한 번만 더 보고 싶었는데 네가 내 연락을 안 받았잖아."

"그거는……."

오빠한테 여자 친구가 생겼으니까. 그런 줄 알았으니까.

"하루, 이틀, 사흘……. 일주일 내내 핸드폰만 붙잡고 네가 왜 답장을 안 할까 그 이유만 생각했어. 그러다 핸드폰이 고장 나서 그랬다는 거 알고 안심했는데, 그러면 안 되는 거였잖아. 나는 이제 너 안 좋아할 생각이었는데. 해외로 나가면 연락도 안 할 거였는데. 근데 한번 그러고 나니까 너무 자연스럽게 떠오르더라고. 해외에서도 핸드폰 붙잡고 너한테 연락할까 말까 고민할 내 모습이. 동시에 깨달았어."

잠깐의 고요 속에서 찌르르 풀벌레가 울었다.

"나는 마음 접을 준비가 하나도 안 됐구나."

나지막한 목소리가 내 폐부를 깊숙하게 찔렀다. 숨소리를 죽인 내 옆에서 오빠가 조용히 읊조렸다.

"너 없이 살 자신이 한순간에 사라졌어."

"……."

"그래서 무작정 가평으로 쫓아간 거야. 다행이었지. 너희 부모님이 펜션을 하셔서. 너랑 아무 사이도 아닌데 네 옆에 있을 수 있어서."

깍지 낀 오빠의 손에서 힘이 빠졌다. 내가 그 의미를 짐작하기 전에 오빠의 목소리가 내 생각을 방해했다.

"그때 거짓말해서 미안해. 진작 말했어야 했는데 네가 나 싫어할까 봐 말 못 했어."

"……지금은 내가 안 싫어할 거 같아요?"

"지금은 내가 너한테 거짓말한 거, 숨긴 거 다 들킨 상황이잖아."

작게는 핸드폰 고장 낸 것부터 크게는 우리가 결혼을 다시 생각하기로 한 걸 말 안 한 것까지.

그러게. 생각해 보니까 오빠가 나한테 참 많이 잘못했다.

"그래서, 이왕 매 맞을 거 두 대나 세 대나 같으니까요?"

"오늘 아니면 고백 못 할지도 모르니까."

그게 무슨 뜻인지 나는 바로 이해했다.

오늘은 그날의 연장이었다. 결혼 다시 생각하자는 내 말에, 아예 헤어지자는 말이냐는 오빠의 물음에, 아무 말도 못 했던 내 침묵에, 한 번만 더 생각해 봐 달라는 오빠의 애원에, 그럼 그러겠다고 대답해서.

일주일 후 다시 만나기로 했던 날.

결혼을 미룰지, 아니면 아예 취소할지. 이대로 갈라져서 남남이 될지 내 선택을 말하기 위해.

"사실은 계속 말하고 싶었어. 내가 좋아했던, 좋아하는 여자 너하나뿐이라고. 내 첫사랑은 너라고."

오빠가 내 손을 놓았다.

나는 무언가에 이끌리듯 옆으로 고개를 돌렸다. 나를 향한 오빠의 시선에선 뭐라 말할 수 없는 감정들이 여러 갈래로 뒤섞여 넘실거리고 있었다.

그러나 그 감정은 곧 눈 깜빡임 하나로 지워졌다. 마치 목구멍 너머로 꿀꺽 삼키듯, 오빠의 감정들은 전부 눈꺼풀 너머로 사라져 찾을 수 없게 되었다.

"아, 이제 속 시원하다."

깨끗해진 눈을 둥글게 휘며 웃는 오빠는 정말로 후련해 보였다. 남의 속도 모르고.

치사해.

순간 울컥하는 마음을 숨긴 채 고개를 돌려 오빠의 시선을 피했다.

괜히 발끝에 걸리는 자갈을 툭툭 차면서 나는 지금껏 속에 감춰 두었던 말을 꺼냈다. 기억을 잃었을 때의 나는 조금도 짐작 못했던 그 말.

"사실 그렇지 않을까 의심은 했었어요."

"어?"

"처음엔 몰랐어요. 근데 오빠랑 사귀다 보니까 조금 이상하다 싶더라고요."

나랑은 떨어지기 싫다고 맨날 붙어 있으려고 하는데, 그런 사람이 그때는 어떻게 여자 친구 놔두고 가평까지 왔을까. 그렇게 오래 좋아했으면서 왜 사귄 지 얼마 안 돼 헤어졌을까. 왜 그렇게 쉽게 포기했을까. 다른 여자를 좋아했던 사람이 어떻게 그렇게 빨리 나를 좋아하게 됐을까.

사실은 그런 사람 없었던 거 아닐까. 내 마음이 그랬듯 오빠 마음에도 나 하나밖에 없었던 거 아닐까.

　그러나 의심은 아무리 짙어져도 확신으로 바뀌지 못했다.

　그냥 그랬으면 좋겠다는 혼자만의 망상이겠지. 하지만 아예 불가능한 이야기는 아니지 않나? 반복되는 갈망과 체념 속에서 나를 정말로 괴롭히는 건 새롭게 피어난 의혹들이었다.

　그게 내 망상에 불과하다면, 오빠한테 정말로 좋아하는 사람이 있었다면, 그랬는데 나를 좋아하게 된 거면 그 사람은 대체 뭐였던 걸까. 그 사람을 좋아했던 마음이 빠르게 식었던 것처럼 결국 나를 좋아한다는 오빠의 마음도 빠르게 식지 않을…….

　아.

　그렇구나.

　그랬던 거구나.

　'선배, 그 사람한테 너무 집착하는 거 아니에요?'

　'어떻게 집착을 안 해. 그 사람이 네 첫사랑인데.'

　이제 알겠다. 오빠가 내 핸드폰을 망가뜨린 이유.

　우리는 같았다. 똑같이 어설프고 똑같이 겁쟁이라 쉬운 길을 두고 멀리 멀리 돌아갔던 거다.

　"오빠."

　"응?"

　"제가 좋아하는 사람 오빠였어요."

　나는 왜 이 말을 진작 못 했을까. 그랬다면 아마 많은 게 달라졌을 텐데.

후회해도 소용없는 일이었다. 나는 내 어깨를 짓누르는 5년의 세월이 너무 무거워 힘겹게 한 단어 한 단어 내뱉었다.

"제가 좋아했던 사람. 제 첫사랑. 저도 오빠 하나뿐이었어요."

말끝으로 마침표처럼 떨어진 숨이 무거웠다. 아니, 그보다는 정적이.

그러나 그 정적은 곧 오빠의 나직한 숨소리로 인해 깨졌다.

나는 반사적으로 고개를 돌려 오빠를 바라봤다.

벤치에 등을 기댄 오빠는 아래를 내려 보고 있었다. 마치 무언가에 눌린 듯 오빠의 시선은 하염없이 바닥만을 향하고 있었다.

나는 오빠의 입이 열릴 때까지 한참을 꼼짝도 못했다.

"그랬구나."

그 목소리는 마치 긴 한숨 소리 같았다. 나는 그 말을 곱씹은 다음에야 떨리는 목소리를 겨우 내뱉을 수 있었다.

"별로 안 놀라네요?"

오빠는 희미하게 웃었다. 여전히 바닥을 내려 보는 오빠의 입에선 힘없는 목소리가 흘러나왔다.

"나도 그렇지 않을까 싶었거든."

"……그랬는데 내 핸드폰을 망가뜨렸어요?"

"그땐 짐작도 못 했어. 그다음에, 그러니까…… 병원에서 네가 그랬잖아. 기억은 없어도 감정은 남아 있다고, 내가 좋다고."

머릿속에 그날의 기억이 저절로 떠올랐다.

내가 좋아하는 남자가 날 좋아하게 될 거라고는 조금도 짐작 못 했던 스물셋의 윤소희. 어렸던 그 애는 오빠와 나 사이에 무슨 일이 있었는지 아무것도 몰라 당황하면서도 올곧게 닿아 오는 그의 마음을 순수하게 받아들였다.

그래서 지난 두 달간 난…….

"그때 네가 그렇게 말해서 나는 나를 좋아한다는 네 감정이 스물여덟 살 윤소희 거라고 생각했어. 그래서 네 기억이 돌아와도 우리가 헤어지는 일은 없겠구나 안심했는데……. 문득 그런 생각이 드는 거야. 정말로 기억과 감정이 별개일 수 있나? 나를 좋아하게 된 기억이 없는데 어떻게 날 좋아하는 감정을 그렇게 쉽게 받아들일 수 있지?"

오빠가 다리를 앞으로 뻗다가 실수인지 고의인지 자갈 하나를 발로 찼다. 달각달각 굴러 흐르는 물속에 풍당 빠진 자갈은 보이지 않게 됐다.

"결정적으로 너는 네 첫사랑에 대해 하나도 안 궁금해하더라. 그렇게 좋아했으면서."

"……."

"만약 내가 네 상황이었다면 적어도 네가 어떻게 됐는지, 네 옆에 누가 있는지 정도는 알아보려고 했을 거야. 근데 너는 하나도 안 묻더라고. 정말 하나도. 그럴 수 있는 이유는 하나밖에 없잖아."

윤소희 첫사랑이 천유진이니까.

오빠의 낮은 중얼거림과 내 마음속 소리가 하나로 겹쳐졌다.

내가 조용히 눈을 내리까는 사이 오빠가 긴 숨을 내뱉었다.

"나는 그게 아니길 바랐어. 그래서 계속 모르는 척했어."

"……왜요?"

"과거의 윤소희보다 현재의 윤소희가 날 좋아했으면 했으니까."

"……."

"그런데 결국…… 그때 날 좋아한다고 했던 건 지금의 윤소희 마음이 아니었네."

오빠가 조용히 읊조리는 목소리에 나는 고개를 끄덕이지도 흔들지도 못했다.

"미안해."

"뭐가요?"

"그냥…… 다."

나는 그 말에 아무 말도, 아무 생각도 못 했다. 잠시 후 날 부르는 오빠의 목소리가 들려왔다.

"소희야."

그 부름은 눈물겹게 다정했다. 그래서 나는 차마 대답하지 못했다.

"네가 기억 잃은 동안 나는 내 욕심 다 챙겼어. 한 집에 살면서, 같은 침대에서 잠들었다가 깨고, 같이 장 봐서 밥해 먹고, 네가 기다리는 집으로 돌아가서 벨도 누르고."

지난 두 달.

오빠는 웬만하면 내 옆을 떠나지 않으려 했다. 꼭 외출을 해야 할 때면 떨어져 있을 때만 할 수 있는 것들을 했다.

집에 언제 들어간다고 메시지를 보낸다거나, 들어갈 때 뭐 사 갈까 물어본다거나, 오늘은 늦으니까 기다리지 말고 먼저 자라고 전화한다거나.

항상 늦게 자고 일찍 일어났던 사람이, 내 기억이 조금 돌아오고 한 침대를 쓰게 됐을 땐 일찍 자고 늦게 일어나게 됐다.

'오빠 벌써 자려고요?'

'응, 졸려.'

'거짓말. 얼굴이 하나도 안 졸린 얼굴인데?'

'아냐. 나 눈 감으면 바로 잠들 거야. 그러니까 얼른 누워, 소희야.'

'난 안 졸린데…….'

나는 알았다. 오빠 고집에 못 이겨 일찍 침대에 누웠던 몇 번의 밤. 그중에 오빠가 나보다 먼저 잠들었던 적은 단 한 번도 없다는 걸.

대신 매일 새로운 걸 알게 됐다. 내가 베고 잠들었던 오빠 팔뚝의 높이와 두께. 넓은 품에서 나던 바디 샴푸 향. 잠이 안 온다고 칭얼거리면 머리를 쓰다듬듯 다정하게 달래 주던 나지막한 목소리 같은 것들.

"나는 하고 싶은 거 다 했어."

"……."

"이제 아무 미련 없어. 그러니까…… 그날 나한테 하려고 했던 말, 편하게 해도 돼."

나는 입술을 세게 깨물었다.

오빠는 어떻게 알았을까. 그날 내가 무슨 말을 하려고 했는지.

"널 좋아해서 행복했어, 소희야."

순간 간신히 달래 놓았던 울음이 터질 뻔했다.

언제고 내가 하려고만 생각했지 들을 거라고는 조금도 짐작 못 했던 말.

나는 참으려고 애써도 기어코 수면 위로 떠오르는 내 감정을 주체하지 못했다.

이제야 비로소 깨달았다. 좋아하는 남자한테 그 말을 하고 싶다는 말에 왜 오빠가 못 참고 나한테 고백했는지. 왜 내가 간절해졌는지. 내가 좋아하는 사람이 그저 나를 좋아하는 것만으로 행복해한다는 게 어떤 의미인지.

"오빠, 나는요……."

울면 안 되는데. 울면서 말하기 싫은데.

그러면서도 나는 엉엉 울고 싶었다. 애처럼 목 놓아 울고 싶은 충동을 꾹 참으며 목구멍 위로 기어오르려는 감정을 꾸역꾸역 삼켰다. 그 탓에 호흡이 거칠어졌지만 그것만큼은 어쩔 수가 없다.

"항상, 항상 불안했어요. 오빠가 지금은 나를 좋아하지만 그 마음이 언제 변할지 모른다고."

결국 목소리에 물기가 섞였다. 나는 눈 가리고 아옹 하듯 고개를 푹 숙였다. 젖은 눈만 숨긴다고 되는 일이 아닌데.

"사실 나는, 그렇게 대단한 애가 아닌데. 오빠가 좋아할 만큼 예쁘지도 않고, 성격이 좋지도 않고, 뭔가를 뛰어나게 잘하는 것도 없고…… 그냥, 되게 평범한 앤데."

결국 그 사실을 알게 된 오빠가 실망하지는 않을까. 지금은 눈에 콩깍지가 껴서 내가 예뻐 보이더라도 언젠가는 '진짜' 나를 보게 되지 않을까.

오빠가 나를 좋아하면 좋아할수록, 잘해 주면 잘해 줄수록 무서웠다. 겁이 났다.

"그래서 계속 벽을 쳐 두고, 오빠를 덜 좋아하려고 애썼어요. 좋아하는 만큼 불안하니까. 덜 좋아하면 덜 불안할 수 있을까 봐."

언젠가 헤어지게 되더라도 추하게 매달리지 말아야지. 쿨하게 돌아서야지. 내 인생에서 이 남자가 사라진다 하더라도 큰 변화 없이 살아야지.

아직 오지도 않은 미래의 일을 가정하며 각오를 다졌다. 오빠한테 상처받기 전에 내가 나를 상처 입혔다.

덜 아프려고 미리 아팠다. 그렇게 나는 필사적으로 미련한 짓을 했다.

"오빠한테 프러포즈 받고, 기뻤어요. 나는 잊을 만하면 한 번씩 오빠가 헤어지자고 하는 꿈을 꾸면서 불안해했는데, 현실의 오빠는 평생의 동반자로 나를 선택해 준 거니까. 그래서 기뻤는데."

온몸이 덜덜 떨렸다. 손도 떨리고 목소리도 떨리고 눈물로 흠뻑 젖은 눈도 떨렸다.

나는 눈물을 닦을 생각도 못 하고 더듬더듬 손을 뻗어 오빠의 팔을 붙잡았다.

다행히 오빠는 내 손을 뿌리치지 않았다. 나는 마치 낭떠러지에 매달린 사람처럼 오빠의 팔을 잡고 매달렸다. 이걸 놓으면 죽을 것 같아서, 나는 손에서 힘을 풀지 못했다.

"그게 안 없어지는 거예요. 결혼하고 나서도, 이혼할 수도 있는 거니까. 결혼이 끝이 아니니까. 결혼 준비 하면서 알았어요. 이대로면 나는, 결혼을 해서도, 오빠 아내가 돼서도 계속 이렇게 살겠구나."

그제야 알았다. 덮어 놓고 외면했던 내 속이 걷잡을 수 없을 만큼 썩어 문드러졌다는 걸. 가끔 한 번씩 따끔거렸던 통증이 지나가는 걸로 끝이 아니었다는 걸.

"오빠 짐작 맞아요. 그날 저 오빠한테 헤어지자고 말하려고 했어요. 더 상처받기 싫었어요. 그래서 오빠한테 상처 주려고 한 거예요. 오빠보다 내가 더 소중하니까."

어느새 너무 커져 버린 상처가 아파서 나는 외부에서 주어지는 스트레스를 견뎌 낼 여력이 없었다. 도저히 오빠 옆에 있을 자신이 없었다.

안 그래도 아픈데, 아픈 부분만 찾아 도려내는 건 더 아파서. 그래서 나는 전부 내버리는 걸 택했다. 그렇게 도망가려고 했다.

그랬는데.

"그랬는데, 기억을 잃어버려서……."

나는 단 한 순간도 오빠를 마음껏 좋아했던 적이 없었다. 그러지 않으려고 했다. 그러나 기억을 잃었던 스물셋의 윤소희는 달랐다.

모르는 게 약이란 말이 딱 맞았다. 아무것도 몰라서 스물셋의 나는 용감할 수 있었다.

오빠가 주는 사랑에 어쩔 줄을 몰라 하다가 결국 행복하고, 있는 힘껏 오빠를 좋아할 거라고 다짐하고, 오빠의 첫사랑이었을지도 모르는 여자에게 솔직하게 질투하고.

봐도 못 본 척, 들어도 못 들은 척 했던 나와 달리 스물셋 윤소희는 그러지 않았다. 참지도 않았다. 오빠의 마음을 의심하지도 않았다.

그래서 행복했고, 그래서 나는 슬펐다.

"지난 두 달 동안, 정말로 행복했어요. 오빠가 좋아서, 오빠도 날 좋아해 줘서……. 그런데요. 우리는 처음부터 그럴 수 있었던 거잖아요."

서로가 서로를 좋아하는 건 지난 5년 동안에도 마찬가지였다.

그 말은 우리가 처음부터 그렇게 행복할 수 있었다는 걸 뜻했다.

보통의 연인들이 하는 것처럼 다투고, 화해하고, 질투하고, 화내고, 울고, 용서하고.

가슴속에 불안함 같은 걸 심고 싹 틔우지 않았다면 그렇게 마냥 사랑할 수 있었을 텐데.

그걸 망친 건 나였다.

우리가 서로를 향해 처음 마음을 싹 틔웠던 그때.

나는 오빠를 다른 세계의 사람이라 선 긋지 말았어야 했다. 좋아해서 행복했다는 말을 먼 훗날로 미룰 게 아니라 바로 그때 좋아한다고 말했어야 했다. 다른 사람을 좋아한다고 거짓말하지 말았어야 했다.

그러지를 못해서. 용기를 내지 못해서.

그 긴 시간을 아파하고 멀리 돌아와야 했다.

"미안, 미안해요. 오빠를, 좋아했는데, 좋아한다고 말 못 해서, 거짓말해서……."

결국 울음을 터뜨리고 말았다. 짓누른 만큼 크게 터진 감정이 내 머리를 새까맣게 잠식해서 나는 아무 생각도 할 수 없었다.

내가 할 수 있는 건 그저 미안하다는 말뿐이었다.

나는 고장 난 라디오처럼 그 말만 하염없이 반복하며 엉엉 울었다. 소리까지 내며 우는 나를 달래 주는 건 이번에도 오빠의 몫이었다.

"왜 네가 사과를 해. 미안하단 말은 내가 해야지. 나 때문에 힘들었던 건 너잖아."

"아니에요. 내가 맨 처음에, 거짓말해서, 오빠도 거짓말한 거잖아요. 내가 처음부터, 솔직하게 고백했으면, 그랬으면……."

하나부터 열까지 잘한 게 하나도 없었다. 울 자격도 없어서 눈물을 참으려 애썼는데, 내 뺨을 만져 주고, 눈물을 닦아 주고, 끌어안아 토닥토닥 달래 주는 오빠의 손길은 예전과 변함없이 다정하기만 했다. 너무 다정해서 나는 또 서러워졌다.

"내가, 내가 오빠였으면, 나 같은 애 안 좋아할 거야. 완전히 제멋대로에 겁쟁이에 예쁘지도 않은데 왜 날……."

"예뻐. 전에도 말했잖아. 세상에서 제일 예쁘다고."

나지막한 속삭임이 귀에 닿는 것과 동시에 이마에 부드러운 온기가 닿았다.

나는 오빠의 옷자락을 그러쥐고 엉엉 울었다. 울기만 했다. 다른 건 할 수 있는 게 없었다.

"예전에 다 못 해 줬던 말 지금 해도 돼?"

나는 그게 무슨 말인지도 모르고 고개만 끄덕였다. 그러자 오빠가 날 끌어안고 머리를 쓰다듬어 주었다.

"네가 지금 흘리는 눈물이 아깝도록 예쁘고, 그 모습에 내 가슴이 아플 정도로 예쁘고…… 그래도 그 눈물의 이유가 나라는 사실에 기쁠 정도로 예뻐."

"으, 흐윽……."

"단 한 순간도 네가 예쁘지 않은 적이 없었어. 매순간마다 네가 예뻐서 행복했어. 내가 행복한 만큼 네가 예뻤어. 너를 좋아하는만큼 네가 예뻤어. 지금도 나는 네가 좋고, 그만큼 네가 예뻐."

"흑, 윽……."

"사랑해, 소희야. 많이 사랑해."

이 사람은 어떻게 이러지. 어떻게 이렇게까지 나를 사랑한다고 할 수가 있지.

"오, 오빠아······."

끊임없이 예쁘다고 달래 주는 목소리가 너무 달아서 펑펑 울 수밖에 없었다. 나는 눈가가 따끔거릴 때까지 눈물을 쏟아냈다.

"오빠는, 상처도 안 받아요? 내가 오빠한테 얼마나 못된 말을 했는데, 그런데 어떻게······."

"아파도, 슬퍼도 어떡해."

오빠가 커다란 손바닥으로 내 뺨을 쥐고 엄지로 눈가를 쓸어 주었다.

깨끗해진 시야 속에서 오빠의 얼굴이 점차 가까워졌다. 눈을 감는 것과 동시에 입술 위로 뜨거운 숨이 내려앉았다.

내 입술에 입 맞추고, 오른쪽 뺨에 입 맞추고.

다시 흐른 눈물을 닦아 준 오빠가 웃으며 내게 말했다.

"그래도 좋아하는걸."

나는 또 울음을 터뜨렸다. 엉엉 우는 나를 오빠는 한 번도 놓지 않고 달래 주었다. 그런데도 나는 좀처럼 눈물을 그칠 수가 없었다.

"지금이, 지금이 마지막 기회예요. 예쁘다는 거 좋아한다는 거 다 거짓말이었다고, 사실은 나 같은 거 예전에 싫어졌다고 말하면 그냥 보내 줄게요."

"안 그러면?"

"이제 안 놓아줄 거예요. 오빠가 나 싫어한다고 해도 옆에 딱 붙어서 안 떨어질 거예요. 절대로 안 헤어지고······."

"결혼도 해 줄 거야?"

나는 미친 듯이 고개를 끄덕였다.

"근데, 나랑 결혼하면, 오빤 이혼 못 해요. 오빠 인생에 여자라곤 나밖에 없어지는 거예요."

"네 인생에 남자도 나밖에 없어지고?"

"나는 원래 그랬어요. 나는, 나는 오빠만 좋아했어요. 태어나서 이렇게 좋아한 사람, 오빠밖에 없어요."

"나도 그래."

오빠가 내 눈물을 계속 닦아 주었다. 나는 흐려졌다가 깨끗해지는 시야 속에서 오빠의 눈가 역시 붉어진 걸 발견했다.

하지만 오빠는 울지 않았다. 만약에 오빠가 울면, 오빠가 나한테 해 준 것처럼 해 주려고 잔뜩 벼르고 있었는데.

오빠는 울지 않았다. 대신 웃었다. 그 어느 때보다 다정하게.

"좋아해, 소희야. 많이 좋아해…… 사랑해."

"나도요. 많이 좋아해요. 사랑해요, 오빠."

결국 다시 또 울음을 터뜨린 건 나였다. 울다가 숨이 넘어가 딸꾹질까지 하는 날 달래겠다고 오빠가 내게 입을 맞췄다.

나는 딸꾹거리며 어깨를 떨면서도 오빠에게서 떨어지지 않았다. 오빠의 등을 끌어안고 옷자락을 잔뜩 말아 쥔 손에서 힘을 풀지 않았다.

사랑한다고 고백하면서, 미안하다고 사과하면서, 서로가 싫어할까 봐 하지 못했던 묵은 말을 토해 내면서.

우리는 계속해서 입을 맞췄다. 딸꾹질을 하느라 숨이 넘어가는 동안에도 멈추지 않았다. 부르튼 눈가처럼 입술 역시 부을 때까지 우리는 쉬지 않고 마음을 고백했다.

5년 동안 참고 또 쌓아 왔던 말은 많고 많았다. 겨우 하룻밤만으론 다 꺼내지 못할 말이 마음으로나마 전해지길 바라며, 나는 머리 위에 수없이 많은 별을 두고 감히 빌었다.

언제까지나, 내가 이 사람을 행복하게 할 수 있는 사람이기를.

❋

정신을 차리고 나니 얼굴이 붕어가 되어 있었다. 퉁퉁 부은 얼굴은 울다 못해 오열한 티가 역력해서 세수로는 수습이 안 될 게 뻔했다.

이 얼굴로 부모님 앞에 서면 오빠가 오해받을 것 같아서, 엄마한테 천서방방에서 자겠다고 메시지를 보냈다.

"그래도 돼?"

"안 될 거 뭐 있어요. 어차피 곧 결혼할 건데."

내 대답에 오빠는 설레게 웃었다. 나는 그 얼굴을 보면서 마주 웃다가 엉덩이에 털 날 것 같아서 얼른 고개를 흔들었다.

혹시나 가는 길에 부모님이랑 마주칠까 봐 우리는 때아닌 첩보 작전을 펼쳐야 했다. 다행히 천서방방으로 가는 길엔 아무도 없어서 나는 부은 얼굴을 아무에게도 들키지 않을 수 있었다.

오빠는 방에 들어가자마자 수건에 뜨거운 물을 적셔 내 얼굴을 꼼꼼히 닦아 주었다. 내가 할 수 있다고 여러 번이나 말했지만 내말은 들어주지 않았다. 그래서 나는 그냥 가만히 앉아 있었다.

더 많은 대화를 나누고 싶었지만, 그러기엔 시간이 너무 늦어 있었다. 우리는 씻고 나란히 침대에 누웠다.

늘 그랬던 것처럼 오빠는 내게 팔을 내주고 내 허리를 끌어안았다.

나는 등을 도닥이는 손길을 느끼며 편하게 눈을 감았다. 어둠 속의 온기는 그 어느 때보다도 안온하게 나를 감싸 주었다.

"오빠. 저 궁금한 거 있는데."

"뭔데?"

"장갑이요. 오빠 서랍 속에 있던 와인색 장갑."

순간 등을 도닥이던 손이 우뚝 멈췄다.

"……봤어?"

"봤어요. 난 그거 오빠 첫사랑 거라고 생각했는데."

"첫사랑 거 맞지. 네 거니까."

그럴 거라고 예상은 했는데, 막상 그렇다는 답을 들으니 말문
이 막혔다.

"난…… 장갑 안 끼는데……."

"응. 그래서 못 줬어. 그 말 듣기 전에 산 거였거든."

아이보리색 목도리. 갑자기 그게 떠올랐다.

"찬바람에 손 내놓고 다니는 게 신경 쓰여서 크리스마스 핑계
대고 하나 사 주고 싶었어. 그때 나 되게 열심히 골랐다? 색은 무
슨 색으로 할지, 모양은 무슨 모양으로 할지, 재질은 무슨 재질로
할지……. 너한테 제일 잘 어울리는 걸로 정말 열심히 골랐는데,
네가 그러는 거야. 장갑 안 낀다고."

"그건……."

그래도, 오빠가 줬으면 끼고 다녔을 텐데. 엄청 소중하게 간직
했을 텐데.

"주인이 필요 없다니까 버려야 하는데 차마 버릴 수가 없었어.
바보같이 혼자 들뜨고 설렜던 내 마음을 버리는 것 같아서."

"아……."

그래서 그렇게 소중하게 보관되어 있었구나.

오빠 마음이라서. 내가 받아 주었으면 했던 마음이라서.

456

"계속, 계속 못 버리고 있다가…… 네가 버려 줬으면 해서 그날 가지고 간 거야."

"……저 기억 잃어버린 날이요?"

"응."

그래서 그게 신혼집에 있었구나. 내가 헤어지자고 말할 거 예상해서 가져온 거였어.

"그 장갑 지금은 어디 있어요?"

"집에 있지."

"오늘은 안 가져왔어요?"

"응. 마음이 바뀌었거든. 내가 계속 가지고 있기로."

너한테 버려지는 건 하나로 충분하니까.

나지막하게 속삭이는 말이 무슨 의미인지 순간 알아차리지 못했다. 뒤늦게 그 뜻을 깨달은 나는 속에서 울컥하는 무언가를 간신히 억눌렀다.

"나는…… 이제 오빠 건 아무것도 안 버릴 건데."

"그래서 또 마음 바꿀까 생각 중이야. 지금이라도 받아 줄래?"

"네."

내가 가지고 있을게요. 오빠 마음.

작게 속삭인 목소리를 들었는지 오빠가 내 몸을 꽉 끌어안았다. 나는 내 마음 역시 전해졌으면 하는 생각으로 오빠의 허리를 꽉 끌어안았다.

그냥 옆에 있는 것만으로도 이렇게 좋은데. 나는 왜 그런 쓸데없는 생각을 했을까.

"근데 정말 괜찮겠어?"

"뭐가요?"

"나 때문에 힘들다고 했잖아."

"음......."

나는 주변 사람들 때문에 입었던 상처와 그로 인해 오빠에게 쏟아 냈던 말들을 떠올렸다.

좋아하면서도 헤어질 생각을 했을 정도로, 얼마 남지 않은 결혼을 그만두고 싶었을 정도로 나는 많이 힘들고 지쳤었다.

아마 앞으로도 그런 일이 없지는 않을 거다. 비단 주변 사람들의 험담과 시기 때문이 아니더라도, 오빠와 함께하는 시간이 마냥 행복할 수는 없겠지.

분명 오빠 때문에 울게 되는 날도, 상처 입게 되는 날도 있을 거다.

하지만.

"괜찮아요."

오빠 때문에 힘들어도, 아파도.

"그래도 좋아하니까."

잠깐 멍한 표정을 짓고 있던 오빠는 웃는 나를 따라 환하게 웃었다. 그러고는 나를 꽉 끌어안은 채 내 머리에 대고 있는 힘껏 뺨을 비벼 댔다.

깜짝 놀라 엄마야, 하고 소리 냈다가 크게 웃음을 터뜨리고 말았다. 마치 곰 인형이라도 된 것 같은 기분이었지만, 나쁘지 않았다. 아니, 좋았다.

"간지러워요, 하지 마."

"하지 마?"

"응, 하지 마."

"알았어, 안 할게."

그 말은 뺨을 대고 비비는 것만 안 한다는 말인 모양이었다.

오빠는 내 뺨을 붙잡고 얼굴 여기저기에 입을 맞춰 댔다. 내가 하지 말라고 재차 말할 때까지 계속.

"오빠."

"응?"

"우리 내일 혼인신고 하러 갈래요?"

오빠의 손이 멈칫거렸다. 하지만 망설임은 아주 잠깐이었다. 내 몸을 끌어안은 오빠의 팔에 힘이 잔뜩 들어간다 싶더니, 어느새 나는 또 곰 인형이 되어 오빠의 품에 갇히고 말았다.

"그러자."

"언제는 급할 거 없댔으면서."

"급할 거 없긴 한데, 딱히 미룰 필요도 없잖아."

배시시 웃는 얼굴이 참 예뻤다. 어찌나 예쁜지, 어떻게 이 남자랑 헤어져 살 생각을 했을까 몇 달 전의 내가 참 대단하다는 생각이 들었다.

"혼인신고 하는 김에 전입신고도 할까?"

"그럴까요?"

그렇게 서류 정리를 다 마치고 나면 우리는 법적으로 진짜 부부가 되는 거다.

부부. 그 어감이 못 견디게 간지러워 나는 숨죽여 웃었다.

"왜 웃어?"

"그냥, 좋아서요."

그러자 오빠도 웃었다. 나는 내 머리카락 위로 떨어지는 나직한 숨소리가 좋아서 오빠 허리를 꽉 끌어안았다.

아, 정말 좋다.

나는 가슴이 설레다 못해 울렁거리는 걸 느끼며 눈을 감았다.

지금 이 기분이라면 뭐든 할 수 있을 것 같았다.

정말로, 이제는 오빠로 인해 상처받게 되더라도 괜찮을 것 같았다. 아파도, 슬퍼도 오빠가 옆에 있어 주면 웃을 수 있을 테니까.

그 밤, 시들어 말랐던 내 마음은 새롭게 씨앗이 되었고, 따스한 온기 속에서 튼튼한 뿌리를 내렸다. 그러니 이제는 세찬 바람에 잎사귀가 떨어진다 해도 문제없었다.

마르고 휑한 가지에 새순을 틔워 줄, 안온한 봄 역시 내 곁에 뿌리내렸으니까.

11. 누군가를 좋아한다는 것

–오래전 그에게 했던 말

동아리 사람들에게 우리가 사귄다는 사실을 밝히고 술을 샀던 날. 술자리에 참석은 해도 항상 물만 마셨던 그가 처음으로 술을 입에 댔다. 모두가 놀랐고, 나 역시 마찬가지였다.

술 못 마시는 거 아니었어요?

나 말술인데.

그건 허세가 아니라 사실이었다. 그가 앉은 자리에서 술을 몇 병이나 말끔히 비워 내는 걸 보고 나를 포함한 모두가 놀라 입을 다물지 못했다.

나는 궁금한 걸 꾹꾹 참다가 자리를 파하고 둘이 되었을 때 그에게 물었다.

그동안은 왜 술 안 마신 거예요?

461

……별로 안 마시고 싶어서?

그럼 오늘은 왜 마셨는데요?

그래야 너만 내 차에 태울 수 있으니까.

대리운전을 불러 차 키를 맡긴 후, 그는 뒷좌석에 나와 함께 나란히 앉아 내 손을 잡고 놓아주지 않았다.

맞잡은 손의 온기가 너무 뜨거워서, 거기에만 신경 쓰느라. 나는 아주 한참 뒤에나 알게 되었다. 그가 그동안 술을 마시지 않았던 이유. 그러다 갑자기 술을 마시게 된 이유.

✸✸✸

"자, 찍습니다. 하나, 둘, 셋!"

찰칵, 소리와 함께 신부 대기실 가득 눈부신 플래시가 터졌다. 이어서 "한 번 더!" 하고 외치는 사진 기사 아저씨에 반사적으로 입꼬리를 끌어 올렸다.

"다 됐습니다."

입꼬리를 내리는 것과 동시에 좌우로 앉아 있던 친구들이 자리에서 일어났다. 그러자 사진을 찍어 준다고 친구들의 핸드폰을 가져갔던 세아가 얼른 이쪽으로 다가왔다.

"대박, 완전 인생샷 건졌어."

"진짜? 어디 봐."

자신만만한 세아의 목소리에 친구들이 동그랗게 모여 핸드폰을 확인했다. 나도 그 사이에 끼고 싶었지만 웨딩드레스랑 면사포가 구겨질까 봐 함부로 움직이지 못했다.

"나도 볼래, 나도, 나도!"

궁금함에 목만 길게 빼는 나를 아는지 모르는지 친구들은 하나 같이 감탄사를 내뱉었다.

"진짜 잘 찍었다."

"세아가 사진 하나는 진짜 잘 찍어."

"역시, 오빠들 따라다닌 가닥 어디 안 간다니까."

"나도 볼래!"

"야, 말은 바로 하자. 추첨 운이 없어서 따라다니지도 못했거든?"

엄지와 검지를 미간 위로 모아 쥔 세아가 크윽, 하고 우는 소리를 냈다. 그런 세아를 두고 너 아직도 아이돌 좋아하냐고 놀리는 친구들 중에서 핸드폰을 쥐고 있던 지혜가 내게 사진을 보여 줬다.

화사한 조명 아래, 커다란 소파 한가운데에 앉아 부케를 들고 웃는 나와 내 양옆으로 앉은 친구들.

벌써 수십 번이나 찍은 사진 속 내 모습은 다 똑같은데 왜 사진을 볼 때마다 가슴이 찡한지 모를 일이었다.

"나 진짜 예쁘게 잘 나왔다."

그래도 이 말을 꺼내는 건 지금이 처음이었다. 날이 날이라서일까? 내 낯 두꺼운 말을 비웃는 사람은 아무도 없었다.

"그럼 예쁘게 잘 나와야지. 그 화장이 얼마짜린데."

"누가 들으면 내 화장 비용 세아 네가 내 준 줄 알겠다."

"내 돈 아닌데도 아까워. 식 다 끝나면 지울 화장인데 돈을 그렇게 쓰는 게 말이 돼?"

"쟤 말하는 것 좀 봐. 그럼 세아 넌 결혼할 때 화장 안 할 거야?"

"난 결혼 안 할 거라니까?"

"어머, 너 애인 생겼다며?"

"애인 있으면 뭐 다 결혼해야 돼?"

입술을 삐죽거리는 모양새를 보니 둘이 싸우기라도 한 모양이었다. 그러고 보니 오늘 같이 온다더니 세아 애인은 안 왔나? 왜 안 보이지?

"대박!"

그때 신부 대기실 문이 벌컥 열리면서 해리가 아람이를 안은 채 등장했다. 그에 다른 친구들이 나보다도 먼저 반가운 목소리로 해리를 맞이했다.

"이야, 권해리 완전 애 엄마 다 됐네."

"세쌍둥이라더니 왜 하나만…… 아, 남편이랑 같이 왔구나. 안녕하세요."

한 팔에 하나씩 가람이와 바람이를 안아 든 해리 남편이 해리를 따라 안으로 들어왔다. 친구들이 뒤늦게 그를 발견하고 안녕하세요, 안녕하세요, 서로 꾸벅 꾸벅 고개 숙여 인사했다.

그러느라 부산스러워진 분위기 속에서, 해리가 문밖을 기웃거리며 호들갑을 떨었다.

"야, 나 방금 누구 봤는지 알아?"

"정선우?"

"서윤?"

"차재혁?"

진작 난리법석을 부렸던 친구들 입에서 심드렁한 목소리가 하나씩 흘러나왔다. 그러자 해리의 눈이 5백 원짜리 동전만큼 커졌다.

"여기 정선우랑 서윤도 있어?"

"있어. 이따 신랑 쪽 하객석 잘 살펴봐 봐."

"와…… 윤소희 너 진짜 대박이다."

해리와 친구가 된 지도 어언 10년. 나는 쟤가 저렇게 감탄 어린 표정을 할 수 있는 줄 오늘 처음 알았다.

내가 피식피식 웃는 사이 해리가 아람이를 품에 안은 채 쪼르르 달려와 다른 친구가 비켜 준 곳에 자리를 잡고 앉았다.

"너네 오빠 잘나가긴 진짜 잘나가는 모양이다. 어떻게 정선우까지 왔데?"

"아, 그쪽은 오빠가 아니고 어머님 인맥이래. 예전에 작품 같이 한 적이 있나 봐."

"작품 한 번 한 인연으로 아들 결혼식까지 오는 거야?"

"어머님이 대선배기도 하고, 오빠랑 또 언제 일할지 모르니까?"

고개를 끄덕인 해리는 안고 있던 아람이를 잠깐 친구한테 맡겼다. 그리고 우리는 입꼬리를 끌어 올려 예쁘게 사진을 찍었다. 사진 기사 아저씨가 한 번, 세아가 한 번.

해리는 사진이 잘 나왔는지 따로 확인하지 않았다. 대신 내게 물었다.

"소희야, 나 이따가 정선우한테 사인 받아도 돼?"

"그걸 왜 나한테 물어?"

"신부 친구가 귀찮게 사인해 달라고 한다고 신부 욕할까 봐 그러지."

"에이, 설마 그러겠어."

"그치? 이따가 기회 한번 노려 봐야지."

해리가 잔뜩 들뜬 얼굴로 주먹을 불끈 쥐던 그때, 엄마랑 떨어져 있는 그 잠깐이 서럽다고 아람이가 울음에 가까운 칭얼거림을 시작했다. 친구와 해리가 동시에 놀라 얼른 아이를 건네고 받았다.

"응, 응. 엄마 여기 있어."

해리가 아람이의 엉덩이를 받쳐 안고 익숙하게 달래기 시작했다. 다행히 아람이는 울음을 터뜨리지 않고 엄마 품에 폭 안겨 조그마한 입술을 옹알거렸다.

해리는 애가 울지도 모르니 밖에 나가 있겠다며 가방에서 봉투를 꺼냈다.

"축의금 누가 받아?"

"나한테 줘."

봉투를 받은 세아가 가방에서 식권을 꺼냈다.

"혹시 밥 안 먹을 거면 로비에서 선물로 바꿀 수 있어."

"안 먹기는? 밥 먹는 데 2시간이 걸려도 후식까지 다 챙겨 먹고 갈 거야."

얼굴을 보아하니 제보단 젯밥에 더 관심이 많아 보였다. 하긴, 대한민국 최고라 일컬어지는 미남 배우를 또 어디 가서 보겠어.

나도 기회 봐서 사인 받을까 고민하는데 갑자기 문 근처가 웅성웅성했다. 누가 왔나? 고개를 돌려 바라본 문 앞엔 어머님이 서 있었다.

"허억, 이영린."

친구 중 한 명이 놀란 목소리를 냈다. 그걸 시작으로 우르르 모여 팬이라고 호들갑을 떠는 친구들 사이에서, 어머님은 우아하게 미소 지었다.

"반가워요. 다들 소희 친구들인가?"

"네! 고등학교 친구예요."

"그렇구나. 잠깐 소희랑 이야기하러 왔는데 혹시 내가 방해했어요?"

"아뇨! 저희도 이만 나가려던 참이었어요. 그치?"

"네, 네. 편하게 말씀 나누세요."

"소희야! 우리 식장에 가 있을게!"

"응. 나중에 봐."

내가 손을 흔들자 친구들도 손을 흔들었다. 해리랑 해리 남편도 나가고, 세아도 자리를 비켜 주겠다고 같이 나갔다. 그 틈을 타 사진 기사 아저씨까지 잠깐 화장실을 다녀오겠다고 나가서 신부 대기실엔 나와 어머님 둘만 남았다.

"우리 소희 너무 곱다! 드레스랑 베일이랑 정말 잘 어울린다. 어쩜 이렇게 찰떡인 걸로 잘 골랐니?"

내 옆에 다가와 앉은 어머님이 반짝반짝 빛나는 눈으로 아낌없이 칭찬을 퍼부었다. 어머님의 목소리엔 진심이 가득 담겨 있어서 나는 마음 편히 웃을 수 있었다.

"그쵸. 이거 다 오빠가 골라 준 거예요."

"그래? 하긴, 걔가 날 닮아서 보는 눈이 좀 좋긴 해."

호호 웃는 어머님을 따라 나도 가볍게 웃었다.

"어머님 근데 몸은 좀 괜찮으세요?"

"보호대 때문에 답답하긴 한데, 그래도 식 끝날 때까진 자리 지킬 수 있을 것 같아."

"너무 무리하지는 마세요."

"응, 걱정해 줘서 고마워."

그리고 잠깐 침묵이 흘렀는데, 딱히 어색하거나 불편한 침묵이 아니어서 굳이 입을 열지는 않았다. 덕분에 나는 어머님이 나한테 따로 할 말이 있는데 하기를 망설이고 있다는 사실을 쉽게 눈치챌 수 있었다.

"저…… 소희야."

"네?"

"혹시 기억나니? 너 기억 돌아오면 너한테 할 말 있다고 했던 거."

"아, 네."

내 기억이 전부 돌아왔다는 사실은 이미 전화로 말씀드렸다.

따로 찾아뵙고 말씀드릴 수 있었으면 좋았겠지만, 나는 그저께 까지 가평에 있었다. 서울 올라가기 전까진 가평에 있겠다는 부모님과의 약속을 지키기 위해서.

그리고 오빠와 나는 이틀 전에 부모님을 모시고 서울로 올라왔다. 겸사겸사, 오빠가 미처 가져다 놓지 못한 내 짐도 전부 신혼집으로 옮겼다. 그렇게 이사가 정말로 끝이 났다.

"유진이한테 들었어. 그때 우리 처음 만났던 날…… 내가 걔한테 한 말 들었다면서?"

"아……."

잠깐 딴생각을 하고 있던 나는 어머님 말씀에 깜짝 놀라 눈만 깜빡거렸다.

"오빠가 그걸 말했어요?"

"아, 혹시 이것도 말하면 안 되는 거였나? 미안해. 근데 내가 사과를 하려면 말해야 하니까……."

"사과요?"

놀라 되물은 말에 어머님은 고개를 끄덕였다. 그리고 부케를 쥐고 있는 내 손을 두 손으로 부드럽게 감쌌다.

"내가 그때 말을 너무 못되게 했지. 미안해. 그래도 오해는 하지 마. 나쁜 뜻으로 한 말 아니야. 그냥, 내 주변에는 워낙 화려한 사람들이 많다 보니까…… 아니다. 이 말은 못 들은 걸로 해 줘. 아무튼, 진심으로, 네가 싫어서 흉본 거 아니야. 내가 너 처음 봤을 때부터 얼마나 좋았는데."

"그럼요. 다 알아요. 걱정 안 하셔도 돼요, 어머님."

"정말? 정말 오해 안 했어?"

"네. 어머님은 싫으면 싫다고 말씀하시는 분이잖아요."

"맞아! 싫으면 싫다고 말했을 거야. 나 거짓말은 안 해."

어머님은 그렇게 말하며 환하게 웃었다. 그 모습이 어찌나 우아한지 나는 '과연 이영린' 하고 또 한 번 감탄할 수밖에 없었다.

"이해해 줘서 고마워. 난 정말, 복도 많지. 이렇게 착한 애가 내 가족이 되고."

"저도 어머님이랑 가족 돼서 기뻐요."

내 말에 어머님은 수줍은 얼굴로 정말 예쁘게 미소 지었다.

크으, 역시 내 배우님. 결혼 준비하느라 잠시 잊고 있던 팬심이 무럭무럭 차올랐다.

"소희야."

"네, 어머님."

다행히 폭주하기 전에 정신을 차릴 수 있었다.

나는 활활 타오르는 팬심을 묻어 두고 얼른 곱게 미소 지었다. 그러자 어머님이 생긋 웃으며 애정이 가득한 눈으로 나를 바라봤다.

"나 좋아해 줘서 고마워."

"네?"

반사적으로 되묻다가 그만 웃음을 터뜨리고 말았다.

"'내 아들을 좋아해 줘서 고마워'가 아니고요?"

"어머, 네가 유진이 좋아하는 건 유진이한테 좋은 일이잖아. 유진이가 고마워해야 할 일을 왜 내가 대신 고마워하니?"

그것도 그렇다. 나는 고개를 끄덕여 잠자코 수긍했다.

"나는 내가 성격이 이래서 나 좋아하는 사람보단 싫어하는 사람이 더 많거든. 그래서 네가 나 좋아한다고 말해 줘서 기뻤어. 유진이 앞에서 뿌듯하기도 했고."

"저도 어머님이 저 좋아해 주셔서 기뻐요."

"후후. 우리 되게 잘 만났다. 그치?"

"네."

어머님이 어깨를 부르르 떨다가 나를 살짝 끌어안았다. 아마 드레스 때문에 그런 것 같았는데, 나도 어머님 몸이 걱정돼서 살짝만 끌어안았다.

그래도 서로의 마음을 확인하는 데에 이거면 충분했다.

나는 나를 바라보는 어머님의 눈을 보며 오빠를 떠올렸다. 뭘 먹고 그렇게 사랑꾼인가 했더니, 눈에서 하트를 뚝뚝 떨어뜨리는 건 어머님을 닮은 모양이었다.

"혹시 유진이랑 싸우면 나한테 말해. 나는 무조건 우리 소희 편할 테니까."

"네. 그럴게요."

"신혼여행 갔다 오면 나중에 같이 쇼핑도 하러 가자. 아, 여권 있지? 전에 말했던 캐나다에도 같이 가자. 어때?"

"저야 당연히 좋죠!"

"약속한 거다?"

말 나온 김에 비행기 티켓까지 끊어 주겠다며 어머님이 잔뜩 들뜬 목소리를 냈다. 그에 대고 감사히 타고 가겠다고 맞장구를 치는데 문득 오빠 얼굴이 떠올랐다.

음, 왠지 오빠는 싫다고 할 것 같은데…….

❀

"싫어."

역시.

"거기 가 봤는데 별로야. 가평이 훨씬 좋아."

"그래요?"

고개를 끄덕인 오빠가 허리를 살짝 숙여 내 저고리 옷고름을 고쳐 주었다. 나는 오빠 손과 얼굴을 가만히 보다가 새삼 감탄했다.

이 남자는 참, 어쩜 이렇게 잘생겨서 하다 하다 한복까지 잘 어울릴까. 이대로 민속촌에 가서 '이리 오너라.' 해도 이상하게 보는 사람 아무도 없을 것 같았다.

"거기 엄청 시골이거든. 주변에 아무것도 없어. 나무랑 물뿐이야."

"그건 가평도 마찬가지잖아요."

"그러니까 가평이 낫지. 가까운 데 두고 뭐하러 비행기 타고 바다 건너가?"

음…… 그런가?

"그리고 거기 가면 분명히 어머니가 나만 놔두고 너 여기저기 끌고 다닐걸? 난 혼자 있기 싫어."

어쩌면 아예 한국에서부터 떼어 놓고 갈지도 모른다고 오빠가

471

툴툴거렸다.

나는 어머님이 진짜로 '유진이가 싫다고 하면 너 혼자라도 와' 라고 말씀하셨다고는 차마 말할 수 없어 그저 웃고 말았다.

"아! 여기 계셨네요! 두 분 결혼 축하드려요!"

"네, 감사합니다."

언제 부루퉁한 얼굴을 하고 있었냐는 듯 오빠는 잽싸게 표정을 바꿔 미소 지었다. 나도 오빠 옆에 서서 다소곳하게 고개를 숙였다.

'두 분 너무 잘 어울려요.', '행복하세요.'.

오늘 하루만 수백 번은 더 들은 말은 저절로 왼쪽 귀에서 오른쪽 귀로 흘러 나갔다.

"저분도 어머님 손님이에요?"

의례적인 인사를 몇 번이고 쏟아 낸 여자는 이제 할 말이 없는지 아쉬운 얼굴로 멀어졌다.

나는 그 뒷모습을 보다가 오빠의 귀에 대고 작게 속삭여 물었다. 그러자 오빠는 입가에 걸어 둔 미소를 지우고 어깨를 살짝 들썩였다.

"그렇지 않을까? 나도 잘 몰라."

우리 결혼식에 온 하객인데 어떻게 오빠도 나도 모르는 사람이 있을 수 있느냐 하면, 어머님 덕이 참 크다고 할 수 있었다.

아닌 게 아니라 하객의 4분의 1 정도가 오빠와는 전혀 관련 없는 어머님 손님이었다. 예전에 함께 작업한 적이 있는 배우와 스태프들부터 소속사 직원들까지.

어머님을 싫어하는 사람이 많든 적든 간에 '이영린'이라는 이름으로 쌓아 온 영향력은 결코 가벼운 게 아니었다.

게다가 어머님도 어머님이지만 오빠 역시 내로라하는 스타 작가로 자리매김했다. 덕분에 관련 직종 사람들이 이 잔칫집에 우르르 모여들었고, 지인의 지인 손을 잡고 들어온 사람까지 그 수가 정말 어마어마했다.

이럴 줄 알았으면 처음부터 청첩장 체크를 제대로 했을 텐데. 거기까지는 생각을 못 한 탓에 우리는 식당에 인사하러 내려와서 구름 같은 인파에 파묻혀야 했다.

"안녕하세요, 작가님. 결혼 축하드려요."

"네, 감사합니다."

"아, 저 누군지 모르시죠. 저는 작년에 데뷔한……."

"이영린 선배님 통해서 말씀 많이 들었어요. 저는 이번에……."

"두 분 정말 잘 어울리시네요! 선남선녀가 따로 없네."

"잠깐만 여기 좀 봐 주세요!"

"작가님 다음 작품은……."

"제가……."

"저는……."

아는 사람들하고만 인사해도 정신없는데, 모르는 사람들하고도 인사를 해야 해서 정말 눈코 뜰 새 없이 바빴다. 왼쪽으로 고개를 숙였다가, 오른쪽을 보고 웃었다가.

그나마 사람이 너무 많아서 누구 한 사람한테 진득하게 붙잡혀 있을 새가 없어 다행이었다.

여기저기서 모여들던 사람들이 겨우겨우 물러나고, 오빠랑 나는 친척, 친구, 함께 일했던 동료, 그리고 마지막으로 드라마 〈Sign〉 제작팀과 인사를 나눈 후에 자유가 될 수 있었다.

"으으, 지친다……."

"피곤하지. 뭣 좀 먹자."

듣던 중 반가운 소리라 얼른 고개를 끄덕였다.

드레스 입고 화장실 가고 싶을까 봐 하루 종일 물 한 모금도 제대로 못 마셨다.

드디어 밥을 먹을 수 있다는 사실에 무척이나 기뻤지만, 내 입가의 미소는 금방 사라지고 말았다. 우리가 인사를 한다고 시간을 너무 잡아먹은 탓에 식당이 그새 정리에 들어간 것이다.

"여기 뷔페 기대했는데……."

"나중에 더 맛있는 데 가자."

그나마 아직 치우지 않은 샌드위치와 빵, 떡을 가져올 수 있었지만 그게 다였다. 실의에 빠진 나를 오빠가 달래 줬지만, 기운이 하나도 나지 않았다.

지금 내게 필요한 건 오빠의 다정한 목소리가 아니라 고기였다. 고기!

"아유, 이게 뭐야. 왜 이렇게 부실하게 먹고 있어?"

"장모님."

"겨우 이거 먹고 되겠어? 이따 비행기도 타야 되는데 든든하게 먹어 둬야지."

엄마와 아빠가 이럴 줄 알고 미리 담아 놨다면서 고기와 해산물이 가득 담긴 접시를 가져다주었다. 조금 식긴 했지만, 냄새만 맡아도 맛있었다. 차오르는 식욕만큼 부모님을 향한 효심 역시 불타올랐다.

"잘 먹겠습니다!"

오빠랑 내가 밥을 먹는 동안 부모님은 친척들 배웅을 해야 한다며 자리를 비웠다. 세아도 친구들이랑 논다고 먼저 가 버렸고, 어머님은 폐백이 끝나자마자 병원으로 가셔서 따로 인사를 드릴 필요가 없었다.

"우리도 슬슬 가자."

"네."

고기를 먹었더니 기운이 났다. 입가심으로 주스를 쭉 들이켜고 오빠와 함께 옷을 갈아입으러 갔다.

한복을 벗고 미리 준비해 온 원피스로 갈아입고 나오자 먼저 나온 오빠가 부모님과 대화를 나누고 있었다.

"못 바래다 드려서 죄송해요."

"죄송하긴 뭐가 죄송해? 우리는 알아서 잘 내려갈 테니까 신혼여행이나 잘 다녀와."

"그래, 선물이나 잊지 말고 사 오게."

"여보!"

엄마가 아빠 등을 찰싹 내리치는 걸 보지 못한 척, 오빠는 해맑게 웃기만 했다.

"양주 말고 더 필요한 건 없으세요?"

아빠는 그 말을 듣고 반색했지만, 엄마의 말이 더 빨리 나왔다.

"안 사 와도 돼. 집에 술 많아. 막상 사 오면 아깝다고 먹지도 않을 거 뭐하러 사 나르는지 모르겠다니까?"

"안 먹기는? 그게 다 딸 때를 기다리고 있는 거라니까? 천 서방, 자네 기억하지? 전에 같이 한잔했던 거."

"당연히 기억하죠. 제가 동낸 만큼 책임지고 다시 채워 드릴게요."

"역시 우리 천 서방이 최고라니까."

엄마 눈치를 보느라 흠흠 헛기침을 하면서도 아빠는 입꼬리를 씰룩거리고 있었다. 나이 예순 잡수시고도 저렇게 철이 없다.

멀리 떨어져 허허 웃고만 있는데 엄마가 그런 나를 발견하고 손짓을 했다.

"애, 소희야. 네 아빠 좀 말려 봐. 가만 놔뒀다간 집에다 술 창고를 만들게 생겼어."

"아이고, 소희야. 네 엄마 좀 봐라. 양주 한 병 가지고 이렇게 호들갑을 떤다."

"소희야, 안 추워?"

얼른 달려온 오빠가 내 코트의 단추를 하나하나 잠가 주었다. 바람이 차다고 가방에서 스카프까지 꺼내 목에 둘러 주는 오빠를 보다가 나는 그만 웃고 말았다.

"오빠."

"응?"

"우리도 언젠가 저렇게 될까요?"

내 말에 오빠는 고개를 뒤로 돌려 부모님을 바라봤다.

"그렇게 술을 사고 싶으면 있는 거 다 먹고 사든가! 지금 집에 술 몇 병 있는지 다 알아. 거기서 한 병만 더 늘어나면……."

"먹으면 되잖아, 먹으면! 천 서방! 신혼여행 다녀오면 무조건 가평부터 들러. 알았지?"

"네, 장인어른."

웃으며 대답한 오빠가 고개를 숙여 내 귀에 대고 작게 속삭였다.

"나중에 나 저렇게 구박해 줄 거야?"

"어, 지금 우리 엄마가 아빠 구박한다고 흉본 거예요?"

"뭐? 아냐, 그런 거!"

"엄마!"

엄마가 "왜?" 하고 이쪽을 보는 것과 동시에 오빠가 내 입을 손으로 틀어막았다. 의아한 눈으로 이쪽을 보는 엄마에 오빠는 어쩔 줄 몰라 어색하게 웃기만 했다.

나는 터지려는 웃음을 겨우 삼켰다.

"엄마는 뭐 필요한 거 없어?"

"난 됐어. 과자 같은 거 맛있는 거 있으면 좀 사 오든가."

"응, 알았어."

오빠가 내 옆에서 몰래 안도의 한숨을 내쉬어서 나는 결국 웃음을 터뜨리고 말았다.

쟤가 왜 저러나 어리둥절한 얼굴로 선 부모님 앞에서 또 한 번 어색한 웃음을 짓는 건 오빠의 몫이었다.

"이제 공항 가야지."

"아직 시간 많아. 엄마, 아빠 가는 거 보고 갈래."

"그래, 그럼."

우리는 주차장으로 나가 부모님을 배웅했다. 차에 오른 부모님은 창문을 활짝 열고 고개를 내밀어 우리에게 손을 흔들었다.

"신혼여행 잘 갔다 와. 해외 나가서 길 안 잃어버리게 조심하고."

"내가 앤가."

"애지, 그럼. 천 서방, 우리 소희 잘 부탁해."

"네, 걱정 마세요."

부모님은 그 후로도 조심해라, 잘 갔다 와라, 그 말을 몇 번이나 반복한 다음에야 차를 출발시켰다.

그렇게 멀어지는 차의 꽁무니를 보고 있자니 기분이 이상해졌다. 나는 차가 점이 될 때까지 시선을 떼지 못하다가 오빠의 옷자락을 손으로 쥐었다.

지금 느끼는 감정을 구태여 설명하지는 않았지만, 말하지 않아도 알아준 걸까? 오빠는 내 손에서 옷자락을 빼내고 손가락 사이사이에 깍지를 껴 꽉 잡아 주었다.

"이제 우리도 가자."

나는 고개를 끄덕이는 대신 잡힌 손을 앞뒤로 크게 흔들었다. 그 손을 놓지 않고 차까지 걸어가던 도중.

"엄마야, 이게 뭐야?"

"왜?"

"옷에 뭐 묻었어요."

아까 갈아입을 땐 없었는데 대체 뭐가 묻은 건지 모르겠다. 속상해서 막 문질렀더니 손에 묻어나는 게, 물을 묻혀 살살 문지르면 지워질 것 같았다.

"오빠, 저 화장실 좀 갔다 올게요."

"같이 가. 나도 양치하고 싶었거든."

그 말을 들으니 나도 양치질이 하고 싶어져서 가방에서 세면도구를 꺼내 화장실로 갔다.

얼룩부터 지우고 양치질을 하려고 했는데, 쉽게 지워질 줄 알았던 얼룩은 생각처럼 잘 지워지지 않았다. 결국 나는 새 옷을 꺼내 와 갈아입었다.

"아직 비행기 타지도 않았는데 이게 무슨 일이야……."

작게 한숨을 쉬다가 고개를 흔들었다. 벌써부터 처지지 말아야지. 액땜한 셈 치자.

그렇게 스스로를 달래며 갈아입은 옷을 대충 개 품에 안았다.

478

그리고 밖으로 나가려 문고리를 잡아 돌렸는데.

"부럽다. 나는 언제쯤에나 신혼여행 가 보려나."

살짝 열린 문틈 사이로 진환 선배의 목소리가 들려왔다. 저 선배가 왜 여기 있지? 아직 안 갔나?

"지금 몇 단계를 건너뛴 거야? 일단 애인부터 만들어."

"애인은 무슨. 그랬다간 나 사장님한테 목 졸려 죽을걸."

"혹시 너 갑자기 시체로 발견되면 내가 증언해 줄게."

"고오맙다. 원통하게 총각귀신 될 일은 없겠네."

오빠의 웃음소리가 복도에 울렸다. 나도 피식피식 웃으며 밖으로 나가려고 했다. 그런데.

"유진아."

오빠를 부르는 진환 선배의 목소리에 웃음기는 조금도 없었다. 마치 사람이 바뀐 것처럼 달라진 목소리에 나는 문을 열고 나갈 타이밍을 놓치고 말았다.

"갑자기 왜 무게를 잡고 그래?"

"청첩장 줬던 날, 네가 나한테 한 말 있잖아."

"무슨 말?"

"가끔 내가, 네가 나한테서 소희를 빼앗아 간 것처럼 말한다고 했던 거."

……저게 무슨 말이지? 여기서 내 이름이 왜 나와?

"아무리 생각해도 억울해서 이 말은 꼭 해야겠더라고. 나 이제 걔 안 좋아해. 마음 접은 지가 언젠데. 그때 내가 너한테 한마디 한 건……."

"알아."

"어?"

"안다고. 설명 안 해도 돼. 오히려 내가 너한테 사과해야겠다. 그때 그런 식으로 화내서 미안했어."

"······뭐야? 왜 갑자기 사과를 해?"

"그날 그렇게 말했던 건 내가 그렇게 생각하고 있어서였어. 나는 줄곧 너한테 부채감을 느끼고 있었거든."

"그게 무슨 소리야?"

그러게. 이게 다 무슨 소리야.

"난 소희 첫사랑이 넌 줄 알았어. 그래서 내가 중간에 안 끼어들었으면 너희 둘이 잘됐을지도 모른다고 생각했어. 너랑 소희는 유별나게 친했으니까."

"아니, 친하긴 했지만······."

"근데 아니었어. 소희 첫사랑 나래. 너 좋아한 적 없고, 처음부터 나만 좋아했대."

오빠의 목소리는 내게 공모전 당선 소식을 알릴 때보다 더 기쁘게 들렸다. 덕분에 내 얼굴만 뜨거워졌다.

"······그러면 넌, 나랑 소희랑 서로 좋아한다고 생각했으면서 가평까지 내려간 거야?"

"응."

"와······ 이거 완전 나쁜 놈 아냐."

"맞아, 나쁜 놈."

순간 나도 모르게 숨을 흡 들이켰다. 어느새 경직된 바깥의 분위기만큼 이어지는 오빠의 목소리도 딱딱해져 있었다.

"근데 도저히 착한 놈 못 하겠더라고. 전에 네가 물었지? 영화 만들 거라던 애가 갑자기 무슨 바람이 들어서 드라마 공모전을 했냐고. 그때 가평 내려갈 만한 핑계가 그거밖에 없었거든. 근데 가서 아무것도 안 하면 의심받을까 봐, 그래서 어떻게든 입선이라도 받으려고 목숨 걸고 작업한 거야."

"……."

"난 내 인생을 바꿨어. 그럴 만큼 걔 좋아해."

입안이 바싹 말라 왔다. 나는 마른침을 겨우 삼켰다.

"이제 와서 소희가 정말로 널 좋아한다고 하고 너도 아직 소희 좋아한다고 해도, 난 나쁜 놈 할 거야. 그러니까 사실은 아직 마음 못 접었어도 그냥 접었다고 해. 나는 끝까지 그 말 믿을 거니까."

"……옛날에 접었다고 몇 번을 말하냐."

"응, 알아."

나는 조용히 손을 움직여 문을 닫았다. 그러고도 목소리가 들려오는 것 같아 조심스럽게 문에서 떨어졌다.

그리고 세면대로 돌아가 품에 안고 있던 옷을 펼쳐 얼룩을 다시 지우기 시작했다.

머릿속이 복잡했다. 나는 일부러 아무 생각도 떠올리지 않기 위해 옷을 아예 세면대에 처박고 물을 세게 틀었다.

물비누를 써서 아예 빨래를 한 다음, 나는 옷에 남은 물기를 걸레처럼 쥐어짜고 화장실에서 나갔다. 다행히 복도에는 오빠뿐이었다.

"소희야."

오빠가 무언가를 묻기 전에, 나는 쫄딱 젖은 옷을 들어 올리며 먼저 입을 열었다.

"계속 빨았는데 얼룩이 안 지워져요. 아무래도 세탁소에 맡겨야 될 거 같아요."

오빠는 잠깐 동안 내 눈을 빤히 보다가 이내 미소 지었다.

"공항 가는 길에 맡길까?"

"그럼 나중에 한국 와서 다시 찾으러 가야 되잖아요. 비닐봉지 있으니까 가져갔다가 한국 와서 집 근처에 맡기는 게 나을 거 같아요."

"그래, 그럼."

비행기 탈 때 입으려고 큰맘 먹고 산 이 원피스는, 반드시 드라이클리닝을 해야 된다고 직원이 몇 번이나 강조했었다. 그런데 물에 처박은 걸로도 모자라 힘껏 쥐어짜기까지 했으니 아마 세탁소에 맡겨도 회생은 불가능할 거다.

그래도, 할 수 없지 뭐.

"오빠."

"응?"

"……그냥, 좋아한다고요."

그 말에 오빠는 무척이나 예쁘게 웃었다.

"나도."

그 웃음에 어찌나 가슴이 설레던지.

결혼까지 한 마당에 이런 말하기는 좀 우습지만, 오늘부로 나는 이상형이 바뀔 것 같다.

잘생기고, 돈 많고, 성격 좋은 남자가 아니라.

그냥, 나쁜 놈.

"아가씨, 아가씨."

"네?"

누군가 내 어깨를 두드려 고개를 들자 비행기 티켓 두 장을 든 아주머니가 보였다.

"이거, 이 자리 맞아요?"

"어디……."

티켓을 건네받아 좌석을 확인해 보니 아주머니가 가리킨 자리가 맞았다. 나는 아주머니에게 티켓을 돌려주며 고개를 끄덕였다.

"네, 거기 앉으시면 돼요."

"고마워요. 우리가 비행기를 오늘 처음 타 봐서."

티켓으로 입을 가리고 호호 웃은 아주머니가 뒤에 서 있던 아저씨를 안쪽 자리로 보내고 그 옆에 앉았다. 두 분의 자리는 통로를 사이에 둔 내 옆자리였다.

"아가씨는 혼자예요?"

아저씨가 무뚝뚝한 얼굴로 신문을 펼쳐 들어서일까? 아주머니가 이쪽으로 몸을 돌려 내게 말을 걸어왔다.

모르는 사람이랑 대화하는 건 별로 좋아하지 않았지만, 그렇게 어려운 질문도 아니라 웃으며 고개를 흔들었다.

"아뇨. 일행 있어요."

앞쪽을 가리키며 잠깐 화장실 갔다고 말하자 아주머니가 "그렇구나." 하며 고개를 끄덕였다. 그러면서 내 쪽으로 아예 상체를 내미는 게, 아무래도 많이 심심하신 모양이었다.

"아가씨 되게 어려 보이는데, 올해로 몇 살이에요?"

"아…… 스물여덟이요."

"어머어머, 난 아직 스물 초반인가 했더니."

"하하, 감사합니다."

"나는 올해로 예순이거든. 그래서 우리 딸들이 환갑 기념이라고 효도 여행 보내 줘서, 태어나서 처음으로 비행기 탔잖아."

이 이야기 하려고 나이를 물어봤구나.

초면에 너무 사적인 걸 물어서 속으로 땀 좀 흘렸는데, 의도를 알고 나니 우리 엄마 또래의 아주머니가 살짝 귀여워 보였다. 아주머니가 듣고 싶어 할 만한 말을 꺼낸 건 그래서였다.

"아유, 따님들이 효녀네요. 정말 좋으시겠어요."

"말도 마요. 그럴 필요 없다고, 없다고 한사코 말렸는데 아무리 그래도 환갑은 챙겨야 된다고 그래서."

"그럼요. 환갑은 챙겨야죠. 저도 저희 부모님 환갑 때 여행 보내 드리려고요."

"어머, 아가씨도 효녀네. 아가씨 부모님도 참 좋으시겠어요."

호호 웃던 아주머니의 고개가 문득 앞으로 돌아갔다. 어머, 어머, 하고 눈을 동그랗게 뜨는 걸 보니…… 역시 오빠였다.

오빠는 저 앞쪽에서 걸어오며 내가 아주머니와 대화를 나누는 걸 봤는지 내 옆으로 들어가며 작은 목소리로 물어 왔다.

"아는 분이셔?"

"아뇨, 그건 아니고."

아까 좌석을 확인해 드렸다고 설명하는데, 오빠한테서 눈을 못 떼던 아주머니가 호들갑을 떨며 말을 붙여 왔다.

"난 아가씨가 친구랑 둘이 여행 가나 했더니, 이제 보니까 남편이랑 가는 거였네?"

나는 그 말에 조금 놀라서 눈을 동그랗게 떴다.

"그렇게 보여요?"

"왜요? 아니야?"

"맞아요."

그렇게 대답한 건 옆에서 불쑥 끼어든 오빠였다. 나는 혹시나 아주머니가 이상하게 생각할까 얼른 설명을 덧붙였다.

　"결혼 오늘 했거든요. 신혼여행 가는 거예요."

　"어머, 어머, 정말? 축하해요!"

　아주머니는 손뼉까지 쳐 가며 우리 결혼을 축하해 주었다. 나는 살짝 달아오른 뺨을 만지작거리며 감사하다는 인사만 반복했다.

　아주머니는 우리에게 좀 더 말을 걸고 싶어 했지만, 이제 곧 이륙하니 안전벨트를 매 달라는 방송을 듣고 아쉬운 표정으로 의자에 등을 기댔다.

　나는 오빠와 나를 단번에 부부라고 알아봐 준 아주머니가 싫지 않았지만, 사생활의 영역을 아무렇게나 넘나드는 수다가 조금 부담스러웠던 건 사실이라 의자에 몸을 깊게 묻었다.

　"기분 좋다."

　"왜요?"

　"나보고 네 남편이라잖아."

　그 말에 고개를 돌리자 오빠가 방긋방긋 웃고 있는 게 눈에 들어왔다.

　"이제 남들 눈에도 그렇게 보이나 봐."

　그러게. 애인이냐고 물어본 것도 아니고 남편이라고 바로 알아봐 준 게 조금 신기하긴 했다.

　혹시 결혼반지를 본 건가? 나는 내 손 약지를 내려다보다가 작게 중얼거렸다.

　"느낌이 좀 이상하긴 해요."

　"뭐가?"

"이제 오빠를 애인이 아니라 남편으로 소개하는 게?"

"나도 좀, 그렇긴 해."

나는 이제 오빠 애인이나 여자 친구가 아니라 아내다.

오빠가 내 남편이라는 사실도 간지럽긴 마찬가지였는데, 내가 오빠 아내라고 생각하니까 느낌이 더 이상해서 어깨를 부르르 떨었다.

"아내구나, 이제."

그렇게 중얼거리는 사람은 내 남편이었다.

그 사실을 벌써 몇 번째 곱씹고 있는데 곱씹을 때마다 느낌이 이상했다. 나는 간질거리는 목덜미를 긁적이다가 문득 궁금해져서 물었다.

"오빠는 나랑 결혼해야겠다고 언제 처음 생각했어요?"

"언제 처음으로 생각했냐고?"

"네."

솔직히 말하면 나는 오빠한테 프러포즈 받기 전까지 오빠와의 결혼 생활을 진지하게 꿈꿔 본 적이 없었다.

뭐랄까, 거기까지 기대해 올라갔다가 추락할 게 두려웠달까. 오지도 않을 이별을 미리 대비해 마음을 덜 주고 있었으니까. 과거의 나는.

"결혼해야겠다……까지는 아니고. 결혼하고 싶다고 생각한 건 3학년 겨울방학 때."

"네? 그때 우리 사귀기도 전이잖아요."

"그랬지."

나랑 사귀지도 않는데 결혼부터 꿈꿨다니. 이 엄청난 진도를 두고 멍한 얼굴만 하고 있는 내게 오빠가 멋쩍은 표정을 지어 보였다.

"그냥…… 그러고 싶다고 생각만 한 거야. 생각만."

"어쩌다가 그런 생각을 하게 됐는데요?"

"음, 그게. 2학기 종강하고 겨울방학 기념으로 동아리 사람들끼리 모여서 술 마셨을 때였는데."

오빠는 뺨을 살짝 붉힌 채 눈을 아래로 내리깔았다. 그때 비행기가 움직이기 시작했지만, 나는 오빠의 얼굴에서 눈을 떼지 않았다.

"그때 너 술 취해서 내가 집까지 데려다줬잖아."

"그랬죠."

그날은 기말고사가 끝났다는 기쁨에 다들 작정하고 술을 들이 켰는데, 유일하게 오빠만 물을 마셨다.

오빠는 늘 그랬다. 여기서 차 있는 사람이 나밖에 없으니 내가 뒷정리를 하겠다며 늘 술을 거절했다.

그때 우리는 오빠가 술을 못 마셔서 그러는 거라고 생각했다. 그래서 아무도 오빠에게 술을 권하지 않았고, 알아서 뒷정리를 해 준다는 사람만 믿고 입에 술을 들이부었다.

나도 마찬가지였다. 여기서 술 먹고 쓰러지면 오빠가 나도 챙겨 주겠구나 싶어서. 물론, 그렇게 생각한 여자는 나 혼자만이 아니었다.

덕분에 그날 술 먹고 쓰러진 여자애들 전원이 오빠 차에 차곡차곡 태워져 집으로 한 명씩 날라졌다.

오빠의 친절이 모두에게 나눠지는 건 유감이었지만, 그래도 나는 그날을 좋게 기억하고 있었다. 왜냐하면, 오빠 차에 마지막으로 남겨진 게 나였기 때문에.

오빠는 그 뒤로도 술에 취한 여자애들을 집까지 직접 바래다주었다. 하지만 내가 마지막이었던 건 그날이 유일했다.

그래서 짐작도 못 했다. 그때 오빠가 좋아했던 사람이 나일 거라고는.

"술에 취한 너 억지로 깨워서, 열쇠 찾아서, 집에 들여보내고, 문 잠그는 거 확인하고…… 그러고 돌아서는데 발이 안 떨어지더라고. 만약에 내가 너랑 사귀는 사이였으면 집 안에 들어가서 너 침대에 눕혀 주는 것까지 했을 텐데."

앞으로 굴러가던 비행기가 점점 뜨기 시작했다. 등이 뒤로 젖혀지는 부유감에 몸을 움찔거리자 오빠가 팔걸이 위의 내 손을 꼭 잡아 주었다. 그러면서 말을 이어 나갔다.

"거기까지 생각하니까 또 그런 생각이 드는 거야. 사귀다 못해 결혼까지 했으면 취한 너 끌어안은 채로 같이 잠들고, 다음 날 아침에 일어나서 해장국도 끓여 주고, 무슨 술을 그렇게 마셨냐고 잔소리도 하고 그랬을 텐데."

목소리가 참 달달했다. 나는 뜨끈해진 귓불을 어찌하지 못하고 눈만 굴리다가 조심스럽게 입을 열었다.

"뭐…… 이제 해 주면 되잖아요."

"아냐. 안 해 줄 거야. 그러니까 술 많이 마시지 마. 몸 상해."

"진짜 안 해 줄 거예요? 딱 한 번도?"

"……그럼 딱 한 번만?"

이 사람 사실은 설탕이랑 꿀로 만들어진 게 아닐까?

목소리도 목소린데 배시시 웃는 저 얼굴이 그렇게 달 수가 없었다.

계속 보고 있으면 나까지 꿀이 되어 흐느적거릴까 봐 일부러 눈

488

을 돌렸다. 그리고 괜히 무릎 위 손가방을 뒤적거리다가 그 안에서 종이 뭉치를 꺼내 들었다.

"뭐야?"

"재밌는 거요."

그 말에 호기심이 생겼는지 오빠가 내 쪽으로 고개를 기울였다. 잠시 후, 오빠의 몸이 살짝 굳는 게 어깨로 느껴졌다.

"이걸 왜 가져왔어?"

"외우려고요."

"뭐?"

"제가 사실은 오빠에 대해 잘 몰랐구나, 이거 보고 뼈저리게 깨달았거든요."

그랬다. 내가 특별히 챙겨 온 이 종이 뭉치는 내가 기억을 잃었을 때 오빠가 써 준 백문백답이었다. 오빠가 아주 빽빽하게 채워 준 천유진 논문.

"나중에 시험 봐도 돼요. 달달 외울 거니까."

"안 그래도 되는데……. 근데 그럼 네 건 안 가져왔어?"

"그건 잊어요. 다시 써 줄 테니까."

"왜?"

"기억 없을 때 쓴 거잖아요. 다시 쓸 거예요."

정확하게는 기억이 없을 때 써서가 아니라 너무 성의 없게 써서였다.

오빠가 이렇게 쓸 줄 알았으면 나도 엄청 자세하게 썼지. 치사하게 혼자만 이렇게 열심히 쓰다니. 집에 돌아가면 나도 쓰고 말 테다. 윤소희 논문.

"소희야."

"이제 말 걸지 마요. 집중해야 되니까."

"뭐야, 그런 게 어딨어. 본인이 여기 있는데 왜 종이에 집중을 해?"

"오빠 안 피곤해요? 좀 자요."

가방에서 목 베개를 꺼내 오빠의 목에 끼워 주었다. 그리고 가슴을 토닥이며 자장자장 노래를 불러 주자 부루퉁한 표정을 짓고 있던 오빠가 이내 웃음을 터뜨렸다.

"진짜 시험 볼 거야."

"100점 맞을게요."

"알았어, 열심히 공부해. 난 잘 테니까."

"네."

오빠는 편한 자세를 찾는지 이리저리 뒤척이다가 이내 팔짱을 끼고 눈을 감았다.

나는 아래로 쭉 뻗은 긴 속눈썹과 표정이 사라지고 고요가 가라앉은 오빠의 얼굴을 가만히 바라봤다.

참, 잘생겼다. 이 남자가 내 남편이라니.

온몸을 덮쳐 온 간지러움에 나는 어깨를 바르르 떨었다. 그러다 손에 쥐고 있던 종이에서 이미 옛날에 외워 버린 문항을 발견했다.

[Q56. 상대에게 프러포즈를 한다면 어떻게 하겠는가?]

오빠가 적어 준 글이 머릿속에 저절로 떠올랐다. 나는 오빠의 얼굴을 바라보며 그 내용을 한 글자 한 글자 곱씹다가 오빠 어깨에 머리를 기댔다.

그 자세 그대로 눈을 감자, 내 머릿속에 떠도는 단어들이 오빠의 목소리를 입고 환청처럼 내 귓가에 맴돌기 시작했다.

[소희야. 우리가 사귄 지도 벌써 5년이 지났어.

길다면 길고 짧다면 짧은 그 시간 동안, 너는 나를 이루는 수많은 생각을 뒤집고 내가 아는 단어들의 정의를 바꿔 놓았어. 네가 아니었다면 나는 평생 몰랐을 거야. 지금 내가 알게 된 많은 것들을.

아마 넌 의도하지 않았겠지만, 나는 그 변화가 굉장히 기꺼웠어. 물론 모든 게 다 좋았다고는 할 수 없겠지. 하지만 좋은 변화든 나쁜 변화든, 전부 네가 준 거니까. 네가 내 옆에 있어 주었기에 가능했던 거니까.

나는 앞으로도 그렇게 변하고 싶어. 너로 인해 완성되고 싶어.

거기엔 아마 아주 긴 시간이 필요할 거야. 너로 인해 바뀐 부분 역시 또 너로 인해 변하고 있으니까.

네가 내 옆에 있어 준다면, 그래서 내가 네 옆에 있게 된다면 너 역시 나로 인해 많은 것들이 바뀌겠지.

그게 싫지 않다면, 너도 나로 인해 바뀔 네 모습이 기대된다면…….

소희야.

계속, 계속. 오랜 시간이 지난 뒤에도.

변함없이 내 옆에 있어 줄래?]

나중에 오빠한테 진짜로 소리 내서 읽어 달라고 해야지.

그러면 나도 오빠한테 다시 한 번 진심으로 말해 줄 거다.

기꺼이, 그러겠노라고.

외전. 여전히 좋아해서

—정말로 하고 싶었던 말

그에게 처음으로 받은 연애편지는
'오늘도 많이 좋아해.'
그 한마디를 제외하고 전부 P.S. 아래에 쓰여 있었다.

❀✿❀

"끝……났다."

하지만 입에서 흘러나온 말과는 달리 몸은 여전히 긴장 상태였다.

나는 보낸 메일함으로 들어가 파일이 제대로 첨부됐는지, 그 파일이 정상적으로 열리는지 확인한 다음 핸드폰을 들고 메시지

를 보냈다.

[조금 전에 작업 완료해서 메일로 보냈습니다. 첨부 파일 확인하고 이상 없는지 확인 부탁드려요.]

잠시 후, 상대방으로부터 답장이 도착했다.

[파일 확인했는데 이상 없네요. 이대로 진행하도록 하겠습니다.]

그동안 고생하셨다는 말로 마무리 지은 메시지를 본 후에야, 드디어 실감이 났다.

끝났다! 자유다!

무려 넉 달이나 매달렸던 작업이 드디어 끝났다. 아니, 전체적인 작업 기간으로 따지면 넉 달이 아니라 1년이었다.

처음 시작했을 땐 일이 이렇게 커질 줄 몰랐는데.

그동안의 일들이 마치 주마등처럼 눈앞을 스쳐 지나갔다. 떠오르는 건 전부 고생했던 기억들뿐이라 순간 눈물이 날 뻔했다.

"내가 이 짓 두 번 다시 하나 봐라."

어차피 다음에는 할 일 없겠지만.

아무튼 끝나서 다행이었다. 나는 회전의자를 빙글빙글 돌려 가며 해방감을 만끽하다가 마지막 저장 파일을 백업해 놓고 노트북 전원을 껐다.

오빠한테 자랑해야지!

희희낙락 신이 나서 거실로 나가자 오빠가 소파에 앉아 책을 읽고 있는 게 보였다. 보통 때라면 문이 열리는 소리를 듣자마자 내가 있는 곳을 바라봤을 텐데, 고개가 움직이지 않는 걸 보니 문 여는 소리를 듣지 못한 모양이었다.

갑자기 장난기가 샘솟아 까치발을 들고 조심조심 오빠에게 다가갔다. 내가 바로 곁에 다가갈 때까지도 오빠는 이쪽으로 시선을 주지 않았다.

대체 무슨 책을 읽기에 이렇게까지 집중한 걸까? 나는 숨을 죽인 채 눈으로 글자를 훑다가 책장을 넘기는 길고 섬세한 손가락에 시선을 주었다.

어휴, 손가락까지 잘난 내 남자.

갑자기 몸이 간질간질했다. 나는 그 감각을 참을 수가 없어 두 손을 오빠한테 뻗었다.

"소희……!"

한 손으로 턱을, 그리고 다른 손으로 뒷목을 감싸고 오빠의 머리를 이쪽으로 돌리자 놀라 커진 눈이 고스란히 내 시야에 들어왔다.

오빠가 놀라거나 말거나 나는 고개를 숙여 오빠의 입술에 입을 맞췄다. 쪽, 쪽. 장난치듯 버드 키스를 남기자 오빠의 입술 새로 웃음소리가 흐트러졌다.

감았던 눈을 뜨자 오빠의 눈꼬리가 예쁜 달 모양으로 휘어져 있는 게 보였다. 이어서 내 허리를 끌어안은 팔로 인해 어느새 내 몸은 오빠의 무릎 위로 끌려가고 말았다.

오빠의 손에 들려 있던 책은…… 음, 언제 바닥으로 떨어졌지.

"일 다 끝났어?"

"어떻게 알았어요?"

"표정이 밝아서."

그렇게 티가 났나?

손으로 뺨을 만지작거리는데 그 손 위로 오빠의 입술이 닿았다. 내가 간지럽다고 손을 치우자 오빠가 기다렸다는 듯 내 뺨에 입술을 붙여 왔다.

나는 그 부드러운 감촉이 기분 좋아서 오빠 목을 두 손으로 꼭 끌어안았다.

"그럼 이제 나랑 놀아 줄 수 있겠네?"

"우리 여보 많이 심심했어요?"

"네, 많이 심심했어요."

"거짓말. 아까까지만 해도 책 열심히 읽고 있었으면서."

바닥에 떨어진 책을 가리키며 말하자 오빠가 "아닌데? 하나도 안 열심히 읽었는데?" 하면서 발뺌을 했다.

어휴, 귀엽긴.

뺨을 붙잡고 쪽쪽 입을 맞췄더니 좋다고 웃는 얼굴이 그렇게 사랑스러울 수가 없었다.

결혼한 지 벌써 1년이 지났는데, 이 사람은 어쩜 이렇게 날이 가면 갈수록 귀엽고 예쁘고 사랑스러울까? 누구 남편인지 정말 잘났다, 잘났어.

"오빠."

"응?"

"나 이제 마감도 없고 한가한데……."

내 목소리에서 무언가를 느낀 걸까? 첫눈처럼 말갛던 오빠의 얼굴에 붉은 기가 어리기 시작했다. 특히 눈에.

"배 안 고파?"

"안 고파요. 오빠는?"

"나도."

오빠의 손이 어느새 슬금슬금 움직여 내 옷 안으로 들어왔다. 허리를 감싼 채 엄지로 등을 훑는 손길은 마치 놀리듯 느릿느릿해서 사람을 감질나게 만들었다.

그래서 재촉하듯 넓은 등을 꽉 끌어안고 오빠의 가슴에 내 가슴을 붙일 때였다.

"잠깐만, 전화······."

"무시해."

단호하게 말한 오빠가 내 목덜미에 입술을 묻었다. 하지만 나는 요란한 벨소리를 무시할 수가 없어 오빠의 머리를 밀어내고 말았다.

"내가 방금 보낸 거 문제 생긴 거면 어떡해."

"꼭 지금 해야 되는 거 아니잖아."

오빠가 뚱한 얼굴로 투덜거리는 건 귀여웠지만, 겨우 되찾은 내 자유가 걱정되는 마음이 더 컸다.

얼른 놔 달라고 어깨를 찰싹찰싹 때렸더니 오빠는 불만스러운 얼굴을 하면서도 결국 나를 놓아주었다. 나는 그새 전화가 끊길까 얼른 내 핸드폰이 있는 서재로 달려갔다.

다행히 내가 핸드폰을 손에 쥘 때까지 전화는 끊어지지 않았다.

그런데 액정에 뜬 이름은 내가 예상한 것과 전혀 다른 사람의 것이었다.

음, 이거 오빠가 알면 안 되겠다.

나는 서재의 문을 힐끔거리며 조심스럽게 핸드폰을 귀로 가져갔다.

"어, 세아야."

—뭐 해?

"그냥, 뭐. 지금은 전화 받고 있지."

—농담하는 거 보니까 외주 받은 거 다 끝났나 보네.

"어, 뭐…….."

세아의 물음에 애매하게 답한 건 살짝 찔리는 구석이 있어서였다.

오빠를 포함한 주변 사람 모두가 그렇게 알고 있지만, 사실 내가 요 몇 달간 매달렸던, 그리고 조금 전에 끝마친 일은 번역 외주가 아니었다.

하지만 처음 거짓말을 했을 때도, 그리고 지금도 그 사실을 밝힐 생각이 없어 괜히 목덜미만 어루만졌다.

"근데 왜? 너 아직 회사 있을 시간 아냐?"

—나 오늘 회사 안 갔어. 일 있어서.

"무슨 일?"

—궁금하지.

"어…….."

별로 안 궁금한데.

내 진심도 그랬고, 어느새 서재 문간에 팔짱을 낀 채 기대서 있는 오빠를 보고 있자니 더욱 그랬다.

하지만 차마 나 지금 바쁘니까 끊으라는 말은 할 수가 없었다. 그러기엔 세아 목소리가 조금 많이 심각해서.

"……무슨 일 있었는데?"

—나 지금 너네 집 앞이야.

"뭐?"

나는 화들짝 놀라 현관문이 있는 쪽을 바라봤다. 그런 내 행동에서 무언가를 느꼈는지 오빠가 미간을 찌푸렸다.

동시에 도어벨이 울렸다.

나는 나도 모르게 오빠를 쳐다봤다. 오빠는 어느새 황당한 얼굴로 나를 보고 있었다.

"누군데?"

"세아……요."

－문 열어. 우리 술이나 마시자.

미리 약속이라도 한 듯 세아는 당당했다.

불청객도 이런 불청객이 없었다. 하지만 벌써 집 앞에 와있는 사촌 혹은 처형을 쫓아낼 핑계가 우리에겐 없었다.

나는 할 수 없이 문을 열어야 했고, 말도 없이 양손에 술을 주렁주렁 사 들고 온 세아 덕분에 우리는 이른 저녁을 먹는 것과 동시에 술판을 벌여야 했다.

"근데, 두 사람 참 귀엽다."

어느새 얼굴이 붉어진 세아는 말꼬리마저 쭉쭉 늘이고 있었다. 나는 쟤가 무슨 말을 하는가 싶어서 오빠를 보다가 뒤늦게 그 의미를 알아차렸다.

"이거 네가 준 거잖아."

"그치, 내가 줬지. 근데 난 진짜 입을 줄은 몰랐는데."

지금 오빠와 내가 입고 있는 건 지난 내 생일에 세아가 선물한 커플 잠옷이었다. 자기가 일하는 회사에서 새로 나온 건데 사장님 부부도 즐겨 입는다나 뭐라나.

놀리는 게 분명해 내다 버리려고 했지만, 의외로 오빠는 세아의 이 짓궂은 선물을 마음에 들어 했다. 그래서 굳이 잠잘 때뿐만이 아니라 홈 웨어로도 즐겨 입었다.

오빠가 마음에 들어 하니 별수 있나. 나도 자주 챙겨 입어야지. 그래도 세아가 갑자기 들이닥칠 줄 알았으면 절대 안 입었을 텐데.

"처형이 선물로 준 건데 입어야죠."

"진짜요? 제가 주면 다 입을 거예요?"

"안 입어."

얘가 또 무슨 사고를 치려고.

쓸데없는 짓 하지 마라 눈을 부라리는데, 이미 술에 취한 세아는 내 눈빛이 따갑지도 않은지 히죽히죽 웃기만 했다.

나는 손으로 이마를 짚었다.

"그래서, 이 시간에 여긴 왜 온 거야? 연락도 없이."

"왜애, 연락했잖아."

"집 앞에서? 벨 누르기 1분 전에?"

"목소리가 왜 그렇게 뾰족해? 내가 두 사람 방해했어?"

했다. 그것도 아주 결정적인 순간에.

……라고 말할 수 있으면 얼마나 좋을까. 대신 내뱉은 한숨은 답으로 느껴지지 않는 건지, 아니면 술에 취해 눈에 뵈는 게 없는 건지. 세아는 손사래를 치며 빈 잔에 술을 따랐다.

"자자, 인상 쓰지 말고, 쭉 마셔, 쭉. 제부도 드세요, 원샷, 원샷."

"처형, 이제 그만 마셔요."

"에헤이, 이제 시작인데 분위기 깨게."

소주를 혼자 세 병을 작살내 놓고 이제 시작이라고?

나는 아직 멀쩡한 소주병을 눈으로 훑다가 얼른 세아의 손에서 술병을 빼냈다. 그러자 세아가 무시무시한 눈으로 날 노려보는데, 솔직히 조금 무섭긴 했지만 겉으로 티 내지는 않았다.

"그만 마셔. 집에 어떻게 가려고?"

"여기서 하룻밤 자면 되지."

그 말에 입을 떡 벌린 건 오빠였다.

"처형…… 내일 출근 안 해요?"

"안 할 거예요. 오늘은 마시고 죽을 거거든요."

세아가 옆으로 더듬더듬 손을 뻗어 새 술병을 땄다. 그러나 잔에 술을 따르기 전에 세아는 오빠에게 술병을 빼앗겼다.

조금 전에 나를 잡아먹으려 했던 시선이 이번엔 오빠를 향했다.

쟤가 지금 누굴 무슨 눈으로 보는 건가 싶어 정세아 한정 치트키를 입에 올렸다.

"큰 이모한테 전화한다?"

"야, 윤소희!"

"그러니까 적당히 마시고 집에 가. 아니면 네 애인한테 전화해 줘?"

"하지 마!"

……어?

"하기만 해 봐. 나 여기 눌러살 거니까."

"누가 살게 해 준대?"

어처구니가 없어 헛웃음만 터뜨리는데 왠지 기분이 이상했다. 아니나 다를까 오빠도 나랑 비슷한 걸 느꼈는지 묘한 눈으로 세아를 보고 있었다.

"처형, 애인이랑 싸웠어요?"

"아닌데요."

"싸웠어?"

"아니라니까."

아닌 게 아닌 것 같은데.

"왜 싸웠는데?"

"안 싸웠다니까."

그렇게 말한 세아는 내가 방심한 사이 내 잔을 들고 가 원샷했다. 뒤늦게 잔을 빼앗았지만 이미 잔은 빈 상태였다.

내가 황당한 얼굴로 바라보든 말든 크, 소리를 낸 세아는 술이 쓰다면서 안주를 집어 먹었다. 그러다 갑자기 울적한 얼굴로 한숨을 내뱉었다.

"사는 게 참 힘들다…….”

……이 주정뱅이를 대체 어쩌면 좋지?

아무리 고민해도 좋은 생각이 떠오르지 않았다. 이렇게 취한 애를 혼자 내쫓을 수도 없고, 집에 바래다주겠다고 말해 봐야 귓등으로도 안 들을 거고.

애초에 얘는 다른 많은 곳 두고 왜 하필 여기로 왔을까. 그 이유를 고민하다 보니 문득 떠오르는 게 있었다.

"너 결혼 준비는 어떻게 되고 있어?"

"넌 결혼 준비 어떻게 했어?"

"뭐?"

"진짜 궁금해서 묻는 건데, 너랑 제부랑은, 결혼 준비 하면서 안 싸웠어?"

말문이 탁 막혔다.

나는 오빠의 눈치를 보다가 얘가 뭘 알고 묻는 건가 싶어 세아의 얼굴을 빤히 들여다봤다. 하지만 소 뒷걸음질 치다 쥐를 잡은 건지 세아는 술에만 관심을 보이고 있었다.

나도 나였지만, 오빠도 세아가 슬금슬금 새 술병을 집어 드는 걸 말릴 기력이 없는 모양이었다.

결국 세아는 새 술병을 뜯어 제 잔에 술을 따르는 데에 성공했고, 오빠와 나도 같이 빈 잔에 술을 채웠다.

"어어, 분위기 왜 이래? 진짜 싸웠었어?"

"알면서 뭘 물어? 나 너희 집으로 도망가기까지 했었잖아."

"뭐? 아아…… 아, 맞다. 그랬지. 그런 적 있었지."

세아는 뒤늦게 떠올랐다는 듯 고개를 주억거렸다.

"그걸 그새 까먹었어?"

"그 뒤에 바로 화해했잖아. 그래서 심각한 일 아닌 줄 알았지."

아니거든? 엄청 심각했거든? 헤어질 뻔했거든?

대꾸하고 싶은 마음은 굴뚝같은데 설명하자니 너무 구질구질했다.

나는 한숨과 함께 술을 한 잔 더 마셨다. 오빠도 마찬가지.

덕분에 세아는 원하는 만큼 술을 더 마실 수 있었고, 덩달아 나까지 취하고 말았다.

하지만 만약, 결혼 준비 힘들다고 하소연하는 세아한테 조언이랍시고 내뱉을 말을 미리 알았다면.

난 절대 그렇게 술을 퍼마시지 않았을 것이다.

❀

"으, 머리야……."

술을 이렇게 많이 마신 게 얼마 만이지?

모르긴 몰라도 결혼한 이후로는 처음인 것 같았다.

만약 밖에서 마셨으면 좀 자제를 했을 텐데. 장소가 집인 데다 옆에 오빠가 있어서 아무 걱정 없이 들입다 퍼마신 게 원인이었다.

그래도 오빠가 그만 마시라고 할 때 적당히 멈출걸. 흥이 너무 오르는 바람에 오히려 오빠 손에 술잔 쥐여 주고 술 따라 주면서 같이 마시자고…….

"술꾼이냐……."

결혼 전이었으면 오만 정이 다 떨어졌을 거다. 아니, 어젯밤이라고 안 떨어졌으리란 법은 없구나.

결혼해서 다행이다. 설마 술주정이 추해서 이혼하잔 소리는 안 할 테니까.

한숨을 푹푹 내쉬는 와중에도 속은 어찌나 쓰려 오는지. 결국 침대에서 뒹굴기를 멈추고 거실로 나왔다.

어느새 시간은 11시. 조용하기만 한 집 내부를 가득 채운 건 희미한 콩나물국 냄새였다. 나는 마치 홀린 것처럼 냄새의 근원을 쫓아 부엌으로 들어갔다.

가스레인지 위에선 커다란 냄비가, 그리고 식탁에선 랩에 곱게 싸인 반찬들이 동그랗게 모여 나를 환영하고 있었다.

[일어나면 전화해.]

식탁 위에서 메모지를 발견한 나는 콩나물국을 데우면서 핸드폰을 찾았다. 오빠는 내 전화를 바로 받았다.

ㅡ일어났어?

"응, 오빠 어디예요?"

콩나물국도 오빠가 해 놓은 반찬도 맛있기는 한데, 혼자서 먹으려니 조금 쓸쓸했다. 최근엔 계속 오빠랑 같이 먹어서 그런가?

ㅡ잠깐 나왔어, 볼일 있어서. 아, 처형은 아침에 갔어. 출근해야 된다고.

"어젠 안 간다더니?"

―전화 받고 가더라고. 일 생겼나 봐.

"그래요?"

세아는 어제 나보다 술을 더 많이 마셨다. 그러니 지금쯤 나보다 더 힘들면 힘들지 멀쩡하진 않을 텐데, 딱히 불쌍하다는 생각은 들지 않았다. 그러게 누가 술을 그렇게 많이 사 오랬나.

지금 중요한 건 세아가 아니었다. 처음 오빠 목소리를 들었을 때 착각인가? 싶었던 느낌이 아직도 사라지지 않는 게 신경 쓰여 나는 핸드폰을 고쳐 쥐었다.

"오빠."

―응.

"……무슨 일 있어요?"

―왜?

"그냥, 오빠 목소리가 좀 안 좋은 거 같아서."

오빠는 말이 없었다. 그 침묵은 그렇다는 긍정과 마찬가지였다.

"오빠?"

―끊어야겠다. 이따 집에 가서 다시 이야기해.

"네?"

―참고로 나 지금 좀 삐쳤어. 그러니까 어떻게 달래 줄지 잘 생각해 놔.

"삐쳤다고요? 왜?"

―기억 안 나?

"어……."

설마 내가 어제 너무 추한 모습을 보여서 삐친 건…….

―기억 안 나면 거기서부터 생각해야겠네.

더는 말해 주지 않겠다는 듯 오빠는 저녁쯤 들어갈 것 같다는 말만 남기고 전화를 끊었다.

나는 핸드폰을 식탁 위에 내려놓고 멍하니 생각에 잠겼다. 그러다 먹던 밥을 앞에 두고 머리카락을 쥐어뜯었다.

"어제 대체 무슨 짓을 한 거야!"

하지만 죄 없는 머리카락의 희생에도 불구하고 떠오르는 건 없었다. 거기에 콩나물국으로도 풀리지 않는 숙취 플러스 두통까지.

나는 오빠가 집에 돌아올 때까지 육체적으로, 그리고 정신적으로 고통을 앓아야 했다.

※

–무슨 전화를 이렇게 많이 했어?

"그러는 넌 왜 이렇게 전화를 안 받아?"

–회사에 있었으니까. 넌 진짜 내가 오늘도 출근 안 할 거라고 생각했어?

"넌 오늘 결근할 것도 아니면서 대체 왜 그렇게 술을 많이 마신 거야?"

아무리 생각해도 원흉은 정세아였다. 정세아가 술을 그렇게 많이 사 오지 않았더라면. 내 앞에서 그렇게 퍼마시지 않았더라면. 그래서 그렇게 덩달아 퍼마시지 않았더라면!

–야, 그럼 어떡하냐? 속이 상하는데.

"그러니까 속이 상하면 혼자 마시지 왜 우리 집엘 왔냐고."

–얘 좀 봐. 너 너무 야박한 거 아니야? 너 결혼하기 전에 내가 도와준 게 얼만데.

"지금 언제 적 이야기를 하는 거야?"

–와, 안면몰수하는 것 좀 봐.

"아무튼, 나 너한테 물어볼 거 있는데."

-물어볼 거 뭐?

나는 닫혀 있는 문 너머를 힐끔거리며 핸드폰에 대고 작은 목소리로 속삭였다.

"너 어제 어디까지 기억해?"

-잊어 먹은 거 빼고 다 기억하지.

"아, 말장난하지 말고. 나 진지해."

-왜? 어제 무슨 일 있었어?

"그게 기억 안 나니까 지금 너한테 묻는 거잖아. 나 어제 오빠한테 뭐 실수한 거 없어?"

전화를 끊은 이후부터 오빠가 집에 들어와 같이 저녁을 먹고 난 지금까지 머리를 열심히 굴려 봤지만 떠오르는 게 없었다. 술을 너무 많이 마시는 바람에 필름이 끊겨 버린 탓이었다.

"사소한 거라도 좋으니까 뭐 짐작되는 거 있음 말 좀 해 줘. 오빠 기분 안 좋은데 뭐 기억나는 게 있어야 사과를 하지."

-어…… 글쎄, 나도 기억이 좀 가물가물해서…….

핸드폰 너머에선 끙끙대는 소리만 들려왔다.

만약에 얘까지 기억나는 게 없으면 어떡하나 하는 생각에 나는 두 손 모아 간절히 빌고 또 빌었다. 제발 딱 5분만 정세아 천재 되게 해 달라고.

-아, 혹시 그건가?

"어떤 거?"

-확실하지는 않은데…….

"않은데? 뜸 그만 들이고!"

-어제 내가 결혼 확 때려치울까 그랬더니 네가 그랬거든.

"……그냥 때려치우라고?"

—어.

오 마이 갓.

기억났다. 오빠 앞에서 아주 당당하게 꺼냈던 말.

—이혼보단 파혼이 쉽다. 나중에 결혼하면 이혼하기 힘들다. 아니다 싶을 때 그만둬라. 그리고…….

아, 안 돼. 말하지 마.

—애초에 사람은 둘이 살 때보다 혼자 살 때가 더 편한 생물이다.

으아아! 윤소희 이 멍청이!

"야! 너는 내가 그런 말을 하는데 그걸 그냥 듣고만 있었어?"

—그냥 듣고만 있었던 거 아닌데? 피가 되고 살이 되는 조언이라 뼈에 새겼어.

"오빠 얼굴은 안 보였지? 안 보여서 뼈에 새겼지?"

—그거 제부 들으라고 한 소리 아니었어?

"아니거든!"

그런 말을 들었으니까 오빠가 삐치지. 아니, 그냥 삐친 정도로 끝난 게 신기할 지경이었다.

만약 나였으면 오빠한테 화냈다. 그래서 나랑 이혼하고 싶은데 이혼하기 힘들어서 같이 사는 거냐고.

—근데 너 진짜 제부한테 뭐 쌓인 거 있어?

"없어……."

—근데 왜 그런 말을 했어?

"내 말이 그 말이다."

나도 내가 무슨 생각으로 그런 말을 했는지 모르겠다.

이걸 대체 어떻게 수습하지? 답은 보이지 않고 머리만 지끈거렸다.

한숨만 푹푹 내쉰 나는 나중에 다시 통화하자는 말을 남기고 전화를 끊었다.

끼이익.

살짝 밀어 열은 문에서 나는 소리는 음산하기 짝이 없었다. 마치 네 미래가 이렇다고 알려 주는 것 같아 나는 공연히 어깨를 떨었다.

아냐, 그래도 오빠는 화난 거라고 안 하고 삐쳤다고 했으니까…… 그래, 내가 한 말이 진심이 아니라는 걸 아는 거다. 그러니까 오빠 말마따나 달래 주면 되는 것이다!

나는 억지로라도 그렇게 생각하며 거실로 나갔다.

내가 통화하는 사이 오빠는 바닥에 앉아 빨래를 개며 TV를 보고 있었다. 보지도 않고 빨래를 개는 손길이 어찌나 빠르고 정확한지, 나는 잠깐 상황도 잊고 감탄하고 말았다.

아니, 이럴 때가 아니지.

"크흠."

여기 좀 봐 달라고 살짝 헛기침을 했는데 오빠는 돌아보지 않았다. 못 들었나?

"크흐흠."

아까보다 더 크게 헛기침을 했는데 이번에도 오빠는 반응이 없었다. 그렇다는 건 못 들은 게 아니라 듣고도 못 들은 척한다는 거였다.

설마 그사이에 삐친 게 화난 걸로 진화한 건 아니겠지?

진짜로 그러기 전에 얼른 오빠를 달래 줘야 할 필요성을 느껴, 나는 조심조심 오빠의 뒤로 다가가 바닥에 무릎을 붙이고 오빠의 목을 끌어안았다.

"오빠, 뭐 해요?"

"TV 보잖아."

"뭐 보는데? 재미있는 거 해요?"

일단은 오빠와 대화의 물꼬를 트기 위해 화제로 던져진 TV로 시선을 돌렸다. 크고 넓은 화면 속에선 두 명의 MC와 함께 배우 한 명이 인터뷰 중이었다.

그 배우가 누구냐 하면, 바로 진환 선배였다. 나는 잘됐다 싶어 얼른 입을 열었다.

"진환 선배네요? 아아, 이번에 영화 개봉한다고 했지? 시사회 티켓 보내 준다던데 오빠 갈 거예요?"

"거길 왜 가. 내가 쓴 작품도 아닌데."

"어…… 친구니까?"

"바빠."

……오빠가 많이 화났나?

살짝 기가 죽어 입술을 우물거리는데 오빠도 입을 다물어서 거실엔 침묵이 내려앉았다. 그 사이로 진환 선배의 목소리가 선명하게 들려왔다.

─그렇게 또 엎어지고 나니까 이 길이 내 길이 아닌가 싶더라고요. 그래서 진짜 그만둘까 생각했는데, 누가 그러더라고요. 나중에 TV에 나갔을 때 말할 게 하나라도 더 생기는 거니까 좋지 않냐고. 사람들은 한 번에 성공해서 승승장구한 사람보단 칠전팔기해서 겨우 기회를 거머쥔 사람한테 더 인간미를 느끼지 않겠냐고 말이에요. 그때 생각한 게, 얘는 내가 당연히 배우가 될 거라고 생각하고 있구나, 나도 자신이 없었는데…….

"어, 저거 내가 해 준 말인데."

"그래?"

들은 적 없는 이야기라는 듯 오빠가 되물었다. 그리고 보면 저이야긴 진환 선배랑 둘이 있을 때 한 이야기였다.

오빠가 모르는 게 당연하다 싶어 나는 얼른 설명을 덧붙였다. 이왕이면 이 이야기 하다가 내가 말실수한 거 잊어 줬으면 하는 마음으로.

"그냥 다음엔 잘될 거예요, 하고 넘어가기엔 진환 선배 표정이 너무 안 좋더라고요. 그래서 그냥 웃으라고 한 말이었는데……."

그 말 덕분에 다시 오디션에 도전할 힘이 났다고 말하는 진환 선배에 코끝이 시큰해졌다.

내가 도움이 됐구나. 정말 다행이었다.

"나중에 진환 선배 만나면 밥 한번 사라고 해야겠다."

따지고 보면 내 덕분에 배우가 될 수 있었던 거잖아?

그렇게 생각하는 건 나만이 아니었는지, TV 속에서 두 MC가 나란히 말을 꺼냈다.

–만약 그분이 아니었다면 배우 차재혁은 탄생하지 않았을 수도 있겠네요?

–저희가 차재혁 씨를 볼 수 있게 해 준 그 고마운 분은 어떤 분인가요?

접니다. 저예요.

흐뭇한 얼굴로 TV를 보고 있는데 진환 선배가 웃으며 폭탄을 터뜨렸다.

–제 첫사랑이요.

내 몸도 굳고 내가 끌어안고 있던 오빠의 몸도 굳었다.

–첫사랑이요? 어머, 어떤 분인지 더 여쭤봐도 될까요?

–정확히 언제 이야기예요?

-그때 그 말 때문에 좋아하게 된 거예요. 제가 대학교 때…….

삐리릭.

TV 전원이 꺼졌다.

나는 손을 떨며 쥐고 있던 리모컨을 내려놓았다. 그러다 이렇게 TV를 꺼 버리는 건 오히려 과민 반응이 아닐까 오빠의 눈치를 살폈는데…….

"진환이 첫사랑도 넌가 보네."

그렇게 차분할 수가 없는 목소리였다. 나는 하하하 어색하게 웃으며 고개를 흔들었다.

"에이, 그냥 TV 나와서 하는 소리죠. 설마 진환 선배가 절 좋아했겠어요?"

"진환이가 너 좋아한 건 맞아."

"네?"

"그래서 나랑 싸울 뻔했거든."

문득 결혼식 날 오빠가 진환 선배와 나누었던 이야기가 떠올랐다.

그날을 말하는 걸까…… 아니면 내가 모르는 어떤 일이 또 있었던 걸까. 묻기가 무서웠다.

아니, 어쩌다 분위기가 이렇게 됐지? 입을 꾹 다문 채 눈만 굴리고 있자 오빠가 다 갠 빨래를 들고 자리에서 일어났다. 그러면서 나 들으라는 건지, 아니면 그냥 혼잣말인지 중얼거리는데.

"내 아내는 참 인기도 많지…….."

나는 딱히 잘못한 거 없는데, 오빠도 내가 잘못했다 타박하는 건 아닌데. 그런데 죄책감이 차오르는 이유는 대체 뭘까.

하필이면 이런 개똥 같은 타이밍에 저런 인터뷰를 한 진환 선배를 원망하다가, 어제 일만 아니었으면 분위기가 이렇게 가라앉지는 않았을 텐데, 하고 세아를 원망하다가.

결국 따지고 보면 내가 원흉이었다. 정확하게는 할 말 못 할 말 구분 못 하고 무작정 내뱉어 버린 내 입이.

그러니 어쩌겠는가. 내가 다 감수할 수밖에.

"이걸 어떻게 수습하냐……."

나는 오빠가 들어간 드레스 룸 문만 하염없이 바라보다가 작게 한숨을 내쉬었다. 어떻게 해야 오빠 기분을 풀어 줄 수 있을지 도저히 생각나는 게 없었다.

"그래서 아직까지 화해 못 한 거야?"

어머님이 무척이나 흥미로운 얼굴로 나를 바라봤다. 달리 하소연할 곳이 없어 어쩔 수 없이 어머님 앞에서 털어놓은 이야기가 그렇게 재미있는 모양이었다.

이게 남의 일이었으면 나도 재밌게 들었을까?

내 입에선 작은 한숨만 새어 나왔다.

"화해를 못 했다라고 하기는 조금 애매한 게……. 오빠가 딱히 화를 내는 건 아니거든요. 눈치를 주는 것도 아니고."

"그럼 그냥 너 혼자 눈치 보는 거야?"

"네."

분위기가 이상하면 애교라도 부려 봤을 텐데, 겉으로 보기에 우리 사이에 문제 될 건 전혀 없었다.

오빠는 늘 그랬던 것처럼 나를 끌어안고 잠들었고, 아침을 차려 놓고 날 깨우고, 이제 일 없으니까 놀아 달라고 밖에 나가 데이트도 하고 그랬다.

오빠가 아무 일도 없었던 것처럼 구니 나도 이제 잊으면 될 것 같은데. 그냥 잊자고 스스로를 달래도 전혀 달래지지 않았다. 이 찝찝함을 도저히 지울 수가 없었다.

"왜?"

"그러게 말이에요……."

대체 왤까. 나는 빨대로 커피를 휘휘 젓다가 한숨을 내쉬었다. 생각해 보니 짐작 가는 게 있기는 했다.

"오빠가 자기 입으로 자기 삐쳤다고 말한 거 엄청 오랜만이거든요.."

"그래? 얼마나 오랜만인데?"

"거의 몇 년 만이에요."

오빠는 내 앞에선 부정적인 감정을 거의 내비치지 않았다. 그럴 수 있었던 이유를, 이제는 알고 있다. 내 눈치를 봤기 때문이란 걸.

속에 쌓아 둔 걸 쏟아 내고 감정의 응어리를 풀어낸 다음에는 오빠도 내 옆에서 많이 편해했다. 그래서인지 사소하게 다툴 일이 생겨도 작은 불똥은 큰불이 되기 전에 푸시식 꺼졌다.

그렇다고 해도 싸운 적이 한 번도 없었던 건 아니지만…….

그때마다 화를 낸 건 나였다. 오빠는 항상 넓은 마음으로 나를 포용해 주었다.

"그래서 이번엔 미안하다고 제대로 사과하고 풀어 주고 싶었는데, 그러지를 못해서 찝찝한가 봐요."

"그럼 이제라도 사과하면 되잖아."

"그게 타이밍을 한번 놓쳤더니……."

이제 와 지난 일을 꺼내자니 조금 애매했다. 괜히 그 얘기 꺼냈다가 오빠 기분 상하게 할까 봐 걱정되기도 했고.

"그래서 어머님한테 여쭤 보고 싶은 게 있는데요."

"뭔데?"

"오빠 어렸을 때, 막 엉엉 울다가도 이것만 보면 활짝 웃더라 하는 그런 거 없었어요?"

어렸을 때 좋아했던 걸 지금까지 좋아하리란 법은 없지만, 그래도 추억의 물건을 보면서 감회에 젖으면 좋은 분위기를 연출할 수 있지 않을까?

그런데 어머님 얼굴이 어딘지 심상치 않았다.

"어, 그게…… 그러니까."

어머님 동공이 마치 지진 난 것처럼 흔들렸다. 나와 눈을 마주하지 못하고 이곳저곳을 바라보던 어머님은 한참 후에야 체념하듯 한숨을 내뱉었다.

"그게…… 사실 잘 몰라."

"네?"

"철없단 소리 들어도 할 말 없는데……. 생겨서 낳긴 했지만, 난 육아에 관심이 없었거든. 유진이 키운 거 나 아냐. 어렸을 땐 시터가 키웠어."

"시터요?"

"응. 전에 유진이가 말한 적 있지? 나랑 사이 별로 안 좋다고. 그 말 맞아. 유진이가 나 안 좋아하는 것도 당연하지. 엄마가 엄마 노릇을 안 해 줬으니."

어머님은 한숨을 푹푹 내쉬며 빨대 포장지를 쭉쭉 찢었다. 좀

515

처럼 손을 가만히 놔두지 못하는 어머님을 보며 나는 할 말을 찾지 못해 눈동자만 데굴데굴 굴렸다.

"아니에요. 오빠가 어머님을 얼마나 좋아하는데요."

"그렇게 말 안 해 줘도 돼. 유진이가 나 싫어하는 거야 당연한······."

"진짜 아니라니까요? 사실 오빠가 저 처음 관심 가진 게 어머님 때문이었거든요. 다른 사람들이 어머님 욕······이 아니라 안 좋은 말을 하는데 거기서 제가 어머님 편을 들어서 좋았대요."

"정말?"

"네. 오빠가 어머님 싫어하면 그랬겠어요?"

"그렇구나······."

어머님이 감동한 얼굴로 눈을 반짝반짝 빛냈다. 어쩌면 평생 갔을지도 모르는 가족 간의 오해가 풀렸다니 참 다행이었다. 다행이었는데······.

나는 왜 오빠가 아니고 어머님을 달래고 있는 거지?

"소희야."

"네?"

어머님이 갑자기 손을 뻗어 내 손을 덥석 붙잡았다.

"나 진짜 네가 너무 좋아."

"저는 이제 말하기도 입 아프니까 말 안 할게요."

"그래, 그래!"

까르르 웃는 모습이 어머님의 나이를 의심케 할 정도로 예쁘고 또 고왔다. 그래서 나도 잠깐이지만 근심을 잊고 웃을 수 있었다.

"안 되겠다. 소희야, 일어나."

"네?"

"쇼핑하러 가자, 쇼핑."

"쇼핑이요?"

순간 나도 모르게 의자 옆에 잔뜩 쌓인 쇼핑백을 내려다보고 말았다.

어머님이랑 나는 이미 2시간 동안 백화점을 돌며 쇼핑을 한 상태였다. 다리가 너무 아파서 커피 마시고 쉬다가 이제 슬슬 집에 돌아갈 생각이었는데. 무슨 쇼핑을 또 하자고 하시는 거지?

"더 필요한 거 있으세요?"

"나 말고 너."

"저요?"

"유진이 기분 풀어 주고 싶다며? 유진이 어렸을 때는 몰라도, 걔가 지금 좋아하는 게 뭔지는 내가 알거든."

"뭔데요?"

"뭐겠어."

어머님은 나를 보며 한쪽 눈을 찡긋거렸다. 몇 초 후 그 눈빛에 담긴 뜻을 알아들은 나는 속절없이 뺨을 붉혔고, 어머님이 이끄는 대로 자리에서 일어나 새로 쇼핑을 하러 갔다.

무릎 위로 올라오는 짧은 치마에 발목이 얇아 보이는 굽 높은 구두. 어머님이 이거야말로 화룡점정이라 막무가내로 밀어붙인 보정 속옷까지.

심지어 어머님은 전속 코디네이터를 불러 화장하고 머리까지 해 주셨다. 그렇게 머리부터 발끝까지 때 빼고 광낸 내 모습은 내

517

가 봐도 놀랄 정도였다.

"우리 소희 진짜 너무 예쁘다!"

이렇게 꾸민 건 결혼식 이후로 처음이었다. 평소라면 누가 예쁘다고 칭찬해 줘도 감흥 없이 빈말이구나 하고 넘겼을 텐데, 오늘의 나는 내가 봐도 예쁜 것 같아서 어머님께 감사하다고 몇 번이나 인사했다.

"아마 유진이도 너 보면 놀랄 거야."

둘이 좋은 시간 보내라고 찡긋 윙크한 어머님은 마지막으로 내 손에 호텔 키까지 쥐여 주셨다. 그게 의미하는 바가 너무 뻔해서 뺨이 화르륵 불타올랐지만, 굳이 사양은 안 했다.

이후 어머님은 본인 차로 직접 나를 태워 주셨다. 도착 장소가 호텔이라서 좀 놀라기는 했지만, 어머님의 마지막 선물을 생각하면 당연한 일이었다.

"유진이는 여기 5층 바에 있을 거야."

"바요?"

"응. 여기 와인바 괜찮거든. 분위기 잡기 좋아서 데이트하러들 많이 온대."

"그래요?"

하긴, 와인 마시면서 분위기 잡고 룸으로 올라가는 것만큼 완벽한 데이트 코스가 어딨겠어.

남의 일로만 생각해 고개를 끄덕이던 나는, 그러다 짓궂게 웃고 있는 어머님과 눈이 마주쳐 헛기침을 하고 말았다.

"자, 가방도 들고 가야지."

"감사합니다……."

"유진이한테는 생일 선물이라고 전해 줘. 그럼 다음에 봐!"

어머님은 마지막까지 내게 윙크를 남기고 떠나갔다.

생일 선물이라.

내일 생일인 사람은 오빠인데 왜 옷이며 가방이며 구두를 잔뜩 선물 받은 사람은 나일까. 고민할 필요도 없는 문제였다. 내가 이렇게 예쁘게 꾸민 걸 좋아할 사람은 오빠밖에 없으니까.

"오빠 먼저 와 있으려나?"

처음 와 보는 호텔이었지만, 직원의 도움을 받아 길을 찾는 건 어렵지 않았다.

엘리베이터를 타고 5층으로 올라간 나는 나른한 재즈 음악이 흘러나오는 바 안으로 조심스럽게 걸어 들어갔다.

"어서 오세요. 어떤 자리로 안내해 드릴까요?"

이건 혼자 왔냐는 뜻이겠지?

"음, 일행이 있는데……."

먼저 와 있을지 잘 모르겠다는 말은 굳이 할 필요 없었다. 창가에 홀로 앉아 있는 오빠의 뒷모습이 바로 내 눈에 들어왔으니까.

안내는 괜찮다고 직원을 물린 나는 반가운 마음에 걸음을 재촉했다.

남녀 둘이 분위기 잡으라고 자리를 깔아 놓은 건지, 바의 창가 자리는 테이블의 넓은 면을 창가에 붙인 채 창문을 보고 나란히 앉을 수 있게끔 2인석으로 꾸며져 있었다.

그러니까 바가 아닌 창가의 자리에 앉은 건 옆에 앉을 사람이 있다는 뜻이나 마찬가지였다.

여기 처음 와 본 나도 쉽게 알아차릴 수 있는 사실이었다. 심지어 오빠의 옆자리엔 빈 잔이 엎어져 있기까지 했다.

누가 봐도 올 사람이 있다는 뜻인데, 그 자리는 내 건데. 나보다 먼저 오빠한테 다가가는 여자가 있었다.

"혼자 오셨나 봐요?"

나긋나긋한 목소리에 오빠가 고개를 들어 여자를 바라봤다. 오빠의 눈빛이나 표정은 변화가 없었지만, 여자는 달랐다. 그녀는 수줍음 가득한 미소를 온 얼굴에 띤 채 아무 말 없는 오빠에게 계속해서 말을 걸었다.

"제가 와인 한 병을 주문했는데 혼자 마시기엔 많아서요. 혹시 괜찮으시면……."

뭇 사람들이 말하기를, 미인은 용기 있는 자가 차지하는 법.

그녀의 용기엔 찬사를 보낸다. 저렇게 잘생긴 사람이 혼자 앉아 있으니 못 먹는 감 찔러라도 보고 싶었겠지. 그러다 먹을 수 있으면 더 좋고.

하지만 저 감은 이미 내가 침을 바르다 못해 몇 번이고 삼킨 감이었다.

그것도 모르고 내 감에 손가락을 가져다 대려는 여자에게 나는 얼른 다가갔다.

"여보!"

"여보?"

나를 돌아보는 여자의 얼굴에 경악이 번져 나갔다. 벌어진 입을 다물지 못하는 걸 보니 오빠가 유부남이란 사실이 굉장히 충격적인 모양이었다.

그래요, 이 잘난 남자는 이미 나랑 결혼했습니다.

그렇게 말하고 싶은 마음을 간신히 억누르며 오빠에게 말을 걸었다.

"이분은 누구예요? 아는 사람?"

"아니, 모르는 사람."

대답은 참 느긋하게도 나왔다. 내가 오해하지는 않을까 걱정되지도 않는 것처럼.

혹시 내가 보고 있는 걸 알고 있었나?

내가 그런 의혹을 가지고 있을 때, 달아오른 얼굴을 하고 있던 여자가 "사람을 착각했네요." 하고 후다닥 자리를 떴다.

만약 쉽게 물러나지 않았으면 단단히 망신을 줬겠지만, 오빠가 유부남인 걸 알고도 접근을 할 만큼 무례하지는 않은 것 같아 그냥 보내 주었다.

"오늘 예쁘게 입었네."

여자가 가거나 말거나 오빠는 나만 보며 자기 옆에 놓인 의자를 뒤로 빼 주었다. 나는 그 자리에 냉큼 앉으며 새침한 목소리를 냈다.

"오빠도 오늘 멋지게 입었네요?"

"마음에 들어?"

"음……."

역시, 남자는 정장이다.

불편했는지 재킷은 의자에 걸어 두고 지금은 셔츠 하나만 입고 있었지만, 오히려 그래서 더 좋았다. 흰 셔츠에 매듭을 느슨하게 푼 넥타이. 거기에 걷어 올린 소매의 조합이란!

"오빠, 저 심장이 너무 떨려요……."

왼쪽 가슴을 쥐고 한 말에 오빠는 픽 소리를 내며 웃었다. 그러고는 손을 뻗어 예쁘게 말린 내 머리카락을 만졌다.

"나도. 우리 소희 엄청 예쁘다."

순식간에 붙었다 떨어진 오빠의 입술이 내 입술에 온기를 남겼다. 화들짝 놀라 주변을 둘러보는 나를 아는지 모르는지, 오빠는 표정의 변화 없이 잔을 뒤집어 와인을 따랐다.

잔의 밑바닥에 깔리는 정도로 채워진 와인은 붉은빛을 띠고 있었다. 와인은 잘 모르는 나는 잔의 기둥 부분을 잡고 조심히 와인의 향을 맡았다.

"이건 무슨 와인이에요?"

"나도 잘 몰라. 메뉴판 보고 대충 아무거나 시켰거든."

"오빠 와인 별로 안 좋아해요?"

"응."

"그럼 약속 장소를 잘못 잡았네요. 저도 와인 별로 안 좋아하는데."

"그래?"

"네."

언제였더라. 처음 와인을 마신 건 세아가 선물 받은 게 있다고 같이 먹자고 제안했을 때였다.

그때 마셨던 와인은 내 입엔 떫게만 느껴졌었다. 그 와인에 문제가 있었던 건지, 아니면 그냥 와인이 내 입에 안 맞는 건지는 이걸 마셔 보면 알겠지.

"그래도 이왕 왔으니까…… 건배나 한번 할까요?"

"그럴까?"

오빠가 잔을 들어 내 쪽으로 가져왔다. 나는 들고 있던 잔을 움직여 오빠의 잔에 가볍게 챙 부딪쳤다.

"음, 우리의 신혼을 위해서."

"괜찮네."

작게 웃은 오빠가 잔을 입으로 가져갔다. 살짝 기울인 와인 잔에서 붉은 액체가 흘러 오빠의 입술 사이로 들어갔다.

나는 커다랗게 꿈틀거리는 오빠의 목울대에서 눈을 떼지 못했다. 그렇게 내가 홀린 듯 바라보고만 있자 내 시선을 눈치챈 오빠가 고개를 돌려 나를 바라봤다.

"안 마실 거야? 우리 신혼을 위한 잔인데?"

"어…… 마셔야죠."

술은 아직 마시지도 않았는데 얼굴이 화르륵 달아올랐다.

함께 지낸 세월이 얼만데, 이제는 익숙해질 만큼 익숙해졌다 생각하다가도 이렇게 넋을 놓고 마는 때가 있었다.

술이 아니라 다른 것에 취하는 기분이다.

와인을 단숨에 들이켠 나는 잔을 내려놓고 괜히 어지러운 척 오빠의 어깨에 머리를 기댔다.

"음…… 역시 와인은 저랑 안 맞는 것 같아요."

"별로야?"

"네. 취하는 것도 빨리 취하는 것 같고……."

아무리 그래도 와인 한 잔, 아니, 이건 잔이라고 하기도 뭐하다. 겨우 와인 세 모금에 취할 만큼 내 주량은 형편없지 않았다. 오빠도 그걸 알고 있을 터였다.

하지만 그 사실을 지적해 나를 놀리는 대신, 오빠는 내 어깨에 손을 올려 내가 기대기 편하게 자세를 잡아 주었다.

"사람마다 안 맞는 술이 있지."

오빠가 테이블 위에 놓인 여러 음식 중 초콜릿 하나를 집어 내 입에 가져다 댔다. 안 그래도 입안이 씁쓰름했던 터라 얼른 초콜릿을 받아먹었다.

혀끝에 단맛이 도니 그제야 입가에 미소가 지어졌다. 그걸 봤는지 오빠가 한 번 더 초콜릿을 먹여 주었다.

행복한 마음으로 초콜릿을 씹는데 오빠 손가락에 코코아 가루가 묻어 있는 게 눈에 들어왔다. 나는 아무 생각 없이 오빠의 손목을 잡아 손가락에 묻은 코코아 가루를 혀로 핥았다. 그러다 정신이 번쩍 들었다.

내가 지금 무슨 짓을 한 거지?

슬쩍 눈을 들어 위쪽을 바라보자 오빠도 놀란 표정을 짓고 있었다. 그러나 언제 그랬냐는 듯 오빠는 웃음을 터뜨렸다.

"오늘따라 예쁜 짓을 많이 하네."

"제가 또 예쁜 짓 한 거 있어요?"

"응."

내가? 언제 그랬지?

무슨 말인지 모르겠어서 머리만 열심히 굴리는데, 문득 맞은편 창가에 시선이 닿았다.

어두운 밤. 새까매진 유리창이 마치 거울처럼 우리 모습을 비추고 있었다. 오빠의 어깨에 기댄 나와 내 어깨를 감싼 오빠.

가만히 그 모습을 지켜보다가 어느 순간 오빠와 눈이 마주쳤다. 그 순간 알아차렸다.

내가 여기 들어온 순간부터 오빠는 이걸로 나를 보고 있었구나. 아니, 어쩌면 내가 들어오기 전부터.

"그래서 아까 그 여자한테 나 임자 있는 남자다 안 한 거예요? 내가 어떻게 나오나 보려고?"

"응."

"왜 이렇게 당당해?"

부러 뾰로통한 눈으로 흘겨보자 오빠가 내 머리를 쓰다듬었다.

팔을 내 어깨에 얹은 채 긴 머리카락을 손가락으로 배배 꼬는 그 나른한 손길엔 색이 짙은 애정이 담겨 있어서, 일견 과시하는 것처럼 느껴지기도 했다.

"소희야, 여보."

"……왜요, 여보?"

"나 사랑해?"

"설마 내가 안 사랑한다고 대답할까 봐 묻는 거예요?"

"대답 피하는 거야?"

"사랑하죠, 당연히."

얼른 대답해 줬더니 오빠가 방긋 웃었다. 그러고는 반대쪽 손으로 내 뺨을 감쌌다. 설마 또 키스하려는 건가 내심 긴장하고 있는데, 오빠는 내 뺨을 가볍게 건드리다가 이내 조몰락거리기 시작했다.

갑자기 왜 이런 장난을 하는 거지? 혼자 긴장했던 게 우습기도 하고, 맥도 탁 풀리고. 그 탓에 이어지는 내 목소리는 누가 들어도 불만을 품고 있었다.

"나 화장했는데."

"응, 예뻐."

"화장 안 하면 안 예쁘고?"

"안 해도 예쁘고, 해도 예쁘고."

문득 유리창에 비친 우리의 모습이 눈에 띄었다. 한 손으로 내 어깨를 끌어안고 다른 손으로 내 뺨을 만지작거리는 오빠. 누가 봐도 수작 부리는 남자였다.

"왜 웃어?"

"그냥. 남들이 보면 오빠가 나 엄청 꼬시는 걸로 보이겠구나 싶어서요."

"네가 보기엔 어때 보이는데?"

"내가 보기엔……."

말끝을 흐린 나는 창문에서 시선을 떼고 오빠를 바라봤다. 딱 붙어 있는 탓에 바로 코앞에서 눈이 마주쳤다. 순간 뺨이 뜨겁게 달아올랐다.

이대로 있으면 내가 먼저 입을 맞출 것 같아 눈을 아래로 내리 깔았다. 와인 겨우 세 모금 마시고 정말 취하기라도 한 걸까? 온몸이 화끈거리는 기분이었다.

"오빠는 여전히 나 엄청 좋아하는구나."

"느껴져?"

"매일 느끼고 있죠."

"다행이네."

용기 내어 눈을 들자 오빠가 웃고 있는 게 보였다. 굉장히 긴 시간을 함께했는데, 왜 나는 오빠가 웃는 모습에 여전히 가슴이 설레고 떨릴까.

붉어진 뺨을 감춰야 하는 사이가 아니어서 정말 다행이었다. 나는 바 안의 다른 손님들은 신경도 안 쓰고 오빠의 허리를 두 팔로 꽉 끌어안았다.

"오빠는요? 오빠도 매일 느끼고 있어요?"

"그럼."

부드러운 입술이 이마에 닿았다.

"그러니까 봐준 거야. 아니었음 처형 앞에서 이혼 어쩌고 했을 때 너 나한테 혼났어."

"그거는."

다행이다. 해명할 타이밍이 돌아왔다.

나는 얼른 입을 열었다.

"세아가 하도 고민하니까 해 준 이야기죠. 객관적으로, 이혼보단 파혼이 나은 게 맞잖아요. 나는 이혼 안 할 거지만."

"그래서 사람은 둘이 사는 것보다 혼자 사는 게 낫다는 이야기도 한 거야?"

"그거는, 그러니까……."

이 말을 어떻게 해야 덜 부끄럽게 할 수 있을까. 몇 초간 머리 터지게 고민했지만 안타깝게도 수확은 없었다. 결국 곧이곧대로 말할 수밖에 없었다.

"내숭 떨기가 좀 힘들어서……."

"내숭?"

"제가요. 혼자 살 때는, 외출할 일 없으면 하루 정도는 머리도 안 감고 샤워도 안 하고 그랬거든요. 당연히 화장도 안 하고, 밥도 막 물에 밥 말아서 김치랑 먹고……."

"나랑 살면서는 안 그랬잖아."

"그러니까 내숭 떤 거라니까요."

그 외에도 할 말은 많았지만 참았다. 말마따나 아직 내숭 부리는 중이니까.

내가 그런 말을 할 줄은 몰랐는지 오빠는 한참 동안 말이 없었다.

설마 혼자 있을 때는 잘 안 씻는 여자라고 정 떨어진 건 아니겠지? 내가 그런 생각을 하고 있을 때 오빠가 드디어 입을 열었다.

"사실 나도 그래."

"오빠가요?"

"응. 나 맨날 너보다 먼저 일어나잖아."

"그랬죠."

오빠가 나보다 더 부지런해서 그런 거 아니었나?

"기를 쓰고 일찍 일어난 거야. 면도하려고."

"면도요?"

"너 수염 난 남자 별로라며."

"어…… 그렇기는 한데."

정말 상상도 못 했던 이야기라 조금 당황하고 말았다.

"오빠 수염 별로 안 나는 거 아니었어요?"

"다른 사람에 비하면 덜 나는 편이긴 한데, 나도 남자잖아. 안 나진 않지."

"그랬구나……."

"집에 혼자 있을 땐 머리 안 감고 샤워 안 하는 거 나도 그래. 밖에 나갈 것도 아닌데 뭐하러 씻어."

"진짜요? 내가 그런다고 해서 말 맞춰 주는 거 아니고?"

"오히려 네가 그래서 나도 맨날 씻은 거야."

"그랬구나……."

우와, 상상도 못 했다.

왜 그 생각을 못 했을까? 내가 내숭을 부리는 것처럼 오빠도 똑같이 내숭을 부리고 있었을 거란 걸!

"오빠도 힘들었겠다."

"사실, 응. 나 너랑 결혼하고 늦잠을 한 번도 못 잤어."

오빠가 투정 부리듯 하는 말에 나는 웃음을 터뜨리고 말았다.

그러게. 늦잠 못 자는 오빠는 나보다 더 힘들었겠다. 적어도 나는 늦잠은 잤는데.

"그럼 내일부턴 늦잠 자요."

"나 수염 나도 괜찮아?"

"그럼요. 오빠는 수염이 산타클로스만큼 나도 괜찮아요."

"아니…… 그건 내가 싫어."

정말로 싫은지 오빠는 엄청 떨떠름한 목소리를 냈다. 그러고는 별로 안 좋아한다는 와인까지 들이켰다.

나는 변탠가? 오빠 목울대가 움직이는 것만 보면 왜 이렇게 넋을 놓게 되는지 모르겠다.

뿐만 아니라 긴장까지 하게 돼서, 하릴없이 마른침만 삼키다가 내 잔에 와인을 따랐다.

갈증이 일어 쭉 들이켜긴 했지만 맛없는 게 맛있어지는 건 아니었다. 내가 미간을 찌푸리는 걸 봤는지 오빠가 금방이라도 직원을 부를 것처럼 내게 물어 왔다.

"레드 와인 말고 화이트 와인 주문해 볼까?"

"음, 와인보다는……."

"다른 거 마셔 볼래? 여기 칵테일은 파는 것 같은데."

"아니, 술 말고."

고개를 흔든 나는 허벅지 위에 놓아둔 가방에서 어머님이 주고 가신 카드키를 꺼냈다.

"어머님이 이거 주셨는데."

생일 선물이라고 속삭이자 오빠가 조금 놀란 표정을 지었다. 하지만 그것도 잠시, 카드키를 쥐고 있던 내 손 위로 오빠의 손이 겹쳐졌다.

뜨끈한 체온이 손등 위로 비벼지며 오빠의 엄지가 내 손목 안쪽을 쓸었다. 그 손길에 담긴 열기가 무엇을 의미하는지 내가 모를

리 없었다.

"선물로 받은 거니까…… 안 쓰면 실례겠지?"

"그럼요."

아마 어머님은 우리가 이렇게 빨리 룸으로 올라갈 거라곤 생각
못 하셨을 거다.

하지만 분위기는 잡을 만큼 잡았으니까 괜찮지 않을까?

오빠가 나 먹으라고 미리 주문해 둔 안주가 많았고, 와인 역시
아직 반 병 넘게 남아 있었지만. 우리는 망설임 없이 자리에서 일
어났다.

✳

으, 눈부셔…….

살짝 뜬 눈꺼풀 사이로 밝은 빛이 쏟아졌다. 눈이 따가워 덮고
있는 이불을 머리 위로 끌어 올리자 이불 동굴 속에서 웃음소리가
나지막하게 울렸다.

"깼어?"

"으으응……."

뺨을 만지는 손이 귀찮아서 고개를 흔드는데 웃음소리가 커졌
다. 어쩐지 놀림받는 기분에 슬며시 눈을 뜨자 이불이 확 내려가
고 가슴 위가 허전해졌다.

내가 느낀 한기를 아는 것처럼 커다란 체온이 내 몸을 덮어 왔
다. 그 주인은 당연히 오빠였다.

"일어났어? 아님 더 잘 거야?"

그런 거 물으려면 내 뺨이랑 입술은 가만 내버려 둬 줬으면 좋

겠다.

고개를 흔들어 억지로 오빠의 입술을 떼어 낸 나는 내 위로 올라탄 오빠의 몸도 밀어내고 옆으로 돌아누웠다.

"더 잘래……."

"더 잘 거야? 진짜로?"

보채는 듯한 목소리가 귓가를 떠나지 않았다. 아무래도 더 자는 건 무리다 싶어 눈을 뜨자 오빠가 기다렸다는 듯 몸을 엉겨 왔다.

옆으로 누운 내 어깨 위로 상체를 붙인 오빠는 얼른 일어나라고 재촉하듯 내 뺨에 입을 맞춰 댔는데, 평소와는 느낌이 달랐다. 턱 근처를 스치는 까슬까슬한 감촉 때문이었다.

"오빠 수염 났다."

"응, 수염 났어."

웃음기 섞인 목소리로 말하자 오빠가 내 몸을 와락 끌어안고 내 뺨에 자기 턱을 비벼 댔다. 조금은 거친 그 행동에 뺨이 따가웠는데, 싫다는 소리보다는 웃음이 먼저 입 밖으로 튀어 나갔다.

손을 들어 만져 본 오빠의 턱은 생각보다 까슬까슬했다.

그렇게 오래 사귀었는데 수염 난 오빠 턱을 만져 보는 건 처음이었다. 오빠도 그동안 고생이 참 많았겠구나.

아, 너무 만졌나?

빤히 바라보는 오빠의 시선에 민망해져 손을 거두는데 오빠가 내 손을 잡아 자기 뺨으로 가져갔다.

눈을 감은 채 내 손에 대고 뺨을 비비는 행동은 어딘지 모르게 색정적이었다. 내가 그것을 느꼈을 때, 오빠가 눈을 가늘게 뜨고 나를 내려다봤다.

"여보."

"안 돼요."

"……내가 무슨 말을 할 줄 알고 안 된대?"

"아무튼 안 돼."

그렇게 은근한 목소리로 여보 하고 부르는 게 무슨 뜻인지 내가 모를 줄 알고.

"진짜 안 돼?"

"안 돼. 나 방금 일어났어요."

지금이 몇 신지는 모르겠지만 창밖이 저렇게 환한 걸 보니 못해도 9시, 10시 정도는 됐을 거다. 체크아웃을 몇 시까지 해야 하더라.

내 생각을 읽기라도 한 것처럼 오빠가 나지막이 속삭여 왔다.

"아까 어머니랑 통화했는데, 여기 2박 3일 예약했대."

"……2박 3일이요?"

아니, 어머님도 참…… 남사스럽게 무슨 호텔을 2박 3일씩이나…….

"여기 조식도 맛있고 야경도 예쁘대. 어제는 정신없었을 테니까 오늘 쉬면서 느긋하게 즐겨 보라더라."

"그래요?"

호캉스 같은 거 하라는 의미겠지? 아니더라도 그렇게 생각하기로 했다. 아니고서는 도저히 어머님을 뵐 낯이 없었다. 민망해서.

"그럼 나 더 잘래요."

"오늘따라 왜 이렇게 못 일어나? 많이 피곤해?"

"네. 어젯밤에 누구 때문에 잠을 제대로 못 자서요."

보란 듯 입을 벌려 하품을 하자 옆에서 치근덕거리던 온기가 살짝 떨어져 나갔다.

거기에 아쉬움을 느꼈다는 사실을 혹시 들킬까, 나는 이불을 머리끝까지 뒤집어썼다. 그러자 오빠가 이불 속으로 파고들어 내 허리에 팔을 감았다.

"알았어, 그럼 더 자자."

계속 일어나자고 조르더니 밖에 나가고 싶은 게 아니었던 건가? 등을 다정하게 쓸어 주는 오빠의 손길에 눈꺼풀이 사르르 감겼다.

그 힘에 저항하지 않고 잠들려는 찰나, 문득 어떤 사실이 떠올라 다시 눈을 떴다.

"오빠."

"응?"

"생일 축하해요."

까먹을 게 따로 있지, 하마터면 이걸 깜빡할 뻔했다.

아니나 다를까. 오빠가 원한 건 바로 그 한마디였는지 나를 내려다보는 얼굴에 천천히 미소가 번졌다.

"고마워."

애도 아니고, 나이 서른 넘어서 그 한마디에 목매는 게 다른 사람들 눈에는 유치해 보일지도 모르겠다. 하지만 나는 오빠 기분을 이해했다. 나도 내 생일에 오빠가 생일 축하한단 말 안 해 주면 섭섭할 것 같으니까.

"생일 선물로 받고 싶은 거 있어요?"

"글쎄……. 네가 주는 거면 뭐든 좋아."

그럴 줄 알았다.

작년에도 재작년에도 오빠는 그렇게 말했으니까.

그리고 오빠는 자기가 한 말을 지켰다. 내가 주는 건 다 좋아했고, 잘 모셔 놨다가 신혼집까지 가져왔다.

내가 준 걸 소중히 간직해 줘서 나도 좋긴 했지만, 그래도 한 번쯤은 '내가 줬기 때문에' 좋은 게 아니라 그 자체로 좋아할 만한 걸 주고 싶었다.

그런데 오빠가 제일 좋아하는 건 나란 말이지.

그래서 고민을 좀 했다. 오빠에게 선물로 뭘 줄지.

"오빠. 우리 이따가 서점 가요."

"서점? 왜?"

"나 책 나오거든요."

나는 긴장된 마음으로 오빠를 바라봤다.

하지만 내 예상과 달리 오빠는 놀라지도 의아해하지도 않았다. 아니, 그 정도가 아니라.

"그거 오늘 나와?"

"……네?"

"블로그에서 봤어. 너 책 나오는 거."

순간 잠이 확 깼다. 너무 놀란 나머지 나는 이불이 흘러내리는 것도 모르고 자리에서 벌떡 일어났다.

"내, 내 블로그를 오빠가 어떻게 알아요?"

"내가 알면 안 되는 거였어?"

"아니, 알면 안 되는 건 아닌데……."

그냥 부끄러워서 그렇지 오빠가 알면 안 되는 건 아니었다.

다만 궁금한 건 그거였다. 알려 준 적도 없는데, 그게 내 블로 그라는 걸 오빠가 어떻게 알았는지.

차마 묻지 못하고 입술만 웅얼거리고 있자 오빠가 몸을 일으켜 이불의 양 끝자락을 두 손으로 잡고 날 끌어안았다. 그러자 등을 스치던 한기가 사라졌다.

"키노아이 기억나?"

"어…… 커뮤니티요? 그거 오빠도 알아요?"

"진환이가 알려 줬거든. 거기서 처음 네가 글 쓴 거 봤어."

설명을 들었는데 의문은 더 깊어졌다. 나는 고개를 갸웃거리며 다시 한 번 물었다.

"그게 제가 쓴 글인 건 어떻게 알았는데요……?"

"우리 동방에서 컴퓨터 같은 거 썼잖아. 네가 로그인하고 창 안 끈 거 보고 알았어."

"아…….."

"그때 쓰던 아이디랑 지금 네가 쓰는 블로그 아이디랑 똑같잖아. 그래서 넌 거 알았지."

"아, 그렇…….."

잠깐만.

내가 지금 쓰는 아이디.

중학교 때부터 쓰기 시작해서 그 후로도 아무 생각 없이 어디 가입할 때마다 쓰는 내 아이디.

sign_love_s0h1.

"우리 소희는 참 일편단심이야. 나도 이렇게 오래 좋아하는데 가수도 그 사람 하나만 계속 좋아하잖아. 그 사람 좋아한 지 벌써 20년 다 돼 가지?"

오빠는 웃고 있었다. 하지만 결단코 '오빠 웃는구나. 하하하.' 하고 웃어넘길 수 있는 얼굴이 아니었다.

이제 알겠다. '사인 오빠'라는 호칭 두고 오빠가 화냈던 이유.

"에이, 그 사람이랑 오빠랑 비교하면 안 되죠. 그 가수는 몇 년 안 좋아했다가 노래 좋아서 또 잠깐만 좋아했고, 오빠는 맨날맨날 좋아하고 있고."

"……."

"진짠데. 나 오빠 만나고 나서 하루도 안 빼고 오빠만 좋아했는데……."

말없이 날 바라보는 오빠의 눈이 점차 가느다래졌다. 의심이 가득 담긴 그 시선으로부터 나는 좀 더 적극적으로 해명해야 할 필요성을 느꼈다.

"좋아하는 가수는 언제든지 바뀔 수 있는데 남편은 죽을 때까지 한 명이잖아요. 안 그래요?"

"근데 좋아하는 가수 안 바뀌었잖아."

"아닌데? 바뀌었는데? 요즘 TV 보니까 누구냐 그……."

아니, 잠깐. 이건 좋은 방법이 아니었다. 어디까지 하나 보자 하고 나를 빤히 보는 오빠의 시선이 그렇게 말하고 있었다.

중학교 때의 나는 대체 왜 팬질 같은 걸 했던 걸까. 과거의 윤소희를 저주하며 나는 화제를 전환하기 위해 필사적으로 머리를 굴렸다.

"오빠 엉큼해. 내가 블로그에 그런 글 쓰는 거 보고도 아무 내색 안 한 거예요?"

다행히 내 시도는 훌륭하게 먹혀들었다. 내가 흘겨보는 시선에 오빠가 그런 거 아니라며 얼른 답해 준 것이다.

"내가 보고 있다고 하면 네가 더 안 쓸 거 같아서."

"음……."

하긴, 그랬을지도.

그때 이번엔 오빠가 화제 전환을 시도했다.

"근데 그게 어떻게 책으로 나오는 거야?"

"어…… 글을 꾸준히 썼더니 봐 주는 사람이 계속 늘었는데, 중간에 SNS에서 한번 화제된 것도 알아요?"

"응. 난 그때 네 블로그 알았어."

그랬구나. 뺨이 또 달아올랐다.

"그때 방문자 수랑 댓글 수가 엄청 올랐거든요. 그 뒤로도 계속 입소문 같은 게 났는지 출판사에서 연락이 와서, 이 기회 아니면 또 언제 제 이름으로 책 내 볼까 싶어서 내기로 했어요."

처음 번역을 시작했을 때부터 그런 꿈을 가지긴 했었다. 번역가가 아니라 저자로서 이름을 올리는 거.

하지만 상상력이나 창의력이라곤 눈곱만큼도 없어서 시도할 엄두를 못 냈다. 이번에 책으로 나오는, 블로그에 올린 글은 실화를 기반으로 했기에 쓸 수 있었던 글이다.

결혼 후, 처음 오빠를 좋아하기 시작했을 때부터 결혼하기까지의 일을 정리해서 올린 글은 사람들에게 정말 많은 인기를 끌었다.

아마 그 인기의 가장 큰 요인은 바로 오빠일 것이다. '이런 남자가 정말 세상에 존재한다고요?' 하고 아직도 많은 사람들이 실존여부를 믿을 수 없어 하는 남자 말이다.

"너 책 내는 거 다른 사람들도 다 알아?"

"아뇨. 아무도 몰라요. 오빠 말고는."

사실은 오빠도 몰랐어야 되는데.

"앞으로도 계속 말 안 할 거야?"

"왜요?"

"거기 나오는 '그'가 나라고 자랑하고 싶은데 그러면 안 되는 건가 해서."

순간 얼굴이 달아올랐다.

아까까지는 실감을 못 했는데, 오빠가 정말 내 글을 읽기는 읽은 모양이었다. 오빠를 '그'라고 써 놓은 것도 알고, 그게 자기인 것도 아는 걸 보면.

"누구한테 자랑하게요?"

"아는 사람들 전부?"

상상만으로 등골에 소름이 쫙 돋았다. 부르르 떨리는 어깨를 감싸 쥐며 나는 고개를 미친 듯이 흔들었다.

"하지 마요. 나 수치사하는 거 보기 싫으면."

"자랑하고 싶은데……."

"안 돼요."

"알았어."

고개를 끄덕이는 것과 별개로 오빠 목소리에선 미련이 뚝뚝 떨어지고 있었다. 그렇게 아쉬운 척하면 내가 해도 된다고 할 줄 알고.

"여보."

"안 돼요."

"……내가 무슨 말 할 줄 알고 안 된대?"

"아무튼 안 돼."

나는 오빠 손에서 이불을 빼앗아 다시 드러누웠다.

이따 서점을 어떻게 가지. 아니, 어차피 오빠는 내가 쓴 글 이미 다 읽었구나. 부끄러워 죽겠다 정말.

달아오른 뺨을 만지작거리며 내가 썼던 글을 하나하나 되짚어

보다가. 나는 다시 벌떡 일어나서 오빠한테 물었다.

"그래서 감상은요?"

"응?"

"내가 쓴 글 읽어 본 감상."

하루에 한 번, 짧게라도 꼬박꼬박 써서 올린 글은 전부 오빠에게 바치는 헌사였다.

그러니 다른 사람은 몰라도 오빠에게만큼은 들어야 했다. 내 고백에 대한 답을.

"응, 나도 사랑해."

딱 내가 듣고 싶었던 답이다.

내 입에서 속절없이 웃음이 흘렀다. 그런 나를 따라 웃던 오빠가 이불을 머리 위로 끌어 올리며 나를 뒤로 눕혔다.

안 된다고 몇 번을 말했는데.

할 수 없지 뭐. 오늘은 오빠 생일이니까.

만약 작년에 오빠와 헤어졌다면 나는 지금 뭘 하고 있을까? 상상하기도 싫은 가정을 머릿속에 밀어 두고 오빠의 목을 끌어안았다.

이미 수도 없이 말했지만, 그래도 오늘이 끝나기 전에 또 한 번 말해 줘야지.

여전히 많이 좋아한다고.

-fin

작가 후기

*알아도 좋고 몰라도 좋은 카메오 이야기.

1. 대한민국 최고 미남 배우 정선우 : 로열 레이디

2. 신간 나온 강바다 작가님 : 일곱 번째 러브레터

3. 커플 잠옷 즐겨 입는 세아 회사 사장님 부부 : 쥐구멍 볕 들 날

4. 소희가 초등학교 때 자주 갔던 분식집의 새 사장님 : 시나브로, 촉촉

   아시는 분들은 아시겠지만 제가 쓴 현로 속 주인공들은 다 같은 세계에 살고 있습니다. 그래서 이번 작품을 쓰면서는 넣을 수 있는 최대한으로 카메오를 넣어 봤어요. 모르면 모르는 대로 넘어갈 수 있게끔 자연스럽게 쓰려 노력했는데 잘 됐는지 모르겠습니다.

   제 글이 취향에 맞으셨다면, 위의 카메오들이 나온 작품들도 재밌게 읽으실 수 있을 것 같아요.

   (사실 이 작품에 나온 인물들 중에 아직 출간되지 않은 작품의 주

인공과 언젠가 쓰고 싶은 주인공도 있습니다. 나중에 꼭 소개드릴 수 있으면 좋겠네요!)

인사가 늦었습니다. 안녕하세요, 김지호입니다. 처음 뵙는 분들도 다시 뵙는 분들도 모두모두 반갑습니다. 이번에는 〈그래도 좋아서〉라는 작품으로 인사드리게 되었네요. 벌써 아홉 번째 작품입니다. 감개무량하네요.

이번 작품은 기억상실을 소재로 썼는데, 해당 키워드로 출간을 한 건 처음이지만 사실 저는 기억상실이란 소재를 굉장히 좋아합니다. 그래서 작업 자체도 굉장히 즐겁게 했어요. 봐 주신 분들도 즐겁게 읽으셨으면 하는 바람이 있습니다. 부디 이루어지기를……!

후기를 쓰게 되면 꼭 써야지 생각했던 이야기가 많았는데 막상 쓰려니까 생각나는 게 없네요. 본편에 풀기는 애매해서 후기에 넣어야지 했던 설정이 여러 개 있었는데…… 당장 기억나는 건 하나뿐이네요. 유진이 슬럼프는 다른 게 아니고 〈sign〉이란 단어에 집착하다가 찾아왔습니다.

사실 처음에는 유진이 시점의 외전을 따로 한 편 쓸 생각이었어요. 하지만 이 작품은 처음부터 끝까지 소희 1인칭으로 진행된 이야기인 만큼, 유진이 시점의 이야기를 낱낱이 설명하는 것보단 독자님들께 상상의 여지를 드리는 게 낫겠다는 생각이 들어 취소했습니다.

어쨌거나 이것만은 분명합니다. 첫사랑, 첫키스, 첫경험, 기타 등등등…… 연애 관련한 유진이의 모든 처음은 다 소희가 가져갔습니다. 소희도 마찬가지예요!

본문에 쓴 대로 두 사람은 다투기도 하고 화내기도 하고 질투하기도 하겠지만, 그래도 오래오래 사랑하면서 행복하게 살 겁니다. 제 모든 작품 속 주인공들이 그러하듯 말이에요.

그러면 저는 이만 다음 주인공들을 행복하게 해 주러 가 보겠습니다. 이번 작품을 집필하는 데 도움을 주신 많은 분들께 진심으로 감사드리며, 역시 제일 감사드리는 건 여기까지 읽어 주신 독자님들이라는 걸 잊지 말아 주세요!

독자분들은 언제 이 글을 읽으실지 모르겠지만, 후기를 쓰는 지금은 2019년 1월 1일입니다. 해서 읽으시는 분들껜 뒤늦은 인사가 되겠지만, 그래도 꼭 쓰고 싶네요.

새해 복 많이 받으시길 바랍니다. 올해는 작년보다 더 건강하고 행복하고 부유한 한 해 보내세요!

이상 김지호였습니다. 감사합니다:)